BASTEI LÜBBE
TASCHENBUCH

ÜBER DIE AUTORIN

Melissa Caruso bezeichnet sich selbst als Fantasyautorin, Teetrinkerin, Geek und Mutter – nicht notwendigerweise in dieser Reihenfolge. Sie studierte Kreatives Schreiben an der Brown University und bestand mit Auszeichnung. Danach schloss sie einen Master of Fine Arts an der University of Massachusetts an. *Flammenflug* ist ihr Debüt. Der Roman stand auf der Shortlist für den MORNINGSTAR AWARD, den David Gemmel Award für das beste Debüt 2017.

Melissa Caruso lebt mit ihrem Ehemann, einem Programmierer, und ihren beiden Töchtern in Massachusetts.

MELISSA CARUSO

FLAMMEN FLUG

Roman

Aus dem amerikanischen Englisch
von Frauke Meier

BASTEI
LÜBBE
TASCHENBUCH

BASTEI LÜBBE TASCHENBUCH
Band 20946

Dieser Titel ist auch als E-Book erschienen

MIX
Papier aus verantwortungsvollen Quellen
FSC® C019821

Vollständige Taschenbuchausgabe

Deutsche Erstausgabe

Für die Originalausgabe:

Titel der amerikanischen Originalausgabe: »The Tethered Mage – Book 1 of the Sword and Fire Trilogy«
Originalverlag: Orbit, Hachette Book Group, New York

Für die deutschsprachige Ausgabe:

Textredaktion: Dr. Frank Weinreich, Bochum
Titelillustration: ©Misty Fugate/Arcangel
Umschlaggestaltung: © Lisa Marie Pompilio
Satz: two-up, Düsseldorf
Gesetzt aus der Garamond
Druck und Verarbeitung: C. H. Beck, Nördlingen
Printed in Germany
ISBN 978-3-404-20946-0

1 3 5 4 2

Sie finden uns im Internet unter www.luebbe.de
Bitte beachten Sie auch: www.lesejury.de

Für Dad
der immer geglaubt hat, dass ich es kann,
und für Mom,
die mir gezeigt hat, wie ich es anstellen muss.

Ihr Wort war der Widerhall der Macht in jedem ummauerten Garten und jeder vergessenen Piazza in Raverra.

Ein Muscati wiederum war aber auch nichts, was man einfach so überging. Von dem Werk existierten nur zwölf bekannte Ausgaben. Sollte diese sich als echt erweisen, so wäre es die dreizehnte.

Während ich am Kanal entlangging, kamen mir die Warnungen meiner Mutter albern vor. Sonnenbeschienene Fassaden flankierten das grünliche Wasser, und auf den am Ufer vertäuten Booten waren Arbeiter dabei, die Fracht, bestehend aus Erzeugnissen vom Festland, zu löschen. An einem so strahlenden, friedlichen Nachmittag lauerten doch gewiss keine Gefahren.

Doch als mich mein Weg vom Kanal wegführte, hinein in einen schattigen Tunnel, der geradewegs durch ein Gebäude verlief, zögerte ich. Plötzlich fiel es mir ziemlich leicht, mir vorzustellen, dass jenseits dieses dunklen Durchgangs Attentäter oder Entführer lauern mochten. Es wäre nicht das erste Mal in den achtzehn Lebensjahren als Erbtochter meiner Mutter, dass ich mit dem einen oder anderen konfrontiert wurde.

Das Buch, ermahnte ich mich. Denk an das Buch.

Ich trat in den Schlund des Tunnels und kam in einer Straße wieder hinaus, die zu schmal war, um je im Sonnenschein zu liegen. Die wenigen Leute, die mir begegneten, bedachten mich mit verwunderten und abwägenden Blicken.

Als ich den Laden des Pfandleihers gefunden hatte, eilte ich erleichtert hinein in die schummrige Wildnis aus staubigen Schätzen. Geschmeide und Produkte aus geblasenem Glas glitzerten in den Regalen, Möbel verteilten sich über den Boden, und an den Wänden lehnten Gemälde. Der Eigentümer beugte sich gerade über eine mit Kupferdraht umwickelte Muschelschale. Ein Stirnrunzeln zierte sein so oder so schon faltiges Gesicht, und über seinen Ohren zeugten lichte Büschel weißer Haare als letztes Vermächtnis von vergangener Pracht.

Beim Näherkommen betrachtete ich die Muschel. »Sie ist kaputt.«

Er zog ein mürrisches Gesicht. »Tatsächlich? Ich hätte es wissen müssen. Für eine funktionstüchtige hat er zu wenig gefordert.«

»Die Hälfte der Perlen fehlt.« Ich deutete auf die wenigen Kügelchen aus buntem Glas, die immer noch auf dem Draht hingen. »Sie brauchen einen Artefaktor, der es repariert, wenn Sie damit je wieder Musik machen wollen.«

Der Pfandleiher blickte auf, und seine Augen weiteten sich. »Dama Amalia Cornaro.« Er verbeugte sich, soweit es in diesem vollgestopften Laden eben möglich war.

Ich sah mich um, aber wir waren allein. »Bitte, kein Grund, förmlich zu sein.«

»Vergebt mir, ich habe Euch nicht erkannt in diesem … äh, Aufzug.« Argwöhnisch musterte er meine Kniehose. »Auch wenn ich mir vorstellen kann, dass derlei heutzutage bei jungen Damen als modisch gelten mag.«

Kniehosen waren unter jungen Damen nicht im Entferntesten in Mode, aber ich machte mir nicht die Mühe, ihn zu korrigieren. Ich war einfach dankbar, dass sie in meiner Generation zumindest so weit akzeptiert waren, dass ich nicht gleich befürchten musste, einen Skandal auszulösen oder für eine Kurtisane gehalten zu werden.

»Haben Sie das Buch, das Sie in Ihrem Brief erwähnten?«, fragte ich. »Muscatis *Grundlagen der Artefaktion.*«

»Gewiss. Ich hörte, dass Ihr auf der Suche danach seid.« In seine Augen trat ein Schimmer, der mir nur allzu vertraut war: Da spiegelte sich Cornaro-Gold. »Einen Moment, ich hole es.«

Er schlurfte durch eine Tür in ein Hinterzimmer.

Ich betrachtete die Muschel. Dank meiner Artefaktionsstudien wusste ich genug, um dem Muster des Drahtes folgen zu können und den Bann zu verstehen, der die Laute einer musikalischen Darbietung in den mit Runen gravierten Wirbeln der Muschel eingefangen hatte. Vielleicht hätte ich den kaputten Draht sogar reparieren können, aber ohne die angeborene Gabe eines Artefaktors konnte ich die neuen Perlen nicht mit magischer Energie aufladen und die Muschel würde stumm bleiben.

Der Pfandleiher kehrte mit einem ledergebundenen Buch zurück und legte es neben der Muschel auf den Tisch. »Bitte schön, gnädige Frau.«

Ich blätterte durch die Seiten, bis ich auf eine grafische Darstellung stieß. Muscatis Kombination aus pedantischer Präzision in den schematischen Schaubildern der Verdrahtung und den dicken, stumpfen Strichen, die er für die Runen verwendete, war unverkennbar. Zitternd atmete ich aus. Es war tatsächlich echt.

Der Pfandleiher bedeckte die aufgeschlagene Seite mit seinen langen, feingliedrigen Fingern. »Ist alles zu Eurer Zufriedenheit?«

»Ja, durchaus. Danke.« Ich legte eine Golddukate auf den Tisch, die so schnell verschwunden war, dass ich beinahe zweifelte, dass ich sie überhaupt hingelegt hatte.

»Stets ein Vergnügen«, murmelte er.

Ich packte das Buch in meinen Ranzen und hastete aus dem muffigen Laden. Vor Aufregung wäre ich beinahe gehüpft. Ich konnte es nicht erwarten, nach Hause zu kommen, mich mit einem Glas Wein in mein Schlafgemach zu verziehen und mich in Muscatis alten Schriften zu vertiefen. Mein Freund Domenic von der Universität von Ardence sagte einmal, Muscati zu lesen sei, als würde man ein Fenster öffnen, hinter dem sich das Universum aus einem ganz neuen Blickwinkel darstelle wie eine zu lösende mathematische Gleichung.

Er hatte natürlich nur Auszüge gelesen. Die Universitätsbibliothek besaß keine Ausgabe des Muscati. Ich würde Domenic herholen müssen, um sie ihm zu zeigen. Vielleicht würde ich das Buch der Universität überlassen, wenn ich damit fertig war.

Es fiel mir schwer, mich auf den Weg zu konzentrieren und die richtigen Abzweigungen zu wählen, statt mich in meinen Träumereien von Runenalphabeten, geometrischen Diagrammen und komplizierten Drahtwicklungen zu verlieren. Zumindest hatte ich die korrekte Richtung eingeschlagen. Nur noch eine Brücke, dann wäre ich wieder in einem netten Patrizierviertel, sicher und gut aufgehoben; und kein Vortrag meiner Mutter würde irgendetwas daran ändern, dass ich meinen Ausflug ohne Zwischenfälle überstanden hatte.

Doch dann sah ich vor der Brücke eine Gruppe von Gestalten auf einer kleinen Piazza stehen. Wie in einem Patt standen sie da, und jede Faser ihrer Körper drohte mit roher Gewalt.

Wie so vieles in Raverra hatte nun auch mein Ausflug problematische Züge angenommen.

Drei breitschultrige Männer bildeten einen einschüchternden Halbkreis um eine hagere junge Frau mit wilden, dunklen Locken. Das Mädchen stand stocksteif und trotzig vor ihnen wie ein in den Schlamm gerammter Stecken. Ich wurde langsamer und blieb stehen, den Ranzen fest an meine Seite gedrückt, sodass sich die Kante des Muscati in meine Rippen bohrte.

»Du hast noch eine Chance.« Ein stämmiger Mann im Hemd trat auf das Mädchen zu, und seine Fäuste hingen wie Kanonenkugeln an seinen Seiten. »Komm still und brav zu deinem Meister. Sonst brechen wir dir die Beine und schleppen dich in einem Sack zu ihm.«

»Ich bin mein eigener Meister«, gab das Mädchen in einem Ton zurück, so derb wie ein Enterhaken. »Und ihr könnt Orthys sagen, er soll seinen Vertrag nehmen und ihn sich in sein Spundloch stopfen.«

Sie hatten mich noch nicht bemerkt. Noch konnte ich einen Umweg über eine andere Brücke nehmen und mein Buch sicher nach Hause bringen. Ich trat einen Schritt zurück und sah mich um, suchte nach jemandem, der dem ein Ende machen konnte: ein Wachoffizier, ein Soldat, irgendwer. Nur nicht ich.

Aber da war niemand. Die Straße war verlassen. Alle Menschen in den Unschlitten waren klug genug, sich rar zu machen.

»Wie du willst«, knurrte der Mann, und die Rüpel rückten auf ihr Opfer zu.

Dies hier war exakt die Art von Problemen, in die sich eine junge Dame aus dem erhabenen und adligen Haus Cornaro nicht verwickeln lassen sollte und bei der doch jeder moralisch gefestigte Mensch eingreifen musste.

Vielleicht konnte ich sie erschrecken wie streunende Hunde. »Ihr da! Aufhören!«

Sie drehten sich um und starrten mich aus kalten Augen an. Die Luft in meiner Kehle wurde ziemlich trocken.

»Das geht dich nichts an«, warnte mich ein Kerl in einem speckigen Lederwams. Einer seiner Mundwinkel mündete in eine Narbe, und ich bezweifelte, dass die sich auf einen Küchenunfall zurückführen ließe.

Außer dem Dolch in meinem Gürtel hatte ich nichts, um mich zu verteidigen. Der Name Cornaro mochte auch bei diesen Schuften ein gewisses Gewicht haben, aber sie würden mir nie abnehmen, dass ich eine war. Nicht, solange ich so gekleidet herumlief.

Mein Name war bedeutungslos. Der Gedanke löste einen Kitzel in meiner Lunge aus, als wäre die Luft plötzlich zum Leben erwacht.

Das Mädchen wartete nicht erst ab, was ich weiter tun würde, sondern versuchte, zwischen zweien der Männer hindurch zu türmen. Ein Baumstamm von einem Arm umfing sie in der Taille und hob sie hoch wie ein kleines Kind, sodass ihre Füße nur noch Luft traten.

Mein Ranzen zerrte an meiner Schulter, aber ich konnte jetzt nicht einfach davonlaufen und sie im Stich lassen, Muscati hin oder her. Meinen Dolch zu ziehen schien keine gute Idee zu sein. Die Männer waren alle bewaffnet, einer sogar mit einer Steinschlosspistole.

»Hilfe!«, rief ich.

Die Schläger gaben sich unbeeindruckt. Sie konzentrierten sich auf das zappelnde Mädchen und zerrten ihr die Arme auf den Rücken.

»Das reicht!« Wut stärkte ihre Stimme. »Das ist die letzte Warnung!«

Letzte Warnung? Was für eine seltsame Äußerung. Es sei denn …

Eis sickerte mir bis ins Mark.

Die Männer lachten, doch sie sah sie nur erbost an. Sie hatte keine Angst. Und mir fiel nur ein Grund ein, warum sie furchtlos sein sollte.

Ich presste mich gerade noch rechtzeitig flach an die Wand, ehe alles in Flammen aufging.

Ihre Augen zündeten zuerst, ein hungriger, blauer Funke erblühte in ihren Pupillen. Dann raste Feuer in zarten Linien über ihre Arme und knospten zu lieblichen Blütenblättern einer todbringenden Blume.

Fluchend machten die Männer einen Satz zurück, doch es war zu spät. Schon stieg Rauch von ihren Kleidern auf. Noch ehe sie einen ersten angsterfüllten Atemzug tun konnten, waren sie am ganzen Körper mit einem kühnen Glorienschein blauer Flammen überzogen, der jede Narbe und jeden Makel unter seinem Licht begrub. Für einen Moment waren sie wunderschön anzusehen.

Dann stießen sie die Schreie aus, für die sie Luft gesammelt hatten. Ich krümmte mich und schlug die Hände vor den Mund. Der Schmerz, der sich in ihren Lauten ausdrückte, war unmenschlich. Und dann erwischte mich der schreckliche, ölige Gestank brennenden Menschenfleisches, und ich würgte krampfhaft.

Die Männer stolperten in Richtung Kanal, wanden sich im tödlichen Griff der Flammen. Ich riss die Arme hoch, um mein Gesicht vor der Hitze zu schützen. Nun konnte ich zwar nichts mehr sehen, aber ich hörte lautes Platschen, das ihre Schreie verschluckte.

In der plötzlichen Stille ließ ich die Arme sinken.

Feuer leckte nun über die Schultern des Mädchens. Ein reiner, kalter Zorn lag in ihren Zügen. Das war nicht die Miene einer Frau, die schon fertig war.

Oh, Höllen.

Frohlockend hob sie die Arme, und Flammen erhoben sich aus dem Kanal selbst, bitter und bösartig. Sie breiteten sich auf dem Wasser aus wie auf einer Öllache, leckten an der Wölbung der Brücke. Auf der anderen Seite des Kanals ergingen sich die Neugierigen, die der Tumult angelockt hatte, in furchtsamen Schreien.

»Genug!« Meine Stimme klang höher als üblich. »Du hast gewonnen. Lass Gnade walten und hör auf!«

Doch die Augen des Mädchens brannten, und Flammen rannen über sein Haar. Wenn es mich verstanden hatte, ließ es sich davon nichts anmerken. Das blaue Feuer nagte an den Steinen unter seinen Füßen, breitete sich mit ungestilltem Hunger aus, als wäre die Straße mit Gras bewachsen.

Und da erkannte ich es endlich: Schadfeuer. Davon hatte ich in Orsennes *Der Untergang von Celantis* gelesen.

Grazie der Barmherzigkeit, behüte uns alle. Dieses Feuer würde alles verbrennen – Wasser, Metall, Steine. Es könnte die ganze Stadt in Brand stecken wie ein trockenes Maislager. Ich drückte mein Buch an die Brust.

»Du musst dem ein Ende machen«, flehte ich.

»Das kann sie nicht«, sagte eine angespannte Stimme. »Sie hat die Kontrolle verloren.«

Als ich mich umdrehte, sah ich einen großen, schlanken jungen Mann gleich hinter mir stehen, der das brennende Mädchen mit nachvollziehbarer Sorge fixierte. Sein welliges schwarzes Haar streifte den Kragen genau der Uniform, die zu erblicken ich mir gerade mehr als alles andere auf der Welt gewünscht hatte. Die Uniform jener Kompanie, die aufgestellt worden war, um Magie zu kontrollieren, damit derlei Dinge, wie wir sie gerade sahen, nicht passieren konnten.

»Den Grazien sei Dank, Sie sind hier! Können Sie sie aufhalten?«

»Nein.« Rasselnd holte er Luft. »Aber Sie, wenn Sie den Mut dazu haben.«

»Was?« Noch mehr Wahnsinn, der sich auf den Schrecken des Schadfeuers türmte. »Aber ich bin keine Falknerin.«

»Genau deswegen.« Etwas Zierliches funkelte in seiner offenen Hand. »Denken Sie, Sie können ihr dies übers Handgelenk streifen?«

Es war ein kompliziertes Flechtwerk aus Golddraht mit scharlachroten Perlen, so gefertigt, dass es mit einem kurzen Ruck zugezogen werden konnte. Das Muster kannte ich von einem Holzschnitt aus einem meiner Bücher: ein Falkner-Geschüh, benannt nach den Riemen, die in der Falknerei benutzt wurden. Doch dieses diente dazu, ein magisches Siegel zu platzieren.

»Sie *brennt*«, wandte ich ein.

»Ich weiß. Ich werde sicher nicht abstreiten, dass es gefährlich ist.« Seine leuchtenden, grünen Augen umwölkten sich. »Ich kann es nicht selbst tun; ich bin bereits an einen anderen gebunden. Ich würde nicht fragen, wenn dies kein Notfall wäre. Aber je mehr Leben das Schadfeuer verschlingt, desto weiter breitet es sich aus. Es könnte ganz Raverra vertilgen.«

Ich zögerte. Das Geschüh in seiner Hand sackte in sich zusammen. »Vergessen Sie es. Ich hätte gar nicht …«

»Ich mache es.« Ich riss ihm das Armband aus der Hand, ehe ich es mir anders überlegen konnte.

»Danke.« Er ließ ein sonderbar reumütiges Lächeln aufblitzen. »Ich lenke sie ab, während Sie sich nähern. Köpfchen und Courage. Sie schaffen das.«

Der Falkner rannte auf die Flammen zu, und das Geschüh baumelte an meiner Hand wie eine unbeantwortete Frage.

Er beschrieb einen Bogen zum Rand des Kanals. Von dort aus rief er das Mädchen. »Du! Hexe!«

Sie drehte sich zu ihm um. Flammen folgten ihren Bewegungen wie die Wasserfallfalten in der Robe einer Königin. Die von ihr fortstrebenden Ränder züngelten schon die Ziegelmauern des nächsten Hauses empor wie flammende Ranken.

Die Stimme des Falkners hallte über den Lärm der immer größer werdenden Menge auf der anderen Seite des Kanals. »Im Namen Seiner Durchlaucht, des Dogen, ich beanspruche dich für die Falken von Raverra!«

Das sicherte ihm ihre Aufmerksamkeit. Die Flammen leckten in seine Richtung, als würden sie von einem starken Wind getrieben.

»Euch gehöre ich auch nicht!« Ihre Stimme war so scharf wie das Fauchen einer Feuerwalze. »Ihr werdet mich nicht beanspruchen. Eher verbrenne ich euch!«

Nun würde sie ihn auch umbringen. Es sei denn, ich hinderte sie daran.

Mein Herz flatterte wie das Taschentuch einer besorgten Matrone, und ich hatte Mühe, mich zu beruhigen und klar zu denken. Vielleicht würde sie nicht angreifen, wenn ich auf sie zustürmte. Ich schob meinen kostbaren Ranzen unter den Mantel und hastete in Richtung Brücke, als wollte ich an ihr vorbeilaufen und flüchten. Das vorzugeben war nicht schwer. Einige der Leute in der Menge auf der anderen Seite winkten mir zu, ich solle mich in Sicherheit bringen.

Meine Beine zitterten, so sehr drängte es mich, ihrem Rat zu folgen und einfach weiterzurennen. Ich konnte die Vorstellung, Muscatis Seiten könnten zu Asche zerfallen, nicht ertragen.

Ich packte das Geschüh fester.

Der Falkner streckte die Hand nach dem Mädchen aus, um ihre Aufmerksamkeit wach zu halten. »Dem Gesetz nach gehörst du zu Raverra, seit du mit dem Magiermal geboren wurdest. Ich weiß nicht, wie du es geschafft hast, dich so lange zu verstecken, doch das ist nun vorbei. Komm mit mir.«

Das Feuer wogte wie eine blau-weiße Welle auf ihn zu.

»Die Pest soll dich holen!« Trotzig reckte das Mädchen die Faust hoch. »Wenn Raverra mein Feuer will, soll sie es haben. Möge die Stadt brennen!«

Ich tat einen Satz, um die verbliebene Distanz zu überwinden, sprang über die sich schlängelnden Flammen hinweg. Die Augen halb geschlossen, um sie vor der Hitze zu schützen, riss ich meinen Arm hoch und streifte ihr das Geschüh über die erhobene Faust.

Die Wirkung trat unmittelbar ein. Die Flammen erloschen, als hätte ein eisiger Wind sie ausgeblasen. Der Falkner krümmte sich immer noch, die Arme schützend vor dem Gesicht. Rauch stieg von dem feinen Wams seiner Uniform auf.

Das Mädchen taumelte. Das Feuer in seinen Augen flackerte noch einmal müde auf, während das goldene Geschüh sich um sein knochendürres Handgelenk zuzog.

Sie brach auf dem Straßenpflaster zusammen.

Schmerz sengte durch meine Hand, und ich zischte mit zusammengebissenen Zähnen und zog hastig die Hand an die Brust.

Dieser kurze Kontakt hatte gereicht, mir die Haut zu verbrennen und meine Stiefel und meinen Mantel anzusengen. Mein Ranzen schien jedoch unversehrt zu sein; den Grazien sei Dank.

Auf der anderen Seite der Brücke jubelten die Zuschauer, bevor sie dann allmählich ihrer Wege gingen. Die Vorstellung war vorbei, und niemand wollte sich in die Nähe einer Feuerhexe wagen, nicht einmal, wenn sie bewusstlos war.

Ich konnte es den Leuten nicht verdenken. Von den Rohlingen im Kanal war keine Spur mehr geblieben, auch wenn immer noch der fürchterliche Brandgeruch in der Luft lag. Verkohlte Narben zeichneten die Wände der Häuser rechts und links von mir.

Erleichtert grinsend kam der Falkner auf mich zu. »Gut gemacht! Ich bin beeindruckt. Geht es Ihnen gut?«

Mir wurde vor Aufregung beinahe schwindlig, als mir bewusst wurde, dass es vorbei war. Ich hatte uns gerettet – wenn schon nicht ganz Raverra, so zumindest einen oder zwei Häuserblöcke davon –, eigenhändig. Nicht, indem ich auf den Namen meiner Mutter zurückgegriffen hatte oder auf ihren Reichtum, sondern ganz aus eigener Kraft.

Der Weg zum Pfandleiher war zu gefährlich? Ha! Ich hatte gerade eine Feuerhexe ausgeschaltet. Ich strahlte ihn an und versteckte die verbrannte Hand in meinem Ärmel. »Mir geht es gut. Ich bin froh, dass ich helfen konnte.«

»Leutnant Marcello Verdi, zu Diensten.« Er verbeugte sich. »Darf ich fragen, wie Ihr Name lautet, tapfere junge Dame?«

»Amalia Cornaro.«

»Nun dann heiße ich Sie bei den Falknern des Dogen willkommen, Fräulein …« Er brach ab. Das Lächeln in seinem Gesicht erstarb, und seine bronzene Haut wurde aschfahl. »Cornaro.« Er schluckte. »Nicht … Sie sind doch nicht mit La Contessa Lissandra Cornaro verwandt, oder?«

Die Hochstimmung gerann in meinem Magen. »Sie ist meine Mutter.«

»Bei allen Höllen«, flüsterte der Leutnant. »Was habe ich getan?«

KAPITEL ZWEI

MEINE MUTTER WAR nicht einmal anwesend, und doch beherrschte sie das Gespräch. Ich beugte mich über das bewusstlose Mädchen, einerseits aus Sorge, andererseits, um meinen Ärger zu verbergen.

»Wird sie wieder gesund?«, fragte ich.

»Es geht ihr gut, gnädige Frau. Hexen brechen oft vor Erschöpfung zusammen, nachdem sie ihre Macht entfesselt haben.« Der steife Ton, der nun in Verdis Stimme lag, brannte wie Salz in meinen Brandwunden. Ich hätte ihm meinen Namen nicht verraten sollen.

Er ging in die Knie und griff nach dem Handgelenk des Mädchens. Zuerst dachte ich, er wolle ihren Puls kontrollieren, doch stattdessen folgten seine Finger dem komplizierten Gewebe des Armbands.

Dies Geschüh war das komplizierteste magische Gespinst, das ich je gesehen hatte. Die Kombination der kunstvollen Verflechtung des Drahts mit der Position der blutroten Perlen bildeten eine Sprache, die die Bedingungen des Banns diktierte; doch sie war zu ausgefeilt, als dass ich ihr hätte folgen können.

Einige der goldenen Drähte hatten ihre Form verloren und waren an dem Knoten, der die Stränge zusammenhielt, geschmolzen. Das dürfte gar nicht möglich sein; Geschühe sollten nahezu immun gegen physische Schäden sein. Aber Schadfeuer war auch eine äußerst machtvolle Magie.

»Es ist verschmolzen«, hauchte Verdi. »Ich glaube nicht, dass es sich noch abnehmen lässt.«

Ich schaute ihm in die grünen Augen, und die Sorge, die sich darin spiegelte, war so klar und unverhohlen, wie ich es in den elitären Kreisen in den Salons von Raverra nie erlebt hatte.

»Warum sollten Sie es ihr abnehmen?«, fragte ich.

»Weil, gnädige Frau, *Sie* diejenige sind, die es ihr angelegt hat.«

»Bitte, nennen Sie mich Amalia.«

»Es tut mir leid, Dama Amalia. Ich hätte Sie da niemals mit hineinziehen dürfen.« Er schüttelte den Kopf. »Wir sind dazu ausgebildet, Zivilisten als Freiwillige zu rekrutieren, damit sie bei einem überraschenden Notfall wie diesem das Geschüh anlegen. Aber ich habe noch nie gehört, dass schon einmal jemand versehentlich eine Adlige angeworben hat.«

»Sie haben mich nicht hineingezogen. Ich habe beschlossen zu helfen. Das habe ich selbst getan.« Während ich da auf der Straße kauerte, das Gesicht nur wenige Zoll von seinem entfernt, kam ich mir plötzlich ungelenk vor, also erhob ich mich und barg meine versengte Hand in der gesunden. Der zunehmende Schmerz bohrte sich überall hinein wie ein ungebetener Gast.

»Und Sie waren großartig. Ich bin derjenige, der die Sache vermasselt hat.« Auch Verdi erhob sich und rieb sich die Stirn. »Ich weiß nicht recht, wie es nun weitergeht. Ich muss unseren neuen Falken zu den Stallungen bringen, ehe das Mädchen wieder erwacht. Das Gesetz besagt, sie darf ohne ihren Falkner nicht in die Stadt, aber …« Er lachte nervös auf. »*Sie* sind ihre Falknerin.«

»Aber das ist unmöglich.« Nun wurde mir klar, warum er so erschrocken war. »Kein Angehöriger der großen Familien der Versammlung kann Falkner sein. Meine Mutter …«

»Ich weiß; glauben Sie mir, gnädige Frau.« Verdi verzog das Gesicht. »Ich bin nicht sicher, wer zuerst meinen Kopf fordern wird: La Contessa, mein kommandierender Offizier oder der Doge persönlich. Aber Sie haben ihr das Geschüh angelegt, also sind Sie auch die einzige Person, die ihre Macht binden und freisetzen kann. Nun, da das Geschüh beschädigt wurde, ist daran nichts mehr zu ändern.«

Ein einfaches Armband konnte doch keine so enorme Entscheidung für mich getroffen haben. Nicht einmal der Doge befand über das Schicksal einer Cornaro. Der einzige Mensch, der das vermochte, war … Ich schluckte. »Jemand wird das meiner Mutter erzählen müssen.«

Verdi salutierte vor mir.

»Oh, nein«, widersprach ich. »Ich kann das nicht.«

»Besser, sie hört es von Ihnen als vom Dogen.« Seine Brauen rückten näher zusammen. »Normalerweise würde ich Sie beide direkt zu den Stallungen bringen, aber ich wage es nicht, La Contessa zu verärgern.«

»Ich fürchte, das haben wir bereits.« Ich war gar nicht einmal unglücklich damit, etwas getan zu haben, das sie wohl kaum billigen würde; viel mehr Sorgen bereitete mir die Vorstellung, ich könnte gegen die Falknervorschriften und das Gesetz von Raverra verstoßen.

»Es tut mir leid, gnädige Frau.« Verdi verbeugte sich. »Das ist alles meine Schuld. Und ich möchte es nicht noch schlimmer machen, indem ich Sie jetzt allein lasse. Aber wenn ich unsere neue Rekrutin nicht in die Stallungen schaffe, ehe sie erwacht, wird nicht einmal die Grazie des Glücks noch imstande sein, diesen Schlamassel in Ordnung zu bringen.«

Einen Moment zögerte er über dem bewusstlosen Falken, dann hob er die junge Frau hoch und legte sie sich über den Rücken, nicht ohne das Gesicht zu verziehen, als sich seine versengte Schulter meldete. Ein hagerer Arm hing kraftlos herab.

Der Anblick erfüllte mich mit Sorge. Ich hatte vorgehabt, ihr zu helfen, nicht sie zu fangen. Aber die Falken lebten im Luxus. Das musste einfach eine Verbesserung sein gegenüber dem wie auch immer gearteten Los, das dafür gesorgt hatte, dass sie in Lumpen gehüllt vor Schurken hatte fliehen müssen.

»Sind Sie sicher, dass es ihr gut gehen wird?«

»Wir werden uns gut um sie kümmern«, sagte Verdi. »Sie ist keine Gefangene.«

Das Geschüh schimmerte an ihrem Handgelenk, und ich war nicht so sicher, ob sie das nicht doch war.

»Vergebung, gnädige Frau.« Verdi versuchte sich an einer neuerlichen Verbeugung, brach aber ab, als das Mädchen ihm beinahe vom Rücken rutschte. »Ich muss gehen. Ich werde mich in Ihrem Palast melden, sobald ich den Falken untergebracht habe, damit wir diese Angelegenheit besprechen können. Oder zumindest wird sich irgendjemand melden, und ich hoffe, ich werde derjenige sein. Denn wenn nicht, bedeutet das wahrscheinlich, dass ich in großen Schwierigkeiten stecke.«

*

In großen Schwierigkeiten. Die Worte klebten an mir wie der Rauchgestank in meinem Mantel, als ich die Marmorstufen zur Studierstube meiner Mutter erklomm. Schmerz pulsierte durch meine Hand auf dem kühlen Geländer. Die großen Cornaros der Vergangenheit lugten von düsteren Gemälden an den Wänden mit den scharfsinnigen Augen meiner Mutter auf mich herab.

Ich versteckte mein Buch hinter einer silbernen Urne auf dem Korridor, um die Chancen zu verbessern, das Ziel meines Ausflugs zu bemänteln. Kurz überlegte ich, ob ich erst in mein Zimmer gehen und mich umziehen sollte, aber La Contessa schätzte frühzeitige Informationen höher als passende Kleidung. Mir blieb keine Ausflucht, um dieses Gespräch hinauszuzögern.

Trotzdem stand ich einige Minuten vor der Tür und starrte den kunstvoll geschnitzten, vergoldeten Rahmen an, suchte nach den vertrauten Formen, die ich als Kind entdeckt hatte, während ich tonlos meinen Eröffnungssatz probte.

Irgendwann klopfte ich.

»Herein«, kommandierte sie von drinnen.

Ich öffnete die Tür. Warmer Sonnenschein fing sich in den barocken Ornamentstäben und den heiteren Fresken im Studierzimmer meiner Mutter. Eine große Karte des Erlauchten Imperiums von Raverra zierte eine Wand, eine andere wurde vom Boden bis zur fünfzehn Fuß hohen Decke von einem Bücherregal beansprucht.

Mutter saß mit dem Rücken zu mir an ihrem Schreibtisch, und ihre Feder bewegte sich in der Hand, während sie arbeitete. Ich liebte diesen Schreibtisch. Er war voller geheimer Schubladen und verborgener Fächer, und meine Mutter hatte mich gebeten, ihn auf die Probe zu stellen, als ich noch ein Kind gewesen war. Für jedes Versteck, das ich fand, wurde ich mit Süßigkeiten belohnt. Kunstvoll lockte sich ihr kastanienbraunes Haar über dem prächtigen, smaragdgrünen Samt, der ihre Schultern bedeckte. La Contessa musste jederzeit damit rechnen, dass der Doge nach ihr schickte oder der Rat der Neun zu einer Dringlichkeitssitzung zusammentrat, also war sie stets perfekt zurechtgemacht.

Ich räusperte mich. »Ich habe Raverra heute vor einem verheerenden Brand bewahrt.«

»Das könnte erklären, warum du riechst wie ein nicht gekehrter Kamin.« Sie schrieb weiter, ohne sich auch nur einmal zu mir umzublicken.

»Ja.« Ich scharrte mit meinen rußgeschwärzten Stiefeln. »Da war eine außer Kontrolle geratene Feuerhexe, und ich … ich habe geholfen. Ein Falkner gab mir ein Geschüh, und ich habe es ihr angelegt.«

Das Kratzen der Feder verstummte. Langsam drehte sich meine Mutter um. Sie hatte ihre Arbeitsmiene aufgesetzt; wunderschön und undurchschaubar, akzentuiert von einem stechenden Blick.

»Du hast einer gefährlichen Hexe ein Geschüh angelegt?«, fragte sie mit tonloser Stimme.

»Ja.« Meine Mundwinkel zuckten aus purer Nervosität, aber ich sollte nicht lächeln. Also verzog ich das Gesicht zu einer Grimasse. »Es, äh, scheint nicht mehr abzugehen.«

Der Moment dehnte sich. Mutter saß nur regungslos da. Endlich erbebte die Feder in ihrer Hand, als sie einen entschlossenen Punkt an das Ende des Gedankengangs setzte, den sie dort niedergeschrieben hatte.

»Ich wusste, dass du zum Einkaufen in die Unschlitte gegangen bist«, sagte sie. »Mir war allerdings nicht bewusst, dass du mir einen Falken anschleppen würdest.«

Sie wusste längst, wo ich gewesen war. Natürlich wusste sie es.

Ich verdrehte meine gesunde Hand im Riemen des Ranzens,

sagte aber nichts. Meine Mutter hatte mir einmal erklärt, man solle, wenn man nicht wisse, wo man stand, den Mund halten und zuhören.

»Amalia, weißt du, warum ich dich ohne Eskorte in Raverra herumlaufen lasse?«

Ich zögerte und schüttelte dann den Kopf.

»Warum ich dir gestatte, Magiewissenschaften in Ardence zu studieren, oder zulasse, dass du dich kleidest wie die siebte Tochter eines Landjunkers, oder so tue, als würde ich es nicht wissen, wenn du Pfandleiher in zwielichtigen Umgebungen aufsuchst?«

»Nein, Mamma.«

»Um herauszufinden, was du tust, wenn du die Freiheit genießt, deine eigenen Entscheidungen zu treffen.« Ihre Worte zerschnitten die Luft wie ein Wurfmesser. »Und um herauszufinden, was du lernst. Denn ich habe gehofft, diese Unabhängigkeit würde auf einen Funken von Intelligenz oder Ehrgeiz hindeuten, der unserer Familie zuträglich wäre, und du könntest dich vielleicht als würdig erweisen, mein Erbe anzutreten.«

Ich hatte angenommen, es hätte vielleicht damit zu tun, dass ihr etwas an meinem Glück läge. »Ich habe Dinge gelernt.«

»Hmm.« La Contessa tippte mit ihrer Feder auf den Rand des Schreibtischs. »Du hast gewiss kühn gehandelt, dafür muss ich dich loben.«

»Danke, Mamma.« Vermutlich war das ironisch gemeint, aber sicher ist sicher.

»Die Frage ist, was nun passieren soll. Das Gesetz ist eindeutig: Du kannst keine Falknerin sein. Und doch bist du eine. Ist dir klar, was das bedeutet?«

Ich schluckte schwer. »Ich bereite allen Kopfzerbrechen?«

»Dir entgeht der entscheidende Punkt, Kind. Das bedeutet, dass wir die Einzigen in der Versammlung sind, die die Verfügungsgewalt über einen Falken haben.«

Ich blinzelte verwirrt. Von der Seite hatte ich es überhaupt nicht betrachtet. Die Hunderte von Patrizierfamilien in der Versammlung, dem großen gesetzgebenden Rat von Raverra, versuchten ständig, einander zum eigenen Vorteil auszumanövrieren. Machtvolle Magie jedoch war allein dem Staat vorbehalten, denn dies war ein Vorzug, der das prekäre Gleichgewicht der Macht in Raverra empfindlich stören könnte. »Ich kann mir nicht vorstellen, dass der Doge zulässt …«

»Du bist meine Erbin«, fiel mir La Contessa ins Wort. »Der Doge hat keine Kontrolle über dich. Ich schon.«

Meine Brauen schossen vor Ärger in die Höhe. »Bei allem Respekt, wenn das wirklich stimmte, dann müssten wir dieses Gespräch gar nicht führen.«

Mutter lachte. Sie hatte ein warmes, liebreizendes Lachen, das noch immer die Herzen von Höflingen und Königen erweichen konnte. »Nun gut, Kind. Du bist eine Cornaro. Niemand hat Kontrolle über dich. Aber sei vorsichtig. Der Doge wird diese Entwicklung nicht goutieren. Das gilt umso mehr, wenn man bedenkt, wie die Dinge in Ardence derzeit stehen.«

Das hörte sich nicht gut an. »Stimmt denn etwas nicht in Ardence?« Domenic und meine anderen ardentinischen Freunde hatten in ihren letzten Briefen nichts von Problemen erzählt, allerdings hatte ich auch schon seit ein paar Wochen keine mehr empfangen. Doch selbst der Cousin meiner Mutter, der in Ardence als Gesandter des Dogen fungierte, hatte bei unserem Familiendiner vor einem Monat nichts gesagt. Aber La Contessa gehörte dem Rat der Neun an und überwachte persönlich die Aktivitäten des Geheimdienstes von Raverra; sie wusste üblicherweise schon vor dem Täter von der Tat.

»Nichts Ernstes … bisher. Der junge Herzog testet seine Grenzen aus. Du solltest der Welt um dich herum mehr Aufmerksamkeit widmen, Amalia.«

Ihr Blick glitt über meine Kleider und den leeren Ranzen, ehe er auf meiner Hand zur Ruhe kam.

»Was ist mit dir passiert?«, verlangte sie zu wissen und erhob sich.

Ich versteckte meine Hand unter dem Mantel. »Sie hat gebrannt, Mamma.«

Sie durchquerte den Raum und zog zärtlich meine Hand aus ihrem Versteck, und ich bemühte mich, nicht zusammenzuzucken.

»Es geht mir gut.«

»Das wird es«, stimmte Mutter zu. »Aber das muss wehtun. Wir müssen es behandeln lassen.«

Sie strich mir eine Strähne aus dem Gesicht und schob die Locken hoch, als wolle sie mich frisieren, was, dem Ausdruck in ihren Augen zufolge, ein nutzloses Unterfangen war, also ließ sie mein Haar wieder los und lächelte beinahe traurig.

»Vergiss nicht, Amalia, du bist meine Erbin. Das steht über allen anderen Verpflichtungen, die das Leben dir auferlegen mag, einschließlich derer einer Falknerin. Daran erinnere dich stets, ganz gleich, wozu er dich zu überreden versucht.«

»Er?«

»Der Doge, natürlich.«

Der Doge. Natürlich. Manchmal, wenn wir miteinander sprachen, schien es, als führten meine Mutter und ich zwei völlig verschiedene Unterhaltungen, die keinerlei Bezug aufwiesen.

Stirnrunzelnd warf sie erneut einen Blick auf meine angesengte Kleidung. »Geh und zieh dich um, Mädchen. Und vergiss dein Elixier nicht.«

»Ich vergesse mein Elixier nie.«

»Augenscheinlich, da du immer noch am Leben bist.« Mutter beugte sich vor und küsste mich auf die Stirn. Der Geruch ihres Parfüms, so fein und komplex wie eine ihrer Intrigen, hüllte mich ein. »Es wäre mir lieb, wenn es so bliebe. Sei vorsichtig, Kind.«

»Natürlich, Mamma.«

»Jetzt geh und zieh dich um. Das wird ein langer Tag werden.«

*

Wenn meine Mutter mir auftrug, mich umzuziehen, wusste ich, das bedeutete, ich solle mich einer Erbin einer Angehörigen des Rats der Neun angemessener kleiden – jenes verschlossenen Gremiums, das zusammen mit dem Dogen den wahren Machtfaktor in Raverra darstellte. Die Versammlung erließ die Gesetze, gewiss. Aber der Rat kontrollierte das Militär, den Geheimdienst und den diplomatischen Dienst, und er hatte in allen Belangen der Justiz, der Außenpolitik und der Sicherheitspolitik des Reiches das letzte Wort. Alle neun Mitglieder waren einst aus den Mitgliedern der Versammlung ausgewählt worden, aber über die Jahrhunderte hatten die mächtigsten Familien dauerhaft vier Sitze für sich beansprucht und vererbbar gemacht. Ich war schon als Nachfolgerin meiner Mutter bestätigt worden, ehe ich überhaupt geboren wurde.

Warum die Regentschaft über das Erlauchte Imperium jedoch bequeme Hosen ausschließen sollte, erschloss sich mir nicht. Pflichtgemäß holte ich ein Kleid aus dem Schrank und legte es auf das Bett; aber das Korsett wurde im Rücken geschnürt, und ich war allein in meinem Zimmer. Also endete das Ganze damit, dass ich mich bäuchlings neben das Kleid legte und mein neues Buch las.

Bei Muscati schien Artefaktion so einfach zu sein. Nimm Runen, um einem Objekt neue Eigenschaften zu verleihen, oder binde es mit Drahtwicklungen an neue Regeln und leite magische Energie in das Muster, um sie mit Macht zu erfüllen. Wenn ich diese atemberaubend komplizierten Schaubilder studierte, kam ich mir jedes Mal vor, als stünde ich an der Grenze zur Erleuchtung. Nicht nur wegen der speziellen Magie, die damit verbunden war, sondern infolge der Erkenntnis der Naturgesetze, die dabei angewendet oder überlistet wurden.

Während ich las, wurde es draußen dunkel. Die Leuchten in den Wandhaltern erwachten zum Leben und verbreiteten das sanfte Echo jenes Lichts, das von dem Solar-Artefaktionskreis auf dem Dach eingefangen wurde. Der neue Falke musste inzwischen erwacht sein – diese Fremde, die die abgeschiedenen Stallungen ohne mich nie wieder würde verlassen können.

Ich barg meine schmerzende Hand am Körper. Sie musste natürlich ausgerechnet eine Feuerhexe sein, die seltenste und tödlichste Magierart. Feuerhexer hinterließen verkohlte, rauchende Löcher in den Seiten der Geschichtsbücher: Städte, von denen nur Ruinen blieben, Schlachtfelder voller Asche und Gebeine.

Aber nichts hatte die Ruhe des Imperiums in den letzten fünfzig Jahren gestört, seit dem Dreijährigen Krieg. Nach den Erlauchten Verträgen verwalteten sich die Klientelstaaten selbst und blieben dabei weitgehend friedlich. Sie räumten Raverra Handelsprivilegien ein und gaben uns Falken im Gegenzug für militärischen Schutz. Zudem sorgten sie für die Infrastruktur in Form ordentlicher Straßen und Aquädukte, unterhielten die Reichspost und das Kurierlampennetz. Raverra überließ seine tributpflichtigen Staaten überwiegend sich selbst, auch wenn die Erlauchten Gesandten gelegentlich ein sorgfältig gewähltes Wort in die Ohren ihrer Regenten flüsterten, seien es nun Könige, Herzöge oder Konsuln. Keine fremde Macht hatte die Mittel oder den Willen, das Reich zu bedrohen, seit es zur Zeit meiner Großeltern die wahnsinnigen Hexenherrscher von Vaskandar im Dreijährigen Krieg besiegt hatte. Gab es keinen Feind, so gab es auch keinen Grund, die Macht eines Hexers zu entfesseln. Mein Falke mochte durchaus für den Rest seines Lebens im Verborgenen bleiben.

Im Verborgenen und eingesperrt in den Stallungen, ihr Leben lang gebunden von einer Kraft, die so unüberwindbar war wie einer von Muscatis magischen Kreisen.

Ein vertrautes, entschiedenes, zweifaches Klopfen an meiner Tür warnte mich gerade noch rechtzeitig, damit ich die *Prinzipen der Artefaktion* unter meinem Kissen verstecken konnte, ehe Mutter hereinrauschte. Ihre Dienerin Ciardha folgte ihr, eine Schatulle in Händen. Ciardha war keine einfache Dienstbotin, sondern Spross einer bekannten Händlerfamilie aus Osta, und sie verfügte über ein gutes Auge und einen scharfen Verstand, dem meine Mutter ihre wichtigsten Aufträge anvertraute.

»Gute Güte, du hast ja noch nicht einmal angefangen.« La Contessas Augen kontrollierten das Bett, und ich zwang mich, nicht zu meinem Kissen zu blicken und einfach zu hoffen, dass von dem Buch nichts zu sehen war. »Hast du wieder gelesen?«

»Ich habe über Feuerhexer nachgedacht.« Nun, das war nicht gelogen.

Ciardha ergriff ohne viel Aufhebens meine verbrannte Hand

und fing an, sie mit Salbe einzuschmieren. Derweil stand ich stocksteif in Habachtstellung da.

Mutter bedachte das Kleid, das ich herausgelegt hatte, mit einem entsetzten Blick. »In diesem *Ding* kannst du den Dogen nicht empfangen, Kind. Was denkst du dir nur? Dieses Kleid kannst du vielleicht tragen, wenn du zum Markt gehst. Ciardha, wenn du mit ihrer Hand fertig bist, dann hilf Amalia, sich zurechtzumachen.«

»Gewiss, Contessa«, murmelte Ciardha.

Mein Mund wurde ganz trocken. »Ich treffe den Dogen? Heute?«

»Habe ich dir das nicht gesagt? Hast du gedacht, ich scherze? Seine Botschaft kam über die Kurierlampen herein, während du hier drin nicht imstande warst, dich anzuziehen. Er hat dich in den Reichspalast befohlen.« Sie riss meinen Schrank auf und musterte die Kleider. »Es ist mir gelungen, mit Verweis auf deine Brandwunden ein wenig Zeit zu schinden, woraufhin er sich bereit erklärt hat, stattdessen hierherzukommen. Also, Ciardha, sorg dafür, dass die Handverletzung gefährlich aussieht.«

»Gewiss, Contessa.« Ciardha zog einen Verband aus ihrer Schatulle und machte sich mit ebenso flinken wie geschickten Fingern an die Arbeit.

Mich befiel das machtvolle Bedürfnis, ihr meine Hand zu entreißen, aus dem Zimmer zu rennen und mir irgendwo ein Versteck zu suchen. »Der Doge kommt *hierher?* Wann?«

»Beruhige dich, Kind. Es ist ja nicht so, als wäre er noch nie hier gewesen. Ich habe eine oder zwei Stunden für uns herausgeschlagen. Vierzig Leute werden ihn auf dem Weg aus seinem Palast ansprechen und versuchen, mit ihm zu reden; so ist es immer. Ich habe einen Diener mit einem Fernglas auf dem Dach postiert, also werden wir ein paar Minuten vor seinem Eintreffen gewarnt werden. Das pfauenblaue Seidenkleid, denke ich, Ciardha. Achte darauf, dass sie passenden Schmuck anlegt, und mach irgendwas mit ihrem Haar.«

»Gewiss, Contessa.« Ciardha wob einen Kokon aus hauchdünnem Stoff um meine Hand.

»Ich kann meine Finger nicht bewegen.«

»Gewiss, gnädige Frau.« Ich hörte ein Lächeln aus Ciardhas Stimme heraus, von dem in ihrer ernsten Miene nichts zu sehen war. »Ihr seid viel zu schwer verletzt, um so etwas zu tun.«

La Contessa drückte meine Schultern. »Hör zu, Amalia. Ich werde dabei bleiben, wenn ich kann, aber der Doge wird darum bitten, dich allein zu sprechen. Du wirst dich ihm gegenüber behaupten müssen. Verstehst du mich?«

»Ja, Mamma …« Ich brach ab. »Halt. Nein, Mamma. Was will er überhaupt? Warum kommt er her, um mit mir zu sprechen?«

»Dein kleines Abenteuer von heute hat die Einsätze in die Höhe getrieben. Es geht um nicht weniger als die Kontrolle über die einzige Feuerhexe des Erlauchten Imperiums. Und damit auch um die unangefochtene Herrschaft des Dogen über die Falken. Und um die Geistesart der Erbin einer der mächtigsten Familien von Raverra. Natürlich will er mit dir sprechen!«

All die Worte Muscatis, die ich in glückseliger Unwissenheit verschlungen hatte, während ich mich hätte vorbereiten sollen, lagen mir nun schwer im Magen. »Ist das, was heute passiert ist, wirklich so bedeutsam?«

»Du wirst eines Tages dem Rat der Neun angehören, Amalia. Du gewöhnst dich besser daran, dass alles, was du tust, bedeutsam ist.«

»Was soll ich dem Dogen sagen?« Schmerz jagte durch meine Hand, als ich versuchte, sie zur Faust zu ballen, was Ciardha mit einem tadelnden *Tss-tss* quittierte.

»Wenn du kannst, dann sichere mir den Falken«, sagte Mutter. »Aber vor allem, lass nicht zu, dass er die Oberherrschaft über dich erringt. Wenn du ihm jetzt die Kontrolle über dich überlässt, wirst du, wenn du meinen Sitz im Rat der Neun übernimmst, nur mehr sein Werkzeug sein.«

»Was willst du eigentlich mit einer Feuerhexe?«

»Ich will keine Feuerhexe, ich will, dass bekannt wird, dass wir eine haben.« Sie strich mir eine Haarsträhne aus der Stirn. »Der Doge versteht das. Und das wirst du auch.«

»Fertig«, verkündete Ciardha. Verzweifelt musterte ich meine bandagierte Hand. *So* sollte ich den Dogen empfangen?

Mutter tätschelte mir den Arm und bedachte mich mit eben jenem Lächeln, mit dem sie auch das Land Callarmorne für das Raverranische Imperium gewonnen hatte. »Du wirst das schaffen, Kind. Vergiss nur nicht, wer du bist.«

Wer ich war oder wer ich in ihren Augen sein sollte? Meine Kehle war wie zugeschnürt. »Ich bin nicht gut bei solchen Spielchen. Nicht so wie du, Mamma.«

»Dann spiel sie nicht. Finde heraus, worin du gut bist, und mach das zu deinem Spiel.«

Und schon rauschte sie mit der Majestät eines sich in die Luft erhebenden Schwans zur Tür hinaus und überließ es Ciardhas fähigen Händen, mich in das pfauenblaue Kleid zu stecken. Ich selbst hatte praktisch nichts zu tun, außer mich auf Kommando umzudrehen oder die Haltung zu wahren, während mir Ciardha ein Knie in den Rücken rammte, um mein Korsett zu schnüren.

»Ich wünschte, du könntest an meiner Stelle mit dem Dogen reden, Ciardha«, sagte ich, als ich wieder zu Atem kam. »Du bist bei allem gut.«

»Ihr macht das schon, gnädige Frau«, versicherte mir Ciardha im Brustton der Überzeugung, während ihre Finger geschickt in meinem Haar hantierten.

»Wie kannst du da so sicher sein?«

»Weil La Contessa gesagt hat, dass Ihr das schafft, und La Contessa irrt sich nie.«

Ein Ruf hallte durch das Haus, ein Diener rief dem anderen zu: *Er kommt!*

Sie hatten das Boot des Dogen auf dem Reichskanal entdeckt, und mir blieb nur zu hoffen, dass Ciardha recht hatte.

KAPITEL DREI

Der mächtigste Mann der Welt war kaum größer als ich, wenn man die herzogliche Krone abzog. Niro da Morante war recht jung für einen Dogen; das war ein Posten auf Lebenszeit, und die Versammlung wählte gewöhnlich niemanden, der noch über ein Übermaß an selbiger gebot. Sein Haar war immer noch dunkel, wenn auch von grauen Strähnen durchzogen, in den Augen schimmerte ein unerbittlicher Scharfsinn und er hatte eine Präsenz, die nichts mit seiner kostbaren Robe zu tun hatte – oder auch nur mit dem Umstand, dass er der Herrscher eines Reiches war, das den größten Teil des Kontinents Eruvia beanspruchte.

Als ich vor ihm knickste, sogen diese dunklen Augen jegliche Erkenntnis auf, die sie meiner Erscheinung abringen konnten. Selbst hier im großen Salon meines eigenen Hauses fiel es mir schwer, nicht daran zu denken, dass dies ein Mann war, dessen Wort über Krieg und Frieden gebot, über Reichtum und Ruin, Leben und Tod.

So mussten sich andere Leute fühlen, wenn sie mit meiner Mutter sprachen.

Meine Röcke fegten über den Marmorboden, als ich mich wieder aufrichtete. Mutter murmelte einen Gruß, und ich gab ebenfalls die passenden Laute von mir. Diener wirbelten herum wie Tänzer, boten dem Dogen Wein und Erfrischungen an, doch er winkte nur ab. Zu weit dehnte sich um uns herum der Saal, der eigentlich dazu erbaut war, Maskenbälle zu veranstalten und dem einen oder anderen Staatsakt den passenden Rahmen zu bieten. Ich verbrachte kaum Zeit in diesem Raum, dessen Fresken die Errungenschaften der Cornaro-Dogen priesen und dessen vergoldete Ornamente beinahe bis zur Hysterie überzogen waren. Er war dazu angetan, Gäste zu beeindrucken, nicht dazu, bewohnt zu werden.

Als der Doge auf dem Stuhl Platz nahm, den wir ihm anboten, tat er das mit einer unzufriedenen Miene – unzufrieden, nicht mit unserer Gastfreundschaft oder mit mir, sondern mit der ganzen Situation.

»Ich wünsche, allein mit meiner neuen Falknerin zu sprechen«, verkündete er.

Diskret verließ die Dienerschaft den Raum. Mutter lächelte ebenso anmutig wie selbstsicher. »Gewiss werdet Ihr meiner Tochter nichts zu sagen haben, was ich nicht mit anhören könnte.«

Die Betonung, die beide dem Wörtchen *meiner* zukommen ließen, war nicht zu überhören.

Der Doge zog eine Braue hoch. »Ist sie ein Kind, das sich hinter dem mütterlichen Rock verstecken muss?«

Getroffen klappte ich den Mund auf, doch ein heftiger Schmerz an meiner Schulter verhinderte, dass etwas herauskam. Mutters Hand lag dort, ganz zwanglos und entspannt, doch sie hatte einen ihrer Ringe umgedreht, sodass sie den Stein warnend in meine Haut bohren konnte.

»Amalia ist vollauf imstande, auf eigenen Füßen zu stehen«, sagte sie mit einer Zuversicht, die die vollständige Sammlung unserer bisherigen Gespräche nie hätte vermuten lassen. »Doch was könntet Ihr mit ihr zu besprechen haben, das vor ihrer Mutter und Eurer alten Freundin geheim gehalten werden muss?«

Einer der Mundwinkel des Dogen zuckte. »Nichts. Aber, Lissandra, Ihr wisst so gut wie ich, dass dies, solange Ihr im selben Raum seid, ein Gespräch zwischen Euch und mir werden wird, nicht zwischen Eurer geschätzten Tochter und mir.«

Stille trat ein, und der Ring bohrte sich immer noch in meine Schulter.

Dann lachte La Contessa und bedachte den Dogen mit einem ironischen Knicks. »Nun gut, Niro, das kann ich nicht abstreiten, dann lasse ich euch zwei wohl besser allein.«

Die samtenen Röcke meiner Mutter raschelten leise, die Salontür wurde geöffnet und geschlossen, und ich war allein mit dem Dogen.

Er bedeutete mir, Platz zu nehmen, und sein Blick ruhte auf meiner übertrieben dick verbundenen Hand.

Ich setzte mich auf die Stuhlkante, so gut ich es mit dem Korsett vermochte; angesichts der tiefen Taille und des steifen Mieders kam es mir vor, als wäre das Kleid für Damen entworfen worden, die sich niemals setzten. Etliche Lagen Seide und Unterröcke bauschten sich raschelnd unter mir. Deshalb bevorzugte ich Jacke und Hose.

Der Doge zog die Brauen hoch. »Also, Dama Amalia, Ihr habt eine … unübliche Methode gewählt, zu einer meiner Falknerinnen zu werden.«

Jedes Wort, das er benutzte, besetzte eine strategische Position auf einem Spielbrett, das ich nicht zu sehen vermochte, und brachte Punkte ein, die ich nicht einschätzen konnte. Die Handfläche unter dem Verband wurde feucht.

»Euer Durchlaucht, ich versichere Euch, ich hatte nicht die Absicht, dergleichen zu tun. Mein Ansinnen war allein, Raverra vor einem Schadfeuer zu bewahren.«

»Ungeachtet dessen stellt Ihr und Euer Falke ein Problem dar.« Er reckte eine leere Hand vor, als wolle er mir etwas zeigen. »Normalerweise bringen wir die Falken schon als Kinder in den Stallungen unter. Und die Falkner leben ebenfalls dort und werden jahrelang unterrichtet, ehe sie mit einem sorgsam ausgewählten Falken verbunden werden. Und von da an lassen sie alle anderen Verpflichtungen, sämtliche Eide und Titel hinter sich. Wenn sie einer Patrizierfamilie entstammen, verlieren sie das Recht, der Versammlung beizuwohnen.«

Das würde Mutter nie hinnehmen. »Aber das ist in diesem Fall natürlich nicht möglich.« Ich achtete darauf, mit unbekümmerter, aber fester Stimme zu sprechen. »Denn ich bin die Cornaro-Erbin.«

Nachdenklich musterte mich der Doge. Auf der anderen Seite

des Raums tickte die Uhr. Dutzende von gemalten Würdenträgern starrten aus dem Fresko an der Decke auf mich herab.

»Wisst Ihr«, fragte der Doge schließlich, »warum es den herrschenden Familien von Raverra verboten ist, Falkner zu sein?«

»Um zu verhindern, dass eine Familie zu viel Macht erlangt.«

»Ja. Aber das ist nicht der einzige Grund.« Er beugte sich vor. Tief in seinen dunklen Augen schimmerte etwas wie versunkenes Gold. »Ist Euch das Paradoxon der Gewalten ein Begriff?«

Ich zögerte. »Ich bin nicht sicher, worauf Ihr Euch bezieht, Euer Durchlaucht.«

»Die Macht der Flotte und der Magie von Raverra ist beispiellos. Dies ist, gepaart mit unserem großen Reichtum, zweifellos das Fundament des Reiches. Und doch mussten wir schon seit Jahrzehnten keine Gewalt zum Einsatz bringen, um unsere Position zu sichern. Der Grund dafür liegt darin, dass alle wissen: Raverra ist in der Lage, eine unaufhaltsame militärische Macht zu entfalten. Folglich müssen wir das nie in die Tat umsetzen. Die implizite Gefahr eines Krieges sichert den Frieden ganz Eruvias.«

»Wahre Macht übt man mit leichter Hand, denn mehr braucht es nicht«, zitierte ich meine Mutter.

»Üblicherweise.« Er kniff die Augen zusammen. »Aber was geschieht, Dama Amalia, wenn jemand versucht, uns auf die Probe zu stellen?«

»Aber … die Macht des Erlauchten Imperiums steht doch nicht infrage.«

»Nein. Nein, das tut sie nicht.« Zufriedenheit tränkte seine Stimme, und er lehnte sich auf seinem Stuhl zurück. »Wie Celantis vor dreihundert Jahren gelernt hat. Ich nehme an, Ihr kennt die Geschichte?«

»Gewiss.« Das war eine Geschichte, die zu vergessen Eruvia schwergefallen war, nachdem sich das Erlauchte Imperium von Raverra aus der Wiege weniger Küstenorte zu immer größerem Wachstum aufgeschwungen hatte. »Raverra und die Inseln von Celantis haben Krieg geführt. Als der Doge die Flotte und die Falken in Stellung gebracht hat, um Celantis anzugreifen, hat er ihnen eine letzte Chance zum Frieden eingeräumt. Aber der König von Celantis hat ihm zur Antwort den Kopf seines Sendboten geschickt. Also hat der Doge eine weitere Nachricht mit einem Pfeil über die Stadtmauern geschickt: *Ihr mögt glauben, Euer Königreich sei machtvoll, weil Ihr einen Mann vernichten konntet, doch ich brauche nur einen Mann, um Euer Königreich zu vernichten.* Und dann hat er …« Ich schluckte. »… seinen Feuerhexer losgelassen.«

»Das ist richtig«, bestätigte Niro da Morante mit einem humorlosen Lächeln. »Das Schadfeuer fegte während dreier schrecklicher Tage und Nächte über die Stadt. Mit jedem Opfer, das die Flammen forderten, wurde es stärker. Es ernährte sich vom Leben der Gefallenen. Als hundert tot waren, dann tausend, konnte nichts mehr die Feuersbrunst stoppen, nicht einmal der Hexer selbst. Nur das Wort des Falkners vermochte dem Schrecken ein Ende zu bereiten.«

Ich nickte stumm und presste die Lippen zusammen.

»Aber auf Befehl des Dogen schwieg der Falkner, bis der König von Celantis durch die Hand seiner eigenen Leute den Tod fand und die Generäle vortraten, um sich zu ergeben und um Gnade zu bitten.«

Jener Falkner hatte zugesehen, wie Celantis gebrannt hatte, wohl wissend, dass er dem allen mit nur einem Wort ein Ende hätte machen können. Doch er hatte entschieden, es nicht auszusprechen; aus Loyalität gegenüber seinem Dogen. Hatte sein Schweigen ihn geschmerzt? War er den Rest seines Lebens aus Albträumen hochgeschreckt und hatte die Schreie gehört, das verbrannte Fleisch gerochen?

»Seither haben in der Tat nur wenige gewagt, sich der Erlauchten Stadt Raverra zu widersetzen.« Der Doge legte die Fingerspitzen aneinander. »Folglich mussten wir keine weiteren Königreiche niederbrennen. Ihr seht also, welche Rolle ein Feuerhexer bei der Aufrechterhaltung des Friedens im Reich spielt.«

»Ja.« Über diesen Umweg war er zu meinem Falken zurückgekehrt. Offenbar hatte er nun vor, die Falle zuschnappen zu lassen. Mein Herz schlug zweimal bei jedem Ticken der Uhr. »Das bloße

Wissen, dass wir einen Feuerhexer haben, wird es noch weit unwahrscheinlicher machen, dass irgendjemand sich uns gegenüber feindselig verhält.«

»Und Ihr versteht auch, dass ich einer Sache sicher sein muss: Dass Ihr, sobald ich Euch rufe, das Feuer Eures Falken entfesseln und meinen Befehl unverzüglich ausführen werdet.«

Da hatten wir es. Er hatte mich in die Ecke getrieben. Ich starrte ihn nur an, als ein zynisches Lächeln an einem seiner Mundwinkel zupfte. *Siehst du?*, sagte es. *So einfach ist das alles nicht.*

»Euer Durchlaucht«, sagte ich gedehnt, »sollte die Sicherheit Raverras erfordern, dass ich meinen Falken loslasse, werde ich das tun.«

»Ganz gleich auf welches Ziel?«

»Ich werde Raverra im Fall einer Bedrohung verteidigen.«

»Hmm.« Sein Blick zuckte zu meinem Gesicht, als läse er ein Buch. »Dann erklärt Ihr Euch bereit, meinen Anordnungen zu gehorchen?«

Ich ballte die verbundene Hand, bis der Schmerz aufflammte wie ein roter Sonnenaufgang. Ich konnte nicht Ja sagen, aber ich durfte auch nicht Nein sagen. Und ich konnte nur hoffen, dass er mir nicht an der Nasenspitze ansah, wie sehr ich mir wünschte, Mutter wäre zugegen und würde an meiner Stelle antworten.

»Ich kann mir nicht vorstellen, Euer Durchlaucht«, brachte ich schließlich hervor, »dass Ihr mich je bitten würdet, meinen Falken loszulassen, es sei denn um der Sicherheit Raverras willen.«

Der Doge lachte und feine Falten bildeten sich in seinen Augenwinkeln. »Wohl gesprochen.« Er erhob sich, und ich folgte seinem Beispiel augenblicklich. »Nun gut. Ich denke, damit sollten wir es vorerst gut sein lassen.«

Wie es schien, war das Spiel vorbei. Aber ich hatte keine Ahnung, ob ich gewonnen oder verloren hatte.

»Ihr werdet jedoch zumindest ein wenig Unterricht benötigen«, sagte er. »Wir können nicht riskieren, dass ihr durch eine unbedachte Äußerung den Falken loslasst und die Stallungen niederbrennt.«

Unbedachte Äußerung? Nun fürchtete ich mich davor, irgendetwas zu sagen. Der Doge sah es mir an und lachte wieder.

»Meldet Euch morgen Vormittag zu einer Euch genehmen Zeit in den Stallungen, dann sorgen wir dafür, dass so etwas nicht passieren kann.«

»Euer Durchlaucht, bei allem Respekt, ich kann nicht in die Stallungen ziehen.«

»Das könnt Ihr vielleicht nicht. Aber Ihr könnt sie aufsuchen, um euch unterrichten zu lassen.«

Das klang durchaus vernünftig. »Ja, Euer Durchlaucht.«

»Bis zum nächsten Mal, Amalia Cornaro.«

*

Ich stand allein in dem großen Salon, während der Doge mit allen angemessenen Ehren und Annehmlichkeiten zu seinem Boot geleitet wurde, und meine Beine zitterten, als wäre ich gerade zwanzig Meilen geritten.

Ehe er lange genug weg war, dass ich zumindest daran denken konnte, mich zu setzen, schlüpfte meine Mutter zur Tür herein.

»Das dürfte reichen«, erklärte sie ohne weitere Vorrede. »Du hast keinen Boden an ihn abgegeben, und darauf kommt es an.«

»Du hast gelauscht? Du hast unser Gespräch mitgehört!«

»Mein liebes Kind, natürlich habe ich euch zugehört. Dein Urgroßvater hat sich doch nicht umsonst die Mühe gemacht, all diese Spionagekammern in den Palast einzubauen, damit seine Erben die Privatsphäre anderer unnötig achten. Aber nun müssen wir uns unseren nächsten Zug überlegen.«

Unseren nächsten Zug. Mutter hatte mich noch nie in ihre Machenschaften hineingezogen. Ich wusste nicht, ob ich jetzt Stolz oder Angst empfinden sollte. Vermutlich Angst.

»Mamma … Was ist mit dem Falken?«

»Es dürfte unsere Kontrolle über den Falken nicht beeinträchtigen, einige Lektionen in den Stallungen wahrzunehmen. Lass dich nur nicht von ihnen herumkommandieren oder dir einen militärischen Dienstgrad verleihen.«

»Das habe ich nicht gemeint.« Ich kämpfte darum, die Sorge, die wie eine gefräßige Raupe in meinem Kopf heranwuchs, in Worte zu fassen. »Ganz gleich, was passiert, dieses Mädchen und ich sind für den Rest unseres Lebens aneinandergebunden. Sie kann die Stallungen ohne mich nicht verlassen.«

»Richtig«, stimmte Mutter zu. »Das ist eine problematische Situation.«

»Wenn sie mich nicht mag, könnte sie sogar *sehr* problematisch werden.«

»Dann«, sagte sie, »sorg dafür, dass sie dich mag.«

*

Sorg dafür, dass sie dich mag. Für Mutter war das zweifellos in der Tat so einfach. Aber ich war, wie ich oft genug bewiesen hatte, nicht meine Mutter.

Gewiss, die meisten Leute *verhielten* sich, als würden sie mich mögen. Der Name Cornaro lockte bei jeder eleganten Abendgesellschaft, zu der Mutter mich von meinen Büchern wegzerrte, ein Gewimmel an Bewunderern herbei. Aber selbst dem Lächeln meiner gelehrten Freunde aus der Reichsbibliothek oder der Universität von Raverra haftete etwas Salbungsvolles an, wenn wir uns gemeinsam über die Bücher beugten. Auch da lief es letztlich auf eine ölige Lobhudelei hinaus, die, gepaart mit Furcht, ihre Worte schmierte. Ich war *die* Amalia Cornaro, das machte sich jeder bewusst, ehe er mich auf Fehler in meinen artefaktischen Entwürfen ansprach oder mit mir über die Ursachen des Dreijährigen Krieges diskutierte.

Ich wusste nicht, wie ich *erkennen* sollte, ob mich jemand mochte. Noch viel weniger, wie ich jemanden überzeugen sollte, mich zu mögen, wenn er mir nicht von sich aus gewogen war.

La Contessa brachte oft ein Geschenk mit, wenn sie jemanden zum ersten Mal aufsuchte. Ich hätte wetten mögen, dass das zerlumpte, halb verhungerte Mädchen aus den Unschlitten in seinem

Leben noch nicht viele Geschenke bekommen hatte. Also kämpfte sich mein tapferer Rudersmann durch den morgendlichen Verkehr zum Markt, um mich ans Ufer zu bringen, sodass ich auf dem Weg zu den Stallungen einen Schmuckhändler aufsuchen konnte. Ich erwarb das erste Stück, das meine Aufmerksamkeit erregte, eine hübsche Halskette aus Bernstein. Eine bebrillte Frau wickelte sie sorgfältig für mich in ein Seidentuch.

Wieder in meinem Boot mit dem goldenen Bug fragte ich mich, wie sie wohl war, diese Frau, an die ich für den Rest meines Lebens gebunden war. Temperamentvoll, das stand fest. Schlau möglicherweise, da es ihr gelungen war, ihr Magiermal so lange zu verbergen. Die Art von Mensch, die ich mir zum Freund wünschen würde, hätte ich nicht jegliche Chance auf solch eine Freundschaft in dem Moment zunichtegemacht, in dem ich ihr das Geschüh über das Handgelenk gestreift hatte.

Die Art Freund, die meine Mutter niemals billigen würde, ginge es nicht um einen Falken.

Endlich entkam mein Boot dem überfüllten Reichskanal, fuhr das kurze Stück über die grünen Wasser der Lagune zur Greifvogelinsel und machte am Gästesteg inmitten von schlanken Militärkuttern fest. Die grauen Wände der Stallungen ragten über mir auf. Trotz der kunstvollen Mauern und der spitzen Torbögen wirkten sie furchteinflößend. Schützende Artefaktionsrunen umgaben jede Tür und jedes Fenster und schirmten die Stallungen vor Angreifern und ihren Pfeilen ab. Bewaffnete Wachen mit Musketen und Säbeln beobachteten mich. Niemand eilte herbei, um mir die Hand zu reichen, als ich aus dem Boot kletterte. Gott sei Dank hatte ich auch heute Stiefel und Hosen gewählt, auch wenn der bestickte Brokatstoff mit dem, was ich in den Unschlitten getragen hatte, etwa so viel Ähnlichkeit aufwies wie der Federschmuck eines Pfauen mit dem eines Sperlings.

Als mir unter dem abschätzigen Blick der Wachen gerade unbehaglich zumute wurde, flog die schwere bronzene Doppeltür auf, und Leutnant Verdi stolzierte mit einem erleichterten Lächeln auf den Lippen heraus, um mich in Empfang zu nehmen.

Ich starrte ihn an. Ein blaues Auge leuchtete in prachtvollem Purpur unter seinen welligen Ponyfransen.

»Dama Amalia Cornaro.« Er verbeugte sich, und die Wachen nahmen prompt Haltung an, als sie meinen Namen hörten. »Ich bin so froh, dass Sie gekommen sind.«

Er hörte sich in der Tat froh an. Zu froh. Beinahe verzweifelt. »Stimmt etwas nicht?«

Verdi verzog das Gesicht. »Kommen Sie herein, gnädige Frau, dann werde ich es Ihnen erklären.«

Bis dahin war ich noch nie in den Stallungen gewesen, wenngleich ich die festungsartigen Mauern und die ungleichmäßig verteilten Türme mein ganzes Leben lang über das Wasser hinweg hatte sehen können. Ich hatte mir immer vorgestellt, dies wäre ein düsterer, brütender Ort voller wahnsinniger Magier, und war geradezu enttäuscht, als Verdi mich durch die äußere Befestigungsanlage in einen allerliebsten Garten führte.

Blühende Bäume und Sträucher schufen Nischen und Schlupfwinkel. Ein junger Mann lag ausgestreckt unter einem Baum und las ein Buch; auf einer offenen Rasenfläche traten kreischende Kinder einen Ball umher. Goldene Armbänder glänzten an ihren Handgelenken. Nur ein paar uniformierte Offiziere mit Pistolen an den Hüften, die forschen Schrittes den Garten in Richtung Tor durchquerten, erinnerten daran, dass dies ein militärisches Bollwerk war.

An diesem verbotenen Ort hielt ich mich dicht an meinen Führer, und ich roch den soldatischen Hauch von Leder, Schießpulver und Stahl, der von Verdi ausging. Das war etwas ganz anderes als das Wein-und-Rosenwasser-Miasma, das die Gecken bei Hofe verströmten.

»Wie geht es ihr?«, fragte ich und richtete meinen Geist gestreng auf die vorliegende Angelegenheit aus. »Meinem Falken?«

Verdi berührte vorsichtig den Rand des Blutergusses an seinem Auge. »Der Übergang … fällt ihr nicht leicht.«

»Ich kann nicht behaupten, dass mich das überraschen würde.«

Einer seiner Mundwinkel wanderte zustimmend aufwärts. Das

war nur eine Kleinigkeit, aber formlos genug, um eine Saat der Hoffnung in meine Brust zu legen.

Wir kamen an zwei Mädchen vorbei, die schwatzend an einem Brunnen saßen. Eines trug ein Geschüh, das andere nicht – Falke und Falknerin, nahm ich an. Leutnant Verdi nickte ihnen zu, und sie winkten zur Antwort. Kaum hatten wir die Mädchen passiert, brachen die in unterdrücktes Gekicher aus, aber er schien es gar nicht zu merken. Ich wünschte, ich könnte noch ein bisschen bleiben, um herauszufinden, ob es an seinem Veilchen lag oder daran, dass sie ihn für attraktiv hielten. Aber ganz abgesehen vom falschen Zeitpunkt, war ich in dieser Art der Konversation immer schon furchtbar schlecht gewesen.

»Wir haben sie mit Respekt behandelt und ihr ein behagliches Zimmer eingerichtet.« Verdi deutete auf eines der Ziegelgebäude mit den vielen Fenstern, die den weitläufigen Garten umgaben. »Aber es hilft nichts. Sie waren ja gestern dabei, also können Sie sich vorstellen, wie sie ist.«

»Sie hasst es, hier eingesperrt zu sein.«

Ich hatte von Bauern gehört, die ihren Kindern ein gefälschtes Magiermal verpassten, damit die ganze Familie in die Stallungen ziehen konnte. Aber ich nahm an, dass sich die ganze Sache ein bisschen anders anfühlte, wenn man bewusstlos hergeschleift wurde.

»Sie betrachtet uns als Feinde.« Verdi seufzte. »Ganz besonders mich. Ich hoffe, Sie haben mehr Glück bei ihr.«

»Ich? Ich bin diejenige, die sie gefangen hat.«

»Aber zuerst sind Sie für sie eingetreten. Das muss doch auch zählen.«

Ich erinnerte mich an das Schimmern des Geschühs an ihrem kraftlosen Arm. »Das bezweifle ich.«

Verdi blieb stehen und drehte sich mit gerunzelter Stirn zu mir um. »Gnädige Frau, bitte, ich weiß, Sie schulden mir nichts. Aber Oberst Vasante, die Kommandantin der Falkner, hat mich damit beauftragt, das Durcheinander, das wir geschaffen haben, aufzuräumen. Ich tue mein Bestes, aber Falke und Falkner sind ein Paar. Ein Gespann. Ich brauche Ihre Hilfe.«

»Es ist nicht Ihre Schuld. Ich habe ihr das Geschüh angelegt.« Das Hexenfeuer zu ersticken und sie damit für die Falken zu beanspruchen gehörte zu den wenigen Dingen, die ich wirklich selbst getan hatte, als Amalia, nicht als Cornaro-Erbin. Nun konnte ich mich nicht einfach abwenden und es Verdi und meinem Falken überlassen, mit den Folgen fertigzuwerden. »Ich werde tun, was ich kann.«

»Danke, gnädige Frau.« Er legte eine Hand an sein Herz und verbeugte sich; ich sah seine Halsgrube unter dem Kragen seines Wamses. »Ich bete zu den Grazien, dass es reichen wird.«

Die Herbstluft schien wärmer zu sein, als wir unseren Weg an Rosenbüschen und einem Kräutergarten vorbei zu einem der Ziegelwohnhäuser fortsetzten. Verdi führte mich zu einer unverschlossenen Tür hinein und in ein eichengetäfeltes Treppenhaus.

»Auf die eine oder andere Art müssen wir Sie mit ihr bekanntmachen«, sagte Verdi, als wir im Obergeschoss angelangten. »Wenn sie zu, äh, aggressiv ist, werden wir die Sache vorzeitig abbrechen.«

Ich umklammerte mein Seidenpäckchen. »Muss ich noch irgendetwas wissen, ehe ich sie treffe?«

»Ich wünschte, ich könnte Ihnen etwas über sie erzählen, aber sie will nicht über sich oder ihre Vergangenheit reden. Wir wissen nicht einmal, wie wir Kontakt zu ihren Freunden oder ihrer Familie aufnehmen können, um sie darüber zu informieren, was mit ihr geschehen ist.«

Ich hatte den freudlosen Verdacht, dass es da möglicherweise niemanden gab, dem man etwas hätte erzählen müssen. »Das ist bedauerlich.«

»Eine wichtige Sache noch. Was immer Sie tun, sagen Sie niemals *›Exsolvo‹*.«

»Ex…«

Er wirbelte zu mir herum. Kurz sah ich das Weiße in seinen Augen aufblitzen, und schon lag seine Hand auf meinen Lippen. Ich schwankte auf der obersten Stufe, schmeckte das Salz auf seiner Handfläche, und das Wort erstarb auf meiner Zunge.

Er hielt mich fest. Warm lag seine starke Hand in meinem Rücken. Dann ließ er hastig los. Sein Gesicht war kreideweiß.

»Es tut mir leid, gnädige Frau. Aber Sie dürfen dieses Wort nicht aussprechen, nicht einmal hier draußen. Nicht einmal auf der anderen Seite der Welt. Das ist das Wort der Entsiegelung.«

Mein Herz geriet ins Stolpern, und ich stützte mich mit einer Hand an der Wand ab. Der Geschmack seiner Haut lag immer noch auf meiner Zunge, und ich brauchte einen Moment, um inmitten einer Mischung aus Empörung und Verlegenheit die Bedeutung seiner Worte zu erfassen.

»Oh!« Ich erinnerte mich an den bösen Scherz, den der Doge darüber gemacht hat, ich könnte die Stallungen niederbrennen. Zwei Silben mehr, und er wäre nicht mehr so lustig gewesen. »Also, wenn ich das sage, bekommt sie ihre Magie zurück?«

»Ja. Und in ihrer derzeitigen Stimmung dürfte sie nicht zögern, sie einzusetzen.«

Ich schluckte schwer. »Und wie nehme ich sie ihr wieder?«

»Revincio«, entgegnete er. »Das können Sie so oft sagen, wie Sie wollen.«

»Revincio«, wiederholte ich.

»Richtig. Vergessen Sie es nur nicht.« Er verzog das Gesicht. »Und ich entschuldige mich dafür, Ihnen so nahegekommen zu sein, gnädige Frau.«

Ich winkte nur ab. »Nicht. Ich lasse mich lieber anfassen, als das Kastell in Brand zu stecken und die Treppe hinunterzustürzen.«

»Eine Dame von Verstand. Dennoch wüsste ich es zu schätzen, wenn Sie dem Oberst nichts davon erzählen würden.«

»Hab's schon vergessen.«

Das war natürlich eine glatte Lüge. Der Abdruck seiner Finger wärmte immer noch meinen Rücken.

Als er mich den langen Gang hinuntergeleitete, schien es, als wisse er nicht, was er mit seinen Händen anstellen sollte, und sein Blick huschte immer wieder zu mir. Doch wenn mir das auffiel, musste ich ihn wohl auch immer wieder ansehen. Ich riss mich von den klaren Linien seines Gesichts los und starrte resolut die Porträts längst verstorbener Falken an den Wänden an.

Endlich hielt er vor einer robusten Eichentür inne. »Da sind wir.« Er musterte die Klinke, als könne sie sich jeden Moment in eine Giftschlange verwandeln. »Sind Sie bereit?«

Ich holte tief Luft. »Vermutlich nicht. Aber ich bin gewillt, es zu versuchen.«

»Tapfere Dame.« Er ließ ein Grinsen aufblitzen, das Grübchen offenbarte, die mir bis dahin nicht aufgefallen waren. »Aber das wusste ich längst.«

Bei diesen Worten wurde mir auf unerklärliche Weise warm.

Verdi drückte die Schultern durch und klopfte an die Tür.

»Hau ab«, rief eine barsche Stimme von drinnen. »Ich habe dich gewarnt. Kommst du noch mal hier rein, verpasse ich dir noch ein Veilchen.«

Vielsagend zuckte er mit den Schultern. »Vielleicht ein anderes Mal, gnädige Frau«, sagte er.

»Schon gut.« Wenn ich das nicht jetzt hinter mich brachte, würde ich nur den Mut verlieren. »Entschuldigung«, rief ich. »Ich bin Amalia Cornaro, Ihre neue Falknerin. Ich hatte gehofft, wir könnten uns kennenlernen.«

Kurz herrschte Stille. Dann antwortete sie: »Dann komm rein. Ich schätze, es ist nützlich, dein Gesicht zu kennen, damit ich dich besser hassen kann.«

»Gnädige Frau, Sie müssen das nicht tun«, murmelte Verdi. »Wenn ich Sie mit einem blauen Auge heimschicken muss, werde ich mir das nie verzeihen.«

»Ich bekomme nicht so schnell blaue Flecken«, versicherte ich ihm und öffnete die Tür.

KAPITEL VIER

Der Raum wäre recht schön gewesen, hätte er nicht den Eindruck vermittelt, dass sich Tiere darin eingenistet hatten. Der Schrank stand offen, und von Unterröcken bis zu Korsetts lag alles kreuz und quer über Möbel und Boden verteilt. Teller mit Soßenresten und halb volle Gläser standen auf Tischen, Stühlen und Fensterbänken oder lagen ausgekippt und zerbrochen auf dem Teppich. Hexenmeister benötigten viel Nahrung, um ihre Magie zu speisen, trotzdem konnte ich mir nicht vorstellen, wie dieses dürre Mädchen so viel in nicht einmal einem Tag hatte verzehren können. Um das Durcheinander zu vervollständigen, war jede Schublade und jede Truhe geöffnet und der Inhalt auf das Bett gekippt worden. Tinte und Kosmetik hatten Flecken auf der feinen Tagesdecke hinterlassen.

Inmitten des Chaos' stand das Mädchen von gestern. Eine wilde Kaskade ungekämmter Locken fiel ihm über den Rücken. Die junge Frau trug ein mitternachtsblaues Kleid, dem Anschein nach das beste Kleidungsstück von denen, die man ihr gegeben hatte. In dem unordentlichen Raum wirkte es jedoch erschreckend deplatziert. Sie betrachtete sich in einem ovalen Spiegel. Als ich auf der Schwelle zögerte, sah sie sich über die Schulter zu mir um.

»Du bist also mein Kerkermeister«, höhnte sie. »Dama Amalia Cornaro.«

Ich betrat den Raum, setzte einen Fuß zwischen ein umgekipptes Weinglas und einen wirren Haufen Strümpfe. »Ich fürchte, ich bin Ihnen gegenüber im Nachteil. Wir wurden einander nie richtig vorgestellt.«

Mit einem verächtlichen Schnauben drehte sie sich zu mir um. »›Ich fürchte, ich bin Ihnen gegenüber im Nachteil‹«, äffte sie mich nach. »Na, das ist doch nett. Du kannst eben nicht immer nur die Vorteile mitnehmen.«

Ohne mir meinen Ärger anmerken zu lassen, versuchte ich es noch einmal: »Also … wie heißen Sie?«

»Zaira.«

Für einen Moment wartete ich auf einen Nachnamen, aber schließlich wurde mir klar, dass ich keinen zu hören bekäme.

»Also, Zaira, ich hoffe, wir kommen miteinander zurecht, denn wir werden den Rest unseres Lebens zusammenarbeiten müssen.« Ich hielt ihr das in Seide gewickelte Päckchen hin. »Ich habe Ihnen ein Geschenk mitgebracht.«

Zaira zog geringschätzig eine Braue hoch. Wortlos durchquerte sie den Raum, trat auf Kleider und Teller und riss mir das Päckchen aus der Hand. Aus der Nähe erkannte ich das Magiermal in ihren Augen: ein zusätzlicher Ring um die Pupille. Ihrer war schwarz, und die Iris so dunkel, dass er leicht zu übersehen war. So war es ihr also gelungen zu verheimlichen, was sie war.

Sie riss die gelbe Seide herunter, warf sie auf den Boden und gönnte der Bernsteinkette kaum einen Blick, ehe sie das Kleinod auf das Bett schleuderte.

»Das hier hat nicht gereicht?« Sie schüttelte das goldene Armband an ihrem Handgelenk. »Du musstest mir auch noch ein Halsband beschaffen?«

Ich zerbiss eine scharfe Erwiderung und rang mir stattdessen ein höfliches Lächeln ab, ganz so, als hätte sie sich artig bedankt.

»Gnädige Frau«, mischte sich Verdi hinter mir ein. »Vielleicht wäre es besser, es ein andermal zu versuchen.«

Ich hatte ganz vergessen, dass er da war. Als ich mich umdrehte, sah ich, wie er sich im Gang herumdrückte. »Eigentlich wäre es mir lieb, wenn Sie uns ein paar Augenblicke allein lassen könnten, Leutnant.«

»Sind Sie wirklich sicher?« Er musste mich nicht erst warnen; sein blaues Auge übernahm das für ihn.

»Ziemlich.«

»Also gut«, stimmte er zweifelnd zu. Ehe er endgültig die Tür zumachte, fügte er hinzu: »Rufen Sie mich, falls Sie mich brauchen. Ich werde hier draußen warten.«

Klickend fiel die Tür ins Schloss, und ich war allein mit meinem Falken.

Ehe Zaira etwas sagen konnte, platzte ich heraus: »Es tut mir leid.«

»Es tut dir leid?« Ihre Brauen ruckten gen Haaransatz.

»Ich wollte Ihnen nur helfen. Gegen diese Männer.«

»Tja, wenn du mir helfen wolltest zu entkommen, hast du eine lausige Arbeit abgeliefert.«

»Das hier habe ich nicht gewollt. Ich wusste nicht, dass ich Sie an mich binden werde. Aber ich konnte auch nicht zulassen, dass Sie die ganze Stadt niederbrennen.«

»Und darum sperrst du mich jetzt für den Rest meines Lebens hier ein.« Zaira zupfte an dem Geschüh. »Erwarte nur nicht, dass ich dir auch noch danke.«

»Das tue ich nicht. Aber wir stecken beide in dieser Situation, und ich würde gern das Beste daraus machen.«

»Du hast leicht reden. Du bist nicht diejenige, die hier eingesperrt ist.«

Ich verkniff mir die Bemerkung, dass ich keine einzige verschlossene Tür innerhalb der Stallungen gesehen hatte. »Ist es denn so schlimm? Sie bieten Ihnen hier doch jeden Luxus. Die Leute, die mir unterwegs begegnet sind, wirkten glücklich.«

»Natürlich sind die glücklich. Sie sind hier aufgewachsen. Sie wissen es nicht besser. Und«, fügte Zaira mit einem finsteren Blick hinzu, »sie können auch raus.«

»Das können Sie auch. Nur nicht allein.«

Zaira schnaubte abfällig. »Ich bin überzeugt, du freust dich schon darauf, mich jedes Mal nach draußen zu begleiten, wann immer ich das will. Du wirst natürlich alles stehen und liegen lassen und in die Stallungen eilen, wann immer ich dich rufe. Dreimal täglich, wenn es mir gefällt.«

Dass das nicht passieren würde, wusste ich auch, ohne dass Mutter es mir sagte. »Nun …«

Zaira plusterte sich mit gekünstelt schlaffen Handgelenken auf. »Du kommst her und nimmst mich mit zu all euren schicken Festen. Und wenn deine Mamma in den Ruhestand geht und du zum Rat der Neun stößt, wirst du trotzdem mit Freuden jeden Tag viele Stunden mit mir verbringen und mich begleiten, sobald ich einkaufen gehen möchte.«

»Das ist unrealistisch, und das weißt du genau!«, blaffte ich.

»Durchaus«, stimmte Zaira zu und ließ von dem spöttischen Getue ab. »Realistisch ist vielleicht, dass du einmal am Tag kurz stutzt und dich fragst, was ich wohl gerade mache, und ein paarmal im Monat holst du mich zu einem grässlichen, peinlichen Nachmittag in der Stadt ab. Und ich muss dann so tun, als würde mir das gefallen, denn wenn du hungerst, dann frisst du Scheiße, als wäre das ein Festmahl.«

»Ich … ich hoffe, dass es nicht so läuft.« Ich sehnte mich danach, ihr ein Versprechen zu geben. Ihr zu sagen, ich würde jeden Tag herkommen, und wir könnten hingehen, wo immer sie will. Aber gleichzeitig spürte ich geradezu, wie Mutter mich von der anderen Seite der Lagune aus beobachtete. *Gib niemals ein Versprechen*, pflegte La Contessa zu sagen, *es sei denn, du bist absolut sicher, dass du es halten kannst. Und selbst dann gib dieses Versprechen, wenn du kannst, nur dir selbst und sprich es nicht laut aus.* »Ich würde es gern besser machen.«

»Von guten Absichten kann ich mir nichts kaufen.«

»Schön, was ist denn so dringend, dass du so verzweifelt hier raus willst?«, fragte ich. »Verzeih, aber mir schien, du warst nicht besonders glücklich dort, wo du zuvor warst.«

Zaira wandte sich ab, die Schultern voller Zorn hochgezogen. Ihr Blick fiel auf das einzige Fenster des Raums – und von dort über die Lagune auf die Stadt.

»Da gibt es einen alten Mann«, murmelte sie mürrisch.

»Wen? Deinen Großvater?«

»Alle Höllen, nein.« Zaira fegte die Vorstellung weg wie Dreck.

»Sollte ich Familie haben, dann interessiert sie sich nicht genug für mich, mich das wissen zu lassen, also kann sie von mir aus auch gleich verrotten. Nein, nur ein alter Lumpensammler. Ich bin ihm etwas schuldig.«

»Willst du ihn sehen?« Ich versuchte, mir vorzustellen, wie ich einen Lumpensammler besuchte. Und wie ich das Mutter hinterher erklärte.

»Nein, dumme Kuh.« Zaira schüttelte den Kopf. »Ich habe dir doch gesagt, ich schulde ihm was. Ich will meine Schuld begleichen.«

»Na ja …« Ich hatte Mühe, die Worte herauszubekommen. »Ich nehme an, wenn das wirklich dein Wunsch ist und Leutnant Verdi zustimmt …«

Zaira gab einen erstickten Laut von sich. »Hör auf, ehe du dich zur Lügnerin machst.« Sie musterte mich vom Scheitel bis zur Sohle, als ob sie den Wert einer billigen Vase abschätzte. »Du hast versucht, dich gegenüber Orthys Leuten für mich einzusetzen. Ich schulde dir gar nichts, aber im Gegenzug für deine guten Absichten werde ich dir von meinen erzählen.«

Zaira trat näher, und ihre Stimme verfiel zu einem Zischen: »Hier hast du, was ich im Sinn habe, Frau Kerkermeister: In der Minute, in der du mich freilässt, nein, in der Sekunde, in der du mich von dieser blöden Bindung erlöst, brenne ich mir den Weg hier raus frei. Und wenn sich mir irgendjemand in den Weg stellt, brenne ich notfalls auch die ganzen Stallungen nieder. Hast du mich verstanden?«

»Du hast deinen Standpunkt recht deutlich gemacht, ja.«

»Gut.« Zaira lächelte. »Dann ruf deinen Wachhund. Ich glaube, wir sind fertig.«

*

Verdi seufzte. »Ich nehme an, es war zu optimistisch zu hoffen, sie würde sich für Sie erwärmen.«

»Es ist schwer vorstellbar, dass sie sich für irgendjemanden erwärmen könnte, es sei denn, Sie zählen das Verbrennen von Personen dazu.«

Ich saß auf einer Bank im Garten der Stallungen. Leutnant Verdi thronte mit einem reumütigen Lächeln auf den Lippen auf dem Kopf eines steinernen Löwen. Honigfruchtsträucher umgaben uns und erfüllten die Luft mit ihrem köstlichen Duft. Die gedämpften Rufe, die eine militärische Übung begleiteten, entlarvten die friedliche Atmosphäre als trügerisch.

»Es tut mir leid, dass Sie Ihre Zeit vergeudet haben, gnädige Frau.«

»Sie hat mir keine Chance gegeben.« Ich rupfte ein Blatt von dem arglosen Busch. »Das Schlimmste ist, dass sie nicht unrecht hat. Zaira wird den größten Teil der Zeit hier gefangen sein, anders als die anderen Falken, deren Falkner keine anderen Verpflichtungen zu erfüllen haben, als sich um sie und ihre Sicherheit zu kümmern. Und das wird noch viel schlimmer werden, wenn ich erst in den Rat der Neun aufsteige.«

Verdi breitete eine Hand aus und begutachtete seine Handfläche, als gäbe es da irgendwelche Handlungsanweisungen zu lesen. Einen Moment später sagte er ausgesucht vorsichtig: »Sie könnten versuchen, selbst in die Stallungen zu ziehen. Wenigstens für ein paar Tage, vielleicht für eine Woche. Wir sind wirklich kein so fürchterlicher Umgang.«

Ich schüttelte den Kopf. »Das ist nicht möglich. Außerdem ist die Qualität des Umgangs sicher nicht das Problem, das kann ich Ihnen versichern. Ich kann nichts tun, wodurch ich dem Befehl Ihres Obersts unterstellt wäre, nicht einmal, wenn es nur symbolisch ist. Und dazu gehört auch, in die Stallungen zu ziehen.«

Er spannte und entspannte seine Hände auf den Knien. »Sie sagen also, Sie können nicht einmal *andeuten*, dass Sie Ihre Pflichten als Falknerin ebenso ernst nehmen wie die als Erbin Ihrer Mutter?«

»Ja.«

»Ich verstehe.« Enttäuscht drückte er die Schultern durch, und für einen Moment fürchtete ich, er würde mich anbrüllen. Doch dann stieß er nur einen langen Seufzer aus, und aller etwaiger Ärger mündete in Resignation. »Das macht es noch schwerer, gnädige Frau.«

Als das schlechte Gewissen sich wie ein übler Geschmack auf meine Zunge legte, wäre es mir beinahe lieber gewesen, er hätte gebrüllt. »Es tut mir leid.«

»Wenn ein Falkner nicht in den Stallungen leben und seinen Falken begleiten kann, fällt das ganze System auseinander. Der Frieden des Reiches hängt von der Loyalität seiner Falken ab, und wir können diese Loyalität nur erringen, indem wir ihnen Freiheiten zugestehen.« Er sah mich mit einem kläglichen Ausdruck in den Augen an. »Ich mag mir meine Standpauke von Oberst Vasante dazu eingefangen haben, was für eine unmögliche Situation es in militärischer Hinsicht ist, dass Sie von Ihrem Falken durch die Lagune getrennt sind, aber für Zaira kommt das einer lebenslänglichen Gefängnisstrafe gleich.«

»Ich will ihr das ja gar nicht antun.« Ich fing an, das Blatt zu zerrupfen. »Wenn das Geschüh Zairas Magie bindet, dann ist sie doch keine Gefahr, oder? Diejenigen, die über Magie verfügen, die nicht stark genug ist, ein Mal zu hinterlassen, müssen auch nicht in den Stallungen bleiben. Sie können ihr Leben leben, wie immer es ihnen gefällt. Mit dem Armband hat Zaira weniger Macht als diese Leute. Könnten Sie sie nicht einfach freilassen, Leutnant?«

»Bitte, gnädige Frau, nennen Sie mich Marcello.«

»Also, Marcello.« Mir stieg die Hitze ins Gesicht. Das war ein Erbe meines Vaters aus Callarmorne, an den ich mich kaum erinnern konnte; ich errötete viel schneller als es eine reine Raverranerin mit ihrer dunkleren, olivbronzenen Haut täte.

»Und ich wünschte, ich *könnte* sie gehen lassen, aber so einfach ist das nicht.« Sein Ton wurde düsterer. »Was denken Sie, würde passieren, wenn sie allein durch die Stadt streift, ohne dass Sie dabei sind und ihre Macht entfesseln können, falls sie sich verteidigen muss?«

»Ich nehme an, die Antwort, nach der Sie angeln, lautet nicht: ›Sie könnte glücklich und zufrieden ein ganz normales Leben führen.‹«

»Sie ist eine Hexe«, sagte er. »Selbst Artefaktoren und Alchemisten müssen sich gegen Entführungen wappnen. Jahr für Jahr werden Mordversuche an unseren beiden Sturmhexenmeistern verübt. Wenn wir Zaira gehen lassen, ist sie binnen einer Woche tot oder eine Gefangene. Und falls jemand eine Möglichkeit findet, ihr das Geschüh abzunehmen, könnte derjenige dafür sorgen, dass sie ihr Feuer auf Raverra richtet.«

»Ich dachte, bei diesen Geschühen ginge es gerade darum, dass man sie nicht abnehmen *kann*. Zumindest nicht ohne die Erlaubnis des Falkners und die Hilfe des Meister-Artefaktors.« Das war der Schlüssel zur Macht des Erhabenen Imperiums. Vor Hunderten von Jahren, als all die anderen Nationen und Stadtstaaten von Eruvia Menschen mit dem Magiermal entweder zur Strecke gebracht hatten oder ihrer Macht erlegen waren, hatte Raverras Erfindung des Geschühs dem Land eine Alternative geboten. Eine Möglichkeit, die Magiebegabten an Recht und Gesetz zu binden und zu verhindern, dass sie von skrupellosen Schurken gegen ihr eigenes Land eingesetzt wurden, die allerdings auf Kosten ihrer Unabhängigkeit ging. Die schmalen goldenen Armbänder waren seither einer der am besten gehüteten Aktivposten des Reichs.

»Keine Magie ist unfehlbar, wie Sie selbst gesehen haben, als Zairas Feuer ihr Geschüh geschmolzen und fest verschweißt hat. Sie sollten unzerstörbar sein – und bisher habe ich auch noch nie gehört, dass irgendein Geschüh auch nur einen Kratzer abbekommen hätte.« Marcello schüttelte den Kopf. »Wir können trotzdem nicht riskieren, dass jemand eine Möglichkeit findet, das Geschüh abzunehmen oder auszutricksen. Nicht bei einer Feuerhexe.«

Ich zwirbelte den Stiel des misshandelten Blatts zwischen meinen vom Pflanzensaft klebrig gewordenen Fingern. Inzwischen war nur noch ein Skelett von ihm übrig. »Es kommt mir trotzdem falsch vor, sie gegen ihren Willen festzuhalten.«

»Mag sein. Vielleicht ist es nur das kleinere Übel, die Falken hier unter unseren Schutz zu stellen, und nicht das, was ich mir eigentlich für sie wünschen würde.« Ruhelos erhob er sich und fing an, auf und ab zu gehen. »Sie haben gerade den Kern all meiner

Auseinandersetzungen mit dem Oberst getroffen. Ich glaube, es ist die erste Pflicht des Falkners, Menschen mit dem Magiermal zu schützen und für sie zu sorgen. Zumindest *wünsche* ich mir, dass es so ist. Aber egal, was ich tue oder mit wie viel Mitgefühl ich meine Arbeit erledige, es ändert nichts an der Tatsache, dass das hier ein Heereskörper ist. Es sind Soldaten.« Schrilles Gelächter erklang irgendwo im Garten, und er verzog das Gesicht. »Sogar die Kinder.«

»Und sie haben keine Wahl.« Das war der Teil, der mir zu schaffen machte wie ein Splitter unter dem Fingernagel. »Vom Moment ihrer Geburt an.«

»Wer mit dem Magiermal geboren wird, hat kaum die Chance, eine Wahl zu treffen, selbst wenn ihn nie ein Falkner findet.«

Ein bedrückendes Wissen lastete auf seiner Stimme. Ich hatte Geschichten von allen möglichen Tragödien gehört, die Magiern zugestoßen waren: ermordet von Abergläubischen; gezwungen, ihre Mächte auf zwielichtige Weise zu nutzen; aus Angst von der eigenen Familie verstoßen. Jene, die kein Magiermal trugen, konnten ihre Fähigkeiten wenigstens verbergen; einige schlugen sich sogar recht gut in der Welt dort draußen, eröffneten Zauberläden oder suchten sich einen reichen Gönner. Aber die schwächere Magie derjenigen, die kein Mal trugen, stellte auch eine erheblich geringere Verlockung oder Bedrohung dar. Vielleicht einer unter hundert Leuten besaß die Fähigkeit, magische Energie zu manipulieren, doch ohne das Mal konnten sie nicht viel ausrichten, und es mangelte ihnen an Kontrolle. Ihre Möglichkeiten waren begrenzt.

Jene, die ein Magiermal trugen, waren noch hundertmal seltener und konnten weitaus mehr Energie kanalisieren. Dank ihrer erheblich größeren Gewandtheit auf dem Gebiet der Magie und ihrer feineren Wahrnehmung, die mit dem verräterischen Ring in ihren Augen einherging, fiel ihnen das sogar so leicht wie das Atmen. Sie waren menschliche Wesen, Männer und Frauen, die liebten und träumten und sich ängstigten, genau wie ich. Leute, die Angehörige und ein eigenes Leben hatten. Doch ihre Macht stellte auch eine kostbare Ressource dar, und viele sahen nicht mehr als das. Ich konnte mir kaum vorstellen, welche furchtbaren Geschichten sich Marcello in seinen Jahren als Falkner offenbart haben mussten.

»Marcello.« Ich zauderte, drehte meine Frage im Geiste hin und her, um eine passende Formulierung zu finden. »Haben Sie Ihren Falken je losgelassen, um … Schaden anzurichten?«

»Nein«, sagte er leise. »Mein Falke ist eine Artefaktorin; sie stellt nur Dinge her. Also, nein, mit so etwas musste ich mich nicht befassen. Aber nach fünf Jahren bei den Falknern weiß ich, was Magie anrichten kann. Ich gab den Befehl, einen Vivomanten loszulassen, der dann einen Löwen verhexte, auf dass dieser drei Banditen in Osta tötet. Das war … unschön. Und ich habe einem Sturmhexer befohlen, ein Piratenschiff zu versenken, während die ganze Besatzung auf Deck war.« Er schüttelte den Kopf. »Magie tötet unsauber.«

Ich zerdrückte das zerfetzte Blatt. »Ich nehme an, das ist nicht so anders als ein Todesurteil, das der Rat der Neun erlässt. Ich sollte mich wohl an diese Vorstellung gewöhnen.«

»Vielleicht nicht. Vielleicht sollten Sie sich besser nie daran gewöhnen.« Er lächelte verlegen, als hätte ich ihn bei irgendeiner Dummheit erwischt. »Der Oberst hält mich für zu weich. Sie sagt, ich müsse härter werden, wenn ich eines Tages die Falken übernehmen will.«

»Und wollen Sie das?« Ich musste einige Male im Monat in einem Militärrat sitzen, weil Mutter hoffte, ich würde dabei etwas lernen; dort gab es nur kalte, abgestumpfte alte Männer und Frauen mit harten Augen. Jetzt versuchte ich, mir Marcello als Kommandanten der wichtigsten Militäreinheit des Imperiums vorzustellen. In Marcellos klaren, jungen Zügen lag geradezu ein Übermaß an Wärme und Ausdruck.

Aber er nickte entschlossen. »Ja. Es gibt keinen besseren Platz, um sich für die Falken einzusetzen, als den an der Spitze. Ich bin bereits stellvertretender Kommandant der Stallungen – was sich allerdings wichtiger anhört, als es ist. In erster Linie bin ich für die Ausbildung zuständig, denn Kämpfe hat es hier noch nie gegeben.

Aber ich könnte mehr tun, wäre ich Oberst.« Wieder lächelte er, und der gepeinigte Ausdruck, der damit einherging, rührte etwas in meiner Brust. »Außerdem haben mein Vater und mein Bruder so lange ich mich erinnern kann steif und fest behauptet, ich sei eine Enttäuschung. Ich kann mir keine geeignetere Methode vorstellen, um ihnen zu beweisen, wie falsch sie liegen.«

»Tatsächlich? Ihre eigene Familie?« Der Gedanke kam mir fremd und bedrohlich zugleich vor. »Ich enttäusche meine Mutter ständig, aber nur, weil sie mehr von mir erwartet, als ich liefere, nicht weniger.«

Er setzte sich wieder auf den Löwenkopf. Ein alter, bitterer Schmerz geisterte durch seine Augen. »Mein Bruder ist das goldene Kind, der Erbe, Sohn der ersten, geliebten Gemahlin, die zu jung gestorben ist. Meine kleine Schwester und ich sind die unerwünschten Nachkömmlinge, geboren von der lästigen zweiten Frau, die davongelaufen ist, um sich dem Theater anzuschließen, und uns zurückgelassen hat.«

»Das ist grausam. Seine Kinder einfach so im Stich zu lassen.«

Marcello zuckte mit den Schultern. »Ich werfe es ihr nicht vor. Nicht sehr. Mit meinem Vater zu leben, ist nicht einfach. Es gibt einen Grund, warum ich mit vierzehn Falkner geworden bin. Nun ja, mehr als nur einen, aber aus seinem Haus herauszukommen, hat durchaus eine Rolle gespielt.«

Ich starrte ihn an. Eine sehnsuchtsvolle Schwere hatte seine Brauen herabgezogen und dämpfte seine Mimik. Etwas an ihm hatte seit unserer ersten Begegnung in meinem Hinterkopf rumort wie die vergessenen Zeilen eines Lieds. Etwas, das ich in der Welt der sorgsam gewählten Worte und des höfischen Glanzes meiner Mutter nie zu sehen bekam. Und nun erkannte ich endlich, was es war: Verletzlichkeit.

Für einen Moment fiel mir kein Wort ein, das nicht dumm gewesen wäre, also beschäftigte ich mich damit, an einem losen Faden meiner Jacke herumzufummeln.

»Marcello«, fragte ich nach einer Weile, »was machen wir nun mit Zaira?«

Er seufzte schwer. »Wir versuchen es morgen noch einmal. Mehr können wir nicht tun.«

*

Keine Minute, nachdem ich aus dem Boot geklettert war, das mich aus den Stallungen nach Hause gebracht hatte, zog mich Mutter in der Eingangshalle unseres Palasts beiseite.

»Es ist nicht gut gelaufen, richtig?«, fragte sie nach einem einzigen Blick in mein Gesicht.

»Sie ist nicht glücklich mit mir, Mamma.«

»Ich möchte alles darüber hören. Aber im Moment habe ich ein paar Ratsmitglieder zu Gast, mit denen ich Neuigkeiten des Geheimdienstes durchgehen muss. Warte in der Bibliothek auf mich; ich bin überzeugt, dort findest du genug Ablenkung.«

»Eine Besprechung mit dem Geheimdienst?« Ich runzelte die Stirn. Das war nicht der übliche Tag für so eine Angelegenheit, also musste etwas vorgefallen sein. »Hat das etwas mit meinem Falken zu tun?«

»Vielleicht. Ich hoffe nicht. Jetzt geh in die Bibliothek. Ich komme zu dir, sobald es vorbei ist.«

»Ja, Mamma.«

Sie verschwand wieder in dem Salon, aus dem sie gekommen war, als würde ein mächtiger Strom sie wieder einmal in das Zentrum einer Intrige tragen. Brav machte ich mich unterdes auf den Weg in die Bibliothek, obwohl mir nach dem fehlgeschlagenen Treffen mit Zaira und den unheilschwangeren Worten meiner Mutter eher nach Grübeln als nach Lesen zumute war.

Da wehte Mutters Stimme durch die Tür des Salons herbei. »Zurück zum Thema Ardence.«

Ich erstarrte mitten im Schritt, beinahe, als hätte sie meinen Namen gerufen. Schon wieder Ardence. Und dazu eine Angelegenheit, von der sie hoffte, dass sie nichts mit meinem Falken zu tun hatte.

Für die Stadt, die ich ein Jahr lang mein Zuhause genannt hatte, konnte es nichts Gutes bedeuten, so viel Interesse beim Rat der Neun zu erregen. Dessen Aufmerksamkeit war selten jemandem zuträglich, auch dann nicht, wenn kein Feuerhexer beteiligt war. Doch ehe ich noch länger lauschen konnte, rauschte Anzo, einer unserer älteren Diener, mit einem Tablett Wein vorüber und bedachte mich mit einem schiefen Blick, als er mich in der Eingangshalle zögern sah. Ich hatte keinen legitimen Grund, mich noch länger dort aufzuhalten; wäre ich immer noch da, wenn er den Salon wieder verließ, würde er mich höflich, aber bestimmt davonscheuchen.

Aber es gab einen Lauschposten in der Bibliothek, die ich nun eilends aufsuchte.

Der Geruch nach Leder und alten Buchseiten, der die Bibliothek beherrschte, half, die Spannung in meinen Schultern zu lösen. Meine bevorzugte Chaiselongue lud mich ein, mich mit einem guten Buch auf ihr niederzulassen und mir ein Glas süßen Dessertweins und vielleicht ein paar Kekse bringen zu lassen. Aber statt mich dem Sog der wohlbekannten Regale voller Bücher über Geschichte, Wissenschaften und Magietheorie hinzugeben, marschierte ich zu einem ganz bestimmten schmalen Bücherschrank an der Wand, die sich die Bibliothek mit dem Salon teilte.

Ich schob die Finger hinter eine geschnitzte Ranke im dekorativen Rahmen und öffnete die geheime Tür; sorgsam darauf bedacht, sie nicht so kraftvoll aufzureißen, dass alle Bücher herausfielen. Das hatte ich als Kind einmal getan.

Der enge Raum in der Wand enthielt wenig mehr als eine Bank mit einem roten Samtkissen, das kaum breit genug für meine Hüften war, und einen auf die Wand gezeichneten Artefaktionszirkel. Die Runen und konzentrischen Kreise verstärkten alle Geräusche, die in diesen Lauschposten eindrangen, dämpften jedoch jene, die aus ihm herausschollen.

Ich quetschte mich hinein und schloss die Tür, stürzte mich in die Finsternis, und sofort war ich umgeben von der Stimme des Dogen.

»… neue Herzog ist zu weit gegangen. Aufsässige Adlige, die

von einem unabhängigen Ardence träumen, sind eine Sache, aber wenn Herzog Astor Bergandon persönlich Steuern von raverranischen Händlern erhebt, ist das ein direkter Verstoß gegen die Erlauchten Verträge. Eine derart dreiste Infragestellung der Übereinkunft, die immerhin das Fundament des Imperiums bildet, werde ich nicht dulden.«

Ich hielt mich am Rand der Bank fest. Das hörte sich nicht gut an. Was dachte sich der Herzog von Ardence dabei? Raverra ließ den Regierungen seiner Vasallenstaaten weitgehend freie Hand; aber die Erlauchten Verträge – jener Pakt, der die grundlegenden Beziehungen zwischen Raverra und den tributpflichtigen Städten und Ländern des Imperiums regelte, waren unantastbar.

»Das beweist nur, was ich gesagt habe. Wir räumen den Stadtstaaten wie Ardence viel zu viele Freiheiten ein.« Das war eine neue Stimme, ein nasaler, männlicher Tenor: Baron Leodra, der sich für einen Rivalen meiner Mutter hielt. »Die Erlauchte Stadt sollte das Kommando übernehmen, um solchen Unsinn schon im Keim zu ersticken.«

»Herzog Astor genießt nicht mehr Freiheiten als sein Vater oder all die anderen Bergandons vor ihm, die sich zweihundert Jahre lang friedfertig an die Erlauchten Verträge gehalten haben.« La Contessas Tonfall erteilte Leodras Vorschlag eine Absage. »Das Problem ist nicht, dass Ardence sich selbst regiert. Das Problem ist, dass dieser spezielle Herzog ein Esel ist.«

»Und doch hat der Erlauchte Gesandte zu Ardence – Euer eigener Cousin – schon vor Wochen um eine Vollmacht gebeten, um Entscheidungen Herzog Astors außer Kraft zu setzen.« Leodras Stimme wurde höher und lauter. »Ich sage, wir gehen noch einen Schritt weiter und entziehen dem Herzog von Ardence jegliche Machtbefugnisse.«

»*Wünscht* Ihr, dass all unsere tributpflichtigen Staaten rebellieren?«, fragte Mutter bissig. »Denn genau das wird geschehen, wenn Ihr einen unabhängigen Regenten wegen solch einer Kleinigkeit aus dem Amt entfernt. Ich habe zu hart daran gearbeitet, die gesamte Nation Callamorne in das Imperium zu integrieren, um sie nun wegen einer geringfügigen Unstimmigkeit mit einer einzigen Stadt wieder zu verlieren. Und was meinen Cousin betrifft …« Seide raschelte. »Ignazio hatte ein gutes Verhältnis mit dem alten Herzog und hat als Erlauchter Gesandter über zehn Jahre herzliche Beziehungen zu Ardence gepflegt. Doch wie es scheint, ist dieser neue Herzog zu unbesonnen, um positiv auf Ignazios subtile Anleitungen zu reagieren, und er begreift nicht, auf welch gravierende Weise er die Erlauchte Stadt provoziert hat. Wir brauchen eine härtere Hand am Ruder, bis Astor Bergandon sich eingewöhnt hat.«

»Ihr würdet Euren eigenen Cousin von solch einem begehrten Posten abziehen?«

Die spröde Verwunderung des Dogen war nur ein schwaches Spiegelbild meines Schreckens. Ignazio – Onkel Ignazio, wie ich ihn nannte – hatte mich während meines Jahres in Ardence bei sich aufgenommen, und er war auch derjenige, der mir mein Elixier braute. Er hatte mich mit Büchern über Alchemie und Geschichte beschenkt und mit vielen Stunden intelligenter Konversation verwöhnt. Ich konnte mir nicht vorstellen, dass er glücklich darüber wäre, seine Position als imperiale Macht hinter dem Herzogsthron von Ardence zu verlieren.

»Ruft ihn heim und gebt ihm einen anderen honorigen Titel.« Ich konnte das Schulterzucken meiner Mutter in ihrem Ton hören. »Macht ihn zum Schatzkanzler. Er ist recht gut mit Zahlen.«

»Die Antwort auf den Verrat Ardences muss aus einer drastischen Strafe bestehen, nicht der Entsendung eines neuen Kindermädchens«, widersprach Baron Leodra. »Überdies haben wir bereits eine Schatzkanzlerin. Ich selbst habe sie im letzten Jahr ernannt.«

»Und sie ist eine stumpfsinnige Kreatur ohne Flair und Vorstellungsvermögen, die Fehler begeht.« Gläserklirren. »Sie kann ihres Amtes enthoben werden.«

»Nun gut«, ging der Doge dazwischen, als Baron Leodra gerade hörbar Luft holte. »Wir können heute Abend bei der Generalversammlung des Rates über Ignazios Ablösung als Erlauchter Gesandter diskutieren. Haben wir noch irgendwelche anderen neuen Informationen, die für die Lage in Ardence relevant sind?«

»Nur eines noch.« La Contessas Stimme wurde leiser, ihr Ton erbittert. »Etwas, das uns weitaus mehr Ärger einbringen wird als ein Verstoß gegen die Erlauchten Verträge, wenn wir nicht alsbald dagegen angehen.«

Ich spitzte die Ohren.

Licht fiel auf mich und riss den Artefaktionskreis an der Wand aus dem Dunkel, und die Stimmen verstummten. Ich wirbelte herum und sah Ciardha in der offenen Tür stehen, eine Braue in vornehmem Tadel hochgezogen.

KAPITEL FÜNF

Ich kann das erklären!« Ich sprang auf und schlug mir prompt den Kopf an der niedrigen Decke des Horchpostens an. »Ich wollte nur …«

Ciardha hob einen Finger an ihre Lippen. »Eine Cornaro muss sich nicht erklären, gnädige Frau. Aber Eure Mutter wäre sehr enttäuscht.«

Scham stieg mir sengend heiß den Hals empor. »Ich hätte nicht lauschen sollen.«

»Nein, gnädige Frau. Zu lauschen ist eine vornehme Tradition der raverranischen Elite. Ihr hättet Euch jedoch nicht erwischen lassen sollen.« Sie trat zur Seite und winkte mich aus der geheimen Kammer. »Ihr müsst besser darauf achten, was um Euch herum vorgeht, gnädige Frau. Um Eurer eigenen Sicherheit willen.«

»Ah.« Meine Stimme war belegt vor lauter Verlegenheit. »Ich werde daran arbeiten.«

»Dennoch wird La Contessa gewiss erfreut sein, dass Ihr endlich ein Interesse für Politik erkennen lasst.« Ciardhas zur Seite geneigter Kopf deutete ein stummes Fragezeichen an.

Ich sank in einen Sessel am Kamin. »Ich bin weniger an Politik interessiert als besorgt um Ardence.«

Ciardha nickte. »Ihr habt dort Freunde.«

»Ja. All meine Freunde von der Universität.« Ich faltete die Hände und presste sie zusammen. »Meine alte Studienkollegin Venasha hat ein Baby. Sie und ihre Familie sind wegen dieser Narreteien in Gefahr.«

Venasha hatte eine Theorie, derzufolge neue Umgebungen den Geist anregen. Darum hatte ich zusammen mit ihr viele Stunden lang an allerlei ungewöhnlichen Orten die Nase in Bücher gesteckt; etwa auf einem am Ufer vertäuten Boot auf dem Fluss Arden, auf dem Dach der Universität. Einmal hatten wir da oben Spitzenunterwäsche gefunden, und Venasha war irgendwie zu dem Schluss gekommen, dass sie ihrer Philosophieprofessorin gehörte. Danach hatte ich der Professorin nie wieder in die Augen sehen können.

»Und Domenic ist der Cousin des Herzogs«, fügte ich hinzu, »also wird ihm unter Umständen ein Teil der Schuld aufgeladen. Und dann ist da natürlich noch Onkel Ignazio.« Meine Schultern sackten nach vorn, als ich daran dachte, wie beiläufig meine Mutter vorgeschlagen hatte, ihn seines Amtes zu entheben. »Der Doge hat mir gesagt, er beabsichtige, jedem, der sich gegen das Erlauchte Imperium stellt, mit meinem Falken zu drohen. Darum ist das nicht politisch, sondern persönlich.«

Ciardha lächelte schwach. »Politik ist immer persönlich, gnädige Frau.«

»Die Vorstellung, man könnte mich als Druckmittel gegen meine Freunde benutzen, gefällt mir nicht.«

»Dann, gnädige Frau, habe ich einen Rat für Euch.« Ciardha schaute mich aus ihren dunklen Augen an. »Lasst Euch nicht benutzen.«

*

»Die Grazie der Weisheit muss mich verabscheuen, dass sie mich mit so einem Haufen Idioten zusammensperrt.« In einem Klassenraum mit kahlen Wänden starrte Zaira mich und Marcello mit vor der Brust verschränkten Armen trotzig an. Ein Halbkreis aus hölzernen Stühlen rahmte eine breite Plattform auf einer Seite des Raums ein. Marcello und ich hatten Platz genommen und einen Stuhl zwischen uns frei gelassen, aber Zaira war stehen geblieben.

»Wenn du geruhen würdest, trotzdem mit uns zu reden«, sagte Marcello matt, »können wir die Befragung, die wir gemäß den Vorschriften bei jedem neuen Falken durchführen müssen, endlich hinter uns bringen und mit der Ausbildung beginnen, für die

Dama Amalia in die Stallungen gekommen ist. Ich habe nur noch eine Stunde, ehe ich mit dem Boot zum Festland übersetzen muss, um einer Beschuldigung bezüglich verfluchter Rinder nachzugehen.«

Zaira schnaubte verächtlich. »Gut zu wissen, dass ich für dich noch hinter Rindviechern rangiere.«

Oje. Ich nahm an, ich hätte nicht verwundert sein sollen, dass wir auch dieses Mal kein leichtes Spiel hatten, aber er war ihr auch direkt in die Falle gegangen.

Marcello sah aus, als wollte er widersprechen, doch dann seufzte er nur und ließ die Sache fallen. »Also, Zaira, willkommen bei den Falken. Nachdem wir für deine Sicherheit gesorgt haben, hat es für uns oberste Priorität, uns um deine Familie zu kümmern. Gibt es da irgendjemanden, um den du dir vielleicht Sorgen machst?«

»Das habt ihr mich schon einmal gefragt.« Ihr Gesicht war ein verschlossenes Tor, hart und ausdruckslos.

»Und du hast nicht geantwortet, also frage ich dich noch einmal.«

Zairas Schultern zuckten kaum merklich. »Ich habe keine Familie.«

Sie sprach das Wort aus, als bezeichne es eine besonders abscheuliche Geschlechtskrankheit, mit der sie auf keinen Fall irgendetwas zu tun haben wollte.

Marcellos Ton wurde milder. »Auch sonst niemanden, um den du dich sorgst oder von dem du denkst, dass er sich um dich sorgt?«

»Niemand.« Zaira sprach in einem Ton, der endgültig klang.

»Freunde?«, drang Marcello weiter in sie. »Geschäftspartner? Es ist wichtig für uns zu erfahren, mit wem du in Verbindung stehst. Nicht nur, um dir gerecht zu werden, sondern auch, um sicherzustellen, dass Raverras Feinde sie nicht gegen dich benutzen.«

Zaira musterte Marcellos Gesicht demonstrativ. »Dein Veilchen wird schon schwächer. Wenn du mir immer wieder die gleiche Frage stellst, frische ich es gern auf.«

Marcello verzog das Gesicht. »Also schön. Wie steht es mit Feinden?«

»Orthys«, sagte sie prompt. »Möge der Dämon der Korruption seine stinkenden Innereien verfaulen lassen.«

»Seine Männer haben etwas über einen Vertrag gesagt, als sie dich angriffen«, fiel mir ein.

»Diese alte Bilgenratte behauptet, es gäbe ein Papier, auf dem steht, dass meine Mutter mich an ihn verkauft hat und ich für ihn arbeiten muss.« Sie bleckte die Zähne. »Aber ich habe keine Mutter. Und ich kann nicht lesen. Und Papier brennt.«

»Aha.« Ich verdaute mühsam ihre fesselnde juristische Argumentation. »Nun, ich bin froh, dass er dich nicht in die Finger gekriegt hat.«

Zaira bedachte mich mit einem geringschätzigen Blick. »Bilde dir nur nicht ein, du hättest mich vor irgendetwas gerettet. Ein Geschüh ist schlimmer als irgendein verdammter Vertrag.«

Marcello legte eine Hand über die Augen, aber er schluckte ihren Köder nicht. »Du hast also gemäß diesem Vertrag für Orthys gearbeitet und bist dann fortgelaufen?«

»Ich habe ihm nie gehört. Ich war so frei wie die Möwen, die auf den Reichspalast scheißen, bis ihr Kerkermeister mich entdeckt habt.« Sie spuckte auf den Boden. Marcello zog eine Grimasse, als ihr Speichel auf eine offenbar wohlgeübte Weise über die polierten Bohlen schoss. Ich wandte den Blick ab. »Bis vor fünf oder sechs Jahren hatte ich noch nie von diesem Vertrag gehört. Meine liebe Mutter ist nach meiner Geburt nicht lange genug geblieben, um mir davon zu erzählen. Orthys kommt nur alle paar Monate in die Stadt, also muss ich bloß seinem Abschaum aus dem Weg gehen, wenn sein Schiff im Hafen liegt.«

»Ist er ein Schmuggler?«, fragte ich.

»Ich bin überzeugt, er ist ein braver, aufrechter Bürger des Imperiums, der ordnungsgemäß seine Steuern zahlt, so wie all die anderen hier, die versuchen, ein Mädchen gegen seinen Willen zu verschleppen.«

Marcello ging nicht darauf ein. »Also, wer hat dich aufgezogen, wenn du keine Familie hast und auch nicht bei Orthys groß geworden bist?«

Endlich warf sich Zaira mit einem Ausdruck der Ermattung auf einen Stuhl, so weit von uns entfernt wie nur möglich. »Niemand. Das ist nicht von Bedeutung. Bei den Titten der Grazie der Barmherzigkeit, können wir meine Lebensgeschichte endlich hinter uns lassen? Es gab einmal ein Mädchen namens Zaira, das ganz zufrieden in den Unschlitten lebte, bis irgendwelche hochnäsigen Trottel sie in die Stallungen gesperrt und zu Tode gelangweilt haben. Ende.«

»Nun gut.« Marcello seufzte. »Es gibt noch mehr Fragen, die ich dir stellen sollte, aber wir können uns stattdessen auch erst deiner Ausbildung zuwenden.«

Zaira richtete sich auf und funkelte ihn an. »Ach? Ihr werdet wohl mein Feuer freigeben müssen, wenn ihr wollt, dass ich den Umgang damit übe.«

Ich sah Marcello an. Das hörte sich nach einer furchtbaren Idee an, vor allem, wenn sie so begierig darauf war.

Er stützte sich auf die Ellbogen und erwiderte Zairas Blick. »Ehe wir mit irgendwelchen praktischen Übungen beginnen, müssen wir eine Partnerschaft zwischen dir und deiner Falknerin aufbauen.«

»Partnerschaft«, wiederholte sie tonlos. »So nennt ihr das?«

»Eine Partnerschaft unter Gleichen«, bekräftigte Marcello. »Deine Falknerin kann dir keine Befehle erteilen, das dürfen nur vorgesetzte Offiziere. Von denen einige, wie ich hinzufügen möchte, Falken sind.«

»Ach, dann nehme ich an, die können ihren Falknern einfach befehlen, sie zu begleiten, wann immer sie die Stallungen verlassen wollen?« Skeptisch zog Zaira eine Braue hoch.

»Sie müssen niemandem Befehle erteilen. Sie können einfach gehen, wenn sie es wünschen, und ihre Falkner begleiten sie. Denn sie vertrauen einander.« Marcello legte eine Hand auf sein Herz und beugte sich vor, als könnte er Zaira mittels Gedankenkraft dazu bringen, nachzugeben und ihm Glauben zu schenken. »Das Erste, was ein Falke und ein Falkner lernen müssen – das Erste und das Wichtigste –, ist Vertrauen. Das ist das Fundament, auf dem jede Partnerschaft steht. Haben wir das nicht, können wir nicht weitermachen.«

Zaira schürzte die Lippen. »Ich nehme an, jetzt erwartet ihr von mir, dass ich brav hier sitze und mir eine Lektion darüber anhöre, warum man auf eine Göre aus den Unschlitten nicht zählen kann.«

Zwischen Marcellos Brauen erschien eine tiefe Furche, und für einen Moment glaubte ich, er würde sich mit ihr anlegen. Aber er schüttelte den Kopf. »Nein. Ich behaupte, wir können von *dir* nicht erwarten, dass du jemandem vertraust, der dich gewaltsam hierhergebracht hat. Noch nicht. Wir müssen uns *dein* Vertrauen verdienen. Wenn wir das geschafft haben, werden wir bereits wissen, dass wir auch auf dich zählen können.«

»Tja, dann habt ihr wohl Pech. Denn ich vertraue niemandem.« Zaira stand auf, kehrte uns den Rücken zu und starrte durch das Fenster hinaus auf die See.

»Du könntest es lernen«, wandte ich ein.

»Die Lektion ist beendet.« Ihre Stimme klang so kalt und hart wie die Klinge eines Dolchs. »Wenn du Vertrauen willst, dann geh und kauf dir welches mit deinen Bergen von Gold, reiches Gör. Meines ist unverkäuflich.«

Draußen im Korridor ließ sich Marcello gegen die Wand fallen, so kraftlos wie ein Segel, wenn der Wind sich legt. »Sie ist unmöglich. Ich weiß nicht, was ich tun soll.«

»Solche Probleme müssen Sie doch schon früher gehabt haben.« Ich zögerte einen Moment, ehe ich mich neben ihm an die edle Eichentäfelung lehnte. »Es ist doch sicher nicht jeder Falke begeistert darüber, in die Stallungen zu kommen.«

»Nein, die anderen kommen schon als Kinder her. Das ist etwas ganz anderes. Da besteht die Herausforderung für uns darin, die Eltern zu überzeugen, dass dies das Beste für ihr Kind ist. Es geht darum zu besprechen, ob die Familie ebenfalls in die Stallungen zieht oder ob sie einander einfach nur besuchen wollen.« Ein Schatten huschte über seine Augen. »Manchmal hat das Kind keine Familie, aber wenn das der Fall ist, dann retten wir es meist aus einer Lage, die schlimm genug ist, dass es sich freut herzukommen. Mit einem neuen unkooperativen erwachsenen Falken hatte ich es noch nie zu tun.«

»Nicht ein Mal in den ganzen fünf Jahren?«

»Das Magiermal ist normalerweise bereits bei Vierjährigen voll ausgebildet. Es ist schwer zu verheimlichen, und so finden wir sie, wenn uns niemand zuvorkommt. Aber Sie haben ihre Augen ja gesehen – ihr Magiermal ist schwarz und kaum zu erkennen. Sie muss es all die Jahre verheimlicht haben.«

Ich seufzte schwer. »Darum hat sie niemanden, der ihr nahesteht. Keine Freunde, keine Partner, keine Geliebten. Weil die ihr in die Augen sehen würden.«

»Grazie der Barmherzigkeit.« Er legte eine Hand an sein Gesicht. »Das ist furchtbar.«

»Es klingt nach einer schrecklichen Art zu leben«, stimmte ich zu.

»Ich weiß nicht, wie wir das überwinden können, um ein Band zwischen Ihnen und ihr zu formen.« Er schenkte mir ein reumütiges Lächeln. Ein Grübchen formte ein Komma auf seiner Wange, und plötzlich schien der Raum zwischen uns zu klein, die Luft zu warm zu sein. »Umso mehr, wenn Sie immer nur ein oder zwei Stunden herkommen können.«

Ich wollte Widerspruch erheben, aber er hatte recht. Während ich in Gedanken das Problem wälzte, trommelte ich mit den Fingern an der Wand.

»Ich sollte sie mitnehmen, raus aus den Stallungen.« Eine respekteinflößende Vorstellung.

Er strich sich erkennbar besorgt mit den Fingern durch das Haar. »Ja, die Grazien mögen uns helfen, aber ich glaube, das sollten Sie.«

*

Exsolvo war kein Wort, das in einer beiläufigen Unterhaltung zur Sprache kam. Nichtsdestoweniger musste ich erkennen, dass ich schreckliche Angst hatte, es könnte mir aus irgendeinem Grund entschlüpfen.

Meinem Seelenfrieden war auch nicht gerade dadurch gedient, dass Zaira sich auf dem Markt auf eine Weise umblickte, die andeutete, dass sie zutiefst enttäuscht war, weil nichts in Flammen aufging. Und unter all den überdachten Holzständen voller Obst und Gemüse, zwischen denen sich eine dichte Menschenmenge hindurchschob, gab es eine verstörend große Anzahl brennbarer Gegenstände. Ich nahm an, ich müsste mir zumindest keine Sorgen mehr darüber machen, dass ich gezwungen werden könnte, Zaira auf Ardence loszulassen, wenn sie vorher Raverra in Schutt und Asche legte.

»Das ist albern«, grollte Zaira und befingerte eine Traube Honigfrüchte. Der Händler warf einen nervösen Blick auf ihre scharlachrote Uniform, während er mit einem Kunden feilschte. »Ich will kein gammliges Gemüse kaufen, ich will mit dem Lumpensammler in den Unschlitten reden.«

Das Gemüse war weit davon entfernt, gammlig zu sein. Ich ging nicht oft zum Bauernmarkt – mein Umgang mit Nahrung begann tendenziell erst dann, wenn sie verzehrfertig auf dem Tisch lag –, aber das satte Grün und das lebendige Rot der Waren um mich herum leuchtete so strahlend wie kostbare Juwelen. Der Geruch von Pfirsichen und Feigen neckte meine Nase, und die Rufe der Markthändler vereinten sich zu einer munteren Musik. Der Tempel der Großzügigkeit thronte gutmütig über dem Platz. Früchte und Blumen waren in seine Säulen gemeißelt worden. Hüter des Schreins verteilten auf seinen Stufen übrig gebliebenes Getreide und angeschlagenes Obst von den Markthändlern an die Armen.

Ich musste das hier irgendwie hinkriegen, ganz egal, wie missmutig Zaira war. Umso mehr, da ich keinen Zweifel daran hatte, dass sowohl Mutter als auch der Doge über diesen Ausflug informiert werden würden.

»Ich habe den Leutnant gefragt, ob wir diesen Lumpensammler suchen dürfen.« Ich sah mich zu Marcello um, der sich ein paar

Schritte von uns entfernt herumdrückte. Sein Blick huschte von mir zu Zaira. Er hatte uns den ganzen Morgen genau im Auge behalten. »Er meint, wir sollten mit etwas Einfacherem beginnen.«

Zaira schnaubte. »Du meinst, er denkt, wenn wir in die Unschlitte gehen, erdolche ich euch beide und versenke euch im Kanal.«

»Nun ja, möglicherweise.«

»Mir ist aufgefallen, dass du keine Probleme hattest, ihn zurückzuweisen, als er dich gebeten hat, eine Uniform anzuziehen.« Durch den schwarzen Ring um die Pupillen wirkte Zairas Blick noch stechender.

Ich schaute auf die Falkenkopfbrosche herab, die an meiner Schulter steckte, das einzige Zugeständnis, das ich dem armen Marcello gemacht hatte. »In dieser Sache war meine Mutter seine unsichtbare Widersacherin. In Hinblick auf den Lumpensammler ist sie seine unsichtbare Verbündete.«

Skeptisch zog Zaira eine Braue hoch. »Deine Mutter kann sich jetzt schon unsichtbar machen?«

»Natürlich nicht! Was ich meinte, war …«

»Ich weiß, was du gemeint hast. Du wolltest sagen, du hast Grütze, wo andere ein Rückgrat haben, und dass du stets tust, was deine Mamma sagt.« Mit einer Kopfbewegung deutete sie auf Marcello. »Und Leutnant Blaues Auge da drüben ist keinen Deut besser.«

»Das ist nicht wahr!« Beinahe hätte ich hinzugefügt: *Würdest du meine Mutter kennenlernen, würdest du's begreifen.* Aber das hätte sie als Einladung auffassen können, und ich wusste nicht recht, ob ich mit diesen beiden Menschen in einem Raum überleben könnte.

Zaira wandte sich von dem Obststand ab, und die Langeweile schlug sich in ihren herabhängenden Schultern sichtbar nieder. »Natürlich ist das wahr. Anderenfalls wären wir jetzt in den Unschlitten und würden mit dem Lumpensammler reden. Kommt mit, ich sehe da jemanden, der Fleischspieße verkauft.«

Ich zwang mir das erzürnte Stirnrunzeln aus dem Gesicht und hielt neben ihr Schritt, um nicht wie eine Dienerin hinterherzulaufen. Marcello flankierte sie auf der anderen Seite. Als Zaira sich drei Spieße mit Hühnchen und Champignons ausgesucht hatte, zahlte Marcello den Preis aus einer Geldbörse, auf die das geflügelte Ross von Raverra gestickt war.

Ein ardentinischer Akzent in der Menge rüttelte meine Erinnerung wach, und prompt stiegen andere Bilder von Ardence aus dem Kessel der Sorge auf, der in meinem Hinterkopf brodelte, seit ich die Geheimdienstbesprechung belauscht hatte. Da waren die alten Männer, die auf der Sonnenuntergangsbrücke geangelt und Venasha und mir gruselige Geschichten über die Schlacht von Arden erzählt hatten, in der die imperiale Infanterie Vaskandar im Zuge des Dreijährigen Krieges in eine tödliche Falle gelockt hatte. Oder der herzerweichend perfekte Geschmack des luftigen Sommernussgebäcks, das in der Eckbäckerei gegenüber der Universitätsbibliothek für einen halben Penny verkauft wurde. Und die Münzen, die wir in den Wunschbrunnen vor dem Tempel der Grazie des Glücks geworfen hatten – Venasha hatte sich gewünscht, dass ihr Kind ein Mädchen wird, und ich, dass Domenic mich wahrnimmt. Keine von uns hatte bekommen, was sie sich gewünscht hatte, aber wir waren trotzdem froh und glücklich mit dem Ergebnis.

Und dann war da natürlich noch mein sonniges Schlafzimmer im Palast des Erlauchten Gesandten mit dem Fenster, von dem aus der Blick in den Garten führte. Ignazio würde nun dort ausziehen müssen, um Platz für den neuen Gesandten zu machen. Einen mit einer *härteren Hand am Ruder*, was immer das heißen sollte.

Nichts Gutes, nahm ich an, jedenfalls nicht für die Menschen und Orte, die ich liebte.

»Seien Sie vorsichtig«, murmelte Marcello und holte mich zurück nach Raverra und auf den geschäftigen Markt. Sein Atem kitzelte mein Ohr. »Es könnten Taschendiebe in der Menge sein.«

Der Versuch, das Erröten gewaltsam zu unterdrücken, hatte noch nie funktioniert. »Gewiss.«

»Einer davon könnte unser Schützling sein.«

Ich behielt Zaira genauer im Auge. Trotz des Gedränges machten die meisten Leute beklommen einen Bogen um die junge Frau in der leuchtenden Falkenuniform. Ein Patrizierpärchen in Brokat musterte mich aus der Entfernung; die Frau flüsterte dem Mann hinter vorgehaltener Hand etwas zu, zweifellos Klatsch und Tratsch über den Cornaro-Falken. Das würde Mutter gefallen. Vielleicht ließ sie sich aber auch nur über meine Kniehose aus, was Mutter weniger gefiele. Nun, zumindest mein Mantel war dieses Mal von unfehlbarer Eleganz: sattgrüner Samt, über und über in barockem Gold bestickt.

Doch nicht jeder wich Zaira aus. Gerade streifte sie eine Dame mit Schal, deren verträumter Blick sich nicht von den Bergen goldener Aprikosen löste, deren Qualität sie gerade prüfte.

Einen Moment später entdeckte ich einen dunklen Klumpen in Zairas Hand.

Marcello stürmte voran, packte ihren Arm und drehte ihn herum, bis eine kleine, lederne Börse zum Vorschein kam. »Gib sie zurück«, zischte er.

Zaira riss sich los und warf Marcello den gestohlenen Geldbeutel an die Brust. »Mach's doch selber.«

Bisher hatte niemand in der Menge etwas bemerkt, aber die Sturheit, die sich in Marcellos Schultern und Zairas Kinn ausdrückte, sagte mir, dass sich diese Geschichte jede Minute zu einer ausgewachsenen und überaus peinlichen Szene entwickeln konnte. Das Letzte, was ich brauchte, waren Gerüchte, der Cornaro-Falke wäre ein Dieb.

»Ich mache es.« Ich riss Marcello die Börse aus der Hand, ehe irgendjemand Einwände erheben konnte.

Rasch eilte ich zu der Dame, die Zaira angerempelt hatte und die nun dabei war, das Sauergras mit den violetten Blattspitzen zu beäugen. Ich tippte ihr auf die Schulter. »Entschuldigen Sie, ich glaube, das ist Ihnen heruntergefallen.«

Die Frau keuchte auf und überhäufte mich mit so einem ausufernden Dank, dass ich Mühe hatte, mich wieder loszueisen. Als ich es wieder zu Zaira und Marcello zurückgeschafft hatte, waren die tief in einen Streit verstrickt.

»Vielleicht hättest du besser darüber nachdenken sollen, ob du jemanden wie mich in dieser Uniform haben willst, ehe du mich gezwungen hast, sie zu tragen«, blaffte Zaira.

Marcello drehte sich zu mir um und verzog das Gesicht. »Vergebung, Dama Cornaro. Das Letzte, was ich wollte, war, Sie in Verlegenheit oder gar in Gefahr zu bringen. Wir sollten in die Stallungen zurückkehren.«

Zairas dunkle Augen blitzten, und sie spannte die Muskeln an. Ich hatte den Eindruck, dass sie kurz davorstand, davonzulaufen und in der Menge zu verschwinden.

Marcello musste das Gleiche gedacht haben, denn er hob eine Hand, und auf einmal war Zaira von vier großen Männern umgeben, die einen Moment zuvor noch Teil der Menge gewesen waren. Die scheinbaren Bauern und Arbeiter strahlten nichts Bedrohliches aus. Einer tat, als wolle er einem anderen die Spitztürme des Tempels der Großzügigkeit zeigen, während die anderen soeben erworbene Früchte verglichen. Aber sie standen zwischen ihr und jeder möglichen Fluchtroute, einsatzbereit auf den Fußballen.

Zaira lachte. »Also, ich bin keine Gefangene, ja?«

»So, wie du dich benimmst, solltest du anscheinend eine sein«, konterte Marcello.

»Ich habe das nur getan, um sie rauszulocken.« Zaira pflanzte die Hände auf die Hüften und begutachtete die vier getarnten Soldaten. »Und es hat funktioniert. Aber drei von vier hatte ich vorher schon entdeckt. Daran solltet ihr vielleicht mal arbeiten.«

Mir hingegen waren sie nicht aufgefallen. Ich drehte mich zu Marcello um und unterdrückte mühsam meinen Ärger. »Leutnant Verdi, ich dachte, wir wären hier, um Vertrauen aufzubauen. War das notwendig?«

»Um Ihrer Sicherheit willen, gnädige Frau, ja«, sagte er mit gepeinigter Miene.

Ich ballte zu meinen Seiten die Fäuste und wagte nicht zu sprechen, weil ich nicht wusste, was dabei herauskäme.

Zaira hatte keine derartigen Hemmungen und verdrehte die Augen. »Ja, weil ich ja so beängstigend bin, besonders, wo euer blöder Schmuck mein Feuer erstickt.«

»Es tut mir leid, dass es so gekommen ist.« Ich kämpfte um einen ruhigen Tonfall. »Vielleicht können wir es bald noch einmal probieren. Mit mehr Aufrichtigkeit auf allen Seiten.«

»Ich habe jetzt etwas Besseres als Aufrichtigkeit«, sagte Zaira. »Wahrheit. Denn nun weiß ich, was all euer Gerede über Vertrauen und Partnerschaft wert ist.«

»Ja, und ich habe jetzt auch ein besseres Bild von dir«, gab Marcello zähneknirschend zurück. »Jetzt weiß ich, wie du in den Unschlitten überlebt hast.«

Er sprach das Wort nicht aus, dennoch hing es zwischen ihnen in der Luft: *Diebin.*

Wir nahmen zwei Boote zurück zu den Stallungen. Marcello und ich teilten eines, Zaira und die getarnten Wachen das andere. Vermutlich hatte Marcello befürchtet, sie könnte versuchen, uns in der Lagune über Bord zu werfen, sollten wir bei ihr sitzen. Angesichts ihres finsteren Blicks konnte man ihm das nicht verdenken.

Zunächst blieb er stumm, als der uniformierte Ruderer uns den Reichskanal hinunterfuhr, während er beständig Zairas Boot neben dem unseren im Auge behielt. Andere Fahrzeuge machten Platz für die rot-goldenen Boote, und Passagiere wie Ruderer bedachten Zairas Uniform mit schiefen Blicken. Niemand wollte mit seinem Ruder zwischen die eines Falken geraten.

Nach diesem Tag war ich über ihre Gesellschaft auch nicht sehr erbaut. Warum hatte ich dieses Geschüh nicht einem ebenso netten wie dienstbaren Artefaktoren oder Alchemisten überstreifen können, der sich daraufhin eifrig an meinen Recherchen über das Wesen der Magie beteiligt hätte? Aber hier war ich nun, für mein ganzes Leben gebunden an eine übellaunige Taschendiebin von einer Feuerhexe, und das Einzige, was wir gemeinsam hatten, war die Tatsache, dass wir womöglich eine Katastrophe über eine Stadt hereinbrechen lassen mussten, die mir am Herzen lag.

»Das habe ich nicht besonders gut gedeichselt«, kommentierte Marcello schließlich mit bekümmert herabgezogenen Brauen.

»Nein, haben Sie nicht.« Ich war nicht sicher, was mich mehr ärgerte: dass ich nichts von den Wachen gewusst hatte oder dass sie notwendig gewesen waren.

Er seufzte. »Ich hätte Ihnen die Anwesenheit der Soldaten nicht vorenthalten sollen. Es tut mir leid. Ich hatte gehofft, Zaira würde sie nicht bemerken und sich nicht wie eine Gefangene vorkommen. Aber der Schuss ging nach hinten los.«

»Wovor haben Sie denn überhaupt so viel Angst? Wussten Sie, dass Zaira eine Diebin ist?«

»Nein.« Marcello starrte in seinen Schoß. Das Heft seines Degens und der Griff einer Steinschlosspistole flankierten seine Hüften. Mit Ersterem an Bord eines Boots zu steigen, musste eine Menge Übung erfordern. »Die Soldaten waren nicht dort, um dafür zu sorgen, dass Zaira nicht aus der Reihe tanzt. Sie waren dort, um Sie zu schützen.«

Ich starrte ihn an. »Mich?«

»Na ja, Sie beide.«

»Marcello, ich gehe ständig unbegleitet in die Stadt. Es ist kränkend, so zu tun, als bräuchte ich vier Soldaten, die mich bewachen – vier Soldaten, die mich *heimlich* bewachen – und das bei hellem Tageslicht auf einem öffentlichen Markt.«

»Ich weiß, gnädige Frau. Es ist übertrieben.« Er kratzte sich am Hinterkopf. »Aber Ihre Sicherheit hat für mich oberste Priorität. Wenn Ihnen etwas zustieße …« Seine Stimme verlor sich, und er blickte hinaus auf den Kanal.

»Ja?« Der Rest des Satzes war wichtig, also nötigte ich ihn dazu, ihn zu beenden.

»Nun, zum einen würde ich vermutlich meinen Posten verlieren.« Er lachte, aber es klang angespannt. Das war nicht sein normalerweise so offenes, unbeschwertes Lachen. »Ich kann mir gar nicht vorstellen, was die mit mir machen würden, sollte ich zulassen, dass der Cornaro-Erbin ein Leid widerfährt. Und Zairas Sicherheit ist entscheidend für das Reich. Der Doge ist jetzt schon hinter dem Oberst her und hakt dauernd nach, ob unsere Feuerhexe auch gut geschützt und gesund und dienstbereit ist. Und der Oberst ist hinter *mir* her und lässt mich nicht im Zweifel darüber, dass mein Kopf fällig ist, sollte sie das nicht sein. Wenn Zaira oder Ihnen etwas passiert, dann gehe ich am besten zurück nach Hause und sage Vater und Bruder, dass sie beide recht hatten und ich versagt habe.«

Meine Lippen spannten sich bei seinen Worten, als hätten sie zu sauren Wein gekostet. »Ich verstehe.«

Für einen Moment kehrte Schweigen zwischen uns ein, eine unbehagliche Stille, schwer und derb wie eine feuchte Wolldecke.

Endlich sah er mir in die Augen. »Außerdem, gnädige Frau, betrachte ich Sie als Freundin, wenn das nicht zu vermessen ist, Dama Amalia.«

Etwas löste sich in meinen Schultern. »Nein, überhaupt nicht.«

Als sich nun wieder Stille über uns senkte, war sie milder, akzentuiert von dem Plätschern des Ruders und dem Rauschen des Bugs in den tiefen, grünen Wassern der Lagune.

»Nun«, sagte er nach einer Weile, »zumindest in einem Punkt können Sie und Zaira sich einig sein.«

»In welchem?«

Er setzte ein schiefes Grinsen auf. »Dass ein gewisser Leutnant ein enervierender Trottel ist.«

»Nur manchmal.« Ich lächelte, damit er sich meine Bemerkung nicht zu sehr zu Herzen nahm. »Ich bin überzeugt, dass wir in Hinblick auf Sie meist ganz besonders vehement im Widerspruch zueinander stehen.«

Der Rest meines Ärgers verflüchtigte sich, als der Reichskanal hinter uns zurückblieb und der Ruderer uns zur Greifvogelinsel übersetzte. Aber etwas anderes machte sich bemerkbar und verdichtete sich ebenso wie die unausweichliche Kälte in den Schatten, die den Kanal jeden Tag bei Sonnenuntergang verschluckten.

Der Doge ist jetzt schon hinter dem Oberst her und hakt dauernd nach, ob unsere Feuerhexe auch gut geschützt und gesund und dienstbereit ist, hatte er gesagt.

Dienstbereit.

Für Marcello bedeutete dieses Wort, die Anweisungen seines Obersts zu befolgen und für die Sicherheit seiner Falken zu sorgen.

Für mich bedeutete es, meinen gesellschaftlichen Verpflichtungen nachzukommen und zu lernen, wie man ein Imperium regierte. Aber für Zaira würde ihr *Dienst* Zerstörung und Tod bedeuten.

Sie war so ein mageres Ding, wie sie da mürrisch zusammengesunken in ihrem Boot saß und finster über das Wasser zu den Stallungen blickte. Es schien unmöglich, dass sie so viel Feuer hervorbringen konnte.

*

Alles, was ich nach meiner Heimkehr von unserem desaströsen Ausflug zum Markt wollte, war, mich in mein Zimmer zu schleichen und mit dem Muscati auf den Knien unter der Decke zu verkriechen, um mich mit Artefaktionstheorie und vielleicht etwas Rosmaringebäck zu trösten. Aber der alte Anzo wartete schon in der Eingangshalle auf mich und lenkte mich mit einem diskreten Hüsteln von meinem Weg zur Treppe ab.

»La Contessa wünscht, Euch im Salon zu sprechen, Dama Amalia.«

Eine düstere Vorahnung verkeilte sich in meiner Kehle wie ein verschluckter Olivenkern. Die Tür zum Salon war geschlossen, also tagte der Rat.

»Soll ich mich erst umziehen, Anzo?«

Er schüttelte den Kopf. Mitgefühl milderte die Geste. »Ich glaube, sie wünscht, Euch sofort zu sprechen, gnädige Frau.«

Vielleicht wollte sie mich ja nur fragen, wie mein Tag war, und die Salontür war geschlossen, weil sie Kopfschmerzen hatte. Ich zupfte meine Ärmelstulpen aus Spitze zurecht und atmete einmal tief durch.

»Also gut, ich bin bereit.«

KAPITEL SECHS

ICH WAR NICHT BEREIT. Und falls Mutter unter Kopfschmerzen litt, hatte das für den Status der Salontür keine Bedeutung.

Die Handvoll Leute, die sich in dem eichengetäfelten Raum versammelt hatte, besaß die Macht, Exekutionen anzuordnen, ganze Heerscharen von Spionen zu mobilisieren oder Kriege zu beginnen. Als Kind hatte ich oft das leise Gemurmel ihrer Stimmen gehört, während das Licht aus dem Salon unter mir durch das Fenster meines Zimmers hereindrang. Manchmal, wenn ihre Diskussionen mich wachgehalten hatten, war ich auf die lange Galerie hinausgeschlichen und hatte meine Wange an die kühle Marmorbalustrade gelegt. Ich hatte meist nur einzelne Worte aufgeschnappt, Gesprächsfetzen über Spionage und Attentate, Machenschaften und Kriegslisten, Verhandlungen und Urteile. Für meine jungen Ohren hatten jene Worte, die das Imperium formten und regulierten, unzugänglich und langweilig geklungen; das hatte mich besänftigt und so schläfrig gemacht wie ein Wiegenlied.

Eine der wenigen Erinnerungen an meinen Vater beinhaltete eine Situation, in der er mich dort halb schlafend auf der Galerie gefunden und lachend auf die Arme genommen und in mein Zimmer getragen hatte. *Diese Gespräche sind nichts für dich und mich, mein Kleines*, hatte er gesagt. *Überlass das deiner Mutter.*

Aber nun winkte Mutter mich heran. Abgestumpfte alte Augen taxierten mich, und einige schienen mich mit Mutter zu vergleichen und sich zu fragen, wie wir nur verwandt sein konnten.

Der Doge persönlich besetzte meinen Lieblingsplatz. Neben Mutter saß die Marquise zu Palova, eine weißhaarige Frau, die einst den blutigsten Angriff des Dreijährigen Krieges befehligt hatte und bereits weit in ihrer sechsten fünfjährigen Amtszeit als gewählte Angehörige des Rats der Neun war. Sie ließ den Wein in ihrem Glas kreisen, den kleinen Finger abgespreizt, als wolle sie ihren Gedanken in der Luft folgen. Baron Leodra war ebenfalls da. Er begrüßte mich mit einem geringschätzigen Naserümpfen.

»Ich nehme an, wir werden uns mit ihr begnügen müssen«, bemerkte die Marquise.

Das war nicht gerade ein ermutigender Gesprächsauftakt, und ich würgte an einer plötzlich arg trockenen Kehle.

»Kennt Ihr Prinz Ruven von Vaskandar?«, fragte der Doge mich.

Was immer ich erwartet hatte, das war es nicht. »Äh …« War Ruven der General, der während des Dreijährigen Krieges die Invasionstruppen der Vaskandarer nach Loreice geführt hatte? Nein, das war Halven. Ich versuchte, mich an die Namen der siebzehn Hexenlords zu erinnern, die über Vaskandar herrschten, aber während mich der halbe Rat fixierte, fielen mir nicht mehr als sechs ein. »Nein, Euer Durchlaucht. Sollte ich?«

Die Finger meiner Mutter, zwischen denen ein cremeweißer Briefumschlag steckte, lösten sich von ihrem Schoß. »Der Botschafter von Vaskandar hat dich eingeladen, den Prinzen, der derzeit sein Gast ist, im Zuge einer informellen Zusammenkunft in seinem Stadthaus kennenzulernen.«

Ein müder Funke Ärger erwärmte meine Brust. »Von dieser Einladung war mir bisher nichts bekannt.« *Weil du meine Post abgefangen hast.*

»Ich habe ihm deine Zustimmung übersandt.« Falls Mutter irgendeine unwillige Note in meinen Worten aufgefallen war, so weigerte sie sich offenbar, sie wahrzunehmen. »Wir hegen gewisse Sorgen hinsichtlich Ruvens Absichten in Raverra. Sein Besuch ist ungewöhnlich; unser Frieden mit Vaskandar ist auch heute, fünfzig Jahre nach dem Krieg, ein ungewisser, und Ruvens Vater ist gewiss nicht der freundlichste der Hexenlords. Diese Einladung könnte uns eine Möglichkeit bieten herauszufinden, was er im Schilde führt.«

Nichts von all dem ergab einen Sinn für mich. Mutter wusste

sehr wohl, dass ich keine Spionin war. »Das verstehe ich nicht. Du willst, dass ich ihn nach den Gründen für seinen Besuch frage?«

Die Marquise zu Palova lachte. »Einen hat er uns geliefert. Und der macht Euch zu der Person, die wie keine andere geeignet ist, mit ihm zu reden.«

Mutter setzte ein schiefes Lächeln auf. »Er behauptet, er sei auf Brautschau.«

»Oh, nein.« Kopfschüttelnd wich ich zurück. »Du kannst doch nicht ernsthaft von mir erwarten, dass ich …«

»Mit ihm einem harmlosen gesellschaftlichen Anlass beiwohne?« Die Augen meiner Mutter leuchteten regelrecht. »Du musst dich nicht um ihn bemühen, Amalia. Lass ihn einfach reden und hör dir an, was er zu sagen hat. Und vielleicht kannst du die Konversation in eine nutzbringende Richtung leiten.«

»Kann das nicht jemand anderes tun? Ich habe keine Ahnung, warum er mich eingeladen hat. Ich kenne den Mann nicht und wurde auch dem Botschafter kaum vorgestellt.« Ganz zu schweigen davon, dass alles, was ich über Vaskandar wusste, der Lektüre blutrünstiger Geschichten über die rabiate Ausbreitung des Landes über den Norden Eruvias entstammte. Die Prinzen von Vaskandar kamen mir nicht eben vor wie die Art Mensch, die ein Interesse an manierlichen Salongesprächen hegte.

Der Doge fixierte mich aus funkelnden Augen. »Prinz Ruven ist der Erbe eines der Hexenlords von Vaskandar. Sie legen übertrieben viel Wert auf Abstammungslinien und werden nur eine Eheschließung mit Angehörigen der besten Familien in Betracht ziehen. Und jenen, die eine gewisse Vorgeschichte in Hinblick auf magische Kräfte haben.« Seine Brauen zogen sich zusammen, als käme ihm die Vorstellung, magisches Potenzial in die königlichen Blutlinien zu integrieren, vor wie eine ärgerliche, leicht schlampige Angewohnheit; vergleichbar beispielsweise dem Schälen von Sommernüssen im Bett. »Die Familie Eures Vaters trägt das Blut von Artefaktoren und Vivomanten, und Ignazio, der Cousin Eurer Mutter, ist ein Alchemist von bescheidenen Fähigkeiten. Euer Stammbaum ist pures Gold, angefüllt mit Dogen und königlichen

Hoheiten, und Ihr werdet den Platz Eurer Mutter im Rat der Neun erben. Es gibt gewiss nur wenige in ganz Eruvia, die in Euch keine passende Gemahlin sähen.«

»Was bedeutet, Ihr habt etwas, das er will«, schloss die Marquise. »Und folglich habt Ihr auch bessere Aussichten als jeder andere, ihm nützliche Informationen zu entlocken.«

»Ich sage immer noch, Ruven hat unsere Aufmerksamkeit nicht verdient«, grunzte Baron Leodra. »Er ist nur ein verdorbener, unbedeutender Prinz, der sich in der Fremde vergnügen will. Hegte er finstere Absichten, so hätten unsere Geheimdienste doch zweifellos längst Hinweise darauf gefunden. Oder sind die das Vertrauen nicht wert, das wir ihnen entgegenbringen?« Vielsagend starrte er La Contessa an.

»Wir haben jemanden im Haushalt des Botschafters von Vaskandar«, stellte Mutter fest und schüttelte den Kopf. »Bisher konnte er nichts über die wahren Absichten des Prinzen in Raverra in Erfahrung bringen. Aber er hat herausgefunden, dass Ruven unterwegs in Ardence haltgemacht hat. Und zwar kurz bevor der Ärger mit den Steuern begann. Offenbar hat er dort einige Zeit verbracht und sich im örtlichen Adel Einfluss verschafft, und nun gibt es am Ardentinischen Hof eine ganze Gruppe von Leuten, die auf engere Beziehungen zu Vaskandar dringen.«

»Das grenzt an Verrat«, stellte die Marquise zu Palova fest.

Der Doge legte die Fingerspitzen aneinander. »Vieles, was Ardence derzeit tut, grenzt an Verrat.«

Also hatte dieser unbedeutende Prinz in meiner zweitliebsten Stadt Ärger geschürt. Nun gut. Vielleicht wollte ich doch wissen, was er so im Schilde führte.

»Schön«, sagte ich. »Ich werde hingehen und mit ihm reden. Wann ist diese kleine Soiree?«

»Nachmittagstee. Eine vaskandrische Tradition.« Meine Mutter reichte mir das Einladungsschreiben. »Am nächsten Dienstag.«

»An dem Nachmittag wollte ich mit Zaira in den Stallungen lernen.«

»Zaira?«, fragte Baron Leodra in scharfem Ton.

»Mein Falke«, entgegnete ich, ohne nachzudenken.

Baron Leodra setzte eine tadelnde Miene auf. »Der *imperiale* Falke.«

»Wie dem auch sei«, unterbrach der Doge diesen Teil des Gesprächs. »Sie kann warten.«

Wunderbar. Nun musste ich die Ausbildung an diesem Tag absagen, Marcello enttäuschen und Zaira in allem bestätigen, was sie über mich dachte. Das alles nur wegen des Privilegs, ein unerfreuliches und peinliches Getändel mit dem Sohn eines wahnsinnigen Tyrannen zu erleben.

Mutter sah so zufrieden aus wie eine Katze, wenn sie sich Sahne von den Schnurrhaaren leckt.

*

Auf den ersten Blick wirkte Prinz Ruven nicht wie ein Wahnsinniger.

Ich war noch nie zuvor dem Sohn eines Hexenlords begegnet, aber die Herrscher von Vaskandar hatten einen gewissen Ruf. In ihren Anfängen, lange vor der Geburtsstunde des Imperiums, waren sie nur eine Handvoll mächtiger und allgemein gefürchteter Magier hoch oben im Norden gewesen. Alle dreißig oder vierzig Jahre hatten sie ein neues Gebiet auf blutige Weise erobert und einen neuen Hexenlord bestimmt, der darüber herrschen sollte, bis sie vor über hundert Jahren das Hexenmauergebirge angegriffen hatten.

Zweimal hatten sie versucht, Loreice einzunehmen, dort, wo das Gebirge an der Nordgrenze in sanfte Hügeln auslief. Beim ersten Mal war Loreice noch ein unabhängiges Land gewesen, dessen König Raverra um Hilfe gebeten hatte. Sein Land würde dadurch zwar ein Vasallenstaat des Erlauchten Imperiums werden, aber es wäre sicher. Der zweite Versuch einer Invasion hatte vor fünfzig Jahren dann zum Ausbruch des Dreijährigen Krieges geführt.

Die Hexenlords hatten mit ihrer Grausamkeit während dieses Krieges einen scharlachrot geränderten Eindruck in der Generation meiner Großeltern hinterlassen. Sogar die vaskandrischen Diplomaten und Händler, die mir begegnet waren, sprachen nur mit gedämpften Stimmen über sie und schlugen dabei das alte, bäuerliche Zeichen zur Abwehr von Dämonen.

Ich hatte so oft gehört, sie seien verrückt, dass ich mich für einen Tee mit einem Irren gewappnet hatte.

Prinz Ruven jedoch begrüßte seine Gäste ausgesucht manierlich; ein Musterbild der Zuvorkommenheit. Mit dem perfekten, blonden Pferdeschwanz und dem weichen, schwarzen Ledermantel mit hohem Kragen gab er eine elegante Erscheinung ab. Die kantigen Muster der violetten Stickereien betonten noch den gleichfarbigen Ring des Magiermals in seinen sturmgrauen Augen.

Der vaskandrische Botschafter scharwenzelte um ihn herum wie ein katzbuckelnder Diener. Es waren vielleicht ein Dutzend Gäste anwesend, aufgeteilt in junge Raverraner patrizischer Herkunft und zu Besuch weilende Adelsleute aus anderen Städten des Imperiums. Sie verliefen sich im großen Saal des Botschafters geradezu. Die Architektur war sehr viel bescheidener und strenger als die der Stadthäuser des raverranischen Adels und zeichnete sich vor allem durch dunkle Balken und eine hohe Decke aus. Kerzen flackerten auf kleinen, runden Tischen, die mit Silber eingedeckt und mit violettem Brokat drapiert waren.

Ich wollte nicht hier sein. Gekünsteltes Gelächter hallte zu den Sparren hinauf, und die ungleichmäßig brennenden Kerzen und das schwache Sonnenlicht, das durch die hohen Fenster hereinfiel, trugen wenig dazu bei, den düsteren Saal angenehmer erscheinen zu lassen. Soweit es das Interieur betraf, mochte dieser Raum keinerlei Ähnlichkeit mit den raverranischen Salons haben, die ich kannte, dennoch war dies nur eine weitere Festivität, der beizuwohnen Mutter mich nötigte; umgeben von weitgehend fremden Leuten, mit denen mich keinerlei Gemeinsamkeiten verbanden.

Und dafür hatte ich die Lektion in den Stallungen abgesagt. Ich war am Morgen auf die Greifvogelinsel gegangen, um wenigstens einen Versuch zu unternehmen, es wiedergutzumachen, aber Marcello saß mit seinem Oberst und einer Handvoll weiterer ranghoher Offiziere in einer Besprechung, und Zaira wollte mich nicht sehen.

»Dama Amalia Cornaro.« Das war der Prinz persönlich, dessen Raverranisch zwar mit einem Akzent behaftet, davon abgesehen aber makellos war. »Es ist Zeit für den Tee. Würdet Ihr mir an meinem Tisch Gesellschaft leisten?« Er legte eine Fingerspitze an meinen Ellbogen, eine zurückhaltende Art, die Richtung vorzugeben.

Zeit, Anmut zu zeigen. Wie benahmen sich anmutige Menschen? Ich versuchte es mit einem Lächeln. »Das wäre ganz entzückend.«

Die Tische waren für vier Personen gedeckt, aber wir beide hatten unseren für uns allein. Ein unbedeutendes raverranisches Junkerchen scherte zwar noch in unsere Richtung aus, aber der vaskandrische Botschafter persönlich dirigierte ihn höflich anderswohin.

Während ich von ihm zurück zu Ruvens Augen blickte, in denen neben dem Magiermal auch ein lebhaftes Funkeln zu sehen war, hatte ich plötzlich das magenzerfetzende Gefühl, in eine Falle geraten zu sein.

»Wohlan.« Ruven faltete die Hände und stützte das Kinn auf die Finger, während er mich unverwandt anstarrte. »Ihr seid also jene unvermutet aufgetauchte Falknerin, von der ich in den letzten Tagen so viel gehört habe. Die Nonkonformistin.«

Ich rutschte unbehaglich auf meinem Stuhl herum, und die Stäbe meines Korsetts bohrten sich in meinen Schoß. »Ich hatte nie die Absicht, eine zu werden, das kann ich Euch versichern.«

»Ha!« Ein listiges Lächeln ließ seine Zähne aufblitzen. »Ihr und ich unterliegen nicht den üblichen Regeln. Wir stehen über dem Gesetz, meint Ihr nicht?«

Ich bezweifelte, dass der Doge ihm zustimmen würde. »Es gibt Leute, die sagen würden, dass das Gesetz das Fundament des ganzen Erlauchten Imperiums ist.«

Ruven gluckste. »Gesetze. Gesetze sind eine Rüstung aus Worten, mit der sich nur Narren gürten. Sie bieten nicht mehr Schutz als die Luft, die nötig ist, sie auszusprechen.« Ein vaskandrischer

Diener trat mit einer Teekanne aus Porzellan an unseren Tisch und füllte unsere Tassen. Der Prinz lehnte sich nicht zurück, um ihm Platz zu machen. »In Vaskandar ist jede Laune eines Hexenlords wichtiger als das Gesetz. Ein Hexenlord trägt sein Reich wie einen Handschuh: Das Land selbst beugt sich seinen Wünschen. Das ist auch der Grund, warum Euer Imperium uns nie unterworfen hat.«

Die Hand, mit der er gestikulierte, traf den Ellbogen des Dieners, und ein paar Tropfen Tee fielen auf die Tischdecke, während der Mann mit zusammengebissenen Zähnen leise aufkeuchte.

So schnell wie eine angreifende Viper packte Ruven das Handgelenk des Mannes. Die mit Blattmustern verzierte Teekanne krachte zu Boden und zersprang in kleine Teile. Der Diener erbleichte.

»Euer Hoheit«, flüsterte er. »Vergebt mir. Bitte.«

Die Gespräche im Saal verstummten für einen kurzen Moment, wurden aber gleich wieder aufgenommen. Ruven ließ das Handgelenk des Mannes nicht los.

»Beispielsweise …«, fuhr er in leutseligem Ton fort, die Augen mit dem violetten Magiermal unverwandt auf mich gerichtet, »… ist mein Vater ein Fellhexer. Man nennt ihn den Wolfslord von Kazerath. Hätte dieser Narr hier seinen Tisch verunreinigt, würde ihn das Wolfsrudel, das unser Haus bewacht, in Stücke reißen.«

Die Hand des Dieners verkrampfte sich vor Qual, und eine schreckliche Grimasse verzerrte seine Züge, aber er gab keinen Ton von sich, während ich mich halb von meinem Stuhl erhob.

Ruven ließ ihn immer noch nicht los. »Meine Tante ist eine Grünhexe, also würde sie es vielleicht vorziehen, ihn mit Dornen aufzuspießen. Ich, andererseits, bin ein Hauthexer. Ihr würdet jeden von uns als Vivomantiker bezeichnen, aber in Vaskandar betrachten wir die Unterschiede unserer Begabungen als wichtig. Menschen, nicht Tiere oder Pflanzen, sind mein Spezialgebiet. Also könnte ich die Knochen in seinem Arm schmelzen oder sein Fleisch verfaulen lassen oder seinen Herzschlag unterbrechen …«

Ich konnte das nackte Entsetzen in den Augen des Dieners

nicht länger ertragen. Mein Ton war scharf wie ein Messer, als ich das Wort ergriff: »Aber Ihr seid hier nicht im Hause Eures Vaters. Ihr seid in Raverra.«

Ein erfreutes Lächeln erhellte Ruvens Gesicht. »Aber wie Ihr seht, ändert das nichts. Macht ist Macht. Ich bin ein Hauthexer, und ich trage kein dummes goldenes Armband wie Eure zahmen Falken. Niemand hier kann mich davon abhalten zu tun, was immer ich wünsche. Und ich bin ein Prinz von Vaskandar und stehe außerhalb der Reichweite Eures Rates oder Eures Dogen. Sie würden nicht wagen, auch nur zu versuchen, mich wegen solch einer Lappalie wie dem Leben eines Dieners ergreifen zu lassen.«

Die Lippen des Dieners bewegten sich, formten immer wieder das Wort *Bitte. Bitte, bitte, bitte.* Doch kein Laut kam aus seinem Mund. Ruvens Griff schien gar nicht mal so fest zu sein, dennoch lief ein Rinnsal aus Blut über das Handgelenk des Mannes.

Ich zwang mich, wieder Platz zu nehmen, als kümmere es mich nicht, was aus ihm wurde. »Die Friedhöfe Eruvias sind voll von mächtigen Männern, die glaubten, sie könnten vorhersagen, was der Doge und der Rat wagen werden und was nicht.« Ich zuckte mit den steifen Schultern. »Aber das ist irrelevant. Ihr werdet nichts dergleichen tun, weil es ungehobelt wäre. Ein Herr macht keine Szene und ruiniert ein Fest zu seinen eigenen Ehren.«

»Ah.« Ruven nickte nachdenklich. »Das, Dama Amalia, ist ein gutes Argument.«

Endlich ließ er den Diener los. Kurz erhaschte ich einen Blick auf einen roten Handabdruck, ehe der Mann seinen Ärmel herabstreifte. Er verbeugte sich vor dem Prinzen und bückte sich, um die Scherben aufzuheben, als wäre es in seinem Arbeitsalltag völlig normal, mit dem Tode bedroht zu werden.

Vielleicht war es das ja auch. Ich beschloss, mich auf ewig von Vaskandar fernzuhalten, selbst wenn Raverra im Meer versinken und der Rest des Imperiums in Flammen stehen sollte.

»Also«, sagte ich in unbefangener Manier – alles, was nötig war, um seine Aufmerksamkeit von dem Diener abzulenken, bis der Gelegenheit hatte, von hier zu verschwinden, »meine Bücher deuten an, dass die meisten Vivomantiker lediglich auf Pflanzen und Tiere Einfluss nehmen können und dass die wenigen, deren Mächte sich auf Menschen auswirken, kaum etwas auszurichten vermögen. Aber Ihr seid darauf spezialisiert?«

»Allerdings.« Ruven bog den Rücken durch wie eine zufriedene Katze. »Was Ihr Vivomantik nennt, hat seinen Ursprung in Vaskandar. Wir haben wenige andere Arten von Magiern – vielleicht eine Handvoll Alchemisten und Artefaktoren, aber keine Hexenmeister. Doch was die Magie des Lebens selbst betrifft, sind wir stärker als jedes andere Land in Eruvia, und wir vertiefen unsere Macht durch Spezialisierung. Fellhexer und Grünhexer fühlen sich den niedrigeren Lebensformen verbunden und behaupten häufig, es wäre unangenehm oder sogar ekelerregend für sie, ihre Macht auf Menschen anzuwenden. Ich jedoch finde, die Arbeit mit menschlichem Fleisch hat gewisse … Vorzüge.«

Sah ich da einen lüsternen Blick? Ich kämpfte gegen das Bedürfnis an, samt meinem Stuhl einige Zoll weit von ihm abzurücken. »Eure Fokussierung auf Menschen ist also eine Entscheidung oder vielleicht eine Berufung, aber kein angeborenes Merkmal wie beispielsweise ein Sturm- oder Feuerhexenmeister zu sein?«

»Ach, ja, die Feuerhexen.« Ruven kniff die Augen zusammen. »Ich glaube, Eure ist derzeit die einzig lebendige in Eruvia? Was für ein Glücksfang.«

Ich fühlte mich gar nicht beglückt. »Das Erlauchte Imperium ist froh, über sie zu verfügen.«

»Für sie ist das allerdings nicht ganz so erfreulich.« Er brachte einen Seufzer zustande. »Wäre sie nur in meinem Land zur Welt gekommen. Wir sind nicht so rückständig wie Euer Reich. Bei uns werden die, die das Magiermal tragen, nicht versklavt. In Vaskandar sind wir die Herrscher.«

»Falken sind keine Sklaven. Es sei denn, Ihr betrachtet Soldaten als Sklaven. Raverras Anweisungen ihnen gegenüber unterscheiden sich nicht von denen, die andere Soldaten erhalten. Ihre Falkner sind nicht ihre Eigner, sie stehen nicht einmal im Rang über ihnen. Sie bleiben bei ihren Falken, um sie zu schützen.«

Ruven setzte ein wissendes, spöttisches Grinsen auf. »Mit Ausnahme von Euch.«

Ich dachte an Zaira, die in den Stallungen festsaß, weil ich hier war statt bei ihr zu sein. Schuldgefühle bereiteten mir Magenschmerzen, und ich nickte widerstrebend. »Zur Bestürzung wirklich aller Betroffenen stimmt das. Ich bin die Ausnahme hier.«

Er strich mit dem Finger über den Rand seiner unberührten Teetasse. »Ich bin überzeugt, Ihr wisst, dass Ihr damit zu einem nicht minder deliziösen Fang werdet.«

Ich lachte nervös. Ein anderer Diener stellte ein Tablett mit Gebäck auf den Tisch, was mir ein wenig Zeit schenkte, die Galle hinunterzuschlucken und mir eine Entgegnung einfallen zu lassen.

»Eine Cornaro ist kein Fisch, den man einfach fangen kann«, sagte ich endlich und führte die Tasse zum Munde, um das Zittern meiner Hände zu unterbinden. »Wir sind die Kapitäne der Flotte.«

Der Funke in Ruvens Augen vertiefte sich zu einem harten Glanz. »Nichts ist attraktiver als Macht.« Als er nach einem Stück Kuchen griff, verirrte sich seine Hand in meine Richtung.

Rumms. Ein schweres, ledergebundenes Buch knallte neben mir auf den Tisch. »Amalia! Was für ein Glück! Ich hätte im Traum nicht gehofft, dich hier zu treffen.«

Ich wirbelte auf meinem Stuhl herum und verschluckte mich heftig am Tee. »Domenic?«

Da stand er wie ein Wunder auf Beinen: Domenic Bergandon, prachtvoll anzusehen in seinem Wams mit den geschlitzten Ärmeln und der stolzen Haltung. Er ließ sich mit der Leichtigkeit eines Menschen, der überzeugt war, stets willkommen zu sein, auf einen der freien Stühle an unserem Tisch fallen. Die krausen Locken und die tiefbraune Haut, die er von seiner Mutter, einer ostischen Prinzessin, geerbt hatte, standen in einem heftigen Kontrast zu Ruvens öliger Blässe.

»Ich bitte demütig, meine Verspätung zu entschuldigen.« Domenic legte eine Hand auf sein Herz und verbeugte sich vor Ruven, ohne von seinem Stuhl aufzustehen. »Meine Kutsche hat auf dem Weg von Ardence hierher ein Rad verloren, und ich bin erst heute Morgen in Raverra eingetroffen. Beinahe hätte ich Eurer Einladung gar nicht nachkommen können.«

Ruven starrte finsteren Blicks quer durch den Raum den vaskandrischen Botschafter an, der in ein Gespräch mit einem anderen verspäteten Gast vertieft war und Domenics Vorstoß zum Tisch des Prinzen gar nicht bemerkt hatte. »Das wäre wirklich zu schade gewesen«, sagte er dann.

»Ich wusste nicht, dass du Raverra besuchen würdest.« Ich bemühte mich, all meine Dankbarkeit in ein Lächeln zu packen. »Das ist so eine nette Überraschung.«

»Ich genieße einen zeitlich gut abgepassten dramatischen Auftritt.« Domenic zwinkerte mir halb mit einem Auge zu. Also war ihm aufgefallen, was los war, und er war mir ganz gezielt zu Hilfe gekommen. »Aber die Wahrheit ist, ich wusste bis zum Morgen meiner Abreise selbst nicht, dass ich herkommen würde. Das Gezänk im Rat der Lords ist mir zu viel geworden, und ich musste einfach weg von diesen aufgeblasenen alten Kanaillen.«

»Wie ich sehe, kennt Ihr einander.« Prinz Ruven zeigte uns die Zähne. »Das wusste ich nicht. Ich habe die Bekanntschaft des Vicomte im Zuge meines Besuches in seiner bezaubernden Stadt auf dem Weg von Vaskandar hierher gemacht.«

Domenic nickte. »Wir sind uns in der Herzoglichen Bibliothek begegnet. Wusstest du, dass Prinz Ruven ein Gelehrter ist?«

»Tatsächlich?« Ich stürzte mich auf das Thema, begierig, über irgendetwas anderes zu reden als über meine eigenen Qualifikationen oder die diversen Möglichkeiten, einen Diener zu ermorden. »Habt Ihr an einer Universität studiert?«

Ruven winkte verächtlich ab. »Mein Fachwissen und mein Interesse beschränken sich auf die praktische Anwendung der Magie. Wir haben keine Universitäten in Vaskandar. Es ist ein wildes Land. Ein wundervolles Land, in dem wir die harten Lektionen lernen, welche die Wälder und Berge uns lehren. Aber das bedeutet auch, dass ich in das Imperium reisen muss, um meinen Hunger nach Büchern und Bildung zu stillen.«

»Nun, dann haben wir tatsächlich etwas gemeinsam«, sagte ich.

»Ich habe ebenfalls eine Vorliebe für Bücher und bin besonders an den Magiewissenschaften interessiert.«

»Dann würdet Ihr unsere Familienbibliothek in Kazerath lieben.« Ruven blickte mir unverwandt in die Augen. »Ich besitze die beste Sammlung an Büchern über Magie in ganz Vaskandar. Ihr müsst mich besuchen kommen.«

»Da wir gerade bei Büchern sind, die Amalia lieben würde …« Domenic trommelte grinsend mit den Fingern auf dem Werk, das er auf den Tisch hatte fallen lassen. »Du wirst nie glauben, was ich bei einem Buchhändler in Palova entdeckt habe.«

»So?« Ich zog eine Braue hoch. Ich hätte ihm zu gern von dem Muscati erzählt, aber Ruvens Gegenwart würde diese Enthüllung verderben. Besser, ich wartete, bis ich das Buch in der Hand hielt und ihm zeigen konnte.

»Band eins der *Interaktionen der Magie!*« Dabei breitete er die Hände weit aus, als wolle er uns zu einem Applaus animieren.

Ich runzelte die Stirn, als ich versuchte, mich zu erinnern. »Gab es den zweiten Band nicht in der Herzoglichen Bibliothek zu Ardence?«

»In der Tat! Aber der hat sich immer wieder auf den ersten Band bezogen, also war er allein nicht allzu nützlich. Was bedauerlich war, denn er hat einige interessante Möglichkeiten aufgeführt, um scheinbar inkompatible Magietypen miteinander zu verbinden. So geht er etwa auf die Zusammenarbeit von Alchemisten und Vivomanten ein. Aber wir konnten nie herausfinden, wie wir dabei vorgehen müssen, da wir nicht alle Teile des Puzzles hatten.«

Ruven beugte sich vor. »Von dem Buch habe ich auch gehört. Es scheint interessant zu sein.«

»Aber jetzt hast du den ersten Band!« Ich musterte das Buch mit deutlich mehr Appetit, als ich für den Kuchen aufzubringen imstande war. »Hattest du schon eine Gelegenheit, es zu lesen?«

»Ich habe es bisher nur oberflächlich durchgesehen. Ich hoffe, ich kann es parallel zum zweiten Band studieren, wenn ich erst nach Ardence zurückgekehrt bin.«

»Vielleicht kann ich auf dem Rückweg in der Herzoglichen Bibliothek zu Euch stoßen.« Ruven beäugte das Buch, und ich war zutiefst erleichtert, nicht mehr im Zentrum seines Interesses zu stehen. »Ardence ist eine schöne Stadt und verdient mehr von meiner Aufmerksamkeit auf dem Weg zurück in mein geliebtes Vaskandar.«

Von da an widmete sich das Gespräch den Vorzügen der Universitätsbibliothek, verglichen mit der Herzoglichen Bibliothek. Ruven benahm sich wie ein Ehrenmann. Nichts schimmerte mehr durch von der vorangegangenen Bösartigkeit. Ich entspannte mich weit genug, um an ein paar Stückchen Apfelkuchen und einem Sommernusstörtchen zu knabbern, auch wenn ich immer noch der Ansicht war, dass ein gesellschaftliches Ereignis, bei dem kein Wein serviert wurde, einer Sünde an der Grazie der Großzügigkeit gleichkam.

Es gelang mir, dem Versuch des Prinzen, mir zum Abschied die Hand zu küssen, auszuweichen. Stattdessen winkte ich ihm fröhlich zu, als ich mich bei ihm und unserem Gastgeber bedankte.

»Es war mir ein Vergnügen, endlich Eure Bekanntschaft zu machen, gnädige Frau.« Ruven legte anstelle einer Verbeugung eine Hand auf sein Herz. »Und ich bin überzeugt, wir werden einander wiedersehen.«

Was meinte er mit *endlich?* Ich brachte im Gegenzug gerade noch ein flüchtiges Lächeln fertig.

Als Domenic und ich uns an den umherstreifenden Gästen vorbei einen Weg zur anderen Seite des Saals bahnten, konnte ich die violett beringten Augen in meinem Rücken spüren.

KAPITEL SIEBEN

Auf dem Schwimmdock des Stadthauses, an dem unsere Boote auf uns warteten, blieben Domenic und ich stehen, um uns voneinander zu verabschieden. Die tiefstehende Sonne tüpfelte das Wasser auf einer Seite des Kanals mit goldenen Reflexionen und überzog die andere mit zunehmendem Schatten.

»Danke«, sagte ich leise zu Domenic. Ich kam nicht umhin zu bewundern, wie das Licht seine Wangenknochen betonte und die breiten Schultern in goldenem Schein badete. Ich hatte ihn schon vor Jahren abgeschrieben, aber er gab immer noch eine gute Figur ab; meine alte Schwärmerei erfüllte mich mit einer behaglichen Wärme, ganz wie die kleine Flamme einer Leselampe.

Er lachte. »Ich dachte, du könntest vielleicht etwas Gesellschaft brauchen. Ich würde selbst nicht mit Prinz Ruven allein sein wollen. Er ist ein übler Charakter.«

»Was wollte er in Ardence?«

»Ärger machen.« Domenic zog eine Grimasse. »Ein gewisser Teil des ardentinischen Hofes findet ihn ziemlich beeindruckend – bedauerlicherweise zählt mein jüngerer Bruder Gabril auch dazu. Sie haben angefangen, im Rat der Lords darüber zu streiten, ob wir näher zu Vaskandar rücken und Abstand zu Raverra gewinnen sollten. Das hat sich bis zu einem Punkt gesteigert, an dem sie kurz davorstanden, sich gegenseitig zu beschimpfen und einander die Haare auszureißen. Darum bin ich gegangen; ich weigere mich, mich da hineinziehen zu lassen. Aber Ruvens ardentinische Freunde im Rat der Lords scheinen zu glauben, Vaskandars Magie wäre die Antwort auf alle wirtschaftlichen Probleme der Stadt, seit diese Schlange mit ihnen geredet hat.«

Ich dachte an den roten Abdruck, den Ruvens Hand auf dem Unterarm des Dieners hinterlassen hatte. »Ich möchte Vaskandar in keiner Weise verpflichtet sein.«

»Das liegt daran, dass du keine Närrin bist, Amalia Cornaro.« Domenic schüttelte die Arme aus, als hätte sich Staub auf ihnen gesammelt. »Bah! Lass uns nicht darüber reden. Politik! Ich bin nicht dafür gemacht, im Rat der Lords zu sitzen.«

»Aber du hast so viele gute Ideen.« Ich stupste ihn mit dem Ellbogen. »Ich weiß noch genau, wie du ein bisschen angetrunken bei einer Feier eine Rede darüber geschwungen hast, dass der Fluss Arden die Lebensader der Stadt sei und … irgendetwas über eine Reduzierung der Liegegebühren, das sich gut angehört hat.«

»Ich war nicht angetrunken! Jedenfalls nicht sehr.« Er seufzte wehmütig. »Ich erinnere mich an diese Feier. Ich hatte einen loreicischen Weißwein, der eigentlich den Erben vorbehalten war, aus dem Weinkeller des Flusspalasts gemopst, um die Geburt von Venashas Baby zu feiern.«

»Es war ein schönes Fest.« Ich neigte den Kopf zur Seite. »Ich dachte, du würdest, wenn du erst mündig bist und den leeren Platz deines Vaters im Rat einnimmst, die ganze Welt verändern.«

»Das dachte ich auch, jedenfalls in den wenigen und flüchtigen Augenblicken, in denen ich bereit war, die Verantwortung auf mich zu nehmen. Aber die Lords im Rat wollen die Welt nicht verändern, Amalia. Sie sind selbstsüchtig und zynisch und getrieben vom Verlangen nach mehr Ansehen und Geld. Sie richten die Stadt zugrunde und ignorieren die Probleme, bis es irgendwann zur Katastrophe kommt.« Er trat gegen den Dalben. »Den Grazien sei Dank, dass mein Vater abgedankt hat, ehe der herzogliche Thron an ihn fallen konnte, anderenfalls müsste jetzt ich mich mit diesem Haufen Stechschaben herumplagen und nicht Astor.«

Ich starrte ihn aus großen Augen an. »Mir war nicht bewusst, dass dein Vater zu den Thronfolgern zählte. Dann wärest du ein herzoglicher Erbe geworden?«

»Ja.« Domenics übermütiges Grinsen kehrte zurück. »Aber diese Kugel hat mich verfehlt, dank meines verstorbenen Vaters, der vorausschauend genug war, zugunsten seines jüngeren Bruders auf den Thron zu verzichten. Das gibt mir die Freiheit, einfach zu verschwinden und Freunde zu besuchen, wenn die Gesellschaft der anderen Adligen von Ardence anfängt, mich so zu quälen wie ein eitriger Ausschlag.«

Ich rang mir ein Lachen ab, konnte mich aber des Gedankens nicht erwehren, dass Ardence sicherlich weniger Ärger machen würde, wäre Domenic der Herzog.

»Du musst mich bald besuchen und dein neues Buch mitbringen«, sagte ich. »Ich habe auch eines, das ich dir zeigen möchte.«

»Mit dem größten Vergnügen.« Mit großer Geste verbeugte sich Domenic. »Ich kann es gar nicht erwarten, mit dir in den *Interaktionen der Magie* zu blättern. Einiges davon ist brillant, und anderes ist … ambitioniert?«

»So? Wie damals, als du versucht hast, einen artefaktischen Apparat zu bauen, der deine Artefaktions-Hausarbeiten für dich macht?«

»Vielleicht nicht *so* ambitioniert.« Er grinste. »Der Autor hat ein paar grandiose Ideen und wilde Träume davon, eine Mischung aus Vivomantik und Artefaktion zu benutzen, um die Mächte zu bändigen, die sich normalerweise der Kontrolle beider entziehen. Er fabuliert darüber, riesige Zirkel um ganze Wälder oder Berge zu ziehen.« Er prustete. »Als könnte man bei solchen Ausmaßen noch präzise arbeiten. Das wäre wackeliger als die Perücke eines trunkenen Loreicers. Hast du je von so einem Irrsinn gehört?«

Irrsinn. Ich sah ihm in die Augen. »Domenic … Wie dem auch sei, zeig dieses Buch nicht Prinz Ruven.«

»Ich kann mir nicht vorstellen, dass diese Methode funktionieren würde. Und Ruven hat gesagt, er sei an dem Buch interessiert.« Sein Stirnrunzeln grub eine Furche zwischen seinen Brauen. »Aber du hast nicht unrecht. Ich glaube nicht, dass ich es ihm zeige.«

Erst als ich längst auf dem Heimweg war und das Wasser des Kanals an den Bug meines Boots klatschte und die Sonne bis zu den Dächern der Stadthäuser gesunken war, fiel mir wieder ein, dass ich hatte herausfinden sollen, warum Prinz Ruven nach Raverra gekommen war. Folglich kam ich mir, gleich, was Domenic auch gesagt hatte, wie eine Närrin vor, als Mutter aus dem Reichspalast zurückkehrte und mich in den Salon beorderte, um mich darüber zu befragen, was ich in Erfahrung gebracht hatte.

Ich erzählte ihr alles, was Ruven gesagt oder getan hatte, und sie lockte mit gezielten, scharfsinnigen Fragen noch mehr aus meinem Gedächtnis. Ciardha kam herein und brachte ihr ein Glas Wein und ein Silbertablett mit Papier und Schreibwerkzeug. La Contessa schrieb eilends eine Botschaft und reichte sie Ciardha, während ich erzählte.

Ciardha warf einen Blick auf das Papier und nickte. »Ich kümmere mich darum, dass es erledigt wird, Contessa.«

Es konnte alles zwischen der Zubereitung eines netten Röstbrots bis hin zu einem Attentat auf den König von Osta sein. Ciardhas tüchtiger Schritt, als sie hinausging, würde sich dadurch nicht ändern.

»Ich hatte gehofft, du würdest mehr herausfinden«, bekundete Mutter seufzend, als ich endlich fertig war.

Die Scham rötete meine Wangen. »Ich habe mein Bestes gegeben, Mamma.«

»Das macht nichts.« Sie tippte mit ihrer Feder auf das Tablett. »Er ist viel zu sehr an dir interessiert. An dir und deiner Feuerhexe. Und ich bin sicher, da ist er nicht der Einzige. Ich möchte, dass du ab jetzt stets eine Waffe und ein Leuchtmedaillon trägst.«

»Ich habe kein Leuchtmedaillon.«

»Morgen hast du eines. Solltest du es öffnen müssen, dann vergiss nicht, die Augen zu schließen und dich schnell zu bewegen: Das Licht wird deine Gegner nur für wenige Sekunden blenden.« Sie legte die Stirn in Falten. »Ich werde Ciardha beauftragen, dich noch weiter im Umgang mit dem Dolch zu unterweisen. Tägliche Übungen, jeden Morgen.«

Ich wollte ihr sagen, dass das albern sei und niemand mich angreifen würde. Aber das Elixier, das ich zweimal täglich trinken musste, um ein altes Gift unschädlich zu halten, sagte etwas anderes, genau wie die verblasste Narbe auf der Oberseite meines rechten Handgelenks, die das Messer eines Attentäters vor drei Jahren bei einem Gartenfest in Palova verursacht hatte. Mutter war unantastbar. Sie hockte sicher inmitten der Macht, die sie umgab wie Zaira der Nimbus ihres Feuers. Mich jedoch betrachteten ihre Feinde als leichter verwundbar.

Also senkte ich nur das Haupt. »Ja, Mamma.«

Sie kam und legte mir eine Hand auf das Haar, als wolle sie mich segnen. Das Weinglas ruhte immer noch in ihrer anderen Hand. »Hab keine Angst, Amalia. Wenn du keine Furcht zeigst, werden sie annehmen, dass es einen Grund dafür gibt, und zaudern. Und die Grazie des Triumphes wird dir gewogen sein.«

Mir wäre lieber gewesen, die Grazie des Glücks wäre mir gewogen und würde mich von allen gefährlichen Situationen fernhalten, aber die hatte mir in letzter Zeit keine große Gunst erwiesen.

»Du solltest dir etwas Passendes für die Begrüßung der Familie anziehen. Dein Onkel Ignazio wird in zwei Stunden eintreffen.«

Ohne es zu wollen, schaute ich mich zu der Wand um, hinter der sich der Lauschposten befand. »Er … ist nicht mehr in Ardence?«

La Contessa folgte meinem Blick und zog eine Braue hoch. »Du musst deswegen nicht schüchtern tun, Kind. Ich habe dich an jenem Tag nicht ohne Grund in die Bibliothek geschickt; ich wollte, dass du Bescheid weißt. Ja, er ist zurückgekehrt, um seinen neuen Posten als Schatzkanzler anzutreten.«

»Das …« Ich schluckte. »Das kommt mir nicht gerecht vor, Mamma.«

»Gerechtigkeit hat damit nichts zu tun. Wir können keine Rebellion in einer Stadt riskieren, die gerade mal drei Tagesritte von Raverra entfernt ist, nur um die Gefühle meines Cousins zu schonen. Die Tatsache, dass Astor Bergandon diese illegalen Steuern eingeführt hat, zeigt deutlich, dass Ignazio nicht mehr der richtige Mann für diesen Posten war.«

Rebellion. Mir stockte der Atem auf dem Weg in die Lunge. Als ich in Ardence gewesen war, hatten die jungen Adelssöhne mit der typisch ardentinischen Leidenschaft darüber lamentiert, dass ihre stolze Stadt Raverra Lehnstreue schuldete. Aber in dem ruhelosen Ardence war das kaum mehr gewesen als ein gewöhnliches Salongespräch, ohne dass auch nur der Funke einer echten Rebellion dahintergesteckt hätte. Etwas musste sich verändert haben.

La Contessa sprach nun leiser: »Soweit es Ignazio betrifft, hat allein der Doge die Entscheidung getroffen, ihn zu ersetzen. Zumindest insoweit können wir ihn verschonen.«

Der Gedanke, meiner Mutter dabei zu helfen, Ignazio irrezuführen, gefiel mir nicht, selbst dann nicht, wenn es dazu diente, seine Gefühle zu schonen, aber ich nickte. »Er kommt her?«

»Ja. Ich habe ihn zu einem Glas Wein eingeladen, um ihn daheim in Raverra willkommen zu heißen. Erwähne Ardence nicht, bevor er es tut. Folge seiner Führung. Und meiner.«

*

Da Ignazio zur Familie gehörte, empfing Mutter ihn im Wohngemach, dessen große Fenster hinaus zu dem Märchenland leuchtender Wasserspiegelungen führten, in das sich der Kanal abends zu verwandeln pflegte. Prächtige Landschaftsgemälde schmückten die Wände, und in einer Ecke stand ein Cembalo.

Ignazio, ein Glas Wein in der Hand, erhob sich, als wir eintraten. Er trug das übliche gedeckte Grau unter einem weißen Spitzenkragen, der sich über seine Schultern ausbreitete. Seinem blassen, schmalen Gesicht fehlte die lebhafte Schönheit meiner Mutter, aber in seinen Augen leuchtete der Funke der Tatkraft und Intelligenz der Cornaros.

»Amalia«, begrüßte er mich mit gewohnt leidenschaftsloser Stimme. »Es ist eine Freude, dich zu sehen.«

Ignazio war nicht der Typ Mann, den man in die Arme nahm, und ich trug kein Kleid, in dem ich hätte knicksen können, also verbeugte ich mich. »Es ist auch eine Freude, dich zu sehen, Onkel Ignazio.«

»Dir scheint es gut zu gehen. Wie steht es um deinen Vorrat an Elixier? Soll ich dir mehr anfertigen?«

»Ich habe noch …«, fing ich verlegen an, aber Mutter wartete nicht erst darauf, dass ich meinen Satz zu Ende brachte.

»Wir könnten noch ein paar Flaschen brauchen.« Sie bedachte ihn mit einem Lächeln. »Ich glaube, sie hat nur noch vier. Ich bin dir so dankbar, Ignazio. Ich wüsste gar nicht, was wir ohne dich anfangen sollten.«

Ich war ziemlich sicher, dass Mutter über die notwendigen Ressourcen verfügte, um jemand anderen zu finden, der einen ausreichenden Schimmer von Alchemie besaß, um das Elixier zu brauen, das mich am Leben erhielt, sollte es notwendig werden. Aber Ignazio strahlte zufrieden, als ob er seiner Cousine jedes Wort abnahm. Also sagte ich nur: »Ja, danke«, obwohl ich noch fünfeinhalb Flaschen hatte, nicht nur vier.

Wir setzten uns und sprachen über das Wetter und andere Belanglosigkeiten, während die Dienerschaft Zitronenkuchen servierte. Das unerwähnte Thema Ardence schuf sich zunächst nur Ausdruck in der abgehackten Sprechweise und der steifen Haltung meines Onkels. Die Spannung, die von ihm ausging, schien sich in meinem eigenen Rückgrat einzunisten, und ich war froh, als ich mir endlich ein Stück Zitronenkuchen in den Mund stopfen konnte und nicht mehr in der Lage war zu fragen, was in der Stadt, die ich liebte, so schiefgegangen war.

»Ich hoffe, du hattest keine Probleme, eine Kutsche zu mieten«, sagte Mutter und studierte dabei Ignazios Gesicht. »Ich hörte, der Herzog von Ardence macht Raverranern in seiner Unbesonnenheit selbst die einfachsten Dinge recht schwer.«

Ardence, endlich. Ich richtete mich auf und lauschte.

Ignazio seufzte. »Herzog Astor Bergandon verfügt über den Ehrgeiz seiner großen Ahnen, aber es mangelt ihm an Mäßigung. Sein Vater hat auf meinen Rat gehört, aber Astor und sein Hof scheinen es darauf anzulegen, die Stadt in den Ruin zu treiben.« Er nahm einen tiefen Schluck von seinem Wein. »Wenn der Doge mir die Befugnisse eingeräumt hätte, um die ich ihn gebeten hatte, wäre es nie zu dieser hässlichen Situation mit den illegalen Steuern gekommen.«

»Hmm«, machte La Contessa. Ich wusste, dass sie sich häufig mit Baron Leodra über Fragen hoheitlicher Befugnisse stritt, darum wäre ich nicht verwundert gewesen, wenn es diese Bitte um zusätzliche Befugnisse war, die Ignazios Abzug von dem Posten besiegelt hatte.

Mürrisch beäugte Ignazio das leere Glas. »Selbst ohne die Autorität, Astor einfach zu überstimmen, bin ich gut zurechtgekommen. Ich hatte mit einigen der kompetenteren Leute des Herzogs Vereinbarungen getroffen, und ihn selbst hofiert, um ihn auf unsere Seite zu ziehen. Hätte ich nur noch zwei Wochen mehr gehabt, dann wäre alles wieder unter Kontrolle gewesen.«

»Gewiss«, murmelte Mutter und winkte einem Diener zu, er möge Ignazios Glas nachfüllen. »Aber du kennst den Dogen. Er wollte sofort Ergebnisse sehen.«

»Die wird er bekommen«, entgegnete Ignazio finster. »Er schickt Dama Terringer. Sie ist eine Generalin im Ruhestand, keine Diplomatin, und sie wird der Funke sein, der Bergandons Zunder entfacht. Terringer zu ernennen, ist, als lege er es auf einen Krieg an.«

Der Kuchen in meinem Mund fühlte sich trocken an. Ich schluckte, wenn auch nur mit Mühe. »Soweit wird es doch gewiss nicht kommen.«

»Das hoffe ich.«

Aber Mutter lachte nur. »Sei nicht so theatralisch, Ignazio. Du ängstigst das Mädchen.« Sollte sie gemerkt haben, wie steif ich wurde, so störte sie das anscheinend nicht. »Ardence ist weit davon entfernt, die Waffen gegen das Imperium zu erheben.«

»Nicht, wenn der Schattenadel seinen Willen bekommt.«

»Der Schattenadel?« Diese Bezeichnung hatte ich noch nie gehört. »Was ist das, eine Assassinengilde?«

»Keineswegs.« Er gluckste. »Auch wenn sich das recht dramatisch anhört, nicht wahr? Das ist eine Geheimgesellschaft ardentinischer Aristokraten, die beständig Erklärungen gegen Raverra veröffentlichen und zu einer Rückkehr in die alte Zeit der Herrlichkeit und Unabhängigkeit Ardences auffordern.« Er schüttelte den Kopf. »Ich bin ziemlich sicher, dass es ihre Drängelei war, die den Herzog veranlasste, die Steuern für raverranische Händler einzuführen.«

»Man fragt sich, wie solche rebellischen Gruppen es geschafft haben, so viel Einfluss auf den Herzog zu erringen, dass sie ihn überzeugen können, die Erlauchten Verträge zu brechen.« Ich kannte meine Mutter gut genug, um die unausgesprochenen Konsequenzen zu hören: *Und warum du es nicht früh genug gemerkt hast, um dem ein Ende zu machen.*

Doch Ignazio schien taub für den stummen Tadel. »Sie waren recht harmlos, als sie nur mit ihren grauen Dominomasken, mit denen sie sich einen mysteriösen Anschein geben wollen, in dunklen Ecken über Raverra geschimpft haben. Aber nun, da Ardence sich ernsten wirtschaftlichen Problemen ausgesetzt sieht, sind sie kühner und gefährlicher geworden, und der Herzog greift nach jedem sich bietenden Strohhalm. Wir können von Glück reden, dass er nicht wie einige andere Aristokraten die gewaltigen Darlehensangebote Vaskandars angenommen hat.« Er seufzte. »Außerdem ist er leicht beeinflussbar. Ich fürchte, die Leidenschaften des jungen Herzogs lassen sich allzu mühelos entflammen.«

»Dann lasst uns hoffen, dass sie sich ebenso leicht werden abkühlen lassen«, kommentierte Mutter.

»Dafür hätte ich sorgen können, hätte der verfluchte Doge mich nicht zurückgerufen.« Ignazio schüttelte den Kopf. »Ein militaristisches Fossil wie Terringer hinzuschicken wird nicht dazu beitragen, ihn zu besänftigen. Das weckt den Gedanken an Gewalt, noch ehe Ardence auch nur in deren Nähe gerät.«

»Ich glaube, der Doge weiß sehr gut, welche Botschaft er sendet.« Mutter ließ den Wein in ihrem Glas kreisen.

Das Paradoxon der Gewalten. Frieden durch implizite Kriegsdrohungen sichern. Mit tauben Fingern stellte ich mein Glas ab. »Sie müssen einfach nachgeben«, sagte ich. »Der Herzog ist gewiss nicht so närrisch, seine Stadt wegen etwas so Trivialem wie der Besteuerung unserer Händler in Gefahr zu bringen … Oder, Onkel Ignazio?«

Ignazio dachte über meine Frage nach und drehte sein Glas im Lampenschein. »Nein«, sagte er nach einer Weile. »Selbst wenn der Schattenadel ihn bedrängen sollte. Wenn nicht noch mehr passiert, was den Hof von Ardence gegen Raverra aufbringt, wird er vermutlich eher einen Rückzieher machen, als einen Krieg zu riskieren.«

In seinem Ton lag eine schwere Bitternis, die von der Last jener schrecklichen Möglichkeit kündete, welche von diesem *Wenn* abhing.

*

Als ich am nächsten Tag von der Unterweisung mit einer unkooperativen Zaira in den Stallungen und einem zu kurzen Abstecher in die Reichsbibliothek zurückkehrte, wartete Ciardha schon in der Eingangshalle auf mich. Ihre Haltung war wie üblich makellos, wie sie da stand mit meinem edelsten smaragdgrünen Mantel über einem Arm und einer Flasche meines Elixiers in der freien Hand.

»Willkommen zu Hause, gnädige Frau.« Sie verbeugte sich. »Bedauerlicherweise muss ich Euch jedoch bitten, mit dem Ausruhen noch etwas zu warten. La Contessa verlangt nach Eurer Anwesenheit im Reichspalast, wo Ihr einer Strategiesitzung beiwohnen sollt.«

Die soeben ausgeliehenen Bücher lasteten schwerer auf meinen Armen. Natürlich verlangte sie danach. Wen kümmerte es schon, dass die Dämmerung hereingebrochen war und die Laternen aufflackerten wie Abendsterne? Wen kümmerte es, dass ich gehofft hatte, ich könnte mich am Abend endlich mit ein paar guten Büchern entspannen; zum ersten Mal, seit ich Zaira das Geschüh übergestreift hatte?

»Jetzt?«, fragte ich.

Ciardha nickte und reichte mir die Flasche mit dem Elixier. »Ich fürchte schon, gnädige Frau.«

»Ich wünschte, sie würde mich fragen, ob ich eigene Pläne habe, ehe sie solche Entscheidungen trifft.« Ich nahm einen tiefen

Schluck von meinem Elixier; der beißende Anisgeschmack rann über meine Kehle. »Sie braucht mich nicht bei diesem Treffen, und ich könnte ein andermal zuschauen, um etwas zu lernen.«

Ciardha nahm mir erst die Flasche, dann die Bücher ab und packte alles auf einen Tisch, ehe sie mir den Mantel hinhielt. »Mag sein, dass La Contessa Euch dort nicht braucht, aber andere vielleicht.«

Halb im ersten Ärmel hielt ich inne. »Was meinst du damit?«

»Das ist eine militärstrategische Besprechung, gnädige Frau, die sich darum dreht, wie man die Falken gegen potenzielle Bedrohungen des Imperiums einsetzen kann. Ich glaube, Leutnant Verdi wird dort sein.«

Eiseskälte breitete sich in meinem Bauch aus. Wenn Mutter mich dort sehen wollte, dann sprachen sie vielleicht darüber, wie sie *meinen* Falken einsetzen könnten. »Welche potenziellen Bedrohungen?«

Ciardhas Augen glänzten im Lampenschein. »Es steht mir nicht zu, mich dazu zu äußern, gnädige Frau. Aber ich glaube, das wisst Ihr auch bereits.«

*

Der große Salon des Reichspalasts trug seinen Beinamen – der Kartensaal – zu Recht: In Wandgemälden waren die Erlauchte Stadt und das Imperium festgehalten, und sogar der Boden war als eine große Karte in Form von Intarsien aus verschiedenen Marmorschattierungen und anderen edlen Materialien ausgeführt. Aber die Karte, die auf dem großen Tisch in der Mitte des Raums ausgebreitet und mit bunten Steinen gekennzeichnet worden war, zeigte ganz Eruvia. Um den Tisch herum standen der Doge, der vollständige Rat der Neun, eine Handvoll Generäle und andere hochrangige Offiziere, Oberst Vasante von den Falken und ein sehr nervös aussehender Marcello. Lampen über ihren Köpfen erzeugten Schatten, die sich über die ganze Welt verteilten.

Ich schob mich neben den Leutnant, einen halben Schritt von

seinem Oberst mit dem eisengrauen Haar entfernt, die sich mit beiden Händen auf den Tisch stützte. Marcello warf mir einen Blick zu wie ein Ertrinkender, der sieht, wie ein Freund ihm ein Ruder hinhält.

Sonst achtete niemand auf mich. Nicht einmal Mutter blickte auf, sondern hielt den Blick aus zusammengekniffenen Augen auf die Karte gerichtet.

»Wir werden unauffällig die Truppen aller Festungen an den Gebirgspässen entlang der vaskandrischen Grenze verstärken«, sagte der Doge gerade. »Und wir können Schiffe von Osta abziehen, um unsere Marine im Norden besser zu positionieren, sodass wir die Küste Vaskandras von beiden Seiten angreifen können, sollten sie närrisch genug sein, irgendetwas zu versuchen. Aber wir haben nicht genug Falken zur Verfügung, um die ganze Grenze und Ardence zu sichern. Wir haben einige Entscheidungen zu treffen.«

Erschrocken sah ich mir die Karte genauer an. Die Nordgrenze des Imperiums endete im Hexenmauergebirge und führte über eine lange Strecke an der Vaskandras entlang. Dahinter befanden sich die wilden, dunklen Dickichte vaskandrischer Wälder, die nebelverhangenen Täler und Sumpfgebiete zwischen den Hügeln, ein weites Land unter der unangefochtenen Herrschaft der Hexenlords. Steine kennzeichneten die Festungen an den Pässen, Waldgrün stand für vaskandrische Burgen, Meeresblau für raverranische Kastelle. Aber an einem der Pässe lag ein ganzer Haufen grüner Steine, so verräterisch wie ein Ameisenschwarm auf einem toten Käfer.

»Greift Vaskandar wieder an?«, fragte ich Marcello aufgeschreckt im Flüsterton.

Er schüttelte den Kopf. »Nein, den Grazien sei Dank. Aber sie haben Truppen an die Grenze verlegt.«

»Sie wären wahnsinnig, uns anzugreifen, nachdem wir sie im Dreijährigen Krieg so umfassend besiegt haben.« Die Hexenlords hatten absolute Macht über ihre eigenen Gebiete, aber außerhalb ihrer Gefilde mangelte es ihnen an militärischer Stärke, um einen ernsthaften Angriff auf das von Falken geschützte Imperium zu wagen. Auch besaßen sie keine Marine, die diesen Namen verdient hätte.

»Nun«, murmelte Marcello, »sie haben einen gewissen Ruf.«

»Ich glaube nicht, dass wir Ardence außer Acht lassen können.« Mit einem geschmackvoll manikürten Fingernagel pochte Mutter auf die Darstellung der Stadt. »Auch wenn Dama Terringer allen Berichten zufolge gute Fortschritte dabei macht, den Herzog umzustimmen. Trotzdem stellen die Unruhen dort immer noch eine Schwachstelle für das Imperium dar, und der Fluss Arden entspringt im Hexenmauergebirge, nicht weit von der Stelle, an der sich die vaskandrischen Truppen sammeln. Auf diesem Wege haben sie schon im Zuge des Dreijährigen Krieges eine Invasion versucht. Und wir wissen, dass sich Prinz Ruven in die ardentinische Politik eingemischt hat. Welcher Schachzug Vaskandar auch vorschwebt, Ardence ist Teil ihrer Strategie.«

Baron Leodra rümpfte die Nase. »Versucht nicht, Ardence vor den Konsequenzen seiner Taten zu schützen, indem Ihr die Schuld auf Vaskandar schiebt. Wenn diese Unruhen uns schwächen, dann sollten wir Stärke demonstrieren. Wenn wir Ardence besetzen, können wir die Möchtegern-Rebellen dort vertreiben und wären in einer guten Position, um vaskandrische Invasoren abzuwehren.«

La Contessa schüttelte den Kopf. »Das einzige, was Ihr demonstriert, ist Eure Unerfahrenheit, Leodra.«

Er maskierte seine Empörung mit einem finsteren Blick. Dies war Baron Leodras erste Amtszeit als gewähltes Mitglied im Rat der Neun, eine Tatsache, an die Mutter ihn regelmäßig erinnerte. »Inwiefern? Dass solch eine Schlüsselposition einer sicheren Führung bedarf, verlangt der gesunde Menschenverstand.«

»Sie versuchen, uns herauszulocken.« Erschöpft ließ meine Mutter ihren Blick über die Karte schweifen. »Diese Truppen an der Grenze sind so offen sichtbar, das muss ein Ablenkungsmanöver oder eine Provokation sein. Die letzten beiden Male, da sie in den Krieg gezogen sind, war ihr Ziel Loreice, nicht Ardence; wir können nicht davon ausgehen, dass das keine Falle ist. Noch haben sie keinen echten Zug getan. Das heißt, auch wir müssen unsere Karten verdeckt halten und dennoch bereit sein, rasch zu handeln, wenn der Augenblick gekommen ist.«

Oberst Vasante richtete sich auf. Der Lampenschein fing sich in den tiefen Falten, die ihren Mund flankierten. »Dem stimme ich zu. Und darum denke ich auch, es ist zu früh, um mehr als eine Handvoll Falken auf Positionen im Felde zu verlagern.«

»Wir reden über einen ganzen Stadtstaat, der gegen die Erlauchten Verträge verstoßen hat«, sagte Baron Leodra scharf. »Jede Vasallenstadt des Imperiums beobachtet genau, wie wir reagieren. Wenn wir solch einer dreisten Herausforderung nicht entschlossen begegnen, werden andere versuchen herauszufinden, womit *sie* davonkommen können. Beugt sich Ardence nicht bald, müssen wir darauf vorbereitet sein, mit überwältigender Macht zurückzuschlagen.«

»Der Ernst der Lage ist mir durchaus bewusst.« Vasantes Kiefermuskulatur arbeitete erkennbar, als würde sie Leodras Einwand mit den Zähnen zermahlen. »Meine Feststellung bleibt bestehen. Ein paar Falken werden reichen.«

»Was kann eine bloße Handvoll Falken schon ausrichten«, höhnte Baron Leodra.

»Wenn es die richtigen Falken sind?« Der Finger des Obersts landete auf einer Insel vor der Küste von Osta, die auf der Karte mit rußgeschwärzten Ruinen gekennzeichnet war. *Celantis.* »Beinahe alles.«

Alle drehten sich zu mir um.

Ich wünschte so sehr, ich könnte mich einfach hinter Marcello verstecken. Stattdessen erstarrte ich und hoffte, dass ich eher teilnahmslos als nervös aussah.

»Nun?« Die scharfen Augen des Dogen huschten zwischen mir und Marcello hin und her. »Kann ich auf unsere Feuerhexe zählen, sollten wir uns einer Bedrohung für die Erlauchtheit des Imperiums gegenübersehen?«

Nein. Wenn ich Zaira jetzt losließ, würde sie sich vermutlich glorreich von den Falken verabschieden und dabei einen Pfad aus

Asche durch Raverra sengen, statt die Anweisungen des Dogen zu befolgen. Aber spräche ich das aus, so würde ich Marcello vor dem gesamten Rat der Neun demütigen und zugleich meine eigene heikle Position als unabhängige Falknerin gefährden. Es gab keine gefahrlose Möglichkeit, diese Frage zu beantworten.

Ich konnte nicht anders, ich sah meine Mutter an.

Sie hatte ihr Ratsgesicht aufgesetzt, kühl und herrschaftlich. Dieser Weg war mir verschlossen. Sie konnte mir nicht helfen, solange wir so unter Beobachtung standen.

Marcello räusperte sich. »Euer Durchlaucht.« Er verbeugte sich und verschränkte die Hände hinter dem Rücken. Nur ich konnte sehen, dass seine Finger zitterten. »Zaira hat gerade erst angefangen, sich in den Stallungen einzuleben. Diese Zeit des Übergangs ist überaus schwierig. Ich kann nicht empfehlen, irgendeinen Falken einzusetzen, ehe er sich eingefügt und seine Ausbildung abgeschlossen hat.«

Der Doge zog die Brauen hoch. »Oberst? Das ist nicht das, was Ihr mir erzählt habt.«

Oberst Vasante hatte mir den Rücken zugekehrt, der so steif aussah wie ein Bajonett. »Hexer benötigen keine umfangreiche Ausbildung, Euer Durchlaucht. Sie wenden ihre Macht instinktiv an. Leutnant Verdi hat recht, es ist zu Friedenszeiten die übliche Vorgehensweise, den Falken Zeit zu geben, sich einzugewöhnen, aber sollte ein Krieg ausbrechen, werdet Ihr über ihr Schadfeuer verfügen können.«

»Stimmt Ihr zu, Leutnant Verdi?« Der Ton des Dogen klang milde, doch sein Blick hätte Steine zerschneiden können.

Marcellos Knöchel zeichneten sich hinter seinem Rücken weiß unter der Haut ab. Sekunden zogen sich endlos dahin. Oberst Vasante wippte auf den Absätzen, verlagerte ihr Gewicht nach hinten und rammte einen davon kraftvoll auf Marcellos Zeh.

Marcello zuckte zusammen und verbeugte sich. »Gewiss, Euer Durchlaucht.«

Ich presste die Lippen aufeinander, um zu verhindern, dass mir ein Laut der Überraschung oder des Protests entfleuchte. Der Gedanke, Zaira könnte derzeit irgendwelchen Befehlen Folge leisten, war aberwitzig.

»Und Ihr, Dama Amalia?« Ich bemühte mich, keine Miene zu verziehen, als sich die Aufmerksamkeit des Dogen auf mich konzentrierte. »Seid Ihr bereit, ins Feld zu ziehen und Euren Falken loszulassen, sollte es notwendig werden?«

Ich spürte, dass Mutter mich mit Blicken durchbohrte. Hier, vor dem versammelten Rat, konnte ein falsches Wort, sei es ehrerbietig oder rebellisch, mein ganzes Leben in neue Bahnen lenken.

»Euer Durchlaucht«, sagte ich vorsichtig, »vergebt mir, aber mir ist nicht klar, wo wir Euren Vorstellungen zufolge meine Feuerhexe loslassen sollten.«

Jemand atmete auf – verwundert oder erleichtert? –, aber ich wusste nicht, wer es war.

Die Marquise zu Palova runzelte die Stirn. »Ja, es scheint ein bisschen früh zu sein, eine Feuerhexe ins Getümmel zu werfen, oder nicht? Wir befinden uns nicht im Krieg.« Sie gestikulierte in Richtung der grünen Steine. »Hinter diesen Truppenbewegungen könnte genauso gut die Machtdemonstration eines Hexenlords gegenüber einem anderen stecken. Oder ein Versuch, das Imperium einzuschüchtern – bloßes Zähneblecken. Vaskandar tut derlei Dinge alle paar Jahre, und normalerweise verläuft sich das im Sande.«

Mutter beugte sich vor und stützte die Fäuste auf den Tisch. »Ich schlage vor, wir behalten die Falken vorerst in Reserve. Geben wir unserer neuen Erlauchten Gesandten eine Chance, Ardence auf Linie zu bringen, während wir darauf warten, dass der Geheimdienst uns genauere Informationen über die wahren Absichten Vaskandars liefert. Die Falken sind unsere beste Waffe, und wir sollten sie im Ärmel versteckt halten.«

Zustimmendes Gemurmel erhob sich unter den Generälen und der Hälfte der Ratsangehörigen. Auch der Doge nickte. »Nun gut. Wir werden warten, ehe wir irgendwelche Falken einsetzen. Aber ich will, dass sie bereit sind, jederzeit auszurücken.«

Oberst Vasante salutierte. »Gewiss, Euer Durchlaucht.«

Die Spannung in Marcellos Schultern löste sich, und er schwankte, als hätte allein die ihn aufrecht gehalten. Ohne Nachdenken ergriff ich seinen Ellbogen, um ihn zu stützen.

Sein erschrockener Blick huschte zu mir, und ich ließ sofort los und lief rot an, doch er lächelte.

»Danke«, flüsterte er.

Ich brauchte einen Moment, um zu begreifen, dass er nicht von meiner allzu vertraut agierenden Hand gesprochen hatte, und ich erwiderte das Lächeln, wenn auch schwach. Ich hatte uns vielleicht etwas Zeit verschafft, aber mehr auch nicht.

Sollte der Herzog von Ardence sich nicht bald vernünftigen Argumenten zugänglich erweisen, mochte Zairas Schadfeuer des Dogen nächstes Werkzeug der Überredungskunst werden.

KAPITEL ACHT

»DU KANNST DICH nicht ewig hinter diesen Büchern verstecken, Amalia.«

Der Stift tat einen Satz und hinterließ eine Tintenspur auf einem sorgfältig gezeichneten Diagramm. Ich drehte mich zu Mutter um, bemüht, einen erbitterten Ausbruch zu unterbinden.

»Hallo, Mamma. Mir war nicht bewusst, dass du in meinem Zimmer bist.«

Sie zog eine Braue hoch. »Dann solltest du an deiner Aufmerksamkeit arbeiten, Mädchen. Trotz all der Banne und der Tatsache, dass Ciardha über ihn wacht, ist unser Palast nicht sicher vor Attentaten.«

»Ich verstecke mich nicht.« Das entsprach weitgehend der Wahrheit, obwohl ich nach der beängstigenden Strategiesitzung von gestern Abend erpicht darauf war, ein wenig Zeit für mich allein zu haben. »Ich arbeite an einer wirksameren Methode, die Sonnenenergie durch eine Drahtspule zu leiten, um einen Lichtkristall zu betreiben.«

Mutter schien nicht beeindruckt. Ihr Blick wanderte von dem Brief in ihrer Hand zu mir. »Kannst du ein Menuett tanzen?«

Ich stöhnte. »Du willst mich schon wieder zu irgendeinem furchtbaren Fest mit abscheulichen Leuten schicken, richtig?«

»Nicht ich.« Sie warf die Einladung auf meinen Schreibtisch, geradewegs auf den noch nicht ganz trockenen Entwurf. Auf dem Siegel bäumte sich das geflügelte Pferd von Raverra vor mir auf. »Der Doge ersucht um deine Anwesenheit bei einem Empfang zu Ehren des neuen diplomatischen Aufgebots von Ardence.«

»Nicht noch so ein nervtöten…« Ich brach ab. »Warte. Ardence?«

»Ja.«

»Der Doge ersucht eigens um *meine* Anwesenheit?«

»*Fordert* trifft den Punkt vielleicht besser«, sagte La Contessa. »Deine und die deines Falken.«

»Er will *Zaira* dabeihaben?« Mir fiel der Stift aus der Hand, als ich auf dem Stuhl zusammensackte. »Er *wird* einen Konflikt ausbrechen lassen, nicht wahr?«

»Nein, aber jemand anderes vielleicht.« Mutter setzte sich auf den Hocker vor meinem wenig genutzten Schminktisch, um mir in die Augen zu schauen. »Der Doge erhöht den Einsatz, um die Unruhestifter herauszulocken und herauszufinden, wie tief das alles geht. Verstehst du, was ich sage?«

Ich verstand die kalte Furcht, die sich in meine Eingeweide krallte. »Nein. Ich begreife nicht, was Raverra damit erreichen will, Ardence in Zeiten wie diesen eine Feuerhexe vor Augen zu führen.«

»Der nächstliegende Grund dafür, dass Ardence sich Raverra widersetzt, ist das Austesten von Grenzen, um festzustellen, ob die Erlauchte Stadt so weit geschwächt ist, dass ihre Herrschaft über das Imperium nachlässt. Das ist recht verbreitet unter ambitionierten jungen Regenten und kein Grund zur Sorge.« Sie machte eine wegwerfende Geste, als wäre Herzog Astor Bergandon weiter nichts als ein lästiges Insekt. »Sofern es sich tatsächlich so verhält, wird ein herzlicher Empfang des neuen ardentinischen Repräsentanten zeigen, dass wir immer noch bereit sind, freundschaftliche Beziehungen zu Ardence zu pflegen. Die wohlerwogene Gegenwart einer Feuerhexe sendet andererseits die Botschaft, die verdeutlicht, dass ein Bruch der Erlauchten Verträge ernsthafte Konsequenzen nach sich ziehen könnte.«

»Und du denkst, der Herzog lenkt ein.«

Sie zuckte mit den Schultern. »Wenn er kein Narr ist, wird er das tun. Aber sollte es hier um mehr gehen als das bloße Austesten von Grenzen, wird uns die Reaktion des Herzogs einiges verraten – ebenso wie die anderer Parteien, die eventuell auf ihn einwirken.«

»Du meinst Vaskandar.«

»Vielleicht. Das ist zumindest die wahrscheinlichste Variante.

Ihre Chancen, Teile von Loreice in ihre Gewalt zu bringen, steigen, wenn das Imperium durch einen Krieg abgelenkt wird. Aber noch ist es zu früh für Unterstellungen.«

Ungläubig starrte ich sie an. »Wer sollte denn sonst dahinterstecken? Wie viele Feinde haben wir deiner Ansicht nach?«

La Contessa musterte mich aus zusammengekniffenen Augen. »Macht gebiert stets Feinde.«

Ich starrte die Narbe auf meinem Handrücken an. »So wird es wohl sein.«

»Da wir gerade dabei sind, hüte dich bei dem Empfang vor Baron Leodra. Er könnte versuchen, dich in seine Machenschaften zu verwickeln. Er drängt sehr darauf, Ardence mit Gewalt in die Schranken zu weisen, was jegliche Hoffnung auf Frieden zunichtemachen würde.«

»Warum sollte er so etwas tun?« Mir kam das gleichermaßen grausam wie närrisch vor.

»Er nutzt es als Gambit, um sich größeren Einfluss zu verschaffen.« Ihre Geringschätzung für derartige Taktiken tat sich in einem Seufzer kund. »Im Augenblick hört der Doge auf mich. Leodra sieht in Ardence eine Schwäche meinerseits, weil mein Geheimdienst und dein Onkel Ignazio Raverra weder vor dem Aufbegehren Herzog Bergandons gewarnt noch es verhindert haben. Leodra hat sich immer für eine autoritärere Führung seitens des Imperiums ausgesprochen, und nun bedrängt er den Dogen und den Rat, *seine* Methoden anstelle der meinen zu übernehmen.«

Meine Fingerspitzen strichen über das ruinierte Diagramm und zerknüllten dann das Papier. »Das wäre furchtbar für Ardence.«

»Mach dir nicht zu viele Gedanken darüber.« La Contessa setzte ein katzenhaftes Lächeln auf. »Baron Leodra wird schon bald seine eigenen Grenzen kennenlernen. Jeder hat Geheimnisse, und ich habe seines entdeckt: Er hat einen unehelichen Sohn, den er vor der Welt versteckt halten will. Er wird tun, was ich ihm sage, nachdem wir uns auf diesem Ball miteinander unterhalten haben.«

Ich konnte für ihren Triumph keine Begeisterung aufbringen. »Reizend.«

Sie kam zu mir und legte mir eine Hand auf die Schulter. »Sei vorsichtig bei dem Empfang. Alles, was du tust, könnte zu einem Zug auf dem Spielbrett werden. Mir wäre lieber, du wärest eine Spielerin, keine Spielfigur.« Sowohl ihre Stimme als auch die Berührung fielen erstaunlich sanft aus. »Wie ich schon sagte: Du kannst dich nicht ewig hinter diesen Büchern verstecken.«

Mutter rauschte in einem Wirbel aus Seide hinaus und schloss die Tür so lautlos hinter sich, wie sie sie zuvor geöffnet hatte. Ich starrte meinen ruinierten Entwurf an, und das Unbehagen breitete sich in mir aus wie verschüttete Tinte.

Ich konnte Zaira nicht einmal davon abhalten, auf dem Markt einen belanglosen Diebstahl zu begehen. Und nun sollte ich die Verantwortung für ihr Benehmen auf einem Ball übernehmen, bei dem der Doge persönlich zugegen war und wo jeder falsche Zug einen Krieg auslösen konnte?

*

»Ich bin zu einem Ball im Reichspalast eingeladen?« Zaira schnaubte verächtlich. »Guter Witz. Wessen Idee war das?«

»Die des Dogen.«

Zaira blickte noch nicht einmal von ihrem Platz auf einem der Lagune zugewandten Balkon im dritten Stock auf. Stattdessen nahm sie eine Sommernuss aus einer neben ihr stehenden Schüssel und schleuderte sie auf eine Möwe, die gerade auf dem Anleger der Stallungen landen wollte. Der Vogel drehte ab, und Zaira lachte.

»Ich scherze nicht«, bekundete ich verärgert.

»Das weiß ich. Du hast weniger Sinn für Humor, als die Grazien den Fischen geschenkt haben.« Sie warf eine weitere Nuss in die tiefen, grünen Wasser und sah zu, wie sie in den Fluten verschwand. »Der alte Mistkerl führt bestimmt etwas im Schilde, aber wenn das Essen gut ist, soll es mir gleich sein.«

Ich überlegte, ob es klug war, ihr zu sagen, dass sie als implizite Drohung gegen Ardence fungieren sollte. Aber das würde ihr nur noch mehr Gelegenheit geben, sich über mich lustig zu machen.

Ich versuchte es auf einem anderen Weg: »Das ist eine heikle Situation. Es ist außerordentlich wichtig, niemanden zu kränken.«

Nun bedachte sie mich mit einem Blick, der nur so troff vor ungläubiger Verachtung. »Für wie dumm hältst du mich?«

»Ich weiß, dass du nicht dumm bist.«

»Was denkst du, werde ich tun? In den Wein des Dogen pinkeln? Ich bin kein Schwachkopf.«

»Nun …« Ich suchte nach den richtigen Worten. »Bei unseren bisherigen Begegnungen warst du bisweilen ein wenig … ungehobelt …«

Sie zuckte mit den Schultern. »Das liegt nur daran, dass ich mich einen Dreck um dich schere.«

»Wie schön, dass wir das geklärt haben«, blaffte ich sie an.

»Ich dachte, das wäre längst klar gewesen.«

Ich presste die Lippen zusammen, um zu verhindern, dass etwas Unbedachtes über sie kam. *Freundschaft*, ermahnte ich mich im Stillen, *du willst eine Freundschaft zu ihr aufbauen.*

Ich versuchte es noch einmal. »Hast du etwas Passendes zum Anziehen?«

»Woher soll ich das wissen? Bisher war ich noch nicht auf allzu vielen hochherrschaftlichen Festivitäten.«

Den größten Teil ihrer Garderobe hatte ich bereits auf dem Boden liegen sehen und bezweifelte, dass sie ein angemessenes Kleid besaß. Raverra sorgte gut für seine Falken, aber die meisten von ihnen würden niemals höfische Kleidung benötigen.

»Ich kann dir etwas leihen«, schlug ich vor. Sie war ein gutes Stück kleiner und dünner als ich; aber die Diener könnten den Saum kürzen, dann mussten wir nur noch das Korsett so straff schnüren, wie es eben ging. »Ich habe ein scharlachrotes Kleid, das prächtig an dir aussehen würde.«

Das spöttische Desinteresse in ihren Augen geriet für einen Moment ins Wanken. Ich erinnerte mich, wie ich sie ertappt hatte, als sie gerade das blaue Gewand hatte anprobieren wollen. Vermutlich hatte es in ihrem Leben noch nicht viele Gelegenheiten gegeben, sich herauszuputzen.

Ich hatte daran gedacht, einen Diener mit dem Kleid zu ihr zu schicken. Aber …

»Möchtest du vorher in meinen Palast kommen und dich zusammen mit mir fertig machen?« Ich beeilte mich, die Worte auszusprechen, ehe ich es mir anders überlegen konnte. »Ich habe eine Zofe, die sich sehr gut auf Haartrachten versteht, und du wirst Hilfe brauchen, um das Korsett anzulegen.«

Gefühle huschten über ihr Gesicht wie die veränderlichen Schatten von Laub an einem windigen Tag. Endlich warf sie den Kopf zurück. »Nun gut, wenn du so besorgt bist, ich könnte dich in Verlegenheit bringen, wenn ich mich allein fertig mache.«

Ich hegte den Verdacht, dass sie so oder so fest entschlossen war, mich in Verlegenheit zu bringen. »Schön. Ich freue mich darauf.«

Ich verriet ihr nicht, dass es mir weitaus lieber wäre, sie würde in den Wein des Dogen pinkeln, als einen Krieg mit Ardence vom Zaun zu brechen. Das hätte sie als Einladung verstehen können.

*

»Lächerlich«, verkündete Zaira. »Dieser Ort ist einfach absurd.«

Ich wandte mich von meinem breiten Fenster zum Reichskanal ab, nachdem ich die Vorhänge zugezogen hatte, und stellte fest, dass Zaira sich mit großen Augen und einer gleichermaßen staunenden wie angewiderten Miene in meinem Zimmer umschaute.

»Ja, schön. Willkommen in meinem Zuhause«, entgegnete ich.

Ich hatte überhaupt nicht darüber nachgedacht, welchen Eindruck der Palast der Cornaros auf ein Mädchen machen musste, das sein Leben in den Unschlitten verbracht hatte. All das Gold, das so leuchtend, warm und heimisch auf mich wirkte, musste ihr als maßlos ausschweifend erscheinen. Die erlesenen Gemälde und die üppigen Stoffe, die Leuchten und die Schutzbanne – alles, was sie zu sehen bekam, konnte in ihren Augen nur der Gipfel der Dekadenz sein.

Vermutlich dachte sie, ich hätte sie eingeladen, um mit meinem

Reichtum zu protzen. Bei dem Gedanken kroch mir die Röte über den Hals in die Wangen.

Zaira schüttelte den Kopf. »Hier könnte ich genug Zeug klauen, um die halben Unschlitten ein ganzes Jahr lang zu ernähren. Und du würdest nicht einmal merken, dass etwas verschwunden ist.«

Rica, meine Zofe, erschien mit Zairas scharlachrotem Kleid und rettete mich vor der erschreckenden Aussicht, eine Antwort darauf finden zu müssen. Sie legte all die Lagen aus Reifröcken, Miederwaren, Unterröcken, Röcken und Strumpfhose bereit und beäugte dabei Zaira, als würde sie überlegen, wie sie all das an ihre schmalere Gestalt anpassen konnte. Zaira musterte die prachtvolle Tracht sichtlich beklommen.

»Wann geht sie, damit ich mich anziehen kann?«, flüsterte sie und deutete mit dem Kinn auf Rica.

Ich hüstelte. »Das wird sie nicht. Sie ist hier, um uns zu helfen.«

»Ich brauche niemanden, der mir dabei *hilft*, mich anzuziehen.«

»Verzeih«, sagte ich, »aber bei diesem Kleid brauchst du jemanden. Es ist unmöglich, das allein anzuziehen.«

Fassungslos starrte sie mich an. »Du meinst das ernst, richtig? Gütige Grazien. Was ist das für eine Verrücktheit? Das Reich wird tatsächlich von einem Rudel Schwachsinniger regiert, die nicht einmal imstande sind, sich allein anzuziehen?«

»Es gibt einen Grund, warum ich Hosen bevorzuge.« Voller düsterer Vorahnungen betrachtete ich das zweite Kleid, das Rica in dem Moment für mich bereitlegte; ein extravagantes Gewand in verschiedenen Schattierungen von Champagner und Bronze.

»Hosen aus massivem Gold, nehme ich an. Grazie der Barmherzigkeit! Kein Wunder, dass du so nutzlos bist.« Der verächtliche Ton in Zairas Stimme zerriss die Luft zwischen uns. »Du weißt nichts von der Welt. Du hast sie noch nicht einmal auch nur *wahrgenommen.*«

»Gut und schön«, entgegnete ich matt. »Willst du das Kleid nun tragen oder nicht?«

Sie starrte die Berge aus Seide und Samt an, und ein ebenso bitterer wie sehnsuchtsvoller Ausdruck trat in ihre dunklen Augen. »Warum nicht? Sogar Gefangene brauchen dann und wann ein bisschen Spaß.«

Ungerührt half Rica zuerst mir in mein Kleid, ehe sie mit offenkundigem Genuss anfing, ein großes Trara um Zaira zu veranstalten; sie hatte unverkennbar vor, sich an dieser Verwandlung zu erfreuen. Zaira litt, während sie eingekleidet wurde, versuchte aber ständig, alles selbst zu machen, und machte Rica das Leben damit schwerer. Ich setzte mich in einer gewaltigen Wolke aus champagnerfarbenen Röcken auf die Kante meines Betts, um mir das Spektakel anzusehen.

»Bekomme ich einen Dolch?«, fragte Zaira. »*Sie* hat einen Dolch.« Sie deutete auf die juwelenbesetzte Scheide an meiner Hüfte.

Rica schaute sich zu mir um. »Gnädige Frau?«

Ich blinzelte. »Ich weiß es nicht. Trägst du normalerweise einen Dolch?«

Zaira schnaubte verächtlich. »In den Unschlitten trägt jede Rotzgöre ein Messer, wenn sie den nächsten Sonntag noch erleben will. Aber dein Leutnant wollte mir keinen geben.«

»Warum nicht? Gibt es irgendwelche Vorschriften, die es Falken verbieten, eine Waffe zu tragen?« Das kam mir sonderbar vor; schließlich handelte es sich bei ihnen um Soldaten. Und ich hatte in den Stallungen bewaffnete Falken gesehen.

Zaira zuckte mit den Schultern. »Es ging wohl um irgendwas in der Art, dass eine Faust im Auge auch ohne Dolch schon schlimm genug sei.«

Ich biss mir auf die Lippe. Wenn Marcello ihr keine Waffe gegeben hatte, wäre es undiplomatisch und vielleicht auch unklug, mich seiner Entscheidung zu widersetzen. Aber Zaira starrte mich herausfordernd an. Das war ein Test.

»Nun, solange du nicht vorhast, die Klinge irgendeinem Gast auf dem Ball ins Auge zu stechen – oder wohin auch immer –, sehe ich darin kein Problem«, sagte ich leichthin. Immerhin würde auf dem Ball ein ganzer Haufen gut sichtbarer Gardisten zugegen sein, die nach möglichen Attentätern Ausschau hielten.

»Huh.« Sichtlich überrascht zuckte Zaira mit dem Kopf zurück; Rica korrigierte sanft ihre Haltung, da sie sich gerade ihrer Frisur widmete. »Du vertraust mir eine Waffe an?«

»Ich vertraue darauf, dass du keine Dummheiten machen wirst.«

Zaira lachte, laut und wild. »Nun gut!«

Rica suchte ihr einen schmückenden Dolch heraus; Zaira musterte ihn geringschätzig, nahm ihn aber trotzdem. Die schmale, goldene Scheide akzentuierte die schwingende Seide ihres Gewands. Die Klinge selbst würde vermutlich abbrechen, sollte sie tatsächlich versuchen, auf irgendjemanden einzustechen. Dennoch schien mir, als ließe Zaira es jetzt weitaus genügsamer über sich ergehen, sich Farbe auf Lippen und Wangen auftragen zu lassen. Ein- oder zweimal tastete sie nach dem Dolch. Es schien, als ob seine Existenz sie beruhigte.

»Na, also«, verkündete Rica voller Stolz, als sie fertig war. »Kommt, schaut in den Spiegel. Ihr seid ein Ebenbild der Grazie der Schönheit.«

Sie hatte kaum übertrieben. Mit den juwelenbesetzten Haarnadeln und den Morgen von roter Seide, die so einen klaren Kontrast zu ihrem glänzenden, dunklen Haar und der olivbraunen Haut bildeten, war Zaira ganz einfach hinreißend.

Rica rollte einen großen Spiegel aus der Ecke herbei, und Zaira starrte ihre Reflexion mit schockierter Miene an. Sie berührte eine kunstvoll platzierte Strähne, die sich aus der ebenso voluminösen wie eleganten Hochfrisur herabkräuselte, und dann ihr Gesicht, als sei sie nicht sicher, ob es nicht vielleicht doch jemand anderem gehörte. Schließlich wirbelte sie um die eigene Achse, betrachtete ihre schwingenden Röcke wie ein kleines Mädchen und lachte.

»Du wirst auf dem Ball manchen Kopf verdrehen.« Ich bedachte Rica mit einem anerkennenden Lächeln, und sie grinste, zufrieden mit ihrem Werk.

»Verdammt richtig, das werde ich«, juchzte Zaira. Doch dann wurde ihre Miene wieder ernst. »Welche armen Schweine werde ich bedrohen?«

»Was?«

»Indem ich dieses Fest besuche.« Sie wandte sich vom Spiegel ab und starrte mich an. Der Lampenschein fing sich in ihren Augen, und der scharf umgrenzte schwarze Ring ihres Magiermals hob sich deutlich von der dunkelbraunen Iris ab.

Ich zog eine Braue hoch. »Ich dachte, das kümmert dich nicht.«

»Es kümmert mich nicht, ob der große Plan des Dogen lautet, sich eine weitere Welt untertan zu machen oder eine Ziege zu ficken. Aber wenn er *mein* Feuer dazu benutzen will, irgendjemanden dazu zu bringen, sich in die Hosen zu machen, dann will ich wissen, wer dieser Jemand ist.«

Rica bedachte mich mit einer mitfühlenden Grimasse, beugte das Knie und zog sich diskret zurück. Ich seufzte. »Ardence.«

»Was, die ganze Stadt?« Ihre Brauen näherten sich dem elegant frisierten Haar.

»Natürlich. Wenn er einer Einzelperson eine Warnung zukommen lassen wollte, hätte er einen Attentäter eingeladen, keine Feuerhexe.« Ich erhob mich von meinem Bett. Tiefes Unbehagen zehrte an mir. »Ich weiß, das ist kein erfreulicher Grund für eine Einladung, aber wir haben beide keine andere Wahl, als hinzugehen. Also können wir uns ebenso gut amüsieren.«

»Oh, ich werde mich amüsieren.« Zaira strich die Vorderseite ihres Kleides glatt und schaute sich zum Spiegel um. »Ich, auf einem Ball im Reichspalast? Das ist ein Witz, der einfach zu gut ist, um nicht zu lachen. Und am Ende des Abends werden wir sehen, auf wessen Kosten er geht.«

Sie schenkte mir ein dünnes Lächeln, das rein gar nichts zu meiner Beruhigung beitrug.

*

Wir waren schon eine ganze Stunde auf dem Ball, und Zaira hatte noch niemanden erdolcht.

In der Menge mischten sich Raverraner und Ardentiner, Getränke in den Händen und eine unverkennbare Anspannung in den steifen Schultern. Ich stand hinter einer Statue, beobachtete den Ballsaal und bemühte mich, mir ein Gefühl für die Lage zu verschaffen, ehe ich mich ins Getümmel stürzte.

Zaira schien sich prächtig zu amüsieren. In ihrem scharlachroten Kleid sah sie umwerfend aus, und das wusste sie. Juwelen funkelten an ihrem Hals, und das Korsett schmeichelte ihrer Figur. Junge Höflinge umschwärmten sie. Verhaltener als sonst hallte ihr neckisches Lachen durch die Menge, und während sie sich unterhielt oder an ihrem Wein nippte, kennzeichnete ein besonderer Schwung jede einzelne Bewegung ihrer Hände. Ich nahm an, ihr war bewusst, dass die Männer und Frauen, die sie belagerten, in ihr vor allem ein faszinierendes Kuriosum sahen; aber ich bezweifelte, dass *die* auch nur ahnten, dass sie sie mit jeder höfischen Geste nur verhöhnte. Zu meinem großen Glück blieb Ignazio in ihrer Nähe und behielt sie im Auge.

Der Doge selbst thronte auf einer Seite des Raums. Seine Diener und Berater huschten beständig um ihn herum, um mit all den Leuten fertig zu werden, die einen Teil seiner Zeit zu beanspruchen suchten. Meine Mutter glitt so ungehindert wie ein Hai durch die Menge, gleichermaßen faszinierend und gefährlich. Die Ardentiner fanden sich in Gruppen zusammen, die sich bald wieder auflösten, beinahe wie Krähenschwärme. Ich musterte die Gesichter der Diplomaten, fragte mich, ob ich einen von ihnen aus meiner Zeit in Ardence kannte. Gemeinsam mit Ignazio in seiner Funktion als Erlauchter Gesandter hatte ich so einige Feste besucht.

Schließlich entdeckte ich Domenic, der, obwohl er auf der anderen Seite des Ballsaals stand, dank seines kühnen Lachens und der geschlitzten Ärmel kaum zu übersehen war. Er sah großartig aus heute Abend. Sein Wams verjüngte sich im Schnitt und brachte die breiten Schultern ebenso wie die schmale Taille voll zur Geltung. Dazu bewegte er sich mit eben jener Anmut und Selbstsicherheit, die schon am ardentinischen Hof nicht nur meine Blicke auf sich gezogen hatte. Ich eilte durch den Ballsaal und nahm mir unterwegs ein Glas Wein von dem Tablett eines Dieners.

»Domenic!«, rief ich beim Näherkommen. »Ich wusste nicht, dass du auch hier sein würdest.«

Er drehte sich um, und ein Lächeln brachte seine warmen, braunen Augen zum Funkeln. »Amalia! Dann gibt es vielleicht doch noch Hoffnung für diese Festivität.«

»Ich bin erstaunt, dich bei so einem faden Diplomatenempfang anzutreffen.« Ich grinste. »Und sag mir nicht, du seist nur wegen des Essens gekommen.«

»Ich wünschte, es wäre so. Obwohl es hier diese kleinen Vorderflugfische in Zitronenbutter gibt, die niemand in Ardence richtig zubereiten kann.« Er seufzte, und für einen Moment legte sich ein Schatten über sein lebhaftes Gesicht und ordnete seine Züge zu einer ernsteren Miene an. »Ich bin hier wegen der Geschichte mit den Falknern in der vergangenen Nacht.«

Ich betastete meine Falkenkopfbrosche. »Was für eine Geschichte?«

»Hast du es noch nicht gehört? Ich kenne nicht alle Einzelheiten; die Neuigkeit kam über die Kurierlampen herein, kurz bevor der Ball begann.« Er schaute sich zum Botschafter um, der sich angeregt mit dem Dogen unterhielt. »Vielleicht ist es besser, das hier nicht zu erwähnen, aber wir sollten später miteinander reden. Inzwischen könntest du mir einen Anlass liefern, mich zu freuen! Wir sind nie dazu gekommen, über deine Projekte zu sprechen. Arbeitest du an etwas Neuem? Ich würde zu gern erfahren …« Plötzlich verstummte er, richtete sich zu voller Größe auf und starrte über meine Schulter hinweg.

»Wer ist dein Freund?«, fragte Zaira und schubste mich mit ihren umfangreichen Röcken zur Seite. Ich nahm an, das Glas Wein in ihrer Hand war nicht ihr erstes.

Oje. Ich biss die Zähne zusammen und lächelte. »Zaira, dies ist der Vicomte Domenic Bergandon, ein Vetter von Herzog Astor Bergandon. Domenic, darf ich dir …«

»Ah! Ihr müsst die Dama Zaira sein.« Er bedachte sie mit einer extravaganten Verbeugung.

»Du hast von ihr gehört?« Ich konnte mir nicht vorstellen, dass das etwas Gutes war.

Zaira erhob anstelle eines Knickses ihr Glas. »Gewiss hat er. Ich bin in ganz Eruvia berühmt, aber ich werde dir nicht sagen, wofür.«

Domenic lachte. »Ich muss gestehen, der Botschafter hat mir erst heute Morgen von Euch erzählt, gnädige Frau. Aber abgesehen davon, dass er mich über Euren zweifellos wohlverdienten Ruhm im Unklaren ließ – und ich wäre entzückt, später über dessen Gründe zu spekulieren –, hat er auch vergessen, mir von Eurem Esprit und Eurer Schönheit zu erzählen.«

Ein Hauch von Rosa erglühte auf Zairas Wangen. »Nun, wenn Ihr nicht ein Charmeur seid. Ich mag Männer mit flinker Zunge. Aber wenn Euer Botschafter Euch das Beste von mir verschwieg, was hat er Euch dann erzählt?«

Ich trank einen tiefen Schluck Wein, um meine Verlegenheit zu verbergen. Der Gedanke, Zaira könnte in ein Gespräch mit Domenic platzen und aufreizende Bemerkungen von sich geben, hatte mir nie Albträume bereitet, aber auch nur, weil mein schlafender Geist nicht über eine ausreichend bösartige Vorstellungsgabe gebot.

»Nun …« Domenics Mimik wechselte von fröhlicher Anerkennung zu etwas Gewichtigerem. »Um ehrlich zu sein, gnädige Frau, ich hörte, Ihr wurdet gegen Euren Willen zum Falken gemacht. Aber ich hörte auch, dass meine Freundin Amalia Eure Falknerin ist, was nicht möglich zu sein scheint. Ich gestehe, es fällt mir schwer, die einzelnen Stücke an ihren Platz zu rücken. Möchtet Ihr mich vielleicht erleuchten und der Wahrheit näherbringen?«

Zaira deutete mit ihrem Glas in meine Richtung, und der Wein schwappte bis zum Rand. An ihrem Handgelenk schimmerte das Geschüh. »Fragt sie.«

Mit einer einladenden Geste drehte sich Domenic zu mir um. »Amalia? Mir scheint, du hast mir eine recht interessante Geschichte vorenthalten. Was ist passiert?«

»Ich … äh … ja.« Hitze krabbelte meinen Hals hinauf. Nur die Grazien wussten, welche Gerüchte ihm zu Ohren gekommen sein mochten. »Ich fürchte, ich bin Zaira begegnet, als sie in Bedrängnis geraten ihre Macht entfesselte. Und um Raverra vor einem Schadfeuer zu schützen, zumal sie selbst es nicht aufzuhalten vermochte …« Abgesehen davon, dass ihr anscheinend auch gar nicht daran gelegen war, es aufzuhalten. »Nun ja, ich wurde, äh, angeworben, ihr ein Geschüh anzulegen.«

Domenics Augen weiteten sich erkennbar. »Dann ist es also wahr? Du hast sie für die Falken gefangen?«

»Ich hatte keine Wahl«, erklärte ich. »Glaub mir, ich wollte so wenig eine Falknerin werden wie sie ein Falke. Ich musste es tun, um Raverra vor den Flammen zu retten.« Auch wenn niemand diesen Teil der Geschichte zu würdigen schien.

Domenic sah wieder Zaira an und zog eine Braue hoch. »Hättet Ihr die Stadt niedergebrannt?«

Zaira zuckte unbekümmert mit der Schulter. »Ich glaube, das war zu jenem Zeitpunkt meine Absicht, aber ich erinnere mich nicht besonders gut daran.«

Kopfschüttelnd legte Domenic eine Hand an die Schläfe. »Nun, ich nehme an, wir alle wollen Raverra bisweilen niederbrennen.« Er warf mir einen mitfühlenden Blick zu. »Es tut mir leid, dass du da hineingezogen wurdest, Amalia. Offenbar werden sogar die Falkner inzwischen zwangsrekrutiert.«

»Ich glaube, unser Fall war höchst außergewöhnlich«, entgegnete ich.

»Aber in Anbetracht dessen, was in Ardence geschehen ist …« Ein vertrautes Funkeln trat in seine Augen. Den gleichen, kämpferischen Schimmer hatte ich einmal gesehen, als ein Händler im Vorübergehen eine Bettlerin auf dem Platz der sechs Brunnen getreten hatte. Er hatte sich den Mann vorgenommen und mit zwei blauen Augen ziehen lassen. »Ich kann das nicht ignorieren, Amalia. Vielleicht liegen mein Bruder Gabril und seine Freunde doch richtig. Es muss einen besseren Weg geben.«

Die logische Schlussfolgerung – Rebellion – ließ mir die Haare zu Berge stehen.

Zaira prustete los. »Besser für mich? Auf jeden Fall. Aber ich glaube, für Raverra läuft es recht gut, nun, da all diese machtvolle Magie bezähmt ist und dem Dogen zu gehorchen hat.«

»Und das ist das Problem.« Domenic nickte. »Ihr habt genug Courage, die Dinge offen auszusprechen, Zaira. Das bewundere ich.« Wieder sah er quer durch den Saal zum Dogen hinüber. »Aber dieses Gespräch sollten wir lieber an einem anderen Ort und zu einer anderen Zeit fortsetzen. Vielleicht morgen?«

»Wir wären entzückt«, entgegnete ich reflexartig. Erst als die Worte meinen Mund verlassen hatten, ging mir auf, dass sie einem Verrat gleichkommen mochten.

Eine Ardentinerin in gedeckter Kleidung, die eine winzige, goldene Brille an einer Kette um den Hals trug, tauchte neben Domenic auf. »Darf ich um einen Moment Eurer Zeit bitten, Vicomte?«, murmelte sie.

»Gewiss, Dama Savony.« Er verbeugte sich vor uns. »Wenn die Damen mich entschuldigen würden.«

Zaira schaute ihm nach. »Das ist doch mal ein hübscher Anblick. Er muss Schwertkämpfer sein, mit diesem kraftvollen …«

»Zaira«, fiel ich ihr ins Wort und hätte beinahe meinen Wein verschüttet. »Ich glaube kaum, dass es sich für dich geziemt, einen Vicomte zu begaffen.«

»Ich wollte ›Schritt‹ sagen.« Sie grinste spöttisch. »Außerdem, warum eigentlich nicht? Du hast es doch auch getan.«

»Das habe ich nicht!«

»Wahrlich.« Sie seufzte theatralisch. »Was wohl der arme Leutnant dazu sagen würde?«

Mein ganzes Gesicht brannte, als hätte ich mich zu tief über den lodernden Herd gebeugt. »Ich weiß nicht, was du meinst.«

»Hmmmmmmm?« Zaira zog beide Brauen hoch.

»Zumindest hat Leutnant Verdi nicht … ich weiß nicht, ob er …« Ich schluckte den Rest der Worte, die aus meinem Mund stolpern wollten, und richtete mich würdevoll auf. »Wie dem auch sei, Domenic und ich sind alte Freunde, und ich empfinde nicht mehr so für ihn. Und … und … hinzuschauen kann nicht schaden.«

»Ha!« Zairas Grinsen offenbarte ihren Triumph. »Nun, hier gibt es genug zu sehen. Ist dir das Mädchen in dem gelben Kleid aufgefallen? Hübschere Pfirsiche als auf dem Markt, aber ebenso schön zur Schau gestellt.« Sie zeigte beredt auf die eigene Brust. »Ich sollte öfter solche schicken Festivitäten besuchen.«

»Mögen die Grazien uns gnädig sein, Zaira, das ist die Nichte des Dogen«, ächzte ich.

»Irgendjemand in der Familie muss wohl einfach hübsch sein, nehme ich an«, gackerte Zaira.

In diesem Moment tauchte Ignazio wie die Grazie der Barmherzigkeit persönlich auf und bot Zaira einen Teller mit Käse und Oliven dar. »Wie ich gesehen habe, habt Ihr mit dem jungen Vicomte gesprochen«, stellte er fest. »Habt Ihr Euch auch mit anderen Ardentinern unterhalten?«

»Nein.« Mit Genuss steckte sich Zaira eine Olive in den Mund. »Wenn die aber alle so gebaut sind, dürstet es mich, ihnen vorgestellt zu werden.«

»Dazu kann ich nichts sagen«, entgegnete er mit unerschütterlicher Ruhe. »Aber ich wette einen Dukaten, dass Ihr nicht erratet, welcher von ihnen ein halbes Dutzend Geliebte hat.«

»Ich habe keinen Dukaten, aber die Herausforderung nehme ich an!« Zaira hakte sich bei ihm unter.

Sofort geleitete Ignazio sie zu einer Gruppe neuer Bewunderer. Meinen dankbaren Blick beantwortete er mit einem Zwinkern. Er sagte etwas, und ihr Gelächter hing hinter ihnen in der Luft, als sie in der Menge verschwanden. Den Grazien sei Dank, wenigstens *diese* zwei kamen gut miteinander aus.

Ich suchte unter den Gästen nach weiteren bekannten Gesichtern. Mutter stand mit Baron Leorda in einer Ecke. Sie trug ein zufriedenes Lächeln im Gesicht. Das ihres Gesprächspartners indes zeigte einen Ausdruck von Hoffnungslosigkeit in einem Augenblick niederschmetternden Begreifens. Es war wohl davon auszugehen, dass sie ihn gerade darüber in Kenntnis gesetzt hatte, dass sie von seinem unehelichen Sohn wusste. Und ihm nun erklärte, wie es weiterzugehen hatte, sollte er es vorziehen, dem Rest der raverranischen Gesellschaft diese Offenbarung vorzuenthalten.

Mein Blick schweifte weiter und ich entdeckte eine Dichterin, deren Gesellschaft ich gewöhnlich durchaus schätzte, doch sie war bereits von einer ganzen Schar Leute umgeben, die über ihre neuesten Bonmots lachten.

Apropos Scharen von Leuten … Ich hatte mich zu lange nicht gerührt. Ein ganzer Schwarm unverheirateter Gecken fiel über mich her, in deren Augen die Gier nach dem Vermögen der Cornaros glühte.

Lächelnd und nickend quälte ich mich durch einen zwanzigminütigen Aufschneiderwettstreit und versuchte, Interesse daran zu heucheln, wie schnell des einen Pferd oder wie opulent des nächsten privates Boot war. Es wäre einfacher gewesen, hätte auch nur einer von ihnen wenigstens einen minimalen Sinn für Kontext gehabt oder nach meiner Meinung gefragt, statt nur um meine Zustimmung zu wetteifern.

»Gnädige Frau Amalia, Eure Familie ist berühmt dafür, die Musik großzügig zu fördern. Nun, ich bin selbst recht gut am Cembalo …«

»Cembalo! Die Dama möchte sicher nichts über Cembalos wissen; sie könnte sämtliche Cembalos in Eruvia erwerben. Aber was Ihr nicht kaufen könnt, das ist eine gute Abstammung. Erwähnte ich schon, dass das Blut von Königen in meinen Adern fließt?«

Mir fiel ein, wie ich Mutter einmal gefragt hatte, auf welche Weise sie als reichste Witwe Raverras mit diesen Glücksrittern umging. *Stell dir einfach vor, du könntest sie alle exekutieren lassen*, hatte sie gesagt. *Sie werden es in deinen Augen sehen und dich in Ruhe lassen.*

»Dama Amalia.«

Ich wandte mich von der Meute ab, um mich dem Neuankömmling zu stellen, mein fest installiertes Lächeln um einen blutrünstigen Zug ergänzt, nur um Marcello in voller Ausgehuniform vor mir zu sehen.

»Oh! Leutnant.« Zairas Worte gingen mir durch den Kopf, und ich lief prompt rot an. Beim nächsten Mal würde ich einen Fächer mitnehmen.

In der Öffentlichkeit von vollendeter Formalität verbeugte er sich vor mir. »Dürfte ich Euch kurz sprechen, gnädige Frau?«

Ich bedachte die Goldschürfer mit einer unaufrichtigen Entschuldigung und entfernte mich mit Marcello an meiner Seite. »Danke, dass Sie mich gerettet haben«, murmelte ich.

»Eigentlich geht es um eine Sicherheitsfrage.« Sein Ton klang ernst. »Wissen Sie, warum diese Frau dort Sie beobachtet?«

Sein Blick huschte zur Seite, und ich versuchte, ihm zu folgen, ohne allzu auffällig zu starren. Die spröde Dame, die Domenic weggerufen hatte, sprach nun mit Ignazio und zog dabei ein Notizbuch zurate. Auf mich schien sie gar nicht zu achten, aber ich hatte das Gefühl, dass sie den Blick gerade erst von mir abgewandt hatte.

»Tut sie das?«

»Ich bin nur hier, um heute Abend über Ihre Sicherheit und die von Zaira zu wachen. Ich habe Sie beide die ganze Zeit im Auge behalten. Aber die Dama genauso.«

Matt zuckte ich mit den Schultern. »Marcello, die Leute starren mich auf Festlichkeiten immer an. Das liegt daran, wer meine Mutter ist. Deswegen mag ich sie nicht.«

Ein schiefes Grinsen umspielte seine Mundwinkel. »Die Festlichkeiten oder die Leute?«

»Ich mag *ein paar* Leute.« Ich lächelte, nur für den Fall, dass er daran zweifelte, ob er dazugehörte.

»Dennoch. Fällt Ihnen irgendein Grund ein, warum sie Sie beobachten sollte?«

Ich schüttelte den Kopf. »Ich weiß nicht einmal, wer das ist.«

»Dama Colanthe Savony. Eigentlich ist sie eine Bedienstete Herzog Bergandons, aber in Bezug auf die Tagesgeschäfte regiert im Grunde sie die Stadt Ardence.«

»Ich habe keine Ahnung, welches Interesse sie an mir haben sollte«, sagte ich. »Es sei denn, sie versucht sich einen Eindruck davon zu verschaffen, ob Zaira und ich vorhaben, Ardence in Brand zu stecken. In dem Fall könnte sie nun ganz beruhigt davon ausgehen, dass wir nur zwei sehr alberne Mädchen sind, die keine wie auch immer geartete Gefahr für ihre Stadt darstellen.«

»Es ist unklar, warum sie überhaupt an dem Fest teilnimmt.« Marcello massierte sich die Schläfe, möglicherweise, um Kopfschmerzen abzuwehren, vielleicht aber auch, um seinen im Saal versteckten Leuten ein Signal zu geben. Nach dem Vorfall auf dem Markt wollte ich keine vorschnellen Schlüsse ziehen. »Sie ist die Stimme und die rechte Hand des Herzogs, also kann sie nicht zum Stab des Botschafters gehören.«

»Vielleicht möchte der Herzog, dass sie ihm persönlich Bericht erstattet über Raverras Reaktion auf die Unruhen in Ardence.«

»Oder sie soll ihm helfen, Pläne zur Neutralisierung von Raverras Feuerhexe zu schmieden.« Marcello kam näher und senkte die Stimme: »Seien Sie vorsichtig, Dama Amalia. Bitte gehen Sie heute Abend nirgendwo allein hin.«

Die wenigen Zoll Luft zwischen uns vibrierten förmlich, so lebendig wie ein Lichtdraht.

Ich hätte die bernsteinfarbenen Flecken in seinen leuchtend grünen Augen zählen können, und während meine plötzlich schwerfällig gewordene Zunge nach einer Antwort suchte, kam ein höfischer Beamter auf uns zu und verbeugte sich.

»Bitte um Vergebung, Leutnant Verdi, gnädige Dama Amalia. Seine Durchlaucht wünscht, Euch zu sprechen.«

Überrascht sah ich mich zum Dogen um, der von seinem informellen Hofstaat umgeben war.

Er starrte uns direkt an, und er sah nicht besonders erfreut aus.

KAPITEL NEUN

Leutnant Verdi.« Seine Stimme klang so leise wie das Zischen einer Kreuzotter. »Ist es bei den Falknern in Ardence zu einem Vorfall gekommen, von dem ich wissen sollte?«

Die prachtvollen Goldstickereien auf der Robe des Dogen glänzten im Lampenschein, und hinter seinen Augen braute sich ein Sturm zusammen. Seine Diener hatten dafür gesorgt, dass wir genug Platz hatten, um uns ungestört zu unterhalten, doch irgendwie hatte ich das Gefühl, es ging ihnen dabei nicht darum, Marcellos Selbstwertgefühl zu schützen, was mir Sorgen bereitete. Teil von etwas zu sein, was der Doge zu verbergen suchte, konnte gefährlich werden.

Marcello verbeugte sich steif. »Nein, Euer Durchlaucht. Nicht, soweit ich informiert bin. Wir haben eine Handvoll Falkner und Falken dort, aber dem jüngsten Bericht zufolge scheint alles in Ordnung zu sein. Der Oberst dürfte das jedoch besser wissen als ich.«

Der Doge legte unter dem Kinn die Fingerspitzen aneinander. »Der Oberst ist nicht hier. Und mir scheint, der ardentinische Botschafter würde Euch widersprechen. Vehement sogar.«

»Ich weiß nicht, was ich dazu sagen könnte, Euer Durchlaucht.« Marcello, erkennbar nervös, verbeugte sich erneut. Ich hätte ihm sagen können, dass ihm das nicht half. Ein Mann wie der Doge würde sich auf jede Schwäche stürzen wie eine Katze auf eine herumflatternde Feder. »Mir ist kein Vorfall bekannt, in den die Falkner in Ardence verwickelt wären.«

»Mir auch nicht«, sagte der Doge. »Und genau da liegt das Problem, versteht Ihr?« Seine Stimme wurde so scharf, dass ich innerlich zusammenzuckte. »Alles, was ich habe, ist ein Bericht von Dama Terringer, demzufolge kurz vor Anbruch der Morgendämmerung die Hälfte des ardentinischen Adels vor ihren Toren auftauchte und verworrene Forderungen stellte. Und nun das. Wenn ein Botschafter an meinen Hof kommt und anfängt, sich über ein Geschehen zu beklagen, über das ich nicht im Bilde bin, Leutnant, dann bleibt mir nur, mich durch das Gespräch zu bluffen oder einzugestehen, dass mein Geheimdienst mich im Stich gelassen hat. Welchen Weg ich auch einschlage, ich gerate ins Hintertreffen.« Er lehnte sich auf seinem Stuhl zurück. »Näheres dazu, wie es mir gefällt, ins Hintertreffen zu geraten, überlasse ich Eurem Vorstellungsvermögen.«

Marcellos Adamsapfel hüpfte auf und ab. »Ich bin zutiefst betroffen, dass ich selbst nichts darüber weiß, Euer Durchlaucht.«

»Dann findet es heraus.« Der Doge sprach jedes Wort mit der Schärfe und Präzision eines Fallbeils. »Und zwar schnell, Leutnant. Ich bin begierig, Euren Bericht zu vernehmen.«

Marcello verbeugte sich ein drittes Mal. »Ja, Euer Durchlaucht.«

Nun wandte sich der Doge mir zu. Ich stählte mich innerlich, doch nun sprach er übergangslos in einem höflichen Ton, die Stimme kühl und elegant wie ein Rapier. »Dama Amalia, darf ich hoffen, dass Ihr den Abend genießt?«

»Oh, ja, Euer Durchlaucht.«

»Habt Ihr Grund zu der Annahme, dass Euer Falke ältere Verbindungen nach Ardence hat? Kennt sie irgendeine der Personen, die heute hier anwesend sind?«

»Nein, Euer Durchlaucht. Mir ist nichts dergleichen aufgefallen.«

»Hmmm … Dann kann also ihre Verpflichtung bei den Falken nicht der Punkt sein, auf den der Botschafter sich bezog«, sagte er mehr zu sich selbst als zu meiner Information. Er schnippte mit den Fingern, als wolle er den Gedanken verwerfen. Dann beugte er sich vor und maß mich mit einem Blick, so bohrend wie der einer Eule. »Ich weiß, dass Ihr ardentinische Freunde habt. Dieses Mal solltet Ihr Eure Aufgabe besser erfüllen.«

»Euer Durchlaucht?«

»Die Aufgabe, Informationen von ihnen zu bekommen. Allerdings habe ich nicht allzu viel Hoffnung nach dem niederschmetternden Mangel an Ergebnissen, den Ihr nach der Begegnung mit dem jämmerlichen vaskandrischen Prinzen vorzuweisen hattet.«

Getroffen sog ich scharf die Luft ein. Er hätte es nie gewagt, so mit Mutter zu sprechen.

Aber ich war nicht meine Mutter, und da ich meiner Zunge nicht traute, nickte ich nur knapp.

Der Doge entließ uns mit einem Wink. »Genießt den Rest des Empfangs.«

Als wir uns entfernten, kämpfte ich mit einem bitteren Geschmack auf der Zunge, also fragte ich Marcello: »Und Sie haben wirklich keine Ahnung, wovon er gesprochen hat?«

»Nicht die geringste.« Er breitete die Hände aus. »Aber ich finde es besser rasch heraus, wenn ich meinen Posten nicht verlieren will.«

Domenic hatte eine Krise im Zusammenhang mit den Falknern erwähnt, aber davon konnte ich Marcello nichts erzählen, ohne zu offenbaren, dass Domenic Andeutungen gemacht hatte, die möglicherweise an Verrat grenzten.

»Sollte es einen Vorfall gegeben haben, in den die Falkner in Ardence verwickelt sind, würdet Ihr das dann für gewöhnlich wissen?«, erkundigte ich mich stattdessen.

»Ja«, sagte er. »Oberst Vasante hält die Offiziere über solche Dinge stets auf dem Laufenden, sobald eine Nachricht über die Kurierlampen eingetroffen ist. Damit wir auf potenzielle Gefahren vorbereitet sind. Ich verstehe das nicht.«

Ich brauchte kein so feines Näschen für Intrigen, wie meine Mutter es sich angeeignet hatte, um zu riechen, dass hier etwas faul war. »Das ist nicht nur ein Missverständnis. Die Ardentiner wissen alles über diesen angeblichen Vorfall, aber wir nicht. Jemand verbirgt etwas oder lügt. Oder Schlimmeres.«

»Ah, Dama Amalia!«, wurde ich von einer geckenhaften Stimme hinter mir unterbrochen.

Ich drehte mich um. Erst jetzt erkannte ich mit aufkeimendem Entsetzen, dass ich der Tanzfläche zu nahe gekommen war. Ein Höfling in loreicischer Kleidung, vor Spitze nur so triefend und mit juwelenstarrendem Hosenbeutel, streckte mit großer Geste die Hand nach mir aus. »Sie spielen ein Menuett, scheint mir. Darf ich um diesen Tanz bitten?«

Hinter ihm lauerte schon ein halbes Dutzend anderer Männer. In Panik ergriff ich Marcellos Hand.

»Ich bedauere, ich habe diesen Tanz bereits Leutnant Verdi versprochen.« Ich schenkte dem Höfling mein strahlendstes falsches Lächeln. Marcellos Hand verkrampfte sich in meiner, aber er erhob keinen Protest. Ich wirbelte zu ihm herum und bat ihn tonlos: *Helfen Sie mir!*

Ohne zu zögern nickte er zustimmend und deutete auf die Tanzfläche. »Wollen wir, gnädige Frau?«

Als wir unsere Positionen einnahmen, flüsterte ich ihm händeringend zu: »Danke. Aber ich sollte Sie warnen. Ich bin eine schreckliche Tänzerin.«

»Schon gut«, sagte er. »Ich verstehe mich auf das Menuett.«

Die ersten zarten Klänge der Musik erfüllten den Ballsaal. Marcellos Hand lag warm auf meiner, und sein lässiges Grinsen brachte seine reizenden Grübchen wieder zum Vorschein. Zumindest schien er mir nicht böse zu sein.

Ich drehte mich, beugte mich bald hier-, bald dorthin und beobachtete aus den Augenwinkeln die anderen Tänzer. Bei all dem Auf und Ab kam ich mir beinahe vor wie eine Taube. Wenigstens verbargen die Röcke meine Füße; solange ich niemanden anrempelte, war es nicht weiter wichtig, ob ich die Schritte korrekt setzte. Marcellos Augen lachten mich an, und ich antwortete mit einem Grienen.

»Mir ist aufgefallen, dass Sie heute Abend die Hälfte Ihrer Zeit damit zugebracht haben, sich der Aufmerksamkeit der jungen Männer zu entziehen«, raunte Marcello, als wir wieder aufeinander zukamen. Seine Schwertschwielen drückten sich hart in meine Handfläche, aber davon abgesehen fühlte sich seine Hand weich und sicher an. Er führte mich mit einem sanften Fingerdruck durch den Tanz und drehte mich stets in die richtige Richtung. »Haben Sie damit häufig zu kämpfen?«

»Es scheint eine verbreitete Annahme zu sein, dass die Erbin eines großen Vermögens begierig sein muss, bei der ersten sich bietenden Gelegenheit zu heiraten«, entgegnete ich.

»Aha.« Er schien noch etwas sagen zu wollen; aber der Tanz trieb uns wieder auseinander, und wir dümpelten eine Weile getrennt vor uns hin. Ohne Marcellos Richtungshinweise war es schwerer, mich nicht zwischen den anderen Tänzern zu verlieren, aber ein- oder zweimal fing er meinen Blick auf und wies mir mit einem Nicken den Weg.

Als wir uns wieder die Hände reichten, zog er mich geschmeidig in die richtige Position und ließ mich durch seine Eleganz gut aussehen. Er *war* ein guter Tänzer.

»Das sind Narren«, erklärte mir Marcello, und ich brauchte einen Moment, um mich zu erinnern, dass wir gerade über meine verhinderten Verehrer gesprochen hatten.

»Gewiss. Aber gibt es für Ihre Aussage einen speziellen Grund?«

»Nun, Ihr Vermögen ist der unbedeutendste Ihrer Vorzüge, Amalia.« Zum ersten Mal sprach er mich einfach mit dem Vornamen an, und eine angenehme Wärme breitete sich unter meinen Rippen aus.

»Oh, ja«, sagte ich. »Ich bin außerdem auch eine exzentrische Halb-Callamornin, die häufig Hosen trägt, und ich spiele mit Artefaktion herum, obwohl ich selbst nicht über die Gabe der Magie gebiete. Ich bin überzeugt, es würde mir nicht schwerfallen, passende Verehrer zu finden, wäre ich auch nicht so sagenhaft reich.«

»Ich denke, Sie sind beherzt, begnadet und bildschön.«

Er lächelte nicht. Stattdessen wirkte seine Miene sehnsuchtsvoll. Ich wäre beinahe über die eigenen Füße gestolpert. »Wie alliterativ.«

Es war Zeit, wieder auseinanderzugehen und um die anderen Tänzer zu kreisen. Ich ließ Marcello nicht aus den Augen und wäre zweimal fast in die falsche Richtung abgebogen. Knapp entging ich den wehenden Röcken einer großen Dame, und mein Herz donnerte gegen die Korsettstäbe.

Er meinte es wirklich so. Er hielt mich für bildschön. Und für begnadet und das alles. Dieser Mann war viel zu aufrichtig, um mir mit einer Lüge schmeicheln zu wollen.

Die Wärme, die sich in meinem Inneren ausbreitete, irritierte mich in nicht geringem Maße. Marcello mochte bei den Falknern eine strahlende Zukunft vor sich haben, aber er war immer noch kein Aristokrat. Als ich für Domenic geschwärmt hatte, war ich besorgt gewesen, Mutter könnte zu dem Schluss kommen, ein Vicomte stünde zu weit unter mir, um gutzuheißen, dass er mich umwürbe. Aber Zweifel in Bezug auf den gesellschaftlichen Status schienen so fern und unbedeutend zu sein, wenn Marcello doch hier war, gerade jetzt, und mir über das Meer der Tanzenden hinweg in die Augen blickte.

Die Musik brachte uns wieder zusammen.

»Amalia«, setzte Marcello an, brach aber ab, und die Ungewissheit zerrte an seinen Brauen.

»Ja?« Ich bemühte mich sehr, jeglichen Anschein von Aufgewühltheit aus meiner Stimme fernzuhalten.

Marcello schüttelte den Kopf. »Es ist ein schöner Abend. Ich wünschte, das Vergnügen hätte uns hergeführt, nicht die Pflicht.«

Von da an lag für den Rest des Tanzes ein Schatten über seinen Augen.

*

Unsere Verabredung mit Domenic am folgenden Morgen wäre mir weniger unbehaglich gewesen, wenn sie an einem anderen Treffpunkt stattgefunden hätte. Die niedrige Decke des Kaffeehauses barg Schatten und Geflüster unter ihren Schwingen. Ebenso gut hätten sie draußen ein Schild haben können, auf dem stand: »Aufwiegelungsverschwörer willkommen«. Es war nicht leicht gewesen, die Gardisten, die Marcello mitgeschickt hatte, zu überzeugen, dass wir nur einen stillen Moment für ein privates Gespräch wünschten und sie draußen warten sollten.

Zaira wirkte unbesorgt und sah sich neugierig in dem düsteren Gastraum um, während wir um die Tische voller desillusionierter jüngerer Söhne reicher Händler herummanövrierten, um uns zu Domenic zu gesellen, der sich in die hinterste Ecke verkrochen hatte. Zumindest schien sie dieses Mal nicht darauf aus zu sein, bei erster Gelegenheit davonzulaufen.

Domenic erhob sich. Seine Begrüßung ritt auf einer Woge plötzlich hervorbrechender nervöser Energie, und seine Aufmerksamkeit galt allein Zaira.

»Dama Amalia, Zaira. Habt ihr je zuvor Kaffee gekostet?« Er deutete auf die dampfenden Tassen, die bereits auf dem Tisch auf uns warteten.

Zaira schüttelte den Kopf.

Ich musterte die trübe Flüssigkeit misstrauisch. »Einmal. Und ich gebe zu, das war nicht nach meinem Geschmack.«

»Nun, das nenne ich eine überzeugende Empfehlung.« Zaira schnappte sich ihre Tasse und trank einen Schluck. Eine Vielzahl verschiedener Emotionen huschte über ihr Gesicht, bis sich schließlich ihre Augenbrauen irgendwo in ihrem Haar verloren. »Heiß«, bekundete sie. »Aber gut!« Sie trank noch einen Schluck.

Ich stupste meine Tasse an. »Ich hörte, man könne ihn als Arznei verwenden.«

Domenic lachte. »Schon gut, Amalia. Hier gibt es auch Wein.«

Er rief den Kellner herbei und bestellte ein Glas Wein für mich, ehe er sich wieder auf Zaira konzentrierte. »Wie hat dir der Empfang gestern Abend gefallen?«

Sie zuckte mit den Schultern. »Das Essen war gut.«

»Und die Gesellschaft?« Seine Augen leuchteten, als rechnete er mit einer interessanten Offenbarung.

»Sehr fein.« Sie trank erneut von ihrem Kaffee und grinste Domenic über die Tasse hinweg spöttisch an. »Und ausgesprochen von sich eingenommen.«

»Das charakterisiert so ziemlich alle Adelshöfe in Eruvia«, kommentierte ich.

Domenic lachte, doch sein Blick ruhte weiter auf Zaira. »Es klingt, als wärst du nicht sonderlich beeindruckt gewesen.«

»Es braucht eine Menge, um mich zu beeindrucken. Ich hätte auch nicht anders reagiert, wäre der Doge nackt auf einem Elefanten in den Saal geritten.« Sie kippelte auf ihrem Stuhl und sonnte sich in Domenics Aufmerksamkeit. »Als Mädchen aus den Unschlitten in einem Raum mit der halben Versammlung betrachte ich es als meine beste Waffe, mich nicht beeindrucken zu lassen.«

»Muss es denn immer einen Kampf geben?«, fragte ich.

»Die meisten von uns haben keine Wahl, reiches Mädchen. Ich habe an jedem Tag meines Lebens kämpfen müssen.«

Domenic stützte das Kinn auf die Hände und starrte Zaira fasziniert an. »Ich weiß nie, was du als Nächstes sagen wirst, aber es ist immer die ungeschönte Wahrheit.«

»Bisweilen etwas zu ungeschönt«, murrte ich.

Mein Wein traf ein, und ich trank einen Schluck, dankbar für die Ablenkung. Als der Kellner fort war, beugte sich Domenic über den Tisch und streckte beinahe flehentlich eine Hand nach Zaira aus. »Wie Amalia dir verraten könnte, gebärde ich mich oft wie ein Narr.«

»Wenigstens gibst du es zu.« Zaira ließ zu, dass er ihre Hand ergriff, und ein selbstgefälliges Grinsen zupfte an ihren Mundwinkeln.

»Trotzdem bin ich mir selten so närrisch vorgekommen wie gerade jetzt. Mir war bis gestern nicht klar, dass nicht alle Falken freiwillig in die Stallungen gehen.« Er verzog das Gesicht in Anbetracht der eigenen Unkenntnis. »Ich bin entsetzt über das, was dir zugestoßen ist.«

Ich verbarg mein Unbehagen hinter dem nächsten Schluck Wein.

Zaira runzelte die Stirn. »Du wusstest nicht, dass die, die das Magiermal tragen, keine Wahl haben? Ich bin ein Unschlittengör, das nie eine Schule von innen gesehen hat, und doch weiß ich, dass das in den Erlauchten Verträgen so festgelegt ist.«

»Ich kenne das Gesetz, aber ich kannte bisher keine Falken, also dachte ich, es wäre so, wie ich es erzählt bekommen habe.« Reumütig zuckte Domenic mit den Schultern. »Du weißt schon, das kleine Waisenmädchen, das von seinen Nachbarn mit Steinwürfen aus dem Dorf vertrieben wird, bis man es endlich findet und mitnimmt, auf dass es von da an wie eine Prinzessin in den Stallungen lebe.«

»Ich wette meine Schneidezähne, dass diese Geschichten nicht von jenen geschrieben wurden, die das Mal tragen«, entgegnete Zaira.

»Da halte ich nicht dagegen.« Domenic schlug eine Hand vor den Mund. »Ich mag meine Zähne so, wie sie sind. Aber, ja, ich bin ein selbstsüchtiger Narr, dass ich bis gestern nicht einmal darüber nachgedacht habe, was aus jenen wird, die das Magiermal tragen und *nicht* zu den Falken stoßen wollen. Und das tut mir leid.«

»Besser spät als nie.« Zaira fixierte ihn mit einem abschätzigen Blick. »Und was willst du dagegen tun?«

»Zunächst werde ich mit meinem Bruder sprechen. Er hat Freunde, die dem Imperium schon erfolgreich Paroli geboten haben. Vielleicht können wir damit anfangen, die Magier in Ardence zu schützen, und anschließend daran arbeiten, Raverra zu überzeugen, die Erlauchten Verträge zu ändern.«

Zaira und ich starrten ihn völlig verdattert an. Sie, ihrer Mimik nach zu schließen, weil sie nicht mit einer ernsthaften Antwort gerechnet hatte; und was mich betraf, so konnte ich nicht fassen, dass er tatsächlich hier und jetzt, direkt vor meiner Nase, einen Verrat zu planen begann.

»Das Gesetz zu ändern ist eine langwierige Angelegenheit«, sagte ich vorsichtig. »Aber was meinst du mit: *die Magier in Ardence zu schützen?* Wenn du damit nur sagen möchtest, du willst sie vor fehlgeleiteten oder bösartigen Angriffen bewahren, ist das exakt das, was die Falkner tun.«

»Das dachte ich auch.« Domenic runzelte die Stirn. »Aber nach dem, was kürzlich in Ardence passiert ist, bin ich nicht mehr so sicher.«

Furcht schlug ihre Klauen in mein Herz. *Jetzt kommt's.* »Was ist passiert? Ich weiß es immer noch nicht.«

»Die Falkner haben ohne Vorwarnung die Kinder ardentinischer Adliger aus ihren Häusern geholt.« Domenic nahm einen tiefen Schluck Kaffee, als könne er damit den schauderhaften Geschmack hinunterspülen, den die Worte in seinem Mund hinterlassen hatten. »Das Imperium hält sie als Geiseln, um Ardences Wohlverhalten zu erzwingen.«

»Das ist unmöglich.« Der Widerspruch brach instinktiv aus mir heraus.

Zaira lachte rau. »Dass Falkner jemanden entführen? Oh, ja, völlig unmöglich.«

»Ganz und gar nicht. Es ist schon früher passiert, beinahe genauso wie dieses Mal.« Domenic malte ein Muster in den ringförmigen Abdruck, den seine Tasse auf dem Tisch hinterlassen hatte, als wollte er die Geschichte dort niederschreiben. »Als Raverra Ardence besiegt und in das Reich geholt hat, damals, vor zweihundert Jahren, hat es Adlige gegeben, die sich weigerten, sich der Herrschaft Raverras zu unterwerfen. Das Imperium hat ihre Erstgeborenen als Geiseln genommen und zusammen mit den Falken in den Stallungen festgehalten, bis jegliches Gerede über Rebellion verstummt war. Ich bin überzeugt, für dich ist das nur eine Fußnote der Geschichte, aber kein Mensch in Ardence hat das je vergessen.«

»Ich sage nicht, das Imperium würde so etwas niemals tun«, sagte ich in ruhigem Ton, bemüht, meine Worte sinnvoll klingen zu lassen. »Ich sage, sie haben es nicht getan. Der Doge und die Falkner wissen rein gar nichts darüber.«

»Sie müssen es wissen.« Domenic schüttelte den Kopf. »Die ganze ardentinische Botschaft steht Kopf wegen dieser Neuigkeiten. Die Kurierlampen flammen ständig deswegen auf. Inzwischen habe ich über die Lampen von mehreren Personen erfahren, die aus erster Hand über den Vorfall berichten können; darunter mein Bruder und Freunde, deren Kind entführt wurde.«

»Freunde! Nicht Venasha?«

»Nein, nein.« Er hielt die Handflächen hoch, um den Gedanken zurückzuweisen. »Venashas Baby geht es gut. Freunde der Familie; niemand, den du kennst. Aber der Punkt ist, das ist kein Gerücht. Es ist wirklich passiert.«

Ich konnte Domenics ernste Miene nicht mit dem Zorn des Dogen angesichts seiner Unkenntnis der Lage in Einklang bringen und presste meine Finger an die Stirn. »*Was* – genau – ist wirklich passiert?«

Domenic holte tief Luft. »Während eines großen Balls, als die meisten Angehörigen des Hochadels von Ardence bis spät in die Nacht aus waren und zechten, haben Falkner und Reichssoldaten in Gruppen die Häuser von einem Dutzend der mächtigsten Herren von Ardence gestürmt und ihre Kinder mitgenommen. Jungen und Mädchen, die kein Magiermal tragen. Die Falkner hatten einen Reichserlass dabei, den sie den Gouvernanten und Kindermädchen gezeigt haben, die tapfer genug waren, ihre Amtsbefugnis infrage zu stellen.«

Ich starrte ihn mit großen Augen an. Er hörte sich so überzeugt an. »Da muss irgendein Missverständnis vorliegen.«

»Das war kein Missverständnis. Die Falkner haben anstelle der Kinder, die sie mitnahmen, Briefe hinterlassen. Briefe mit dem Siegel des Erlauchten Imperiums, in denen es heißt, Raverra habe ihre Kinder geholt, um die Kooperation ihrer Eltern sicherzustellen. Als die daraufhin zur Botschaft stürmten und ihre Kinder zu sehen verlangten, wurden sie von der Erlauchten Gesandten zurückgewiesen.«

»Das hört sich merkwürdig an. Was hat sie gesagt?«

Domenic breitete die Hände aus. »Ich weiß es nicht genau. Sie hat sie einfach weggeschickt. Einige von ihnen wollten sogar ihre privaten Garden zusammenrufen und den Botschaftspalast mit Gewalt einnehmen. Aber um die Morgendämmerung ist Herzog Astor aufgetaucht und hat sie zu einer Ratsversammlung gerufen, um Ardences offizielle Reaktion zu besprechen, ehe noch irgendjemand etwas Unüberlegtes tun konnte.«

Dama Terringers Botschaft an den Dogen hatte etwas über verworrene Forderungen beinhaltet. Ich stelle mir vor, wie sie vor Anbruch der Dämmerung aus dem Bett gerissen worden war, um vor ihrer Tür aufgebrachte Eltern vorzufinden, die mit allerlei Beschuldigungen um sich warfen. Wenn sie wirklich nichts davon wusste, mochte es ihr durchaus unmöglich gewesen sein, dem, was sie da zu hören bekam, viel Sinn abzuringen.

»Das passt alles nicht zusammen.« Ich klopfte auf den Tisch. »Das ist ohne das Wissen des Dogen geschehen, und ich kann nicht glauben, dass Falkner aus der Reichsgarnison zu Ardence es wagen würden, auf eigene Faust solche Schritte zu ergreifen. Und selbst wenn, dann hätten sie immer noch keinen Zugriff auf das Reichssiegel gehabt.«

Zaira legte die Stirn in Falten. »Schande über meine Zunge, wenn ich etwas Gutes über diese Mistkerle sage, aber ich muss zugeben, ich habe nie irgendwelche Gören in den Stallungen gesehen, die kein Magiermal trugen.«

»Dennoch ist es geschehen. Ich kenne einige der Kinder, die entführt wurden.« Domenics Finger spannten sich um seine Tasse. »Ich kenne ihre Familien. Vielleicht haben Gabril und der Schattenadel doch recht, sollte der Doge tatsächlich Kinder entführen. Ich hörte, sie würden sich darauf vorbereiten, in dieser Sache etwas zu unternehmen. Ich bin fast versucht, mich ihnen anzuschließen.«

Der Schattenadel – die grau maskierte Geheimgesellschaft, die Ignazio erwähnt hatte; Leute, die es nach Ardences Unabhängigkeit verlangte. Ein höllischer Missklang. Sollte Domenics Bruder ihm angehören, war das gar nicht gut. Und sollten sie die Dinge in die eigenen Hände nehmen, dann war das noch schlimmer.

»Domenic, sei vorsichtig«, warnte ich ihn. »Stolpere nicht in einen Verrat. Wir kennen die Wahrheit nicht. Da muss eine Täuschung dahinterstecken.«

»Die Wahrheit lautet, dass die Kinder fort und ihre Eltern bekümmert und wütend sind.« Er zuckte mit den Schultern, als wolle er eine Niederlage eingestehen. »Wenn es nicht das Imperium war, dann weiß ich nicht, wer sonst so etwas tun könnte.«

Zaira tätschelte seine Schulter. »Das Imperium ist nicht der einzige Dämon in den Neun Höllen, glaub mir. Es ist nur der größte und hässlichste von allen.«

Ihre Worte entlockten ihm ein verdutztes Lächeln, und er drückte ihre Hand. »Danke. Das ist wahrlich ein Trost.«

»Ich werde dir helfen herauszufinden, was mit den Kindern geschehen ist.« Ich bekam mich gerade rechtzeitig in den Griff, ehe ich auch noch ein *ich schwöre* hinzusetzte. »Meine Mutter könnte mehr …«

Sein Stuhl scharrte über den Boden. »Du kannst La Contessa nicht erzählen, worüber wir gesprochen haben. Um der Grazien willen. Dann wäre ich tot, bevor der Morgen graut.«

»Das würde sie nicht tun.«

»Sie gehört dem Rat der Neun an«, sagte er. »Sie exekutiert ein Dutzend Verräter vor dem Frühstück.«

»Niemals *vor* dem Frühstück«, widersprach ich. »Und sie exekutiert sie nicht. Sie verurteilt sie lediglich zu … Ach, vergiss es. Ich werde es ihr nicht erzählen. Aber ohne ihre Hilfe kann ich auch nicht viel erreichen.«

»Dann sind wir uns ja einig.« Er entspannte sich wieder. »Danke. Auch wenn du gar nichts herausfinden kannst, bin ich froh, dass du bereit bist, mir zuzuhören. Etliche Raverraner hätten mich nur angebrüllt, ihr Imperium gelobt und ganz sicher nicht zugegeben, dass es in ihrem Falknersystem Probleme geben könnte.«

Zaira verschränkte die Arme vor der Brust. »Wer das nicht sieht, guckt verdammt noch mal nicht richtig hin. Beim pickligen Arsch des Dämons des Wahnsinns, ihr streitet darüber, ob sie *diese speziellen Gören* entführt haben, nicht, ob sie Kindesentführer sind.«

»Sie entführen keine Kinder«, widersprach ich.

»Nein, du hast recht. Sie zwangsverpflichten sie nur in ihrem Heer. Das ist ja sooo viel besser.« Herausfordernd starrte Zaira mich über den Rand ihrer Tasse hinweg an, während sie den restlichen Kaffee trank.

»Es mag nicht viel besser sein«, gab ich zu, »aber die Falkner sind auf jeden Fall eine Verbesserung gegenüber den Alternativen, die Eruvia bis dahin zu bieten hatte. In Loreice wurden Menschen mit dem Magiermal auf dem Scheiterhaufen verbrannt, bis Raverra es in das Imperium integriert hat. In Vaskandar haben sie sich zu blutrünstigen Eroberern entwickelt, die normale Menschen ganz nach Belieben misshandeln. In der ganzen Geschichte sind die Träger des Magiermals überall, wo es keine Gesetze zu ihrem Schutz oder zu ihrer Kontrolle gegeben hat, entweder zu Opfern geworden oder zu Tyrannen.«

»Weniger schrecklich ist immer noch schlimm. Und ich werde dir sagen, was die Alternative ist: Lasst uns einfach in Ruhe«, blaffte Zaira. »Bevor die Falkner mich erwischt haben, habe ich auch niemandem etwas getan.«

»Du hast drei Männer getötet und warst im Begriff, die ganze Stadt in Brand zu stecken«, begehrte ich auf. »Wenn du jetzt nicht bei den Falken wärest, würde man dich vermutlich wegen Mordes exekutieren.«

Finster starrte sie mich an. »Die hatten es verdient, und das weißt du.«

Domenics Blick huschte zwischen uns hin und her. »Das hört sich an, als wäre deine Eingliederung bei den Falken weitaus dramatischer gewesen als der Vorfall in Ardence«, bemerkte er. »Und in *den* waren wütende Aristokraten verwickelt, die den Palast der Erlauchten Gesandten stürmen wollten.«

»Verdammt richtig. Ich mache eben keine halben Sachen.« Plötzlich setzte sie eine nachdenkliche Miene auf. »Aber wenn ich es mir so recht überlege, dann tut das Imperium das auch nicht. Vielleicht hast du recht, und die Falkner haben die reichen Blagen wirklich nicht entführt.«

»So?«, fragte ich.

»Ich habe noch nie gehört, dass Raverra sich scheuen würde, es zuzugeben, wenn sie jemanden an den Eiern haben. Hätten die das getan, dann würden sie's nicht leugnen, sondern lauthals damit prahlen.«

Domenic stützte die Stirn auf die Hände. »Ich weiß nicht. Soll ich hoffen, dass du recht hast, oder lieber, dass du dich irrst? Wenn die Falkner angefangen haben, politische Geiseln zu nehmen, liegen Gabril und der Schattenadel vielleicht richtig; aber ich würde zumindest darauf vertrauen, dass das Erlauchte Imperium Kindern kein Leid antut. Wenn das aber irgendein krankes Täuschungsmanöver ist, gibt es keine Garantie dafür, dass sie überhaupt noch am Leben sind.«

Daran hatte ich noch gar nicht gedacht. »Mögen die Grazien sie behüten. Wir sollten beten, dass Herzog Astor und der Doge einander zuhören und mit vereinten Kräften nach ihnen suchen.«

Domenic verzog das Gesicht. »Dann sollten wir aber eifrig beten. Ich kenne meinen Vetter, und ich bedauere, sagen zu müssen, dass er nicht einmal auf seine eigenen Berater hört.«

»Es reicht, wenn er genug Verstand besitzt sicherzustellen, dass er weiß, was wirklich passiert ist, ehe er den Dogen mit Scheiße bewirft und es für Entschuldigungen zu spät ist«, grunzte Zaira.

Bei der Metapher zuckte ich zusammen, aber ihrem Urteil konnte ich nur zustimmen. Unter all den Segnungen der Neun Grazien brachte Niro da Morante denen der Barmherzigkeit die geringste Wertschätzung entgegen.

*

»Also, das war interessanter, als mich von dir über den Markt schleifen zu lassen«, bekundete Zaira, als wir auf dem Rückweg zu meinem Boot einen ausgedehnten Platz überquerten.

Sofern ich nicht auf die Gardisten achtete, die wenige Schritte entfernt so taten, als wären sie einfache Arbeiter, die nur zufällig in die gleiche Richtung gingen, konnte ich mir beinahe vorstellen, wir beide wären nur Freundinnen auf einem harmlosen Spaziergang. Hell und warm fiel der Sonnenschein auf die Gebäude, die den großen Platz säumten, und die Aromen von Wein und Kräutern kämpften mit der stets präsenten salzigen Seeluft aus der Lagune um die Vorherrschaft.

Der Tag war viel zu schön, um sich mit solch einem flauen Gefühl herumzuschlagen. »Ich weiß nicht, was ich tun soll, Zaira.«

»Ich sage dir, was du tun solltest. Nimm mich noch einmal zum Kaffeetrinken mit deinem Freund mit. Nur wähl beim nächsten Mal ein weniger deprimierendes Thema.«

Ich schüttelte den Kopf. »Ich meine, wegen dem, was wir gerade erfahren haben. Ich muss die Information über die Entführung der ardentinischen Erben weitergeben. Der Doge dürfte inzwischen mehr wissen, aber ich bezweifle, dass er auch die ardentinische Perspektive kennt. Aber wenn der Rat der Neun herausfindet, dass Domenic Verbindungen zum Schattenadel hat, könnte er in ernste Schwierigkeiten geraten.«

»Du darfst ihn aber nicht in Schwierigkeiten bringen. Ich mag ihn.« Ein pikantes Lächeln erschien auf ihren Lippen. »Und er hat nette Schultern, dieser Mann. Den kannst du nicht als Verräter ausliefern.«

»Er ist mein Freund! Das würde ich nie tun. Außerdem ist er kein Verräter.« Ich senkte die Stimme. »Aber sein Bruder könnte einer sein.«

Zaira warf mir einen Seitenblick zu und sah dabei ganz vernünftig aus. »Der, der mit dieser Gruppe mit dem übertrieben theatralischen Namen zu tun hat?«

»Der Schattenadel.« Ich klemmte mir die Lippe zwischen die Zähne. »Das, was Ignazio erzählt hat, klingt, als wären die durch und durch verräterisch. Und sie könnten Verbindungen zu Vaskandar unterhalten. Wenn Domenic da hineingezogen wird oder man ihm die Schuld für die Taten seines Bruders anlastet ... Das kann ich nicht zulassen.«

»Nein«, sagte Zaira, »das können wir nicht.«

Die Luft zwischen uns schien sich zu erwärmen, nun, da wir uns einig waren, dass wir Domenic beschützen mussten. Endlich hatten wir etwas Gemeinsames.

Zaira und ich kamen gerade rechtzeitig zu einer speziellen Ausbildungseinheit, die Marcello arrangiert hatte, zurück in die Stallungen. Ihn selbst entdeckten wir, als er sich aus einer Übung mit einem Haufen anderer Falkner entfernte, ein langes Steinschlossgewehr über der Schulter. Wir begleiteten ihn, als er die Flinte zurück in die Waffenkammer brachte, und steckten dabei leise redend die Köpfe zusammen.

»Wir wissen jetzt, worum es bei diesem Vorfall geht, in den angeblich Falkner verwickelt waren, und was Ardence darüber denkt.« Ich weihte ihn in groben Zügen ein, ohne jedoch Domenics Namen zu erwähnen.

Marcello sog hörbar die Luft zwischen zusammengebissenen Zähnen ein. »Das erklärt manches. Wir haben inzwischen weitere Berichte über die Kurierlampen erhalten, aber sie haben keinen Sinn ergeben.«

»Was für neue Berichte?«

Er schaute sich um, als wir die Waffenkammer betraten. Ein paar andere Falkner, die an der Übung teilgenommen hatten, stellten ihre Gewehre in die Gestelle an den Wänden und gingen wieder hinaus. Einer zog den anderen damit auf, dass er sein Pulver verschüttet habe. Marcello wartete, bis wir unter uns waren.

»Berichte, dass mehrere Adlige am Hof von Ardence behaupteten, Falkner hätten mitten in der Nacht ihre Kinder entführt. Genau, wie Sie gesagt haben. Und dass Herzog Astor Bergandon fordert, wir sollen sie umgehend zurückgeben, wobei er sich anscheinend einer recht kraftvollen Ausdrucksweise bediente.«

»Aber wir haben sie doch gar nicht?« Ich hatte mich um einen sicheren Tonfall bemüht, aber meine Stimme stieg gegen meinen Willen an und machte aus dem Satz eine Frage.

»Ganz bestimmt nicht.« Mit unnötiger Gewalt donnerte Marcello das Gewehr an seinen angestammten Platz. »So läuft das nicht. Es ist unmöglich, dass so viele Kinder mit einem Magiermal zur gleichen Zeit am selben Ort auftauchen, und wir würden nicht einfach hereinplatzen und sie mitten in der Nacht mitnehmen. Wir reden mit den Eltern, geben ihnen Zeit, darüber nachzudenken – Tage, normalerweise, manchmal auch Wochen. Es sei denn, Unschuldige befinden sich in unmittelbarer Gefahr.«

Sein Blick huschte zu Zaira, die spöttisch salutierte. »Eine Gefahr für die Sicherheit Unschuldiger, das bin ich. Ist mein liebster Zeitvertreib.«

»Würdest du es wissen, wenn sie die Kinder als politische Geiseln entführt hätten? Normale Kinder ohne Magiermal?«

Marcello nahm eine steife Haltung an. »So etwas würde nie passieren. Außerdem haben wir Rücksprache mit den Falknern gehalten, die in Ardence stationiert sind. Die haben nichts dergleichen getan.«

»Dann treibt jemand ein abgekartetes Spiel.« Diese Erkenntnis nistete sich mit eisiger Gewissheit in meinem Bauch ein. »Jemand hat die Sache eingefädelt, Entführer geschickt, die wie Falkner gekleidet waren, und ein Reichssiegel gestohlen oder gefälscht.«

Marcello blickte zweifelnd drein. »Oder die Ardentiner lügen.«

»Ich bin schon vielen Lügnern begegnet«, sagte Zaira. »Unser Ardentiner gehört nicht dazu.«

»Also meint ihr, dass Ardence getäuscht wurde?« Marcello fing an, in dem beengten Raum zwischen den Waffengestellen im Kreis herumzulaufen. »Aber warum sollte jemand die Erben des Adels entführen und es den Falknern in die Schuhe schieben?«

Mir fiel nur ein Grund ein: »Um zwischen Ardence und Raverra Ärger zu stiften.«

»Ärger?«

Ich mochte die beängstigende Überzeugung, die in mir herangewachsen war, nicht aussprechen. Es war, als würde ich sie dadurch erst wahr werden lassen. Dennoch zwang ich die Worte hervor.

»Um einen Krieg anzuzetteln.«

»Grazie der Barmherzigkeit!« Marcellos Blick wanderte über die Regale mit Schusswaffen und Schwertern, die alle säuberlich und einsatzbereit an ihrem Platz standen. »Vaskandar. Genau, wie es Ihre Mutter im Kartenraum gesagt hat. Sie versuchen, uns abzulenken und zu schwächen, damit sie wieder in Loreice einfallen können.«

»Vielleicht.« Nachdenklich nagte ich an meiner Lippe. »Wie reagiert Dama Terringer auf die Forderungen des Herzogs?«

»Ich nehme an, sie wird ihm sagen, dass wir das nicht getan haben.« Hilflos zuckte Marcello mit den Schultern. »Ich kenne mich mit der Falknerei aus, nicht mit Diplomatie.«

»Hoffentlich kann sie ihn überzeugen.« Ich senkte die Stimme, bis kaum mehr als Flüstern über meine Lippen kam. »Und nicht nur, damit sie die Kinder so schnell wie möglich zurückbekommen. Mir gefällt nicht, was der Rat darüber gesagt hat, Falken nach Ardence abzukommandieren.«

»Was war das mit dem Abkommandieren von Falken?«, fragte Zaira scharf.

Beide drehten wir uns zu ihr um und starrten sie an wie Kinder, die man mit den Fingern in der Zuckerdose erwischt hatte.

Zaira musterte uns finster. »Die haben über mich gesprochen, richtig? Ich lasse mich nirgendwohin abkommandieren.«

»Nein, natürlich nicht.« Marcello rang sich ein Lächeln ab. »Niemand denkt ernsthaft daran, Falken nach Ardence zu verlegen, jedenfalls nicht zurzeit. Das ist eine Aufgabe für Diplomaten, nicht für Soldaten. Außerdem schicken wir keine unausgebildeten Falken in die Schlacht.« Seine Augen weiteten sich. »Verdammt. Das Training!«

»Was?«, fragte ich.

»Die Dämonen sollen mich holen, wir sind spät dran.« Marcello schlug sich an die Stirn. »Und er hasst es zu warten.«

»Wer?«, fragte Zaira misstrauisch.

Marcello drehte sich zur Tür der Waffenkammer um, und in seinen Augen funkelte so etwas wie Vorfreude. »Kommt mit und findet es heraus.«

*

»Hier schon wieder?« Wir standen in dem holzgetäfelten Korridor und Zaira betrachtete mürrisch die Tür des Klassenraums. Sie führte in das Zimmer, in dem Marcello versucht hatte, sie zu befragen. »Habt ihr immer noch nicht gelernt, dass ihr gar nicht erst versuchen solltet, mich zu unterrichten?«

»Ich werde es auch nicht versuchen«, entgegnete Marcello, und ein Grinsen vertrieb die Sorgenwolken aus seinem Gesicht, als rechnete er mit etwas Gutem. »*Die* aber.«

Er riss die Tür weit auf, und wir sahen denselben Klassenraum mit den kahlen Wänden und dem Halbkreis aus Stühlen vor uns. Aber die Bühne war nun nicht mehr leer.

Zwei Männer im Alter meiner Mutter warteten dort auf uns, beide in scharlachrot-goldenen Uniformen. Einer war schlank und drahtig. Sein helles Haar stand ihm in Spitzen vom Kopf ab, während er dort mit einem ungeduldigen Ausdruck in den Augen stand, die Arme vor der Brust verschränkt. An seinem Handgelenk schimmerte ein Geschüh. Der andere, muskelbepackt, das Haar so kurz, dass ich darunter seine tiefbraune Kopfhaut sehen konnte, wippte langsam auf den Füßen, als wäre er daran gewöhnt zu warten, ohne dass es ihn sonderlich störte.

»Endlich!«, stieß hingegen der Hagere hervor. »Legen wir los.«

Der andere salutierte vor Marcello. »Leutnant. Melde uns zum Dienst.«

»Vielen Dank, meine Herren.« Marcello deutete erst auf den Fahlen, dann auf seinen muskulösen Partner. »Darf ich vorstellen, Fähnrich Jerith Antelles und sein Falkner Balos.«

Jerith wackelte mit den Fingern. Balos verbeugte sich. »Sein Falkner seit zwanzig Jahren, sein Ehemann seit fünfzehn.«

»Wohlgemerkt, es verstößt gegen die Regeln, seinen Falkner zu heiraten«, vertraute uns Jerith an. »Aber ich habe ihn trotzdem dazu genötigt, und an den meisten Tagen ist er die Degradierung wirklich wert.«

Bei dem Wort *Degradierung* verzog Balos verlegen das Gesicht, aber die Zuneigung der beiden wirkte angenehm und sie als Paar so gut eingelaufen wie ein Paar bevorzugter Stiefel. Ich warf einen Blick auf Zairas mürrisches Gesicht und wünschte verzweifelt, dass wir irgendwann wenigstens einen Schatten von solch einem gegenseitigen Verständnis haben würden.

Marcello räusperte sich. »Und ich habe die Ehre, euch die Dama Amalia Cornaro und ihren Falken Zaira vorzustellen.«

Balos verneigte sich erneut, tiefer, nun, da er meinen Namen vernommen hatte. Jerith erfasste Zaira mit einem Blick und lachte. »Mir musst du nicht sagen, wer wer ist. *Diese* Runde in dem Spiel

Such den Hexer hätte ich auch quer über einen überfüllten Marktplatz gewonnen.«

»Was soll das heißen?«, herrschte ihn Zaira an.

»Du hast so eine gewisse Erscheinung«, entgegnete Jerith mit einem unschuldigen Lächeln.

Zaira schnaubte verächtlich. »Ich nehme an, ihr zwei seid hier, um mir zu erzählen, dass die Stallungen gar nicht so übel sind und ich mich schon daran gewöhnen und sie als mein Zuhause ansehen werde. Und all den anderen Mist, den ich seit zwei Wochen von Idioten vorgesetzt bekomme, die verwirrt genug sind, dass sie *gern* ein Geschüh tragen.«

Jerith neigte den Kopf. »Oh, du bist witzig. War ich je so nervtötend, Balos?«

»Schlimmer«, sagte der nur.

»Dann hättest du mir aufs Maul hauen sollen.«

Zaira trat mit geballten Fäusten vor. »Nur zu, versucht es. Aber ich wische den Boden nicht sauber, wenn ich mit euch fertig bin.«

Ich spannte alle Muskeln, bereit wegzuspringen, sollte Zaira anfangen, noch mehr blaue Augen zu verteilen. Aber Jerith lachte. »Wirklich nett. Die gefällt mir.«

Balos beäugte seinen Partner. »Ich glaube, sie hat das ernst gemeint, Jerith.«

»Ich weiß. Deswegen mag ich sie ja.«

Marcello grinste, als wohne er einer Zirkusvorstellung bei. »Fähnrich Antelles«, erklärte er, »ist einer unserer Sturmhexer.«

Zairas Augen weiteten sich. Für einen Moment starrte sie Jerith wortlos an, und ihre Fäuste öffneten sich. Als ich meinen Blick zwischen den beiden Falken hin- und herschweifen ließ, erkannte ich, was der Hexer gemeint hatte, als er von ihrer gewissen Erscheinung gesprochen hatte: Beide waren schmal und scharfzüngig wie die Klinge eines Stiletts, und in jeder ihrer Bewegungen lag eine schauerliche Energie, die sich kaum bezähmen ließ.

Zaira ließ sich auf einen Stuhl fallen und verschränkte die Arme vor der Brust. »Also, seid ihr gekommen, um mir zu erklären, wie ich eine gute kleine Hexe werde?«

»Nein«, erwiderte Jerith. »Wir sind hier, um dir beizubringen, wie du eine effektive Hexe wirst.«

»Das bedeutendste und größte Problem aller Hexer«, setzte Balos mit tiefer, ruhiger Stimme an, »ist die Kontrolle.«

»Aber das wusstest du längst, nicht wahr, kleines Fräulein?« Jerith ließ die Zähne aufblitzen, was Zaira mit einem finsteren Blick beantwortete.

Balos fuhr fort, als wäre er es gewohnt, von seinem Partner unterbrochen zu werden. »Die Herausforderung für einen Hexer besteht stets darin, die Kontrolle zu behalten. Der Falkner hingegen muss erkennen, wann er sie verloren hat, und rasch und wohlüberlegt entscheiden, wann er die Macht des Falken bezähmen muss.«

Zaira sackte tiefer zusammen auf ihrem Stuhl und war ungewöhnlich still. Als ich mich zwei Plätze entfernt von ihr setzte, schaute Balos mich mit seinen tiefbraunen Augen direkt an. »Hexer brechen oft zusammen, wenn sie mehr als nur einen kleinen Teil ihrer Macht einsetzen, weil die Energie aus ihrem Inneren kommt. So lange, bis sie anfängt, Leben zu fordern. Aber sobald die Blitze – oder in eurem Fall das Schadfeuer – zu töten beginnen, gewinnt die Magie ihre Energie aus dem Schlachten und führt fortan ein Eigenleben. Und je mehr diese Macht tötet, desto größer wird sie, bis sie die Kontrolle ihres Trägers überwindet. Von da an ist der Hexer besessen von dem Wahn der Zerstörung. Der Hunger des Feuers würde Zaira dann beherrschen.« Trauer schlich sich in seine Mimik. »Manchmal muss man seinen Hexer eine Weile loslassen, selbst wenn der Mordrausch ihn erfasst hat. Manchmal sterben mehr Menschen, wenn man ihn zu früh aufhält, bevor die Gefahr gebannt ist. Aber wartest du einen Moment zu lang, kann dein eigenes Leben in Gefahr geraten. Und wenn *du* fällst, hält niemand sie mehr auf.«

Ich rutschte unbehaglich auf meinem Stuhl herum. Aber, so ermahnte ich mich in Gedanken, das würde nie passieren. Das war alles bloß Theorie, solange im Imperium Frieden herrschte.

Solange es demjenigen, der die falschen Falkner auf die Erben von Ardence gehetzt hatte, nicht gelang, einen Krieg anzuzetteln.

»Alles arg düster«, bemerkte Jerith unbeeindruckt und beobachtete dabei Zairas Gesicht. »Aber der Punkt ist tatsächlich, den richtigen Zeitpunkt zu finden. Und einen Falkner zu haben, bedeutet, dass man dann und wann auch loslassen kann, ohne sich Sorgen darüber zu machen, dass man den falschen Leuten wehtun könnte.«

Zaira bedachte ihn mit einem bösen Blick. »Ich weiß, wie ich mit meinem Feuer umzugehen habe, vielen Dank. Ich bin kein Kind. Ich lebe immerhin schon achtzehn Jahre damit.«

»Gewiss«, stimmte Balos in geduldigem Ton zu. »Aber nun hast du eine Falknerin, und das ist anders. Für einen Hexer noch mehr als für, sagen wir, einen Alchemisten oder einen Artefaktor.«

»Warum mehr für Hexer?«, fragte ich.

»Es gibt strenge Regeln hinsichtlich der Frage, wann man einen Hexer loslassen kann.« Balos sah sich zu Jerith um, der sein Desinteresse an der Darlegung der Regeln mit einem Achselzucken kundtat. »Weil die Macht eines Hexers so tödlich ist, ist es uns nur in Notfällen gestattet, sie freizusetzen. Oder wenn wir eine Situation als gefährlich einstufen. Etwa wenn wir Grund zu der Annahme haben, dass in der Umgebung eine Bedrohung lauert.«

»Wie zum Beispiel ein Assassine.« Jeriths Magiermal schimmerte silbrig, als er seinen Blick auf Zaira richtete. »Gewöhn dich an Assassinen.«

»Oder, natürlich«, fügte Balos hinzu, »wenn wir von oben die Anweisung erhalten haben, unsere Hexer loszulassen.«

Das trug ihm einen finsteren Blick von Zaira ein. »Du sagst also, ich soll zulassen, dass die rechtschaffene, honorige und verwöhnte Erbin hier oder ein Haufen vor Juwelen starrender alter Kadaver entscheiden, wann ich mein Feuer zu nutzen habe? Das ist dann wohl so, wie man einem Hund sagt, wann er pissen darf. Ich treffe aber lieber meine eigenen verdammten Entscheidungen.«

Ich krümmte mich innerlich angesichts ihres Jargons. »Glaub mir, ich habe keineswegs den Wunsch, sie dir abzunehmen.«

Balos runzelte die Stirn. »Der Falkner entscheidet nicht für den Falken. Sie sind beide an dieselben Regeln gebunden, und sie treffen ihre Entscheidungen gemeinsam.« Er breitete die Hände aus.

»Die meisten Falken können jederzeit einfach darum bitten, losgelassen zu werden, und einige haben standardmäßig vollen Zugriff auf ihre Kräfte, vor allem innerhalb der Stallungen. Aber da die Macht eines Hexers beinahe immer todbringend ist, müssen zu unser aller Schutz zusätzliche Sicherheitsmaßnahmen ergriffen werden. Du würdest doch auch nicht erwarten, dass man dir gestattet, mitten auf dem Reichsplatz grundlos eine Kanone abzufeuern, richtig?«

»Rede nicht mit mir, als wäre ich ein Kind. Darüber, dass ich mein Schadfeuer *ohne* Anweisung loslassen könnte, mache ich mir keine Sorgen.« Zaira trat gegen die Stuhlbeine. »Außerdem bist du kein Hexer. Ich werde diesem Idioten nicht länger zuhören.«

Zorn funkelte in Jeriths Augen auf, und er baute sich beinahe beschützerisch vor Balos auf. »Oh, du wirst zuhören. Weißt du, warum Hexer so selten sind, ganz besonders Feuerhexer?«

»Halt's Maul«, zischte Zaira mit zusammengebissenen Zähnen.

»Weil sie als Kinder keine besonders gute Kontrolle über ihre Macht haben.« Der Sturmhexer führte das Wort wie eine Klinge, und Zaira zuckte unter jedem davon zusammen. »Sie drehen durch und töten jemanden. Vielleicht auch viele Jemande. Und dann tötet entweder eine tapfere Seele den jungen Hexer, ehe das Gemetzel überhandnimmt, weil das nämlich der einzige Weg ist, ihn aufzuhalten, wenn kein Falkner zugegen ist …«

»Aufhören!« Zairas Stimme troff vor Zorn. »Ich hab's verstanden.«

Aber Jerith machte erbarmungslos weiter. »Oder niemand hält sie auf, und dann ist das Kind, wenn es wieder erwacht und sieht, was es angerichtet hat, so verstört, dass es sich selbst umbringt.«

Mit geballten Fäusten sprang Zaira auf. Für einen Moment glaubte ich, sie würde auf den Hexer losgehen.

Aber sie machte nur wortlos kehrt und stolzierte hinaus. Hinter ihr knallte die Tür ins Schloss.

Balos seufzte und legte Jerith einen Arm um die Schultern. »Meinst du nicht, das war ein bisschen grausam?«

Jerith entspannte sich an Balos' Brust und griff nach oben, um nach seiner Hand zu fassen. »Nicht so grausam wie das, was sie tun wird, wenn sie nicht auf uns hört. Sie ist zäh. Sie wird darüber hinwegkommen.«

*

An diesem Abend gelang es mir nicht, die Sorgen um Ardence und die vermissten Kinder aus meinem Kopf zu verdrängen und mich auf meinen Lichtspulenentwurf zu konzentrieren.

Ich beugte mich über den Schreibtisch. Das Muscati-Buch wetteiferte mit losen Notizblättern und dem Elixier um den Platz auf der Tischplatte. Auf meinem Regal verbreitete eine symphonische Muschel wie die, die ich bei dem Pfandleiher gesehen hatte, die Klänge einer Triosonate. Doch heute gelang es der Musik nicht wie sonst, mir dabei zu helfen, mich zu konzentrieren. Stattdessen verschwamm mir die Formel vor Augen wie eine Botschaft im Glas einer fehlerhaften Kurierlampe.

Ich lehnte mich zurück und rieb mir die Stirn. Es hatte keinen Sinn, mir Sorgen zu machen. Die ganze Geschichte war inszeniert – eine Lüge. Sobald Dama Terringer die Wahrheit kundtat, würden sich die Adligen in Ardence gewiss besänftigen lassen und erkennen, dass sie durch die Zusammenarbeit mit dem Imperium viel schneller herausfinden konnten, wer ihre Kinder wirklich entführt hatte. Und da meine Mutter Baron Leodra nötigte, seinen Mund zu halten, gab es auch keinen Grund zu der Befürchtung, dass auf raverranischer Seite jemand auf die fehlgeleiteten Forderungen der Ardencer überreagierte. Jemand trieb ein waghalsiges Spiel in dem Bestreben, Ardence gegen das Reich aufzubringen, aber die Wahrheit würde obsiegen.

Wenn Herzog Astor auf Dama Terringer hörte. Wenn die verängstigten Eltern bereit waren, ihr Wort höher zu gewichten als die Beweise, die sie mit eigenen Augen gesehen hatten; höher als das vermeintliche Reichssiegel. Wenn der Schattenadel keine Dummheiten beging und Raverra so provozierte, dass der Doge es nicht mehr würde ignorieren können.

Schritte hallten durch den Korridor, und jemand klopfte an meine Tür.

»Dama Amalia?«, rief die Stimme des alten Anzo.

»Ja?«

»Ein Leutnant Verdi ist hier und wünscht, Euch zu sehen, gnädige Frau. Er sagt, es sei recht dringend.«

Das konnte nichts Gutes zu bedeuten haben. Die Fassaden der Stadthäuser auf der anderen Seite des Kanals lagen im Schatten; bald würde die Nacht hereinbrechen und die Leuchten aufflammen. Was immer ihn zu dieser Stunde hergebracht hatte, es konnte sich nur um einen Notfall handeln.

Ich stand von meinen halbfertigen Berechnungen auf. »Sag ihm, ich bin sogleich unten.«

Marcello ging in der Eingangshalle auf und ab, was bedeutete, dass er sich Ciardhas unerbittlicher Gastlichkeit widersetzt hatte. Der zu seiner Uniform gehörende asymmetrisch geschnittene Umhang fegte hinter ihm über den Boden, Rapier und Steinschlosspistole schimmerten an seinen Hüften. Wäre nicht allein die Stunde schon so besorgniserregend gewesen, hätte ich vielleicht innegehalten, um den Anblick zu bewundern.

»Zaira ist weg«, sagte er, ehe ich ihn auch nur begrüßen konnte.

Meine Hand zuckte zu der Falkenkopfbrosche. »Weg? Sie meinen, sie ist fortgelaufen? Wie?«

»Es war mein Fehler. Nachdem Jerith ihr heute Vormittag so zugesetzt hat, hatte sie sich in ihrem Zimmer eingeschlossen. Ich hatte gehofft, ich könnte ihr Vertrauen erringen, also habe ich die Wachen abgezogen, die auf sie aufpassten.« Er schlug sich auf den Oberschenkel. »Ich hätte es besser wissen müssen. Ich dachte, die Mauern und Banne der Stallungen würden reichen, aber die sind dazu gedacht, Feinde draußen zu halten, nicht Falken drinnen.«

»Aber die Stallungen sind auf einer Insel«, wandte ich ein.

»Sie ist in die Lagune rausgeschwommen, hat jemanden aus seinem Boot gezerrt und es gestohlen. Das haben wir erfahren, als wir den Eigentümer aus dem Wasser gezogen hatten.«

Es gelang mir nicht ganz, ein Lachen zu unterdrücken. Das

klang ganz nach Zaira. Aber Marcello blieb ernst, und mir kam in den Sinn, dass er gesagt hatte, sollten wir sie laufen lassen, wäre sie innerhalb einer Woche tot.

»Denken Sie, sie ist in Gefahr?«, fragte ich.

»Davon muss ich ausgehen«, sagte er. »Besonders in Anbetracht der eskalierenden Spannungen in Bezug auf Ardence. Ich frage nur ungern, schließlich ist das nur durch meine Schuld passiert, aber würden Sie mir helfen, sie zu finden? Ehe es jemand tut, der …«

»Natürlich. Was kann ich tun?«

»Ich wusste, Sie würden das sagen. Danke, gnädige Frau.« Wärme leuchtete in seinen Augen. Es mochte ein Zeichen von Stolz sein. Oder von Zuneigung. Ich wusste mit beidem nicht so recht etwas anzufangen. »Wenn Sie in ihre Nähe kommen, können Sie ihre Gegenwart vielleicht spüren, weil Sie miteinander verbunden sind. Aber aus der Entfernung funktioniert das nicht, und ich weiß nicht, wo wir anfangen sollen zu suchen.«

»Ich schon«, entgegnete ich.

»Wirklich? Wo?«

»Wir müssen in die Unschlitte, einen Lumpensammler suchen.«

KAPITEL ZEHN

Kälte sickerte in die Luft des Frühherbstes und stahl sich in die schmalen Lücken zwischen den Gebäuden, während Schatten die Unschlitte verschluckten. Ich war froh, dass ich daran gedacht hatte, einen Mantel überzuwerfen, auch wenn der pflaumenblaue Samt und die weiße Spitze an Kragen und Manschetten auf den ersten Blick verrieten, dass ich in diesem Viertel der Wolle und der Flicken fehl am Platz war. Nun, Leutnant Verdi fiel in seiner scharlachroten Uniform noch viel mehr auf. Während wir uns zwischen den müden Arbeitern bewegten, die des Abends auf dem Heimweg waren, stachen wir heraus, als würden wir Kostüme für einen Maskenball tragen.

Kein Wunder, dass niemand unsere Fragen beantworten wollte.

Als wir auf einer Brücke innehielten, berichteten ein paar Soldaten Marcello, dass sie nichts über Zaira herausgefunden hatten, salutierten und eilten davon, um ihre Suche fortzusetzen. Ich hörte nicht alles, was sie sagten, aber einer von ihnen hatte einen vertrauten Namen erwähnt.

»Haben Sie etwas über Orthys erfahren?«, fragte ich Marcello.

Er verzog das Gesicht. »Er schmuggelt Mohn aus Vaskandar ins Imperium. Ich hatte Leute auf ihn angesetzt, nachdem wir Zaira aufgelesen haben. Der Mann ist bestenfalls abstoßend und hat eine ganze Rotte Grobiane zu seiner Unterstützung.«

»Traummohn! Mich erstaunt, dass der Rat ihn nicht längst dingfest gemacht hat.«

Marcello warf mir einen schiefen Blick zu. »Nun, den Gerüchten zufolge hat er dem Rat nebenher nützliche Informationen geliefert, der dann im Gegenzug ein Auge zudrückte. Aber er hat sein Glück herausgefordert, war zu dreist und hat noch andere Verbrechen begangen. Ich nehme an, die Zeit, in der er der Aufmerksamkeit der Obrigkeit entgehen konnte, ist vorüber.« Er blickte über die Brücke hinaus und beobachtete den Verkehr auf dem Kanal. »Das wird Zaira heute Nacht nur nicht helfen, sollte er auf Rache aus sein.«

Ich verfluchte den wie auch immer gearteten widerborstigen Impuls, der sie hinaus in die verwinkelten Gassen von Raverra getrieben hatte, gerade jetzt, da von Traummohnschmugglern bis hin zu ardentinischen Patrioten jeder hinter ihr her war. So weit ich konnte, blickte ich den Kanal hinunter, bis er schließlich einer Biegung folgte und zwischen den Gebäuden verschwand, die sich dicht ans Ufer drängten. In den Booten dort unten war keine Spur ihrer wilden Mähne zu sehen. Die meisten Ruderer hatten inzwischen ihre Lampen entzündet, und die Reflexionen ihres Scheins funkelten im Wasser. In diesem Teil der Stadt konnte sich niemand Leuchten leisten, die bei Einbruch der Dämmerung von selbst zum Leben erwachten.

Ich spürte, dass Marcellos Blick auf mir ruhte, und drehte mich um. Er hatte eine merkwürdige Miene aufgesetzt, und der Widerschein des Laternenlichts schimmerte in seinen Zügen.

»Was?«, fragte ich. »Stimmt etwas nicht?«

»Ganz und gar nicht.« Er lehnte sich neben mir auf das steinerne Geländer. »Jedenfalls nicht mit Ihnen, gnädige Frau. Sie sind mustergültig.«

Mein Puls steigerte sich zu einem leichten Galopp. Aber vermutlich war das nur ein inhaltsleeres Kompliment.

»Das glaube ich kaum«, entgegnete ich. »Ich fürchte jedenfalls, ich bin bei der Suche nach unserem verlorenen Falken keine große Hilfe.«

»Ich muss Abbitte leisten, dass ich Sie hier kreuz und quer durch die Unschlitte schleppe.« Er lächelte reumütig. »Und Sie haben sich überhaupt nicht beklagt.«

»Ich hoffe nur, wir finden sie, ehe ihr noch etwas zustößt.«

»Diese Katastrophe hätte ich zu verantworten«, murmelte er und blickte hinaus zu den Lichtern auf dem Wasser. »Vielleicht hatte mein Vater in Bezug auf mich doch recht.«

Ich streckte die Hand nach ihm aus, zögerte dann aber, als wäre er ein heißer Kessel.

Andererseits hatte ich auch ein Mädchen berührt, das wirklich in Flammen gestanden hatte, also legte ich ihm die Hand auf die Schulter. Das war ungefährlich: nur eine freundschaftliche Geste. »Zaira schafft es auch ohne Ihre Hilfe, Katastrophen auszulösen. Seien Sie nicht so hart zu sich. Wir werden sie finden.«

Er hob die Hand und legte sie auf meine. *Freundschaftlich*, ermahnte ich mich im Stillen. »Sie haben recht, das werden wir.«

Allzu schnell zog er seine Hand zurück und ich die meine. Für einen Moment standen wir schweigend beisammen und blickten auf den Kanal hinab. Wärme durchströmte mich und entfachte etwas, das strahlender war als jede Leuchte. Ich hätte noch sehr viel länger auf dieser Brücke verweilen mögen.

Aber ins Wasser zu starren würde Zaira nicht zurückbringen, also setzten wir unseren Weg über die Brücke fort. Als wir dann einer schmalen Gasse folgten, gingen wir etwas näher nebeneinanderher als zuvor, während um uns herum die Ladenbesitzer zur Nachtzeit ihre Fenster schlossen.

»Fühlen Sie etwas?«, fragte Marcello. Ehe ich erröten konnte, fügte er hinzu: »Durch die Verbindung zu ihr?«

»Was genau sollte ich …« Ich brach ab und starrte die Auslagen vor einem Geschäft an. Die rundgesichtige Eigentümerin räumte gerade eine Auswahl an Schmuckstücken weg, unter denen sich auch ein ausgesprochen vertrautes Bernsteinhalsband befand.

Ich sprang halb über den Tisch, um auf die Kette zu zeigen, als die Frau sie gerade wegnehmen wollte.

»Entschuldigen Sie. Wo haben Sie die her?«

Die Frau stopfte die Kette in eine Tasche, und ihr Gesicht war plötzlich so verschlossen wie die Läden um uns herum. »Ich habe die Kette ehrlich erworben.«

»Davon bin ich überzeugt«, versicherte ich ihr. »Das Mädchen, das Ihnen die verkauft hat … Sie war ziemlich dünn, ungefähr achtzehn Jahre alt, mit dunklen Locken. Richtig?«

Sie kniff die Augen zusammen, bis sie beinahe von ihren runden Wangen verschluckt wurden. »Wenn Ihr Zaira kennt, warum fragt Ihr dann?«

»Wir suchen sie. Wir wollen ihr helfen. Haben Sie eine Ahnung, wo sie hingegangen ist?«

Mit einem leisen *Klink* legte Marcello eine Münze auf den Rand des Tisches. Sofort huschte der Blick der Geschäftsfrau zu dem Geld.

»Vielleicht erinnere ich mich an etwas«, sagte sie. »Vielleicht hat sie mich gefragt, ob ich eine bestimmte Person gesehen habe.«

Klink. Noch eine Münze. »Versuchen Sie, sich zu erinnern«, ermunterte ich sie.

»Sie hat mir die Kette vor etwa einer Stunde verkauft und wollte den alten Gregor besuchen, den Lumpensammler«, sagte die Frau. »Glaube ich, mich zu erinnern.«

»Ist er ein Freund von ihr?«

Die Ladenbesitzerin lachte, es klang wie das heisere Krächzen einer Krähe. »Zaira hat keine Freunde.«

Ich würgte an einem Kloß im Hals, so groß wie ein Schifferknoten in einem Haltetau.

»Wo lebt dieser Lumpensammler?«, fragte ich und Marcello fügte ein Ausrufezeichen in Form einer weiteren Münze hinzu.

»Auf der anderen Seite der Brücke des verlorenen Rings. In der Rattenfängerstraße. Die blaue Tür.« Die Frau sammelte die Münzen zusammen mit den restlichen Schmuckstücken auf dem Tisch ein und hastete ohne ein weiteres Wort in ihr Haus.

*

Der Himmel färbte sich tief purpurn, und das Wasser des Kanals floss schwarz unter der Brücke des verlorenen Rings hindurch. Jemand hatte an dem hölzernen Schrein der Grazie des Glücks, der sich gegen das Brückengeländer drängte, eine Kerze entzündet –

vielleicht in der Hoffnung, etwas zu finden, vielleicht sogar den namensstiftenden Ring. Oder eine vermisste Hexe.

»Ich hoffe, es geht ihr gut«, sagte ich. »Hätte ich Böses im Sinn, dann würde ich zuschlagen, wenn es dunkel ist.«

»Wir müssen sie schnell finden.« Marcello schnaubte nervös. »Wenn es so weit kommt, dass wir keine andere Wahl mehr haben, sollten Sie darauf vorbereitet sein, ihr Siegel zu öffnen. Damit sie sich verteidigen kann.«

Die Nachtluft in meiner Kehle fühlte sich trocken an. »Ich verstehe.«

»Sie wissen doch noch, wie das Wort lautet, dass das Siegel wieder schließt? ›*Revincio.*‹«

»*Revincio*«, wiederholte ich. »Ja.«

»Aber nur, wenn es keine andere Möglichkeit mehr gibt«, warnte mich Marcello. »Sie kann das Schadfeuer nicht kontrollieren, und es könnte sich schnell genug ausbreiten, um Sie zu töten, ehe sie das Siegel wieder schließen können. Aber wenn, sagen wir, zwanzig bewaffnete Knilche hinter uns her sind und wir so oder so sterben …«

Das trug nicht gerade dazu bei, dass ich mich besser fühlte.

Die Rattenfängerstraße war so schmal, dass ich die Gebäude auf beiden Seiten gleichzeitig berühren konnte. Sie ragten wie missbilligende Väter um uns herum auf, während wir darauf warteten, dass jemand auf Marcellos aggressives Klopfen reagierte und die blaue Tür öffnete.

Nach einer unangenehmen Wartezeit klopfte Marcello erneut, und schließlich öffnete ein alter Mann mit einer Kerze in der Hand die Tür. Sein runzliges Gesicht wies mehr Altersflecken auf als die überraschend sauberen Hemdsärmel. Seine Augen wanderten von Marcellos Uniform zu meinem Samtmantel.

»Ja?«, fragte er. »Kann ich behilflich sein?«

»Wir suchen Zaira«, sagte ich, ehe Marcello seine respekteinflößendere Stimme zum Einsatz bringen konnte. »Wir sind besorgt um sie. Ist sie hier gewesen, um Sie zu besuchen?«

Der alte Mann musterte uns argwöhnisch. »Ihr seid Falkner.«

»Ja.«

»Zaira will sich den Falken nicht anschließen.«

»Das haben wir gemerkt.«

Angesichts dieser Worte schürzte der alte Mann die Lippen, als versuche er, ein Lächeln zu verbergen.

Ein Vorteil, den ich zu nutzen gedachte. »Wir wollen sie nicht gegen ihren Willen festhalten. Aber nun, da ihr Geheimnis keines mehr ist, ist sie woanders nicht mehr sicher.«

Der alte Mann seufzte. »Das habe ich ihr auch gesagt, gnädige Frau. Ich habe ihr gesagt, dass sie in den Unschlitten keine einzige Nacht überlebt, solange es Orthys nach ihrem Blut verlangt. Aber sie ist so auf diesen Hund fixiert. Ich hätte ebenso gut Vaskandrisch mit ihr reden können.«

»Orthys?«, fragte Marcello.

Aber ich sah dem alten Mann weiter in die Augen und überging ihn einfach. »Hund? Welcher Hund?«

Der alte Mann schüttelte den Kopf. »Sie hat mich genötigt, Geld von ihr anzunehmen. Hat etwas darüber gesagt, sie wolle die Waagschalen ins Gleichgewicht bringen. Dabei, gnädige Frau, war alles, was ich getan habe, dies: Als vor einigen Wochen ein paar von Orthys Rohlingen hinter Zaira her gewesen sind und sie in dem verlassenen Waschhaus, in dem sie schlief, in die Enge getrieben haben, da hatte sie diese ausgehungerte Promenadenmischung bei sich. *Sie* hätte einfach aus dem Fenster in den Kanal springen und davonschwimmen können, aber der Hund nicht, und sie hat nur daran gedacht, dass Orthys Männer ihm etwas antun könnten, wenn sie ihn zurückließ. Ich war gerade bei ihr, um Lumpen zu kaufen, also habe ich ihr versprochen, ich bringe den Hund raus, damit sie fliehen konnte.«

Eine Woge des Mitgefühls, so stark, dass mir beinahe übel wurde, flutete meinen Magen. »Also geht es hier nur darum, dass sie Ihnen die Rettung ihres Hundes vergelten wollte?«

»Man sagt, die, die das Magiermal tragen, seien ein wenig schwachköpfig, gnädige Frau.«

»Wissen Sie, wo sie jetzt ist?«

»Ich nehme an, sie sucht den Hund«, entgegnete er in dem ermatteten Ton der Alten, die es besser wissen. »Ich habe ihr gesagt, dass ich nicht gesehen habe, wohin der Köter verschwunden ist, nachdem ich ihn aus dem Haus gebracht hatte. Ich meinte zu ihr, ich würde an ihrer Stelle zuerst im Waschhaus nachschauen, denn dort hat sie ihn das letzte Mal gesehen.«

Marcello trat in das Licht seiner Kerze. »Wie lange ist es her, dass Sie mit ihr geredet haben?«

»Sie kann nicht mehr als eine halbe Stunde fort sein«, entgegnete der alte Mann. »Vielleicht weniger.«

Ich wollte seine Hand ergreifen, aber die beanspruchte die Kerze für sich. »Danke.«

Marcello griff zu seinem Geldbeutel, aber der alte Mann winkte ab. »Sorgt nur gut für das Mädchen, Herr, das ist alles, worum ich Euch bitte. Niemand hat das mehr getan, nachdem die alte Frau gestorben ist.«

»Alte Frau?«, fragte ich.

Der Lumpensammler nickte. »Zaira hatte nie eine Familie, aber eine alte Straßenkehrerin hat auf sie aufgepasst, als sie noch klein war. Die ist dann bei einem schrecklichen Feuer in einem Mietshaus ums Leben gekommen. Das war vor, wie viel … acht Jahren vielleicht? Seitdem war Zaira allein, abgesehen von dem Hund.« Er starrte Marcello an. »Also, Falkner, findet sie und passt gut auf sie auf.«

»Das werde ich«, versprach Marcello.

Die blaue Tür schloss sich wieder, und wir standen in der Rattenfängerstraße, durch die eng stehenden Gebäude gezwungen, dicht beieinanderzubleiben.

»Die alte Frau ist verbrannt.« Vor Entsetzen schnappte ich hörbar nach Luft. »Marcello, denken Sie, sie …«

»Außergewöhnlich wäre das nicht.« Sorge zerfurchte seine Stirn. »Sie haben gehört, was Jerith gesagt hat. Wenn sich eine Hexe erst ihren Flammen ergibt, hat sie kaum oder gar keine Kontrolle mehr darüber, wen sie damit tötet.«

»Und *sie* hat auch gehört, was Jerith gesagt hat.« Ich umklammerte die Falkenkopfbrosche, bis sich die Nadel in meine Haut bohrte. »Wir müssen sie finden. Kommen Sie, lassen Sie uns in diesem verlassenen Waschhaus nachschauen.«

*

Die Hintertür des Waschhauses hing nur noch halb in den Angeln, frisch gesplittertes Holz schimmerte unter der abgewetzten Oberfläche. Der Gestank von Mäusekot drang mir in die Nase. Die Fenster waren mit weiß gestrichenen Brettern vernagelt und das Innere so finster wie die Seele eines Dämons.

Marcello nahm eine Taschenleuchte aus seinem Beutel und schüttelte die Glaskugel energisch, bis ein fahler Lichtschein im Inneren aufflammte.

»Das wird uns nur ein paar Minuten lang Licht spenden«, warnte er mich.

»Ich weiß.« Mit angehaltenem Atem ging ich an ihm vorbei durch die Tür.

Der schwache Lichtschein erzeugte gewaltige Schatten hinter leeren Waschtrögen und spiegelte sich in zerbrochenem Glas. Ein schmutziger Haufen Decken lag in einer Ecke auf dem Steinboden, gleich neben einem gesprungenen Krug und einem Kerzenstummel. Eine Stechschabe ergriff die Flucht vor dem Lichtschein.

Unbehagen schlug kalte Klauen in meine Brust. »Sie ist nicht hier.«

Marcello ließ die Leuchte kreisen, doch der Funke im Inneren begann bereits zu verblassen. »Sie haben recht. Gehen wir.«

Wieder draußen rückte ich dichter als unbedingt notwendig an Marcello heran, so sehr drängte es mich nach der Sicherheit, die mir seine unbezweifelbare Bodenständigkeit und der warme Geruch nach Schießpulver und Leder vermittelten. »Warum sollte sie *das* den Stallungen vorziehen?«

»Es liegt nicht daran, dass sie es hier besser hätte«, entgegnete er. »Sondern daran, dass sie nicht selbst entscheiden konnte.«

Die kalte Nachtluft bohrte sich geradewegs durch meine

Strümpfe, und ich rieb die Waden aneinander, um sie warm zu halten. Wir waren stundenlang marschiert, und allmählich breitete sich in meinen Gliedern eine dumpfe Müdigkeit aus.

»Was jetzt?«, fragte ich.

»Wir suchen weiter. Sie muss hier irgendwo sein, um zu versuchen, ihren Hund zu finden. Ausgerechnet. Können Sie irgendetwas spüren?«

Ich bemühte mich um Konzentration. Wasser klatschte gegen die Mauern eines nahen Kanals. Nicht weit entfernt sang jemand mit einer vom Wein geschmierten Stimme.

Etwas juckte in meinem Hinterkopf – ein Gefühl, als hätte ich etwas Wichtiges vergessen.

»Vielleicht«, sagte ich.

Marcello nickte aufmunternd. »Wo? Welche Richtung?«

»Ich weiß es nicht.« Aber wenn ich eine Richtung hätte wählen müssen … »Da entlang?« Ich streckte den Finger aus, ohne recht zu wissen, warum sich das richtig anfühlte, und doch überzeugt, dass mein Gefühl nicht trog.

»Gut.« Erbitterte Zielstrebigkeit verdunkelte seine Stimme. »Lassen Sie uns Zaira aufspüren, ehe es jemand anderes tut.«

Wir eilten über die Brücke des verlorenen Rings. Meine Intuition trieb mich an, hier abzubiegen, dann da. Ich jagte uns durch schmale Gassen und handtuchgroße Innenhöfe in den Schlund eines Durchgangs, vorbei an Fenstern, die von goldenem Lampenschein erfüllt waren. Mein Atem ging stoßweise, so schnell waren wir unterwegs, aber ich wagte nicht, langsamer zu werden, fürchtete, ich könnte diese zarte Spur, der wir nun folgten, wieder verlieren. Nach allem, was ich gesehen und gehört hatte, wollte ich Zaira verzweifelter denn je finden.

Endlich erklangen nicht weit voraus Stimmen, und eine von ihnen sprach mit der von Zaira gewohnten Unverfrorenheit. Ich wechselte einen kurzen Blick mit Marcello, und wir rannten los.

Abrupt fanden wir uns auf einem kleinen Platz wieder, gerade rechtzeitig, um zu sehen, wie ein Mann, so breit wie eine Taverner, Zaira zu Boden schlug. Fünf andere hielten sich um ihn herum bereit, und die Luft schien aufgeladen von ihrem rastlosen Zorn.

»Verdammter Dämon«, brüllte ein Mann, als sich Zaira langsam von dem Straßenpflaster hochstemmte. »Orthys wird dich in kleine Würfel schneiden für das, was du getan hast.«

Bei allen Höllen. So hatte ich sie nicht anzutreffen gehofft.

»Aufhören!«, rief Marcello, zog mit einer Hand das Rapier und mit der anderen seine Steinschlosspistole. »Im Namen der Falkner des Dogen.«

Da mir nichts Besseres einfiel, zog ich meinen Dolch und baute mich neben ihm auf, bemüht, trotz des Samtmantels gefährlich auszusehen. Das Wort *Exsolvo* prickelte in meiner Kehle, aber vorerst schluckte ich es hinunter.

Die Männer wirkten nicht gerade beeindruckt. Sie verteilten sich, zogen eigene Dolche und dazu ein paar Pistolen. Eine kreisrunde Mündung deutete direkt auf mich. Ich bemühte mich, meine Klinge trotz des mulmigen Gefühls in der Magengrube so zu halten, wie Ciardha es mich gelehrt hatte, und überlegte zugleich, wo und wie ich zuschlagen sollte, wenn sie erst nahe genug waren. Mein Leuchtmedaillon mochte vielleicht unsere Flucht decken, aber ich konnte es nicht benutzen, ehe wir Zaira zurückhatten.

»Tja, Orthys hatte recht«, sagte der Größte und lachte. Auf seiner Wange prangte eine eigenartige Narbe mit fingerähnlichen Ausläufern. »Die haben die Harpyie gebändigt. Sie hat gelogen, Jungs. Solange sie das Geschüh trägt, kann sie nicht einmal eine Kerze anzünden.«

Zaira rannte los, aber einer der Männer packte sie, und sie fluchte und spuckte aus, als er ihr die Arme auf den Rücken drehte.

Damit standen Marcello und ich noch vier Männern gegenüber, die nun über den Platz auf uns zukamen. Gefahr spann ein bedrohliches Netz zwischen ihnen.

»Entsiegle mich, Dummkopf!«, schrie Zaira mich an und wehrte sich in nutzloser Raserei. »Sag das Wort, dann verbrenne ich sie!«

»Nicht, gnädige Frau«, zischte Marcello. »Sie kann es nicht kontrollieren, und wir können ihr nicht trauen.«

»Los!«, drängelte Zaira. »Ich töte sie alle!«

Der große Mann ging mit erhobenen Fäusten auf Zaira zu. »Halt's Maul!«

Ein anderer, der eine Ledermütze trug, brüllte: »Lasst nicht zu, dass sie sie befreien. Erschießt die Falknerin!«

Augenblicklich gefror der Atem in meiner Lunge zu Eis.

Die Steinschlosspistole, die auf mich gerichtet war, feuerte.

KAPITEL ELF

Zweimal donnerte in schneller Folge ein lauter Knall in meinen Ohren, und das Echo hallte von den Wänden rund um den Platz wider.

Zweifacher Funkenregen flackerte im Dämmerlicht auf – einer flog in meine Richtung, der andere ging von Marcello aus. Ein Kreischen erklang aus einem der Fenster in der ersten Etage, die auf den Platz hinausblickten.

Der Mann, der auf mich geschossen hatte, taumelte. Ein roter Fleck erblühte auf seiner Brust, und er sackte zu Boden. Träge wogte Rauch über dem Lauf von Marcellos Pistole auf. Er trat einen Schritt vor und baute sich so auf, dass er halb vor mir stand.

Der Schmerz, auf den ich mich gefasst gemacht hatte, trat nicht ein. Der Schurke hatte mich verfehlt! Eine schwindelerregende Flut der Erleichterung strömte durch meinen Leib.

»Lasst den Falken gehen und verschwindet, solange ihr noch könnt«, warnte Marcello die übrigen Männer.

Doch dann rief der Mann mit der Narbe: »Das war sein einziger Schuss! Erschießt das Mädchen, dann bringen wir die Harpyie zu Orthys!«

»Jetzt!«, schrie Zaira. »Lass mich frei, dumme Kuh!«

»Nun gut.«

Die Stimme, die aus meiner Brust emporstieg, war kalt und klar, erfüllt von der sicheren Ruhe derer, die über Befehlsgewalt verfügen. Sie hätte meiner Mutter gehören können. *Glaube fest und zweifelsfrei daran, dass du die Zügel in der Hand hältst,* hatte sie mich belehrt. *Denn dann wirst du sie auch halten.*

Und sie reagierten darauf, alle, sogar Zaira und Marcello. Für einen Moment hielten sie inne, und ich erfreute mich ihrer ungeteilten Aufmerksamkeit.

»Wenn ihr brennen wollt, so wie es die anderen getan haben, dann sei es so. Aber ihr habt euch eine scheußliche Art zu sterben ausgesucht.«

Orthys' Söldlinge wechselten zögerliche Blicke.

»Wie gut«, fügte Marcello hinzu, »dass ich zudem zwei weitere Pistolen habe.«

Ich reckte den Arm himmelwärts und holte tief Luft, wusste aber immer noch nicht, ob ich das Wort rufen oder meinen Bluff weitertreiben würde.

Das war zu viel für den Raufbold, der Zaira festhielt. Ihm war klar, er wäre der Erste, der brannte. Fluchend stieß er sie von sich. Der einzige Mann, der noch eine Pistole besaß, versuchte zu schießen, doch nichts geschah. Prompt ergriff er die Flucht und verwünschte unterwegs die feuchte Luft.

Die anderen folgten ihm in panischer Hast. Laut donnerten ihre Schritte auf dem Pflaster.

Damit blieben nur noch Marcello und ich und Zaira, die so misstrauisch wie ein in die Enge getriebenes Tier auf halbem Wege zur anderen Seite des Platzes verharrte.

»Bitte, Zaira.« Ich streckte die Hand aus. »Wenn du wegläufst, schnappen die dich wieder, und dieses Mal werden sie uns beide erschießen, sobald sie uns zu sehen bekommen.«

»Wenn du nicht wärst, könnte ich mich wunderbar selbst verteidigen«, blaffte sie.

»Ich bin nicht überzeugt, dass ich es unbedingt als ›wunderbar‹ bezeichnen würde, die Unschlitte niederzubrennen«, sagte Marcello. »Dama Amalia, geht es Ihnen gut?«

»Ja. Wie es scheint, genügt die Zielsicherheit von Mohnschmugglern nicht den Standards der Falkner des Dogen.«

»Den Grazien sei Dank.« Seine Stimme zitterte, aber das Rapier hielt er mit ruhiger Hand.

Zaira runzelte die Stirn und musterte ihn argwöhnisch. »Hast du wirklich noch zwei Pistolen?«

»Lasst uns darüber in den Stallungen reden.« Also nicht. »Dama Amalia, ich schäme mich aufs Äußerste, Sie in Gefahr gebracht zu haben. Dafür kann ich mich niemals genug entschuldigen.«

Ich zuckte mit den Schultern und tat, als wäre tödliche Gefahr ein alter Freund für mich. Und in gewisser Weise stimmte das ja auch. »Eine Entschuldigung ist nicht erforderlich. Aber ich stimme Ihnen zu, lasst uns in die Stallungen gehen.«

Zairas Augen glänzten im Mondschein. »Ich bin hier noch nicht fertig.«

»Wir haben nicht mehr viel Zeit, ehe die mit Verstärkung zurückkommen«, warnte Marcello. »Wir müssen jetzt verschwinden. Wir sind hier nicht sicher.«

»Ich will gar nicht behaupten, es wäre sicher. Aber …« Zairas Stimme verfiel zu einem Murmeln. »Ich habe Schuft noch nicht gefunden.«

»Schuft?« Dann ging mir ein Licht auf. »Du meinst … deinen Hund?«

Marcello riss die freie Hand hoch. »Ein Hund! Ja, genau. Du hättest beinahe den Tod der Dama Amalia verursacht wegen eines Hundes!«

Zaira rieb sich heftig die Augen, in denen nicht vergossene Tränen glitzerten.

»Also gut.« Eine starke, bittere Emotion verbarg sich in ihrem Tonfall. »Schön. Ihr habt mich geschnappt. Vorerst. Zurück in die Stallungen. Ich könnte einen Happen zu essen vertragen.«

*

Ich zitterte, als ein Soldat uns hinüber zur Greifvogelinsel ruderte. Die Kälte nistete sich in meine Knochen ein, bis meine Glieder schwach und plump waren; zu meiner Schande stolperte ich regelrecht in das Boot. Und das Gefühl, ich hätte etwas Wichtiges vergessen, hielt immer noch an, obwohl Zaira nun bei uns war und sich schmollend in der Mitte des Boots zusammenkauerte.

Ich konnte den Anblick des Durcheinanders aus alten Decken

in dem von Mäusen befallenen Waschhaus nicht aus meinem Kopf verdrängen. Mein eigenes Himmelbett mit den Federdecken wirkte im Vergleich dazu schamlos.

Ich wollte ihr die Hand reichen, irgendwie, aber ich wagte nicht, das Waschhaus auch nur zu erwähnen. Und noch weniger die alte Frau.

»Dieser Orthys scheint ein absoluter Bastard zu sein.« Das Wort fühlte sich auf meiner Zunge unangenehm an, dennoch bot ich es ihr dar wie einen Olivenzweig.

Zaira starrte mich finster an. »Der ist auch nicht schlimmer als ihr.«

Dann kehrte sie mir den Rücken zu und erging sich in zornigem Schweigen. Ich versuchte es kein zweites Mal.

Die Lichter der Stallungen verschwammen jenseits des Wassers, bis ich nicht mehr erkennen konnte, wie weit wir noch entfernt waren. Müdigkeit zerrte machtvoller an mir, als ich es vor Mitternacht erwartet hätte.

Verdammt. Jetzt fiel mir ein, was ich vergessen hatte.

Mein Elixier. Ich konnte die Flasche im Geiste vor mir sehen. Auf meinem Schreibtisch, gleich neben meinen Büchern, bereit für die abendliche Dosis. Aber als Zaira sich in Not gebracht hatte, hatte ich weder daran gedacht, es einzunehmen, noch daran, eine der Phiolen mitzunehmen, die mir einen Aufschub von drei Stunden gewährten. Außerdem hatte ich nicht damit gerechnet, so lange fort zu sein.

Nun also ließ die Wirkung der letzten Dosis nach, und so gemächlich, wie eine Blüte sich entfaltete, nahm das Gift, das mich vor zehn Jahren beinahe umgebracht hätte, sein Werk wieder auf.

Mein Atem ging stoßweise, als wäre ich mit einem zu strammen Korsett gerannt. Ich versuchte, ruhiger zu atmen, konnte es aber nicht. Mein Blick verschleierte sich von den Rändern her. Noch war niemandem etwas aufgefallen – Marcello unterhielt sich mit dem Soldaten am Ruder, während Zaira vor sich hinbrummelte –, aber ich konnte die Wirkung des Gifts nicht ewig verheimlichen.

Ich würde es schaffen. Das war nicht das erste Mal, dass ich mein

Elixier verspätet einnahm. Mir blieben noch einige Stunden, um nach Hause zu gehen, ehe ich jegliche Fähigkeit einbüßen würde, das ohne Unterstützung zu bewerkstelligen. Ich musste mich nur entschuldigen, sobald wir anlegten, und heimkehren. Mutter musste nicht erfahren, dass ich mein Elixier vergessen hatte.

Das Boot stieß gegen den Landungssteg. Marcello streckte die Hand aus, um mir hinaus zu helfen. Ich starrte sie an und ging in Gedanken den Prozess durch, aufzustehen und auf den Anleger zu treten, als wäre es eine komplizierte mathematische Formel. Zaira war bereits allein aus dem Boot geklettert.

Marcello legte die Stirn in Falten. »Dama Amalia? Geht es Ihnen gut?«

»Bestens«, entgegnete ich, »bin nur müde.«

»Dama Amalia!«, rief plötzlich eine neue Stimme, aber das konnte unmöglich …

Sie war es. Ciardha, tadellos anzusehen in ihrer Cornaro-Livree, stand sie inmitten von Soldaten auf dem Anleger und hielt eine tönerne Flasche in der Hand.

»Eure Mutter war besorgt, weil Ihr so spät in der Kälte ausgegangen seid.« Ciardhas Lüge war ebenso geschmeidig wie loreicische Seide. »Sie hat mich mit etwas Glühwein hergeschickt.« Damit bot sie mir die Flasche dar, nicht ohne tief in meine Augen zu sehen.

Marcello lachte. »Rang verschafft Privilegien! Ich wünschte, jemand würde mich nach einer langen Nacht mit einer Flasche Glühwein erwarten.«

Nur war in dieser Flasche kein Glühwein. Ich hätte wissen müssen, dass Mutter niemals ein Fehler entging, den ich machte. Mit glühenden Wangen stieg ich aus dem Boot. Niemand auf Erden konnte sich effektiver einmischen als sie.

»Danke, Ciardha.« Ich nahm die Flasche und zog den Korken heraus, und der vertraute Anisgeruch stieg mir in die Nase. Ich kippte das Elixier hinunter, bemüht, trotz des bitteren Nachgeschmacks keine Miene zu verziehen.

»La Contessa sagt, ihr sollt hinter Euch bringen, was Ihr hier zu erledigen habt, und nach Hause kommen und Euch ausruhen, gnädige Frau«, murmelte Ciardha. Mir fielen die Dolche in den Scheiden an beiden Hüften auf, und ich hätte wetten können, dass sie in Ärmeln und Stiefeln weitere versteckte. Offenbar wusste sie bereits von dem Ärger, den wir in den Unschlitten hatten.

»Ich will mich nur erst vergewissern, dass alles geregelt ist.« Und mich hinsetzen, bis das Elixier Gelegenheit hatte zu wirken und das Schwindelgefühl nachließ. Aber das erwähnte ich Ciardha gegenüber nicht.

Zairas Stimme zerschnitt meine Gedanken wie eine gezahnte Klinge. »Das ist mir scheißegal«, erklärte sie Marcello. »Ich verhungere. Ihr mögt mich wieder hergeschleift haben, aber ihr könnt mich nicht davon abhalten, in die Küche zu gehen und etwas zu essen.«

Zaira machte auf dem Absatz kehrt, ehe der Leutnant etwas erwidern konnte, und stolzierte in die Stallungen. Marcello nickte einigen Soldaten zu, die ihr prompt folgten. Was Zaira betraf, wollte er offenbar keine Risiken mehr eingehen.

Seufzend drehte sich Marcello zu mir um. »Gnädige Frau, darf ich Sie um ein paar Augenblicke Ihrer Zeit bitten? Es gibt da etwas, das ich gerne mit Ihnen besprechen würde.«

»Natürlich. Vielleicht können wir reingehen und uns für einen Moment setzen?«

»Gewiss.« Die Anspannung, die Zaira in seinen Zügen hinterlassen hatte, verblasste. »Schließlich waren Sie meinetwegen den ganzen Abend auf den Beinen. Ich leiste Abbitte.« Er verbeugte sich, doch ich winkte nur ab und ging ihm voran durch die Tore der Stallungen.

Statt wie beim letzten Mal in den Garten zu gehen, betraten wir das Gutshaus. Porträts berühmter Falken und Falkner der Geschichte schmückten die Wände. Ich konnte nicht klar genug sehen, um das Fresko an der Decke zu erkennen, aber der Eindruck hektischer Bewegung und die Helligkeit deuteten darauf hin, dass es eine Szene aus einer der großen Schlachten wiedergab, die Falken einst für Raverra gewonnen hatten.

Wir hatten kaum die Schwelle überschritten, als Oberst Vasante sich entschiedenen Schritts auf Marcello zubewegte. Der eisengraue Zopf pendelte in ihrem Rücken von einer Seite zur anderen, und die Stiefel knatterten wie Musketenfeuer auf dem Marmorboden. Das Wams ihrer Uniform war steif und über und über mit Goldfaden bestickt. Marcello salutierte; im Gegenzug kniff sie die Augen zusammen.

»Auf ein Wort, Leutnant. Wir haben über diese nächtliche Eskapade zu reden«, kommandierte sie, ohne mich auch nur eines Blicks zu würdigen.

Marcello sah mich mit bedauernder Miene an. »Würde es Ihnen etwas ausmachen, einen Moment zu warten, gnädige Frau? Es tut mir sehr leid.«

Ich sank auf eine bequeme Bank. »Ich werde einfach hier sitzen.«

Marcello und der Oberst zogen sich in einen angrenzenden Raum zurück. Ich nutzte die Gelegenheit dazu, meinen Kopf hängen zu lassen, bis die Eingangshalle um mich herum ebenso zur Ruhe kam wie meine Atmung. Noch immer lastete Schwäche auf meinen Gliedern, und dabei würde es vermutlich bis zum nächsten Morgen bleiben. Und wenn die Erfahrungen der Vergangenheit etwas zu besagen hatten, hielt die Zukunft außerdem reichlich Kopfschmerzen für mich bereit. Aus grundsätzlichen Erwägungen sollte ich mich dem Rand des Kanals zudem besser nicht zu sehr nähern. Doch wenigstens sterben würde ich heute nicht.

Als ich mich wieder etwas menschlicher fühlte, stand ich auf und ging zu der Tür, durch die Marcello und der Oberst verschwunden waren. Ich wollte klopfen, um herauszufinden, ob ich nun vielleicht doch nach Hause gehen konnte, aber sie hatten die Tür einen Spalt weit offen gelassen, und Oberst Vasantes Stimme hallte zu mir heraus.

»… eine *Feuerhexe*, um der Grazien willen. Der Doge persönlich hat unmissverständlich klargemacht, dass er sie als extrem wertvoll und unglaublich gefährlich einstuft. Und Sie haben sie *verloren*, Leutnant!«

Marcello murmelte eine Entgegnung. Ich zögerte zunächst, doch dann kam mir das Verhältnis meines Urgroßvaters zur Privatsphäre anderer Leute in den Sinn, und ich lehnte mich an die Wand und nahm eine Position ein, in der ich sie besser verstehen konnte.

»Ich bin überzeugt, der Doge wäre von Ihren Ausreden beeindruckt«, schnaubte der Oberst. »So etwas darf sich unter keinen Umständen wiederholen, Verdi. Sie muss uns nicht mögen, aber wir müssen sie dazu bringen, sich kooperativ und loyal genug zu verhalten, um Befehle zu befolgen, sollte der Doge sie einsetzen wollen. Ganz besonders jetzt. Und wir müssen darauf vertrauen können, dass sie die Stadt nicht niederbrennt oder zum Feind überläuft. Wenn sie sich in einem Monat immer noch nicht zu benehmen weiß, wird sie der Doge als untragbares Risiko ansehen. Sie wissen, was dann passiert.«

»Ich weiß.« Bei Marcellos Ton rann es mir wie Eiswasser über den Rücken.

»Und zu allem Überfluss wurde mir berichtet, Sie hätten zugelassen, dass jemand auf die Cornaro-Erbin schießt.« Die Fassungslosigkeit, die sich in Vasantes Stimme kundtat, hätte Rosen welken lassen. »Ist Ihnen bewusst, dass La Contessa uns noch in derselben Woche exekutieren lassen würde, sollte ihre Tochter in Ihrer Obhut zu Tode kommen?«

»Das ist mir bewusst, glaubt mir«, entgegnete Marcello angespannt.

Warum dachten all meine Freunde, meine Mutter würde sie umbringen?

»Sie werden tun, was immer notwendig ist, um beide aus Schwierigkeiten herauszuhalten, Leutnant. Haben Sie mich verstanden?«

»Ja, Oberst.«

Das hört sich endgültig an. Ich zog mich zu der Bank zurück und nahm wieder Platz. Die unmögliche Aufgabe, Zaira binnen eines Monats Benehmen beizubringen, lastete zusammen mit den angedeuteten tödlichen Konsequenzen im Falle eines Versagens schwer auf mir. Sekunden später riss Marcello die Tür auf und kam allein heraus.

»Alles in Ordnung?«, fragte ich ihn.

Er rang sich ein Lächeln ab. »Natürlich.«

»Sie sind ein furchtbar schlechter Lügner.«

Er erschauerte, als wäre die in der Luft liegende Kälte nun doch auch zu ihm vorgedrungen. Dann sank er neben mir auf die Bank und barg sein Gesicht in den Händen.

»Ich fühle, wie alles, wofür ich gearbeitet habe, um mich herum zusammenbricht«, sagte er leise. »Ich weiß nicht, wie ich das in Ordnung bringen soll. Ich habe zugelassen, dass auf Sie geschossen wurde. Ich habe zugelassen, dass Zaira fortgelaufen ist. Aber am schlimmsten ist, dass es mir nicht gelingt, ihr Vertrauen zu erringen, ganz gleich, was ich auch tue. Ich werde meinen Posten verlieren und entehrt nach Hause zurückkehren, um mich dem Hohn meines Vaters auszusetzen. Und ich werde Zaira nicht vor sich selbst retten können. Und womöglich koste ich Sie auch noch das Leben.«

Einen Moment lang starrte ich ihn nur schweigend an. Die Bürde seiner Worte wog schwer und drückte mich ebenso nieder wie das Gift und die lange Nacht und all die Tage, an denen ich das Feuer fürchtete.

Doch zugleich leckte die Ungeduld an mir wie eine Kerzenflamme, ein Funke siedendheißen Lichts. »Hmpf. Nun, wenn Sie *so* denken, dann müssen Sie ja versagen.«

Mit verdatterter Miene blickte Marcello auf.

»Wir haben es nicht geschafft, bei Zaira weiterzukommen, richtig. Das bedeutet aber nur, dass wir es falsch angepackt haben. Wir müssen uns eine neue Taktik überlegen.«

Marcello breitete die Hände aus. »Wie sollte die aussehen?«

»Das weiß ich noch nicht. Aber wir werden uns etwas einfallen lassen.« Eine Gruppe Soldaten durchquerte die Eingangshalle. Die Männer schüttelten auf dem Weg zu ihren Betten die Uniformmäntel ab und tauschten sich gutmütig brummend über die Kälte in den Unschlitten aus. Das mussten einige der Soldaten sein, die uns bei der Suche nach Zaira unterstützt hatten. »Sie ist wütend, weil sie hier verwahrt wird wie eine Waffe in der Waffenkammer; das kann ich ihr nicht verdenken. Umso mehr, da wir sie erneut gegen ihren Willen hergebracht haben, obwohl sie doch nur ihren Hund suchen wollte.« Der Hauch einer Idee nahm in meinem Hinterkopf Gestalt an. »Wenn wir ihre Freundschaft erringen wollen, müssen wir ihr auch Freundschaft entgegenbringen.«

Noch immer lagen tiefe Schatten auf Marcellos Gesicht. »Freundlichkeit kann im Lauf der Zeit wahre Wunder wirken. Aber selbst wenn es Hoffnung für sie gibt, ändert das nichts an der Tatsache, dass ich Sie in Gefahr gebracht habe.«

»Das haben Sie gewiss nicht. Ich gehe schon ganz allein Risiken ein, Leutnant. Das war nicht Ihr Werk.«

Seine Brauen bildeten eine zweifelnde Linie. »Ich habe Sie in Gefahr gebracht.«

»Meinen Sie nicht, ich kann meine eigenen Entscheidungen treffen?«, herrschte ich ihn an. »Ich wusste, dass das gefährlich werden kann, und ich habe mich entschlossen, trotzdem loszuziehen. Wenn Sie die Schuld für all die Risiken auf sich nehmen wollen, die wir gemeinsam bewältigt haben, beanspruchen Sie damit auch den ganzen Erfolg für sich. Und daran, Leutnant, muss ich Anstoß nehmen.«

Das Gespenst eines Lächelns zupfte an seinen Mundwinkeln. »Sie überfordern mich, gnädige Frau. Ich gebe mich wieder einmal geschlagen.«

»Schön.« Ich musste ihn zu einem anderen Thema dirigieren, ehe er mir mit seinen *Abers* und *Dennochs* kommen konnte. »Was wäre passiert, hätten die mich getötet? In Bezug auf das Geschüh, meine ich.«

»Ihr Tod hätte Zairas Macht freigesetzt«, antwortete Marcello und verzog bei dem Wort *Tod* gequält das Gesicht. »Aber nur vorübergehend. Wenn sie nicht binnen weniger Tage in die Stallungen zurückkehrt, um einen neuen Falkner zu bekommen, wird sie sterben. Der Grundgedanke dahinter ist, dass es nicht erstrebenswert sein soll, Falkner zu töten. Weder neutralisiert das die Magie des Falken, noch steht es ihm frei, die Seiten zu wechseln.«

»Damit ist der Falke in einer nicht gerade erfreulichen Lage.« Ich fragte mich, ob Zaira wusste, dass das Reich sie lieber tot als auf der Seite des Feindes sehen wollte. »Aber ich nehme an, es untergräbt jegliche Motivation, sich gegen uns zu stellen.«

»Bedauerlicherweise waren diese Raufbolde nicht gebildet genug, das zu wissen. Und Sie selbst sind schon aus politischen Gründen ein begehrtes Ziel. Sie dürfen das Risiko nicht auf sich nehmen, das damit einhergeht, Zaira zu schützen, weil Sie selbst geschützt werden müssen. Das war es, worüber ich mit Ihnen reden wollte.«

Mir gefiel nicht, wohin das jetzt führte. »Marcello, ich versichere Ihnen, ich bin die Gefahren, die damit einhergehen, eine Figur auf dem politischen Spielbrett darzustellen, durchaus gewohnt. Sie müssen mich nicht beschützen.«

Seine Brauen rückten näher zusammen. »Unabhängig von meiner persönlichen Besorgnis hinsichtlich Ihrer Sicherheit, die nicht unbeträchtlich ist, ist es meine Pflicht, Sie vor Gefahren zu schützen. Wenn Sie mir gestatten würden, Ihnen einen Gardisten zuzuweisen …«

»Auf keinen Fall.« Ich ahnte, was meine Mutter dazu sagen würde. Sie würde darin einen Versuch des Dogen wittern, einen Spion in unser Haus einzuschleusen, und womöglich läge sie damit auch noch richtig. »Ich weiß Ihre Besorgnis zu schätzen, aber ich fürchte, das steht nicht zur Debatte.«

Er versuchte es noch einmal. »Wenigstens, bis sich die Lage in Ardence wieder etwas beruhigt hat.«

Unbehagen breitete sich in meinem Bauch aus. »Die Ardentiner werden mich nicht angreifen. Ich habe dort Freunde.« Ich konnte mir die hochgezogene Braue, mit der meine Mutter diese Worte quittieren würde, lebhaft vorstellen. *Bist du wirklich so naiv, Amalia?* »Außerdem«, fügte ich hinzu, »ist meine Mutter für die Sicherheit Raverras verantwortlich. Sollte ich einen Gardisten benötigen, wird sie ihn mir zuweisen.«

»Dagegen lässt sich nichts einwenden«, entgegnete Marcello seufzend. »Aber ich würde mir weniger Sorgen machen, wenn ich sicher sein könnte, dass Frieden herrscht.«

»Das geht mir genauso«, gestand ich.

Derzeit gab es nichts, was ich tun konnte, um den Frieden mit Ardence zu sichern. Das lag allein in den Händen der Dama Terringer und des Dogen. Aber bei allen Grazien, ich konnte zumindest mein Bestes tun, um Frieden mit Zaira zu schließen.

*

Finsteren Blicks öffnete Zaira ihre Tür. »Oh, du bist es.«

Ich lächelte. Heute würde mir keine von Zairas Rüpeleien die Stimmung verderben. »Ich freue mich, dich nach unserem Abenteuer vor ein paar Tagen wohlauf zu sehen.«

Skeptisch zog Zaira eine Braue hoch. Ein Bluterguss auf ihrer Wange, den sie vermutlich von dem Handgemenge mit Orthys Raufbolden zurückbehalten hatte, war zu voller Pracht erblüht. Ihr Haar war ungekämmt, und die roten Augen deuteten darauf hin, dass sie entweder kürzlich geweint oder in der vergangenen Nacht ein Übermaß an Wein getrunken hatte. Oder beides.

»Ja, ich bin so munter wie ein kleines Vögelchen. Bist du gekommen, um mir zu sagen, dass du mich, wenn ich ein braves Mädchen bin, vielleicht eines Tages wieder zu diesem langweiligen Obstmarkt schleppst?«

»Nein.« Ich konnte das Grinsen, das sich über mein Gesicht ausbreitete, nicht unterdrücken. Zaira musste annehmen, dass ich den Verstand verloren hatte. »Aber ich habe draußen im Hof etwas für dich.«

»Noch ein Geschenk?«, fragte Zaira hohnlächelnd.

»Nein, eigentlich nicht. Aber du solltest mitkommen und es dir selbst ansehen.« Zuversichtlich streckte ich die Hand aus. Es mochte nicht vieles geben, was geeignet war, Zaira zu beeindrucken, aber mir war bisher noch nie jemand begegnet, der einem Geheimnis widerstehen konnte.

Zaira stürmte an meiner Hand vorbei auf den Korridor. »Schön, meinetwegen. Ist ja nicht so, als hätte ich etwas Besseres zu tun.«

Ich überließ Zaira die Treppe hinunter den Vortritt und überholte gerade rechtzeitig, um ihr die Tür aufzuhalten und sie mit großartiger Geste hindurchzuwinken. Meine Wangen waren kurz vorm Platzen.

Zaira bedachte mich mit einem letzten, zweifelnden Blick und trat hinaus auf den Hof.

Und dann sahen sie einander.

Zaira stieß einen wilden, wortlosen Schrei aus und fiel mit ausgebreiteten Armen auf die Knie. Ciardha ließ die Leine los, die sie gehalten hatte, und der schmale, braune Hund stürmte über das Gras und in Zairas Arme. Sein Schwanz wackelte so heftig hin und her, dass das ganze Hinterteil in Bewegung geriet, und er legte die Vorderpfoten auf Zairas Schultern und leckte ihr außer sich vor Freude das Kinn ab.

Zaira schlang lachend die Arme um ihn, und auf ihrer zerschlagenen Wange schimmerten Tränen. »Schuft! Du bist gesund! Ich kann es gar nicht glauben.«

Ich wechselte einen zufriedenen Blick mit Ciardha, während die beiden miteinander beschäftigt waren. Schuft beschnüffelte Zaira von oben bis unten, und ich tat, als bekäme ich es nicht mit, als Zaira sich den Ärmel über die Wange zog.

»Wie hast du ihn gefunden?«, wollte sie schließlich wissen, den Arm fest um die knochigen Schultern des Hundes geschlungen.

»Ich habe überall in den Unschlitten seinen Namen gerufen.«

Ihr Gesicht erstarrte zu einer Miene, in der sich eine sonderbare Mischung aus Skepsis und Gelächter niederschlug. Offensichtlich wusste sie nicht, ob sie mir glauben sollte oder nicht.

»Vielleicht habe ich auch eine größere Anzahl Kinder bestochen, mir zu helfen«, fügte ich hinzu. »Kinder wissen erstaunlich viel über die Streuner der Umgebung, und sie lassen sich gern bestechen. Rinderknochen könnten ebenfalls eine Rolle gespielt haben.«

Für einen Moment zauberte gute Laune Lachfältchen in ihre Augenwinkel, doch dann senkte sich erneut das Misstrauen über ihre Züge wie der Schatten einer Wolke. »Du willst im Gegenzug etwas von mir, nicht wahr?«

»Ich will gar nichts«, antwortete ich aufgebracht. »Ich versuche, Freundschaft mit dir zu schließen, Zaira. Manchmal helfen Freunde einander, ohne im Gegenzug etwas dafür zu verlangen.«

Schuft unterbrach uns, indem er die Nase in Zairas Auge bohrte. Lachend ließ sie sich ins Gras fallen, und er schnüffelte und leckte ihr das Gesicht ab, bis sie aufsprang und ihm das Fell an Schultern und Lenden kraulte und er sich vor Vergnügen krümmte.

»Freundschaft, ja?« Das strahlende, reine Lächeln, das sie für Schuft parat hielt, verwandelte sich in etwas, das erheblich wachsamer wirkte, als sie mich anschaute. »Das ist leicht gesagt, solange man die Kerkerschlüssel in Händen hält.«

»Ich weiß.« Hilflos breitete ich die Hände aus. »Ich kann nicht ändern, was geschehen ist, und ich habe nicht die Macht, dich freizulassen. Aber da wir aneinandergebunden sind, würde ich wirklich gern deine Freundin sein.«

»Hmpf.« Schuft rieb seinen Kopf an ihrem Kinn, und Zairas Blick wurde sanfter – ihm gegenüber. Mir gegenüber nicht. »Ich weiß nicht, was ich davon halten soll. Das ist nicht so einfach, reiches Mädchen. Aber ich werde das hier nicht vergessen.«

Ihrem Ton konnte ich nicht entnehmen, ob das ein Versprechen war oder eine Warnung, aber während ich die beiden beobachtete, war mir das völlig egal.

In diesem Moment war Zaira glücklich, und das würde ich als Geschenk der Grazien betrachten, ob sie mich nun mochte oder nicht.

*

»Ardence steht kurz vor einer Rebellion, Vaskandar klopft ans Tor, und Sie benutzen den legendären Reichtum und den Einfluss des Hauses Cornaro dazu, einen *Hund* zu suchen?« Amüsement milderte das Erstaunen in Marcellos Zügen, als er sich über den abgenutzten Tisch im Speisesaal der Stallungen beugte, damit ich ihn hören konnte.

»Schauen Sie sie nur an«, sagte ich, »und dann sagen Sie mir, das war es nicht wert.«

Bis auf die Soldaten, die ein paar Tische belegten und sich eine schnelle Mahlzeit einverleibten, war der Saal um diese Zeit fast leer. Marcello schaute zu der Stelle hinüber, an der sich Zaira und ein paar Mädchen, die etwa in ihrem Alter waren, um Schuft versammelt hatten. Sie kraulten ihm den bereitwillig dargebotenen Bauch, plapperten und lachten, wenn er bewundernd zu ihnen aufschaute. Schon seit mindestens einer Stunde überschütteten sie den Hund mit Zuneigung und unterhielten sich dabei lebhaft miteinander.

»Sie haben recht. Sie gibt sich mit anderen ab, ohne sie zu bedrohen oder zu kränken«, murmelte Marcello. »Das erfüllt mich mit solchem Stolz.«

Ich unterdrückte ein Lachen. »Ach, kommen Sie. Die sehen aus, als wären sie nicht erst seit diesem Morgen befreundet. Das kann doch nicht das erste Mal sein.«

»Sie hat ein paar Freunde unter den Falken gefunden«, gab Marcello zu. »Sie und Terika schäkern zudem unerhört miteinander.« Er deutete auf einen der Falken bei Zaira.

Also hatte Domenic Konkurrenz bekommen. Ich war nicht sicher, wen ich bevorzugt hätte, andererseits würde der Tag, an dem Zaira meinen Rat in romantischen Fragen annahm, auch der Tag sein, an dem Celantis aus der Asche auferstand.

Mir fiel das kleine Messer auf, das nun an Zairas Hüfte hing; Marcello musste nach dem Vorfall in den Unschlitten zu dem Schluss gekommen sein, dass es besser war, ihr neben dem Schadfeuer noch etwas anderes zu geben, das sie zu ihrer Verteidigung nutzen konnte. Geschühe schimmerten an den Handgelenken ihrer Freunde, als die über irgendeine Geschichte lachten, die sie ihnen gerade erzählte. Eines der Mädchen schlug die Hand vor den Mund.

Dann drangen mir einige der Worte an die Ohren, und meine Wangen erglühten. »Was erzählt sie denen?«

»Äh … vielleicht bin ich doch nicht ganz so stolz, wie ich dachte.« Marcello zupfte den Kragen seiner Uniform zurecht. »Es tut mir leid, gnädige Frau.«

Ich räusperte mich, um den Höhepunkt von Zairas Geschichte zu übertönen. »Wenn Sie die Frage gestatten, Marcello, wie kommt es, dass ich Ihren Falken noch nie zu Gesicht bekommen habe?«

»Istrella ist nicht gerade gesellig, fürchte ich. Aber ich denke, für Sie könnte sie eine Ausnahme machen.«

»So? Ist sie schüchtern?«

»Eigentlich nicht. Aber sie zieht Bücher den Menschen vor.« Er winkte mit dem ganzen Arm in Richtung eines Fensters, hoch oben unter der gewölbten Decke. »Sie steigt nur selten von ihrem Turm herunter. Ich sage ihr immer, sie sollte mehr rausgehen, aber sie werkelt da oben ständig an irgendwelchen Projekten herum. Sie könnte die Welt verändern, würde sie mehr davon fertigstellen.«

In seiner Stimme lag eine beinahe verzweifelte Wärme, und in meiner Brust regte sich eine unerwartete Eifersucht. »Das hört sich an, als hätten Sie sie sehr gern.«

»Aber natürlich. Sie ist meine kleine Schwester.«

»Ah!« Ich gab mir Mühe, die Erleichterung aus meinem Ton fernzuhalten.

»Ich habe ihr von Ihnen erzählt und davon, wie tapfer Sie sich in den Unschlitten geschlagen haben. Allerdings hat sie mehr Interesse gezeigt, als ich ihr gesagt habe, dass Sie Artefaktion studiert haben.« Er lachte.

Ja, richtig, sein Falke ist eine Artefaktorin. »Ich würde sie gern kennenlernen.«

Aus unerklärlichen Gründen lief Marcello plötzlich rot an. »Ich wäre entzückt, Sie ihr vorzustellen. Ich glaube, Sie würden einander mögen.« Sein Blick wanderte hinauf zu dem Fenster, als könne er durch die Steinmauern sehen und sie beobachten. »Sie ist der Grund, warum ich Falkner geworden bin, müssen Sie wissen. Als sie in die Stallungen gezogen ist, bin ich mitgegangen, damit sie nicht allein ist. Aber meistens vergisst sie, dass ich hier bin.«

»Bedauern Sie denn, dass Sie sich den Falknern angeschlossen haben?«, fragte ich.

»Nein. Es gibt vieles, das ich bedauere, aber Falkner geworden zu sein gehört nicht dazu. Ich kann hier viel Gutes bewirken. Ich kann Kindern, die das Magiermal tragen, helfen, Schutz und Frieden zu finden.«

Zaira warf sich auf einen freien Stuhl an unserem Tisch und schnaubte verächtlich. »Frieden? So nennst du das?« Die Mädchen, mit denen sie gesprochen hatte, steckten nun flüsternd und kichernd die Köpfe zusammen. Zaira wedelte mit dem Arm in ihre Richtung. »Die Falken gehören zum Militär. Sollte ein Krieg ausbrechen, werdet ihr uns alle hineinstoßen. Was ist damit, du Friedensbringer?«

»Meinst du wirklich, niemand würde sie zum Kämpfen zwingen, wenn Raverra sie nicht beschützt?«, grunzte Marcello.

Zaira legte die Stirn in Falten, sagte aber nichts.

»Kennst du Terika?« Mit einem Nicken deutete Marcello auf das ältere der beiden Mädchen, mit denen Zaira sich unterhalten hatte. Es zerrte in diesem Moment an einem Stück Papier, über das die anderen Mädchen so gelacht hatten, dass sie ganz außer Atem waren. »Ihre Gabe ist die Alchemie. Sie wurde in einem abgelegenen Dorf in Callarmorne geboren. Ehe die Falkner von ihr erfuhren, hat eine Assassinengilde sie bereits ihrem Vater abgekauft. Kaum war sie alt genug, um ihre Magie in Tränke zu rühren, ohne sie dabei zu verschütten, haben sie sie gezwungen, Dämonentränen anzumischen. Hast du davon schon mal gehört?«

Mir stockte der Atem. »Ja«, flüsterte ich. Aber Marcello und Zaira hörten mich nicht.

»Das ist ein tödliches Gift«, fuhr Marcello fort. »Es dauert Stunden, bis der Tod eintritt. Sollte man also das Glück haben, einen Alchemisten zu finden, ehe es zu spät ist, kann der ein Mittel brauen, das dem Gift entgegenwirkt und das Opfer am Leben erhält. Aber man muss den Rest seines Lebens dieses Elixier einnehmen, denn es gibt keine echte Heilung. Nimmt die Wirkung des Gifts ihren normalen Verlauf, überlebt das niemand.«

Meine Fingernägel gruben sich in meine Handflächen, und ich versteckte die Hände unter dem Tisch, damit die anderen es nicht sehen konnten.

»Die Gifte, die dieses Mädchen angerührt hat, haben Dutzende von Menschen getötet, ehe sie sieben Jahre alt war.« Marcellos Stimme klang erbittert, aber er sprach leise. »Sie weiß das nicht. Wir haben sie da rausgeholt und sie hergebracht, damit sie Tränke anrühren kann, die heilen, nicht töten. Also, ja, das nenne ich Frieden.«

Quer durch den Saal starrte ich die Alchemistin an. Sie lachte und schlug spielerisch nach ihrer Freundin, die, nach dem Grinsen in ihrem Gesicht zu schließen, gerade etwas Unerhörtes gesagt haben dürfte. Sie könnte diejenige gewesen sein, die das Gift angemischt hatte, welches noch immer durch meine Adern floss. Zeitlich würde es passen, und wir hatten nie herausgefunden, wer versucht hatte, mich zu töten.

»Also hast du einem Mädchen geholfen.« Zairas Stimme hörte sich nicht ganz so selbstsicher an wie sonst, und ihre Frechheit wirkte aufgesetzt. »Ich bin aber gut ohne euch zurechtgekommen.«

»Ich könnte dir noch einige solcher Geschichten erzählen, das kann ich dir versichern«, erwiderte Marcello. »Aber was ist mit dir? Hat dein Schadfeuer an jenem Tag, an dem wir dich gefunden haben, zum ersten Mal jemandem Leid zugefügt?«

Zaira erbleichte, und sie presste die Lippen aufeinander. Beinahe hätte ich die Hand nach ihr ausgestreckt, aber ich riss mich zusammen, denn ich bezweifelte, dass sie gern angefasst wurde.

»Ich weiß, dass es schwer zu kontrollieren ist«, blaffte sie. »Deswegen setze ich es nicht oft frei. Glaub mir, wenn ich es gegen jeden Schurken eingesetzt hätte, der es verdient hat, dann hätte ich die Unschlitte schon vor langer Zeit niedergebrannt.«

»Dennoch wäre das nur eine Frage der Zeit gewesen«, beharrte Marcello. »Du hättest nicht dein ganzes Leben lang darauf verzichten können, dich zu verteidigen. Sobald dein Geheimnis aufgeflogen wäre, hätten unzählige Leute versucht, dich für ihre Zwecke zu missbrauchen oder zu ermorden. Du musstest bereits Orthys' Männer töten. Es wäre schlimmer und schlimmer gekommen, bis du selbst zu einem feurigen Todesengel geworden wärst, der all seine Menschlichkeit verloren hat.«

Zaira bedachte ihn mit einem giftigen Grinsen. »Du sagst das, als wäre es etwas Schlechtes.«

Da fing Schuft an zu winseln und ihre Hand zu lecken. Ich hätte seinen Hinweis jedoch nicht gebraucht, um den Schmerz zu erkennen, der sich in ihren Augen verbarg.

Marcello ging nicht auf ihre Worte ein. »Natürlich ist das nicht fair, und ich wünschte, wir hätten eine bessere Möglichkeit. Aber bitte begreife, dass wir, ganz gleich, wie es dir erscheint, wirklich versuchen, dich zu beschützen.«

Gefühle huschten über Zairas Gesicht, eine ganze Reihe von Türen öffnete und schloss sich; Türen, hinter denen sich Zorn verbarg, Kummer, Schmerz und schließlich tiefer, beständiger Zynismus. »Aber gewiss doch, alles, was ihr wollt, ist, dass ich in Sicherheit bin«, sagte sie. »In Sicherheit und allzu bereit, alle armen Lumpen zu verbrennen, die sich den Reichsgesetzen nicht fügen.«

Marcello verzog das Gesicht. »Das ist nicht, was *ich* will.«

»Das liegt nur daran, dass du zu der Sorte von verlässlichen Dummköpfen gehörst, die ich an einem einzigen Sonntag gleich sechsmal ausrauben könnte, und zwar mit verbundenen Augen.« Zaira erhob sich. Schuft tänzelte vor Eifer und starrte sie hingebungsvoll an. »Du belügst dich selbst, Leutnant-Kerkermeister. Du bildest dir ein, das Imperium würde all die Menschen mit dem Magiermal um ihres eigenen Wohls willen einfangen und nicht, um sich ihre Macht zu sichern.« Sie schüttelte den Kopf. »An eurem Tisch ist es langweilig und deprimierend. Ich gehe zurück zu Terika.«

Und damit ging sie quer durch den Saal zu den anderen jungen Falken.

Als Zaira außer Hörweite war, sicherte ich mir Marcellos Aufmerksamkeit und senkte die Stimme: »Sie hat recht, wissen Sie?«

»Damit, dass ich ein Dummkopf bin?«

»Damit, dass Sie sie vielleicht in den Krieg schicken müssen.« Ich dachte an die grünen Steine auf der Karte des Rates und an den Schattenadel, der eine »Reaktion« auf den vorgeblichen Falkner-Vorfall plante. »Der Gedanke, dass wir Zaira in die Stallungen zurückgebracht haben, nur um sie dann zu zwingen, Menschen zu töten, behagt mir gar nicht, Marcello. Aber es könnte jederzeit dazu kommen.«

»Ich weiß«, sagte er leise. »Ein paar von ihnen, solche wie Jerith und Balos, könnte ich mit gutem Gewissen in den Kampf schicken. Das sind Soldaten. Aber andere … Na ja, das bereitet mir Albträume.« Er presste die Lippen zusammen.

Ein junger Mann in Falkneruniform eilte auf uns zu, und seine Schritte hallten um ihn herum in Echos nach. Als er unseren Tisch erreicht hatte, salutierte er, während er mit der anderen Hand ein Dokument an die Brust drückte.

»Leutnant Verdi, ich habe einen vollständigen Rapport der Garnison zu Ardence.«

Ardence. Mein Herz schlug schneller.

Marcello stand auf. »Berichte.«

»Wir konnten bestätigen, dass die militärischen Kräfte, die in der Garnison stationiert sind, nichts mit dem Vorfall zu tun hatten. Niemand weiß, wo der angebliche Erlass hergekommen ist. Er stammte nicht aus der Garnison und auch nicht von der Erlauchten Gesandten. Wir konnten seine Herkunft nicht ermitteln.«

Allmählich nahm die Spannung in meinen Schultern wieder ab; ich war auf das Schlimmste vorbereitet gewesen.

»Sonst noch etwas?«, fragte Marcello.

Der Falkner legte das Dokument, das er in der Hand gehalten hatte, auf den Tisch. Eine elegante, offiziell wirkende Handschrift hob sich kühn von dem cremeweißen Papier ab. Der untere Rand wurde von dem Gewicht des imperialen Siegels mit dem roten Wachs und dem geflügelten Pferd von Raverra in einem Kreis aus neun Sternen auf die Tischplatte gedrückt.

»Dies hier ist einer der Briefe, mit denen die Abholung der Kinder gerechtfertigt wurde. Das Siegel ist echt.« Die Stimme des jungen Falkners zitterte. »Ein Artefaktor in der Garnison zu Ardence hat es überprüft, und wir haben es hier in den Stallungen noch einmal überprüft. Es ist das echte Siegel.«

Ich klammerte mich am Tisch fest, als könnte ich so eine Welt festhalten, die ins Wanken geraten war.

Marcello wandte sich an mich. »Wer hat Zugriff auf das imperiale Siegel?«

»Der Doge, der Rat der Neun und jeder, dem sie direkt und persönlich die imperiale Befugnis verleihen.«

»Sonst niemand?«

»Das sind alle.« Ich schloss die Augen. Ich konnte das imperiale Siegel meiner Mutter vor mir sehen, beladen mit Gold und Zweckbestimmung lag es in einer mittels Artefaktion verriegelten geheimen Schublade ihres Schreibtischs. Gelegentlich überließ sie es Ciardha, wenn die einen Beweis benötigte, dass sie mit der Befugnis von La Contessa handelte. Ich selbst hatte es nie auch nur angerührt. »Als ich klein war, hat meine Mutter mir einmal gesagt, wenn ich je versuche, ihr Siegel ohne Erlaubnis an mich zu nehmen, würden die Schutzbanne mich eine ganze Woche lang außer Gefecht setzen und meine Hand grün färben. Ich habe keine Ahnung, ob das stimmt.«

»Verstehe.« Marcello widmete sich wieder dem Falkner. »Hast du den Oberst schon informiert?«

»Ja. Sie hat gesagt, ich soll es Ihnen und den anderen ranghohen Offizieren zeigen, Herr.«

»Sag ihr, ich bin in zehn Minuten bei ihr.«

Der junge Falkner salutierte, schnappte sich den Brief und ging. Marcello stützte sich auf die Lehne seines Stuhls, als könne er sich ohne ihn nicht auf den Beinen halten.

»Was werden die Falkner jetzt tun?«, fragte ich, und mir war, als wäre meine Atemluft zu dünn, um Worte hervorzubringen.

Marcello schüttelte den Kopf. »Das übersteigt unsere Möglichkeiten. Wir haben weder die notwendigen Informationen noch die Befugnisse, das weiter zu verfolgen. Wir müssen darauf vertrauen, dass der Geheimdienst und der Rat der Neun sich darum kümmern.«

Ich grub einen Fingernagel in die Tischplatte, als könnte ich ein Loch in das Holz bohren. Es wäre so einfach, mich wieder hinter Büchern zu verkriechen und das alles zu vergessen. Es meiner Mutter, dem Dogen und ihresgleichen zu überlassen, die Intrige aufzudecken und Ardence zu beschwichtigen, um den Frieden zu wahren.

»Wir können uns nicht einfach abwenden«, sagte ich. »Wir müssen etwas tun?«

»Wir? Persönlich?« Marcello breitete die Hände aus. »Was können wir tun?«

»Ich weiß es nicht. Aber irgendetwas muss es geben. Sie sagen, wir sollen es dem Rat überlassen, aber eines Tages werde *ich* dem Rat angehören. Ich muss lernen, wie man mit so etwas umgeht.« Ich zeigte mit dem Finger auf ihn. »Und *Sie* werden für die Falkner verantwortlich sein, also können Sie dem auch nicht aus dem Weg gehen.«

»Also gut.« Er nickte feierlich. »Wir überlegen uns etwas. Auch wenn ich nicht die geringste Idee habe, was das sein könnte.«

»Ich auch nicht«, gab ich zu. »Noch nicht.«

Aber in meinem Hinterkopf erglühte etwas. Mir fielen zwei Parteien ein, die vom Ausbruch eines Krieges zwischen Raverra und Ardence profitieren könnten: der Schattenadel, der sich vom Imperium lossagen wollte; und Vaskandar, das einen Augenblick der Schwäche seitens des Reiches nutzen mochte, um einen weiteren Versuch zu unternehmen, Loreice zu erobern.

Domenic konnte vielleicht noch etwas mehr über den Schattenadel für mich in Erfahrung bringen. Und was Vaskandar betraf …

Es war Zeit, mich in ein Korsett zu schnüren und erneut in den Kampf zu ziehen.

*

Für ein Gartenfest war das Jahr schon recht weit fortgeschritten, aber derartige Feiern waren in dem von Kanälen durchzogenen Raverra selten genug, sodass Dama Hortensias Stadthaus vor Gästen geradezu überquoll. Ihr Garten galt als einer der schönsten in ganz Raverra: eine hinter hohen Ziegelmauern verborgene Enklave des Grüns mit Bäumen und Büschen und Statuen. Alles war so sorgsam platziert, dass Dutzende von kleinen Nischen und Gartenräumen geschaffen wurden, in denen man sich vertraulich austauschen konnte und das Gefühl hatte, unter sich zu sein. Der rechte Platz für die Art von Fest, bei dem sich junge Paare zusammentaten, um eine Weile hinter kunstvoll in Form geschnittenen Hecken zu verschwinden. Was dazu führte, dass man beständig das Bedürfnis hatte, sich zu räuspern, ehe man um eine Ecke ging.

Vor allem aber war dies eine Party, von der Mutters Kontaktleute mir versichert hatten, dass Prinz Ruven sie am Nachmittag besuchen würde.

Während ich mit Ruven die verschlungenen Gartenpfade hinunterschlenderte, juckte die Narbe an meiner Hand und erinnerte mich daran, dass Gartenfeste auch ein hervorragender Ort für Attentate waren. Er könnte Dutzende von Waffen unter seinem langen Mantel mit dem hohen Kragen versteckt haben. Und als machtvoller Hauthexer bräuchte er die nicht einmal.

»Wirklich geschickt, wie Ihr Raverraner es schafft, auf Euren felsigen Inseln grüne Nischen zu schaffen.« Ruven seufzte. »Ich wünschte, ich könnte bleiben und mich noch länger an Eurer schönen Stadt erfreuen, aber bedauerlicherweise muss ich schon bald abreisen. Ich hoffe, Ihr werdet mich in Vaskandar besuchen, Dama Amalia. Dann könnt Ihr die wahre Schönheit eines Waldes sehen, in dem Bäume wachsen, die älter sind als Euer Imperium.«

»Ihr reist schon ab!« Ich gab mir alle Mühe, enttäuscht zu klingen, nicht erleichtert. »Werdet Ihr auf Eurem Rückweg in Ardence Halt machen?«

»Gewiss.« Ein vaskandrischer Page in Ruvens Livree bot uns einen Teller mit Konfekt an. Breite Streifen kündeten von Brandwunden auf seiner Hand. Etwas an diesen Narben kitzelte mein Erinnerungsvermögen, aber ehe ich herausfinden konnte, was, winkte Ruven ihm schon zu, er möge verschwinden. Der Page hastete mit weit aufgerissenen Augen davon. »Ich möchte mir die Bibliothek noch einmal ansehen. Außerdem habe ich dort Freunde.«

»Wie ich hörte, habt Ihr Euch in der Tat einige Freunde in Ardence gemacht.« Ich wedelte mit einer Hand. »Den Rat der Lords, den Schattenadel …«

Ruven lachte. »Ja, nun, es ist recht einfach, sich mit Ardentinern anzufreunden. Tut man ihnen nur einen kleinen Gefallen, schenken sie einem schon ihr Herz und geloben ewige Treue. So herzliche, aber auch heißblütige Leute.«

Mir war, als würde sich mein Herz verknoten. Er hatte nicht abgestritten, dass er mit dem Schattenadel in Verbindung stand. Und wenn ihm tatsächlich der halbe Hof von Ardence *ewige Treue* gelobt hatte, dann hatten wir weit mehr Probleme, als ich angenommen hatte.

Ich hob die Hand und hielt sie auf diese listige Art einer Dame, die der Öffentlichkeit den Klatsch vorenthalten will, den sie ihrem Gesprächspartner vorzutragen gedenkt. »Ich hoffe, keiner Eurer Freunde ist in den Vorfall verwickelt?«

Er zog die fahlen Brauen hoch. »Vorfall?«

Ich sah mich um und wich zurück in eine romantische Nische, die von einem weinbewachsenen Spalier abgeschirmt wurde. Und erstaunlicherweise nicht besetzt war. Prinz Ruven folgte mir mit der emsigen Selbstsicherheit eines Mannes, der nie Grund hatte, Assassinen zu fürchten.

»Unbekannte Schurken haben sich vor wenigen Tagen als Falkner verkleidet und die Kinder einiger ardentinischer Edelleute entführt«, flüsterte ich. »Furchtbar, findet Ihr nicht?«

Für einen Moment blitzte reine Überraschung in Ruvens Gesicht auf – und noch etwas anderes, das ich nicht einordnen konnte. Dann kniff er die Augen zusammen, und sein Magiermal schimmerte zwischen den Lidern in leuchtendem Violett. »Das ist dreist! In Vaskandar wagt es niemand, sich den Anschein der Autorität der Hexenlords zu geben. Täte es jemand, man würde ihn mit aufgeschnittenem Bauch an den Berg ketten, auf dass die Geier ihn bei lebendigem Leibe verspeisen.«

Welch charmante Gartenfestkonversation. »Ich versichere Euch, der Rat der Neun wird auch nicht freundlich mit ihnen umspringen, wenn sie erst gefasst sind.«

Ruven rieb sich das Kinn. »Diese Kinder – trugen sie das Magiermal?«

»Das ist das Merkwürdige«, entgegnete ich. »Sie trugen es nicht.«

»Ah.« Ruvens Miene hellte sich auf, als hätte ich ihn von einer Sorge oder einer Bestürzung erlöst. »Dann muss das ein Trick sein, um Lösegeld für sie zu erpressen.« Er schüttelte den Kopf. »Eine Taktik der Schwachen. Abscheulich. Wahrhaft Mächtige lassen sich nicht zu solch feigen Taten herab.«

»Das sehe ich wie Ihr.« Es fiel mir schwer, die Stirn nicht zu runzeln. Sowohl Ruvens Verblüffung als auch sein Widerwille erschienen mir echt. Entweder er war ein guter Schauspieler, oder er selbst war nicht in diese Entführungsfälle verwickelt. Und Ruven kam mir nicht vor wie ein Mann, der sich die Mühe machen würde, mich zu täuschen; in Hinblick auf den Schattenadel war er einen Moment zuvor schließlich auch recht offen gewesen.

»Gewiss tut Ihr das. Wir sind verwandte Seelen, Ihr und ich.« Er hob eine Hand und bewegte sie auf mein Gesicht zu.

Ich wandte mich ab, als hätte ich sie nicht gesehen, und zupfte einen Zweig mit Trauben von dem Spalier. Eine warf ich mir in den Mund, und der süße Saft flutete meine Zunge. Sollte ich es wagen, noch weiter in ihn zu dringen?

Dies war meine Chance herauszufinden, was er im Schilde führte. Ich konnte jetzt nicht aufgeben.

»Es ist wahrlich eine Schande«, verkündete ich seufzend.

»Was?« Er dehnte die Hand, der ich ausgewichen war, als würde er gerade einen neuen Handschuh anprobieren.

»Ich hörte, Ihr wäret in die Erlauchte Stadt gekommen, um eine Braut zu finden.« Ich drehte eine weitere Weinbeere zwischen den Fingern. »Aber wenn dem so ist, verstehe ich nicht, warum Vaskandar Truppen an die Grenze zum Imperium entsenden sollte. Steht Euch der Sinn nach einer Hochzeit oder nach Krieg?«

»Ah.« Er lachte, ein hartes Lachen, als würden Nägel verschüttet werden. »Nein, uns steht der Sinn natürlich nicht nach Krieg. Nicht jetzt.«

Ich lachte, weil ich nicht recht wusste, was ich sonst tun sollte. Dieses *jetzt* war nicht gerade beruhigend.

»Nein, nein.« Ein Lächeln erschien auf seinen Lippen, ganz so, als wäre meine irrige Vorstellung das Köstlichste, was ihm an diesem Tag begegnet war. »Wir sind keine Narren. Die Hexenlords sind mächtig im eigenen Lande, ja, aber Vaskandar kann seine Macht derzeit nicht über die Grenzen hinweg ausdehnen. Wir haben schon früher gegen das Imperium gekämpft und werden es zweifellos wieder tun; aber dies ist nicht die rechte Zeit dafür.«

»Oh, schön.« Vor lauter Schrecken schluckte ich die Beere im Ganzen. Schmerzhaft bahnte sie sich einen Weg durch meine Kehle.

»Tatsächlich haben wir viel von Euch zu lernen. Ich bringe der raverranischen Macht großen Respekt und Bewunderung entgegen.« Ruven neigte den Kopf zur Seite, bat um Erlaubnis und griff nach meinen Trauben. Ohne nachzudenken bot ich ihm den ganzen Zweig an.

Seine Fingerspitzen berührten meine. Ein Schock raste über meine Haut, den Arm hinauf und in meine Brust, und plötzlich bekam ich keine Luft mehr. Meine Lunge hörte einfach mitten im Luftholen auf zu arbeiten.

Ruven setzte ein anmaßendes Lächeln auf. »Vaskandrische Macht ist, wie Ihr seht, etwas ganz anderes.«

Ich wich einen Schritt zurück. Panik zerrte an meiner erstarrten Lunge. Dann, plötzlich, konnte ich wieder atmen.

Mein Puls peinigte mich, alles drängte mich wild und aufgebracht, die Flucht zu ergreifen oder zuzuschlagen oder um Hilfe zu rufen. Aber das würde ich nicht tun. Wenn ich einräumte, dass er eine Bedrohung war, hatte er gewonnen. So viel war sogar mir klar.

Ich zog meinen Dolch. »Gebt mir nur einen guten Grund«, sagte ich eisig, »Euch nicht zu töten.«

»Ach, das war nur ein kleiner Scherz! Es geht Euch doch gut, nicht wahr?« Lachend breitete er die Hände aus. »Niemandem ist etwas geschehen. Nur ein kleiner Spaß; nach vaskandrischer Art.«

Ich maß ihn mit einem finsteren Blick. »Eurem Spaß mangelt es an Humor.«

»Mag sein, mag sein.« Seine Miene wurde ernst. »Aber nun wisst Ihr, dass ich wahrhaftig keinen Krieg will.«

»Woher – genau – weiß ich das?«

»Weil ich Euch hätte töten können.« Er streckte die Hand aus, die Handfläche nach oben gewandt, als warte er darauf, Regentropfen aufzufangen. »Weil ich Euch immer noch jederzeit durch eine bloße Berührung töten könnte. Und damit würde ich zweifellos einen Krieg auslösen, nicht wahr?«

Widerstrebend nickte ich. Der Rat der Neun hatte die Macht, einen Krieg zu erklären, und meine Mutter hatte die meisten Ratsangehörigen in der Hand.

»Aber ich habe es nicht getan.« Ruven lächelte so strahlend wie ein Kind, das von seinem Lehrer gelobt wurde. »Ihr lebt. Also wisst Ihr nun, dass mein Wunsch nach Frieden aufrichtig ist.« Wieder veränderte sich seine Mimik, und seine ausgestreckte Hand kam näher, wie um mich einzuladen. »Ebenso wie mein Wunsch, einer Dame von edler Abstammung, wie Ihr es seid, den Hof zu machen, umso mehr, wenn sie zudem eine Visionärin auf magischem Gebiet ist und über solch überwältigendes politisches Potenzial gebietet.«

Ich rammte meinen Dolch wieder in die Scheide, doch mein Gesicht fühlte sich nicht minder hart an als der Stahl. »Ihr habt noch viel zu lernen«, erklärte ich. »Insbesondere darüber, wie man einer Raverranerin den Hof macht.«

Auf dem Absatz machte ich kehrt und ließ ihn ohne ein weiteres Wort stehen.

Erst als ich sicher in meinem Boot war, fing ich an zu zittern.

KAPITEL ZWÖLF

In meinem Kopf herrschte ein ebenso chaotisches Durcheinander wie auf dem Reichskanal, als mein Ruderer mich von dem Gartenfest nach Hause brachte. Allmählich senkte sich die Dämmerung über die Erlauchte Stadt, und sein Ruder zerschlug die Reflexionen der aufflammenden Leuchten zu Tausenden von Lichtpunkten. Leute riefen einander von Boot zu Boot etwas zu, Musik hallte aus einem Palastfenster über dem Kanal herüber.

Beinahe konnte ich die einzelnen Punkte auf meiner Karte der Probleme in Ardence mit einer Linie verbinden: Prinz Ruvens Besuch und seine mögliche Verbindung zum Schattenadel; Herzog Astors Provokationen unter dem Einfluss eben dieses Schattenadels; die rechtswidrige Nutzung des Reichssiegels bei der Entführung der Kinder. Beinahe, aber nicht ganz. Irgendein entscheidender Zusammenhang fehlte noch.

Wir glitten unter den goldenen Lichtern der ardentinischen Botschaft vorbei, und ich erkannte eine vertraute Gestalt auf dem Balkon, die sich gedankenverloren an das Geländer lehnte und auf das Wasser hinausblickte: Domenic. Seine widerspenstige Mähne und die breiten Schultern zeichneten sich unverwechselbar vor dem Licht der Lampe hinter ihm ab.

»Leg am nächsten Steg an«, wies ich den Ruderer an, während ich energisch winkte. »Ich möchte jemanden besuchen.«

Ein Diener der Botschaft geleitete mich zu dem Balkon, auf dem Domenic mich grinsend zu sich winkte und einladend eine halbleere Weinflasche hochhielt. »Amalia! Komm und leiste mir Gesellschaft. Ich kann von hier all die kahlen Stellen auf den Häuptern der Aristokraten ausmachen. Wirklich sehenswert.«

Ich trat zu ihm. »Bespritz sie nur nicht mit Tinte.«

»Einmal! Ein einziges Mal habe ich das getan und nur bei Professor Clopis, weil der Venasha wegen der Stunden, die sie aufgrund ihrer Morgenübelkeit verpasst hat, so unfair behandelte.« Er seufzte. »Aber du musst zugeben, meine Treffsicherheit war beeindruckend. Mitten auf seinen rosaroten Kopf.«

»Es hat Wochen gedauert, bis der Fleck verblasst war«, erinnerte ich mich. »Hast du eine alchemische Permanenttinte benutzt?«

»Natürlich. Nur das Beste für Venasha.« Er schenkte mir Wein ein, und wir stießen mit unseren Gläsern an.

»Was hat dich in die Botschaft geführt?«, fragte ich.

»Wieder einmal die Kurierlampen.« Er seufzte. »Ich habe meinem Bruder erzählt, was du gesagt hast. Dass die Falkner, die die Kinder geholt haben, Schwindler waren, trotz des Reichssiegels.«

»Und?« Seine finstere Miene war nicht gerade beruhigend. »Hat er dir geglaubt?«

»Er hat gesagt, das wäre egal. Die Woge der Empörung hat dem Schattenadel bei Hofe neue Bedeutung verliehen, und auf dieser Welle reiten sie nun weiter.«

Ich holte tief Luft. »Domenic, der Schattenadel könnte Verbindungen zu Vaskandar unterhalten. Prinz Ruven scheint sie zu seinen Freunden zu zählen.«

»Das bezweifle ich nicht.« Domenic schüttelte den Kopf und füllte mit einer gewissen Entschlossenheit sein Weinglas nach. »Gabril und Ruven waren ein Herz und eine Seele, während er in der Stadt war. So, wie ich es verstehe, denkt der Schattenadel, mit seiner Hilfe könne Ardence sich aus dem Reich lösen – sie glauben, dass Vaskandar sie dabei unterstützen wird, aus Ardence einen freien Stadtstaat zu machen.«

»Verschlingen und verdauen kommen mir wahrscheinlicher vor.«

»Ja … Na ja, du und ich, wir wissen das. Aber die bilden sich offensichtlich alle ein, Prinz Ruven sei ein netter Kerl, der nur ihr Bestes im Sinn hat, weil er Kredite vergeben und dem einen oder anderen einen Gefallen erwiesen hat.«

»Dein Bruder täte gut daran, sich vom Schattenadel zu distanzieren.« Ich bemühte mich um einen lockeren, freundlichen Ton, aber meine Finger spannten sich um das Weinglas. »Wenn die sich mit Unterstützung Vaskandars dafür einsetzen, aus dem Imperium auszuscheiden … Nun ja, es ist schwer, darin etwas anderes als Verrat zu erkennen.«

»Sich distanzieren? Leider nicht gerade sehr wahrscheinlich. Er trägt die graue Maske mit Stolz. Aber vielleicht finden wir eine Möglichkeit, sie zu zügeln, bis sie eine gesündere Form des Protests gefunden haben.«

»Denkst du immer noch daran, dich ihnen anzuschließen?«

»Jemand muss dem Imperium gelegentlich die Stirn bieten, um zu verhindern, dass es der Tyrannei anheimfällt. Diese Rolle könnte der Schattenadel übernehmen.« Er trank einen Schluck Wein. »Aber damit zu drohen, das Imperium zu verlassen, und sich diesbezüglich hilfesuchend an Vaskandar zu wenden, ist eine ziemlich dumme Art, das in Angriff zu nehmen.«

»*Dumm* ist nur ein Wort dafür.«

Domenic blickte hinaus auf den Kanal. »Vielleicht sollte ich nach Ardence zurückkehren. Versuchen, mit Gabril zu reden, um ihn davon abzuhalten, einen großen Fehler zu begehen. Aber ich bin noch nicht bereit, Raverra zu verlassen. Bisher hatte ich noch nicht einmal ein kleines Stück Honigfrucht.«

»Komm rüber zu unserem Palast, dann wird dir der Koch etwas machen. Es ist nicht die richtige Jahreszeit für Honigfrüchte, aber es gibt ein paar Vivomanten, die sie züchten, und ich glaube, wir haben welche.« Auf dem Geländer stupste ich seinen Ellbogen mit meinem an. »Geh noch nicht. Ich würde dich vermissen.«

»Oh, ich werde noch etwas länger bleiben. Auch wenn Dama Savony bereits mit einigen der Diplomaten auf dem Rückweg nach Ardence ist. Dem entnehme ich, dass Dama Terringer ebenso viele Leute verärgert wie eingeschüchtert hat. Mein Vetter wird Savonys Hilfe brauchen, um die Gemüter zu besänftigen. Er würde es zwar nie zugeben, aber ohne sie ist er verloren.« Er schüttelte den Kopf. »Die wenigen Errungenschaften, die er sich bisher als Herzog hat zugutehalten können, sind samt und sonders ihr Werk.«

»Hoffentlich hat sie Erfolg«, sagte ich. »Die Vorstellung, wir könnten am Ende auf verschiedenen Seiten in einem … einem Konflikt stehen, macht mich ganz krank.«

Domenic lachte. »Du und ich? Wir werden nie auf verschiedenen Seiten stehen, Amalia. Wenn wir keine Seite finden, auf der wir beide stehen wollen, machen wir uns unsere eigene.«

Ich wünschte, ich könnte Domenics Zuversicht teilen. Aber meine Schritte waren schwer, als ich die mit Teppich ausgelegte Treppe der Botschaft wieder hinunterstieg, um zu der Tür auf der Kanalseite hinaus zu meinem wartenden Boot zu gehen. Es war schwer, mir einen Weg auszudenken, wie unsere Freundschaft überdauern könnte, sollte ich gezwungen sein, Zaira loszulassen, auf dass sie seine Heimat niederbrannte.

Als ich die Eingangshalle der Botschaft betrat, hallten hastige Schritte über den Mosaikboden. Baron Leodra eilte vor mir zu der Tür auf der Kanalseite, begleitet von einem Lakaien, der ihn zu seinem Boot eskortierte. Seinem Stirnrunzeln nach zu schließen, war, was immer ihn hergeführt hatte, nicht zu seiner Zufriedenheit abgelaufen.

Ich zögerte, sah zu, wie die Tür der Botschaft hinter seinem brokatbedeckten Rücken ins Schloss fiel. Er hatte aufgehört, auf eine aggressivere Herrschaft des Reichs über Ardence zu dringen, nachdem meine Mutter ihm während des Balls gedroht hatte, seinen Bastard zu enttarnen. Aber er schien mir dennoch nach wie vor nicht gerade die erste Wahl zu sein, wenn es um den diplomatischen Austausch mit Ardence ging. Was also hatte ihn hergeführt?

Dama Colanthe Savony betrat die Eingangshalle durch die Tür mit vergoldetem Rahmen, die auch schon Leodra benutzt hatte. Lampenschein fing sich in der Brille, die an einer Kette vor ihrer Brust hing. Sie begegnete meinem Blick und nickte mir zu, als hätte sie gehofft, mich dort anzutreffen.

»Dama Amalia, auf ein Wort?«

»Gewiss.« Es gelang mir nicht, die Verblüffung aus meiner Stimme zu halten. Mir war nicht entfallen, dass Marcello sie dabei ertappt hatte, wie sie mich während des Balls beobachtete, aber ich wusste immer noch nicht, was die Statthalterin des Herzogs von Ardence von mir wollen könnte.

Sie winkte mich in eine Ecke neben einer Topfpflanze und wartete, bis ein gehetzter Angehöriger ihres Stabs die Eingangshalle passiert hatte, ehe sie etwas sagte.

»Seid Ihr über die jüngsten Entwicklungen in den Beziehungen unserer beider Städte im Bilde?«, fragte sie.

Bei ihrem gewichtigen Ton wurde mir schwer ums Herz. »Nicht, wenn es um etwas geht, das sich in den letzten paar Stunden ergeben hat, nein. Hat sich etwas geändert?«

»Herzog Astor hat die Versicherungen des Dogen, dass Raverra nichts mit der Entführung der Erben von Ardence zu tun hat, zurückgewiesen. Er weigert sich, in irgendeiner Weise mit dem Imperium zu kooperieren oder auch nur die Erlauchte Gesandte im Flusspalast zu empfangen, solange die Kinder nicht zurück sind.«

»Aber wir haben sie wirklich nicht!«

»Das weiß ich. Und seine Hoheit weiß es vermutlich auch.« Dama Savony schüttelte den Kopf. »Das ist eine Frage des Prinzips. Er will der Nobilität des Landes zeigen, dass er Stellung bezieht.«

»Das ist aberwitzig.« Die Worte platzten einfach aus mir heraus, ehe ich mich auf eine diplomatischere Formulierung besinnen konnte. »Sich zu weigern, die Erlauchte Gesandte zu empfangen, ist ein weiterer Verstoß gegen die Erlauchten Verträge und eine Kränkung, die der Doge nicht ignorieren kann.«

»Es hat Gründe, warum ich schnellstens nach Ardence zurückkehre«, kommentierte Dama Savony trocken.

»Kann ich irgendetwas tun?«, beschwor ich sie.

»Vielleicht. Ich hoffe, Dama Amalia, dass Ihr imstande seid, etwas für Ardence zu bewirken.« Sie musterte mich eingehend. Ich war es nicht gewohnt, zu einer Frau aufzublicken; mein callamornischer Vater hatte mir einen Größenvorteil hinterlassen, den nur wenige Raverranerinnen überbieten konnten, aber Dama Savony war tatsächlich ein, zwei Zoll größer als ich. »Eure Familie war unserer Stadt viele Jahre in aufrechter Freundschaft verbunden.

Wie, wenn ich fragen darf, steht Ihr zu den derzeitigen Spannungen zwischen uns?«

»Ich finde sie überaus bedauerlich«, sagte ich, ohne zu zögern. »Ich wünsche mir sehr, dass wir baldmöglichst wieder zu den herzlichen Beziehungen zurückkommen, die früher zwischen Raverra und Ardence herrschten.«

Dama Savony fummelte an ihrer Brillenkette herum. »Ihr müsst verstehen, dass ich dem Wohl von Ardence uneingeschränkt verpflichtet bin.«

»Natürlich.«

»Natürlich? Ich wünschte, das wäre so selbstverständlich, gnädige Frau. Unter den Oberen unserer Stadt gibt es nur wenige, die das Wohl von Ardence über ihr eigenes stellen, wie es meine Familie von jeher getan hat.« Sie schob sich die Brille auf die Nase, und die Augen, die durch die Gläser in meine blickten, waren so scharf wie die eines Raubvogels. »Täten das mehr, würden wir dieses Gespräch nicht führen. Sagt, sind Euch die wahren Ursachen für die Probleme in Ardence bekannt?«

Ich zögerte und schüttelte dann langsam den Kopf. Ich mochte meine Vorstellungen haben, aber ich wollte lieber hören, was sie zu sagen hatte.

»Vor drei Jahren ist der Enthalus im Hexenmauergebirge ausgebrochen. In Raverra hat das kaum jemand bemerkt.« Sie starrte durch die Wand des Botschaftsgebäudes ins Nichts, als könnte sie über Zeit und Raum zusehen, wie es geschah. »Aber dieser Ausbruch hat dazu geführt, dass der Fluss Arden unter Felsbrocken und Asche versunken ist und seinen Lauf veränderte. Neue Seen und Stromschnellen haben sich gebildet. In manchen Bereichen hat sich der Fluss geteilt, an anderen Stellen ist er seichter geworden. Er ist nicht mehr der bevorzugte Handelsweg zwischen Vaskandar und dem raverranischen Imperium.«

»Aha.« Langsam ahnte ich, worauf das hinauslief. »Und Ardence ist von diesem Handel abhängig.«

»Unsere Stadt wurde auf diesem Handel *erbaut* und ist über Jahrhunderte unter ihm erblüht. Und nun ist er plötzlich deutlich vermindert, weil größere Schiffe auf dem Fluss nicht mehr in Ufernähe manövrieren können. Ardence sieht sich der sehr ernst zu nehmenden Gefahr ausgesetzt, zu verarmen und ins Unglück zu stürzen.« Die Haut um ihre Augen spannte sich, als bereite ihr dieses Eingeständnis körperliche Schmerzen. »Aber der Adel von Ardence scheint fest entschlossen zu sein, so verschwenderisch wie eh und je zu leben, was unseren derzeitigen Herzog einschließt. Mit ihren Exzessen machen sie die ganze Sache um ein Vielfaches schlimmer, umso mehr, da sie bisher keinerlei Pläne schmieden, um sich des Problems anzunehmen. Wenn ich das Thema vor Seiner Hoheit oder dem Rat der Lords aufbringe, werde ich ausgelacht.«

Zu wissen, dass die Stadt am Rand des Bankrotts taumelte, half mir, allem anderen mehr Sinn abzuringen: Ardences Bereitschaft, Hilfe aus Vaskandar anzunehmen, der verzweifelte Zug des Herzogs in Hinblick auf die Besteuerung raverranischer Händler und sogar der Aufstieg des Schattenadels erklärten sich so. »Also, darum haben die Adligen den Herzog gedrängt, Steuern von den raverranischen Händlern zu erheben und gegen die Erlauchten Verträge zu verstoßen? Um mehr Geld in die Stadt zu holen?«

»Hmm. Jeder bedrängt den Herzog.« Savony schüttelte den Kopf. »Dazu, dem Imperium Paroli zu bieten, oder dazu, den Zorn des Dogen zu beschwichtigen. Die verschwundenen Kinder zurückzuholen und jeden zu bestrafen, der an der Entführung beteiligt war. Den Luxus des Adels zu finanzieren. Einen Schuldigen zu finden. Ardence wieder zu dem zu machen, was es war, als sie alle noch jung waren. Im Grunde will der Hof, dass der Herzog sich als großer Mann erweist, der alle Probleme der Adligen für sie löst.« Ihr abwägender Blick traf den meinen. »Aber dieser Mann ist er nicht. Und so bleibt das an mir hängen.«

»Das scheint eine recht große Aufgabe für eine Statthalterin zu sein«, räumte ich ein.

»Und das«, sagte sie, »ist der Grund, warum ich hoffe, Hilfe von Raverra zu erhalten, sodass den Adligen von Ardence keine andere Wahl bleibt als zuzuhören. Ganz besonders hoffe ich, Hilfe von dem klugen und reichen Hause Cornaro zu bekommen. Euer Vetter und ich hatten einen Plan, um die Stadt trotz Herzog Astor zu retten. Aber Ignazio wurde nach Raverra zurückbeordert.« Ihrem tadelnden Ton entnahm ich, dass sie Ignazio der Dama Terringer auf dem Posten des Erlauchten Gesandten vorziehen würde.

»Ich hoffe, wenn die derzeitigen Schwierigkeiten erst beigelegt sind, erweist sich, dass Eure gemeinsamen Bemühungen nicht vergeblich waren.«

Ein schwaches Lächeln umspielte ihren ernsten Mund. »Das hoffe ich auch. Ich werde tun, was ich kann, um den Frieden und die guten Beziehungen zwischen unseren Städten wiederherzustellen, nicht nur um der Gegenwart willen, sondern auch mit großen Hoffnungen für die Zukunft. Ich bitte Euch, eines zu bedenken. Selbst in dem Fall, dass es uns gelingt, die derzeitige Krise zu beenden, haben wir keine Lösung von Dauer. Die werden wir erst haben, wenn auch die fundamentalen Probleme mit einbezogen sind, die zu den Unruhen in Ardence geführt haben: finanzieller Ruin und mangelnde Führungsqualitäten. Auf der Suche nach Unterstützung bei der Entwicklung von Abhilfemaßnahmen schaue ich nach Raverra und hoffe, Ihr werdet ein Teil dieser Abhilfe sein.«

»Ich würde gern dazu beitragen, Ardence zu neuer Blüte zu führen«, sagte ich vorsichtig, darauf bedacht, nicht in ein verborgenes Abkommen einzuwilligen, das sich wie eine Falle unter ihren Worten verbergen mochte.

Sie verbeugte sich steif vor mir. »Dann werdet vielleicht Ihr die Person sein, die meine Stadt retten kann, Dama Amalia. Sofern Ihr sie nicht vorher vernichtet.«

*

Am nächsten Morgen sagte ich alle Termine ab und ließ mich von meinem Ruderer zu den Stallungen bringen. Ich hatte Mutter vom Austausch mit Ruven und mit Savony *berichtet*, als sie gerade zur Tür hinaus wollte, um in den Reichspalast zu gehen. Aber ich wünschte mir inständig, über all das ernsthaft mit jemandem *reden* zu können: Ruvens Verbindung zum Schattenadel, Herzog Astors unbesonnene Abweisung der Erlauchten Gesandten und was getan werden konnte, um zu verhindern, dass die Situation weiter in Richtung Hölle des Wahnsinns abglitt.

Auf der Insel angekommen, hastete ich an den Wachen vor den Toren vorbei und durch die düstere, hohe Eingangshalle. Erst als ich in den Garten gelangte, hielt ich inne, und mir ging auf, dass ich keine Ahnung hatte, wo ich Marcello finden konnte. Ein älterer Falke unterrichtete ganz in meiner Nähe eine Handvoll Vivomanten, die damit beschäftigt waren, Rosenbüsche in abstruse, bedrohliche Formen zu bringen. Ein paar Falkner lehnten gemeinsam an einem Baum und reinigten, in ein Gespräch vertieft, ihre Pistolen. Ein Falke in Uniform ging mit seinem Falkner an der Seite forschen Schrittes vorbei in Richtung Anleger. Nach der mit dem geflügelten Pferd Raverras verzierten Werkzeugtasche zu schließen, die er sich über die Schulter geschlungen hatte, war er vermutlich ein Artefaktor, der sich aufmachte, um sich im Auftrag des Imperiums um irgendein Projekt zu kümmern.

»Amalia!«, hallte Marcellos fröhliche Stimme aus dem Garten herbei.

Ich entdeckte ihn in der Tür zu den Offiziersquartieren. Er stand neben einem Schreiber, der Einträge in einer Art Hauptbuch machte, und winkte mir zu. Marcello entschuldigte sich bei dem Mann und kam zu mir. Die Sonne fing sich in den dunklen Wellen seines Haars und brachte die Goldfäden seiner Uniform zum Funkeln.

»Marcello«, begrüßte ich ihn. »Haben Sie heute Vormittag Zeit? Ich hatte gehofft, wir könnten uns unterhalten.«

»Wie es der Zufall will, ist dem so.« Er grinste. »Mein Vormittag war für eine Besprechung reserviert, in der es darum ging, für einen Falken, dessen Falkner in den Ruhestand geht, einen neuen Partner zu finden. Aber der Falkner hatte sich schon jemanden gewünscht, der einfach ideal zu sein scheint, also hat die ganze Angelegenheit nur zehn Minuten gedauert, und ich habe überraschend frei. Tatsächlich habe ich sogar gerade erst gedacht, wie sehr ich wünschte, Sie wären hier!«

»Ja, nun … Wir haben eine Menge zu besprechen.« Ich senkte die Stimme und schaute mich besorgt um.

»Genau! Beispielsweise, wann Sie meine Schwester kennenlernen.«

»Beispielsweise …« Ich blinzelte. Marcello strahlte mich an, und all die düsteren Ahnungen erstarben auf meiner Zunge. »Natürlich. Dann lerne ich also Ihre Schwester kennen.«

Marcello führte mich in eines der Wohngebäude und eine steinerne Wendeltreppe im Turm hinauf bis zu einem Absatz, auf dem die Bruchstücke von allerlei Gegenständen lagerten: Besenstiele, Kesselhaken, Schmuckkassetten, zu beiden Seiten der Tür auf wackeligen Haufen aufgestapelt, sodass kaum genug Platz blieb, sie zu öffnen.

»Sie sammelt dieses Zeug«, entschuldigte er sich. »Sie sagt immer, sie würde es bei ihrer Arbeit benutzen, aber ich glaube ihr nicht.«

An die Tür war eine Notiz in hübsch krakeliger Schrift geheftet:

Bitte anklopfen

Anderenfalls bin ich nicht für die Konsequenzen verantwortlich zu machen.

Danke

*

Marcello griff nach der Klinke.

Ich packte seinen Unterarm. »Wollen Sie nicht anklopfen?«

»Ach, richtig.« Er seufzte. »Nach dem letzten Mal nehme ich an, ich sollte das wohl lieber tun.«

»Dem letzten Mal?«

Er verzog das Gesicht und klopfte.

Wir erhielten keine Antwort, aber ich konnte ein leises Brummen von drinnen hören, dann und wann akzentuiert von einem Klimpern. Marcello klopfte erneut.

»Das ist der Grund, warum ich es für gewöhnlich lasse«, klärte er mich auf.

»Sollen wir es ein andermal versuchen?«

»Nein, nein. Sie würde Sie zu gern kennenlernen.« Er klopfte ein drittes Mal. »Istrella! Ich bin es, Marcello!«

»Beschäftigt«, trällerte eine Stimme durch die Tür.

»Ich kann auch ein anderes Mal wiederkommen«, murmelte ich. »Wirklich, das ist kein Problem.«

Grinsend reckte Marcello einen Finger hoch. »Istrella, die Dama Amalia Cornaro ist hier bei mir.«

Die Tür wurde mit solcher Wucht aufgestoßen, dass sie gegen einen der flankierenden Haufen krachte und ein kaputtes Schiffsmodell auf die Treppe kippte. »Warum hast du das nicht gleich gesagt? Kommt rein! Achtet auf den Lüster.«

Das Erste, was mir auffiel, war ihre Brille: Ein Glas war grün gefärbt, das andere rot, und auf dem runden Gestell prangten Artefaktionsrunen; außerdem war sie so groß, dass sie ihr ganzes, schmales, spitzes Gesicht dominierte. Sie konnte nicht älter sein als dreizehn – eine große, schlaksige Dreizehnjährige, die vorwiegend aus Knien und Ellbogen zu bestehen schien. Ihre langen, zarten Finger waren ständig in Bewegung.

Der Raum, in den sie uns führte, war vollgestopft mit halbfertigen Wundern aus Perlen und Draht, Zahnrädern und Glas, die den verheißungsvollen Schimmer unerfüllter Absichten unter unterschiedlich dicken Staubschichten verbreiteten. Eine zerlegte Uhr spie ihre Innereien über das Polster eines Stuhls, und in einem Durcheinander aus Kupferdrähten ruhte eine Steinschlosswaffe mit goldenen Streifen auf dem Lauf, in die Runen eingraviert waren. Belegt von einer ungeordneten Sammlung aus Einzelteilen, Büchern und in Arbeit befindlichen Projekten kämpften mehrere Werkbänke und Regale um den Platz an den Wänden. Der Lüster, vor dem sie uns gewarnt hatte, hing tief genug, dass Marcello sich ducken musste. Er war behängt mit Kristallen, und dort, wo normalerweise die Kerzen sein sollten, saßen in Perlendraht gewickelte Quarzklumpen auf mit Runen beschrifteten Scheiben.

»Ist dieser Lüster eine *Kurierlampe?*« Meine Stimme erklomm eine Höhe, von der ich nicht gewusst hatte, dass ich sie erreichen konnte, während ich staunend hinaufblickte.

»Das ist Sinn und Zweck der Sache.« Verträumt wedelte sie mit der Hand. »Die haben mich ständig paarweise Kurierlampen anfertigen lassen, und ich dachte, es wäre doch nett, stattdessen einmal einen komplett verknüpften Lüster zu basteln. Er wäre kompakter als die Empfangsräume, die wir bisher kennen … Aber dann habe ich mich von meiner Verschwindekrone ablenken lassen und ihn nie fertig gebaut.«

Ich blinzelte. »Verschwindekrone?«

»Ja! Hier, ich zeige Sie Ihnen.« Sie hüpfte auf den Zehenspitzen, rannte zu einem Regal und zog einen leicht zerdrückten Reif aus Draht und Perlen hervor, dessen lose Enden eine Art Zottelschwanz bildeten. »Bei Illusionen gibt es keine großen Fortschritte, weil es so kompliziert ist, das richtig hinzubekommen, aber ich dachte, wenn ich den Bann mit dem Drahtgeflecht verankere und dann einen mit Silberfäden durchwirkten Schleier darüber drapiere, der die Energie aufnehmen kann, sowie mehr Perlen in den Schleier webe …«

»Das könnte funktionieren.« Ich beäugte die Krone; sie reichte sie mir, und ich drehte sie in meinen Händen. Das Drahtgeflecht war fast so zart und komplex wie das der Geschühe, wies aber einen fiebrigen, planlosen Drall auf. »Aber wenn sich die Person damit bewegt, stört das dann nicht das Muster in dem Schleier?«

»Nun, sie werden eben still stehen müssen. Ich habe mir mehr Sorgen über die Energiequelle gemacht.«

»Du könntest es mit vulkanischem Glas versuchen«, schlug ich vor.

Istrella schob sich die Brille auf die Stirn, und ihr wilder Schopf wogte hinter ihr auf. Das Magiermal um ihre Pupillen glitzerte golden. »Oh! Ich könnte Obsidianstücke kreuzweise in den Schleier weben, um die Energie gleichmäßig zu verteilen!« Ein atemberaubendes Lächeln erschien auf ihren Lippen, und ihre Finger arbeiteten, als würden sie unsichtbare Drähte formen.

»Das ist brillant! Und ich habe ein paar Nachforschungen angestellt, die dir bei dem Entwurf für den Sendekreis in deinem Lüster helfen könnten. Ich habe Muscati gelesen, weißt du?«

»Sie haben einen Muscati?! Oh, darf ich mir den ausborgen?«

»Natürlich!«

Marcello brach in Gelächter aus. Prompt drehten wir uns um und starrten ihn an, und mir kroch die Wärme den Hals hinauf.

»Ich habe ganz vergessen, dass du da bist«, bekundete Istrella.

»Das habe ich gemerkt.« Er grinste von einem Ohr zum anderen. »Aber macht nur weiter.«

»Möchtest du dich setzen?« Hilflos blickte sich Istrella in dem Zimmer um. Jeder Stuhl war belegt.

Marcello winkte nur ab und setzte sich im Schneidersitz auf den Boden. »Schon gut, ich mache es mir hier bequem. Ich gehe davon aus, dass wir eine Weile bleiben werden.«

Eine halbe Stunde später unterbrach er uns, als wir uns gerade gemeinsam über die Verschwindekrone beugten und murmelnd beratschlagten, wie sich das vulkanische Glas am besten einarbeiten ließe. »Wisst ihr, für das Militär wäre das eine unglaublich hilfreiche Erfindung. Ich wette, ich könnte dir für dieses Projekt die volle Unterstützung des Imperiums verschaffen.«

Meine Freude bekam einen bitteren Nachgeschmack. Der militärische Nutzen war mir gar nicht in den Sinn gekommen. Musste es denn immer um Krieg gehen? Aber Istrella ergriff begeistert meine Hände. »Das ist wundervoll! Wir können es schaffen, Amalia, und ich würde das zu gern mit Ihnen zusammen tun!«

Mein Lächeln wurde breiter, bis meine Wangen zu schmerzen begannen. »Ich wüsste niemanden, mit dem ich lieber arbeiten würde.«

Als es mir endlich gelungen war, mich von Istrella zu verabschieden, ein Prozess, der nicht minder kompliziert war, wie ihr zu helfen, die Drähte zweier Gerätschaften, die sie aufeinandergestapelt hatte, zu entwirren, leuchtete die Mittagssonne bereits vom Himmel. Mein Magen forderte knurrend eine Mahlzeit ein.

Istrella stand in der offenen Tür, als Marcello und ich die Treppe hinabstiegen. »Danke, dass du Amalia hergebracht hast, Marcello.«

»Das war vom Schicksal vorherbestimmt.« Marcello lachte. »Ich hatte keine Wahl.«

»Kommen Sie wieder, wann immer Sie wollen, Amalia«, rief Istrella, als die Wendeltreppe uns schließlich die Sicht versperrte. »Sie und mein Bruder geben ein hübsches Paar ab.«

Verlegen warf ich Marcello, der einige Stufen weiter oben war, über die Schultern einen Blick zu, was der mit einem hektischen, abwehrenden Winken quittierte. »Ich habe … Amalia, bitte glauben Sie mir, ich habe keine Ahnung, wie sie darauf kommt.«

Ich zog eine Braue hoch. »Dass wir ein hübsches Paar abgeben würden?«

»Nein, dass wir ein Paar *sind*. Ich habe nie … ich würde nie …«

Wir hatten die halbe Treppe hinter uns gebracht und befanden uns an einer schattigen Stelle, zu weit unter Istrellas Stockwerk und zu hoch über dem nächsten Fenster, als dass dort viel Tageslicht hingelangen konnte. Es war ein Zwischenreich, perfekt geeignet für Geheimnisse, das dazu aufforderte, es mutig zu durchqueren, um zurück ins Licht zu gelangen.

Ich blieb stehen und drehte mich um. Die Schatten betonten die klaren, feinen Züge seines Gesichts. Etwas regte sich in meiner Brust. »Sie würden nie?«

Einen Schritt über mir schluckte Marcello, und seine Gefühle schlugen sich auf seine Miene nieder wie Sturmwolken, die sich über dem offenen Meer zusammenbrauten.

»Ich bin keiner dieser nutzlosen Mitgiftjäger«, flüsterte er heiser.

»Das weiß ich.«

Niemand beobachtete uns. Dieser Moment gehörte nur uns allein: Marcello und Amalia, nicht dem Leutnant und der Cornaro-Erbin. Die Luft war drückend, ganz so, als stünde ein Unwetter bevor. Oder als balanciere ein göttliches Wort der Grazien auf der Schwelle zu gesprochener Sprache.

Ich hätte lachen, mich abwenden und die Stufen hinabgehen können, und es wäre nichts weiter passiert. Marcello würde kein

Wort sagen. Er konnte nicht, selbst dann nicht, wenn der Schmerz in seinen Augen tatsächlich ausdrückte, was ich vermutete. Die eine Stufe zwischen uns war für ihn wie ein Ozean, den er nicht überqueren konnte. Wenn jemand das konnte, dann war das allein ich selbst.

Grazien, helft mir. Ich konnte mir diese Chance nicht entgehen lassen. Womöglich kehrte sie nie zurück.

Ich streckte die Hände aus und zog ihn hinunter auf meine Stufe. Nur unsere Hände berührten sich, aber wir waren einander nahe genug, dass ich die Wärme seines Körpers in dem kalten Treppenhaus am ganzen Leib spüren konnte. Seine grünen Augen flackerten, sein Gesicht näherte sich dem meinen. Ein wilder Vogel flatterte wie verrückt in meinem Brustkorb.

»Leutnant Verdi?«, rief eine Stimme von unten.

Aufkreischend sprang ich eine Stufe hinab, und Marcello richtete sich wieder auf. »Ja?«

Zwischen uns war wieder nichts als ganz gewöhnliche Luft.

»Der Oberst verlangt nach Ihnen«, rief die Stimme. »Es ist gerade ein Bericht aus den Unschlitten eingetroffen.«

Marcello seufzte schwer. »Tut mir leid, gnädige Frau«, murmelte er.

Die Süße des Zwielichts schmeckte plötzlich bitter auf meinen ungeküssten Lippen. »Schon gut.«

»Ich bin gleich da«, rief er, verbeugte sich knapp und schloss die Tür der Formalitäten zwischen uns. »Es könnte wichtig sein. Vielleicht möchten Sie in den Stallungen warten, um sich anzuhören, worum es gegangen ist. Ich stoße dann später wieder zu Ihnen.«

Das konnte alles heißen. Oder gar nichts. »Gut.«

So nah dran. Verdammt. Und was sollte dieses *Tut mir leid* bedeuten? Womöglich hatte ich ihn falsch eingeschätzt und das verschlossene Gesicht, das er nun zeigte, war ein Zeichen seiner Erleichterung.

Worte sammelten sich auf meiner Zunge, voller Stacheln und Kanten und begleitet von einer tiefen Sehnsucht, diese einen Schritt kleine Lücke zu überwinden, die uns voneinander trennte.

Aber sein Blick löste sich von mir, und er machte sich allein daran, die Treppe weiter hinunterzugehen.

*

Ich schaute nach Zaira, aber die war mit Schuft zu ihren Füßen im Speisesaal in ein Kartenspiel mit Terika vertieft. Der finstere Blick, den sie mir von Weitem zuwarf, verdeutlichte zweifelsfrei, dass sie auf meine Gesellschaft gut verzichten konnte. Also schnappte ich mir ein Stück Sauergrastarte und verspeiste es in einer Fensternische in einem Verwaltungskorridor, von der aus ich das Büro des Obersts sehen konnte. Ich versuchte, die Puzzleteile hinsichtlich der Frage, wer Mittel und Motiv gehabt haben mochte, die Erben von Ardence zu entführen, zu sortieren. Aber meine Gedanken kehrten immer wieder zu diesem Moment auf der Treppe zurück, dem einen Augenblick zwischen Licht und Schatten.

Mir blieb kaum genug Zeit, um mit der Tarte fertig zu werden und mich zu fragen, ob ich vielleicht das Ohr an die Tür des Obersts legen sollte, als Marcello, den Blick gesenkt und erkennbar nachdenklich, auch schon herauskam.

»Alles in Ordnung?«, fragte ich.

Er kratzte sich am Hinterkopf. »Vermutlich. Ich habe nur ein paar neue Informationen zu verdauen. Würden Sie mich zu einem Spaziergang begleiten?«

»Gewiss.«

Ich spürte ein gewisses Flattern im Bauch, als ich neben ihm in Schritt fiel. Auf dem Weg durch die Eingangshalle warf ich ihm einen verstohlenen Blick zu und fragte mich, ob er wohl ein wenig näher kommen würde. Oder meine Hand ergreifen. Irgendetwas tun, das mir sagte, dass es diesen Moment in Istrellas Treppenhaus wirklich gegeben hatte, dass sich die Dinge zwischen uns verändert hatten.

Aber Marcellos Blick wanderte zu allen möglichen Gegenständen, während wir durch die Stallungen gingen – eine alte Rüstung, die Tür zu einem Spielzimmer für kleine Kinder, eine hingekritzelte Notiz, in der die Rückgabe eines aus dem Alchemielabor verschwundenen Glases Wermut eingefordert wurde. Ich war nicht sicher, ob er überhaupt noch wusste, dass neben ihm noch jemand her ging, dass er sich in Begleitung einer Frau befand, die er vor nicht einmal einer Stunde beinahe geküsst hätte.

Ich schwöre, ich hatte mir das nicht nur eingebildet. Wie konnte er dann jetzt so unerträglich weit weg sein?

»Worüber wollte Oberst Vasante mit Ihnen reden?«, fragte ich.

»Mmm«, brummte Marcello seine Füße an.

Ich trat vor ihn, sodass er aufschrak und mir in die Augen blickte. »Sie sind abwesend«, beschuldigte ich ihn. »Was macht Ihnen so zu schaffen?«

Er seufzte. »Gehen wir in den Speisesaal. Zaira muss das als Erste erfahren.«

*

Als wir eintrafen, saß Zaira mit Terika zusammen, die Köpfe über halb geleerten Schalen mit Vorderflugfischsuppe zusammengesteckt. Schuft wartete brav zu ihren Füßen, den hingebungsvollen Blick unverwandt auf Zairas Teller gerichtet. Wir bahnten uns einen Weg durch die abnehmende Menge derer, die ein verspätetes Mittagessen zu sich nahmen, zwängten uns hindurch zwischen einem Tisch mit einem halben Dutzend Kindern, die sich gegenseitig mit Brot bewarfen, und einem anderen, an dem eine Gruppe uniformierter Soldaten sich redlich bemühte, nicht auf sie zu achten. Kurz bevor wir sie erreicht hatten, warf Terika den Kopf zurück und lachte herzhaft über etwas, das Zaira ihr erzählt hatte.

Doch Zairas schelmisches Grinsen erlosch, als wir nahe genug waren, dass sie Marcellos ernste Miene erkennen konnte. »Sagt mir nicht, ihr habt noch mehr schlechte Neuigkeiten über Ardence.«

»Dann interessiert es dich also, was dort passiert?«, fragte ich, bemüht, nicht provokant zu klingen.

Zaira zuckte mit den Schultern. »Ich mag Domenic und möchte nicht, dass seine Geografie neu angeordnet wird.«

Terika kicherte und rammte Zaira den Ellbogen in die Rippen. Das Lächeln, das Zaira ihr daraufhin schenkte, wirkte angespannt.

»Es geht nicht um Ardence«, sagte Marcello in gewichtigem Ton. »Sondern um deinen Knechtschaftsvertrag.«

Zaira sank tiefer auf ihrem Stuhl, und vergrub die Fingerspitzen in Schufts Fell, als würde die Berührung ihr Kraft geben. Er stupste ihre Hand mit der Nase an, ohne den Blick von ihrem Teller abzuwenden.

Marcello setzte sich ihr gegenüber auf einen Stuhl. Ich folgte seinem Beispiel, auch wenn mein ganzer Rücken vor Anspannung steif war.

»Wir haben nach deinem Ausflug in die Unschlitte einige Nachforschungen zu Orthys angestellt. Vor allem haben wir uns deinen Vertrag vorgenommen.« Marcello holte tief Luft. »Er ist gefälscht.«

Zaira bleckte die Zähne. »Dieser Mistkerl.«

»Ja.« Marcellos Stimme klang vor lauter Ärger ganz belegt. »Offensichtlich ist das eine seiner Geschäftsmethoden. Er fälscht Knechtschaftsverträge für Kinder, die keinen Menschen haben, der sie schützen könnte. Die Kinder stammen aus dem ganzen Reich, sodass niemandem etwas auffällt. Er schmuggelt seine Opfer außer Landes und verkauft sie in Vaskandar. Sie sind seine Fracht, wenn er seinen Traummohn erst hier abgeladen hat.«

»Maden sollen seine Augen fressen.« Zaira legte die geballten Fäuste auf den Tisch. »Ich hätte ihn töten sollen, als ich die Gelegenheit dazu hatte.«

Mir kam ein Gedanke, und ich beugte mich vor. »Ist euch klar, was das bedeutet?«

»Dass verbrennen zu gut für ihn wäre?«, schnaubte Zaira. »Keine Sorge, ich mache es ganz langsam.«

»Es bedeutet, dass deine Mutter dich nicht an ihn verkauft hat.« Ich sprach so sanft ich konnte. »Deine Familie hat dich vielleicht gar nicht im Stich gelassen.«

Zaira zuckte zusammen, als hätte ich sie geschlagen.

»Wir könnten sie suchen«, schlug ich vor. »Herausfinden, was wirklich passiert ist.«

»Nein.« Zairas Stimme war so leise, dass ich erst dachte, ich hätte sie missverstanden.

»Ich weiß, es ist lange her, aber wir können es doch wenigstens versuchen. Vielleicht ist sie noch am Leben, vielleicht sucht sie dich.«

Terikas Arm spannte sich um Zaira. »Sie hat Nein gesagt! Sehen Sie nicht, dass sie nicht darüber reden will?«

Verärgert schüttelte Zaira sie ab. »Ich kann meine Schlachten allein schlagen.«

»Womöglich *müssen* wir sie suchen«, bemerkte Marcello. »Die Bestimmungen für die Falknerei besagen …«

»Die kannst du dir sonstwohin stecken.« Zaira erhob sich halb und sah aus, als wäre sie kurz davor, sich auf Marcello zu stürzen. »Wenn du deinen Schnabel irgendwo reinsteckst, wo er nicht erwünscht ist …«

Schuft drängte sich winselnd an ihr Bein. Zaira riss die Arme hoch und ließ sich wieder auf ihren Stuhl fallen. »Also gut, also gut, macht doch, was ihr wollt!« Sie stellte ihren Teller auf den Boden, und das energische Schlabbern, mit dem der Hund die Reste verschlang, glättete ihre zornigen Züge ein wenig.

»Das verstehe ich nicht«, sagte ich vorsichtig. »Warum willst du es denn nicht wissen?«

»Weil«, presste Zaira mit zusammengebissenen Zähnen hervor, »dein kleines Märchen ganz bestimmt kein glückliches Ende nimmt.«

»Aber vielleicht bist du entführt worden oder du hast dich verirrt oder …«

»Zieh doch mal den Kopf aus dem Arsch«, blaffte sie mich an. »Die Unschlitte sind voll von elternlosen Gören, die sich als Taschendiebe durchschlagen oder betteln oder die Abfälle anderer Leute essen, um zu überleben. Keine von uns ist eine verlorene Prinzessin von Celantis.« Sie schüttelte den Kopf, als könnte sie nicht fassen, wie naiv wir doch waren. »Meint ihr wirklich, ich würde mich besser fühlen, wüsste ich, dass meine Eltern einer Seuche erlegen sind? Oder dass sie mich am Tempel der Barmherzigkeit ausgesetzt haben, weil sie mich nicht ernähren konnten, oder dass sie bei einem Sturm ertrunken sind?«

Ich spürte eine Kluft zwischen uns, so ausgedehnt wie ein Ozean. Ich *würde* es wissen wollen. Aber *Familie* und *Zuhause* waren Fremdworte für Zaira. Für sie hatten diese Begriffe eine andere Bedeutung als für mich.

»Tut mir leid.« Ich wusste nicht, was ich sonst sagen sollte.

Die Beine des Stuhls kreischten laut über den Boden, als Zaira ihn zurückschob und aufstand auf. »Du weißt doch gar nicht, was *Leid* bedeutet!«, sagte sie, und das war weiter nichts als eine Feststellung, ganz ohne Groll.

Schuft tänzelte um ihre Füße, hoffte offensichtlich, dass sie mit ihm spielen würde. »Schon gut, Junge, schon gut. Gehen wir raus in den Garten und suchen uns einen Stock.« Zu dritt sahen wir ihr nach, als sie hinausging, während Schuft begeistert hinter ihr her tollte.

»Sie sollten sie nicht so bedrängen«, bemerkte Terika leise.

Ich begegnete ihrem Blick. Sie war ein hübsches, dralles Mädchen mit honigblonden Locken, Sommersprossen und einem callamornischen Akzent. Mit ihr zusammen hatte ich Zaira mehr lächeln gesehen als jemals sonst, doch nun war Terikas Gesicht geprägt von Sorge.

»Du hast recht«, gab ich seufzend zu. »Zaira mag es nicht, wenn man sie bedrängt.«

»Das ist es nicht allein. Lassen Sie ihre Vergangenheit einfach ruhen.«

Diese ominösen Worte zu hören, vorgetragen mit Terikas süßer Stimme, ging mir durch und durch, als würde eine Spinne mit Eisfüßen über meinen Rücken trippeln. »Was meinst du damit?«

Terika neigte den Kopf und starrte mich mit ernsten Augen an. »All diese Jahre, in denen sie in den Unschlitten gelebt, gelitten und um ihr Überleben gekämpft hat … Ich weiß nicht, was sie durchgemacht hat, aber ich weiß, dass es nichts Gutes war.« Sie klopfte auf den Rand ihres leeren Tellers. »Dabei hätte sie jederzeit herkommen können und hätte sofort etwas zu essen und ein warmes, weiches Bett bekommen und vieles andere, wovon sie dort draußen nur träumen konnte. Das hat sie gewusst, trotzdem ist sie geblieben, wo sie war.«

Darüber hatte ich bisher nie nachgedacht. Marcello schüttelte verständnislos den Kopf. »Warum? Das ist es, was ich nicht begreife. Warum sollte sie dieses Leben in den Unschlitten dem in den Stallungen vorziehen?«

Terikas Falknerin tauchte auf der anderen Seite des Saals auf, winkte ihr zu und strahlte dabei wie eine nachsichtige Tante. Terika winkte ebenfalls, und ihr Geschüh glitzerte an ihrem Handgelenk.

»Ich bin hier ziemlich glücklich«, sagte sie mit leiser, nachdenklicher Stimme. »Dennoch wünschte ich, ich könnte öfter nach Hause gehen und meine Großmutter besuchen. Es ist ein weiter Weg bis Callamorne, und Lienne, meine Falknerin, verträgt das Reisen nicht gut. Ich möchte sie nicht öfter als ein paarmal im Jahr mitschleppen, auch wenn sie behauptet, es würde ihr nichts ausmachen. Zaira könnte hier auch glücklich werden. Aber stellen Sie sich doch mal vor, Sie würden Ihr ganzes Leben mit dem Wissen verbringen, dass Sie ein Feuer in sich tragen, das Tausende von Menschen töten kann. Stellen Sie sich vor, Sie wüssten, dass dieses Traumschloss mit den weichen Betten und dem warmen Essen ein Köder ist, ausgelegt von Leuten, die dieses Feuer haben wollen, um es gegen ihre Feinde einzusetzen.«

»Das ist kein …«, fing Marcello an.

»Doch, ist es«, fiel ihm Terika entschlossen ins Wort. »Es tut mir leid, Leutnant, aber genau das ist es.«

Ein gespannter Zug legte sich über Marcellos Lippen, und er senkte den Kopf. Ich wünschte, ich könnte tröstende *und* wahre Worte für ihn finden.

»Und nun ist sie her.« Terika seufzte. »Jetzt ist sie doch noch ein Falke geworden, der sicher und behaglich in den Stallungen leben kann. All die Opfer, die sie über die Jahre gebracht hat – all die Male, da sie hungrig oder frierend zu Bett gegangen ist oder wer weiß was sonst gemacht hat, wohl wissend, dass dieses Schloss auf sie wartet –, die sind jetzt umsonst gewesen.« Sie zuckte mit den Schultern. »Natürlich will sie das nicht alles wieder ausgraben.«

Ich starrte meine auf dem Tisch gefalteten Hände an. Sie waren glatt und weich, frei von den Schwielen harter Arbeit, frei von Narben, abgesehen von der, die einst ein Assassinendolch zurückgelassen hatte. Wenn Zaira nicht wollte, dass ich erfuhr, wie ihr Leben vor dem Tag ausgesehen hatte, an dem ich ihr ein goldenes Armband überstreifte, dann, so dachte ich, sollte ich ihr dieses Maß an Privatsphäre lassen.

Lienne kam mit zwei dampfenden Bechern in den Händen näher. Terika bedachte uns mit einem verständnisvollen Lächeln. »Sie gibt sich so viel Mühe«, murmelte sie. Dann stand sie grinsend auf. »Schokolade! Lienne, du bist wunderbar.«

»Gekocht, wie wir es in Loreice tun, mit Milch und Honig«, verkündete Lienne fröhlich. »Tut mir leid, Dama Amalia, Leutnant, aber ich hatte nur genug für zwei Becher.«

»Schon gut.« Ich erhob mich und hatte das Gefühl, ein Stück von mir wäre auf dem Stuhl zurückgeblieben. »Ich wollte mich so oder so gerade auf den Heimweg machen.«

Auch Marcello stand auf. »Ich werde Sie zu Ihrem Boot geleiten.«

Dieses Mal gingen wir beide in gedankenverlorenem Schweigen einher, ohne einander auch nur in die Augen zu sehen. Die Stallungen waren Marcellos Zuhause, die Falken seine Familie; ich konnte mir kaum vorstellen, was ihm nach Terikas Worten durch den Kopf gehen musste.

Als wir die düstere Eingangshalle mit den Marmorsäulen und den effektvollen Gemälden aus der Geschichte der Falken passierten, begegnete uns Oberst Vasante auf ihrem Weg hinein. Sie hatte einige Papiere in den Händen und trug einen ebenso unermüdlichen wie zielstrebigen Gesichtsausdruck. Als sie Marcello erblickte, wechselte sie die Richtung, ohne dass ihr forscher Schritt auch nur eine Spur langsamer wurde.

»Verdi!«, rief sie. »Wir haben Anweisungen vom Dogen erhalten.«

Abrupt blieb Marcello stehen und zog erkennbar die Schultern hoch. »Welche Art Anweisungen?«

»Einsatzbefehle. Wir verlegen Falken an die Grenze zu Vaskandar.« Ein angewiderter Zug zeigte sich auf den Lippen der Frau. »Und nach Ardence.«

*

Der Oberst bedachte mich mit einem knappen, abschätzigen Blick, als ich Marcello in eben den kleinen Raum folgte, in den sie ihn schon früher am Tag gelotst hatte. Aber sie schickte mich nicht weg – ob das daran lag, dass ich die Tochter meiner Mutter war, oder ob sie wollte, dass auch ich wusste, wie die Befehle aussahen, konnte ich allenfalls raten. Das schmucklose Zimmer hatte weiß geputzte Wände und die einzigen Möbel bestanden aus einem Durcheinander hölzerner Stühle und einem fleckigen Eichentisch. Das war die Art von Rückzugsort, an dem die Gardisten sich aufhalten mochten, die als Reserve für die Wachen am Tor vorgesehen waren.

Oberst Vasante schloss die Tür und klatschte die Papiere auf den Tisch. »Nichts Bedrohliches, Leutnant; Sie können aufhören, so zu tun, als würden Sie mit Prügeln rechnen. Ein Falke oder zwei für die großen Grenzfestungen, als Vorsichtsmaßnahme, und dann noch ein paar weitere, die in die Garnison außerhalb von Ardence entsendet werden. Die genauen Einzelheiten stehen da drin.«

Marcello breitete die Papiere aus und überflog sie. Ich schaute Vasante an. »Warum Ardence?«

Sie schnaubte verächtlich. »Was meint Ihr wohl? Herzog Astor Bergandon weigert sich, die Erlauchte Gesandte zu empfangen. Das ist ein Schlag ins Gesicht, den das Imperium nicht einfach ignorieren kann. Sollten sie sich weiter der Autorität des Reiches widersetzen, will der Doge diesen Krieg beenden, ehe er angefangen hat. Wir haben keine Zeit, die Trotzanfälle von Ardence abzuwarten, während Vaskandar schon an die Grenze klopft, gnädige Frau.«

Ich umfasste die Tischkante, als fürchtete ich, der Boden könnte mich abwerfen, und beugte mich neben Marcello über die Papiere. Ich wusste nur zu gut, welcher Falke einen Krieg im Handumdrehen beenden konnte. »Wer steht auf der Liste?«

»Ihr nicht. Euch gebe ich keine Anweisungen.« Die schneidende Stimme des Obersts durchtrennte die Linie der Anspannung, die sich über meinen Rücken zog, und ich seufzte vor Erleichterung. Wenigstens stand es noch nicht so schlimm, dass der Doge bereit war, zu Schadfeuer zu greifen.

Aber da schlug Marcellos flache Hand auf den Tisch und schreckte mich mit einem lauten *Peng* hoch.

»Istrella steht auf dieser Liste.« Seine Stimme klang so rau, als würde sie über spitze Steine gezogen werden.

Erschrocken betrachtete ich sie.

Und tatsächlich lautete der zweite Name Istrella Verdi.

KAPITEL DREIZEHN

OBERST VASANTE WARF kaum einen Blick auf Istrellas Namen.

»Ja. Entspannen Sie sich, Verdi. Sie werden bald wieder hier sein. Ich habe ihm gesagt, dass ich Sie brauche.« Der Oberst zog einen weiteren Satz Papiere unter den Einsatzbefehlen hervor. »Der Doge möchte, dass sie Ardence einen kurzen Besuch abstattet, um ein paar von denen zu bauen. Wenn sie damit fertig ist, können Sie beide nach Hause kommen.«

Marcello seufzte erleichtert auf, aber ich starrte nur die Pläne an, die Vasante hervorgeholt hatte, folgte mit den Augen den Linien eines um Metallringe gewickelten Drahts. Die Wicklung stellte Verbindungen her, die darauf ausgelegt waren, einer Reihe raffinierter optischer Linsen große Mengen an Energie zuzuführen.

»Das dient dazu, eine Kanone zu verstärken.« Meine Worte fielen kalt und bleischwer auf den Tisch. »Das macht sie um ein Vielfaches zerstörerischer. Sie wollen, dass Istrella Waffen baut.«

»Sie ist Soldatin«, konstatierte Vasante in einem Ton, der keinen Widerspruch duldete. »Und sie ist eine von vielleicht einem Dutzend Artefaktoren unter den Falken, die über die notwendigen Fertigkeiten und die Macht dazu verfügen. Die anderen werden entweder an die vaskandrische Grenze entsendet, um dort mehr davon zu machen, oder sie sind zu alt oder zu gebrechlich für die Reise oder noch jünger als Ihre Schwester. Wäre es Ihnen lieber, ich schicke sie zum Hexenmauergebirge?«

Marcello schnappte sich die Liste und schaute sie sich genauer an. Das Papier knitterte unter seinem krampfhaften Griff. »Es ist nicht nur meine Schwester. Ihr schickt Halmur an die Grenze – er ist kaum älter als Istrella, und dort könnte es jeden Moment zu einem Gefecht kommen.«

»Er ist ein machtvoller Vivomant«, blaffte Vasante. »Wir müssen eine Chance haben, die Hexenlords zurückzuschlagen, sollten sie angreifen.«

Marcello nahm eine Haltung ein, steif wie eine Pike. »Ich protestiere, Oberst. Erwachsene Falken in ein potenzielles Kriegsgebiet zu entsenden ist eine Sache. Aber wir können es nicht billigen, Kinder dorthin zu schicken.«

Vasante kniff die Augen zusammen. »Das ist eine Anweisung des Dogen von Raverra und des Rats der Neun.« Ihre Stimme hätte Stahl schneiden können. »Das muss Ihnen nicht gefallen, aber Sie haben die Befehle zu befolgen.«

Marcello zitterte und hatte die Fäuste geballt, rührte sich darüber hinaus aber nicht. Die Miene des Obersts wurde sanfter, zumindest ein bisschen, ihr Ton nicht. »Sie und ich haben das nicht zu entscheiden. Wir erhalten unsere Befehle und befolgen sie. Ist das klar?«

Marcello warf die Liste auf den Tisch, sagte aber nichts. Ich konnte mich gerade noch zurückhalten und nicht die Hand nach ihm ausstrecken; egal, was ich nun täte, es würde die Sache nur noch schlimmer machen.

Vasante legte die Stirn in Falten. »Ich fragte, ist das *klar*, Leutnant Verdi?«

»Ja, Oberst«, antwortete er zähneknirschend.

»Gut. Und nun treffen Sie Vorbereitungen, diese Falken zu verlegen. Sie haben drei Tage, um dafür zu sorgen, dass sie abreisebereit sind.«

Marcello salutierte, bewegte sich aber wie ein verrostetes Uhrwerk. Dann machte er kehrt und stolzierte ohne ein weiteres Wort zur Tür hinaus.

Ich folgte ihm in die große, düstere Eingangshalle mit all den effektvollen Gemälden, bis ins Mark von Mitgefühl erfüllt. Er ging direkt zu einer Marmorsäule und schlug mit der Faust dagegen, nur um sich gleich darauf wegen der schmerzenden Hand zusammenzukrümmen.

»Au. Verdammt, warum habe ich das getan?«

»Weil Sie aufgebracht sind«, sagte ich mild.

Er legte die Stirn an die Säule und schloss die Augen. »Ich hätte mich widersetzen sollen. Ich hätte Nein sagen sollen.«

»Sie hätten nichts ändern können.«

»Ich hätte mir wenigstens bei dem Versuch, sie zu überzeugen, mehr Mühe geben können.« Er drehte sich zu mir um. Der Schmerz grub tiefe Linien in sein Antlitz. »Ich will nicht, dass Istrella etwas erfinden muss, das Menschen tötet.«

»Dann müssen wir dafür sorgen, dass es das nicht tut«, sagte ich. »Wenn sich der Konflikt mit Ardence friedlich beilegen lässt, muss sie nichts Derartiges bauen.«

Nicht der kleinste Funke Hoffnung flackerte in seiner Miene auf. »Das entzieht sich meinem Einflussbereich, Amalia. Vielleicht liegt es in Ihrem, aber ich bin nur ein Soldat. Wenn die Regierung einen Krieg erklärt, ziehe ich in die Schlacht. Aber ich habe nicht die Macht, Frieden zu stiften.«

»Dann werde ich das für Sie übernehmen.« Das Bedürfnis, ihn zu beschützen, loderte in mir hoch, heller als die Leuchten in der Eingangshalle. »Gemeinsam schaffen wir das.«

Ich streckte die Hand aus, um ihm die Schulter zu drücken, beruhigend, ganz so, wie ein Freund es tun mag. Aber versehentlich berührte ich sein Haar, und dann glitten meine Finger irgendwie seinen Nacken hinauf und verhedderten sich in den schwarzen Locken.

Er bekam vor lauter Verwunderung große Augen. »Amalia«, hauchte er.

Zögernd und vorsichtig schlang er die Arme um mich, beinahe als wäre ich ein Geschöpf der See oder des Feuers und könnte mich bei seiner Berührung in Zorn oder Gelächter auflösen. Was er da tat, hatte weniger damit zu tun, mich zu umarmen, als damit, der Vorstellung von mir zwischen seinen Armen einen Rahmen zu schaffen.

»Ich möchte nicht, dass Sie denken …«, fing er in ernstem Ton an.

»Dann tue ich das nicht«, versprach ich. Für den Moment brauchte ich keine Zukunft für uns, keinen Moment jenseits dieses winzigen Stücks Dämmerung, während um uns herum die Wandleuchten erwachten wie Abendsterne.

Ich barg mein Gesicht an seiner Schulter und hielt ihn einfach nur fest. Er war warm und beständig und echt, und der Puls in seinem Hals schlug direkt an meiner Schläfe, während sich seine Arme mit der ganzen Unvermeidbarkeit eines Frühlingsregens wohlig um mich legten.

Es war großartig. Am liebsten hätte ich für immer einfach nur so dagestanden und Ardence und Zaira und Vaskandar und Waffen, produziert von Kinderhänden, einfach vergessen. Aber jede Sekunde, die wir so zubrachten, war zugleich eine weitere Sekunde, in der wir geradezu darum bettelten, erwischt zu werden.

»Ist das …«, setzte Marcello linkisch an. »Sind wir …«

Ich legte ihm einen Finger auf die Lippen und löste mich mit dem ganzen Widerstreben der Sonne, die sich nur langsam aus dem Meer erhebt, aus seinen Armen.

»Sag nichts«, flüsterte ich. »Wenn man über einen Traum spricht, ist er nicht real.«

Gelächter hallte aus einem Korridor herbei, begleitet von näher kommenden Schritten. Falkner passierten die Eingangshalle, aber Marcello und ich standen nur schweigend da und starrten einander aus wenigen Fuß Entfernung an.

*

Am nächsten Morgen war ich außergewöhnlich unkonzentriert, als ich in einer der hinteren Reihen der über tausend Sitze verfügenden Versammlungshalle des Reichspalasts saß. Folglich ignorierte ich die vielschichtige und leidenschaftliche Auseinandersetzung über beabsichtigte neue Handelsbeschränkungen für loreicische Seide. Die Nachmittagspause erwies sich als Befreiung von all den scharfkantigen Scherben der Erinnerung und den Sorgen, die durch meinen Geist waberten.

Ich gesellte mich zu Wein und Käse zu Mutter auf einen Balkon, von dem aus man den belebten großen Hof des Reichspalasts sehen konnte. Mitglieder der Versammlung schwärmten umher oder sammelten sich in kleinen Gruppen auf dem Travertinpflaster in der Tiefe, um ihre lebhaften Diskussionen fortzusetzen oder heimliche Absprachen zu treffen. Zugleich floss ein steter, wenngleich schwacher Strom aus Besuchern, Bittstellern, Funktionären und Bediensteten durch die Palasttore ein und aus, jeweils sorgfältig kontrolliert von den Wachen. Mächtige geflügelte Marmorpferde bäumten sich in jeder Ecke des Hofes auf, und Statuen der Neun Grazien blickten gütig vom Dach auf das Treiben unter ihnen.

Mutter beobachtete die Bewegungen der Menschen auf eine analytisch wirkende Weise, während sie an Käse und Crostini knabberte. Ich rechnete nicht damit, dass sie viel sagen würde; heute war Gerichtstag im Rat der Neun. Vermutlich hatte sie derzeit nur Gefängnisse und Exekutionen im Kopf und dachte darüber nach, welches Schicksal Verräter und Spione ereilen sollte; alles Dinge, die mit ihrer Tochter zu besprechen sie wenig Neigung verspüren dürfte.

Doch nachdem sie ungefähr fünfzehn Minuten geschwiegen hatte, zuckte ihr Blick plötzlich zu mir. »Ich habe Neuigkeiten, die dich interessieren könnten.«

»So?« Mit einer Olive auf halbem Wege zum Mund hielt ich inne. Neuigkeiten, die sie an einem Gerichtstag erreicht hatten, waren aller Wahrscheinlichkeit nach nicht besonders erbaulich.

»Dieser Schmuggler, mit dem dein Falke so unerfreuliche Erfahrungen machen durfte. Orthys.« La Contessa nippte an ihrem Wein. »Ich hatte Leute beauftragt, Nachforschungen über ihn anzustellen.«

»Leutnant Verdi hat mir erzählt, dass er in Vaskandar Kinder gegen Traummohn tauscht.«

»Nicht irgendwelche Kinder.« Die Züge Mutters wurden so hart wie die Axt eines Scharfrichters. »Sondern solche mit magischem Potenzial.«

Ich legte meine Olive zurück auf den Teller. »Dann war es also kein Zufall, dass er hinter Zaira her war.«

Sie nickte. »Größtenteils hat er es auf die abgesehen, deren Macht zu gering ausgeprägt ist, um ein Magiermal hervorzubringen. Aber unsere Ermittlungen haben mindestens ein, zwei Gelegenheiten zutage gefördert, zu denen er ein Kind mit dem Magiermal vor den Falknern erwischt und an Vaskandar verkauft hat.«

Mir kam ein furchtbarer Gedanke. »Könnte er derjenige sein, der die ardentinischen Kinder entführt hat? Die Adelserben?«

»Unmöglich ist das nicht. Er ist gerade zur rechten Zeit auf der Durchreise in Ardence gewesen. Wenn er etwas damit zu tun hatte, dann sollte er besser anfangen, zur Grazie der Barmherzigkeit zu beten.« Mit einem kräftigen Schluck leerte meine Mutter ihr Weinglas und stand auf. »Aber das wird ihn auch nicht retten. Die Entführung von Magiern nehmen wir sehr ernst. Ich habe bereits eine umfangreiche Suche nach ihm veranlasst. Er wird schon bald im Kerker des Palasts verhört werden.«

Das reichte beinahe, dass ich Mitgefühl für den Mann empfand. »Ich sage es Zaira, wenn ich sie sehe. Ich werde heute Nachmittag in den Stallungen vorbeischauen.«

La Contessa stutzte kurz. »Ach, ja, die Stallungen. Da wäre noch etwas.«

»Ja?«

Sie unterzog mich einem kühlen, abschätzigen Blick. »Ich höre, du befindest dich häufig in Gesellschaft von Leutnant Verdi. Ist da irgendetwas zwischen euch zweien?«

Ich wäre beinahe an meinem Wein erstickt. »Da ist nichts«, würgte ich hervor. »Wir sind befreundet, das ist alles, Mamma. Ich respektiere ihn. Aber da gibt es nichts … Romantisches.«

»Gut.« Sie sank zurück auf ihren Stuhl und befleißigte sich eines beängstigend sanften Tons. »Denn das darf nicht sein, Amalia. Niemals. Das weißt du, oder?«

Ich wusste es. Ich wusste es aus vier Jahren, in denen meine

Mutter mir immer wieder erzählt hatte, dass keiner der verhinderten Verehrer, die mich bei Hofe umschwärmten, gut genug für die Cornaro-Erbin sei. Ich wusste es, weil ich regelmäßig gehört hatte, wie der Rat der Neun im Salon im Erdgeschoss berechnend darüber gesprochen hatte, politische Allianzen durch Eheschließungen zu besiegeln. Ich wusste es von dem Moment an, in dem ich als Kind eines Vaters zur Welt gekommen war, der – immerhin einer der jüngeren Söhne der Königin von Callamorne – seinen Status als Prinz aufgegeben hatte, um nach Raverra zu ziehen und meine Mutter zu heiraten, auf dass sein Land Teil des Imperiums werden konnte, ohne dabei das Gesicht zu verlieren. Aber zugleich war mir das stets so fern erschienen; ein in der Scheide steckender Dolch, der mich vor närrischen Gecken und dummen Entscheidungen schützen sollte. Nun jedoch war die Klinge frei und lag direkt an meiner Kehle, und die Schneide brannte sich in meine Haut.

Ich musste nicken und *Ja, Mamma* sagen, wie ich es immer tat. Das war, was als Nächstes gefordert war.

Doch in meiner Brust regte sich Zorn, eine große Blase der Enttäuschung über all die Regeln und Pflichten, die meinen Alltag beschränkten, und die Wut schob mir andere Worte über die Lippen.

»Grazie der Liebe, wenn ich nicht einmal Freundschaften schließen kann, ohne dass du sofort an mehr denkst und umgehend die Idee, er könne mich umwerben, in Stücke reißt, dann solltest du besser nicht damit rechnen, je Enkelkinder zu bekommen.«

Mutter streckte den Arm über den Tisch, als wollte sie meine Hand ergreifen. An einem Finger prangte ihr Ehering: ein Saphir für Raverra und ein kleinerer Diamant für Callamorne, verbunden durch kunstvoll geschmiedetes Gold. »Mit wem du deine Zeit verbringst, mit wem du tanzt, mit wem du auf einem öffentlichen Platz einen Zoll zu dicht beisammenstehst – all diese Dinge werden gesehen, sie werden bemerkt und in den Gerüchtegazetten veröffentlicht. Selbst ein nur *vermutetes* Interesse deinerseits an diesem Mann könnte einen politischen Schachzug, der auf der Vorstellung beruht, dass du ungebunden und ehegeeignet bist, zunichtemachen. Sofern du mir nicht erklären kannst, welchen Vorteil eine Verbindung für unsere Familie und das Erlauchte Imperium hätte, darfst du *niemandem* gegenüber ungebührliche Aufmerksamkeit zeigen. Hast du das verstanden?«

»Also darf ich nicht einmal daran denken, jemanden zu freien?« Es gelang mir nicht, die Verbitterung aus meiner Stimme fernzuhalten. »Du musst nicht jede Kleinigkeit in meinem Leben kontrollieren, Mamma. Und du kannst nicht bestimmen, was ich empfinde.«

Nicht der kleinste Funke des Ärgers störte die erhabene Mimik meiner Mutter. Jeden Tag versuchten Leute, die viel älter und viel schlauer waren als ich, sie aus dem Konzept zu bringen, und versagten kläglich. Aber sie stand wieder auf. Die Sanftmut war immer noch da, nur war sie lediglich eine Schicht aus Gänsedaunen über hartem Eisen.

»Stell mich in diesem Punkt auf die Probe, Amalia«, sagte sie, »und du wirst sehen, was ich alles zu bestimmen vermag.«

*

Noch am Nachmittag, während des Unterrichts in den Stallungen, schäumte ich vor Wut, was besonders ungünstig war, da es sich um eine Kampfunterweisung handelte.

Eine Pistole zu tragen schien in meinem Fall recht unklug, da Schießpulver und Schadfeuer vermutlich nicht die beste Kombination waren. Also hatte Marcello beschlossen, dass ich den Umgang mit dem Rapier erlernen sollte. Balos zeigte sich endlos geduldig, doch ich war bisher nur im Umgang mit Dolchen geschult und wusste mit den zweieinhalb Fuß zusätzlichen Stahls nichts anzufangen. Dass Zaira und Jerith auf einer Bank am Rand des Exerzierhofs saßen, mich beobachteten und sich an einem Tablett mit Gebäck gütlich taten, während sie meine Leistung kommentierten, war auch nicht gerade förderlich.

Endlich gönnte Balos mir eine Pause von unserer Kampfübung

und kratzte sich kopfschüttelnd das braun beschopfte Haupt. Ich hielt den Mund fest geschlossen, als ich mein Lernschwert vorsichtig zurück in das Gestell packte.

»Ich weiß nicht, warum ihr euch diese Mühe macht.« Zaira fläzte sich auf der Bank und naschte Mandelgebäck. Schuft lag zu ihren Füßen und schnappte sich sämtliche herabrieselnden Krümel. »Ohne Magie sind diese Lektionen sinnlos. Und wenn unsere Adelsdame hier in einem Kampf nicht mehr tun kann, als das Wort der Entsiegelung zu sprechen, warum übt ihr dann nicht das mit ihr?«

Balos und Jerith wechselten einen kurzen Blick. »Weil Schadfeuer unfassbar gefährlich und zerstörerisch ist und ein kleines Missgeschick uns alle töten könnte?«, meinte Jerith.

Balos nickte. »Schadfeuer gehört nicht zu den Dingen, die wir zu Übungszwecken nutzen können. Zumindest nicht in Gegenwart anderer Menschen. Dafür breitet es sich zu schnell aus. Das solltet ihr nur dann freisetzen, wenn die Lage bereits lebensbedrohend ist – und es keinen anderen Ausweg gibt.«

»Sagt das dem Dogen«, grunzte Zaira.

Da sah ich Marcello auf der anderen Seite des Hofs zusammengesunken auf einer Bank sitzen und die eigenen Knie anstarren. Mir war nicht bewusst gewesen, dass er dort war; als der Unterricht begonnen hatte, war er noch unterwegs, um einem Bericht über einen abtrünnigen Alchemisten auf dem Festland nachzugehen. Er musste still dazugekommen sein, während ich mit dem Rapier gekämpft hatte. Ich überquerte den Hof, angetrieben von Missmut über meine Lektion auf der einen und Mutter auf der anderen Seite, auf der Zunge eine selbstironische Bemerkung darüber, dass meine erbärmliche Vorstellung ihn wohl zur Verzweiflung getrieben habe.

Doch er blickte nicht einmal auf, als ich mich näherte. Niedergeschlagenheit drückte sich in der Haltung seiner Schultern aus.

»Was ist los?«, fragte ich sanft und setzte mich neben ihn auf die Bank. »Hat es mit dem Alchemisten Probleme gegeben?«

Er hob den Kopf, doch seine Augen wirkten ausdruckslos und

blickten ins Nirgendwo. »Was? Nein. Da war kein Alchemist, nur ein gehörnter Liebhaber, der seinen Rivalen ganz ohne magisches Zutun vergiftet hat.«

»Was ist es dann? Etwas macht Ihnen doch zu schaffen?«

Marcello seufzte. »Istrella. Ich muss ihr sagen, warum wir nach Ardence gehen.«

»Was? Sie haben ihr *immer noch* nichts über dieses Kanonenprojekt erzählt?« Unweigerlich schlug sich meine Überraschung auf meinen Tonfall nieder.

»Ich weiß.« Mit beiden Händen strich er sich das Haar aus der Stirn. »Gestern Abend bin ich in ihren Turm hinaufgestiegen, fest entschlossen, es ihr zu erzählen. Aber ich konnte einfach nicht. Sie war so glücklich, während sie an ihrer Verschwindekrone arbeitete. Ich habe es einfach nicht über mich gebracht, ihr damit den Tag zu verderben.«

»Das hört sich gar nicht nach Ihnen an. Sie lassen sich doch sonst nicht von Befürchtungen aufhalten.«

»Ich habe versprochen, dass ich für sie sorgen werde.« Er bedachte mich mit einem verunglückten, hilflosen Lächeln. »Meine Mutter ist gegangen, da konnte Istrella kaum laufen, und mein Vater wollte nichts mit ihr zu tun haben. Ich war sieben, aber im Grunde habe ich sie zusammen mit unserem Kindermädchen aufgezogen, bis ein paar Jahre später das Magiermal in ihren Augen auftauchte.«

»Das muss schwer gewesen sein.«

»Nein, das war schon in Ordnung«, sagte er. »Es hat meinem Leben Sinn gegeben. Es war eine wertvolle Aufgabe, der ich mich widmen konnte, sodass ich immer, wenn mein Vater und mein Bruder mich als wertlos bezeichneten, wusste, sie hatten unrecht.« Seine Lippen umspielte die Andeutung eines ironischen Grienens. »Der Oberst selbst ist gekommen, um Istrella in die Stallungen zu bringen, weil wir eine Patrizierfamilie waren. Ich sagte ihr, ich würde meine Schwester begleiten und Falkner werden, wenn ich alt genug sei.«

Ich versuchte, mir vorzustellen, wie eine zehn Jahre jüngere Vasante diesen sturen kleinen Jungen musterte. »Und dann sind Sie mit ihr gegangen? Sie sind in den Stallungen aufgewachsen?«

Er schüttelte den Kopf. »Nur zum Teil, jedenfalls, bis ich vierzehn war und Istrellas Falkner werden konnte. Da der Rest der Familie nicht bereit war, in die Stallungen zu ziehen, hat der Oberst entschieden, dass ich die Hälfte meiner Zeit mit ihnen verbringen sollte. So oft sie konnte, hat sie Istrella mit mir heimgeschickt, damit sie ihre Familie besuchen konnte. Mein Vater und mein Bruder sind nämlich nicht einmal in die Stallungen gekommen, um uns zu besuchen. Doch beide haben sich nie gefreut, uns zu sehen. Wir haben sie viel zu sehr an unsere Mutter erinnert, und in dem Magiermal haben sie nur einen letzten Fluch gesehen, den sie der Familie zum Abschied hinterlassen hat. Istrella und ich haben uns in den Stallungen wohler gefühlt.«

»Also sind Sie alles, was sie hat«, schloss ich. »Und Sie wollen sie nicht enttäuschen.«

Er nickte kläglich. »Ich habe mir immer gesagt, ich bin kein vollständiger Versager, solange ich bei ihr nicht versage. Ich kann sie nicht bitten, diese Kanonen zu bauen, Amalia. Sie ist doch noch ein Kind.«

Ich ergriff seine Schulter und schüttelte ihn. »Haben Sie doch mehr Vertrauen zu Istrella, Sie dummer Junge.«

Marcello blinzelte mich an. »Was?«

»Sie ist ein Falke«, sagte ich. »Sie ist in den Stallungen aufgewachsen. Sie weiß, was von ihr erwartet wird.«

»Die sprechen davon, ihre Arbeit zu nutzen, um eine Stadt voller unschuldiger Zivilisten anzugreifen.« Sein gequälter Ton galt nicht Istrella allein, das war mir nur zu klar, denn der gleiche Schmerz zerriss mir das eigene Herz.

»Darüber sollten Sie sich erst Sorgen machen, wenn es mehr als nur Gerede ist.« Die verwirrende Nähe zu ihm, die Art, wie sich sein Körper meinem zuneigte, war mir nur allzu bewusst. »Derzeit verfolgen alle eine diplomatische Lösung. Uns bleibt noch Zeit.«

Eine der Türen zum Exerzierhof wurde mit lautem Knall aufgestoßen. Dann ertönte ein Klingeln, das die Falken vor dem Einsatz gefährlicher Magie warnte. Gleich darauf betrat Oberst Vasante den Hof, und ihre Stiefel donnerten über das Pflaster.

»Genug gespielt«, sagte sie. »Wir haben einen Einsatz.«

Marcello und Balos nahmen Haltung an, und Jerith stand auf und klopfte sich den Puderzucker von den Händen, während ich mein Leuchtmedaillon umklammerte. »Bitte sagt mir, es hat nichts mit Ardence zu tun.«

Sie würdigte mich kaum eines Blickes. »Nichts Schlimmes. Sie haben den Schmuggler gefunden. Orthys.«

Das Tablett mit dem Gebäck krachte zu Boden, als Zaira aufsprang, und Schuft bellte, erschrocken über den Lärm.

»Was hat das mit uns zu tun?«, fragte Marcello vorsichtig. »Sie werden doch wohl keine Magie benötigen, um einen unbedeutenden Schmuggler und seine Leute dingfest zu machen.«

»Sie haben die Information von einem der gefangenen Angehörigen von Orthys Bande erhalten.« Angesichts ihres Tonfalls wollte ich lieber gar nicht wissen, was sie getan hatten, um den Mann zum Reden zu bringen. »Er hat ihnen auch erzählt, dass Orthys ein paar magische Überraschungen bereithält: artefaktische Fallen in seinem Versteck, alchemische Gifte, ein oder zwei Bandenmitglieder, die selbst über einen Hauch Magie verfügen. Wir brauchen Falken, um damit fertigzuwerden.«

Marcello kontrollierte Steinschlosspistole und Rapier an seinem Gürtel. »In Ordnung. Ich hole einen Artefaktor und einen Alchemisten.«

»Antelles.« Der Oberst zeigte auf Jerith und Balos. »Sie gehen auch mit.«

Jerith salutierte erbittert, und Balos brachte das Übungsschwert weg und gürtete sich ein echtes um den Leib.

»Nehmen Sie einen Artefaktor mit, der sich um die Fallen kümmert, die Sie entdecken. Ich werde Truppen zu Ihrer Verstärkung schicken.« Damit stolzierte sie auf dem Weg zurück, den sie gekommen war, und das Klingeln ertönte erneut, als die Tür hinter ihr ins Schloss krachte.

In ihren herabhängenden Händen zeichneten sich Zairas Knöchel weiß unter der Haut ab. »Ich gehe mit.«

Marcello schüttelte den Kopf. »Du kannst nicht mitgehen. Wir dürfen weder dich noch Dama Amalia in Gefahr bringen.«

Ergrimmt baute sich Zaira vor ihm auf. »Ich habe dich nicht gebeten, du schwanzlutschender Stiefellecker. Ich sagte, ich gehe. Ihr werdet Orthys nicht ohne mich das Handwerk legen.«

»Ohne Dama Amalia gehst du nirgendwohin«, blaffte Marcello sie an. »Und die bleibt hier.«

All der Zorn und die Enttäuschung, die in mir brodelten, seit ich mit Mutter gesprochen hatte, kristallisierten sich zu einer eiskalten Entschlossenheit aus. »Ich gehe«, sagte ich.

Marcello wirbelte herum und starrte mich an, als hätte ich den Verstand verloren. »Das kann nicht Ihr Ernst sein, gnädige Frau!«

»Sie sagen mir nicht, was ich zu tun habe und was nicht.« Die Stimme, die aus meinem Mund kam, erschreckte mich mit ihrer eisernen Sicherheit. Ich hörte mich an wie meine Mutter.

Marcello richtete sich auf. Seine Haltung und sein Ton waren plötzlich ebenso formell wie distanziert. »Nein, gnädige Frau, das tue ich nicht. Aber ich befehlige diese militärische Operation. Ich entscheide, welche Truppen eingesetzt werden. Und ich werde unter keinen Umständen eine Feuerhexe mitten in der Stadt loslassen.« Er verbeugte sich. »Guten Tag!«

Damit ging er davon und folgte seinem Oberst. Jerith warf Zaira einen mitfühlenden Blick zu, ehe er Balos Hand nahm und die gleiche Richtung einschlug. Die Glocke verspottete uns mit ihrem fröhlichen Läuten.

Zaira sah aus, als wäre sie bereit, mit den Zähnen ein Loch in die Mauern der Stallungen zu reißen. »Der Dämon des Wahnsinns soll dir den Schädel spalten, du selbstgefälliger, lausiger …«

»Zaira.« Meine kalte, wütende Entschlossenheit hatte nicht nachgelassen. Ich war es leid zu gehorchen. »Gehen wir.«

Ihre Augen wurden erst größer und verengten sich dann zu schmalen Schlitzen. »Du hast doch gehört, was er gesagt hat. Er will uns nicht dabeihaben. Und deine Mamma erlaubt dir auch nicht, dass du dir beim Kampf einen deiner hochwohlgeborenen Fingernägel abbrichst.«

»Wie der Zufall will«, konterte ich, »bin ich gerade in Stimmung, etwas zu tun, was meiner Mutter nicht gefällt. Und was Leutnant Verdi betrifft, würde ich nicht einmal im Traum daran denken, seinen Einsatz zu stören.« Ich lächelte. »Du und ich gehen nur ein bisschen in der Stadt spazieren, ganz harmlos. Habe ich nicht recht?«

Zaira musterte mich vom Scheitel bis zur Sohle mit einem Blick, als überlege sie gerade, wie viel sie wohl auf dem Schwarzmarkt für meine Stiefel bekommen könnte. »Wir kommen gar nicht nahe genug heran, um Orthys in die Finger zu kriegen«, sagte sie. »Wir wissen ja nicht einmal, wo er steckt. Aber gut.« Sie schlug sich den Zucker von den Händen. »Immer noch besser, als hier herumzusitzen und zu warten.«

*

»Wohin gehen wir?«, fragte ich Zaira, nachdem ich meinen Ruderer angewiesen hatte, uns in einem angesehenen Handelsviertel, jedoch nicht weit von den Unschlitten entfernt, abzusetzen. Dies nur für den Fall, dass er La Contessa von unserem Ausflug berichtete. Drei Brücken später hatten wir einen Irrgarten von einer Nachbarschaft erreicht. Ziegelsteine lugten durch herabbröselnden Putz, und Wäsche hing zwischen den Fenstern über den schmalen Gassen. Die meisten Fußgänger schienen ehrbare Arbeiter zu sein, die sich auf den Heimweg machten, als die Schatten länger wurden; wir waren hier nicht einmal in der Nähe des weit ominöseren Bezirks, in dem ich Zaira erstmals getroffen hatte.

»Zur Werft.« Ihr Blick erfasste jeden einzelnen Passanten und erforschte Gesichter, als hoffte sie, Orthys in Verkleidung vor sich zu sehen. »Er ist nicht dumm. Wenn er gesucht wird, rennt er zu seinem Schiff. Er wird auf keinen Fall einfach darauf warten, dass ein Zug Soldaten kommt, um ihn gefangen zu nehmen.«

Das hörte sich logisch an. Meine Hoffnung, wir könnten Orthys tatsächlich finden und helfen, ihn zu schnappen, nahm zu – ebenso meine Befürchtungen. Ich besaß nicht allzu viele Fähigkeiten, die im Falle einer potenziell tödlichen Konfrontation zur Anwendung kommen könnten. Marcello hatte recht gehabt, dass er uns nicht mitnehmen wollte. Wir begingen einen furchtbaren Fehler.

»Zaira …«, fing ich an.

Sie hob einen Finger an die Lippen. Zwar schritt sie so gleichmäßig aus wie zuvor, doch ich sah die Spannung in ihren Schultern.

»Schau dich mal ganz beiläufig um«, murmelte sie. »Siehst du den Mann mit der schwarzen Mütze?«

Ich blickte mich um. »Nein.«

»Du bist so subtil wie ein Sack Ziegelsteine, weißt du das? Ich sagte, beiläufig. Jetzt weiß er wahrscheinlich, dass wir ihn bemerkt haben.«

»Dass *du* ihn bemerkt hast«, entgegnete ich verärgert. »Ich habe ihn nicht gesehen.«

»Das liegt daran, dass du blind bist. Wie auch immer, wir werden verfolgt.«

Instinktiv sah ich mich erneut um.

»Bei den Titten der Grazie der Barmherzigkeit, Weib!«

Ich lief rot an. »Tut mir leid, ich konnte nicht anders.«

»Du bist ein hoffnungsloser Fall.« Zaira schüttelte den Kopf.

Ich glaubte ihr – dass uns jemand folgte, meine ich; was mich betraf, so hegte ich durchaus noch ein paar klägliche Hoffnungen. Mir fielen so viele Gründe ein, warum diverse Leute uns folgen könnten, dass es ein Wunder war, nicht gleich eine ganze Meute Spione, Gardisten und Assassinen Entenküken gleich an unseren Fersen kleben zu haben. Dennoch ging ich nun etwas schneller. Zaira passte ihr Tempo widerspruchslos an.

Vor uns kam ein Händler mit einer Lederschürze um die Ecke; kaum sah er uns, strahlte er und eilte auf uns zu. Sofort legte Zaira die Hand an das Heft ihres Messers.

Doch als er näher kam, zog er keine Waffe, sondern ein mit einem wächsernen Siegel versehenes, feines Pergament hervor. Dabei blickte er sich um, als wolle er sich vergewissern, dass niemand uns beobachtete. »Dama Amalia.« Er senkte den Kopf zu einer angedeuteten Verbeugung. »Ich habe eine Botschaft von Eurer Mutter für Euch.«

Er zeigte mir das Siegel. In blaues Wachs geprägt umringten neun Sterne das geflügelte Pferd von Raverra.

»Ratsangelegenheit?«, fragte ich. Zairas Hand lag noch immer an ihrem Dolch.

Er nickte und steckte das Siegel weg. »Wir haben gerade noch einen von Orthys' Männern gefangen und eine neue Information erhalten. Die Spur, der die Falken folgen, ist falsch. Es könnte sich um eine Falle handeln.«

»Grazie der Barmherzigkeit.« Marcello und die anderen waren längst unterwegs. Womöglich marschierten sie gerade jetzt in einen Hinterhalt. »Wurde jemand ausgesandt, um die Falken zu informieren?«

»Natürlich. Aber wir sind nicht sicher, dass diese neue Information zutrifft. La Contessa hofft, Euer Falke kann uns bestätigen, ob dieser Mann wirklich für Orthys arbeitet, damit wir wissen, ob wir die Operation abbrechen sollen.«

»Einen Moment mal«, sagte Zaira mit einer von Misstrauen geschärften Stimme. »Woher weiß La Contessa, dass wir hier sind?«

Ich lachte, wenn auch nicht ohne einen bitteren Unterton. »Sie weiß immer, wo ich bin. Sie weiß alles, was in dieser Stadt passiert.«

Der Mann mit der Lederschürze verbeugte sich mit einem schiefen Grinsen. »Wie die gnädige Frau sagt. Wir halten unseren Informanten ganz in der Nähe fest. Würdet Ihr bitte mitkommen, um ihn zu identifizieren?«

Ich wechselte einen Blick mit Zaira. Die presste die Lippen aufeinander, nickte aber.

»Also schön«, sagte ich. »Bring uns zu ihm.«

*

Unser Führer brachte uns über mehrere Brücken und durch das verschlungene Labyrinth der Straßen in den Unschlitten zu einem kleinen, schäbigen Theater, von dessen über der Tür angebrachten Masken blätterte schon die Farbe. Heute war es geschlossen, aber unser Führer entriegelte die zerkratzten Holztüren und drängte uns hinein.

Eine lauernde Stille erfüllte die schattige Höhle von einem Theater. Reihen leerer Sitze standen vor dem mit einem roten Vorhang verhängten Schlund des Proszeniums, und unsere Schritte hallten so störend durch den Raum, als würden wir einen verlassenen Tempel betreten. Nur wenig Tageslicht drang durch Ritzen rund um die Tür herein, die unser Führer leise hinter uns ins Schloss drückte. Lediglich eine flackernde Lampe auf beiden Seiten der Bühne milderte die Finsternis in dem fensterlosen Raum.

»Wo ist der Informant?«, fragte ich, als unser Führer uns den Gang hinunterwinkte.

Er antwortete nicht.

Abrupt blieb Zaira stehen und rammte die Absätze in den Teppich. »Mist! *Das* ist die Falle.«

»Ganz recht«, rief eine Stimme. »Gut gemacht, Zaira.«

KAPITEL VIERZEHN

Ein halbes Dutzend bewaffneter Männer erhob sich um uns herum in den Sitzreihen und bedrohte uns mit Messern und Knüppeln. Zwei weitere tauchten auf den Logen über uns auf und zielten mit Steinschlosspistolen auf uns.

Es war ein derb aussehender Haufen. Einer hatte eine seltsame Narbe am Kinn, die beinahe aussah wie ein Handabdruck. Bei dem Anblick regte sich eine Erinnerung in meinem Hinterkopf, doch die Lage war zu gefährlich, als dass ich mich jetzt damit befassen konnte.

Ein langhaariger Mann in einem scharlachroten Mantel zwängte sich durch den Vorhang auf die Bühne und verbeugte sich.

»Willkommen, Dama Amalia Cornaro.«

Zaira zog ihren Dolch. »Orthys«, zischte sie.

Mein Herz donnerte mir gegen die Rippen, als wünschte es sich ebenso verzweifelt wie ich, aus diesem Theater zu flüchten. Ich legte eine Hand an die Brust, und meine Fingerspitzen strichen über den Verschluss meines Leuchtmedaillons. »Der Schurke persönlich.«

»So eindrucksvoll bin ich gar nicht«, entgegnete Orthys bescheiden. »Um genau zu sein, wünsche ich mir lediglich, von der Bühne abzutreten. Aber La Contessa hat mir das arg schwer gemacht.«

»Du wirst abtreten«, knurrte Zaira. »Im Sarg.«

Orthys lachte. Es war ein kultiviertes, spöttisches Lachen; übrigens hätte er mit seinem Akzent, der nicht einmal ansatzweise an den Hafen oder die Unschlitte gemahnte, hervorragend zu den Oberschichtangehörigen im Salon gepasst. Etwas an seiner Stimme kam mir vertraut vor. »Oh, aber *du*, kleine Feuerhexe, kommst mit mir. Ich habe einen Käufer, der schon seit Jahren auf dich wartet.«

»Entsiegle mich«, murmelte Zaira mir heiserer, drängender Stimme. »Ich verbrenne sie alle.«

Doch ich hatte Balos' Worte nicht vergessen, und noch war die Lage nicht lebensbedrohend.

»Ich würde sie im Zaum halten, wäre ich an Eurer Stelle«, rief Orthys. »Sie macht keine großen Unterschiede, wenn es darum geht, die Menschen in ihrer Umgebung zu töten.«

Zaira tat einen Schritt auf ihn zu. »Halt dein Maul.«

»Nicht, Zaira«, flüsterte ich. »Merkst du nicht, dass er dich nur in eine Falle locken will?«

Orthys zog seine wohlgeformten Brauen hoch. »Was meinst du, wie ich dich gefunden habe? Ich hörte die unendlich traurige Geschichte über das Feuer in dem Wohngebäude, in dem diese alte Frau gestorben ist. Genauso, wie man von dem Wunder erzählte, welches die Grazien gewirkt haben und durch das ein armes, kleines Mädchen unbeschadet davongekommen ist.«

Ein erstickter Laut löste sich aus Zairas Kehle. Die Raufbolde um uns herum blieben wachsam und hielten mit den Waffen in Händen ihre Distanz. Sie griffen nicht an, sie versperrten uns nur den Fluchtweg.

»Aber das war nicht alles«, fuhr Orthys genüsslich fort. »Ich war nicht sicher, denn du hattest dich gut getarnt. Also stellte ich Nachforschungen an und bin auf ein weiteres tragisches Feuer einige Jahre zuvor gestoßen. Da warst du vielleicht … vier. Ja? Und wieder sind in dem Haus alle gestorben mit Ausnahme eines kleinen Görs, das wie durch ein Wunder unversehrt geblieben ist und heulend über der Asche seiner Eltern gefunden wurde.«

Und die Grazien weinten bitterlich, fuhr mir durch den Kopf.

Zaira schrie, und in ihrer Stimme lag genug Zorn, um einen Dämon zu beschämen. Das Messer in der Hand stürmte sie den Gang hinunter auf Orthys zu. Der wartete ungerührt und mit einem Lächeln auf den Lippen auf sie.

Ehe ich mein Leuchtmedaillon öffnen oder das Wort der Entsiegelung sprechen oder mehr tun konnte, als vor Entsetzen über das, was Orthys gerade offenbart hatte, nach Luft zu schnappen, flammte Licht in einem Kreis um Zaira herum auf, und sie blieb ruckartig stehen.

Sie war geradewegs in einen artefaktischen Zirkel gerannt, der auf einer Matte prangte, die Orthys vorsorglich auf dem Teppich platziert haben musste. Ein Zirkel, der nun ihre Füße am Boden verankerte.

»Dich hätten wir«, verkündete Orthys vergnügt.

»Kaum, du arschgesichtiger Dreckskerl!« Zaira kauerte sich zusammen, stemmte sich sprungbereit gegen die Macht des Kreises. »Worauf wartest du?«, blaffte sie mich über ihre Schulter hinweg an. »Entsiegle mich. Sofort!«

»Ich würde das nicht tun.« Warnend reckte Orthys einen Finger hoch. »Sie hat jetzt schon die Kontrolle verloren, und dabei hat sie ihr Feuer noch gar nicht freigesetzt. Brecht Ihr nun das Siegel, wird Sie Euch zusammen mit uns vernichten – mit dem Rest der Stadt als Zugabe.«

»Das wäre es wert!« Zaira spuckte auf den Boden. »Los, du dämlicher Feigling!«

Er hatte recht. Er hatte das alles zu sorgfältig geplant. Selbst wenn Zaira sich unter Kontrolle behielt, so hielten sich doch einige der Schläger in meinem Rücken – Zaira konnte sie gar nicht angreifen, ohne zuerst mich zu opfern.

Und im Augenblick hegte ich Zweifel daran, dass sie das kümmern würde.

Keine Angst, Amalia. Wenn du keine Angst zeigst, werden deine Feinde annehmen, dass es dafür einen Grund gibt, und das wird sie verunsichern. Und die Grazie des Triumphes wird sich an deine Seite stellen.

»Ihr seid ein Narr, Orthys.« Ich achtete darauf, mit ruhiger, sicherer Stimme zu sprechen. »Ihr macht es Euch nur schwerer. Bisher hättet Ihr noch einen Handel schließen und Euch die Freiheit erkaufen können. Aber nun habt ihr Euch gegen einen Falken und die Cornaro-Erbin gestellt, habt das Reichssiegel gestohlen …«

Orthys' Lächeln wurde breiter. »Ach, dieses Siegel habe ich legitim von meinem Vater erhalten.« Er kicherte. »Oder vielleicht doch *illegitim?*«

Es dauerte etwas, bis mir klar wurde, warum sich das so vertraut anhörte. Ich hatte diese Stimme zu Hause im Salon gehört, wenn auch nicht mehr so häufig, seit meine Mutter sie durch Erpressung zum Schweigen gebracht hatte. »Ihr seid Baron Leodras Bastard!«

»Ja.« Es sagte ihm offenkundig zu, dass er nun endlich seinen Anspruch geltend machen konnte. »Und mein lieber Vater kann nun wirklich nicht zulassen, dass seine Rivalin von den Machenschaften des illegitimen Sohnes erfährt, der Kinder mit dem Magiermal an Vaskandar verhökert hat. Könnt Ihr Euch vorstellen, wie sehr das seinen Ruf beflecken würde?« Fromm faltete er die Hände vor dem Körper, nur um gleich darauf eine zynische Miene aufzusetzen. »Mein Vater hat so eine vielversprechende Laufbahn beschritten, und es ist verdammt schwer, zum Dogen gewählt zu werden, wenn man zuvor als Verräter gebrandmarkt wurde.«

Er erzählte mir erheblich zu viel. Eiseskälte breitete sich in meinen Knochen aus, denn das konnte nur eines bedeuten: Ich würde dieses Theater nicht lebend verlassen.

Orthys breitete die Arme weit aus, und an seiner Hand baumelte eine graue Dominomaske: die Tarnung der Angehörigen des Schattenadels. »Mein Vater hat dafür gesorgt, dass ich dieser Zwangslage entgehe – gewiss mehr aus Sorge um seine als um meine Haut. Gerade jetzt finden die Falken meinen Stellvertreter tot auf, womit die Notwendigkeit, mich zu schnappen, entfällt und ich entschlüpfen kann. Und die Beweise, die ich hier platzieren werde, verweisen auf Ardence.« Seine Stimme wurde schärfer, todbringender. Die Männer in den Logen richteten ihre Steinschlosswaffen auf mich. »Durch Euren Tod bekommt mein Vater seine Rache für das, was La Contessa ihm angetan hat. Und sie wird nicht imstande sein, tiefer zu graben, weil ihre einzige, ihre ach so geliebte Tochter …«

»Exsolvo«, sagte ich.

*

Auf die nun folgende Feuersbrunst war ich absolut nicht vorbereitet.

Explosive Hitze umfing mich mit schmerzhafter Gewalt. Ich stolperte rückwärts, fort von den gleißenden, blauen Strahlen, als um Zaira herum eine gewaltige Sphäre aus fahlen Flammen erblühte. Es war, als hätte das Geschüh eine neue und schreckliche Sonne an ihrer Entfaltung gehindert.

Schreie und verzweifelte Verwünschungen erfüllten das Theater; die beiden Männer in den Logen schossen auf Zaira, aber das Schadfeuer verschlang die Kugeln, ehe sie sie erreichten. In einem Wimpernschlag wuchs die Feuerkugel bis zu den Logen empor, wurde so breit wie die Tore der Stallungen und verzehrte dabei die Bestuhlung.

Schon in der nächsten Sekunde würde sie mich erwischen. Während ich schaudernd vor den Flammen stand, quiekte ich: *»Revincio! Revincio! Revincio!«*

Die Flammen erloschen. Sie verschwanden schon beim ersten *Revincio* und hinterließen gespenstische Lichtpunkte in meinem Blickfeld.

Zaira war fort. Nein, nicht fort – das Schadfeuer hatte den artefaktischen Kreis vernichtet, der sie festgehalten hatte. Nun sprang sie auf die Bühne, während Orthys immer noch unter dem Eindruck der überwältigenden Präsenz des Schadfeuers taumelte. Seine Raufbolde in der Loge beeilten sich, ihre Waffen nachzuladen, aber sie waren nicht schnell genug.

Ihr Messer beschrieb einen bösartigen Bogen über Orthys' Kehle. Blut erstickte seinen Schrei, und er krümmte sich und fiel von der Bühne.

Zaira wirbelte zum Zuschauerraum herum, und es troff rot von ihrer Klinge. »Wer ist der Nächste?«, rief sie.

Orthys' Männer zauderten. Der Mann, der sie bezahlte, war tot, zumindest wäre er es in wenigen Augenblicken. Aber Furcht und Zorn mochten sie immer noch zu allem Möglichen verleiten. Wir waren noch nicht in Sicherheit.

Ich schloss die Augen und öffnete mein Leuchtmedaillon.

Entsetzte und wütende Aufschreie begleiteten den Ausbruch

blendenden Lichts, darunter auch einer von Zaira: »Verdammt, Cornaro!«

Ich rannte zur Bühne. Während Orthys' Männer immer noch geblendet und verwirrt herumstolperten, ergriff ich eines von Zairas Handgelenken und zerrte sie zu einer Hintertür hinaus. Kalt und hart lag das Geschüh unter meinen Fingern.

*

Ich rannte durch die schmalen Straßen, um zwei Ecken und über eine Brücke, hielt dabei immer noch Zairas Hand fest und blinzelte gegen die Nachbilder des Schadfeuers an. Schließlich zerrte sie so an mir, dass ich auf einem kleinen Platz an einer Straßenkreuzung innehielt, auf der eine Statue der Grazie des Glücks stand.

»Warum rennen wir?«, herrschte sie mich an. »Wir sind hier in der Stadt deiner Mutter.«

»Weil Baron Leodra auch dem Rat der Neun angehört, und wenn er vor dem Dogen herausfindet, was passiert ist, kann er uns die Wachen, die imperialen Assassinen oder sogar das ganze Heer auf den Hals hetzen.« In meinem Kopf drehte sich alles im Kreis und stotterte dabei schlimmer als mein rasender Puls. Jeder Amtsträger, an den ich mich mit der Bitte um Hilfe wenden könnte, mochte Leodra gegenüber loyal sein.

»Dann *geh*, dumme Kuh, oder er wird genau wissen, wo du bist, weil du auffällst, als würde dein Haar in Flammen stehen.«

»Oh.« Nachdenklich musterte ich Zaira. »Da wir gerade von Feuer sprechen, wie kommt es, dass du nicht umgekippt bist?« Sie sah vielleicht ein bisschen müde aus und bewegte sich nicht ganz so federnd wie sonst, aber sie war weit davon entfernt zusammenzubrechen.

»Das liegt daran, dass du mich nur für eine halbe Sekunde freigegeben hast!« Wütend riss sie die Hände hoch.

»Ja, denn eine Sekunde später wäre ich tot gewesen.«

Zaira blinzelte. »Richtig. Du standst hinter mir.« Plötzlich wurde sie bemerkenswert still. *»Oh.«*

Ich sah ihr an, dass sie daran dachte, was Orthys über ihre Eltern gesagt hatte, die ihrem Schadfeuer ebenfalls zum Opfer gefallen waren. So wenig ich es schätzte, beinahe in Brand gesteckt zu werden, ohne dass die Verursacherin einen zweiten Gedanken daran vergeudete, ließ ich das Thema doch lieber fallen. »Wir müssen Marcello suchen«, beschloss ich, allzu weit entfernt konnte er ja nicht sein. »Er kann uns eine bewaffnete Eskorte zur Verfügung stellen.«

»Zurück in die Stallungen?«, fragte Zaira.

»Nein. Wir dürfen Leodra keine Zeit lassen, um einen Gegenschlag vorzubereiten.«

»Wohin dann?«

Ich setzte mich wieder in Bewegung, dieses Mal auf eine für mich völlig neue, kompromisslose Weise: Mit unerbittlichen Schritten folgte ich einem Pfad, an dessen Ende Leodras Verderben wartete. »Zu meiner Mutter«, sagte ich.

*

Marcello und die anderen Falken fanden wir, indem wir der Spur des Straßentratsches über militärische Kräfte in den Unschlitten folgten. Als wir die scharlachroten Uniformen endlich vor uns auf einer buckligen Straße sahen und uns durch eine Menge an neugierigen Zuschauern gezwängt hatten, überzogen die Farben des Sonnenuntergangs bereits den dunkler werdenden Himmel, und tiefe Schatten lagen über Straßen und Kanälen.

Ein Soldat blockierte die Straße und hielt Passanten fern. Hinter ihm konnte ich Jerith und Balos zusammen mit einem Dutzend weiterer Soldaten vor einer Taverne stehen sehen, wo sie sich mit ernsten, unzufriedenen Mienen unterhielten.

»Ihr könnt hier nicht durch«, konstatierte der Soldat, als Zaira und ich uns näherten, und reckte eine Hand hoch. »Entweder ihr geht über die Brücke der drei Duelle, oder ihr wartet eine Weile. Ich glaube, die sind beinahe … Oh! Dama Cornaro!« Er verbeugte sich, woraufhin die Zuschauer aufgeregt untereinander zu tuscheln begannen.

»Wo ist Leutnant Verdi?«, fragte ich.

»In der Taverne, gnädige Frau. Es wird nicht mehr gekämpft, also dürftet Ihr gefahrlos hineingehen können.« Er winkte uns durch.

Jerith schien nicht überrascht, uns zu sehen, doch Balos schüttelte den Kopf, wie um zu sagen: *Ich hätte es wissen müssen.*

»Wenn du hier bist, um Orthys in die Weichteile zu treten, bist du zu spät gekommen«, sagte Jerith anstelle eines Grußes zu Zaira. »Als wir eingetroffen sind, hatte einer seiner eigenen Männer ihm schon ins Gesicht geschossen.«

»Oh, ich bin ausgesprochen früh gekommen«, entgegnete Zaira und zeigte ihm die Zähne. »Aber es stimmt, ich habe ihn nicht in die Weichteile getreten.«

»Ich muss mit Marcello sprechen.« Ich fühlte, dass meine Selbstbeherrschung mich im Stich ließ, graduell, aber unerbittlich, wie ein Eissplitter über einen nicht ganz ebenen Tisch rutschen mag. »Wir haben ein Problem.«

Balos musterte mich eingehend und nickte dann. »Ich hole ihn.«

Während er in der Taverne verschwunden war, in der ich Marcello Fragen stellen und jemand anderen Antworten murmeln hörte, sah ich Zaira an. Ein paar Spritzer von Orthys' Blut befleckten ihr Gesicht wie Sommersprossen, und die Haut um ihre Augen spannte sich erkennbar.

»Alles in Ordnung?«, fragte ich leise.

»Mir geht es gut.« Sie maß mich mit einem finsteren Blick, als hätte ich sie gekränkt. Doch ihr Kinn bebte unübersehbar. »Verdammt, ich habe dir gesagt, dass ich nicht wissen will, was aus ihnen geworden ist.«

»Es tut mir so leid.« Ein glühender Kloß bildete sich in meiner Kehle, als ich an das kleine Mädchen dachte, das vor so langer Zeit in der Asche geweint hatte.

Zaira zuckte grob mit den Schultern. »Ich erinnere mich nicht einmal an sie. Auf dein Mitleid kann ich verzichten.«

Jerith kniff die Augen zusammen, als käme ihm das bekannt vor, aber er sagte nichts dazu.

Geduckt unter dem niedrigen Türsturz der Taverne, kam Marcello heraus und stiefelte mit einem missbilligenden Stirnrunzeln auf uns zu. »Gnädige Frau. Zaira. Was führt Sie her?«

Die Frage traf direkt in das unstete Taumeln in meiner Mitte, und ich presste die Finger an die Schläfen. »Wir haben eine Dummheit begangen.«

»Wir haben deine Arbeit getan«, sagte Zaira.

»Genauer gesagt, haben wir einen Verrat aufgedeckt.« Ich hob den Kopf und holte tief Luft. »Marcello …«

Seine Augen weiteten sich vor Schreck. Mir blieb kaum Zeit zu denken: *Aber ich habe ihm doch noch gar nichts erzählt.*

»Vorsicht, Amalia!«, schrie er und versetzte mir einen Stoß, hart genug, dass ich gegen Jerith stolperte.

Ein Schuss zerriss die Luft, und eine Kugel prallte mit lautem Knall auf das Pflaster. Ein Steinsplitter traf mein Fußgelenk.

Marcello presste sich mit einem schmerzgepeinigten Zischen eine Hand in die Seite.

»Marcello!« Ich ergriff seine Hand, zog mit Gewalt seine Finger weg, unter denen ein zerfetztes Wams und ein dunkler Fleck zum Vorschein kamen. »Grazien, Sie sind verletzt.«

Er legte den freien Arm fest um mich und wandte sich von der Stelle ab, von der der Schuss gekommen war. Er versuchte immer noch, mich mit seinem Körper abzuschirmen. Erzürnt wand ich mich aus seinem Arm heraus, gerade rechtzeitig, um zu sehen, wie Jerith zu einem Fenster im ersten Stock eines Hauses ein Stück die Straße hinunter herumwirbelte.

»Exsolvo«, sagte Balos leise.

Jerith schnippte mit den Fingern.

Ein purpur-weißer Funke löste sich von ihnen und wuchs zu einem mäandernden Blitz heran, dünn wie ein Stück Draht. Ein weiterer Knall donnerte in meinen Ohren, lauter als der Schuss. Und dann fiel eine schlaffe Gestalt aus dem Fenster und prallte mit einem Übelkeit erregenden Rumms auf die Straße.

Eine Steinschlosswaffe fiel aus ihrer Hand, und eine zarte Rauchfahne stieg von ihrer Lederschürze auf.

»*Revincio.*« Belos senkte den Kopf.

»Amalia!« Marcello packte meine Schultern. »Geht es dir gut? Hat er dich verletzt?«

»Nein, aber er hat *dich* verletzt!« Ich zupfte das zerrissene Gewebe von seiner Haut, aber der Blutfleck hatte sich nicht weiter ausgebreitet.

»Nur ein Kratzer. Den Grazien sei Dank, es geht dir gut.«

Seine Hände ruhten immer noch auf meinen Schultern, und er studierte mein Gesicht, als suche er nach irgendeiner Bestätigung. Nun erst wurde mir klar, dass auch meine Hand weiterhin auf seiner Körperseite lag. Blut benetzte meine Fingerspitzen. Hastig zog ich sie weg. »Marcello …«

Ich wollte ihm danken – und ihn zurechtweisen –, weil er mich beschützt hatte. Ich hatte das dringende Bedürfnis, mich zu vergewissern, ob der Mann mit der Lederschürze noch lebte und, sollte das der Fall sein, dafür zu sorgen, dass er zur Befragung gefangen genommen wurde und wir alle einen sicheren Ort aufsuchten, bis Leodra die Zügel der Macht notfalls mit Gewalt entrissen worden waren. Aber Marcellos Name verweilte wie ein Nachhall in meinem Mund, und kein anderes Wort schien gewillt zu sein, seinen Platz einzunehmen.

Herannahende Schritte erklangen auf dem Pflaster. Harte, disziplinierte, kraftvolle Schritte von mindestens einem Dutzend Personen. Ich wirbelte zu ihnen herum, bereit für den nächsten Kampf.

Ein Trupp der Reichsgarde marschierte auf die Taverne zu. Im Zentrum der Formation segelte La Contessa wie das Flaggschiff einer Armada. Sie war in ihrem smaragdfarbenen Brokatgewand wirklich prachtvoll anzusehen.

Ihr Blick glitt über die versammelten Soldaten, verweilte kurz bei dem Leichnam auf der Straße und landete zuletzt auf mir und Marcello. Verlegen entfernte ich mich einen Schritt von ihm. Balos verbeugte sich, was dazu führte, dass auch alle anderen sich hastig verneigten. Abgesehen von Ciardha, die wachsam neben La Contessa verharrte, bereit, jederzeit ihre Klinge zu ziehen.

»Bericht«, forderte La Contessa kurz angebunden.

Marcello salutierte. »Der Oberst hat uns hergeschickt, um Orthys gefangen zu nehmen. Wir fanden ihn bereits tot vor, offenbar ermordet im Zuge eines internen Streits mit seinen Leuten.«

Meine Mutter kniff die Augen zusammen. »Es gab keine Gefangenen. Wer hat Oberst Vasante die Anweisung dazu gegeben?«

Marcello wich vor der Bedrohung zurück, die von ihr ausstrahlte wie eine spürbare Hitze. »Soweit ich informiert bin, kam sie vom Rat der Neun, Eure Exzellenz.«

»Ich bin hier«, sagte sie mit eisiger Klarheit, »um herauszufinden, warum ein Kontingent Falken in jenem Teil der Stadt auftaucht, zu dem wir Orthys' Spur verfolgen konnten, ohne dass ich den Befehl dazu erteilt habe und *bevor* wir Informationen zu seinem genauen Aufenthaltsort hatten.«

»Mamma.« Ich sprach so leise, dass mich weder die Zuschauer an den Fenstern hören konnten, noch die Leute, die sich hinter den Soldaten, die am Ende der Straße den Zutritt versperrten, die Hälse verdrehten. »Das war eine Falle.«

»Das überrascht mich nicht.« Sie maß mich mit einem scharfen Blick, als wollte sie kontrollieren, ob ich noch ganz war. »Erzähle.«

Und das tat ich. Die Maske meiner Mutter bekam keinerlei Risse, nicht einmal, als ich zu Leodras Beteiligung kam und Marcello neben mir plötzlich entsetzt keuchte. Nur einmal unterbrach sie mich, um Ciardha zuzunicken, die daraufhin zügig den toten Mann in der Lederschürze durchsuchte und gleich darauf das Siegel des Rats der Neun hochhielt. Meine Mutter nahm es mit zarter Hand, doch ihr grimmiges Gesicht trug mörderische Züge. Mir fiel ein, dass immer noch Gerichtstag war.

»Nun gut«, sagte sie, als ich fertig war, und drehte sich erst zu Marcello um und dann zu dem Offizier der Reichsgarde, der neben ihr stand. »Mitkommen.«

»Zu Eurem Palast?«, fragte Marcello vorsichtig.

»Nein. Zum Reichspalast.« Sie steckte sich das Siegel in den Ärmel. »Du auch, Amalia. Ich will dich bei mir haben, bis wir die Sache mit Baron Leodra beigelegt haben. Wir haben viel zu tun.«

KAPITEL FÜNFZEHN

Unsere Boote bildeten eine veritable Flottille, als wir zum Reichspalast fuhren. Leute lehnten sich über Brückengeländer, um die lange Reihe kleiner militärischer Wasserfahrzeuge in Falknerrot und imperialem Blau zu begaffen. Ich saß mit Mutter in ihrem Privatboot genau in der Mitte; der goldene Bug, geschnitzt als Symbol des geflügelten Rosses von Raverra, pflügte mit der Präzision des Messers eines Assassinen durch das Wasser des Kanals.

»Nicht zu fassen, dass Baron Leodra ein Verräter am Imperium ist«, sagte ich.

La Contessa starrte unverwandt in Richtung Reichspalast, das Gesicht zu einer erbitterten Maske verzerrt. »Ich glaube nicht, dass er es bewusst darauf angelegt hat.«

»Wenn Orthys Kinder an Vaskandar verkauft und sein Vater zugelassen hat, dass er das Reichssiegel benutzt ...«

»Ich weiß, was du denkst.« Meine Mutter maß mich mit einem Seitenblick. »Die entführten Erben von Ardence. Der Falknertrick. Doch sei vorsichtig mit vorschnellen Schlüssen.«

»So vorschnell kommt mir das nicht vor.« Alles ergab plötzlich einen Sinn. Leodra wollte, dass das Imperium in Ardence unnachgiebiger agierte; wie könnte er das leichter erreichen als dadurch, einen Krieg zu provozieren, von dem er weiß, dass die Gegenseite ihn nicht gewinnen kann?

»Leodra hat keine Leute in Ardence«, klärte La Contessa mich auf. »Er ist neu im Rat, und die Basis seiner Macht liegt in Raverra. Soweit unsere Ermittlungen bisher aufzeigen, hat Orthys Ardence zwar regelmäßig auf seinem Weg über den Fluss Arden nach Vaskandar passiert, aber auch er verfügt dort nicht über maßgebliche Kontakte. Keiner der beiden dürfte die Verbindungen oder Ressourcen haben, um eine so komplexe, ambitionierte und heikle Operation wie die Entführung der ardentinischen Erben derart präzise abzuwickeln.« Sie schüttelte den Kopf. »Es ist möglich, dass Leodra in die Sache verwickelt ist, aber wenn, dann hat er nicht allein gehandelt.«

Das hörte sich vernünftig an. Der Baron konnte keine imperialen Agenten einsetzen, um die Erben zu entführen, andernfalls hätte der Rest des Rates davon erfahren. Wenn er aber in Ardence keine eigenen Gefolgsleute hatte, hieß das, dass jemand anderes die Kinder entführt haben musste. Und sie immer noch festhielt, allein und verängstigt.

Ich starrte meine eigene Hand an, die die Stange umfasste, welche den Brokatbaldachin über unseren Köpfen stützte. Meine Knöchel zeichneten sich weiß unter der Haut ab, und die Narbe auf dem Handrücken trat scharf hervor und erinnerte mich daran, wie knapp ich gerade erst wieder einem Meuchelmord entronnen war.

Narben. Da war noch etwas anderes, woran sie mich erinnerte. Etwas, das für einen Moment in meinem Kopf aufgeblitzt war, als Orthys uns in dem Theater in die Falle gelockt hatte. Etwas, das ich in dem nachfolgenden Chaos gleich wieder vergessen hatte.

»Grazien helft! Ich glaube, Orthys hat für Prinz Ruven gearbeitet.«

Das weckte Mutters Aufmerksamkeit, und sie drehte sich auf ihrer gepolsterten Sitzbank zu mir um. »Was?«

Ich berührte mein eigenes Gesicht. »Einer von Orthys Männern hatte eine Narbe, die aussah wie ein Handabdruck. Die Hälfte von Ruvens Dienerschaft trägt die gleiche Art Narbe, die sie seinen Hauthexerkräften zu verdanken haben. Mir fällt sonst nichts ein, was solche Male hinterlassen könnte.«

Für einen Moment schwieg La Contessa. Dann holte sie tief Luft. »Verdammt sei Leodra. Möge er in der Hölle des Unheils schmoren. Diese Sauerei aufzuräumen wird mehr Arbeit erfordern, als ich angenommen hatte.«

*

Wie ein Wintersturm fegten wir in den Reichspalast und ließen zitternde Höflinge in unserem Kielwasser zurück. Meine Mutter zog sich mit dem Dogen und den wenigen Ratsangehörigen, die zufällig gerade im Palast waren – Leodra war nicht darunter –, in das innere Ratszimmer zurück, während Ciardha, Marcello und ich draußen Wache hielten.

Wir mussten nicht lange warten. Es verging vielleicht eine Viertelstunde, bis meine Mutter Marcello und mich hereinrief, damit wir erzählten, was wir gesehen hatten. Der Doge hörte uns mit funkelnden Augen von seinem bescheidenen Thron aus zu, während die beiden anderen Ratsmitglieder mit zusammengepressten Lippen und blassen Gesichtern danebenstanden. Als wir fertig waren, erhob sich der Doge, und seine reich bestickte Robe fiel in seinem Rücken herab wie Möwenflügel.

»Wir werden Baron Leodra umgehend in Gewahrsam nehmen«, sagte er. »Wir müssen dies schnell und leise erledigen. Einen internen Konflikt können wir uns nicht leisten. Nicht ausgerechnet jetzt, da Ardence und Vaskandar nach einer Schwäche Ausschau halten und das gesamte Imperium uns beobachtet.«

»Es wäre mir ein Vergnügen, mich um diese Angelegenheit zu kümmern«, erbot sich La Contessa.

Der Doge nickte knapp. »Ihr habt meinen Segen und verfügt über uneingeschränkte Handlungsvollmacht.«

Auf dem Weg zur Tür hinaus sammelte meine Mutter Ciardha ein und fing sofort an, Anweisungen zu erteilen. »Beschaff mir einen Zug Reichsgardisten. Schick Spione aus, um Leodra zu suchen. Setz unsere vertrauenswürdigsten Geheimdienstoffiziere darauf an herauszufinden, wer ihm gegenüber loyal ist. Sie sollen seine Leute und seine Papiere überprüfen und jedes Komplott aufdecken. Wir müssen jegliche eventuell vorhandenen Pläne zunichtemachen, die er geschmiedet haben kann, ehe er Gelegenheit bekommt, sie in die Tat umzusetzen. Und sie sollen ganz besonders auf Hinweise achten, was aus den ardentinischen Kindern geworden sein mag.«

Ciardha verbeugte sich, ohne ihre Schritte zu verlangsamen. »Ich kümmere mich darum, Contessa.«

Als wir den Palast wieder verließen, hatten wir ein Gefolge von erbitterten Gesichtern angesammelt. Ich kam mir inmitten all dessen furchtbar klein vor, als wir mit der ganzen Unabwendbarkeit einer Sturmflut wie eine mächtige Welle auf Leodras Palast zurollten. Ich hatte diese ganze Sache in Gang gesetzt, weil ich Leodras Falle entronnen war und meiner Mutter davon erzählt hatte. Nun jedoch war das alles längst viel zu groß für mich, und mir blieb nur, Zeuge zu werden, wenn Leodras Verderben über ihm zusammenschlug.

Doch als wir die mächtigen Marmorstufen des großen Palasts von Leodra erreichten, wartete Ciardha bereits kopfschüttelnd auf uns.

»Er ist geflohen, Contessa. Jemand muss ihn gewarnt haben. Er ist weg.«

Für eine Sekunde schloss La Contessa die Augen und fluchte tonlos. Dann riss sie sie wieder auf, der Blick scharf wie eh und je und frei von jeglichen Zugeständnissen. »Ich will, dass sein Haus durchsucht wird.«

»Gewiss, Contessa, das ist bereits im Gang. Das hier haben sie gefunden.« Sie reichte Mutter ein offiziell aussehendes Schriftstück.

Ich lugte ihr beim Lesen über die Schulter. In eleganter, formeller Schrift stand da eine vertraute Nachricht, verunziert von ein oder zwei Korrekturen. Dies war zweifellos ein Entwurf des Briefes, mit dem die Eltern der vermissten ardentinischen Kinder aufgefordert worden waren, sich der Autorität Raverras zu fügen.

»Hölle der Zwietracht.« Die Worte ritten einfach auf einem Atemzug über meine Lippen. »Wenn Ardence davon erfährt …«

Dieser Brief würde die schlimmsten Verdächtigungen des Schattenadels bestätigen. Ich konnte ihnen nicht mehr verdenken, dass sie Raverra beschuldigten. Ganz gleich, welche Teile der Wahrheit noch fehlten, dieses Dokument war eine klare, in Tinte verewigte Spur.

Ein Mitglied des Rates der Neun war in die Entführungen verwickelt.

Meine Mutter gab Ciardha das Schriftstück zurück. »Wir müssen zusammenrufen, was von unserem Rat noch übrig ist«, konstatierte sie. »Es gibt heute noch ein weiteres Urteil zu fällen.«

*

In der folgenden Nacht und am nächsten Tag fegte ein unaufhörlicher Wirbelwind hektischer Aktivität durch mein Haus: Spione und Boten legten Berichte vor, Ciardha kam und ging mit grimmigem Gesicht und tiefen, von Schlafmangel kündenden Schatten unter den Augen, und der Doge und der halbe Rat suchten La Contessa auf – während der kurzen Zeitabschnitte, da sie sich nicht selbst im Reichspalast aufhielt.

Mutter riet mir eindringlich, zu Hause zu bleiben, bis sie sicher sein konnte, dass Baron Leodra keine Assassinen mit der Anweisung zurückgelassen hatte, die Aufgabe abzuschließen, bei deren Vollendung Orthys versagt hatte. Es war noch nicht so lange her, da wäre ich vollends damit zufrieden gewesen, so viele Tage sie wollte in der Bibliothek zu lesen oder in meinem Zimmer Ideen zu Artefaktionsprojekten aufzuzeichnen. Aber nun schien es mir unmöglich, mich an egal was zu setzen. Ich ging in der Bibliothek auf und ab oder starrte zu den Palastfenstern hinaus auf den Reichskanal, lauschte unerbittlich auf jede noch so kleine Neuigkeit, die mir erklären mochte, wie die Enthüllung von Leodras Verrat sich auf das gespannte Verhältnis mit Ardence auswirkte.

Wie es schien, hatte eine gründliche Durchsuchung seines Hauses und der Unterlagen sowie eine nochmals gründlichere Befragung seiner zuverlässigsten Leutnants und Berater keine weiteren Spuren oder Beweise hinsichtlich der Entführung der ardentinischen Kinder zutage gefördert. Sollte er mehr getan haben, als Erlass und Siegel bereitzustellen, so hatte er dies getan, ohne Spuren zu hinterlassen. Meine Hoffnung, diese Entdeckung würde dazu führen, dass die Kinder befreit wurden und die Kriegsgefahr vorüber wäre, verblasste. Hätte Leodra die ganze Geschichte selbst eingefädelt, wäre es vielleicht so gekommen, aber so einfach lagen die Dinge offensichtlich nicht.

Am Abend nach Leodras Verrat kam zu meiner großen Erleichterung Domenic zu uns. Doch wir hatten uns kaum mit einem Tablett mit Rosmarin-Käse-Crostini in den Salon gesetzt, als er mir den wahren Grund für seinen Besuch offenbarte.

»Ich werde morgen zurück nach Ardence reisen.« Er seufzte bedrückt. »Ich will nicht, aber sämtlichen Berichten zufolge besteht der Hof mehr denn je aus einem Durcheinander aus Gebrüll und dummen Ideen. Ich muss wenigstens versuchen, meinen Vetter, den Herzog, zu überzeugen, die Erlauchte Gesandte wieder zu empfangen. Und meinen Bruder davon abbringen, Fehler zu begehen, die die Zukunft meiner ganzen Stadt zerstören könnten.«

»Dann wirst du dich also nicht dem Schattenadel anschließen?« Ich sprach in gelöstem, ja neckendem Tonfall, konnte aber selbst die Spannung raushören, die sich dahinter verbarg. Ich hegte den Verdacht, dass Domenic das auch konnte. »Ich wollte dir schon eine graue Dominomaske und einen geheimnisvollen Umhang kaufen.«

»Auch wenn ich überzeugt bin, dass ich damit recht verwegen aussähe, solltest du derzeit besser darauf verzichten, irgendwelche Masken zu kaufen.« Domenic drehte ein Crostino in den Fingern, als begutachte er ein kostbares Artefakt. »Sie haben nicht so unrecht, insbesondere in Hinblick auf die unfreiwillige Rekrutierung von Falken. Aber Gabril – nun, unser Vater war Historiker, wenn du verstehst.«

»Ich weiß. Ich habe seine *Chronik des Aufstiegs von Ardence*.«

Für einen Moment hellte sich Domenics Miene auf. »Ja, ja! Das ist sein bestes Buch. Ein Grund, warum er auf den herzoglichen Thron verzichtet hat, war, dass er dieses Buch schreiben wollte. Gabril hat es geliebt. All die glorreichen Siege und ausgefuchsten Kriegslisten. Das war der Teil der Geschichte von Ardence, dem er Beachtung geschenkt hat.« Nachdenklich knabberte er an seinem Crostino. »Aber er vergisst, dass die vielen Berichte über große Schlachten in der Geschichte von Ardence als unabhängigem Stadtstaat darauf beruhen, dass wir vor der Niederlage gegen Raverra und der Eingliederung in das Imperium ständig Krieg geführt haben. Endlose, blutige Konflikte mit anderen Stadtstaaten in Zentral-Eruvia, jämmerliche Machtspiele, die niemandem halfen.« Domenic schüttelte den Kopf. »Wir mögen über Raverra murren und manchmal auch laut schimpfen, aber die goldenen Jahre von Ardence sind erst eingetreten, nachdem wir uns dem Imperium angeschlossen hatten. Seitdem erst sind wir sicher, stark, frei und können uns auf den Handel und die Kunst und die Innovationen konzentrieren, die Ardence zu einer Stadt machen, die wahrhaft von den Grazien gesegnet wurde. Ich kann nicht zulassen, dass diese Leute das alles einfach wegwerfen.«

Ich schluckte einen mürben Brocken. »Denkst du, das werden sie tun?«

»Wenn wir sie nicht überzeugen können, dass Raverra ihre Erben nicht entführt hat, dann ja. Sie scheinen wild entschlossen, es zu versuchen.«

Ich zerdrückte ein Crostino zwischen den Fingern. Zu gern hätte ich ihm von Leodra erzählt, aber das war ein Staatsgeheimnis – und ich war auch nicht so ganz sicher, wie er das aufnehmen würde. »Ich hoffe, die Kinder werden bald gefunden.«

Domenic nickte ernst. »Ich denke jeden Tag an sie. Ich hoffe, sie sind wenigstens in Sicherheit. Und wenn wir sie finden würden – nun, das wäre eine große Hilfe.« Plötzlich schlug er sich auf den Oberschenkel. »Oh! Und das wollte ich dir auch noch erzählen – sie sind nicht das Einzige, was verschwunden ist. Habe ich meine *Interaktionen der Magie* zufällig hier liegen gelassen?«

»Du hast sie doch nicht *verloren!*«, keuchte ich.

Er verzog das Gesicht. »Ich weiß einfach nicht, wo ich das Buch gelassen haben könnte, ehrlich. Aber als ich für die Heimreise packte, war es nicht da, wo ich glaubte, es hingelegt zu haben.«

»Hast du dich vergewissert, dass es nicht zwischen irgendwelche Bücher aus der Bibliothek geraten ist? Wie damals, als du versehentlich Venashas persönliche Ausgabe von *Alt-ostische Artefaktion als Kunst: Gruftschilde und Tempelreliefs* in der Universitätsbibliothek abgegeben hast und ich ihr ausreden musste, dir den Kopf zu rasieren, während du geschlafen hast?«

Domenic setzte eine gepeinigte Miene auf. »Aus diesem Fehler habe ich gelernt. Auf der anderen Seite hat mich einer meiner Freunde von der Reichsbibliothek besucht und gefragt, ob er sich die *Interaktionen der Magie* irgendwann leihen könnte, und ich habe gesagt, natürlich könne er das. Vielleicht hat er gedacht, ich meinte ›sofort‹, nicht ›vielleicht in ein paar Monaten, wenn ich damit fertig bin, es mindestens siebenmal zu lesen, verliebt anzugaffen und von Zeit zu Zeit zärtlich zu streicheln‹, und hat es gleich mitgenommen.«

»Ich schaue mich danach um. Und ich bitte jemanden nachzusehen, ob es in der Reichsbibliothek aufgetaucht ist.«

»Und ich werde meinen Freund fragen. Danke.« Domenic schmeichelte mir mit einem strahlenden Lächeln. »Du wirst mir fehlen, Amalia.«

»Dann wirst du wohl bald zurückkommen und mich besuchen müssen«, sagte ich in einem gezwungen fröhlichen Ton.

»Natürlich. Nichts könnte mich von dir fernhalten.«

Aber in seiner Stimme lag eine unverkennbare Schärfe. Wir beide wussten, dass Besuche zwischen unseren Städten schon bald möglicherweise nicht mehr so einfach wären.

*

Kurz nachdem Domenic gegangen war, kehrte Mutter aus dem Reichspalast zurück und ließ erschöpft die Schultern hängen. Ich war ziemlich sicher, dass sie seit der Aufdeckung von Leodras Verrat noch nicht geschlafen hatte. Sie orderte Glühwein, trat sich wie ein Kind schon in der Eingangshalle die Schuhe von den Füßen und zog sich in den Salon zurück, um mit Ciardha zu debattieren.

Ich lungerte in der Nähe der halboffenen Tür herum und versuchte, sie zu belauschen. Doch als es mir endlich gelang, dem Gemurmel ihrer Stimmen Bedeutung zu entringen, verstummten sie. Ich spitzte die Ohren noch mehr, versuchte herauszufinden, was los war. War meine Mutter vielleicht eingeschlafen?

»Komm rein, Kind«, rief La Contessa. »Die Tür ist offen.«

Ciardha hielt mir mit einem amüsierten Lächeln auf den Lippen die Tür auf. Mit erhitzten Wangen trat ich ein, und Ciardha verbeugte sich und ging hinaus.

Weit davon entfernt, in einem Sessel einzuschlummern, stand meine Mutter neben dem Kamin und lehnte sich mit einem Glühwein in der Hand an den Sims. Tiefe Schatten rahmten ihre Augen.

»Du musst nicht länger im Palast bleiben«, sagte sie. »Da draußen dürfte es mittlerweile nicht gefährlicher sein als sonst.«

»Habt ihr Leodra geschnappt?«

»Nein. Er ist vollständig vom Erdboden verschwunden, zumindest derzeit. Aber ich bin ausreichend sicher, dass wir all seine verbliebenen Ressourcen aufgedeckt und unschädlich gemacht haben.« Sie nippte an ihrem Wein, kostete den Geschmack für einen Moment auf ihrer Zunge mit dem ganzen Genuss einer Frau aus, die schon seit einer ganzen Weile nichts mehr für ihr eigenes Wohlbehagen getan hatte. »Wir haben mehr als genug Beweise, um Leodra wegen Verrats zu hängen. Wie es scheint, hat er über Orthys die Briefe mit dem Reichssiegel und die falschen Erlasse nach Ardence geschickt. Wir haben noch eine weitere Ausgabe des Erlasses auf Orthys' Schiff gefunden. Ich nehme an, der Schurke hat ihn für seine eigenen Zwecke zurückbehalten. Aber wir wissen immer noch nicht, wer die Papiere in Ardence in Empfang genommen hat.«

»Vielleicht fördert die Suche nach Leodra neue Spuren zutage«, sagte ich voller Hoffnung. »Es muss doch *irgendeinen* Hinweis darauf geben, was aus diesen Kindern geworden ist.«

»Wenn es den gibt, sollten wir ihn besser bald auftreiben.« Der Mund meiner Mutter bildete eine ergrimmte Linie aus. »Der Doge will, dass die Situation mit Ardence rasch geklärt wird. Ganz gleich, wie sehr wir uns bemühen, geheim zu halten, dass es im Rat der Neun einen Verräter gab, es werden Gerüchte aufkommen. Das Erlauchte Imperium muss geeinter denn je auftreten, wenn wir diese Zeit heile überstehen wollen.«

Domenics Einschätzung der ardentinischen Seite der Gleichung deutete nicht darauf hin, dass mit einer baldigen Lösung zu rechnen wäre, es sei denn, die vermissten Kinder tauchten wieder auf. »Und wie beabsichtigt Seine Durchlaucht, Ardence so rasch dazu zu bringen, sich wieder an die Erlauchten Verträge zu halten?«

La Contessa stellte ihr leeres Glas auf den Sims. »Das«, sagte sie, »ist eine Angelegenheit, die derzeit rege diskutiert wird. Ich nehme an, wir werden morgen eine Entscheidung treffen.«

In ihrem Ton lag eine unverkennbar bedrohlich erscheinende Endgültigkeit. »Was …? Will ich wissen, was das bedeutet?«

»Das kommt darauf an, was wir entscheiden. Was mich daran erinnert: Der Doge wünscht, dass du dich morgen im Reichspalast einfindest.«

»Wozu?« Mir fiel kein Grund ein, der nicht noch eine weitere Handvoll kalter Kieselsteine auf den wachsenden Haufen in meinem Magen türmte.

»Das will er dir persönlich sagen.« Auf dem Weg zur Tür hielt sie kurz inne und legte mir für einen Moment eine Hand auf den Kopf, eine Berührung, so leicht und schnell wie der Schlag eines Taubenflügels. »Aber sorg dafür, dass du reichlich Elixier zur Hand hast, Amalia. Und sag deine Einladungen für nächste Woche ab. Du musst dich auf eine Reise vorbereiten.«

*

»Ardence. Natürlich schickt Ihr mich nach Ardence.«

Ich sackte gegen die harte Lehne meines Stuhls, soweit das mit einem Korsett überhaupt möglich war, ohne mich darum zu scheren, welchen Eindruck ich mit dieser Haltung beim Dogen hinterließ. So viel zu meinen Hoffnungen, ich könnte eine Möglichkeit finden, die Spannungen mit Ardence zu lindern. Nun würde ich dazu beitragen müssen, sie zu verstärken.

Das Funkeln in Niro da Morantes Augen hielt vor, als er mich über den Schreibtisch hinweg anblickte. Ich hatte gewusst, dass dieses Treffen Ärger bedeutete, sobald ich erfahren hatte, dass es in seiner privaten Studierstube stattfinden sollte. In diesem Raum gab es keine Fenster, und die wenigen Lampen, die man entzündet hatte, reichten nicht, um die Düsternis in Schach zu halten, auch wenn sie hier und da einen Schimmer von Gold aus den Schatten lockten.

»Euch und Euren Falken, beide.« Er drehte eine Schreibfeder zwischen den Fingern. »Habt Ihr sie unter Kontrolle?«

»Euer Durchlaucht, ich bezweifle, dass *irgendjemand* sie unter Kontrolle haben *kann.*«

Die Feder rührte sich nicht mehr. »Über diese Äußerung solltet Ihr noch einmal sorgfältig nachdenken«, sagte er.

Furcht bohrte sich wie eine kalte Nadel in mein Herz. »Euer Durchlaucht?«

»Wenn eine Feuerhexe nicht kontrolliert werden kann, ist sie eine Gefahr für das Imperium. Es ist meine ehrwürdige Pflicht, jegliche Gefahr für die Erlauchte Stadt zu eliminieren.« Seine Stimme blieb unvermindert ruhig – eine Stimme, die schon so oft Leute zum Tode verurteilt hatte, dass die Zunge die Worte, die sie formte, längst gewohnt sein musste. »Ich frage Euch noch einmal: Habt Ihr sie unter Kontrolle?«

Ich schluckte. »Ich kann ihre Macht bannen, Euer Durchlaucht. Und sie hat sich selbst unter Kontrolle. Wenn wir ihre Loyalität gewinnen, kommt das am Ende auf das Gleiche heraus.«

Lange starrte er mich nur an. Ich erwiderte den Blick standhaft, auch wenn ich ihn am liebsten angeschrien hätte, er solle endlich etwas sagen.

»Habt Ihr verstanden«, fragte er schließlich, »warum ich Euch nach Ardence schicke?«

»Das Paradoxon der Gewalten«, flüsterte ich.

»Exakt.« Er legte die Fingerspitzen aneinander. »Meine Hoffnung, Dama Amalia, ist, dass wir das Feuer Eures Falken nicht entfesseln müssen und Eure Anwesenheit lediglich als Ermahnung für Herzog Bergandon dienen wird, sich zu benehmen. Doch sollte diese Hoffnung enttäuscht werden, muss ich sicher sein, dass ich meine implizite Drohung auch in die Tat umsetzen kann. Ganz besonders jetzt, da so viele andere Probleme die Aufmerksamkeit des Imperiums erfordern. Haben wir uns verstanden?«

»Ja. Aber, Euer Durchlaucht, jemand versucht, Raverra und Ardence gegeneinander aufzubringen. All diese anderen Probleme, die Status und Würde des Imperiums in Bedrängnis bringen – Leodra, Vaskandar –, haben dazu beigetragen.« Die Stäbchen meines Korsetts bohrten sich in meine Beine, als ich mich auf der Stuhlkante aufrichtete. »Das muss Euch bewusst sein.«

»Das ist es selbstverständlich.«

»Dann würdet Ihr Ardence doch gewiss nicht im Zuge eines unnötigen, auf Täuschung basierenden Konflikts niederbrennen wollen. Wir müssen die Wahrheit über den Falknertrick herausfinden, statt die Sache bis zu einem Krieg eskalieren zu lassen.«

Er zog eine Braue hoch. »Gnädige Frau, Ihr verkennt die Lage, und Ihr verkennt mich.«

»Oh?«

»Hier geht es nicht um Wahrheit«, sagte er. »Hier geht es um Herrschaft.«

Meine Schultern wurden ganz steif. »Also kümmert es Euch gar nicht, wer diese Kinder entführt hat. Es kümmert Euch nicht, wer einen Krieg zu entfesseln versucht. Alles, was Euch interessiert, ist, dass Ardence vor Euch in die Knie geht.«

»Ganz im Gegenteil, Dama Amalia. Es kümmert mich. Ich will, dass die Kinder gefunden und diejenigen, die dreist genug waren, das Erlauchte Imperium manipulieren zu wollen, zur Rechenschaft gezogen werden.« Er breitete die Hände aus. »Wenn Ihr die Wahrheit aufdecken wollt, so habt Ihr meinen Segen. Wie mir berichtet wird, seid Ihr eine intelligente Frau und unterhaltet Verbindungen nach Ardence. Ihr seid also gut gerüstet für diese Aufgabe. Und wenn die Wahrheit einen Krieg verhindern kann, umso besser.« Seine Stimme klang so hart wie eine frisch geschmiedete Klinge. »Aber diese Wahrheit allein wird Ardence nicht vor herben Konsequenzen bewahren. Sie haben die Erlauchten Verträge zweimal gebrochen. Das Einzige, was sie nun noch retten kann, ist die Anerkennung der Oberherrschaft Raverras.«

Ich wagte nicht, etwas zu sagen. Zu bitter waren die Worte, die mir auf der Zunge lagen.

Der Doge beugte sich vor. »Ich habe eine klare Priorität, und das ist, die unanfechtbare Stärke und Geschlossenheit des Erlauchten Imperiums zu erhalten. Wenn Ardence sich weiter gegen uns stellt – wenn es offen gegen die Erlauchte Stadt rebelliert –, dann ja, Dama Amalia. Dann wird es brennen. Und damit das ganz klar ist: Euer Wort wird das Feuer entfachen.«

Ich starrte ihn an. Meine Kehle fühlte sich heiß und wie zugeschnürt an. Er wartete, so geduldig wie ein auf Beute lauernder Leopard.

Endlich nickte ich. »Ja, Euer Durchlaucht.«

KAPITEL SECHZEHN

NACH MEINEM TREFFEN mit dem Dogen ersuchte mich Mutter, einer Strategiesitzung des Rats der Neun beizuwohnen. Das half mir nun gar nicht, die erstickende Wolke des Grauens zu vertreiben, die nach den Worten des Dogen über mir schwebte. Ich gab mich auch nicht der Illusion hin, dies sei lediglich eine Gelegenheit zu beobachten und zu lernen. Der Rat wünschte meine Anwesenheit in meiner Funktion als Falkner einer Feuerhexe, nicht als Cornaro-Erbin.

Nur acht Ratsangehörige standen um den Tisch im Kartenraum herum. Baron Leodra hatte einen der fünf wahlamtlichen Sitze im Rat der Neun innegehabt, und noch hatte die Versammlung keinen Nachfolger gewählt. Generäle, Berater und dergleichen umzingelten den Tisch, darunter auch Oberst Vasante. Marcello stand zusammen mit einem anderen Leutnant, dem ranggleichen Falken der Stallungen, unruhig hinter ihr. Sogleich zog er meinen Blick auf sich und schenkte mir ein vages, nervöses Lächeln.

Ich tat einen halben Schritt in seine Richtung, doch meine Mutter beobachtete mich mit kühler, distanzierter Miene.

Schön. Wenn sie so besorgt war, dass die Leute mich in Marcellos Nähe sehen könnten, würde ich mich auch nicht neben sie stellen. Stattdessen schlüpfte ich in eine Lücke zwischen der Marquise von Palova und dem Marineadmiral.

Der Doge musterte die versammelten Würdenträger für einen Moment, ehe er mit der flachen Hand auf die Karte schlug. Das Geräusch reichte, dass Marcello zusammenzuckte.

»Vaskandar hat Vorrang«, verkündete er. »Ihre Truppen an der Grenze haben sich in Bewegung gesetzt – sind aber noch nicht über den Pass hinweg gezogen. Stattdessen scheinen sie eher ungünstige Positionen auf und um den Weißen Gipfel bezogen zu haben.« Tatsächlich lagen die grünen Steine nun anders und bildeten einen versprenkelten Haufen tief im Inneren des Hexenmauergebirges. Das sah nicht nach einem geeigneten Ausgangspunkt für einen Angriff aus. »Kann jemand diesen Wahnsinn erklären?«

Stirnrunzelnd betrachteten die Generäle die Karte. Etwas regte sich in meinem Hinterkopf.

»Vulkanglas.« Das Wort sprudelte einfach hervor, obwohl man nicht zwangsläufig erwartete, dass ich mich äußerte, solange ich nicht gefragt wurde.

Der Doge legte die Stirn in Falten. »Bitte?«

»Das ist eine Machtquelle für Artefaktion. Vulkane bergen unfassbare Macht, sogar solche wie der Weiße Gipfel, die seit hundert Jahren nicht mehr ausgebrochen sind. Artefaktion ermöglicht es, etwas von dieser Macht aus dem Vulkanglas zu extrahieren.«

Damit hatte ich ihre Aufmerksamkeit errungen; Oberst Vasante nickte, der Rat und die Generäle machten einen nachdenklichen Eindruck. Der Doge trommelte mit den Fingern auf der Tischplatte. »Aber Vaskandar hat so gut wie keine Artefaktoren.«

»Die Hexenlords haben bisher noch nie Interesse an Obsidian gezeigt«, sagte die Marquise von Palova. »Es ist ein guter Punkt, den wir im Kopf behalten sollten, aber ich mache mir mehr Sorgen darüber, dass der Weiße Gipfel eine gute Aussicht auf Ardence und die bedeutendsten Sicherheitsmaßnahmen an der Grenze bietet. Sollten sie irgendeine Art von magischem Angriff beabsichtigen, so benötigen sie eine freie Sichtlinie, und von dort aus haben sie die.«

Der Doge starrte erst mich für einen Moment gedankenversunken an, dann die Marquise und schließlich die Karte. »Der Weiße Gipfel liegt gerade noch auf deren Seite der Grenze. Wenn wir versuchen, ihnen den zu nehmen, sind wir diejenigen, die einen Krieg beginnen.«

»Dies ist keine gute Zeit«, warf meine Mutter ein.

Die Marquise von Palova nickte. »Wir müssen herausfinden, was sie vorhaben, sie genau beobachten und dafür sorgen, dass unsere Truppen jederzeit imstande sind einzugreifen. Aber zuerst müssen wir Ardence befrieden, und zwar schnell. Wir können uns keine Rebellion leisten, die das Imperium im Innersten bedroht, während sich Vaskandar womöglich gerade anschickt, Schritte zu ergreifen.«

Der Doge nickte. »Ach, ja, Ardence. Ich stimme zu, dass wir diese Angelegenheit schnell in Ordnung bringen müssen. Wir können es uns nicht erlauben, geschwächt zu erscheinen, während wir mit … internen Schwierigkeiten konfrontiert sind.«

Gespannte Stille senkte sich über den Raum. Niemand schaute zu dem Platz, den normalerweise Baron Leodra belegte.

Endlich brach La Contessa das Schweigen. »Wir müssen Geschlossenheit und Stärke demonstrieren. Was wir auch in Ardence tun, es muss mühelos erscheinen. Wenn die Stadt auf diplomatischem Wege zurück in den Schoß des Reiches gelockt werden kann, dann wäre das sehr viel besser.«

»Es ist schwer, Diplomatie zu nutzen, solange Herzog Astor sich weigert, mit der Erlauchten Gesandten zu sprechen, von seinen unsinnigen Forderungen ganz zu schweigen«, entgegnete der Doge trocken.

»Er wird durch den Schattenadel schlecht beraten«, erklärte meine Mutter. »Ich nehme an, Ihr werdet schon in wenigen Tagen eine Veränderung feststellen können, wenn Dama Savony erst wieder zurückgekehrt ist, um ihn zu beraten.«

»Vielleicht wird er auch eher geneigt sein, die herzlichen Beziehungen zum Imperium wieder aufzunehmen, wenn er erst eine Feuerhexe in seiner Stadt hat.« Stählerne Härte vibrierte in den Worten des Dogen. »Vorerst werden wir keine weiteren Truppen entsenden, um die Würde des Imperiums zu wahren.«

Vasante räusperte sich. »Und was genau passiert, sollte Ardence sich weiterhin weigern, die Erlauchte Gesandte zu empfangen, Euer Durchlaucht? Sollte dieser letzte Versuch, den diplomatischen Weg zu beschreiten, scheitern?«

Der Doge presste die Fingerspitzen auf den Tisch und beugte sich in den Lampenschein. »Wenn sie sich weigern, sich an die

Erlauchten Verträge zu halten, sind sie Rebellen, die gegen das Imperium aufbegehren. Dann werden wir aufhören, höflich zu bitten, und ihnen die Wahl lassen, die wir auch Celantis gelassen haben: Kapitulation oder Feuer.«

Seine Worte schienen die Luft aus dem Kartenraum zu saugen.

Die Marquise von Palova zog die schneeweißen Brauen hoch. »Das wäre eine ziemlich einschneidende Maßnahme.«

»Der Schattenrat verteilt in der ganzen Stadt Flugblätter und bedrängt den Herzog, Ardence für unabhängig zu erklären, und Astor tut nichts dagegen«, blaffte der Doge. »Er besteuert die raverranischen Händler *immer noch*, und er widersetzt sich der imperialen Herrschaft. Ich fühle mit den Familien der entführten Kinder, aber wenn sie nicht zuhören, wenn wir ihnen sagen, dass wir sie nicht haben, schwindet auch dieses Mitgefühl. Genau wie meine Geduld.«

»Dennoch ist, wenn Ihr ein Ultimatum stellt, jegliche Illusion von Geschlossenheit dahin«, warnte ihn La Contessa. »Wir würden unsere Macht behaupten, doch würde das in die Tyrannei führen. Ardence wird nicht länger eine befreundete Stadt und ein williger Untertan sein.«

Der Doge nickte langsam. »Richtig. Und darum werden wir solch ein Ultimatum auch nur als letztes Mittel zum Einsatz bringen. Wenn der Besuch von Dama Amalia an der Oberfläche persönlicher Natur zu sein scheint, bleibt unsere Drohung implizit, solange sie die Vorzüge eines friedlichen Dialogs in Erwägung ziehen.«

»Sie hat Freunde in Ardence«, stimmte meine Mutter zu. »Und mein Vetter Ignazio hat bereits davon gesprochen, einen Ausflug nach Ardence zu unternehmen, um sich um irgendwelche Angelegenheiten zu kümmern. Sie könnte ihn begleiten und dem Hof im Zuge eines allem Anschein nach rein privaten Besuches ihren Respekt zollen.«

Das Gerede darüber, meine Freunde als Tarnung für die weitaus finstereren Zwecke zu missbrauchen, die mich nach Ardence führen sollten, gefiel mir nicht. Aber ich presste die Lippen fest zusammen. Ich musste mir gut überlegen, welche Schlachten ich schlagen wollte, solange Mutter und der Rat meine Gegner waren.

»Bei allem gebotenen Respekt«, wandte Oberst Vasante ein, »wenn Dama Amalia vorgibt, Freunde zu besuchen und ihren Onkel zu begleiten, lautet Euer Vorschlag dann, dass sie in der Stadt weilen soll, nicht in der imperialen Garnison außerhalb von Ardence?«

Die Marquise von Palova erging sich in bellendem Gelächter. »Würde sie in der Garnison untergebracht, wäre das der Raffinesse der Botschaft, die wir zu schicken gedenken, nicht sonderlich dienlich.«

Eine nachdenkliche Furche grub sich in die Haut zwischen den perfekten Brauen meiner Mutter. »Unsere Feuerhexe mitten in ihre Stadt zu führen, wo sie ihre Feste besuchen könnte, wäre freundlicher und pointierter zugleich. Damit würde die Diplomatie anstelle einer militärischen Lösung in den Mittelpunkt rücken.« Sie schaute mich an. »Doch wirft es Sicherheitsprobleme auf.«

»Ihnen einen Gardisten zuzuweisen, wäre zu offensichtlich.« Vasante nagte an ihrer Lippe. »Ich nehme an, Leutnant Verdi könnte den beiden so viel Gesellschaft leisten wie möglich und sich dabei als Freund der Familie ausgeben, statt als offizieller Begleiter zu ihrem Schutz aufzutreten.«

Die Brauen meiner Mutter zuckten kurz. »Das ist eine Möglichkeit.«

Der Doge grunzte. »Ergreift alle Schritte, die Ihr für nötig haltet, um die Sicherheit von Falke und Falknerin zu gewährleisten«, wies er den Oberst an. »Aber ich glaube, offen gesagt, eine Feuerhexe ist Schutz genug. Dama Amalia, sollte irgendjemand Euch oder Zaira in Ardence angreifen, so habt Ihr meine Erlaubnis, Euren Falken zu Eurer Verteidigung auch innerhalb der Stadtgrenzen zu entsiegeln.«

Ich machte einen steifen Knicks, zu gereizt, um mehr als ein »Ja, Euer Durchlaucht« zustandezubringen.

Nun wandte er sich an Marcello. »Leutnant Verdi?«

Marcello verbeugte sich, während sich seine Augen weiteten, so sehr erschreckte es ihn, persönlich angesprochen zu werden. »Ja, Euer Durchlaucht?«

»Ihr werdet bei dieser Mission der ranghöchste Offizier der Falken in Ardence sein. Fühlt Ihr Euch dieser Aufgabe gewachsen?«

Ruckartig nickte er. »Ja, Euer Durchlaucht.«

»Ihr seid voll verantwortlich für die Sicherheit von Dama Amalia und unserer Feuerhexe, für die Ermittlungen im Zusammenhang mit den falschen Falknern und für die Beaufsichtigung der Artefaktionsprojekte in der Garnison, die der Oberst Euch dargelegt hat.«

Marcello verbeugte sich erneut. »Gewiss, Euer Durchlaucht.«

Der Doge reckte einen Finger hoch. »Sollte Ardence in irgendeiner Weise Gewalt üben – gegen die Falken, die Garnison, unsere Diplomaten, die Erlauchte Gesandte – oder die Unabhängigkeit erklären oder sich zu einem anderen Akt offener Rebellion hinreißen lassen, könnt Ihr Euch, soweit Zeit bleibt, über die Kurierlampen der Garnison mit mir beraten. Aber sollte die Lage zu ernst werden, seid Ihr nicht verpflichtet, Rücksprache mit dem Reichspalast zu halten. Ihr dürft solch einen Vorfall als kriegerischen Akt einstufen und mit allen verfügbaren Truppen zurückschlagen. Habt Ihr mich verstanden?«

Marcellos Adamsapfel hüpfte hektisch auf und nieder. »Ja, Euer Durchlaucht.«

»Ihr habt auch vernommen, was ich von Euch erwarte, sollte der Herzog sich trotz all unserer Bemühungen weiterhin weigern, auf die Erlauchte Gesandte zu hören, die illegalen Steuern zurückzunehmen und sich an die Erlauchten Verträge zu halten?«

Marcello nickte und sah ganz elendig aus.

Der Doge starrte ihm direkt in die Augen. »Ihr nehmt also die Bürde auf Euch, erforderlichenfalls einen Krieg zu beginnen?«

Ich platzte beinahe, so sehr drängte es mich, trotz meiner fest geschlossenen Lippen zu sprechen – um Marcello zu unterstützen oder um ihn aufzuhalten. Ihm wurde zu viel aufgeladen. Der Oberst sollte einschreiten und sich anbieten, seinen Platz einzunehmen, doch Vasante beobachtete ihn nur abwägend.

Ein harter Kampf zog wie ein rasender Wolkenschatten über Marcellos Gesicht. Endlich nickte er wieder, langsam und ernst, als wiege sein Kopf beim Anheben mehr als beim Senken. »Ja, das tue ich.«

Ich berührte das kalte Metall meiner Falkenkopfbrosche. Nun, da er diesen Wahnsinn bereitwillig auf sich genommen hatte, konnte er ihn nicht wieder ablegen; es war zu spät.

»Damit ist Ardence abgehandelt«, sagte der Doge mit offenkundiger Befriedigung. »Oberst Vasante wird Euch umfangreiche militärische Instruktionen geben, und Dama Terringer kann Euch über die diplomatischen Bemühungen in Kenntnis setzen. Gibt es sonst noch etwas, das wir besprechen müssen?«

Die Marquise von Palova schaute kurz meine Mutter an und räusperte sich. »Die Falken, die am Hexenmauergebirge stationiert sind, benötigen einen fähigen Kommandanten. Vielleicht könnte Leutnant Verdi, wenn die Angelegenheiten in Ardence geregelt sind, zur Grenze reisen, um dort das Kommando zu übernehmen.«

Marcello erbleichte. Ich wippte auf den Absätzen, so entsetzt war ich über ihren Vorschlag. Er oder der Oberst hatten nichts dergleichen angedeutet.

Hölle des Wahnsinns, da steckt doch Mutter dahinter. Sie will uns voneinander fernhalten.

Über den Tisch hinweg schaute ich sie wütend an. Sie begegnete meinem Blick mit kühlem Interesse, offenbar gespannt darauf, wie ich reagieren würde.

Vasante runzelte die Stirn. »Die Grenzfestungen sind Dutzende oder sogar Hunderte von Meilen voneinander entfernt. Ich bin davon ausgegangen, dass wir das per Kurierlampe von den Stallungen aus koordinieren.«

Die Marquise breitete die Hände aus. »Wäre es nicht klüger, einen vertrauenswürdigen Offizier nahe dem Weißen Gipfel an der Grenze zu postieren, sodass wir jederzeit bereit sind, auf eine unerwartete Entwicklung zu reagieren? Offensichtlich bringen wir Leutnant Verdi genug Vertrauen entgegen, um ihm eine solch heikle Mission wie Ardence anzuvertrauen. Wäre er da nicht auch dafür eine gute Wahl?«

Ihrem Ton zufolge war dies eine Frage, keine Feststellung, doch die Marquise wich meinem Blick aus, ganz anders als Mutter, die mich mit hochgezogenen Augen direkt anstarrte.

Marcellos Lippen bewegten sich. Zwar kam kein Laut heraus, doch ich las einen Namen: *Istrella*. Er sah aus, als könne er jeden Moment zusammenbrechen.

Furcht und Zorn verknoteten sich wie Zwillingsschlangen in meinem Bauch. »Oberst Vasante hat recht«, sagte ich. »Leutnant Verdi an die Grenze zu versetzen ergibt keinen Sinn. Auch von dort aus müsste er die Garnisonen per Kurierlampe befehligen. Er kann dem Imperium in den Stallungen am besten dienen.«

Rund um den Tisch drehten sich zynische Gesichter mit halbgeschlossenen Augen zu mir, zu befrachtet mit alter Macht, um sich viel aus meiner Einmischung zu machen. Dieses Mal hatte ich keine nützliche neue Information geliefert wie zuvor in Hinblick auf den Vulkan. Stattdessen hatte ich das durchsichtige Gejammer eines jungen Mädchens angestimmt.

Aber Marcellos Augen bettelten mich mit verzweifelter Hoffnung an: *Hol mich hier raus.*

»Junge Dame«, ließ sich gedehnt und in hochmütigem Ton einer der älteren Ratsangehörigen vernehmen, Lord Errandi, den ich mehr als einmal bei Sitzungen hatte schlummern sehen. »Ihr seid nicht ganz bei Euch. Der unverkennbare Wunsch, Euren Liebsten zu schützen, ist wirklich rührend, aber es ist nicht an Euch, in diesem Punkt zu entscheiden.«

Hitze stieg mir bis zu den Ohren. »Er ist nicht mein Liebster.«

Wunderbar. Nun hörte ich mich vollends infantil an. Aber als ich spürte, wie meine Mutter mich beobachtete, wusste ich, was ich zu tun hatte.

Ich drückte den Rücken durch, als wäre ich zutiefst gekränkt. »Um genau zu sein, Lord Errandi, betrachte ich Eure Unterstellung als Affront. Ich bin die Erbin des Hauses Cornaro. Leutnant Verdi mag ein ausgezeichneter Mann sein, doch auch einer, der weit unter meinem Stande ist.« Aus dem Augenwinkel sah ich Marcello erstarren. *Ach, Marcello, es tut mir leid.* Aber dann begegnete ich dem Blick Mutters und holte zum Todesstoß aus. »Niemals käme ich auch nur auf den Gedanken, solch einen unpassenden Partner zu umgarnen. Ich denke lediglich darüber nach, was das Beste für die Falken und für das Reich ist, ganz, wie ich es von jedem von uns erwarte.«

Schnaubend fegte Lord Errandi imaginären Staub von der Vorderseite seines Wamses. »Nun gut, kein Grund, so empfindlich zu reagieren. Es war ein Irrtum. Dennoch obliegt es dem Rat, diesen Punkt zu diskutieren, nicht den Zuschauern.«

Die Stimme meiner Mutter hallte schneidend über den Tisch. »Wie dem auch sei, ich denke, meine Tochter hat nicht unrecht. Wir können flexibler mit der veränderlichen Lage in Vaskandar umgehen, wenn wir nicht zu viele Kräfte an bestimmten Punkten am Hexenmauergebirge konzentrieren. Derzeit sehe ich keine Veranlassung, Leutnant Verdi zu versetzen.«

Erleichtert ließ ich die Schultern sinken. Sie war auf mein Angebot eingegangen. Vorerst bestand keine Gefahr, dass Marcello und Istrella meinetwegen an die Grenze verbannt wurden.

Aber Marcello sah mich nicht mehr an. Ein Muskel in seiner Wange zuckte, als litte er Schmerzen.

*

Auf dem Heimweg teilten sich Mutter und ich ein Boot. Ich starrte hinaus auf den Kanal und die funkelnden Reflexionen, und das sanfte Licht des Abends zeichnete die geheimnisvolle Schönheit der prachtvollen Fassaden nach, die das Ufer säumten. Marcello hatte den Reichspalast verlassen, ohne ein Wort mit mir zu wechseln, und ich hatte es nicht gewagt, mich ihm zu nähern – nicht in Gegenwart des versammelten Rats.

»Du hast die richtige Wahl getroffen«, sagte meine Mutter leise.

In diesem Moment war ich außerstande, sie anzusehen. »Ich habe die Wahl getroffen, die deinen Wünschen entsprochen hat.«

»Ich weiß, derzeit ist es nicht einfach für dich. Zu einem späteren Zeitpunkt wäre es aber noch schwerer geworden.« Ich spürte eine kaum wahrnehmbare Bewegung an meinem Haar, als hätte sie sich mit den Fingerspitzen genähert, um es zu streicheln, dann aber erkannt, dass dies kein guter Zeitpunkt war, und sich zurückgezogen. »Besser, du gehst nie eine Bindung mit ihm ein, als später gezwungen zu sein, sie zu lösen, weil die Politik es erfordert.«

»Ich bin keine *Bindung eingegangen.*« Endlich, wenn auch mit steifem Rücken, schaute ich sie an. »Vielleicht hätte ich das getan, das werde ich nun nie erfahren. Diese Chance hast du mir nicht gelassen.«

Meine Mutter fummelte an der dreilagigen schwarzen Perlenkette an ihrem Hals herum. »Wenn du die nötige Stärke und Abgebrühtheit besäßest, könntest du dir jegliches Techtelmechtel gestatten, nach dem es dich gelüstet, doch du müsstest auch bereit sein, es wieder zu beenden.« Sie hörte sich sonderbar wehmütig an. »Aber so grausam bist du nicht.«

»Und ich nehme an, das ist meine Schwäche?«, fragte ich erbittert.

»Nein. Ganz und gar nicht.«

Das war ein seltener Moment. Sie hatte ihre Maske abgenommen; nur die abendlichen Schatten standen zwischen uns. Aber selbst jetzt, während sich endlich vielschichtige Emotionen in ihren Zügen spiegelten, konnte ich sie nicht deuten. Ihr Herz sprach eine verschachtelte Sprache, die ich noch nicht gelernt hatte.

»Sei vorsichtig in Ardence, Amalia.« Ihre Stimme kam kaum mehr über ein Flüstern hinaus. »Jemand spielt dort ein tiefgreifendes und gefährliches Spiel, eines, das ich noch nicht nachvollziehen kann. Ich bezweifle nicht, dass die Verantwortlichen töten würden, um ihre Geheimnisse zu wahren. Also schicke ich dich in einen finsteren Raum, ohne zu wissen, was sich in ihm verbirgt, und ich zähle darauf, dass du eine Möglichkeit findest, Licht in das Dunkel zu bringen.«

Langsam atmete ich aus und entließ meinen Ärger in die Seeluft. »Ich gehe davon aus, dass ich überall anecken werde, alles

Mögliche zerbreche und allgemein ein Chaos anrichte. Aber ich werde tun, was ich kann, Mamma.«

Sie nickte. Die Maske war zurück. »Dann werden wir also zu sehen bekommen, was du kannst.«

*

Das Unbehagen in meinen Eingeweiden nahm mit jeder Meile, die ich mich von Raverra entfernte, zu, und das Holpern der Kutsche trug das seine dazu bei. Die ebenen, sonnenbeschienenen Felder und die schindelgedeckten Bauernhäuser um uns herum hatten die See nie gesehen. Dies war offenes Land, frei von Geheimnissen, jede Oberfläche von der Sonne geküsst. Ich jedoch sehnte mich zurück nach meinem schattigen Labyrinth aus Ziegelsteinen und Wasser, wünschte, ich könnte mich mit Istrella über Drähte, Bücher und Kristalle beugen oder versuchen, gemeinsam mit Marcello das Rätsel um die Ardentiner Entführung aus einer Entfernung zu entwirren, von der aus die Stadt nicht zerstört werden konnte.

Marcello. Seit der Ratssitzung am Vorabend hatte er kaum ein Wort mit mir gesprochen. Das wenige, was er gesagt hatte, war steif und formell gewesen und hatte sich auf das beschränkt, was im Zuge unserer Reise unumgänglich war. Er ritt auf einer rotbraunen Stute neben uns und befehligte den kleinen Trupp Soldaten, den man uns zu unserem Schutz mitgeschickt hatte. Sorgsam vermied er es, zum Fenster der Kutsche zu schauen, als könne der bloße Anblick ihn versengen.

Ich wusste, ich musste mit ihm reden. Aber was konnte ich ihm sagen? *Es tut mir leid, dass ich so grausame Dinge gesagt habe, aber sie sind tatsächlich wahr?*

Wie sollte ich ihm erklären, dass wir nicht mehr balzen dürften, wenn wir es doch gar nicht getan hatten?

Istrella ritt an seiner Seite. Sie schwatzte, zeigte auf dieses und jenes, senkte manchmal die artefaktische Brille, die sie meist auf der Stirn trug, über die Augen, um sich irgendeinen Gegenstand oder einen Vogel durch sie anzusehen. Zairas Stimme trieb, kaum hörbar über dem Rumpeln der Räder und dem Klappern der Hufe, vom Kutschbock herbei, wo sie mit dem Kutscher plauschte. Sie hatte darum gebeten, neben ihm sitzen zu dürfen, und die beiden schienen sich prächtig zu amüsieren. Dies hätte eine fröhliche Reise werden können. Aber immer, wenn ich an den Zweck unseres Ausflugs dachte, öffnete sich in meiner Brust eine Übelkeit erregende Kluft.

Ich hatte stets damit gerechnet, eines Tages nach Ardence zurückzukehren, aber sicher nicht so.

Als ich den Mann anblickte, der mir in der Kutsche gegenübersaß, kam mir in den Sinn, dass er exakt das Gleiche denken mochte.

Vielleicht konnten wir uns gegenseitig ein wenig Ablenkung verschaffen. »Onkel Ignazio?«

Er blickte von seinem Schoß auf, und der grüblerische Zug ließ ein wenig nach. »Ja, Amalia?«

»Es muss schwer für dich sein, so bald nach Ardence zurückzukehren. Das tut mir leid.«

Er lachte kurz. »Für Dama Terringer ist das unangenehmer als für mich. Es könnte so aussehen, als hätte der Doge mich geschickt, damit ich hinter ihr aufräume.«

»Meinst du, sie wird aufgebracht sein?« Das könnte ein Problem werden, bedachte man, dass ich mit ihr zusammenarbeiten musste. Ich konnte mir nicht vorstellen, dass sie erfreut wäre, wenn ihr Vorgänger ihr plötzlich über die Schulter schaute.

Ignazio zuckte mit den Schultern. »Ich werde ihr aus dem Weg gehen und mich so still verhalten, dass sie meine Anwesenheit in Ardence kaum wahrnehmen wird. Und sollte sie trotzdem verärgert sein, nun, es wäre närrisch, würde sie zulassen, dass sich das auf den Umgang mit dir auswirkt. Immerhin wirst du ihr eines Tages Anweisungen erteilen … sollte meine Base je auf den Gedanken kommen, sich zur Ruhe zu setzen.«

»Eher sterbe ich an Altersschwäche.« Meine größte Hoffnung.

Zairas derbes Gelächter übertönte das Knarren und Rumpeln der Kutsche. Ignazio runzelte die Stirn. »Auf dem Bock ist sie ungeschützt. Ich wünschte, sie hätte meine Einladung, sich zu uns zu setzen, nicht ausgeschlagen.«

»Ach, vor Assassinen ist sie ausreichend sicher.« Ich senkte die Stimme. »Der Doge würde seine einzige Feuerhexe niemals schutzlos in Gefahr bringen. Die Stäbe in ihrem Mieder und die Nadeln in ihrem Haar bestehen aus artefaktisch verstärktem Runenstahl. Die ersten zwei oder drei Musketenkugeln würden von ihr abprallen wie Kiesel von einem Ziegeldach.«

»Tatsächlich.« Interesse flackerte in Ignazios Augen auf. »Was haben sie als Energiequelle benutzt? Ich glaube nicht, dass es möglich ist, ein kinetisches Schild zu entwickeln, das klein genug ist, um es am Leib zu tragen.«

Das war es, was ich so an meinem Onkel Ignazio mochte. Er sprach meine Sprache. Selbst wenn seine Kenntnis der Magietheorie abseits der Alchemie nicht sehr ausgeprägt war, so verstand er doch die grundlegenden Prinzipien. »Hexen sind ihre eigene Energiequelle. Der persönliche Artefaktor des Dogen hat das angefertigt und mit Zairas Macht verknüpft. Ich glaube, es kommt nicht selten vor, dass hochgeschätzte Falken einen solchen Schutz erhalten, wenn sie in einer gefährlichen Umgebung arbeiten müssen.«

»Beeindruckend. Und eine Schande, dass die unter uns, die nicht über derartige Reserven magischer Energie verfügen, diesen Schutz nicht nutzen können.« In Ignazios Stimme lag keine Bitternis, aber für einen Moment huschte ein Stirnrunzeln über sein Gesicht. Meine Mutter sagte, es ärgere ihn immer noch, dass seine alchemische Gabe nicht stark genug war, ein Mal in den Augen zu hinterlassen, das ihn in die Stallungen geführt hätte. »Es muss viel Mühe und Kunstfertigkeit erfordern, solche Hilfsmittel zu bauen. Der Doge muss sie sehr hochschätzen.«

»Er schätzt seine Pläne sehr hoch.« Ich sackte auf meinem Sitzplatz zusammen. »Ich bin nicht überzeugt, dass er *Menschen* überhaupt schätzt.«

Ignazio gab einen leisen Seufzer von sich, der den Dunst des Bedauerns in sich trug. »Je mehr Macht jemand besitzt, Amalia, desto schwerer fällt es demjenigen, Menschen über Ergebnisse zu stellen. Der Doge muss immerhin das Wohl von Millionen von Reichsbürgern im Blick behalten. Wie soll man das gegen das Glück eines Einzelnen aufwiegen? Oder auch gegen dessen Leben?«

»Ich weiß es nicht«, gestand ich. »Muss es denn ständig Konflikte geben? Kann man nicht beides tun – sich um das Imperium als Ganzes kümmern und dennoch auch für seine einzelnen Bürger sorgen?«

»Vielleicht.« Ignazio zuckte mit den Schultern. »Aber es ist unmöglich zu herrschen, ohne dass ein gewisses Maß an Blut an deinen Händen klebt. Du wirst es selbst erleben, wenn du in den Rat der Neun aufsteigst.«

Das Mitleid in seiner Stimme hatte eine unheilverkündende Färbung. Ich zog die Schultern hoch.

»Wenn das so weitergeht, werde ich mich von der Grazie des Glücks gesegnet sehen, falls ich es schaffe, in den Rat aufzusteigen, ohne dass bereits zu dem Zeitpunkt Blut an meinen Händen klebt.«

*

Am Nachmittag setzte leichter Regen ein, und Zaira und Istrella gesellten sich zu uns in die Kutsche. Zaira saß neben Ignazio und erzählte ihm von dem Tratsch, den der Kutscher ihr zugetragen hatte. Istrella hockte auf meiner Bank, zerrte eine Tasche zwischen uns auf die Sitzfläche und holte eine Kiste mit Artefaktionszubehör heraus, um auf ihrem Schoß damit zu arbeiten.

Ich schaute ihr zu. »Machst du *Geschühe?*«

»Das hier?« Istrella hielt einen schmalen Zopf aus Golddraht hoch. Ihr eigenes Geschüh schimmerte an ihrem Handgelenk. »Nein, nein. Noch nicht. Ich lerne aber schon mal die grundlegenden Prinzipien. Der Meisterartefaktor des Dogen meinte, ich hätte möglicherweise das Potenzial, um sie eines Tages selbst herzustellen. Das ist eine große Ehre.«

Mitten in der Beschreibung der Indiskretion eines Schreinhüters versagte Zairas Stimme für einen Herzschlag, und sie bedachte Istrella mit einem schiefen Blick.

»Ich bin beeindruckt«, sagte ich. »Mir war nicht bewusst, dass irgendjemand außer dem Meisterartefaktor daran arbeiten darf.«

»Ich musste ein Jahr bei ihm in die Lehre gehen und etliche Geheimhaltungsschwüre ablegen, ehe er angefangen hat, es mir beizubringen.« Istrella zog einen Golddraht hervor und fing an, ihn sorgfältig zu einer kleinen Spirale zu formen. »Das hier werde ich vernichten müssen, sobald ich damit fertig bin, auch wenn es nur ein Übungsstück ist. Es ist mir nicht gestattet, irgendwelche intakten Stücke herumliegen zu lassen.«

Ich versuchte, das aufwendige Gewebe mit den Augen zu entwirren. »Das sieht aus wie das zentrale Geflecht, der Teil, der die Magie unterdrückt.«

»Nun ja, so ist es auch gedacht. Dieses funktioniert noch nicht. Die Lagen, die sich darüber ziehen, sind noch schwieriger. Sie müssen auf all die Gegebenheiten und Befehle reagieren, für die das Geschüh gemacht ist.« Sie neigte den Kopf zur Seite und betrachtete das unfertige Drahtgeflecht. »Es ist so systematisch und logisch. Es fällt mir schwer, mich zusammenzureißen und nichts Improvisiertes hinzuzufügen oder zu versuchen, die ganze Sache abzukürzen, aber das ruiniert es jedes Mal. Das Letzte, das ich gemacht habe, hätte eine Person davon abhalten sollen, Magie zu wirken, stattdessen hat es sie daran gehindert, etwas mit dem linken Auge zu sehen.«

»Stört es dich nicht«, fragte Zaira unvermittelt, »so etwas zu fertigen?«

Istrella zuckte mit den Schultern. »Ich bin mit so einem Geschüh aufgewachsen. Es sorgt dafür, dass sich die Menschen in meiner Nähe sicherer fühlen, und Marcello entsiegelt meine Magie so oder so ständig. Ich verstehe, dass es für eine Hexe schlimmer ist, deren Macht ständig versiegelt ist. Besonders, da ich gehört habe, dass du gar kein Falke sein möchtest.«

»Willst *du* ein Falke sein?«, fragte ich.

Lachfältchen zeichneten sich um Istrellas junge Augen ab, und das Magiermal um ihre Pupillen schimmerte golden. »Oh, ja! So kann ich den ganzen Tag mit Artefaktion herumhantieren, habe alle Bücher, die ich mir wünschen kann, und Freunde, die mich verstehen und keine Angst vor mir haben. Das ist herrlich.« Sie fing an, auf einem Tablett, das sie im Schoß hielt, in blutroten Perlen zu wühlen. Dann holperte die Kutsche über einen Buckel, und sie schnalzte missbilligend mit der Zunge.

Zairas Brauen rückten vor Enttäuschung näher zusammen. »Aber du kannst die Stallungen ohne deinen Bruder nicht verlassen, und er ist die halbe Zeit fort – unterwegs, um neue Falken zu holen, oder in einer Besprechung, oder er nimmt irgendeinen armen Irren mit einem Hauch von Artefaktionsgabe gefangen, der brisante Banne an allen Türen im Ort anbringt, um Dämonen fernzuhalten. Wie kann dich das nicht wütend machen?«

»Manchmal werde ich wütend auf Marcello, wenn er sich wie ein Esel aufführt. Immerhin ist er mein Bruder.« Das Funkeln in Istrellas Augen wich einem nachdenklicheren Schimmer. »Aber damals, als der Oberst uns gezwungen hat, die Hälfte des Jahres mit meiner Familie zu verbringen, hat er auf mich aufgepasst. Wenn Vater eines meiner Projekte entdeckt hat und es – wie immer – zerstören wollte, hat Marcello ihm erklärt, dass es Eigentum des Imperiums ist, und wenn er es kaputt mache, sei das ein Verbrechen. Und wenn Marcello mal nicht hingeschaut hat und mein älterer Bruder die Hand gegen mich erheben wollte, dann musste ich nur mein Geschüh hochhalten, um ihn daran zu erinnern, dass ich nun ein Falke war und er mich in Ruhe zu lassen hatte.« Sie drehte ihr Handgelenk, und die roten Perlen blitzten auf. »Aber Halmur hat mir erzählt, es würde ihn manchmal verunsichern, wenn er die Stallungen verlässt und sie seine Vivomantenmacht bannen, sodass er das Leben um ihn herum nicht mehr spüren kann. Und ich weiß, dass *du* überhaupt nicht in den Stallungen sein willst, außer, wenn du mit Terika zusammen bist. Darum denke ich, das fühlt sich für jeden anders an.«

Bei der Erwähnung von Terikas Namen zuckte Zaira zusammen, doch dann lehnte sie sich seufzend auf der Bank zurück. »Du bist ein hoffnungsloser Fall.« Entschlossen konzentrierte sie sich wieder auf Ignazio. »Wo war ich? Ach, richtig. Also, der Schreinhüter kommt zum Strand, *immer noch* ohne Hose, und da geht ihm auf, dass es keine Brücke nach Raverra gibt, und er kommt auf die Idee, er könnte ja *schwimmen …*«

Istrella klappte ihre zweifarbige Brille herunter und nahm eine der Perlen. »Und jetzt kommt der schwere Teil. Haben Sie je gesehen, dass jemand in einer rollenden Kutsche versucht hat, eine Doppelhelix aufzufädeln?«

»Kann ich nicht behaupten.« Ich beobachtete Istrellas geschickte Finger. Es war eine Erleichterung, mich auf die vertrauten Feinheiten artefaktischer Arbeit konzentrieren zu können. Wir hatten die Köpfe über dem Übungsgeschüh zusammengesteckt und unterhielten uns über die Techniken, die sie benutzte. Gelegentlich verlangte ihre Geheimhaltungsverpflichtung, dass Istrella hinsichtlich der Theorie, die dieser oder jener listigen Drehung des Drahts zugrunde lag oder sie veranlasste, die Perlen dort anzubringen, wo sie es tat, in Schweigen verfiel. Selbst das tat sie nur bedauernd. Zaira schaute sich dann und wann zu uns um, und dabei glitt ein sonderbar wehmütiger Ausdruck über ihr Gesicht.

Doch während ich zusah, wie Istrella mit dem Golddraht arbeitete, fiel mir wieder ein, warum der Doge sie nach Ardence schickte. Diese geschäftigen Finger konnten eine zerstörerische Macht entfalten, beinahe so enorm wie Zairas Schadfeuer. Und uns blieb nur eine letzte Chance zu verhindern, dass sich all diese Macht gegen eine Stadt voller unschuldiger Menschen wandte.

*

In jener Nacht fand ich keinen Schlaf, obwohl mein Zimmer im Gasthaus durchaus komfortabel war. Man hatte mir das beste Bett gegeben, mit hohen Pfosten, in die verschlungene Ranken geschnitzt waren, Federdecken und mit Lavendel parfümierten Kissen. Aber ich lag wach auf der Matratze und starrte einen Riss in der Decke an, bis er mir so vertraut war wie der Lauf des Reichskanals. Meine Gedanken folgten unentwegt dem immer gleichen Pfad, so unveränderlich wie der Riss, den ich anstarrte: Ich musste einen Weg finden, um Ardence davor zu bewahren, in Flammen aufzugehen.

Wenn Herzog Astor sich weigerte, die Erlauchte Gesandte zu empfangen, konnte ich nicht gerade darauf vertrauen, dass sie ihn von der Schuldlosigkeit Raverras würde überzeugen können – ungeachtet der Tatsache, dass ihr Rat eigentlich das Gewicht eines imperialen Befehls aufweisen sollte. Wollten wir unserem unsichtbaren Feind einen Strich durch die Rechnung machen, mussten wir die Kinder finden. Und solange es dem Imperium nicht gelang, Baron Leodra gefangen zu nehmen und zu verhören, mochte unsere größte Chance, Informationen zu bekommen, durchaus Domenics Verbindung zum Schattenadel sein – sofern ich den überzeugen konnte, mit mir zu reden. Und sofern Domenics Bruder nicht selbst zu den Tätern gehörte.

Ich stand auf, ließ die Tagesdecke unordentlich auf einem Haufen liegen und zog mir eine Jacke über mein Nachtgewand. Wenn ich die Zimmerdecke noch länger angestarrt hätte, wäre ich wahnsinnig geworden. Ich brauchte den Himmel über mir.

In der tiefen, lebendigen Stille eines in Schlaf gehüllten Hauses ging ich abgenutzte Stufen hinunter. Ich schlenderte durch den unkrautüberwucherten Innenhof des Gasthofes und durchquerte unter leuchtenden, gleichgültigen Sternen den Küchengarten, umgeben vom Duft von Rosmarin und Basilikum. Eine kühle Brise beugte die Gräser auf einem mondbeschienenen Feld jenseits der niedrigen Gartenmauer.

Ich setzte mich auf die Mauer, starrte hinüber zu einer fernen Reihe Zypressen und versuchte, mir von dem diamantharten Sternenschein die Sorgen aus dem Hirn spülen zu lassen.

Die kalte, harte Mündung einer Steinschlosspistole drückte sich in meinen Rücken. »Keinen Laut, oder ich schieße«, flüsterte Baron Leodra.

KAPITEL SIEBZEHN

JEDER MUSKEL in meinem Körper spannte sich. Meine Hände zuckten zu meinem Dolch, dann zu meinem Leuchtmedaillon, aber ich hatte beides auf meinem Nachttisch in dem Gasthaus zurückgelassen.

»Keine Bewegung.« Leodra trat neben mich, sodass ich ihn sehen konnte. Die Mündung der Steinschlosspistole schwebte nun wenige Zoll von meiner Brust entfernt. Stroh hing in seinem einst so makellosen weißen Haar, als hätte er in einem Stall geschlafen, und Bartstoppeln verunzierten seine Wangen.

»Hört zu«, sagte er mit rauer, drängender Stimme. »Hört nur zu.«

Ich hielt so still wie die Mauer, auf der ich saß, von dem rasenden Stottern meines Herzschlags einmal abgesehen. »Ich höre.«

»Ich bin kein Verräter.« Die Pistole bohrte sich für einen Moment zitternd in meine Seite. »Ich bin dem Imperium treu ergeben.«

Ich bemühte mich, so etwas wie respektvolle Aufmerksamkeit zu vermitteln, während ich im Kopf die diversen Schritte zur Entwaffnung eines Angreifers durchging, die Ciardha mich gelehrt hatte. Aber ich war nicht Ciardha, und ich war nicht gerade zuversichtlich, dass ich auch nur einen davon zur Anwendung bringen konnte, ohne erschossen zu werden.

Für einen Moment verzerrte Zorn Leodras Züge. »Verdammt, ich sollte Euch einfach töten. Das würde Lissandra recht geschehen. Aber es gibt ein paar Dinge, die der Doge um Raverras willen erfahren muss.«

Ich fing seinen unsteten Blick auf. »Habt Ihr die ardentinischen Erben entführt?«

»Nein!« Sichtlich gepeinigt verzog Leodra das Gesicht. »Ich wusste nicht, dass sie das tun würden. Eigentlich sollte das nur eine List sein, um das Imperium zum Handeln zu bringen, keine echte Entführung. Die haben mich in ihren Plan mit hineingezogen und zum Narren gehalten, mich ausgetrickst, damit ich mein Siegel unter diese Erlasse und Briefe setze, ohne zu begreifen, welchem Zweck sie wirklich dienen sollten. Wie sie *verändert* werden sollten.«

»Wer?« Meine Finger krümmten sich auf der Steinmauer, kratzten am Mörtel. »Wem habt Ihr das Siegel gegeben?«

Leodra kniff die Augen zusammen, und der wilde Ausdruck wich einem listigen. »Erst will ich eine Garantie für meine Sicherheit.«

»Das ist eine recht absonderliche Bitte, wenn Ihr zugleich mit einer Pistole auf mich zielt.«

»Ich kenne Eure Mutter allzu gut.« Seine Lippen zuckten über gebleckten Zähnen. »Wenn die mich schnappt, werde ich noch vor Morgengrauen geköpft, *es sei denn*, ich habe etwas, das sie braucht. Und das hier braucht sie. Oh, ja, das tut sie.«

Die Pistole zitterte inzwischen so schlimm, dass ich befürchtete, er könnte versehentlich abdrücken. »Ich kann keine Versprechen im Namen meiner Mutter abgeben«, sagte ich. »Aber wenn Ihr mir die Information gebt, wenn Ihr mir erzählt, wer sich gegen Ardence und das Imperium verschworen hat, werde ich tun, was ich kann, um Euch zu retten.«

»Ich werde Euch gar nichts erzählen. Nicht jetzt. Ohne Karten in der Hand ist kein Spiel zu gewinnen.« Er strich sich mit einer Hand über die Stirn. »Aber ich werde Euch genug erzählen, um zu verdeutlichen, dass ich kein Verräter bin. Kaum hatte ich erkannt, was sie taten, habe ich ihnen meine Hilfe verweigert. Ich bin hier und warne Euch, weil ich Raverra gegenüber loyal bin. Sagt das Eurer Mutter und dem Dogen.«

»Ja.« Ich hatte nicht die Absicht, mich mit ihm zu streiten, solange er redete, statt auf mich zu schießen. »Sagt mir nur, was.«

»Dieses Komplott ist nicht, wofür Ihr es haltet.« Er leckte sich über die Lippen. »Wenn Ihr nach Ardence geht, seid Ihr in Gefahr, Amalia Cornaro.«

Eiskalt spannte sich die Haut an meinem Kopf. »Ich?«

»Ja.« Er holte tief Luft, und die Pistole zuckte zur Seite. »Sie haben vor …«

Ein ohrenbetäubender Knall hallte durch die Nacht, und Leodra stolperte. Seine Hand flog an seinen Hals und versuchte, den plötzlichen dunklen Strom des Blutes aufzuhalten. Stumm bewegten sich seine Lippen.

Unfähig, einen schrillen Aufschrei zu unterdrücken, sprang ich auf. Noch ehe die Kristallsplitter der Furcht mich in die Richtung drehen konnten, aus der ich den Schuss gehört hatte, brach Leodra über der Mauer zusammen.

»Amalia!« Es war Marcello, der quer über den Hof in seinem Nachtgewand auf mich zu rannte, die rauchende Pistole immer noch in der Hand. »Geht es Ihnen gut?«

Lichter bewegten sich flackernd hinter den Fenstern des Gasthauses. Ein Hund bellte wütend, und aufgeschreckte Stimmen wurden laut.

»Um der Liebe der Grazien willen, Marcello, er wollte mir gerade etwas Wichtiges sagen!« Meine Nerven klimperten wie geborstene Glocken. Blut tränkte Leodras Hals und Schultern. Er lag noch immer bäuchlings über der Mauer und bewegte sich schwach, doch waren seine Regungen bedeutungslos und bar jeder Hoffnung.

Ich riss mir die Jacke vom Leib und drückte sie an seinen Hals, versuchte, die Blutung zu stillen, aber es half nichts. Grazie der Barmherzigkeit, er starb unter meinen Händen.

Marcello starrte mich mit bleichem Gesicht aus geweiteten Augen an. »Der Mann hat eine Pistole auf Sie gerichtet. Ich dachte, er würde Sie umbringen.«

Leodras ersterbende Augen verschlangen all meine Aufmerksamkeit, während ich die durchtränkte Jacke auf die furchtbare Wunde presste. »Bitte, sagt mir, wer die Kinder entführt hat«, flehte ich ihn an.

Sein Blut benetzte meine Hände und kühlte in der Nachtluft

rasch aus. Zitternd streckte er eine Hand nach mir aus, während er versuchte, mit seiner zerfetzten Kehle nach Luft zu schnappen. Ich drückte seine Hand. »Sagt mir, wie ich sie finden kann!«

Doch da wurde der verzweifelte, furchtsame Funke in seinen Augen schwächer, und die kläglichen Bewegungen fanden ein Ende.

Ich senkte den Kopf. Sein Blut befleckte meine zitternden Arme.

»Was …« Marcello schluckte. »Wer war er?«

Ein Schauder rann mir über den Leib, und ich zwang mich, mich abzuwenden. »Baron Leodra. Er war schon tot, Marcello. Der Dämon des Todes hatte ihn nur noch nicht eingeholt.«

Das halbe Dutzend Soldaten, die uns eskortierten, strömte mit erhobenen Waffen in den Hof. Marcello schüttelte sich wie ein nasser Hund, ehe er das Kommando übernahm und Befehl gab, die direkte Umgebung des Gasthauses zu durchsuchen, um sicherzustellen, dass Leodra keine Spießgesellen mitgebracht hatte. Einer bot mir ein Taschentuch an und murmelte dabei eine Entschuldigung, weil es so erschreckend unzureichend war. Andere trugen Leodras Leichnam fort.

Ich schaute mir das nicht an. Stattdessen ging ich allein zum Gartentor hinaus und über das weiche, silbrige Feld, das an die Postenkette aus Zypressen grenzte, an die sich sanft geschwungene Hügel anschlossen. Ich wischte mir Hände und Arme mit dem Taschentuch ab. In dem Stoff war kein Fleckchen Weiß mehr übrig, als ich es schließlich zu Boden warf.

Tränen sammelten sich hinter meinen Augen, doch ich weigerte mich, sie zu vergießen. Für Leodra konnte ich kein Mitgefühl aufbringen, nicht, nachdem er versucht hatte, mich ermorden zu lassen. Aber der Mann war regelmäßig in unserem Salon zu Gast gewesen. Ihn sterben zu sehen, hatte mich bis ins Innerste erschüttert.

Irgendwann verstummte der Lärm. Die Soldaten gingen wieder zu Bett, der Hund hörte auf zu bellen, und Stille senkte sich über die Nacht. Der Gesang der Grillen schwebte zu dem fernen Mond empor. Ich fror in der zunehmenden Kälte, aber ich konnte mich nicht wieder in mein Bett legen. Leodras Blut tränkte noch immer meine Augen, und die Worte, die er gesprochen hatte, hingen unhörbar zwischen den Sternen.

Schritte erklangen im Gras hinter mir. Ich drehte mich um, und da war Marcello und ließ erschöpft die Schultern hängen. Die Haut seiner Brust lugte aus dem herabhängenden Kragen seines Nachtgewands. Er hatte seinen Gürtel über die Schulter geworfen, sodass Rapier und Steinschlosspistole leicht greifbar waren.

»Amalia. Geht es …« Er schüttelte den Kopf. Keinem von uns ging es gut, und das wusste er. »Möchten Sie reingehen?«

»Er hat versucht, mich vor etwas zu warnen.« Ich rieb mir die kalten Arme. Es war seltsam, meinen eigenen, lebendigen Körper unter dem Stoff des Nachtgewands zu spüren und zu wissen, dass seine Seele den Körper Leodras′ verlassen hatte. Dabei war er doch noch vor gerade einer Stunde lebendig und voller Furcht gewesen. »Er wollte uns im Austausch für eine Begnadigung erzählen, wer die Kinder entführt hat. Nun kann er das nicht mehr, und sein Wissen ist dahin.«

Ich hatte es nicht als Vorwurf gemeint, aber Marcello erbleichte. »Bei allen Höllen. Das wusste ich nicht.«

»Das konnten Sie nicht wissen.«

Er kauerte sich zu Boden und barg das Gesicht in Händen. »Und ich habe ihn getötet. Grazien, vergebt mir.«

Ich kniete mich in das kühle Gras und versuchte, seinen Blick auf mich zu ziehen, während der Schrecken in meinen Eingeweiden brodelte. »Er war kein unschuldiger Mann, Marcello. Ich bin nur noch am Leben, weil sein Versuch, mich ermorden zu lassen, fehlgeschlagen ist. Sie konnten nicht wissen, dass er nicht vorhatte, mich zu erschießen.«

»Ich habe einen schrecklichen Fehler begangen.« Endlich blickte er auf, und der Schmerz in seinen Augen war bodenlos. »Und ich kann es nicht rückgängig machen. Ich kann ihm das Leben nicht zurückgeben.«

Das war alles wahr, und ich wollte ihn gewiss nicht dadurch herabsetzen, dass ich es abstritt. »Ich weiß.«

Er schloss die Augen, ließ den Kopf hängen und holte so stockend Luft, dass es beinahe schon wie ein Schluchzen klang.

Ich hatte keine Worte, um ihn aufzurichten. Ich fand keinen Trost in mir, den ich ihm hätte anbieten können. Also beugte ich mich zu ihm, bis meine Stirn die seine gerade berührte. Sie war fest und beruhigend warm: Er lebte, so wie ich.

»Ich weiß«, flüsterte ich erneut.

*

Unsere Kutsche holperte durch die weite, goldene Landschaft. Die Felder krochen in die sanften Hügel empor, hochgewachsene Zypressen säumten sie, aufgereiht wie Pilger. Am Morgen hing Nebel in den Tälern und salbte das Land mit rätselhafter Anmut.

Leodras nicht übermittelte Warnung schlug ihre gekrümmten Klauen in meine Gedanken und wollte nicht mehr loslassen. Jede Meile, die unter unseren Rädern dahinschwand, brachte uns näher an Ardence, wo ein unbekannter Feind schon wartete. Da gab es kein loses Ende, das ich aufgreifen konnte, um das Netz zu entwirren, und es war alles andere als beruhigend, dass ich die Spinne nicht zu sehen vermochte.

Ich versuchte, mich abzulenken, indem ich mich mit Istrella über Artefaktion und die Orte, die sie in Ardence gern besuchen wollte, unterhielt. Ein- oder zweimal ertappte ich Zaira dabei, wie sie uns anstarrte, auch wenn sie sich jedes Mal rasch abwandte und zum Fenster hinausblickte. Einmal sah ich, wie sie die Knicke in einer Kohlezeichnung glättete, die eine lächelnde Terika zeigte, und ich nahm an, dass ihre Kameradin sie ihr geschenkt hatte, ehe sie die Stallungen verließ.

Marcello blieb mit seiner Stute neben der Kutsche, befehligte seine Handvoll Soldaten und schien seit der letzten Nacht noch wachsamer geworden zu sein. Gelegentlich trafen sich unsere Blicke durch das Fensterglas, und selbst über die halbe Breite der staubigen Straße hinweg konnte ich Schmerz und Sorge in seinen Zügen erkennen.

Als wir zum Mittagessen bei einem Wirtshaus am Wegesrand Halt machten, saß ich für kurze Zeit allein mit Marcello am Tisch, während Zaira, Ignazio und Istrella die schützenden Talismane begutachteten, die der Eigentümer, ein unbedeutender Artefaktor, am Tresen verkaufte. Ich sammelte all meinen Mut, um ihm zu sagen, was ich ihm schon vor Tagen hätte sagen sollen.

»Es tut mir leid.«

Abrupt blickte er von dem von tiefen Kratzern überzogenen Holz der Tischplatte auf. »Was?«

Verlegen zuckte ich mit den Schultern. »Das, was ich bei der Ratssitzung gesagt habe.«

Ein sonderbares, trauriges Lächeln huschte über sein Gesicht. »Ich kann Ihnen kaum die Wahrheit zum Vorwurf machen. Ein Mann wie ich wäre ein Narr zu glauben, er könne der Cornaro-Erbin den Hof machen.«

Worte verkanteten sich wie Treibgut in meiner Kehle. Da war so vieles, was ich hätte fragen wollen, um das Territorium des Was-hätte-sein-können, das sich zwischen uns erstreckte, abzustecken.

Da ließ sich Istrella neben ihm auf einen Stuhl fallen und warf eine Handvoll hölzerner Anhänger mit eingeritzten Runen auf den Tisch. »Schau! Sind die nicht hinreißend?«

Marcello zog die Brauen hoch. »Nur du kannst auf den Gedanken kommen, Artefaktion könne hinreißend sein, Istrella.«

»Soll das eine Herausforderung sein?« Sie ergriff einen Anhänger, dessen simpler Kreis einen Bann gegen Moskitos beinhaltete, und musterte ihn nachdenklich aus zusammengekniffenen Augen. »Ich könnte ein Kätzchen aus Draht um ihn herumbasteln. Wäre er *dann* hinreißend?«

»Würde dieses Drahtkätzchen irgendwas, äh, *tun?*« Marcello musterte sie besorgt. »Weißt du noch, was passiert ist, als du das letzte Mal nur ein bisschen mit deinen Artefaktionswerkzeugen gespielt hast …?«

»Niemand hat einen dauerhaften Schaden erlitten.« Istrella schaufelte die Talismane in ihren Samtbeutel. »Außerdem muss ich mich ja irgendwie amüsieren, da du mir immer noch nichts über das Geheimprojekt erzählt hast, dem ich mich in Ardence widmen soll.«

Marcello zuckte zusammen, und ich bedachte ihn mit einem Blick, der so viel wie *Ernsthaft, Marcello?* besagte.

Er schaute sich in dem betriebsamen Raum um. »Nicht hier. Morgen Abend treffen wir in der Garnison ein; dann, wenn wir unter uns sind, werde ich dir alles erklären.«

Morgen. Meine Eingeweide krampften sich zusammen. Seit Mutter mich vom Studium an der Universität zurückbeordert hatte, sehnte ich mich danach, nach Ardence zurückzukehren. Doch nun, da ich mich der Stadt tatsächlich näherte, empfand ich nichts als Furcht.

*

Am dritten Tag unserer Reise ließen wir die Hügel wohlbehalten hinter uns und erreichten ein grünes Tal, durch das sich der Fluss Arden wie ein funkelndes Armband zog. Ardence schmückte den Fluss wie eine Perlenkette, und ihre roten Dächer leuchteten im Sonnenschein. Höhere Berge erhoben sich auf der anderen Seite, stiegen purpurn in der Ferne auf, bis sie schließlich in das Hexenmauergebirge übergingen, das wie ein schwacher Streifen aus grauen Wolken gerade noch am Horizont zu erkennen war.

Wollte man es auf den Punkt bringen, so waren wir gekommen, um diesen Ort mit Vernichtung zu bedrohen. Um im schlimmsten Fall dafür zu sorgen, dass die roten Dächer in der blauen Hitze des Schadfeuers platzten, und um das sattgrüne Tal zu versengen. Als ich von Ferne den Flusspalast erblickte, der mit seinen goldenen Kuppeln über der Stadt thronte wie eine Henne, die ihre Küken um sich versammelt, blitzte in meinem Kopf plötzlich die Vision einer verkohlten Ruine auf, die ihre Eingeweide einem gefledderten Leichnam gleich dem Himmel präsentierte. Ich erschauerte.

Statt bei Einbruch der Dämmerung in Ardence anzukommen, brachten wir die letzte Nacht der Reise mit der Fahrt zur imperialen Garnison zu, die den letzten Hügel vor der Stadt krönte und über Ardence aufragte. *Garnison* war ein bescheidener Begriff für eine gewaltige Burg, erbaut, um Tausenden von Soldaten Platz zu bieten. Die massiven Mauern trugen immer noch die Narben endloser Scharmützel, die zwischen den Stadtstaaten Zentral-Eruvias gewütet hatten, bis Raverra sie alle unter der Flagge des Erlauchten Imperiums geeint hatte. Seit zweihundert Jahren war Ardence nun schon ein friedlicher Teil des Reiches, und die Soldaten waren stationiert worden, um die Stadt zu schützen, nicht um sie zu bedrohen.

Aber das mochte sich über Nacht ändern. Mithilfe von Istrellas Abwandlungen wären die Kanonen in der Festung problemlos imstande, die Stadt zu erreichen.

Ich gab mir Mühe, nicht darüber zu grübeln, als ich mich in meinem Zimmer einrichtete und mir den Straßenstaub in einem durch Artefaktion erwärmten Bad vom Körper wusch. Aber kaum hatte ich die Bilder von rauchenden Löchern in den Stadtmauern aus meinem Kopf vertrieben, füllten Leodras vorletzte Worte die Lücke: *Dieses Komplott ist nicht, wofür Ihr es haltet.*

Der Versuch, jetzt Schlaf zu finden, wäre nutzlos, also machte ich mich auf die Suche nach Istrella und ihren ewigen Basteleien und stellte fest, dass Marcello bei ihr war.

Istrella hatte man eine ganze Zimmerflucht zugewiesen, da sie für mehrere Tage in der Garnison bleiben sollte. In den knappen ein, zwei Stunden seit unserer Ankunft hatte sie die Wohnstube bereits in eine Werkstatt verwandelt. Gerätschaften, Werkzeuge, Pinsel und allerlei andere Dinge verteilten sich über einst normal nutzbare Möbel. Istrella selbst saß auf dem Boden und beugte sich über irgendein Projekt, das sie auf einem niedrigen Tisch ausgebreitet hatte. Es erinnerte an einen Damenfächer, würde man Fächer aus Messingklingen herstellen, mit Runen beschriften und anschließend mit Perlendraht umwickeln. Marcello stand direkt neben ihr und drehte eine Zange in den Händen.

»Kommen Sie rein, Amalia«, rief Istrella. »Dieses Projekt entwickelt sich nicht so gut, also können Sie sich gern dazugesellen.«

»Wo ist Zaira?«, fragte ich.

»Küche.« Istrella schob sich die Brille auf die Stirn. »Isst Abendessen Nummer zwei, glaube ich. Ich bin froh, dass ich keine Hexe bin. Ich hätte gar keine Zeit, irgendetwas zu basteln, wenn ich so oft essen müsste.«

Ich begutachtete ihre Arbeit. Sehr weit schien sie noch nicht gekommen zu sein. Die Drahtwindungen wiesen noch kein Muster auf, anhand dessen ich imstande gewesen wäre, ihren Zweck zu erraten, aber die Runen schienen vor allem schützenden Charakter zu haben. »Was ist das?«

»Nun, eigentlich sollte das ein Schutzfächer werden, aber ich glaube, ich muss erst ein paar Dinge überdenken, ehe ich es noch einmal versuche.« Mit einem theatralischen Seufzer schob sie ihn fort. »Wenn ich doch nur ein neues und interessantes Projekt hätte, dem ich mich widmen könnte. Vielleicht einen Auftrag des Dogen.«

Ich bedachte Marcello mit einem spitzen Blick, worauf der das Gesicht verzog und sich räusperte. »Äh, ja, was das betrifft …«

Istrella wurde prompt munterer. »Oh, willst du es mir nun doch endlich erzählen?«

Mit einem gequälten Ausdruck in den Augen nickte Marcello. Doch statt es ihr dann zu erzählen, legte er einfach die Pläne und Anleitungen zu der Kanone vor ihr auf den Tisch.

Istrella studierte sie einen Moment und runzelte die Stirn.

»Das ist eine Waffe«, konstatierte sie.

Marcello krümmte sich erkennbar. »Ja.«

Istrella folgte den Linien der schematischen Darstellung mit der Fingerspitze. »Der Entwurf ist gut. Sehr effizient. Meine Entwürfe benötigen immer zu viel Energie. Und schaut nur, wie präzis diese Runenkreise ausgeführt sind.« Sie seufzte. »Das muss das Werk des Meister-Artefaktors des Dogen sein, der auch die Geschühe anfertigt. So gut werde ich nie.«

Marcello streckte die Hand nach ihr aus, ließ sie aber wieder sinken. »Hast du keine … Bist du einverstanden damit, eine Waffe zu bauen?«

Sie neigte den Kopf zur Seite. »Es kommt darauf an. Gegen wen soll sie eingesetzt werden?«

»Gegen niemanden.« Ich zog eine Grimasse. »Hoffe ich.«

Skeptisch zog Istrella die Brauen hoch. »Man baut keine Waffen, um sie nicht einzusetzen.«

»Das ist wahr.« Ich schaute Marcello an, doch der Blick, den ich zur Antwort erhielt, war angefüllt mit hilfloser Pein. Überließe ich das ihm, würde er nur in Panik geraten und ihr erzählen, die Kanonen würden Regenbogen verschießen und alles wäre wunderbar. »Der Doge will diese Waffen hier haben, falls Ardence rebelliert. Aber es ist eher wahrscheinlich, dass das nicht eintritt. In dem Fall bleiben die Kanonen vielleicht hier, um die Stadt zu schützen, oder sie werden zur Verteidigung gegen Vaskandar zum Hexenmauergebirge gebracht.«

»Ich verstehe.« Istrella starrte die Zeichnungen an, und ihre Finger bewegten sich, als würde sie Draht formen. »Ich nehme an, ich werde darauf vertrauen müssen, dass das Imperium sie klug einsetzt.«

»Es tut mir leid, Istrella«, platzte Marcello heraus.

Sie blinzelte. »Was?«

»Du solltest so etwas nicht tun müssen.« Er wedelte mit der Hand in Richtung der Pläne. »Das habe ich mir für dich nicht gewünscht. Es ist nicht …« Einen Moment lang rang er mit sich, und dann sprach er es aus: »Es ist nicht richtig.«

Istrella zuckte mit den Schultern. »Es ist ein interessanter Entwurf. Und es ist besser, als noch mehr Kurierlampen anzufertigen. Das Imperium gibt mir alles, worum ich bitte, Marcello. Wenn es im Gegenzug Kanonen von mir will, kann ich ihm die geben.«

Diese sorglose Akzeptanz in Istrellas Tonfall, als sie ihre Werkzeuge einsammelte, trug nicht dazu bei, dass ich mich besser fühlte. Und Marcellos niedergeschlagener Gesichtsausdruck verriet mir, dass er ebenfalls alles andere als beruhigt war.

*

Die Tore von Ardence standen weit offen, und der Verkehr durch die gewaltige Ziegelmauer, die die gesamte Stadt umgab, bewegte sich mit der ruhigen Gelassenheit, die Friedenszeiten zu eigen sind. Wir passierten sie mühelos. Ardence gewährte dem Dolch, den die Erlauchte Stadt an seine Kehle hielt, bereitwillig Einlass.

Unser Kutscher fuhr über breite Straßen voller Menschen, auf denen Großkaufleute Ellbogen an Ellbogen mit armen Wollfärberlehrjungen unterwegs waren. Raverras geheimnisvolle Gassen und das Netzwerk aus Kanälen teilten das Stadtgebiet in geschützte Inseln auf und machten aus der Stadt ein Konglomerat aus hundert winzig kleinen Provinzen. In Ardence dagegen lieferte ein wildes Durcheinander aus allem und jedem den Boden für eine berauschende Mischung aus Erfahrungen und Vorstellungen. Zum Studium hierherzukommen hatte sich angefühlt, als wäre die Tür meines goldenen Käfigs geöffnet worden und ich in die große weite Welt hinausgeflogen.

Wir passierten den Wunschbrunnen; eine Mutter, die gerade ihre Kinder tadelte, weil sie versucht hatten hineinzuklettern, saß auf dem Rand, auf dem ich früher mit Venasha gelernt hatte. Weiter unten an der Straße konnte ich die Statue der *Grazie des Triumphes im siegreichen Kampf gegen die Gorgone* ausmachen, die Domenic einst ein wenig angetrunken erklommen hatte, um der Gorgone eine Strickmütze aufzusetzen. Etwas später näherten wir uns den großen Säulen der Universität von Ardence und der Straßenecke mit der Bronzebüste des ersten Herzogs aus dem Hause Bergandon samt den üblichen aufgeklebten Fragmenten satirischer Dichtkunst. Das war noch etwas, das ich an Ardence liebte: das Feuerwerk der Kunst, mit der sich jeder Platz und jede Kreuzung schmückte. Voller Leben und Bewegung drückte sich darin ein Fieber der Vorstellungskraft aus, das Ardence vor einem Jahrhundert befallen und sich in jenen großen Tagen der Stadt entfaltet hatte.

Aber diese Größe war vergangen. Die Fassaden der Gebäude waren schadhaft und fleckig, die Vergoldung abgeblättert, Ladenschilder verblasst. Große Paläste, einst bewohnt von den ardentinischen Flusshandelslords, wurden nun an zu Besuch weilende Raverraner vermietet oder waren aufgeteilt und zu Geschäften und Gasthäusern umgebaut worden. Abfälle und Schmutz besudelten die Straßen, auf denen einst die größten Künstler und Denker Eruvias gewandelt waren. Vielleicht lag es an meinem Gespräch mit Dama Savony, aber mir schien, ich sah häufiger Geschlossen-Schilder und deutlich mehr Bettler als noch vor zwei Jahren.

An einer Ecke hatte sich eine Handvoll lebhaft diskutierender Händler um ein Flugblatt versammelt, das an der Mauer eines Gasthauses hing. Ich warf einen Blick auf die großen Blockbuchstaben und kam gerade bis WERFT DIE FESSELN DES IMPERIUMS AB! FÜR DIE ZUKUNFT UNSERER KINDER …, ehe die Kutsche vorbeigerollt war. Und jemand hatte HAUT AB IHR RAVERRANISCHEN HAIE auf die Bretter vor dem zugenagelten Fenster eines nicht mehr bewirtschafteten Geschäfts für artefaktische Talismane geschrieben und die plumpe Zeichnung einer Dominomaske darunter geschmiert. Das war auch neu, und es hinterließ ein schauriges Gefühl in meiner Magengrube.

Unsere Kutsche wich von der Route, die ich erwartet hatte, ab. Beinahe hätte ich protestiert, aber ich konnte die Worte gerade noch hinter meinen Zähnen festhalten. Natürlich fuhren wir dieses Mal nicht zum Palast des Erlauchten Gesandten. Ignazio war kein Gesandter mehr.

Angesichts der Art, wie er die Kiefermuskeln anspannte, als er aus dem Fenster blickte, nahm ich an, dass ihm gerade das Gleiche durch den Kopf ging.

*

Sollte das gemauerte Stadthaus, das Ignazio für uns gemietet hatte, ihn mit seiner verblassten Pracht enttäuscht haben, so konnte das auf das Willkommen, mit dem er in Ardence empfangen wurde, nicht zutreffen. Noch am Tag unserer Ankunft fanden wir uns auf einem Fest zur Feier seiner Rückkehr in die Stadt wieder.

Ignazio war kein Tänzer. Lord Waldon, der ardentinische Edelmann, der zu dem Fest geladen hatte, schien das zu wissen; die sanften Klänge der Musik waren eher darauf ausgelegt, Gesprächspausen zu füllen, weniger darauf, zum Tanz zu inspirieren. Ignazio, umgeben von der ardentinischen Elite, strahlte vor Freude. Alle suchten mit ernster Miene und kaum verhohlener Sorge seine Aufmerksamkeit. Während ich mich am Weintisch herumtrieb und mich nach bekannten Gesichtern umschaute, hörte ich immer wieder seine Stimme über die Menge hallen:

»Nun, wie Ihr wisst, bin ich nicht länger in der Position, etwas Offizielles zu äußern, aber …«

»Ich kann in meiner derzeitigen Lage nichts versprechen, aber ich werde sehen, ob ich …«

»Natürlich habe ich nicht mehr den Zugang zu Geheimdiensterkenntnissen, den ich als Gesandter hatte, aber soweit ich informiert bin …«

Ich nahm an, Ignazios Behauptung, Dama Terringer würde gar nicht merken, dass er in der Stadt war, war ein bisschen zu optimistisch ausgefallen. Dama Terringer beehrte das Fest nicht mit ihrer Anwesenheit, doch ich sah Dama Savony, deren säuerliche Miene andeutete, dass sie wohl lieber arbeiten würde. Sie stolzierte herum wie ein langbeiniger Storch, und so finster, wie sie einige der eher übertrieben ausstaffierten Adligen beäugte, die genug Juwelen am Leib trugen, um das Lösegeld für einen König zu bezahlen, war sie vermutlich der Ansicht, dass auch die übrigen Gäste besser daran arbeiten sollten, die Probleme von Ardence zu lösen, statt sich hier zu amüsieren. Einige von ihnen verzogen das Gesicht und verdrückten sich, sobald sie sich näherte, ganz wie Kinder, die ihrer Gouvernante zu entgehen trachteten.

Der Raum vibrierte vor unsteter Energie, Stimmen wurden lauter und leiser und bezeugten eine Erregung, wie ich sie in Raverra, wo jeder sein Blatt viel näher an der Brust hielt, nie erlebte. In manchen Stimmen nahm ich Furcht wahr, in anderen Zorn. Worte und Phrasen, die sich wiederholten, zerrten an meinen Ohren: *vermisste Kinder … eine Gräueltat … Schattenadel … Vaskandar*. Und *Raverra* oder *das Imperium*, stets begleitet von einem Seufzer, einem Stirnrunzeln oder einem Fluch.

Instinktiv suchte ich in der Menge nach den vertrauten Konturen von Marcellos Schultern oder den Locken seines Haars. Doch er war in der Garnison, sprach sich mit den hiesigen Angehörigen des imperialen Militärs ab und sorgte dafür, dass Istrella und die anderen Falkner alles hatten, was sie für die Projekte brauchten, mit denen der Doge sie beauftragt hatte. Zaira lungerte am Buffet herum, aß wie eine hungrige Wölfin und kokettierte mit Domenic. So gern ich meinem alten Freund Hallo gesagt hätte, ging ich doch in die entgegengesetzte Richtung; Zairas Gegenwart wirkte sich tendenziell überwältigend auf jegliche Konversation aus.

Eine vertraute Stimme rief meinen Namen. »Amalia! Dachte ich doch, dass du das bist!«

Entzückt wirbelte ich herum zu meiner ehemaligen Kommilitonin. »Venasha!«

Ich hatte kaum Gelegenheit, ihr strahlendes Lächeln und die wippenden Locken wahrzunehmen, als sie mich schon in ihre Arme zog.

»Wie geht es dir?«, fragte ich durch einen Mundvoll Haare.

»Gut, gut.« Grinsend hielt sie mich auf Armeslänge von sich. »Ich habe einen neuen Posten in der Herzoglichen Bibliothek, und ich liebe ihn. Ihre Abteilung für theoretische Magie ist einfach unglaublich. Und ich habe Studenten, die die Bücher für mich in die Regale räumen! Ich selbst muss weiter nichts tun als zu forschen und Bücher zu erwerben.«

»Perfekt! Ich muss dich dort besuchen.« Der Gedanke an all die Bücher reichte, um mich von meinen Sorgen abzulenken. »Wie geht es Foss und dem Baby?«

Ihr Lächeln flackerte. »Es geht ihnen gut.«

»Ich würde sie gern besuchen.«

»Nun, äh … natürlich.«

Ich packte ihren Arm. »Venasha, sag mir bitte nicht, mit dem Baby stimmt etwas nicht.«

»Oh, nein! Auch wenn Aleki eigentlich kein Baby mehr ist. Du glaubst nicht, wie er gewachsen ist. Er kann inzwischen laufen und sprechen und begeistert sich für alles.« Nun klang ihre Stimme wieder fröhlich, doch ihre Stirn wirkte immer noch von Sorgen zerfurcht. »Foss muss sich arg abmühen, wenn er auf ihn aufpasst, während ich in der Bibliothek bin. Ständig muss er hinter ihm herlaufen. Er liebt es, Bücher aus den Regalen zu ziehen und auf den Boden zu werfen, der kleine Barbar!«

»Ich kann es gar nicht erwarten, ihn zu sehen.« Unschlüssigkeit umwölkte Venashas Züge, und ich schob rasch hinterher: »Wenn es dir keine Umstände macht.«

»Nein, nein.« Sie gab einen langen Seufzer von sich. »Ich möchte wirklich, dass du ihn siehst. Er ist so groß geworden. Also gut.« Entschlossenheit spiegelte sich in ihren Augen. »Wie wäre es, wenn wir uns morgen in dem Park am Flusspalast treffen? Foss bringt Aleki an den meisten Tagen dorthin, und dann schleiche ich mich aus der Bibliothek, um ihn zu sehen.«

»Hervorragend. Ich kann's kaum erwarten.«

»Und wie steht es mit dir? Was führt dich nach Ardence?«

Nun war ich diejenige mit dem angespannten Lächeln. »Nun …«

Venasha zog eine theatralische Grimasse. »Lass mich raten: die *Situation*.«

Wider Willen musste ich lachen. »So nennt ihr das?«

»So nennen sie das im Flusspalast. Ich muss auf dem Weg zur Herzoglichen Bibliothek jeden Tag durch die Korridore des Palasts, und die Adligen reden ständig darüber. Immer sehr ernst. Ich achte meist gar nicht auf sie.«

»Das ist vermutlich das Beste.«

Jemand tippte mir auf die Schulter. »Amalia! Da bist du.«

Es war Domenic. Ein vage panischer Ausdruck in seinen tiefbraunen Augen strafte sein erfreutes Lächeln Lügen. »Darf ich dich kurz unter vier Augen sprechen?«

Venasha keuchte auf und tat empört. »Schon schleicht ihr euch gemeinsam fort! Amalia hat gerade erst wieder einen Fuß in die Stadt gesetzt, Domenic!«

Ich errötete. Neben Verrat gab es noch andere Gründe, allein mit einer Dame reden zu wollen, und Venasha erinnerte sich zweifellos nur allzu genau, welche Gefühle ich Domenic während meines Aufenthalts in Ardence entgegengebracht hatte. Mir war jedenfalls nicht entfallen, wie oft ich ihr seinetwegen in den Ohren gelegen hatte.

Domenic verbeugte sich vor Venasha. »Wenn du mir gestattest, sie auszuleihen, zeige ich dir den neuen Buchladen, in dem ich dieses callarmonische Epos entdeckt habe, nach dem du gesucht hattest.«

»Wenn du mir außerdem noch deine Ausgaben von Orsennes Geschichtswerken borgst, sind wir handelseinig«, entgegnete Venasha lachend.

Geflüster folgte uns, als Domenic und ich hinaus in den kleinen Gartenhof traten, den ein uninspirierter Mischmasch aus nicht zusammenpassenden Statuen und eckig geschnittenen Büschen schmückte. Die Lichter der Party fielen hinaus auf den schwarzen Rasen, Schatten und Gelächter drangen durch die leuchtenden Glasflächen der Bogenfenster.

Ich fror; mein Samtmantel war drin, und die Nachtluft sog mir die Wärme direkt aus dem Ausschnitt meines Kleides. Domenic merkte nichts davon, und ich konnte mich des Gedankens nicht erwehren, dass Marcello es gewiss bemerkt hätte.

Domenic richtete sich zu voller Größe auf, als bereite er sich auf Widerspruch vor. »Ich möchte dich meinem Bruder vorstellen.«

Ich sah mich in dem verlassenen Garten um. »Dann ist dein Bruder ein Gebüsch?«

Domenic lachte, aber es klang ein wenig gekünstelt. »Oh, ja, habe ich dir das nicht erzählt? Er ist ein Rosenbusch. Das stammt von der mütterlichen Seite meiner Familie.« Er verzog das Gesicht. »Manchmal wünschte ich, er *wäre* ein Gebüsch. Tag und Nacht hat er nichts anderes im Sinn, als bei Hof von einem zum anderen zu wandeln und jedermann zu erzählen, dass unsere wundervollen Freunde in Vaskandar all unsere Probleme lösen werden, wenn wir uns nur gegen Raverra behaupten.«

»Dem entnehme ich, dass es dir nicht gelungen ist, ihm klarzumachen, was für eine furchtbare Idee das ist?«

»Grazie der Weisheit steh mir bei, nein.« Er seufzte. »Ich habe mich gestern Abend mit dem Schattenadel getroffen, und ich muss gestehen, es ist nicht ganz so gelaufen, wie ich gehofft hatte.«

Plötzlich erschienen mir die Schatten, die über dem Garten lagen, dunkler, schärfer konturiert, als verberge sich in ihnen der zu erwartende Verrat. Ich bemühte mich um einen unbekümmerten Tonfall. »So?«

»Ich hätte es besser wissen müssen, nehme ich an.« Domenic blickte hinauf zum bedeckten Himmel, als hoffe er, die Grazien könnten ihm den Weg weisen. Keinerlei Licht drang durch die tiefschwarze Wolkendecke. »Ich hoffe immer noch, dass Gabril das alles aus den richtigen Gründen tut. Um denen zu helfen, die das Magiermal tragen, und Ardence zu einem besseren Ort zu machen. Und vielleicht gilt das auch noch für ein paar andere Angehörige des Schattenadels. Aber was ich vorwiegend in dem Raum wahrgenommen habe, waren Stolz und Wut.«

Stolz und Wut konnten Menschen dazu treiben, drastische Dinge zu tun. Ich hoffte, dass Gabrils Name nicht auf der Liste jener stand, durch die Baron Leodra sich sein Leben hatte erkaufen wollen. »Das tut mir leid.«

»Gabril gibt in ein paar Tagen ein Fest für seine Freunde aus dem Schattenadel.« Domenics Stimme wurde leiser. »Ich denke, es wäre hilfreich, ihnen zu zeigen, dass nicht jeder Raverraner Ardence gegenüber feindlich gesinnt ist.«

»Natürlich sind wir das nicht! Denken die tatsächlich, wir wären so?«

»Nun, nicht alle. Die Hälfte des Schattenadels ist der Vorstellung von Ardences Größe und Ardences Unabhängigkeit verfallen. Die denken, Raverra würde Ardence daran hindern, das zu werden, was die Stadt sein könnte. Die andere Hälfte …« Er schüttelte den Kopf. »Hier merkt man nichts davon, weil dies ein Fest zu Ehren von Ignazio ist, aber viele Aristokraten sind wegen der Kinder voller Wut. Der Schattenadel reitet diese Woge des Zorns. Sie glauben, Raverra hätte ihnen alles genommen – erst ihr Vermögen und nun ihre geschätzten Erben –, und sie sind bereit zu kämpfen, um sich das alles zurückzuholen.«

»Das ist eine schreckliche Idee.« Ich zwirbelte eine Haarsträhne zwischen den Fingern. »Wir müssen dieses Problem diplomatisch beilegen. Dafür bleibt immer noch Zeit.«

»Das hoffe ich. Vielleicht kannst du mir helfen, sie zu überzeugen, dass es nach wie vor eine friedliche Lösung geben kann. Dass die Zeit für Feuer und Schwert noch nicht gekommen ist.« Er streckte eine Hand aus. »Wirst du zu Gabrils Fest kommen und dich mit diesen Leuten treffen? Als mein Gast?«

Also ging es tatsächlich um Verrat.

Ich könnte seine Einladung zurückweisen und meine Ehre wahren. Könnte ihm sagen, ich sei eine loyale Dienerin der Erlauchten Stadt und würde keiner Versammlung beiwohnen, auf der eine Geheimgesellschaft gegen sie intrigierte.

Aber wenn ich das täte, verlöre ich meine einzige Gelegenheit, den Schattenadel zu infiltrieren.

Ich ergriff seine dargebotene Hand mit demselben kläglichen Widerstreben, mit dem ich einen fallen gelassenen Handschuh aus einer Pfütze angeln würde. »Wenn es dazu beiträgt, einen Krieg abzuwenden, bin ich gern bereit zu kommen und mit ihnen zu reden.«

Domenic drückte kurz meine Finger und ließ los, eine knappe Geste eines dankbaren Freundes. »Gut! Und du bringst Zaira mit, hoffe ich?«

»Das muss ich. Sie soll ständig in meiner Nähe bleiben.«

»Hervorragend.« Er zögerte und fuhr dann so unsicher fort, wie ich es bei ihm noch nie gesehen hatte: »Sie ist eine bemerkenswerte Frau, Amalia. Ich habe noch nie solch ein kühnes Feuer bei einer Dame erlebt. Sie spricht die Wahrheit furchtlos aus, und in ihren Augen lodert mehr Glut, als die Magie allein hervorzubringen vermag. Ich … Nun ja, ich glaube, sie ist …« Er schluckte und schraubte sich wieder hoch in eine etwas steifere Haltung. »Ich bewundere sie sehr.«

Schuldgefühle, weil ich ihn dazu benutzte, seinen Bruder auszuspionieren, bildeten einen Knoten in meinem Bauch. »Sie ist zweifellos einzigartig.«

»Weißt du …« Er zog eine Grimasse. »Ich nehme an, ihre Familie ist nicht von adliger Herkunft?«

»Eher nicht, richtig.«

»Dennoch sollte das nicht von Bedeutung sein. In Herzensangelegenheiten ist die gesellschaftliche Position doch nur eine Fußnote.«

Seine Worte piksten an einer Stelle mit Marcellos Konturen, so sehr, dass ich nicht einmal ein Nicken zustande brachte. Hatten die Grazien ihn zu diesem Fest geschickt, damit er mir das Gefühl gab, ein furchtbarer Mensch zu sein?

Domenic atmete einmal tief durch. »Amalia, sag mir ganz ehrlich, als eine Freundin – was denkt Zaira über mich?«

Ich wünschte, ich könnte irgendwo anders sein, nur nicht in diesem widerlichen Garten. Ich hatte nicht die Nerven für noch mehr Lügen. Zaira war eine schauderhafte Wahl; als Freundin konnte ich ihn nicht guten Gewissens in seiner Zuneigung bestärken.

Aber wenn ich ihn wegen ihres unterschiedlichen Standes von ihr wegdrängte, war ich nicht besser als meine Mutter. »Sie …« *Sie denkt, du hättest einen kraftvollen Schritt.* Ein nervöses Kichern flatterte durch meinen Bauch. »Sie schätzt dich sehr, Domenic.«

Seine Augen leuchteten auf. »Wirklich?«

»Wie sollte sie auch nicht?« Ich zwängte die Worte in fröhlichem Ton durch meine starre Kehle. »Jeder tut das. Du besitzt eine mustergültige Kollektion edler Eigenschaften.«

Domenic lachte. »Du schmeichelst mir, Amalia. Aber ich danke dir. Und freue mich unter diesen Umständen sehr darauf, *sie* ebenfalls bei dem Fest zu treffen.«

»Ich freue mich auch darauf.«

Ich sparte mir den Zusatz *mit Grausen.* Aber ich dachte es und rieb mir die Arme, um sie in der kalten Nachtluft aufzuwärmen.

*

Spät in der Nacht, als die älteren und faderen Gäste bereits nach Hause gegangen waren und das Essen zur Neige ging, zog ich Zaira in der derzeit verlassenen, kühlen, marmornen Eingangshalle zur Seite.

»Was denkst du?«, fragte ich mit leiser Stimme.

Zaira setzte ein anzügliches Grinsen auf. »Das Mädchen in dem pfauenblauen Kleid füllt sein Korsett hübsch aus, aber ich würde immer noch Domenic vorziehen. Er hat die nettesten …«

»Ich meine, ist dir jemand Verdächtiges aufgefallen?«, unterbrach ich sie.

»Oh, ich bin sicher, *irgendeinen* Dreck haben die alle am Stecken.«

»Verdächtig, möglicherweise Kriegstreiberei zu begehen.« Diese Worte musste ich zwischen meinen Zähnen herausquetschen. »Ich frage, weil ich dich für wachsam und intelligent halte, ganz gleich, wie sehr du dich bemühst, mich vom Gegenteil zu überzeugen.«

»Ich habe nie versucht, dich von irgendetwas zu überzeugen. Mir ist egal, was du denkst.« Sie runzelte die Stirn. »Aber nein, ich glaube nicht, dass einer von denen einen Krieg auslösen will. Eher pissen sie sich bei dem Gedanken ein wie Babys.«

Ich nickte. »Sie schienen mir auch viel zu begierig darauf, dass Ignazio ihre Probleme löst. Wären sie bereit zu kämpfen, würden sie sich nicht so hilfesuchend an ihn wenden.«

»Wer ist bereit zu kämpfen?«, lallte eine laute Stimme hinter uns.

Als ich mich umblickte, entdeckte ich einen breitschultrigen Zecher, der uns von der anderen Seite des Foyers aus anstarrte. Er hatte Schlagseite wie ein leckes Schiff, einen borstigen Bart, und er war mehr als nur ein bisschen betrunken. Zorn schwelte in verdächtig glänzenden Augen, und seine Hände waren zu klobigen Fäusten geballt.

Er starrte Zaira an. »Ich bin *äußerst* bereit zu kämpfen.«

KAPITEL ACHTZEHN

»Pardon?« Ich versuchte, den störenden Herrn durch meinen eisigen Ton zu vertreiben, aber er war zu betrunken, um das wahrzunehmen oder sich gar darum zu scheren.

»Du bist die Hexe.« Böse starrte er Zaira an. »Das Miststück, das droht, Ardence niederzubrennen.«

Zaira schnaubte verächtlich. »Wenn ich dich je bedrohen sollte, wirst du das schon merken.«

»Erst treibt ihr Haie mich in den Bankrott, und dann raubt ihr mir meinen Neffen.« Bei diesem letzten Wort brach seine Stimme, drohte von Rage zu Pathos zu wechseln. »Und jetzt wollt ihr uns in Brand stecken.«

Mit einiger Verspätung erkannte ich ihn nun doch wieder: Lord Ulmric, ein Angehöriger des Rats der Lords, in dem auch Domenic saß. »Niemand will euch in Brand stecken«, sagte ich.

»Noch«, murmelte Zaira.

»Mich dünkt, wenn ich dir jetzt den Hals breche, haben wir kein Feuerproblem mehr.« Drohend trat er einen Schritt auf sie zu.

Zairas Messer blitzte auf. »Versuchs's nur. Ich nehme dich aus wie einen Fisch, und dazu muss ich dich nicht erst kochen.«

»Aufhören!« Ich baute mich zwischen beiden auf, hielt jedem eine Handfläche vor die Nase und wartete angespannt auf den ersten Schlag. Dies war nicht irgendein verlotterter Kerl aus dem Hafenviertel, sondern ein Lord von Ardence. Sollte Zaira ihn umbringen, würde sie damit auch unsere letzte Hoffnung auf Frieden töten.

»Bitte«, wandte ich mich an den Trunkenbold. »Wir sind nicht

Eure Feinde. Seid so freundlich und respektiert unseren Gastgeber. Besudelt sein Heim nicht mit Blut.«

Ich ging davon aus, dass es *sein* Blut sein würde, nicht Zairas, aber er sollte ruhig denken, was immer ihm beliebte.

Wirre Gefühle lieferten sich ein Gefecht im Gesicht des Mannes, beinahe, als könne er sich nicht entscheiden, ob er mich schlagen oder vor mir ausspucken sollte.

Endlich errang die Verzweiflung den Sieg in seiner Mimik. »Gebt mir meinen Neffen zurück.«

»Wir haben Euren Neffen nicht.« Im Geiste beschwor ich ihn, mir zu glauben, während ich in seine geröteten Augen blickte. »Ich versuche, die Kinder zu finden, das schwöre ich Euch. Wir wollen nichts lieber, als alle Kinder zu ihren Familien zurückzubringen.«

Wütend tasteten seine wässrigen Augen mein Gesicht ab. »Wenn ihr sie nicht habt, wer hat sie dann?«, verlangte er zu erfahren.

»Ich weiß es nicht.« *Grazien helft dem Jungen, wo er auch sein mag.*

Schmerz verzerrte seine Züge. »Dann nützt ihr uns nichts.« Er wandte sich ab, reckte eine Hand halb hoch, die dann doch wieder herabfiel, ehe er sie auch nur zur Faust ballen konnte. »Geht zurück nach Raverra, ihr Hyänen. Lasst uns in Ruhe.«

Und damit schlängelte er sich, leise vor sich hinmurmelnd, davon und zurück ins Getümmel der Feiernden.

Zaira steckte ihren Dolch weg. »Siehst du? Sogar betrunken wie ein in Ungnade gefallener Schreinhüter haben sie gar nicht den Willen zu kämpfen.«

Sie hatte nicht unrecht. Trotz all der Attacken und der Wandmalereien, die wir von der Kutsche aus gesehen hatten, war dies keine Stadt am Rande der Rebellion. Vor welcher Gefahr Baron Leodra mich auch zu warnen versucht hatte, es konnte dabei nicht nur um wütende Horden gehen, die in den Straßen nach raverranischem Blut heulten. Diese Bedrohung war nicht so offenkundig. Irgendwo lauerte ein unsichtbares Messer in der Dunkelheit in meinem Rücken, nicht irgendein Rüpel, der in seinem Zorn direkt auf mich zukam.

»Du hast recht«, sagte ich. »Den haben sie nicht. Aber jemand versucht, ihnen den zu geben, und wir müssen herausfinden, wer das ist.«

Als wir Lord Waldons Herrenhaus verließen und in die pulsierende, von Lampenschein erhellte Nacht hinaustraten, entdeckte ich am schattigen Rand des Platzes eine unerwartete, vertraute Gestalt. Prinz Ruven von Vaskandar, samt einem Gefolge von Bediensteten, prachtvoll anzusehen in seinem pelzgefütterten Mantel, der ihm bis zu den Füßen reichte. Kühne, kantige Stickereien in vaskandrischem Muster zogen sich wie zerklüftete violette Blitze von oben nach unten über die Brust, und an seiner Hüfte hing ein juwelenbesetztes Rapier.

»Was macht *der* hier?«, murmelte ich Zaira zu.

Sie schaute über den Platz zu ihm. »Ist das dein hautverändernder Verehrer? Nette Beine.«

»Igitt. Und er ist nicht mein Verehrer.« Ich runzelte die Stirn. »Trotzdem sollte ich herausfinden, warum er hier ist.«

»Ja, lass uns das tun. Ich würde ihn nur zu gern treffen.« Zairas Grinsen war alles andere als beruhigend.

Noch verstörender war das Entzücken in Prinz Ruvens Gesicht, als wir uns näherten. Er bedachte uns mit einer extravaganten Verbeugung und nötigte mich folglich zu einem Knicks.

»Dama Amalia! Welch eine Freude. Und das muss die Dama Zaira sein, nehme ich an?«

»Ich bin keine Dama.« Zaira verbeugte sich nicht, und sie vollführte auch keinen Knicks. Ich fragte mich, ob sie sich vorsätzlich unmanierlich verhielt oder ob ihr das einfach im Blut lag.

»Was führt Euch hierher, Euer Hoheit?«, erkundigte ich mich.

Ruvens Blick huschte zu Lord Waldons Tür, durch die weitere Leute in diversen Stadien des Rausches heraustappten. »Oh, ich warte auf jemanden. Aber die Grazie des Glücks hat mir ihr Wohlwollen geschenkt, und ich habe stattdessen Euch getroffen.«

»Ich hörte, Ihr habt viele Freunde in dieser Stadt.«

»Die Ardentiner scheinen dieser Tage begierig nach Verbündeten.« Er wandte sich an Zaira. »Ich hoffe, auch Ihr werdet meine

Hand in Freundschaft ergreifen, gnädige Frau.« Er streckte die Hand nach ihr aus.

Am liebsten hätte ich mich dazwischengeworfen, aber Zaira hatte alles unter Kontrolle. Nun machte sie doch einen Knicks und hatte folglich zu viel Stoff in beiden Händen, um die seine zu ergreifen. »Kommt darauf an.« Sie lachte kokett. »Ich denke stets praktisch. Was tut Ihr für Eure Freunde?«

»Nun, um nur eine Sache zu nennen: In Vaskandar werden Menschen mit dem Magiermal nicht wie Gefangene oder Haustiere gehalten.« Er zog eine Braue hoch. »Ihr seid mehr als willkommen, solltet Ihr Euch mir anschließen wollen. Man würde eine Dame aus Euch machen, die über dem gewöhnlichen Volk steht.«

»Verlockend.« Zaira hob ihr Handgelenk, und das Geschüh funkelte im Lampenschein. »Aber ich bin an Raverra gebunden, solange ich das trage.«

Ruven zuckte mit den Schultern. »Dem kann abgeholfen werden.«

Ein Ausdruck der Gier trat in Zairas Züge, und sie machte einen halben Schritt auf ihn zu. Ich straffte mich.

»Ihr könnt das abnehmen?« Ihre Stimme klang so angespannt wie ein straffes Seil.

»Ich habe meine Möglichkeiten. Wünscht Ihr eine Demonstration?«

»Nein«, sagte ich. »Keine Demonstrationen, danke.«

Aber Ruven hatte bereits träge eine Hand erhoben, um einen seiner Diener heranzuwinken. Ein Soldat, groß und attraktiv wie alle Vaskandraner, trat vor. »Euer Hoheit?«

»Dein Handgelenk«, befahl der Prinz.

Der Mann schluckte und wurde so blass wie frische Milch, doch er zog seinen Ärmel hoch und streckte den Arm vor.

»Nein, wirklich.« Ich wedelte mit beiden Händen, als könnte ich Ruven irgendwie fortfächern. »Das ist nicht nötig.«

Er lachte. »Natürlich ist es nicht nötig. Meine Güte, Dama Amalia, was wäre dies für eine öde Welt, würden wir nur tun, was nötig ist.«

Mit einer Hand umklammerte er den Arm seines Bediensteten, ehe er mit der anderen einen langen Dolch zog.

»Euer Hoheit«, fing der Gardist nervös an, »bei allem gebotenen Respekt, was habt Ihr …«

Er erstarrte. Seine Brust hob und senkte sich, während er das Messer anstarrte. Seine Augen waren immer noch voller Angst, aber der Prinz hatte ihm die Fähigkeit zu sprechen genommen. Einfach so.

Ruven legte die Klinge an das Handgelenk des Gardisten.

»Das reicht«, sagte Zaira scharf. »Das Geschüh loszuwerden ist nicht wichtig genug, dafür meine Hand zu verlieren.«

»Ihr werdet gar nichts verlieren«, versprach Ruven. »Es wird nicht einmal wehtun.«

Und dann presste er die Schneide in die Haut des Gardisten.

Ich unterdrückte einen Aufschrei.

Doch da war kein Blut. Die geweiteten Augen des Mannes kämpften gegen die Paralyse, die ihn an Ort und Stelle festhielt, doch spiegelte sich kein Schmerz in ihnen, nur Furcht. Der Dolch glitt langsam durch sein Handgelenk wie ein Bindfaden durch Butter, und das Fleisch schloss sich um die Klinge herum, die schließlich blitzblank auf der anderen Seite wieder hervorkam und in der Dunkelheit schimmerte. Kein Mal zeichnete die glatte, fahle Haut des Gardisten.

Zairas Gesicht hatte einen grünen Farbstich angenommen, und ich rückte näher an sie heran für den Fall, dass sie das Bewusstsein verlor oder sich übergeben musste. Ich selbst fühlte mich allerdings nicht viel besser. Lieber würde ich einen Napf mit lebenden Schnecken auslöffeln, als das noch einmal mit anzusehen.

Ruven entließ den Gardisten, der keuchend seinen Arm zurückriss und von seinem Meister fort stolperte

»Seht ihr?« Ruven, das Messer immer noch in der Hand, breitete die Arme weit aus. »Hat es wehgetan? Sag es ihnen.«

Der Mann rieb sich zitternd das Handgelenk. »Es … Da war kein Schmerz, Euer Hoheit.«

Ruven schob mit großer Geste den Dolch zurück in die Scheide und lächelte, als hätte er uns ein ganz besonderes Vergnügen verschafft. »Ich hoffe, Ihr werdet mein Angebot überdenken, Dama Zaira.«

»Ich werde darüber nachdenken«, versprach sie und umfasste so gewaltsam wie unstet meinen Arm. »Aber nun muss ich Dama Erbin nach Hause bringen. Sie sollte längst im Bett sein.«

»Und ich muss meinen Freund begrüßen. Eine gute Nacht, die Damen.« Er verbeugte sich.

Ich knickste rasch und ergriff die Flucht. Zaira hing mehr oder weniger an meinem Arm, und die Übelkeit schlug sich auf ihre Züge nieder. Unsere Schuhe schlugen einen raschen Takt auf das Pflaster. Wir waren nicht weit davon entfernt zu rennen.

»Ich werde darüber nachdenken, klar«, murmelte Zaira. »Während ich heute Nacht versuche, Schlaf zu finden. Grazie der Barmherzigkeit!«

Ich konnte den Mund nicht halten. »Dann willst du also nicht nach Vaskandar ziehen?«

Sie erschauerte. »Höchstens, um ihn in Brand zu setzen.«

Eine bittere Last legte sich auf meine Schultern. »Je nachdem, wie sich die Lage an der Grenze entwickelt«, sagte ich, »lässt sich das vielleicht arrangieren.«

*

Am nächsten Morgen trafen Zaira und ich uns im öffentlichen Park gegenüber dem Flusspalast mit Venasha und Foss. Marcello hatte versprochen, dort zu uns zu stoßen, nachdem er von der Garnison aus in die Stadt geritten wäre.

Der Park erglühte im Sonnenschein und der Himmel erstrahlte in einem herzzerreißenden Blau, während der Wind ein bewegliches Muster aus Schattensprenkeln auf die verschlungenen Pfade zauberte, über die Venasha und ich Seite an Seite schlenderten, umgeben von sorgfältigen Arrangements aus Statuen, Blumen und Springbrunnen. Foss war mal vor, mal hinter uns und folgte dem kleinen Aleki, wohin ihn seine zweijährigen Stummelbeinchen auch trugen. Die Locken des Jungen hüpften auf und nieder, während er herumrannte. Die Hälfte der Zeit war Zaira an seiner Seite und versuchte lachend, ihm Tricks beizubringen, als wäre er ein Hund.

»Also, was denkst *du* über die Situation?«, fragte ich Venasha. »Ist wirklich jeder in Ardence bereit, nach all diesen Jahren gegen das Imperium aufzubegehren?«

»Grazien, nein!« Venasha scheuchte ein Insekt von ihrem Gesicht weg. »Die Leute grummeln, aber nicht mehr als sonst, trotz aller Bemühungen des Schattenadels, uns auf die Barrikaden zu treiben. Wirklich ernst nimmt das nur der Rat der Lords. Und die Adligen wegen der Kinder.« Sie warf einen besorgten Blick auf ihren Sohn. »Das kann ich ihnen nicht ganz verdenken. Ich wäre bereit, den Flusspalast einzureißen, sollte Aleki etwas zustoßen.«

Letzten Endes ging es immer um die Kinder. »Wer, glaubst du, hat sie entführt?«

Sie neigte den Kopf zur Seite. »Nun, es muss jemand gewesen sein, der die Stadt kennt, da sie spurlos verschwunden sind, obwohl alle nach ihnen gesucht haben. Jemand, der über großzügige Ressourcen und umfangreiche Verbindungen verfügt, angesichts der überzeugenden Täuschung mit den falschen Falknern. Ich muss gestehen, ich dachte auch, Raverra treibe ein Spiel mit uns. Erst schienen sie die Verantwortung zu übernehmen und erklärten dann, sie hätten die Kinder nicht. Ich habe meine Meinung auch erst geändert, als du mir erzählt hast, dass alles ganz anders war.«

»Ich nehme an, das verdanken wir unserem Ruf der Doppelzüngigkeit.« Ich seufzte. »Niemand glaubt Raverra, wenn wir aufrichtig sind.« Ganz zu schweigen davon, dass jemand im Rat in der Tat ein Spiel getrieben hatte – aber ich hatte nicht vor, Venasha von Leodra zu erzählen.

Aleki zockelte zu uns zurück, eine mit schmutzigen Blumen gefüllte Faust mit großer Entschlossenheit vorgereckt. Foss folgte ihm und lächelte scheu, als er einen Blick mit Venasha wechselte. Ich glaubte, mir denken zu können, wer Aleki auf die Idee gebracht hatte, seiner Mutter Blumen zu schenken. Eine warme Glut schmolz einen Teil der Sorgen, die sich in meiner Brust zusammengeklumpt hatten, als Venasha ihren Sohn zum Dank auf die Arme nahm und auch Foss an sich zog, bis alle drei mit strahlenden Gesichtern vereint waren.

»Wäre eine Schande, die in Brand zu stecken«, flüsterte mir Zaira ins Ohr.

Ich warf ihr einen verzweifelten Blick zu, den sie mit einem herausfordernden quittierte.

»Amalia!«, hörte ich Marcello in dem Augenblick rufen.

Er kam über den gewundenen Pfad auf uns zu, energischen Schritts, doch mit flüssigen Bewegungen. Die Sonne fing sich in seinen klaren Zügen und brachte die dunklen Locken zum Glänzen. *Grazie der Liebe, er sieht gut aus.*

»Tut mir leid, dass ich so spät dran bin.« Er schien ein wenig außer Atem, als er sich zu uns gesellte, und ich nahm einen Hauch Pferdegeruch wahr, der von seinem Ritt zur Stadt zurückgeblieben war. Er beugte sich vor und schaute sich kurz zu Venasha und Foss um, um sich zu vergewissern, dass sie ihn nicht hören konnten. »Wir haben über Möglichkeiten gesprochen, die falschen Falkner aufzuspüren und herauszufinden, wer genau diese Uniformen getragen hat. Ich musste über die Kurierlampen mit einem Geheimdienstoffizier sprechen.«

»Gibt es schon irgendwelche Spuren?«, fragte ich.

»Noch nicht. Wahrscheinlich haben sie kriminelle Subjekte dafür angeheuert, doch wer immer die waren, sie halten Stillschweigen.« Er schüttelte die düstere Stimmung ab wie Regen, ehe er sich mit einem Lächeln zu Venasha, Foss und Aleki umwandte. »Aber genug davon. Warum stellen Sie mich nicht Ihren Freunden vor, Amalia. Ich würde sie zu gern …« Er brach ab und starrte Aleki an.

Ich folgte seinem Blick. Venasha und Foss sprachen mit ihrem Sohn über die Blumen und kehrten uns den Rücken zu. Alekis ernstes Gesicht war zwischen ihnen zu sehen, als er ihnen etwas mit seinem kleinen Stimmchen erklärte und auf die Blumen zeigte, die nun seine Mutter hielt. Zum ersten Mal, nachdem er zuvor die ganze Zeit umhergelaufen war, konnte ich direkt in seine Augen sehen.

Ein schwacher, aber unverkennbarer zinnoberroter Ring umgab die Pupillen.

Er trug das Magiermal.

KAPITEL NEUNZEHN

Finger gruben sich wie Eisenbänder in mein Handgelenk, als Zaira Marcello und mich zur Seite nahm.

»Wag es nicht«, zischte sie Marcello zu.

Ein sorgenvoller Zug zeichnete seine Stirn. »Du hast seine Augen gesehen, Zaira. Du kennst das Gesetz.«

Der Schock erstickte jedes Wort, das ich hätte sagen können. Venashas Baby trug das Magiermal? Trotz all der törichten Geschichten, die sie mir über ihn erzählt hatte, hatte sie davon nichts erwähnt. Doch sie konnte diesen hellen Kreis nicht übersehen haben. Oder in Unkenntnis dessen sein, was er zu bedeuten hatte.

»Das ist mir egal.« Zaira maß Marcello mit einem finsteren Blick. »Du kannst dieses Gör nicht seinen Eltern wegnehmen. Schau sie dir doch an. Schau, wie glücklich sie sind.«

»Sie würden mit ihm gehen.« Marcellos Stimme war leise und unsicher. »Wir reißen Kinder nicht aus ihren Familien, Zaira. Wir …«

»Schleppen sie nur fort und sperren sie in eine Festung auf einer Insel, Hunderte von Meilen von ihrem Zuhause entfernt. Ja, ich weiß.« Wütend wedelte sie mit einer Hand in Richtung der Stelle, wo Venasha Aleki abgesetzt hatte und ihm gerade zeigte, wie man die Stiele der Blumen zu einem Armband flechten konnte, während Foss strahlend zuschaute. »Er tut niemandem etwas. Niemand tut ihnen etwas. Sie haben hier ein gutes Leben. Zerstör das nicht!«

Marcello warf erst Aleki und dann mir einen gepeinigten Blick zu. »Er muss sich den Falken anschließen, Zaira. Die Erlauchten Verträge lassen keine Ausnahmen zu.«

»Tu einfach so, als hättest du ihn nicht gesehen«, drängte Zaira.

Marcellos Brauen zogen sich zu einer sturen Linie zusammen. »Das wäre Hochverrat.«

»Und würde zu nichts führen.« Ich entließ den Kummer in meiner Brust in einem tiefen Seufzer. »Sein Magiermal ist nicht so dezent wie deines, Zaira. Es bildet sich gerade erst heraus, aber bald wird es quer durch einen Saal erkennbar sein, so hell, wie es jetzt schon leuchtet. Er kann sich nicht verstecken.«

Zaira fletschte die Zähne. »Das sollte er auch gar nicht müssen!«

»Ähm, ich unterbreche nur ungern, aber ich kann Sie hören«, sagte Foss.

Alle drei wirbelten wir herum. Er stand da, die Hände hinter dem Rücken, und ließ verlegen den Kopf hängen. »Ich habe ein sehr gutes Gehör«, entschuldigte er sich.

Venasha hob Aleki wieder auf die Arme und trat mit ebenso ernster wie besorgter Miene neben ihn. »Ihr habt es gesehen.«

Ich nickte, und meine Augen brannten. »Es tut mir leid.«

»Das muss es nicht.« Sie verlagerte Alekis Gewicht auf ihren Armen, als der Junge zu zappeln begann; gleich darauf zog er eine mit Juwelen besetzte Haarnadel aus ihrem Schopf, drehte sie hin und her und verfolgte zufrieden, wie sich das Licht in den Steinen fing. »Ich wollte dich sowieso um Rat bitten, Amalia. Ich weiß nicht, was ich tun soll.«

Die Furcht in ihrer Stimme war wie ein Stich ins Herz für mich. Ich trat näher und drückte ihre Schulter. »Was immer passiert, ich bin hier, um euch zu helfen. Wir sorgen dafür, dass er in Sicherheit ist und ihr zusammenbleiben könnt. Das verspreche ich.«

Ihre Schulter, die unter meiner Hand zunächst steinhart gewesen war, entspannte sich ein wenig. »Seine Augen haben angefangen sich zu verändern, als diese Kinder entführt wurden. Ich wusste, dass Falkner nicht so vorgehen, trotzdem … Ich wollte mir nicht eingestehen, was das bedeutet. Umso weniger jetzt, da der Schattenadel in Ansprachen und Plakaten dazu aufruft, das Imperium zu bekämpfen, sollte es noch einmal nach unseren Kindern greifen. Aber ich kann nicht leugnen, dass sich diese Flecken inzwischen zu einem Kreis geformt haben.«

Schützend legte Foss einen Arm um Venashas Schultern. »Er ist mein kleiner Sonnenschein«, sagte er milde. »Ich werde ihn nicht aufgeben, egal, was geschieht.«

Zaira ballte die Fäuste. Aber Marcello bedachte Venasha und Foss mit einem erstaunlich sanften Lächeln. »Das müssen Sie nicht. Sie sind in den Stallungen stets willkommen, ob sie nur zu Besuch kommen oder dauerhaft bleiben. Und wenn Sie nicht in die Stallungen ziehen wollen, kann er sie zusammen mit seinem Falkner monatelang in Ardence besuchen, sofern es sicher für ihn ist. Vielleicht können wir ihn sogar in der hiesigen Garnison stationieren, sobald er alt genug ist.«

Venashas Augen wurden größer, während sie dem Gerede über die Stallungen folgte, und sie presste die Lippen zusammen.

Foss warf ihr einen besorgten Blick zu. »Venasha hat, nun ja, hart für diese Position in der Herzoglichen Bibliothek gearbeitet, schon seit … Davon hat sie schon eine ganze Weile geträumt. Und die meisten unserer Freunde und unserer Angehörigen leben in Ardence.«

»Aber du würdest Aleki nie alleinlassen«, sagte Venasha mit fester Stimme zu ihm. »Und ich werde keinen von euch alleinlassen.«

»Falls das ein Trost ist, ich bin überzeugt, ich kann dir eine Position deiner Wahl in den raverranischen Bibliotheken verschaffen.« Das Angebot fühlte sich jämmerlich und unbeholfen an, als ich es aussprach, aber mehr hatte ich nicht zu bieten. »Da wäre die Reichsbibliothek, der Große Tempel der Weisheit, die raverranische Universitätsbibliothek …«

Zaira schnaubte verächtlich. »Muss schön sein, alle Freunde zu haben, die Geld kaufen kann.«

Marcello ignorierte sie. »Wir werden für Ihre Familie alles tun, was wir können. Das Imperium kümmert sich gut um seine Falken.«

Zaira zog die Brauen hoch, bis es aussah, als wollten sie ihr von der Stirn springen, und pflanzte die Hände auf die Hüften, doch nach einem Blick auf Venashas und Foss' bange Mienen hielt sie den Mund.

»Es ist trotzdem …« Rasselnd holte Venasha Luft und drückte Aleki an sich. »Es ist schwer zu begreifen. Und ich kann nicht verhehlen, dass es nicht das ist, was wir uns gewünscht haben.«

Foss nickte zustimmend. Die ernste, besorgte Miene, die die Freude aus seinen Zügen verdrängt hatte, tat mir im Herzen weh.

Aleki hatte die Haarnadel seiner Mutter zu Boden geworfen und angelte nun die nächste aus ihrem auseinanderfallenden Gretchenzopf, segensreich blind für diesen Umbruch in seinem Leben. Marcello betrachtete ihn nachdenklich. »Haben Sie irgendeine Ahnung, welche Art Magie er wirken kann?«

Venasha und Foss wechselten einen kurzen Blick, und Foss schüttelte den Kopf.

»Nein.«

»Also kein Vivomant und kein Hexer«, schloss ich. »Denn die wenden ihre Macht instinktiv an, und damit fangen sie an, sobald sich das Magiermal zeigt.«

Zaira verzog das Gesicht, und ich kam mir prompt wie ein taktloser Dummkopf vor. *Ihre* Gabe hatte sich *gezeigt*, indem sie ihre Eltern verbrannt hatte.

Marcello nickte. »Da er also entweder Alchemist oder Artefaktor ist, müssen wir uns nicht beeilen, ihm ein Geschüh anzulegen. Er wird physisch erst in der Lage sein, seine Gabe zu nutzen, wenn er älter ist. Trotzdem sollten Sie Vorsicht walten lassen, wenn er irgendwelche Dinge zusammenrührt oder etwas kritzelt, nur für alle Fälle.«

Angst flackerte in Venashas Augen auf.

»Oh.« Foss seufzte. »Eine neue Möglichkeit für ihn, Chaos anzurichten. Und ich dachte, Klettern wäre schon schlimm.«

»Nehmen Sie sich ein paar Tage Zeit, um darüber nachzudenken, was Sie nun tun wollen«, riet Marcello. »Geben Sie uns Bescheid, falls irgendetwas passiert, das Ihnen ein ungutes Gefühl gibt – wenn jemand auffallendes Interesse an ihm zeigt oder die Magie beginnt, sich zu manifestieren. Und fürchten Sie sich nicht, in die Garnison zu kommen, um Hilfe zu suchen, ganz gleich zu welcher Stunde.«

»Oder zu mir«, warf ich ein.

Foss begegnete meinem Blick. »Amalia, du warst in den Stallungen. Sag mir nur … sag mir ehrlich: Wird er dort glücklich sein?«

Ich konnte ihre Aufmerksamkeit fühlen. Venasha und Foss, voller Hoffnung und Furcht, während unvergossene Tränen in ihren Augen schimmerten. Zaira, die mich stumm herausforderte, ich solle nur versuchen zu lügen. Und Marcello, der mich mit seiner ganzen Mimik drängte, den Ort zu preisen, der ihm Heim und Familie zugleich bedeutete.

»Die meisten Falken, die ich getroffen habe, schienen glücklich zu sein«, sagte ich zögernd. »Es ist ein sicherer Ort. Ein behaglicher Ort, und die Falkner sind gute Leute.«

Zaira schnaubte leise, aber, den Grazien sei Dank, sie hielt den Mund.

Venasha versuchte sich an einem unsicheren Lächeln. »Und ich nehme an, wenn wir in die Stallungen ziehen, werden wir dich öfter sehen, Amalia.«

Das war zu viel für Zaira. »Ein bisschen«, sagte sie mit einem strahlenden, falschen Lächeln. »Dann und wann.«

Ich nickte und nahm Venasha und den zappelnden Aleki zusammen in die Arme, doch der Kloß in meinem Hals hatte nichts mit Freude zu tun.

Auch wenn ich alles, was ich über die Stallungen gesagt hatte, wirklich glaubte, konnte ich doch nicht so tun, als wären das gute Neuigkeiten. Was immer Aleki hätte werden können, welche Zukunft sich Venasha und Foss für ihn ausgemalt haben mochten, wie die abertausend Pfade ausgesehen haben könnten, die vor ihm hätten liegen sollen … nun gab es nur noch diesen einen.

Es mochte kein schlechter Pfad sein, aber er war noch zu klein, um auch nur zu ahnen, dass er bereits die Füße darauf gesetzt hatte, noch dazu ohne jegliche Chance, eine eigene Wahl zu treffen.

*

Als wir zu dritt den Park verließen, konnte ich den von Zaira verströmten Zorn wie sengende Hitze spüren.

»Ich würde ja sagen, ich kann es nicht glauben, aber ich kann.« Ihre Augen überzogen mich und Marcello mit einem wahren Inferno. »Ihr werdet dieses Baby wirklich aus seinem Heim reißen, ihm ein Geschüh anlegen und es als Soldat aufziehen.«

Vor den Toren des Parks hielt Marcello inne und drehte sich zu ihr um. »Was hätte ich deiner Meinung nach tun sollen? Ich kann die Erlauchten Verträge nicht ändern. Alles, was ich tun kann, ist, die Stallungen zum bestmöglichen Ort für all jene zu machen, die das Mal tragen.«

»Dass du die Welt nicht ändern kannst, ist leicht gesagt.« Zaira wedelte mit einem Finger vor seinem Gesicht. »Aber Menschen ändern die Welt. Ich weiß nicht viel über Geschichte, aber das weiß ich. Sag nicht, es ist nicht möglich, wenn du eigentlich meinst, du bist nur zu faul, es zu versuchen.«

Die Erinnerung an das Magiermal, das einen kühnen Kreis in Alekis süßen, vertrauensvollen Augen zog, bohrte sich in mein Herz, und ich ballte die Fäuste.

»Vielleicht können *Sie* das Gesetz nicht ändern«, sagte ich zu Marcello. »Aber ich kann es.« Ich wandte mich an Zaira. »Es wird Jahre dauern. Vielleicht ein ganzes Leben. Und wir müssen eine Lösung finden, bei der die, die das Mal tragen, und die Leute in ihrer Umgebung weiterhin geschützt sind. Aber ich werde es versuchen.«

Zaira prustete. »Raverra wird seinen Zugriff auf die magisch Begabten nie aufgeben. Für das Imperium sind wir die Quelle seiner Macht.«

»Wir können einen Kompromiss finden. Du bist die, die gerade gesagt hat …« Ich brach ab.

Jenseits der Parktore und der Plaza der sechs Brunnen ragte der Flusspalast in all seiner feudalen, steinernen Pracht auf. Auf dem Platz wimmelte es von dem Hin und Her im Zentrum ardentinischer Herrschaft: Leute kamen und gingen zu Fuß, zu Pferde oder mit einer Kutsche; Höflinge und Bedienstete schwatzten untereinander auf dem offenen Platz oder saßen mit einem Buch oder einem Imbiss auf dem Rand eines Brunnens. Aber eine Gestalt in der Livree der Erlauchten Gesandten überquerte im Laufschritt den Platz in Richtung Park und kam aufgeregt winkend direkt auf uns zu.

»Leutnant Verdi«, rief der Mann, »kommt schnell!«

Marcello drückte den Rücken durch. »Was ist los?«

Keuchend schüttelte der Bote den Kopf. »Ich kenne keine Details. Die Garnison hat dem Gesandtenpalast nur eine Botschaft über die Kurierlampen geschickt und Euch wegen eines Notfalls zurückbeordert. Ein Falkner wurde angegriffen.«

*

Augen und Nase des jungen Offiziers, der in einem Bett in der Krankenstube der Garnison lag, fingen bereits an zu schwellen und dunkel anzulaufen, und sein Unterarm und die Brust waren mit Verbänden umwickelt. Mit glasigen Augen, die anscheinend der Medizin geschuldet waren, die man ihm gegen Schmerzen verabreicht hatte, entschuldigte er sich übermäßig bei Marcello. Der saß neben ihm und versicherte dem Mann, dass es nicht seine Schuld sei. Zaira und ich drückten uns zwei, drei Schritte entfernt herum, betasteten mit den Zehenspitzen die Grenze zwischen respektvoller Distanz und Hörweite.

»Lemi, Sie müssen mir genau erzählen, was passiert ist.« Marcello sprach mit ruhiger Stimme, aber ich konnte die Anspannung an seinen Schultern ablesen. Ich wusste, er dachte an dasselbe wie ich: Der Doge hatte gesagt, jeder Angriff auf die Falkner sei als kriegerischer Akt aufzufassen.

Der Offizier nickte schwach. »Kurz nachdem Ihr gegangen seid, Leutnant, haben wir ein Hilfeersuchen erhalten. Angeblich von einer Familie auf einem Gehöft außerhalb der Stadttore, deren Tochter ihre Vivomantik nicht mehr unter Kontrolle hatte.« Zittrig holte er Luft. »Aber es war eine Falle.«

»Wer hat Sie angegriffen?«

Lemi deutete auf sein Gesicht. »Sie haben graue Masken getragen. Und graue Umhänge.«

»Der Schattenadel«, hauchte ich. Wo hatte sich Domenic da nur reingeritten?

Marcello lehnte sich auf seinem Stuhl zurück und blickte mir in die Augen. »Das ist furchtbar.«

Zaira verschränkte die Arme vor der Brust. »Das bedeutet gar nichts. Graue Masken lassen sich leicht nachbilden.« Aber ihre Blässe verriet mir, dass ihr die Folgen dieses Angriffs ebenso bewusst waren wie mir. »Diese Mistkerle sind auch schon als Falkner in Erscheinung getreten. Das könnte ebenso ein Trick sein.«

»Ich bin nicht überzeugt, dass das den Dogen interessiert.« Ich presste die Fingerspitzen an die Schläfen. »Und ich bin nicht überzeugt, dass es wirklich ein Trick ist. Wenn der Schattenadel einen Krieg mit Raverra auslösen will, könnte er das mühelos erreichen, indem er einen Falkner in einen Hinterhalt lockt.«

»Leutnant … Es tut mir leid, Herr, aber es wird noch schlimmer.« Lemis Stimme verfiel zu einem Flüstern, und er setzte eine schuldbewusste Miene auf. »Sie haben mir meine Tasche abgenommen.«

Zaira zuckte mit den Schultern. »Dann haben sie dich eben ausgeraubt.«

»Nein. Ich hatte …« Lemi schloss die Augen. »Mögen die Grazien mir vergeben, aber ich habe ihnen geglaubt, Herr. Ich war auf eine neue Vivomantin eingestellt, und ich hatte ein Geschüh in dieser Tasche. Sie haben es mitgenommen.«

»Was für ein verdammter Albtraum«, fluchte Marcello. »Das ist übel.«

Mir sackte der Magen in die Stiefel. Das war mehr als genug, um den Dogen zu provozieren. Geschühe waren ein wohlgehütetes Geheimnis des Imperiums. Die Tatsache, dass niemand sonst welche hatte, war einer der bedeutendsten Schlüssel zur Macht Raverras.

»Wer auch immer diesen Krieg will«, wisperte ich, »ich fürchte, sie werden ihn bekommen.«

*

Über die Kurierlampen erstattete Marcello Oberst Vasante Bericht. Gewöhnlich war ich von Verwunderung ergriffen, wann immer ich an das Kurierlampennetz dachte, über das Lichtblitze über Hunderte von Meilen von einem Lampenkristall zum Nächsten geleitet wurden; doch dieses Mal trug mir der Gedanke an die flackernden Lichter, die den ganzen Weg zu den Stallungen reisten und von dort aus zweifellos sofort den Weg zum Reichspalast fanden, nichts als Furcht ein.

Innerhalb einer Stunde traf bereits eine Antwort ein: »Der Doge bespricht die Angelegenheit mit dem Rat der Neun.« Morgen sollten wir Anweisungen erhalten.

Unsere unsichtbaren Gegner – eben jene, die zu offenbaren Baron Leodra zu früh verschieden war – hatten ihren Zug getan. Nun war der Doge an der Reihe. Aber es blieben nur noch verschwindend wenige freie Felder auf dem Brett.

In dieser Nacht lag ich in meinem Himmelbett in Ignazios Stadthaus noch lange wach, und als ich endlich schlief, waren meine Träume angefüllt mit Feuer.

*

Ich starrte die Tasse mit der schwarzen Flüssigkeit an, die vor mir stand. Wieder Kaffee. Das war genau das, was ich brauchte, um unser so oder so verkrampftes Frühstück mit der Erlauchten Gesandten noch grässlicher zu machen.

Ignazio und Dama Terringer im selben Raum zu haben, war schlimm genug. Bereits vor unserer Abreise nach Ardence hatten wir dieses Frühstück als obligatorischen Höflichkeitsbesuch eingeplant; nun, da die schrecklichen Konsequenzen, die sich aus dem gestohlenen Geschüh ergeben mochten, über unseren Köpfen schwebten, hatte sich die ganze Angelegenheit von bloßer Peinlichkeit zu glatter Folter gesteigert.

Natürlich tischte sie uns Kaffee auf. Ich zwang mich, einen kleinen Schluck zu nehmen, ohne bei dem Geschmack angewidert das Gesicht zu verziehen.

»Ich hoffe, Ihr habt Euch gut eingewöhnt. Wie ist das Stadthaus, das Ihr gemietet habt?« Dama Terringers Tonfall war so steif wie ihr Rückgrat. Sie trank einen Schluck aus ihrer eigenen Tasse und sah dabei aus, als wolle sie sich auf eine Schlacht vorbereiten.

Ignazio lachte gekünstelt und erfasste mit einer ausholenden Geste den luftigen, vor Gold starrenden Salon, der so viele Jahre der seine gewesen war. »Es ist kein Gesandtenpalast, aber es muss reichen.«

Zaira verdrehte die Augen. »Wenn man Euch zuhört. Ihr solltet mal ein oder zwei Wochen ausprobieren, wie es ist, auf dem Boden eines verlassenen Gebäudes zu schlafen. Dann werdet Ihr aufhören, Euch Gedanken darüber zu machen, ob Eure Federbetten weich genug sind oder ob genug Gold an der Decke klebt.«

Ich schaute Marcello an und fand Erinnerung und Verständnis in seinen Augen. Er dachte auch an das, was wir in den Unschlitten gesehen hatten. Ich spürte eine leichte Wärme im Gesicht angesichts der unausgesprochenen Worte, die wir wechselten; rasch blickte ich zu Dama Terringer, ehe ein verräterisches Rosa in meine Wangen kriechen konnte.

Dama Terringer prustete. »Ihr nehmt kein Blatt vor den Mund, nicht wahr?«

Ärger flackerte über Ignazios Züge, aber er verwandelte ihn routiniert in ein gütiges Lächeln. »In der vorletzten Nacht hätte ich vielleicht auch recht gut auf dem Boden geschlafen, nachdem Lord Waldon uns so lange wach gehalten hat.«

Nun war Dama Terringer diejenige, die eine finstere Miene aufsetzte. Vermutlich war sie nicht allzu erfreut darüber, dass die ardentinischen Edelleute so begeistert auf die Rückkehr ihres Vorgängers reagierten, umso mehr, da sie *sie* gar nicht zu sehen wünschten.

Ich konnte diesen Austausch verschleierter Nackenschläge und gestelzter Höflichkeit, während wir alle um den Haufen Kanonenkugeln herumtanzten, der zwischen uns auf dem Tisch lag, nicht mehr ertragen. »Habt Ihr hinsichtlich der Antwort des Imperiums auf den gestrigen Übergriff bereits vom Dogen gehört?«

»Ja.« Dama Terringer ließ sich eine kleine Ewigkeit Zeit, um ihren Kaffee aus einem silbernen Krug nachzufüllen. »Er gibt Ardence Zeit bis übermorgen zum Sonnenuntergang.«

Ich verdrehte die Serviette in meinem Schoß. Zumindest war das keine offene Kriegserklärung. »Was haben sie bis dahin zu tun?«

»Sie sollen die Verantwortlichen für den Angriff ausliefern, das gestohlene Geschüh zurückgeben, die Erlauchte Gesandte bei Hofe empfangen, die illegalen Steuern für nichtig erklären und sich an die Erlauchten Verträge halten.«

Marcello stützte sich auf den Tisch, als brauchte er Halt. »Oder was?«

Unbeirrt begegnete Dama Terringer seinem Blick. »Müssen Sie diese Frage wirklich stellen, Verdi?«

Er presste die Lippen zusammen.

Zaira schlürfte lautstark und mit sichtlichem Genuss ihren Kaffee. »Das wäre dann ich. Die unsägliche Konsequenz. Ein toller Spaß auf Festen.«

Ich umfasste meine Kaffeetasse mit beiden Händen, bis die Hitze in den Handflächen schmerzte. »Das ist eine ganze Menge für nicht einmal drei Tage. Haben wir Leute, die den Angriff untersuchen und nach dem Geschüh Ausschau halten?«

»Wir haben Ermittler, die aus Raverra anreisen. Dazu die hiesigen Geheimagenten, die wir bereits auf die Kinder und Baron Leodras Kontaktpersonen in Ardence angesetzt haben. Die arbeiten jetzt ebenfalls daran.« Dama Terringer schüttelte den Kopf. »Für mich klingt das, als stecke wieder dieser verdammte Schattenadel dahinter. Wenn wir diese Leute demaskieren und dingfest machen könnten, wäre der Doge zufrieden – *sofern* wir auch das Geschüh zurückbekommen.«

Ich spürte einen Stich in der Brust. Allzu leicht konnte es bei einem solchen Zug auch Domenic erwischen, und sein Bruder wäre ganz sicher betroffen. Ganz zu schweigen davon, dass nach dem, was er erzählt hatte, die Ergreifung der Angehörigen des Schattenadels den ardentinischen Hof um eine ordentliche Fraktion verkleinern würde. Der Doge mochte zufriedengestellt sein, doch Ardence würde das nicht stillschweigend hinnehmen.

Ich musste herausfinden, wer genau hinter diesem Angriff steckte. Gabrils bevorstehendes Fest mochte sich in der Hinsicht als unsere größte Hoffnung erweisen.

Ich schluckte. »Nun gut. Was ist mit den Steuern und der gebotenen Achtung gegenüber Euch als Erlauchter Gesandter? Denkt Ihr, wir können Herzog Astor überzeugen, sich wieder den Erlauchten Verträgen zu fügen?«

»Hmpf. Das hätte er längst getan, hätte es diese verfluchten Entführungen nicht gegeben.« Mit unnötiger Gewalt knallte Dama Terringer ihre Tasse auf den Tisch. »Bis dahin lief alles glatt. Ich habe deutlich gemacht, dass das Imperium nicht erfreut ist über seine Possen, und Herzog Bergandon hat sich ausreichend einschüchtern lassen. Er war bereit, die Steuern für raverranische Händler fallen zu lassen und den Verträgen nachzukommen. Dann sind die Kinder verschwunden, seine Edelleute wurden hysterisch und alles ist zur Hölle der Zwietracht gefahren. Der Zeitpunkt war einfach perfekt, um alles zu zerstören, was ich aufgebaut hatte.«

»Ich weiß, wie das ist«, murmelte Ignazio über den Rand seiner Tasse hinweg. »Wenn Leute einfach hereinstolpern und all die mühsame Arbeit zunichtemachen.«

Dama Terringers Auge zuckte.

Ich ging nicht auf den Einwurf ein. »Und was wird *nun* erforderlich sein, damit der Herzog und seine Edelleute wieder treue Untertanen des Erlauchten Imperiums werden?«

»Abgesehen davon, die Kinder zu finden und die Entführer zur Rechenschaft zu ziehen? Ich weiß es nicht.« Ein Haufen ergrimmter Falten zeichnete sich auf Dama Terringers Stirn ab. »Die Kinder oder Enkel mehrerer Angehöriger des Rats der Lords sind verschwunden, und sie hören mich nicht an und lassen auch nicht zu, dass der Herzog mir zuhört.« Mit widerstrebender Miene wandte sie sich an Ignazio. »Aber auf Euch könnten sie hören. Werdet Ihr helfen?«

In Ignazios Augen spiegelten sich heftige Gefühlsregungen, doch seine Miene blieb zunächst geübt ausdruckslos, nur um gleich darauf einem Ausdruck trockenen Amüsements zu weichen.

»Ich dachte, man hätte mich von meinem Posten abgezogen, weil meine Verhandlungstaktik zu subtil war und nicht schnell genug Ergebnisse gezeitigt hat.«

»So war es«, presste Terringer durch zusammengebissene Zähne hervor, »als wir es nur mit einem Verstoß gegen die Erlauchten Verträge zu tun hatten. Nun jedoch ist es notwendig, dass die Ardentiner uns ebenso vertrauen, wie sie uns fürchten, und sie hatten bisher keine Zeit zu lernen, mir zu vertrauen.« Nie hatte ich jemanden gesehen, der näher daran gewesen wäre, an seinem eigenen Stolz zu ersticken. »Ich brauche Eure Hilfe, um für Frieden zu sorgen, Ignazio.«

Ignazio trank einen tiefen Schluck von seinem Kaffee und genoss den Geruch des Dampfs, der von ihm aufstieg. »Ich fürchte, ich bin nicht länger der Erlauchte Gesandte«, sagte er. »Mir scheint, es gibt nicht viel, was ich tun könnte, um Euch zu unterstützen.«

Terringer starrte ihn an. Gewitterwolken schienen sich auf ihrer Stirn zu sammeln, doch Ignazio begegnete ihrem Blick mit einem trägen Lächeln. Irgendwann schlug sie mit der Hand auf den Tisch, dass das Porzellan erbebte.

»Schön. Ihr wollt also aus reinem Hochmut die Stadt brennen sehen.« Mit einer ruckartigen Kopfbewegung deutete sie Richtung Tür. »Wir werden nun darüber sprechen, was geschieht, sollten wir sie niederbrennen müssen. Zivilisten ausgeschlossen.«

Ignazio erhob sich, und seine Stimme klang hart: »Nun, es liegt mir fern, mich einzumischen.«

»Onkel Ignazio …« Ich streckte die Hand nach ihm aus. Er hatte die Sticheleien gegenüber Dama Terringer zu weit getrieben, trotzdem musste das wehtun. Es war noch nicht lange her, da hätte er den Vorsitz über dieses Zusammentreffen geführt, und nun wurde er vollständig hinausgedrängt. Sie warf ihn aus dem Salon, der noch vor einem Monat der seine gewesen war.

Auch Zaira stand auf und streckte sich. »Gut. Ich gehe mit Euch. Ich bin es leid, mir dieses Geplapper anzuhören.«

Dama Terringer zog die Brauen hoch. »Diese Pläne betreffen auch Euch. Wollt Ihr nicht bleiben?«

Zairas Augen leuchteten auf wie Lichtreflexionen auf einer Schwertklinge. »Und zuhören, wie Ihr darüber redet, mich als Waffe zu benutzen? Nein, danke. Dama Dumpf-wie-ein-Fels Cornaro kann mich später immer noch einweihen.« Sie hakte sich bei Ignazio unter. »Kommt, Ihr könnt mir den Palast zeigen. Ihr kennt ihn sowieso besser als diese alte Schachtel, nicht wahr?«

»Besser als jeder andere«, stimmte er zu.

Ich formte Zaira gegenüber ein *Danke*, erleichtert, dass Ignazio nicht allein durch sein ehemaliges Zuhause geistern musste. Sie zwinkerte mir zu.

»Zaira muss bei Amalia bleiben«, sagte Marcello. »Das Gesetz …«

»Ach, entspann doch mal die Hinterbacken.« Zaira winkte ab. »Ich werde das Gebäude nicht verlassen, und hier ist es doch sicher, oder?«

»Das sollte es besser sein.« Dama Terringers schnippischer Ton ließ keinen Raum für Zweifel.

»Dann amüsiert Euch ohne uns.« Zaira warf Dama Terringer im Hinausgehen einen Luftkuss zu.

»Auch gut.« Dama Terringer beugte sich weit über den Tisch und senkte die Stimme. »Hört zu. Wir alle hoffen, dass wir das Schadfeuer nicht einsetzen müssen, aber sollte der Befehl erteilt werden, müssen wir bereit sein.«

So mulmig ich mich fühlte, nickte ich doch, aber ich konnte mir nicht vorstellen, dass ich je bereit wäre.

Neben mir legte Marcello die Hand gleich neben meiner auf den Rahmen des Stuhls. Noch immer trennte ungefähr ein Zoll unsere Finger voneinander, doch ich wölbte meine Hand ein wenig, wie um ihm den Rücken zu stärken.

»Ist Herzog Astor Bergandon über die genannte Frist im Bilde?«, erkundigte ich mich.

Dama Terringer nickte. »Ich habe über die inoffiziellen Kanäle mit ihm gesprochen. Seine Edelleute beharren immer noch darauf, dass er mich bei Hofe nicht empfangen könne, aber er hat Dama Savony geschickt. Ich habe ihm nicht ausdrücklich mitgeteilt, was passieren wird, sollte er den Befehlen des Dogen nicht innerhalb der Frist nachkommen, aber ich glaube, er begreift, in welcher Lage er ist.«

»Und wie steht er dazu?«

Dama Terringer maß mich mit einem eigenartigen Blick. »Sagt Ihr es mir. Er hat darum gebeten, Euch heute Nachmittag zu sehen.«

»Mich? Warum?«

»Ich weiß es nicht. Aber er möchte Euch allein sprechen.«

»Nein.« Marcello schoss mehr oder weniger von seinem Stuhl hoch. »Auf keinen Fall. Zaira muss ständig bei Amalia sein, um nur eine Sache zu nennen.«

»Sie kann in der Garnison bleiben.« Dama Terringer zuckte mit den Schultern. »Das ist reisenden oder in der Fremde stationierten Falken gestattet. Sollte ein Notfall eintreten, kann Dama Amalia sie immer noch von hier aus entsiegeln.«

»Es könnte eine Falle sein«, wandte Marcello ein.

Dama Terringer schnaubte verächtlich. »Wenn sie vorhätten, einen Raverraner in eine Falle zu locken, würden sie sich keine Cornaro aussuchen. Ganz gleich, was sie von Raverra halten, der ardentinische Hof bringt Eurer Familie ein unvernünftiges Maß an Zuneigung entgegen. Ich wäre eher besorgt, es könnte sich um eine Falle handeln, würden sie *wollen*, dass ihr Eure Feuerhexe mitbringt.«

»Wir müssen uns anhören, was der Herzog zu sagen hat«, beschloss ich. »Vor allem, wenn er selbst ein Interesse zeigt, diplomatisch mit Raverra umzugehen, aber glaubt, das nicht offen tun zu können. Die Zeit, die uns bleibt, reicht nicht mehr für allzu viele Versuche, den Frieden zu wahren. Also sollten wir keinen verpassen.«

Marcello stand mit vor der Brust verschränkten Armen und herabgezogenen Mundwinkeln da. Wäre ich eine normale Falknerin und unterstünde seinem Kommando, dann hätte er mir untersagt, allein zu gehen; so viel war klar.

»Mir passiert nichts«, sagte ich nun sanfter. »Der Herzog hat nichts zu gewinnen, wenn er mich bedroht, aber er hat eine Menge zu verlieren. Und offen gesagt würde ich Zaira bei so einer heiklen diplomatischen Mission so oder so nicht dabeihaben wollen.« Ich wandte mich an Dama Terringer. »Bitte sagt Seiner Gnaden, dass ich die Einladung annehme.«

So zuversichtlich ich mich auch gab, mir hallte dennoch Leodras unvollständige Warnung durch den Kopf. *Wenn Ihr nach Ardence geht, seid Ihr in Gefahr.* Aber solange ich nicht wusste, wo diese Gefahr lauerte, konnte ich schlecht vor jedem Schatten zurückschrecken, wenn ich irgendetwas erreichen wollte.

»Sehr wohl«, sagte Dama Terringer. »Und nun müssen wir über das Schadfeuer reden.«

Ich nickte, und meine Kehle war so trocken wie eine Woche altes Brot. Aus purer Verzweiflung nahm ich einen Schluck Kaffee, und meine Zunge wurde welk unter dem Einfluss des bitteren Geschmacks.

»Wenn das Ultimatum des Dogen abläuft, wollen wir ihnen noch eine letzte Chance geben.« Dama Terringers Gesicht hüllte sich in erbitterte Falten. Ich fragte mich, ob sie im Dreijährigen Krieg gekämpft hatte; sie war ohne Zweifel alt genug, um sich an ihn zu erinnern, und dieses quälende Wissen blickte uns aus ihren Augen entgegen. »Zunächst werden wir alle Raverraner vor Ort warnen und sie auffordern, Ardence zu verlassen und sich in die Garnison zurückzuziehen. Offen gesagt, glaube ich nicht, dass wir über diesen Punkt hinauskommen werden – den Ardentinern wird klar sein, was auf sie zukommt, sobald wir aus der Stadt verschwinden. Aber sollten sie dann immer noch nicht klein beigeben, tun sie es spätestens, wenn sie eine Wand aus Schadfeuer durch das Tal auf sich zukriechen sehen.«

Eine fürchterliche Vorstellung. »Ich …« Ich schluckte. »Schon gut. Ich habe verstanden.«

Dama Terringers Stimme wurde noch leiser und zugleich so rau wie ein Flussbett. »Die andere Möglichkeit lautet, dass Ardence einen Krieg anfangen könnte. Sie haben bereits einen Falkner angegriffen. Sollten sie beschließen, in den Kampf zu ziehen, wird ihr erstes Ziel höchstwahrscheinlich entweder dieser Palast sein oder Zaira. Falls es dazu kommt – falls ardentinische Kräfte uns angreifen –, dann werdet Ihr Euren Falken loslassen.«

Ich rutschte unbehaglich auf meinem Stuhl herum, doch Dama Terringers eisiger Blick ließ keinen Widerspruch zu. »Wartet nicht auf einen Befehl. Sollten sie auf den Frieden spucken und durch einen heimtückischen Angriff einen Krieg auslösen, verdienen sie es nicht besser. Dann soll das Schadfeuer in Ardence wüten, bis sie das Erlauchte Imperium um Gnade anflehen.«

KAPITEL ZWANZIG

Zaira und Ignazio stießen auf dem Weg hinaus aus dem Palast der Erlauchten Gesandten wieder zu uns. Die beiden gingen Arm in Arm, Zaira mit einem selbstgefälligen Grinsen. Ich nahm an, sie hatten ein paar unfreundliche Dinge über Dama Terringer ausgetauscht. Ihre gute Laune wirkte jedenfalls erschütternd nach der unheilvollen Unterhaltung, die Marcello und ich gerade hinter uns hatten.

Als die Kutsche vorfuhr und wir alle auf die Tür zugingen, packte ich Ignazio am Ärmel. »Hast du das ernst gemeint, als du gesagt hast, du würdest Dama Terringer auf diplomatischem Gebiet nicht unterstützen?«

Der ironische Zug in seinem Gesicht machte einer bekümmerten Miene Platz. »Natürlich nicht. Ich werde ihr helfen.«

»Ich wusste es.« Rasch nahm ich ihn in die Arme.

»Aber ich tue es auf meine Art.« Ich nahm etwas von der unerbittlichen Tatkraft meiner Mutter in seinem grimmigen Ton wahr. »Allein, ohne Terringer. Wenn ich helfe, dann tue ich das zu meinen Bedingungen, und ich werde sicherstellen, dass ich auch derjenige bin, der die Anerkennung dafür bekommt.«

»Ich denke, das ist nur gerecht«, sagte ich. Es wäre vielleicht einfacher, würden die beiden zusammenarbeiten, andererseits gerieten sie so leicht aneinander, dass das möglicherweise doch keine so gute Idee wäre.

»Ja«, stimmte Ignazio zu. »Das ist nur gerecht.«

Gemeinsam gingen wir zu unserer Kutsche.

*

Der Flusspalast, der Sitz der Herzöge zu Ardence, hatte mich mit seiner mächtigen Ziegelfassade immer enttäuscht. Imposant, gewiss, aber den kastenförmigen Flügeln mangelte es an der Eleganz der Zuckerwattebögen des Imperialen Palasts daheim. Kaum hatte mich ein Diener in Livree mit einer Verbeugung in Empfang genommen, fand ich mich jedoch in einer längst nicht so nüchternen Umgebung wieder. Die hohen gewölbten Decken erblühten regelrecht vor kunstvollen weiß-goldenen Steinschneidearbeiten und dramatischen Fresken; die Bergandons ließen sich hier drin keine Gelegenheit entgehen, ihren Reichtum und ihre Macht zu demonstrieren.

Wenn der Herzog sich vom Augenschein so sehr beeindrucken ließ, wie es das Innere des Palasts nahelegte, dann war es vermutlich gut, dass ich zu diesem Besuch ein besonders prächtiges Gewand angelegt hatte. Eine von Ignazios Bediensteten, eine Magd mit riesigen braunen Augen, die auf den Namen Beatrix hörte, hatte mir beim Anziehen geholfen. Ich vermisste Ciardha, denn die hätte mir den Charakter des Herzogs beschrieben und mir Informationen über alle relevanten Neuigkeiten von seinem Hof geliefert, während sie die Schnürung meines Korsetts und die Auswahl des Schmucks beaufsichtigt hätte. Stattdessen hatte ich Beatrix' gut gemeintes Angebot von Puder und sternförmigen Schönheitsflecken zurückweisen und eine extravagante Kräuselung meiner Haare über mich ergehen lassen müssen.

Vermutlich sah ich hinreißend aus, aber mir wäre wohler gewesen, hätte ich wenigstens eine vage Vorstellung davon gehabt, was der Herzog von mir wollte. Ohne den Grund für die Einladung zu kennen, musste ich davon ausgehen, dass die dekadente Umgebung des Herzogspalasts feindliches Terrain war.

Einige der Höflinge, die mir in der höhlenartigen Eingangshalle begegneten, bedachten mich mit neugierigen oder hoffnungsvollen Blicken, doch andere setzten eine finstere Miene auf und wandten sich mit zorniger Körperhaltung von mir ab. Eine alte Dame in einem reich mit Juwelen besetzten Korsett und Röcken, weiter als meine Schlafzimmertür breit war, murmelte »raverranischer Aal«

in meine grobe Richtung. Ein geschmeidiger junger Lord in Taubengrau – ein sachdienlicher Hinweis auf den Schattenadel, daran hegte ich kaum Zweifel – befummelte mit einem harten Glanz in den Augen das Heft seines Rapiers, als er mich erblickte. Seine Begleitung, eine Dame, die ihr Gewand mit einer grauen Seidenschärpe akzentuiert hatte, murmelte ihm den Namen *Cornaro* ins Ohr, woraufhin seine Miene milder wurde; er verbeugte sich sogar, als ich vorüberging.

Ein Lakai führte mich durch eine ganze Reihe beeindruckender Räume zum Siegessaal. Herzog Bergandon erwartete mich in seinem opulenten privaten Audienzzimmer unter Fresken, die militärische Siege Ardences darstellten. Über allem schwebte die Grazie des Triumphes an einem gemalten Himmel, das flammende Schwert in der Hand. Alles in allem eine bedauernswert kriegerische Wahl für unser Zusammentreffen.

Als der Herzog sich erhob, um mich zu begrüßen, tat er das mit einem Elan, der seiner Jugend würdig war. Er konnte nicht mehr als fünf Jahre älter sein als ich, wie ich erkannte, als ich an dem Spitzbart und der verschwenderischen Goldstickerei auf seinem Wams vorbeiblickte. Wir tauschten die erforderlichen Höflichkeiten aus und nahmen in Sesseln Platz, die einen niedrigen Tisch flankierten, auf dem eine einschüchternde Reihe an Delikatessen bereitstand: luftige, kleine Gebäckstücke, Obst und Oliven, edle Käsesorten, Feigen mit Schinken, Sauergrascrostini. Das alles sah sehr verlockend aus, aber in diesem Korsett würde ich auch dann nicht mehr als ein paar Bissen essen können, wenn ich nicht viel zu angespannt wäre, um irgendetwas zu mir zu nehmen.

Nach einem angemessen peinlichen Abschnitt, der sich auf Wie-war-die-Reise und Ist-das-Wetter-nicht-schön beschränkte, stützte der Herzog die Ellbogen auf die Knie. »Dama Amalia, ich habe Euch aus einem Grund hierher eingeladen, der Euch überraschen mag.«

»So?« Ich hoffte, es war keiner von der Dolchstoßsorte.

»Allerdings.« Er drehte eine vergessene Traube zwischen den Fingern. Seine Augen überschattete eine Unschlüssigkeit, wie ich sie beim Dogen noch nie gesehen hatte. »Er lautet, dass ich Euch um Eure Hilfe ersuchen möchte.«

Schau an. »Ihr habt recht, Euer Gnaden. Damit habe ich nicht gerechnet.«

»Ich möchte nicht als der letzte Herzog von Ardence in die Geschichte eingehen.« Seine Schläfen pulsierten. »Doch auf der einen Seite habe ich es mit dem Imperium zu tun, das von mir verlangt, ein Geschüh zurückzugeben, das ich nicht habe, und die Verantwortlichen für einen Angriff auszuliefern, über die ich nichts weiß. Auf der anderen Seite stehen meine eigenen Edelleute, die von mir fordern, dass ich die Kooperation mit dem Imperium verweigere, bis es uns die Kinder zurückgibt, die es laut Bekunden des Dogen nicht hat. Und wenn ich nicht irgendwie diese beiden unmöglichen Erfordernisse in Einklang bringen kann, werden beide Seiten *mich* für den nachfolgenden Ruin verantwortlich machen.« Er verzog das Gesicht und bleckte die Zähne. »Ich sitze in der Falle, Dama Amalia, und aus eigener Kraft komme ich da nicht mehr raus.«

»Ich würde Euch zu gern helfen.« Ich zögerte, überlegte, wie ich mich ausdrücken sollte. »Ich habe jedoch, äh, eine spezielle Mission hier in Ardence …«

»Ich weiß, warum Ihr hier seid.« Nun klang sein Ton bitter. »Dama Terringer hat mir die Botschaft des Dogen schon vor Wochen in all ihrer Klarheit vermittelt. Diese weitere Eskalation mit Eurer Feuerhexe ist unnötig. Es mag dem Stolz von Ardence zuwiderlaufen, sich Raverra zu unterwerfen, aber unsere militärischen Kräfte sind nicht ausreichend, um aus purem Hochmut einen Krieg zu beginnen. Ich versichere Euch, ich bin jetzt schon gedemütigt genug.«

Ich zog eine Braue hoch. »Bei allem gebotenen Respekt, Euer Gnaden, ich würde das Verhalten von Ardence gegenüber der Erlauchten Stadt nicht als demütig bezeichnen.«

Seine Hand schloss sich um eine Traube und zerdrückte sie. »Alles hat sich recht gut entwickelt mit Dama Terringer. Sosehr ich die sanfteren Methoden Eures Cousins vorzog, hatten wir doch einen Punkt des gegenseitigen Verständnisses erreicht, wie ich glaube.

Aber dann die Kinder! Ich kann jetzt nicht klein beigeben, Dama Amalia. Meine Edelleute fordern lautstark Gerechtigkeit.«

»Aber, Euer Gnaden«, sagte ich vorsichtig, »Raverra hat Eure Kinder nicht entführt. Dama Terringer hat Euch doch gewiss berichtet, dass die Briefe, in denen behauptet wird, das Imperium halte sie fest, gefälscht waren.«

»Das ist mir bekannt.« Herzog Astor erhob sich und begann, im Raum auf und ab zu gehen. »Aber es ist nicht einfach, meinen Hof zu überzeugen, wenn doch die Berichte besagen, dass das imperiale Siegel echt war, und niemand uns erzählen will, wie es dazu kommen konnte. Und Ardence hat ein gutes Gedächtnis. Kein Mensch hier hat je vergessen, dass Raverra uns das schon einmal angetan hat, damals, als es unsere Stadt besiegt und in das Reich einverleibt hat. Außerdem weiß jeder, dass Raverra durchaus imstande ist, öffentlich das eine zu propagieren und insgeheim etwas anderes zu tun. Wie damals, als mein Urgroßonkel einen Bootsunfall erlitt, nachdem er versucht hatte, sich aufgrund eines Handelspakts mit Vaskandar aus dem Dreijährigen Krieg herauszuhalten. Das Imperium hat meinem Urgroßvater sein Beileid bekundet, doch er hat die Botschaft trotzdem verstanden und sich in dem Krieg auf Raverras Seite geschlagen.«

»So ist das nicht«, protestierte ich. Aber Baron Leodra hatte bereitwillig sein Siegel unter diese Dokumente gesetzt. Wenn die Ardentiner das erführen, würden sie vielleicht keinen großen Unterschied ausmachen können.

»Einige meiner Edelleute verstehen das. Aber ein paar andere sind allzu bereit, das Schlimmste von Raverra anzunehmen.« Der Herzog stützte sich auf die Lehne des kunstvoll geschnitzten Stuhls, auf dem er gerade noch gesessen hatte. »Andere mögen Vernunft annehmen, wenn sie nur klar genug denken. Aber ihre Kinder sind fort. Habt Ihr es je mit Eltern zu tun bekommen, deren Kind in Gefahr ist, Dama Amalia?«

Ich erinnerte mich, was aus meinem Möchtegern-Entführer geworden war, als ein politischer Rivale mich mit gerade dreizehn Jahren hatte verschleppen lassen wollen. Meine Mutter hatte schonungslos jeden einzelnen Beteiligten zur Strecke gebracht, ganz gleich wie groß oder klein seine Rolle bei der geplanten Tat gewesen war, und sie alle kurz und bündig exekutieren lassen.

»Ja.«

»Solange ihre Kinder nicht in Sicherheit sind, werden sie keine Vernunft annehmen. Sie werden keinen Frieden hinnehmen. Lieber sehen sie dabei zu, wie ihre Stadt niederbrennt, als dass sie sich jenen beugen, von denen sie glauben, sie hätten ihre Erben gestohlen.«

»Ich möchte ebenso wie Ihr einen Krieg abwenden und die Kinder finden«, versicherte ich ihm. »Darum bin ich hier, ob Ihr es glaubt oder nicht.«

»Dann helft mir. Ich bin ein stolzer Mann, Dama Amalia. Euch zu bitten, fällt mir nicht leicht. Weist mich nicht zurück.« Sein spitzer Bart zuckte, als sich seine Kiefermuskulatur anspannte. Vermutlich ließ er ihn sich stehen, um älter zu erscheinen.

Ich breitete die Hände aus. »Was denkt Ihr, dass ich tun kann?«

»Ich kann die Erlauchte Gesandte noch nicht wieder bei Hofe empfangen. Der Rat der Lords würde es nicht dulden. Ignazio Cornaro ist der einzige Raverraner, dem meine Edelleute vertrauen; sie betrachten seine Abberufung als den Wendepunkt, von dem an alles sich zum Schlechten gewandt hat. Aber ich kann keine diplomatischen Gespräche mit dem alten Erlauchten Gesandten führen und zugleich den neuen zurückweisen. Das würde die Kränkung gegenüber dem Erlauchten Imperium noch schlimmer machen.« Der Herzog sank wieder auf seinen Stuhl und stützte die Ellbogen auf die Knie. »Mit Euch jedoch kann ich reden, so viel ich will. Der Name Cornaro und Eure Verbindungen nach Ardence verschaffen Euch einen guten Stand bei meinen Edelleuten, obwohl Ihr eine Repräsentantin des Imperiums seid.«

»Ihr wollt, dass ich für Euch als Mittlerin gegenüber der Erlauchten Gesandten auftrete?«, fragte ich.

Er schüttelte den Kopf. »Ich möchte Eure Zeit nicht damit vergeuden, Euch Botschaften übermitteln zu lassen, gnädige Frau. Das kann ich auch auf anderem Wege erledigen.« Weit breitete der Herzog seine Hände aus. »Ich möchte, dass Ihr Euch an meinem Hof sehen lasst. Verbringt ein wenig Zeit hier im Flusspalast mit was immer Euch gefällt – besucht mich, besucht die Bibliothek, sprecht mit den Höflingen. Lasst alle sehen, dass Ihr hier willkommen seid. Lasst es meine Edelleute ebenso wie den Dogen und den Rat wissen. Zeigt der Welt, dass Ardence noch immer ein Freund Raverras sein kann, trotz der dramatischen Gesten, auf die der Schattenadel nicht verzichten will. Werdet Ihr diese einfache Bitte erfüllen, um uns zu helfen, den Frieden zu wahren?«

Ich nickte. »Mit Vergnügen.«

»Hervorragend.« Ruhelos strich er mit den Fingern über die Armlehnen. »Und … eines wäre da noch. Eure Mutter. La Contessa Lissandra Cornaro. Sie findet beim Dogen Gehör, heißt es. Könntet Ihr sie vielleicht überzeugen …«

Ich reckte eine Hand hoch, um ihn zum Schweigen zu bringen. Das war bei Weitem nicht das erste Mal, dass ich diese Einleitung zu hören bekam. »Meine Mutter trifft ihre eigenen Entscheidungen, Euer Gnaden. Wenn Ihr etwas von ihr wollt, dann empfehle ich, Ihr benutzt die Kurierlampen und fragt sie selbst.« Ich seufzte. »Außerdem dürfte der Doge noch weniger als Eure Edelleute zum Einlenken geneigt sein. Die ganze Welt verfolgt dies Schauspiel, und er kann nicht vor Drohungen gegenüber den Grundpfeilern des Imperiums wie den Erlauchten Verträgen oder den Falknern kapitulieren.«

Der Herzog ließ die Schultern hängen. »Dann solltet Ihr hoffen, dass diese Kinder gefunden werden, Dama Amalia. Denn solange sie nicht sicher wieder bei ihren Eltern sind, würden zweieinhalb *Jahre* nicht reichen, um sie zu überzeugen, sich Raverra erneut zu beugen, von zweieinhalb Tagen ganz zu schweigen.«

*

Auf dem Weg hinaus hielt Dama Savony mich auf und verscheuchte mit einem gestrengen Blick den Diener, der mich zur Tür geleitet hatte.

»Und, Dama Amalia«, fragte sie unumwunden, »was haltet Ihr von unserem Herzog?«

Ihr Ton lud zur Aufrichtigkeit ein, und sie kam mir so oder so nicht vor wie eine Frau, die inhaltsleere Höflichkeiten goutierte. »Stolz«, entgegnete ich. »Und verzweifelt.«

»Zu stolz.« Mit einem missbilligenden Gesichtsausdruck ließ sie ihren Blick über die barocken Auswüchse der Palastdecke schweifen. »Hätte er auf mich gehört und mehr Zurückhaltung geübt, hätte er gar nicht so verzweifeln müssen. Ich werde alles tun, was ich kann, um meine Stadt zu retten, Dama Amalia. Selbst dann, wenn der Feind, vor dem ich sie retten muss, sie selbst sein sollte.«

Dafür, dass sie als seine Stimme und rechte Hand galt, schien mir das eine recht offenherzige Kritik zu sein. »Warum erzählt Ihr mir das, Dama Savony?«

Sie spielte mit ihrer goldenen Brillenkette. »Kennt Ihr die Geschichte meiner Familie, gnädige Frau?«

Der Name Savony kam mir bekannt vor, und ich war überzeugt, ich hatte ihn in den Geschichtsbüchern von Ardence gelesen, aber ich konnte mich nicht an Einzelheiten erinnern, also schüttelte ich den Kopf.

»Wir haben Ardence einst regiert. Ehe es sich dem Imperium angeschlossen hat. Aber die Bergandons haben meine Vorfahren betrogen und den herzoglichen Thron an sich gerissen – wie, um der Gerechtigkeit Genüge zu tun, da die Familie Savony ihn zuvor anderen entrissen hatte. Es waren unruhige Zeiten.« Stirnrunzelnd musterte sie ein Gemälde, das eine Schlachtszene zeigte, angefüllt mit Chaos und Bewegung, akzentuiert von den verdrehten Augen verängstigter Pferde. »Meine Ahnen waren jedoch weise. Statt nach Vergeltung zu streben, schworen sie, der Stadt zu dienen, über die sie nicht länger herrschen, die sie jedoch immer noch fördern und schützen konnten. Seither haben wir stets Ardence gedient, oft als Verwalter oder in anderen eher pragmatischen als glorreichen Positionen. Nie haben wir Dank erfahren für das, was wir taten, doch benötigen wir auch keinen Dank; unsere Sorge gilt allein dem

Wohl von Ardence. Wir haben diese Stadt ebenso sehr geleitet wie jeder Herzog, und unter unserer Aufsicht ist sie erblüht.« Scharf atmete sie durch die Nase ein. »Darum werde ich nicht zulassen, dass das liederliche Gemenge derzeitiger Edelleute meine Stadt durch seinen Mangel an Besonnenheit ruiniert. Lieber sähe ich Ardence unter der direkten Regentschaft des Imperiums, als dass ich es zerstört sehen muss.«

»Ich möchte die Stadt auch nicht zerstört sehen.« Mir kam in den Sinn, dass Dama Savony Ardence möglicherweise besser kannte als einer meiner Freunde oder der Herzog selbst. »Um Ardence zu retten, müssen wir die entführten Kinder finden. Entweder sie werden in der Stadt gefangen gehalten, oder sie wurden hinausgeschmuggelt. Wie dem auch sei, in die Angelegenheit ist eine ganze Anzahl von Leuten verwickelt, die sich als Falkner ausgegeben und die Kinder fortgebracht haben. Diese Leute müssen die Stadt gut genug kennen, um innerhalb ihrer Grenzen zu verschwinden. Welche Art von Menschen könnten das sein? Wer könnte sie kennen? Leute, die sowohl skrupellos als auch diskret sind? Geheimdienstler in hoher Position? Verbrecherische Nobilität? Irgendjemand in Ardence muss doch eine Ahnung haben, wer dahinterstecken könnte.«

»Ihr denkt wie eine Raverranerin.« Sie schüttelte den Kopf; nicht eines ihrer fest zurückfrisierten Haare rührte sich von der Stelle. »Ardence ist weniger versiert in derlei Raffinesse.«

»Ihr könnt mir nicht erzählen, es gäbe niemanden.«

Einen Moment sah Dama Savony mich abschätzig an. Dann klappte sie ein kleines Notizbüchlein auf und fing an zu schreiben. »Wir unterhalten keinen Geheimdienst in dem Sinne, aber ich habe ein paar Leute, die von Zeit zu Zeit Nachforschungen für mich anstellen. Es gibt da ein Klatschblatt, dessen Herausgeber bemerkenswert gut informiert zu sein scheint. Dann noch ein oder zwei Schmuggler und Spielhöllenbetreiber, die uns bisweilen Informationen liefern. Und der Schattenadel könnte ebenfalls über relevante Verbindungen gebieten.«

Sie riss ein Blatt aus ihrem Notizbuch und reichte mir eine Liste mit ungefähr einem Dutzend Namen, festgehalten in einer eleganten, schwungvollen Schrift, ein jeder ergänzt um kennzeichnende Informationen. »Wir suchen natürlich bereits nach den Kindern, aber sofern Ihr wünscht, eigene Ermittlungen anzustellen, würde ich bei diesen Leuten anfangen. Manche mögen Euch die richtige Richtung weisen; andere solltet Ihr als Verdächtige betrachten.«

»Danke.« Ich warf einen Blick auf das Blatt, und mein Herz stolperte: Einer der Namen lautete Gabril Bergandon. »Ich werde sofort anfangen, Erkundigungen über diese Leute einzuziehen.« Ich faltete das Papier zusammen und steckte es in Ermangelung eines geeigneteren Platzes in die Scheide meines Dolchs.

»Das wird nicht reichen.« Dama Savony umklammerte meinen Arm. Ihre Finger waren so stark und dünn wie verdrillter Draht. »Ihr habt mit dem Herzog gesprochen. Er wird es nie schaffen, seinen Hof in weniger als drei Tagen hinter sich zu bringen. Ihr werdet schnell entscheiden müssen, Amalia Cornaro, wie weit Ihr gehen wollt, um diese Stadt zu retten.«

Hilflos starrte ich in die dunkle Eindringlichkeit in ihren Augen. »Dessen bin ich mir durchaus bewusst, Dama Savony.«

Nach einem endlosen Moment ließ sie mich los. »Dann bete ich zur Grazie der Weisheit, dass Ihr die richtige Entscheidung trefft, wenn die Zeit gekommen ist.«

Sie bedachte mich mit einer knappen Verbeugung, klappte ihr Büchlein zu und stolzierte von dannen. Ihre Stiefelsohlen donnerten über den Marmorboden.

*

Auf dem Weg hinaus aus dem Flusspalast passierte ich die Halle der Schönheit, einen himmelhohen freien Bereich in der Mitte des Gebäudes, an dessen Seiten alle Flügel des Palasts aufeinandertrafen. Sonnenschein flutete zu den Fenstern herein, die sich ringförmig über das hohe Kuppeldach zogen und ein ausgefallenes Fresko säumten, das die Grazie der Schönheit ruhend auf einem Bett aus Wolken zeigte, umgeben von einem Pulk an Dienerinnen, die offenbar vorwiegend mit übertrieben wallenden Schärpen bekleidet waren.

Dies war das pulsierende Herz des Flusspalasts, durch das sämtliche Informationen strömten. Bittsteller, die darauf warteten, mit dem Herzog zu sprechen, mischten sich mit Palastbediensteten und Funktionären; Edelleute aus dem Rat der Lords plauderten in den Ecken; Lakaien und Pagen hasteten kreuz und quer durch den Saal, um irgendwelche Botschaften zu überbringen. Hastig schaute ich mich unter den Höflingen um, die in der Halle herumtrödelten, und überlegte, ob ich versuchen sollte, ein paar Gespräche zu belauschen.

»Amalia!« Es war Venasha, den Arm voller Bücher. Ich winkte ihr zu und eilte hinüber, erleichtert, dass sie nach gestern wieder lächeln konnte.

»Venasha! Schön, dich zu sehen. Brauchst du Hilfe mit den Büchern?«

»Ach, nein, die trage ich gern. Ich habe sie gerade für die Herzogliche Bibliothek erworben und bin ziemlich aufgeregt. Zwei Bände ostische Poesie, ein loreicisches Duell-Handbuch und eine neue Übersetzung einer uralten callamornischen Saga.« Sie strahlte vor Stolz.

Ich hätte ihr gern von meinem Muscati erzählt, aber mir blieben womöglich nur wenige Augenblicke, also konzentrierte ich mich auf das, was wichtig war. »Wie geht es dir? Wie geht es Aleki und Foss?«

Etwas von der Freude schwand aus ihren Zügen. »Es geht ihnen gut. Wir … Nun ja, es ist nicht leicht zu schlucken, dass Aleki nun ein Falke ist. Aber es geht uns gut, wirklich.«

Ich drückte ihre Schulter. »Wenn ich irgendwie helfen kann, lass es mich wissen.«

Sie verlagerte die Bücher auf ihren Armen und lachte. »Vielleicht kannst du mir doch helfen, die in die Bibliothek zu bringen. Vor allem, um mir Gesellschaft zu leisten. Ich würde sie dir zu gern zeigen.«

Schon übermorgen könnte der Doge mir befehlen, Zairas Feuer

auf diesen Palast loszulassen, und all die Bücher, die Venasha so liebte, mochten zerstört werden. Ich schluckte den Kloß in meiner Kehle hinunter.

»Und ich würde sie nur zu gern sehen«, antwortete ich.

Die meisten öffentlich zugänglichen Räume des Flusspalasts waren einer der Grazien gewidmet; die Herzogliche Bibliothek befand sich in der Halle der Weisheit. Bücherregale nahmen zwei Drittel der hohen Wände ein, und auf den Regalen standen die Statuen renommierter ardentinischer Gelehrter, ins Gespräch vertieft oder bei der Begutachtung von Büchern oder wissenschaftlichen Instrumenten. Das Deckenfresko zeigte die Grazie der Weisheit mit ihrer Schriftrolle, wie sie wohlwollend auf die mit Büchern beladenen Tische der Bibliothek hinabblickte.

Kaum war ich mit Venasha zur Tür hereingekommen, da blieb ich schon stehen, als wäre ich gegen eine Wand gelaufen. »Was macht *der* hier?«

Auf der anderen Seite der Halle der Weisheit sitzend, unverwechselbar selbst von hinten dank des hellen Haars und des Mantels mit der kantigen, violetten Stickerei und dem hohen Kragen, hatte ich ihn unter den lesenden Bibliotheksbesuchern an den Tischen auf Anhieb erkannt: Prinz Ruven.

Venasha folgte meinem Blick. »Uh. Der treibt sich schon seit Tagen immer wieder in der Bibliothek herum. Gestern hat er mindestens zwei Stunden in unserer Magieabteilung zugebracht.« Angewidert rümpfte sie die Nase. »Ich halte Abstand zu ihm. Er kommandiert die Bibliothekare herum, als wären wir sein Eigentum.«

»Das kann ich mir vorstellen.« Nachdenklich zog ich die Unterlippe zwischen die Zähne. »Wärst du bereit, mir zu helfen herauszufinden, was er liest? Ich habe das Gefühl, der führt nichts Gutes im Schilde.«

Venashas Augen weiteten sich. »Ooh, du willst ihn ausspionieren?«

»Na ja, nur um zu sehen, womit er sich befasst.«

Sie hüpfte mehr oder weniger auf der Stelle. »Spionage! Wie raverranisch! Ich liebe es!«

»Äh …« Ich war nicht sicher, ob ich wissen wollte, was Venasha über Raverra dachte. »Danke. Du bist wirklich eine gute Freundin.«

Auf eine übertrieben listig erscheinende Art blickte sie sich um. »Komm mit. Lass mich die Bücher wegbringen, dann können wir konspirieren.«

*

Venasha und ich versteckten uns hinter einem zwei Stockwerke hohen Bücherregal nahe der rückwärtigen Wand, atmeten den Geruch alter Seiten und lederner Einbände und beobachteten Prinz Ruven. Der saß mit einem aufgeschlagenen Wälzer an einem Tisch. Dann und wann hielt er inne, um sich Notizen zu machen. Sonnenlicht, das in einem breiten Streifen durch die hohen, schmalen Fenster der Herzoglichen Bibliothek hereindrang, fiel auf ihn herab.

»Wir müssen ihn von dem Buch weglocken«, murmelte ich. »Ich will sehen, welche Seiten er sich so lernbegierig ansieht, ehe er die Gelegenheit bekommt, das Buch zuzuschlagen.«

»Das ist leicht.« Venasha wippte auf den Zehenspitzen. »Er hat es gern sehr hell. Wann immer jemand die Vorhänge zuzieht, um die Bücher vor dem Sonnenschein zu schützen, steht er auf und öffnet sie wieder. Aber mehr als ein oder zwei Minuten bleiben dir nicht, um nachzusehen.«

»Mehr brauche ich auch nicht. Danke, Venasha.«

Grinsend salutierte sie vor mir und eilte von dannen. Und tatsächlich wurde der Lichtstreifen, den Ruven als Sitzplatz gewählt hatte, schon wenige Momente später schmaler, weil Venasha die Vorhänge zuzog.

Ruven blickte mit einem ärgerlichen Stirnrunzeln auf und erhob sich von seinem Lesetisch.

Kaum hatte er mir den Rücken zugekehrt, kam ich hinter dem Regal hervor. Im Stillen ermahnte ich mich, langsam und locker zu gehen, um keine Aufmerksamkeit zu erregen. Doch plötzlich wusste ich nicht mehr, wie Gehen normalerweise aussah. Um alles noch schlimmer zu machen, trug ich auch immer noch das aufwendige Kleid von meiner Audienz beim Herzog; ich kam mir lächerlich fehl am Platz vor in der feierlichen Stille der Bibliothek.

Ich beugte mich über Ruvens Buch. Zunächst legte ich die Finger ins Buch, um die Seite nicht zu verschlagen, die er gerade las, während ich nach dem Titel auf dem geprägten Leder des Einbands schaute: *Interaktionen der Magie, Band zwei.*

Er hatte Domenic gegenüber erwähnt, er wäre an Band eins interessiert, folglich verriet mir das noch nicht viel. Ich schlug das Buch wieder auf und überflog die Seiten, die Ruven studiert hatte.

Auf der linken Seite war ein großer, beeindruckend detaillierter Artefaktionskreis dargestellt. Kleinere Kreise kennzeichneten die Stellen, an denen das innere Diagramm das äußere berührte. Verschachtelte Kreise hatte ich bisher nur wenige Male zu Gesicht bekommen. Was immer dieses Muster vollbringen sollte, es war anspruchsvoll und kompliziert.

Ich überflog den Begleittext auf der rechten Seite. Dann überflog ich ihn noch einmal, langsamer, und mir war, als sammele sich in meinem Bauch ein ganzer Haufen Obsidianbrocken.

Das Kapitel befasste sich mit einer theoretischen Methode, einen Vulkanausbruch durch den kombinierten Einsatz von Artefaktoren und Vivomanten herbeizuführen.

»Der Weiße Gipfel«, flüsterte ich. »Die vaskandrische Truppe. Grazie der Barmherzigkeit!«

Eine Hand landete auf meiner Schulter.

Goldener Lichtschein fiel auf die Seite, die ich anstarrte. Ich hatte nicht gemerkt, dass es heller geworden war, so sehr hatte mich erschreckt, was ich gelesen hatte.

»Dama Amalia Cornaro«, sagte Prinz Ruven. »Welch eine angenehme Überraschung.«

KAPITEL EINUNDZWANZIG

Ich drehte mich um und zog meine Schulter unter seiner Hand weg, ehe ich mich aufrichtete. »Prinz Ruven.«

Was jetzt? Ich konnte so tun, als wäre ich nur über dieses Buch gestolpert und hätte gar nicht gewusst, dass er darin gelesen hatte. Ich konnte versuchen, ihn abzulenken. Ich konnte auch einfach davonlaufen wie ein Kind, das mit der Hand in der Keksdose erwischt worden war. Grazie der Weisheit, ich brauchte eine Idee, und zwar schnell.

Er richtete die Augen mit dem violetten Ring auf mich. »Wenn Ihr wissen wolltet, was ich lese, gnädige Frau, hättet Ihr auch einfach fragen können.«

Ich hatte genug davon, diesem Hai in Menschengestalt Honig um den Bart zu schmieren. »So? Hättet Ihr mir denn dann erzählt, dass Ihr nach einer Möglichkeit sucht, eine Eruption des Weißen Gipfels herbeizuführen?«

Ruven bekam große Augen. »Aber nein, Dama Amalia. Wie kommt Ihr nur auf so etwas? Ich habe Nachforschungen hinsichtlich der Eruption des Enthalus angestellt.«

»Enthalus? Der Vulkan, der vor ein paar Jahren ausgebrochen ist und den Verlauf des Flusses Arden verändert hat?«

»Ja, genau der.« Ruvens Lippen verzogen sich zu einem Lächeln. »Wisst Ihr, was den Ausbruch verursacht hat?«

Tiefes Unbehagen brodelte in mir auf wie schwarzes Wasser hinter einem einstürzenden Staudamm. »Ich nehme an, Ihr sprecht nicht von Feuer tief in der Erde und geologischen Kräften.«

»Nein, nein. Das war ein Hexenlord.«

Instinktiv umfasste ich mein Leuchtmedaillon. »Ein Hexenlord.«

»Ja.« Ruven nickte, als wäre er stolz auf mich, weil ich endlich begriffen hatte. »Keiner meiner Verwandten. Der Eichenlord, auf dessen Gebiet sich der Enthalus befindet, lag im Streit mit seinem Nachbarn. In Vaskandar ist das nichts Ungewöhnliches. Das ist einer der Gründe, warum wir es bevorzugen, unsere Aggressionen, soweit es möglich ist, nach außen zu richten. Aber dieses Mal war die Gegnerin die Herrin der Adler. Ist sie Euch vielleicht bekannt?« Sein Blick wurde schärfer, bis er Wasser hätte schneiden können, so, als wäre diese Frage von ganz besonderer Bedeutung.

»Der Name klingt vertraut, doch ich fürchte, ich bin nicht sehr versiert in Fragen des Aussehens oder der Herrschaftsbereiche der siebzehn Hexenlords.« Ich beschloss, mich sobald wie möglich in das Thema einzulesen.

»Hmm.« Ruven hörte sich enttäuscht an. »Nun, es genügt wohl zu sagen, dass der Eichenlord feststellen musste, dass sie ihm überlegen war. Als er sich am Fuße des Enthalus auf ihre letzte Schlacht vorbereitete, wollte er den Wald auf den Flanken des Berges wecken, der auf seinem Gebiet lag. Doch versehentlich berührte seine Macht etwas anderes: das feurige Herz des Vulkans.«

Hölle des Gemetzels. »Er hat die Eruption ausgelöst?«

»Allerdings! Doch die Macht war zu gewaltig, als dass er sie hätte kontrollieren können. Sie löschte seine eigenen Kräfte anstelle derer seiner Feindin aus und vernichtete den Eichenlord vollständig.« Er reckte einen Finger hoch. »Doch das muss ja nicht umsonst gewesen sein! Wir können von seinem Schicksal lernen.«

»Dass es eine furchtbare Idee ist, mit Vulkanen herumzuspielen, und man bei dem Versuch sein Leben lassen kann?«, fragte ich.

»Nein, nein. Dass es machbar ist.« Ruvens Augen leuchteten, und sein violettes Magiermal glühte beinahe. »Dass es möglich ist, einen Vulkanausbruch herbeizuführen. Könnt Ihr Euch diese Macht vorstellen? Ist das nicht großartig?«

»Grazie der Barmherzigkeit.« Ich konnte sie mir nur allzu gut vorstellen. »Nein. Das ist eine Macht, die wir nicht freisetzen sollten. Vulkanausbrüche bringen nichts als Feuer und Zerstörung mit sich.«

Ruven nickte entzückt. »Ja, genau! Exakt. Wie Eure Feuerhexe, nicht wahr?«

Ich starrte ihn an. Das Leuchtmedaillon fühlte sich kalt an in meiner Hand, und mir fehlten die Worte.

»Es ist so unglaublich, dass ein kleiner, menschlicher Körper beinahe die gleiche zerstörerische Kraft speichern kann wie ein Vulkan.« Fast krähte er die Worte, die Augen halb geschlossen, als genösse er die Vorstellung. »Ich beneide Euch, Dama Amalia. Feuerhexen sind zweifellos die Krönung der Menschheit. Aber, seht Ihr, wir haben keine in Vaskandar. Also ist ein Vulkan die beste Alternative.« Er lächelte. »Wir sind gleich, versteht Ihr? Ihr legt Zaira ein Geschüh an, weil Ihr die Macht feuriger Zerstörung in Euren Händen halten wollt. Genau wie wir. Ihr herrscht vermittels der Drohung mit einer Macht, die unwiderstehlich ist; wir streben danach. Wir sind verwandte Seelen, gnädige Frau. Alles, was ich tue, habe ich vom Erlauchten Imperium gelernt.«

Ich schüttelte den Kopf. Das war nicht das Gleiche. Die Diener mit den in die Haut gebrannten Fingermalen oder Ruvens Gardist, der wie erstarrt vor Entsetzen hatte zusehen müssen, als sein Herr und Meister ein Messer durch seinen Arm gezogen hatte – solcherlei tat das Imperium nicht.

»Ich werde nicht leugnen, dass das Erlauchte Imperium bestrebt ist, die Zügel Eruvias in Händen zu halten«, sagte ich, »aber wenn Ihr den Unterschied nicht wahrnehmen könnt, habt Ihr nie in die Gesichter Eurer eigenen Leute geblickt.«

Ruven neigte den Kopf zur Seite. »Warum sollte ich das auch tun? Sie sind gewöhnlich, unwürdig. Nichts weiter als Werkzeuge in unseren Händen. Wir, die wahre Macht in sich tragen, sind dazu geschaffen, ihre Herren zu sein.« Er streckte eine Hand aus. »Kommt nach Vaskandar, gnädige Frau, dann werdet Ihr sehen.«

Ich starrte die Hand an. Das brennende Ende einer Fackel zu ergreifen kam mir sicherer vor. Dann sah ich ihm ins Gesicht.

»Vielleicht werde ich Euer Land eines Tages besuchen«, erwiderte ich. »Aber ich hoffe, Ihr habt Verständnis dafür, dass es mir widerstrebt, das auf die Einladung eines Mannes hin zu tun, der sich der Dienste eines berüchtigten Kinderschmugglers bedient hat.«

Ruven blinzelte. Berechnung flackerte in den violett beringten Augen, und er ließ die Hand sinken. »Ich habe keine Ahnung, wovon Ihr redet.«

»Orthys.« In Bezug auf die Narbe in Form eines Handabdrucks, die seinen Mann gezeichnet hatte, konnte ich mich nicht täuschen. »Er hat für Euch gearbeitet, oder etwa nicht?«

»Ach, Orthys.« Ruven wedelte herablassend mit der Hand. »Er war nicht mein Mann. Wir haben vielleicht das eine oder andere Geschäft miteinander gemacht. Aber Ihr müsst begreifen, das ist nur ein weiterer Punkt, in dem wir uns gleichen! Das Imperium bemüht sich, Menschen zu sammeln, die das Magiermal tragen. Genau wie ich.«

Das eine oder andere Geschäft. Eher kam es mir vor wie eine lange Geschichte, in der er sich dem dauerhaften Tausch von Kindern gegen Traummohn gewidmet hatte. Es gelang mir nicht, meinen Widerwillen ganz aus meiner Stimme herauszuhalten. »Ich fürchte, Prinz Ruven, ich muss Euch widersprechen. Wir gleichen uns nicht.«

»Ach.« Er seufzte, und für einen Moment flackerte etwas in seinen Augen, das aussah wie ehrliches Bedauern, doch es war gleich wieder verschwunden. Seine Hand sank zurück an die Seite. »Ihr kränkt mich, Dama Amalia. Ich hatte gehofft, wir könnten Freunde sein. Oder vielleicht sogar mehr als das. Aber Eurem Gesichtsausdruck zufolge seht Ihr in mir einen Feind.«

»Die Umstände könnten uns in einen Konflikt treiben«, sagte ich vorsichtig, »wenn Ihr Euch als Feind des Imperiums gebärdet.«

Ruvens Miene wurde heiterer. »Ah, aber Freundschaft und Feindschaft schließen einander nicht zwingend aus! In Vaskandar pflegen Hexenlords oft eine enge, tiefe und dauerhafte Freundschaft mit ihren erbittertsten Feinden. Wenn es das ist, was Ihr wünscht, gnädige Frau, werde ich danach streben, diesem erlesenen Beispiel zu folgen.«

»Äh …« Schweiß kribbelte an meinem Haaransatz. Was in aller Höllen Namen sollte ich *dazu* sagen?

Ruven beugte sich näher heran und senkte die Stimme, bis er beinahe flüsterte. »Doch seid Euch eines Umstands bewusst: Wenn ein Hexenlord einen Feind erwählt, wird er jeden sich bietenden Vorteil nutzen, um ihn zu bezwingen. Keine Schwäche, die nicht ausgebeutet würde, keine Verletzlichkeit, die er nicht angriffe. Selbst dann, wenn beide zugleich Freunde sind.« Er strahlte, als wäre das ein reizender und liebenswerter Brauch, nichts anderes, als kleine Mädchen zum Maifest mit Blumenkränzen zu schmücken. »Ich freue mich darauf, Euer herzlichster Gegner zu werden, Dama Amalia.«

Schwungvoll verbeugte er sich, ehe er die Bibliothek verließ. Das Buch blieb aufgeschlagen auf dem Tisch zurück, und das große, komplexe Auge des artefaktischen Kreises starrte herausfordernd zu mir empor.

*

»Ich wette, Prinz Ruven hat dein Buch gestohlen«, erzählte ich Domenic.

Venasha und ich waren Domenic begegnet, als er gerade aus einer Sitzung des Rats der Lords geflüchtet war, und hatten ihn in ein Hinterzimmer der Herzoglichen Bibliothek geschleppt, um mit ihm über Ruvens Lesegewohnheiten zu sprechen. Er lehnte sich in krummer Haltung zwischen einem Stapel Kisten mit Buchbindematerialien und einem Regal mit Manuskripten in unterschiedlichem Erhaltungszustand an die Wand.

»Dieser Mistkerl.«

Venasha setzte sich schwungvoll auf einen Arbeitstisch. »Ich erinnere mich an das Kapitel über Vulkane in *Interaktionen der Magie*. Es war nicht besonders einleuchtend und hat sich immer wieder auf Konzepte bezogen, die im ersten Band beschrieben werden, ohne sie näher zu erklären. Und das artefaktische Muster kam mir offen gesagt recht fragwürdig vor.«

»Es könnte einleuchtender sein, wenn man Band eins hat«, mutmaßte Domenic düster.

Ich wandte mich an Venasha. »Versteck das Buch. Sorg dafür, dass er es nicht wiederfindet.«

Sie nickte energisch. »Ich kann es an einem falschen Platz ins Regal stellen. Hinter irgendetwas anderes. In der Abteilung für erotische Dichtung.«

»Perfekt.«

»Ich mochte den Mann noch nie.« Domenic zupfte einen lockeren Splitter vom Rand einer Kiste. »Ganz egal, wie überzeugt Gabril sein mag, dass er brillant ist und Ardence retten kann. Mein Bruder hat bisweilen ein grässliches Urteilsvermögen.«

Gabril. Abrupt erinnerte ich mich an den Namen auf Dama Savonys Liste der Verdächtigen. »Domenic, wie schlecht ist Gabrils Urteilsvermögen genau?«

Domenic blinzelte verdutzt. »Nun, er hat einmal eine loreicische Perücke zu einer Robe im vaskandrischen Stil getragen …«

Venasha verzog das Gesicht. »Das ist ziemlich schlecht.«

»Nein, ich meine, könnte er in den gestrigen Angriff auf den Falkner verwickelt sein? Nicht, dass ich glauben würde, er könnte so etwas tun«, fügte ich hastig hinzu, »aber die Angreifer haben Masken und Mäntel des Schattenadels getragen.«

Seufzend warf Domenic den Holzsplitter auf den Boden. »Gabril behauptet, der Schattenadel habe das nicht getan. Ich habe ihn gefragt, kaum dass ich davon erfahren hatte. Aber offen gesagt könnten auch einige Angehörige des Schattenadels auf eigene Faust gehandelt haben. Manche von ihnen haben sich schon früher zu dergleichen herabgelassen, Überfälle auf raverranische Händler und so was in der Art. Gabril ist nicht über all ihre Taten im Bilde.«

Venasha schlang die Arme um den Leib. Sorge zeichnete ihr Gesicht. »Ich habe gehört, die Falkner hätten einen neuen Falken holen wollen, und der Schattenadel hätte sie zurückgeschlagen, damit sie das Kind nicht mitnehmen.«

»So war das nicht!« Entrüstet drückte ich den Rücken durch.

»Da gab es kein Kind mit einem Magiermal. Es war eine Falle – vermutlich eigens entworfen, um das Geschüh zu stehlen.«

»Es gibt alle möglichen Gerüchte.« Venasha nagte an ihrer Lippe. »Ich fürchte, andere könnten sich ein Beispiel daran nehmen und wegen Aleki in den Kampf ziehen. Sein Magiermal wird mit jedem Tag stärker.«

Domenic wirkte nicht überrascht. Venasha musste ihm schon vor Längerem davon erzählt haben. »Du solltest Aleki vielleicht für ein paar Tage zu Hause behalten«, schlug er in einem kleinlauten Ton vor, der gar nicht zu ihm passte.

»Das habe ich Foss auch gesagt, aber er meint, Kinder brauchen frische Luft. Er hat vor, ihn heute Nachmittag wieder in den Park zu bringen.« Flehentlichen Blicks wandte sich Venasha an mich. »Auf dich hört er vielleicht, Amalia. Würdest du mit ihm reden?«

»Natürlich.« Die Vorstellung, Foss zu sagen, er solle Aleki verstecken, war mir zuwider, aber noch mehr verabscheute ich den Gedanken, Aleki könnte in diesen Konflikt hineingezogen werden.

Wenn wir keinen Frieden zwischen Ardence und Raverra stiften konnten, ehe das Ultimatum des Dogen ablief, war ich für Venashas Familie sehr viel gefährlicher als der Schattenrat.

Ich nahm einen Stift von einem nahen Schreibtisch und rollte ihn zwischen den Fingern hin und her, um meine Hände zu beschäftigen. »Du solltest Gabril sagen, dass er den Schattenrat verlassen muss«, drängte ich Domenic. »Ob sie nun tatsächlich in dieses Komplott verwickelt sind oder nicht, dein Bruder könnte in den ganzen Schlamassel hineingezogen werden und im Kerker enden. Er sollte auch dieses Fest nicht geben. Er muss den Schattenadel schon um seiner eigenen Sicherheit willen aufgeben.«

Domenic seufzte kläglich. »Das wird er nicht tun.«

»Er ist dein kleiner Bruder. Er muss doch zu dir aufsehen. Bestimmt kannst du ihn überzeugen.«

»Du verstehst nicht«, entgegnete Domenic kopfschüttelnd. »Er kann den Schattenadel nicht verlassen. Er ist ihr Anführer.«

*

Nach meinem Gespräch mit Domenic und Venasha nutzte ich den Umstand, dass ich bereits im Flusspalast war, um noch einige der Lords von Ardence auszuhorchen, die, während sie ihren Geschäften nachgingen, die Halle der Schönheit passierten. Zwar fing ich einige mörderische Blicke auf, doch die meisten von ihnen schienen sich recht gern mit Ignazios Nichte zu unterhalten; beinahe alle brachten den Wunsch zum Ausdruck, er wäre noch immer der Erlauchte Gesandte. Ein paar erwiesen sich als bereit, wenn nicht sogar begierig, über eine Wiederherstellung der normalen Beziehungen zwischen Raverra und Ardence zu sprechen. Aber alle waren sich in einem Punkt einig: Zugeständnisse kamen erst dann infrage, wenn die vermissten Kinder wieder bei ihren Eltern wären. Ob Raverra sie entführt hatte oder nicht, die Rückkehr der Kinder hatte oberste Priorität, und das musste das Imperium begreifen. Alles andere konnte warten.

Es war schmerzlich offensichtlich, dass der Herzog ihnen nichts von der Frist erzählt hatte, die der Doge gesetzt hatte. So, wie sie über die Spannungen mit Raverra sprachen, stuften sie sie als ernstes Problem ein, aber nicht als eines, das jetzt gerade vordringlich war. Die Katastrophe, die sie am meisten beschäftigte, waren die verschwundenen Kinder. Das war so entmutigend, ich hätte vor Verdrossenheit mit den Zähnen knirschen können, bis nur noch Stummel zurückgeblieben wären. Einmal sah ich, dass Dama Savony mich von der anderen Seite der Halle der Schönheit aus beobachtete, während sie Pagen und Lakaien aussandte, um die Arbeiten zu erledigen, die sie in ihrem kleinen Notizbüchlein festgehalten hatte. Sie zog eine Braue hoch, als wollte sie sagen: *Begreift Ihr nun, womit ich zu kämpfen habe?*

Einige Stunden später gab ich auf und holte Venasha in der Bibliothek ab, damit wir uns mit Foss und Aleki treffen konnten. Wir verließen den Flusspalast und überquerten die große Plaza der sechs Brunnen in Richtung Park. Graue Wolken bedeckten den Himmel. Es drohte zu regnen, aber das war mir nur recht; ich konnte derzeit gut darauf verzichten, mir über die verschlungenen Pfade einen Weg vorbei an Hunden und picknickenden Menschen zu bahnen.

»Ich kann es einfach nicht fassen«, murmelte ich. »Domenic ist doch kein Idiot. Wie konnte sein Bruder sich dann als ein derart großer gebärden?«

»Ich bin ihm mal begegnet.« Venashas Stimme klang besorgt. »Er ist nicht dumm, lässt sich aber leicht mitreißen. Und er verfügt über genug Charisma, um andere Leute zu begeistern.«

»Das ist genau das, was wir jetzt nicht brauchen können. Grazie der Barmherzigkeit, Domenic wird mir nie vergeben, sollte sein Bruder meinetwegen im Kerker landen.« Oder exekutiert werden, aber diese Möglichkeit wollte ich nicht schon dadurch realer erscheinen lassen, dass ich sie in Worte kleidete.

»Und ich werde Gabril nie vergeben, sollte mein Aleki wegen seiner unbesonnenen Bewegung zu Schaden kommen.«

An dem großen Brunnen in der Mitte der Plaza hielt ich inne. Vierundzwanzig im Kreis angeordnete Steinfische spien Wasser auf eine Plattform, auf der die Neun Grazien einander den Rücken zukehrten und wohlwollend die Hände ausstreckten, um jeden zu segnen, der zum Flusspalast kam. Unter dem düsteren Himmel wirkten ihre leeren Augen distanziert und gnadenlos.

»Ich weiß nicht, was ich tun soll, Venasha«, gestand ich mit leiser Stimme.

Sie runzelte die Stirn. »In welcher Hinsicht?«

»Gabril.« Savonys Namensliste lastete auf meiner Hüfte wie ein Sack Blei. »Ich wünschte bei den Grazien, Domenic hätte mir nicht erzählt, dass er der Anführer des Schattenadels ist. Das ist eine wichtige Information. Wie kann ich die Dama Terringer vorenthalten? Und meiner Mutter und dem Dogen?«

Venasha stieß einen Pfiff aus. »Oje. Ja, das *ist* schwierig.«

Ich breitete die Hände aus und fing den Sprühregen aus dem Brunnen auf. »Wenn der Schattenrat nur aus gelangweilten Adligen bestünde, die sich verkleiden und mit separatistischen Phrasen um sich werfen, wäre es egal. Aber sollten sie in das Komplott zur Herbeiführung eines Krieges verwickelt sein, könnten Menschen sterben, wenn ich Stillschweigen bewahre. Aber wenn ich ihn ausliefere, dann könnte *Gabril* sterben.«

Venashas Blick verfinsterte sich. »Ich habe für Gabril nicht viel übrig, aber Domenic wäre am Boden zerstört. Wenn es um seinen kleinen Bruder geht, kann er blind und taub zugleich sein.«

»Das ist mir aufgefallen.« Ich trat gegen einen lockeren Pflasterstein.

»Ich nehme an, du wirst dir einen eigenen Eindruck verschaffen können.« Venasha legte den Kopf zur Seite. »Du triffst ihn doch heute Abend, nicht wahr?«

»Ja. Domenic hat mich zu dem Verräterfest seines Bruders eingeladen.«

»Kannst du nicht warten, bis das Fest vorbei ist, ehe du entscheidest, was du tust?«

Uns blieben keine drei Tage mehr. Aber es hatte in der Tat nicht viel Sinn, Gabril noch vor dem Fest auszuliefern, wenn ich bedachte, dass er mir dort die beste Gelegenheit bot herauszufinden, ob und wie der Schattenadel in die Entführungen involviert war. »Ich denke, das könnte ich tun.«

Venasha legte mir eine Hand auf die Schulter. »Das wird dir die Entscheidung vielleicht nicht leichter machen, aber zumindest hast du dann mehr Informationen.«

»Danke.« Ich umarmte sie.

»Nun komm«, sagte sie lächelnd. »Lass uns gehen und uns mit meinem Gemahl treffen, dann kannst du ihn davon überzeugen, bessere Entscheidungen zu treffen als Gabril.«

Ich lachte. »Wenn du es so ausdrückst, klingt es ganz einfach.«

Wir brachten den Rest des Platzes hinter uns und betraten den Park, der dank der bedrohlich aussehenden Wolken beinahe verlassen war.

Ein einzelner Regentropfen traf meine Nase, und ich hoffte, dass er nicht vorhatte, seine Freunde herzurufen. »Kommt Foss bei diesem Wetter überhaupt her?«

»Wenn es regnet, warten sie manchmal im Pavillon.« Venasha deutete auf ein rundum offenes Bauwerk mit weißen Marmorsäulen, das auf einer Anhöhe stand und zwischen den fernen Bäumen nur vage erkennbar war.

Doch als wir uns näherten, ertönte aus dem dichten Gehölz zwischen uns und dem Pavillon ein wütendes, angstvolles Gebrüll.

Venasha erbleichte. »Das ist Foss. O Grazien, Aleki!«

Sie fing an zu rennen, und ihre Röcke flatterten hinter ihr her. Ich folgte ihr.

Warum musste das an dem einen Tag passieren, an dem ich in ein Korsett geschnürt war und modische Schuhe trug anstelle von Stiefeln und Kniehosen? Druck machte sich in meiner Brust bemerkbar, als ich hinter Venasha her hastete. Meine Lunge war gezwungen, sich nach oben auszubreiten, da die eng zusammengeschnürte Taille nicht genug Platz für tiefe Atemzüge bot. Zumindest trug ich immer noch den Dolch an der Hüfte und das Leuchtmedaillon um den Hals.

Unser Pfad führte um eine hohe Hecke herum und tauchte in das Wäldchen ein, und da sahen wir Foss endlich, aber er war nicht allein.

Er lehnte sich an eine Statue einer geflügelten Grazie des Triumphes. Blut rann an seiner Seite herab, und sein Gesicht war aschfahl vor Entsetzen. Ein Mann mit einem langen Messer stand vor ihm und schüttelte scharlachrote Tropfen von der Klinge.

Schreiend warf sich Venasha zwischen Foss und seinen Angreifer, die Arme weit ausgebreitet, um ihn abzuschirmen. Ich nutzte die Ablenkung und stach mit meinem Dolch nach dem Hals des Schurken.

Er wirbelte herum, und meine Klinge traf ihn stattdessen an der Schulter, hinterließ aber eine tiefe, klaffende Wunde. Fluchend ließ der Mann sein Messer fallen, als sein Arm taub wurde.

»Wer bist du?«, herrschte ich ihn an. »Warum hast du meinen Freund angegriffen?«

»Aleki«, stöhnte Foss in Venashas Armen. »Da war noch ein anderer. Er ist mit Aleki weggerannt.«

Der Angreifer versuchte, mit der gesunden Hand nach seinem Messer zu greifen, also setzte ich meine Klinge ein. Prompt zuckte er zurück. Nun rann ihm das Blut über beide Arme.

»Die Höllen sollen euch holen«, schimpfte er und lief davon.

Ich wandte mich zu Foss um, das Heft des Dolches in meiner zitternden Hand. Venasha war in einem Meer aus Röcken auf die Knie gesunken und barg ihren Mann im Schoß. Inzwischen hatte sie ihr eigenes Messer hervorgeholt und war dabei, einen ihrer Unterröcke zu zerschneiden.

»Foss! Geht es dir gut?«

»Ich kümmere mich um ihn.« Venashas Stimme war so hart wie eine zuschlagende Tür. »Die Wunde ist nicht tief, aber ich muss sie gleich verbinden. Such Aleki! Bring ihn uns zurück!«

»Bitte«, flehte Foss mit Tränen in den Augen. »Schnell.« Er deutete den Pfad hinunter.

Ich konnte nicht Nein sagen. Die mit Perlen besetzten Schuhe mit den hohen Absätzen trat ich mir von den Füßen und rannte in die Richtung, in die er gezeigt hatte.

Ich folgte dem Pfad durch den Hain, vorbei an einem Brunnen mit aus Stein geschnittenen Delfinen, über eine von Rosensträuchern gesäumte Anhöhe und in den wuchtigen, tempelartigen Pavillon.

Dort, zwischen den Reihen cremeweißer Marmorsäulen, standen Hand in Hand ein Mann und ein kleiner Junge. Sie wirkten ruhig und friedlich, und der Mann lächelte bereit; ein Anblick, der eigentlich nett und beruhigend sein sollte.

Nur, dass der Junge Aleki war, der niemals still stand. Seine Augen schimmerten glasig und starrten ins Nichts.

Und der Mann war Prinz Ruven.

»Oh, hallo, Dama Amalia.« Ruvens Lächeln wurde noch breiter, als ob er sich ehrlich freute, mich zu sehen. »Schaut nur, wen ich gefunden habe. Jemand scheint ihn verloren zu haben.«

Taumelnd blieb ich stehen, das blutige Messer immer noch in der Hand, und schnappte keuchend nach Luft. Ich konnte den Blick nicht von Ruvens Hand lösen, die sich um Alekis schloss. Hätte eine Schlange den ganzen Arm des Jungen verschluckt, wäre ich weniger besorgt um ihn gewesen.

»Was für ein Glück, dass ich ihn gefunden habe.« Ruven drückte die freie Hand an die Brust. »Ich mag mir gar nicht vorstellen, was geschähe, würde solch ein kleines Kind in die falschen Hände geraten. Wir wollten uns gerade auf die Suche nach seinen Eltern machen, nicht wahr?«

Aleki nickte und starrte weiter vor sich hin. Furcht umfing mein Herz. »Was habt Ihr ihm angetan?«

»Ich habe ihm nur geholfen, sich zu beruhigen. Er war verängstigt, der arme Junge.« Ruven strich mit einem Handknöchel über Alekis runde Wange. Selbst da rührte sich das Kind nicht. »So ein reizender Junge. Ist es nicht aufregend zuzusehen, wie sich ein Magiermal manifestiert? All dieses Potenzial! Es ist wie eine Blüte, die gerade anfängt, sich zu öffnen, ohne dass schon erkennbar wäre, welche Blume sie hervorgebracht hat.«

Am liebsten hätte ich mich quer durch den Pavillon auf ihn gestürzt und seine Hand von Alekis Gesicht weggerissen. Aber ich wagte nicht, eine überraschende Bewegung zu machen. Ruven konnte jeden Moment auf die Idee kommen, Aleki wehzutun, seinen Arm zu verknoten oder Schlimmeres.

»Was wollt Ihr?« Meine Stimme war eine blankgezogene Waffe, spitz und scharf. Ich konnte sein Spiel nicht mitspielen. Nicht jetzt.

»Ich bin nur hier, um zu helfen!« Er zeigte mir die Handfläche seiner freien Hand. »Ich hatte über unser Gespräch nachgedacht, müsst Ihr wissen. Und ich dachte, es wäre vielleicht nützlich, Euch zu zeigen, wie gut es ist, mich auf Eurer Seite zu haben. Was für ein Zufall, dass dieser Junge mir so schnell die Gelegenheit gab, Euch ein Beispiel zu liefern!« Ruven tätschelte Alekis unempfängliche Hand. »Natürlich, indem ich ihn Euch zurückgebe.«

»Dann gebt ihn zurück.« Ich musste jede Silbe durch die Zähne quetschen.

Ruven lachte. »Sieh an, sieh an, was für einen entzückenden stechenden Blick Ihr doch habt. Nun, dann nehmt das Kind.«

Er ließ Alekis Hand los. Sofort verzog sich das Gesicht des Jungen zu einer Grimasse angstvollen Schreckens, und er fing an, lauthals zu weinen.

Ich rannte zu ihm und riss ihn in meine Arme, so begierig, ihn aus Ruvens Reichweite zu bringen, dass ich beinahe vergessen hätte, erst den Dolch wegzuwerfen. Aleki legte sein Gesicht an meine Schulter und brüllte in mein Haar. Den Grazien sei Dank, es ging ihm gut.

»Ich bringe ihn jetzt zu seinen Eltern«, sagte ich ebenso zu dem Kind wie zu Ruven.

Ruven zuckte mit den Schultern. Er schien noch etwas sagen zu wollen, doch da stolperte schon der Mann, der Foss angegriffen hatte, mit bleichem, wächsernem Gesicht den Pfad herauf. Noch immer bluteten die Wunden an Arm und Schultern. Ich wich zurück und drehte Aleki von ihm weg, doch der Mann fiel lediglich zu Ruvens Füßen auf die Knie.

»Gnädiger Herr«, fing er an. »Ich muss …«

Ruven legte dem Mann eine Hand auf den Kopf, als wollte er ihn segnen.

Krämpfe erschütterten den Verwundeten vom Scheitel bis zur Sohle, und er presste den nicht gelähmten Arm an die Brust, ehe er mit dem Gesicht voran zu Boden fiel und so reglos wie ein Stein liegen blieb.

Tot.

Ruven zuckte mit geheucheltem Schrecken zurück. »Oje, dieser Mann hat uns angegriffen. Was für ein furchtbarer Mensch. Ich bin so froh, dass ich hier war und uns retten konnte.«

»Ihr habt ihn getötet. Ihr habt Euren eigenen Mann getötet.«

»Gnädige Frau, ich fürchte, ich habe keine Ahnung, wovon Ihr sprecht.« Ruven zog die Brauen hoch. »Ich habe diesen Mann noch nie zuvor in meinem Leben gesehen. Ich bin recht erschüttert, das versichere ich Euch.«

Ich hatte genug. Ich drückte Aleki mit einem Arm an mich und hob mit der anderen Hand den Dolch auf. »Prinz Ruven, ich werde mich nun entfernen.« Ich wischte den Dolch an meinen seidenen Röcken ab und rammte ihn in die Scheide. »Ich schlage vor, Ihr haltet Euch in Zukunft von meinen Freunden fern. Wenn Ihr Euch diesem Kind noch einmal nähert, werde ich alles in meiner beträchtlichen Macht Stehende tun, um Euch in den Kerker werfen zu lassen.«

Lächelnd verbeugte sich Ruven. »Ich werde es im Gedächtnis behalten, gnädige Frau.«

»Dazu rate ich Euch. Einen guten Tag, Euer Hoheit.«

Ich kehrte ihm den Rücken zu und betete, dass die Grazien meine zitternden Beine verbargen, als ich davonstapfte.

KAPITEL ZWEIUNDZWANZIG

Als ich Venasha wiederfand, stolperte sie den Pfad hinauf und stützte dabei einen dick verbundenen Foss. Beide waren gezeichnet von Blutflecken und nackter Verzweiflung. Kaum sahen sie mich mit Aleki auf den Armen, schrien sie erleichtert auf. Der Junge warf sich mehr oder weniger in die Arme seiner Mutter, und die drei schmiegten sich aneinander. Ohne weiter auf Foss' Verletzungen zu achten, hielten sie sich gegenseitig fest. Ihre Gefühle waren so überwältigend, dass ich mich abwenden musste.

»Wir sollten von hier verschwinden«, sagte ich einen Moment später. Ich wollte so viel Abstand wie möglich zwischen Aleki und Ruven haben.

»Ja«, stimmte Venasha zu. »Foss brauchte einen Arzt.«

»Es geht mir gut«, protestierte der schwach.

Venasha zerzauste ihm das Haar und schüttelte den Kopf. Aleki unterstützte sie, indem er seinem Vater einen Finger ins Auge stach.

»Wenn ihr keine Einwände habt«, schlug ich vor, »dann lasst uns zur Garnison gehen. Ich würde mich besser fühlen, wenn Aleki durch Hunderte von Soldaten und dicke Steinmauern vor jeder Gefahr gefeit ist.«

Foss nickte mit ernster Miene. »Nun, da ich Zeit hatte, darüber nachzudenken, kann ich nur zustimmen.«

*

Ich requirierte eine Kutsche vom Flusspalast, die uns zur Garnison bringen sollte. Aleki schlief unterwegs in den Armen seiner Mutter ein, in den Schlaf gewiegt vom Rumpeln der Räder. Foss streichelte mit zitternder Hand sein Haar und sah aus, als stünde er selbst kurz davor, in Ohnmacht zu fallen. Venasha, blass wie Papier, bedachte beide mit besänftigenden Lauten, und ihre Stimme klang unnatürlich ruhig.

Die Wächter auf den Festungswällen der Burg mussten unsere Kutsche mit dem Fernrohr beobachtet haben, während sie über die kurvenreiche Straße den Hügel hinauf zur Festung rollte. Marcello, Zaira, Istrella, eine Handvoll Soldaten und ein Arzt mit einer Kiste voller alchemischer Arzneien erwarteten uns am Tor. In einem Wirbelwind kompetenter Aktivität wurde Foss' Wunde behandelt und ordentlich verbunden. Die Familie wurde in einer Zimmerflucht untergebracht, die für den Besuch von Aristokraten vorgesehen war. Während Venasha Ehemann und Sohn sicher in ihre Betten verfrachtete, wartete ich, in der Absicht, mich zu vergewissern, dass alles in Ordnung war, in der Wohnstube.

Endlich kam sie aus dem Schlafzimmer und schloss leise die Tür hinter sich.

»Danke«, sagte sie. Ihre Hände fingen heftig zu zittern an, und sie hielt sie sich vor das Gesicht. Sie starrte sie staunend an, ganz so, als könnte sie nicht begreifen, was hier vor sich ging.

»Vielleicht solltest du auch zu Bett gehen«, schlug ich vor.

»Es ist erst Nachmittag … Aber ich denke, ich werde mich hinlegen. Ich wollte ein Bad nehmen, aber ich kann die zwei nicht für eine Minute allein lassen.« Das Zittern pflanzte sich zu ihren Schultern fort, und sie schlang die Arme um mich.

Ich drückte sie sanft. »Es wird alles gut. Prinz Ruven hatte seinen Auftritt. Er wird euch nicht noch einmal belästigen.«

»Aber vielleicht jemand anderes. Das Mal in Alekis Augen ist so deutlich zu sehen. Es ist nur eine Frage der Zeit, bis ihn wieder jemand bedroht.«

»Dazu wird es nicht kommen.« Ich drückte sie fester an mich. »Weil wir ihn beschützen werden.«

Sie atmete einmal tief durch und zog ihr Leibchen zurecht. »Natürlich werdet ihr. Das ist doch das, was ihr Falkner tut, nicht wahr?«

Ich nickte, obwohl sich unter mir ein gähnender Abgrund der Sorge auftat. »Ja«, bestätigte ich, »das ist es.«

*

Draußen auf dem Korridor legte ich zwischen den Lichtinseln um die gut instandgehaltenen Öllampen die Stirn an die Steinmauer und schloss die Augen. Zumindest waren wir nun sicher in der Garnison. Sollte Zaira die Stadt niederbrennen oder Istrellas Kanonen sie zertrümmern, würden Venasha und ihre Familie dennoch überleben.

Jemand tippte mir sacht auf die Schulter.

Ich schrie auf. Istrella ebenfalls, eine erschrockene Reaktion auf meinen Schrei, als ich herumwirbelte und in die Gläser ihrer rot-grünen Brille starrte. Beinahe hätte sie fallen gelassen, was sie in der anderen Hand hielt – eine in Perlendraht gewickelte Glaskugel, die in einem Gewitter von regenbogenfarbenen Lichtern aufblitzte, als sie zurückzuckte.

»Hallo Istrella«, sagte ich atemlos und lehnte mich an die Wand. »Ich dachte, du wolltest mich umbringen.«

»Ach, ganz und gar nicht!« Istrella drückte die gerade noch gerettete Kugel an ihre Brust. Als sie zur Ruhe kam, verblassten die Lichter. »Ich habe nicht die geringste Vorstellung davon, wie man jemanden ermordet. Nein, ich wollte Sie fragen, ob Aleki wach ist. Ich habe ihm ein Spielzeug gebaut!« Stolz schüttelte sie die Kugel, die prompt wieder aufleuchtete.

»Was ist das? Eine Taschenleuchte?«

»So etwas in der Art. Mehr Farben, und das Muster verändert sich, je nachdem, wie schnell man sie bewegt. Sie sollte auch länger halten als die meisten Taschenleuchten.« Sie schob die Brille auf die Nase, um ihr Werk angemessen zu bewundern. »Aber wenn ich so recht darüber nachdenke … Meinen Sie, er ist vielleicht noch zu jung für etwas, das so zerbrechlich ist?«

Ich nickte ernst. »Du solltest lieber noch ein paar Verstärkungsrunen hinzufügen.«

»Sie denken auch an alles!« Sie hüpfte vor Begeisterung auf der Stelle, und ich verkniff mir die Bemerkung, dass es vermutlich bedeutend weniger Mühe machen würde, das Spielzeug aus einem weniger empfindlichen Material noch einmal neu zu basteln.

In diesem Moment raste Zaira mit gezogenem Messer um die Ecke. Als sie uns sah, legte sie die Stirn in Falten. »Habt ihr zwei wegen eines *Spielzeugs* geschrien? Ich dachte, ihr werdet ermordet.«

»Das hat Amalia auch gedacht.« Istrella zog die Brauen hoch. »Anscheinend bin ich ziemlich beängstigend.«

Kopfschüttelnd steckte Zaira ihren Dolch weg. »Wie die Dämonin des Wahnsinns persönlich.«

»Nun, wenn Aleki schläft, sollte ich mich wieder der Arbeit an dem Projekt für den Dogen widmen«, erklärte Istrella seufzend. »Man sagte mir, sie wollen, dass es schon morgen fertig ist. Gute Nacht!«

Sie winkte und spazierte beschwingten Schritts davon, ohne etwas von dem kalten, mulmigen Gefühl zu ahnen, mit dem ihre letzten Worte mich zurückließen.

»Wäre ich so begeistert darüber, Leute in Brand zu stecken, hätte man mich in der Lagune ertränkt«, grunzte Zaira.

»Du kannst dich für gar nichts so begeistern.« Aber das war, wie mir bewusst wurde, nicht richtig. »Außer für Schuft. Und Terika.«

Zaira starrte Istrella hinterher. »Die sind in Ordnung. Ich wünschte, ich hätte Schuft hierher mitnehmen können. Aber Terika sorgt gut für ihn.«

»Du vermisst die beiden, nicht wahr?«, fragte ich sanft.

Zaira zuckte derb mit den Schultern, als wollte sie einen Angriff abwehren.

»Sie sind deine Freunde.« Das Wort war leicht dahingesagt, doch es fiel mit dem Gewicht eines Schiffsankers aus meinem Mund, und ich musste an die Worte der Ladenbesitzerin in den Unschlitten denken: *Zaira hat keine Freunde.*

Zairas Augen wurden so groß, dass ihre Iris im Weiß schwamm, beinahe, als hätte ich sie bedroht. Dann wandte sie sich abrupt ab und schlang die Arme um den Leib. »Sind sie das?«

»Du kannst ihnen jetzt gefahrlos deine Zuneigung schenken.« Ich wählte meine Worte so vorsichtig, als wären es Schritte, die eine dünne Schicht Frühlingseis erkundeten, das jede Sekunde brechen konnte. »Solange du das Geschüh trägst, wirst du niemanden mehr verletzen, der dir nahesteht.«

»Es gibt niemanden, der mir nahesteht«, blaffte sie und stolzierte den Korridor hinunter.

*

Dama Terringer persönlich besuchte die Garnison, um nach Venasha und ihrer Familie zu sehen. Als sie erfuhr, dass sie schliefen, nahm sie mich beiseite, um mir zu erzählen, dass sie angesichts der sich häufenden verdächtigen Aktivitäten von Prinz Ruven und dessen Verbindungen zum Schattenadel beabsichtige, seine Räumlichkeiten am folgenden Tag in aller Stille nach dem vermissten Geschüh durchsuchen zu lassen. Nur für alle Fälle.

Der Gedanke, Ruven könnte im Besitz eines Geschühs sein, jagte mir eine Eiseskälte ins Mark. Er mochte gut und gern die Gefahr personifizieren, vor der Leodra mich hatte warnen wollen, doch der Name war auf den Lippen des Barons gestorben.

Nach dem Gespräch mit Dama Terringer benötigte ich frische Luft. In einem der Innenhöfe der Garnison fand ich einen zweckmäßigen Küchengarten, in dessen schattigen Ecken die Dämmerung Einzug hielt und die Wände emporkroch. Späte Sauergrasblüten verbreiteten einen scharfen Moschusduft über den Beeten. Ich sank auf eine Steinbank, und meine blutbefleckten Röcke breiteten sich um mich herum aus. Der Tag war jetzt schon lang genug gewesen, und ich musste mich noch für Gabrils Fest an diesem Abend fertig machen.

Eine der Türen zum Hof öffnete sich, und Marcello trat hinaus ins Zwielicht.

Schatten sammelten sich unter seinen Augen, als er gleich vor der Tür stehen blieb und über den Garten zu mir herüberschaute. Der Moment zog sich in die Länge. Ich wünschte, er würde etwas sagen, irgendetwas. Aber er stand nur da, während die zunehmende Dunkelheit die Farben aus dem Himmel wusch.

Ich konnte es nicht länger ertragen. »Sind Sie gekommen, um mich anzustarren, oder haben Sie mir etwas zu sagen?«

Meine eigene Stimme hörte sich tumb und brüchig an in der tiefen Stille des Abends.

Marcello schüttelte den Kopf, als wolle er einen Bann brechen, und durchquerte den Garten. Ohne ein Wort setzte er sich neben mir auf die Bank und ergriff meine Hand.

Seine Berührung jagte Wogen der Wärme tief in mein Innerstes. Meine Lippen öffneten sich, doch der Schock und ein zunehmendes Gefühl wundersamer Beunruhigung erstickten jedes Wort in meiner Kehle.

»Bitte«, sagte er. »Tun Sie das nicht.«

»Was?« Ich entriss ihm meine Hand. Wollte er mich absichtlich verwirren?

Sorge zeichnete ernste Linien in sein Gesicht. »Dieses Schattenadelsfest heute Abend. Es ist zu gefährlich. Gehen Sie da nicht hin.«

Ich unterdrückte das Bedürfnis, ihm eine scharfe Antwort zu erteilen. Er hatte nicht unrecht. Ein Falkner war bereits angegriffen worden, und die Spannungen zwischen Raverra und Ardence waren stark genug, dass es jeden Moment zu einem Ausbruch von Gewalt kommen konnte. »Ich muss. Das ist die beste Spur, die wir haben.«

»Dann lassen Sie mich mitkommen.«

»Das geht nicht.« Ich schüttelte den Kopf. »Können Sie sich das vorstellen? Ein Offizier der Falkner spaziert einfach uneingeladen in ein Treffen des Schattenadels? Sie würden sich verpflichtet fühlen, jeden Einzelnen von denen festzunehmen, und die würden sich verpflichtet fühlen, Sie anzugreifen. Am Ende hätten wir es mit einem Vorfall zu tun, der weitaus schlimmer wäre als die, die wir gerade in Ordnung zu bringen versuchen.«

Marcello starrte in seinen Schoß und umfasste seine Knie mit beiden Händen. »Es fährt so oder so schon alles zur Hölle der

Zwietracht, Amalia. Ich weiß nicht, wie wir das verhindern sollten. Ich hatte die ganze letzte Nacht Albträume über … darüber, dass heute Abend etwas schiefgehen könnte.«

Ich fummelte an meinem Leuchtmedaillon herum. »Mir ist durchaus bewusst, dass jeglicher Vorfall im Zuge des Fests den letzten Funken darstellen kann, der nötig ist, um Ardence in Flammen aufgehen zu lassen, Marcello. Daran müssen Sie mich nicht erinnern. Ich werde darauf achten, keinen Krieg zu entfesseln.«

»Ich habe keine Angst davor, dass Sie einen Krieg entfesseln könnten.« Er blickte auf, und seine grünen Augen sahen aus wie bodenlos tiefe Schächte, so klar, dass man bis auf den Grund schauen konnte. »Ich habe Angst davor, Sie zu verlieren.«

Plötzlich schien sich die Atmosphäre verändert zu haben, beinahe, als zöge überraschend ein Sturm auf.

»Amalia.« Seine Stimme klang noch ernster: so tief wie die Lagune und so gefährlich wie ein Sturz in dieselbe. »Ich bin nicht gut darin, etwas zu verheimlichen oder vorzutäuschen.«

Sag es nicht. Ich wollte ihm den Mund zuhalten. Wenn er diese Mimik erst in Worte gefasst hatte, konnte er es nie wieder zurücknehmen.

»Ich bin eine Cornaro.« Ich versuchte mich an einem Lachen, doch heraus kam nur ein zittriger Atemzug. »Verheimlichen und vortäuschen sind die Lieblingsbeschäftigungen meiner Familie.«

Er streckte eine bebende Hand aus und strich mir über die Wange, eine Berührung, so zart wie ein Schmetterlingsflügel. Ein Schauder lief mir über den Rücken.

Grazie der Liebe, hilf mir. Wenn ich ihn jetzt nicht küsste, würde ich es bereuen.

Aber noch mehr würde ich es bereuen, sollte er durch meine Schuld in irgendeine weit entfernte Festung im Hexenmauergebirge geschickt werden. Ich legte meine Hand auf seine, so vorsichtig, als hätte ich es mit einem frisch geschlüpften Küken zu tun, und zog sie von meiner Wange, konnte mich aber nicht ganz überwinden, sie auch wieder loszulassen.

»Ich werde vorsichtig sein«, versprach ich ihm.

Marcello schloss die Augen und verzog das Gesicht, als würde ihm mein bloßer Anblick Schmerzen bereiten.

Ich drückte seine Hand. »Außerdem«, sagte ich, »wird Zaira mich begleiten.«

»Oh, dann ist es ja gut«, entgegnete er in einem unbeschwerten Tonfall. In einem zu unbeschwerten Tonfall. Es hörte sich an, als wage er nicht, seiner Stimme irgendeine Bürde aufzuerlegen. Doch einer seiner Mundwinkel zuckte. »Wenn Zaira dabei ist, kann ja nichts schiefgehen.«

»Da geht besser absolut nichts schief.« Enttäuschung und das Bedauern darüber, ihn fortstoßen zu müssen, sickerten in die allgemeine Flut der Furcht, die allmählich über mich hinweg spülte. »Wir haben kaum noch Zeit.«

Uns blieben keine achtundvierzig Stunden mehr, um dieses schmerzliche Durcheinander zu sortieren. Und sollte uns das nicht gelingen, dann würde das finale Argument des Imperiums mit Feuer geschrieben werden.

*

»Sieh an, sieh an, das sind also deine gelehrten Freunde? Die Vorzüge einer wissenschaftlichen Bildung sind wahrlich an mir vorbeigegangen.« Zairas Blick wanderte anerkennend durch die Reihen der Männer und Frauen in Gabrils Gesellschaftszimmer. Es gab nicht genug Möbel für die Dutzende von Gästen, weshalb viele mit ihren Weingläsern herumstanden, während sie sich in leidenschaftlichen Debatten oder ernsthaften Diskussionen ergingen. Dies war das Gegenteil einer raverranischen Feier; alles strebte mit erhobenen Stimmen zur Mitte, statt sich auf kleine, flüsternde Grüppchen in den Ecken zu verteilen.

Es war auch ganz anders, als ich erwartet hatte. Da gab es keine Masken, keine Umhänge, keine heimlichen, verräterischen Ränkeschmiede. Dennoch verbarg sich eine gewisse Anspannung unter dem Gelächter, nur wenig abgemildert durch flüssige Schichten Wein. Von Zeit zu Zeit durchbrachen wütende Stimmen die Kammermusik, und hier und da konnte ich zornige Stirnfalten und brütende Blicke ausmachen. Die Kleiderordnung für ardentinische Festlichkeiten beinhaltete offenbar nicht die Notwendigkeit, sich ein falsches Lächeln anzueignen.

»Das sind nicht meine gelehrten Freunde«, gab ich zurück. Die Mehrzahl der Gäste war jung; von wenigen Ausnahmen abgesehen gehörten die meisten mir bekannten Gesichter den Erben der Mächtigen, nicht den Lords des Rats selbst. In der Absicht, mich etwas näher zu Domenic zu stellen, schaute ich mich nach ihm um, musste aber feststellen, dass er bereits auf der anderen Seite des Raums war und Gäste begrüßte.

»Oh, gut. Dann muss ich Domenic dazu bringen, mich vorzustellen.« Zaira winkte mir hochmütig zu und schlenderte in seine Richtung. Auf Domenics Rat hin verbargen lange Handschuhe ihr Geschüh. Zwar hatten wir nicht die Absicht, uns zu verstecken, doch in dieser speziellen Gesellschaft offensichtlich und dreist als Falke und Falknerin aufzutreten, mochte dazu führen, dass ein Fehdehandschuh geworfen wurde, den wir nicht aufnehmen wollten.

Auf der anderen Seite des Saals tippte Zaira Domenic grinsend auf die Schulter. Der ergriff ihre Hand und drehte sie um die eigene Achse, und schon brachen sie in Gelächter aus. Eine Woge neidischen Zweifels wallte in mir auf, doch ich achtete nicht darauf. Zaira war glücklich. Domenic war glücklich. Ich beschloss, die beiden sich selbst zu überlassen, mich nicht einzumischen, und wünschte Zaira Glück.

Ganz abgesehen davon, dass sie mich mitten in einem Raum voller potenziell feindseliger Fremder hatte fallen lassen wie ein schmutziges Taschentuch.

Für mich war Ardence ein zweites Zuhause, aber dies waren nicht meine Freunde von der Universität. Sprachen sie den Namen meiner Heimatstadt aus, so taten sie das mit spöttisch geschürzten Lippen. Ich gehörte hier nicht hin.

Ich ließ mir ein Glas Wein von einem vorbeiziehenden Tablett reichen und nahm einen tiefen, süßen Zug. Ich war nicht hier, um Freundschaften zu schließen, sondern um zu arbeiten.

»Verzeiht, gnädige Frau. Seid Ihr Domenics raverranische Freundin?«

Gegen das Brennen in meinen Augen anblinzelnd, drehte ich mich um und sah einen jungen Mann mit Brille und schütterem Haar neben mir stehen. »Ich nehme an, die bin ich.«

»Hollis, mein Name. Sehr erfreut, Euch kennenzulernen.« Er nickte so ruckartig und krampfhaft, als hätte ich etwas gesagt, dem er zustimmen wollte. »Es ist schön, noch einen einflussreichen raverranischen Beistand zu haben. Das gibt mir Hoffnung. Wenn selbst die *Raverraner* erzürnt darüber sind, was das Imperium uns angetan hat, dann haben wir eine Chance, etwas zu erreichen.«

»Oh, ich bin nicht …« Ich schluckte. »… die Einzige in Raverra, die Ardence gewogen ist.« Zuzugeben, dass ich Ardence nicht gegen die Erlauchte Stadt beizustehen gedachte, war politisch betrachtet vielleicht nicht die beste Wahl in diesem Moment, ganz besonders, wenn ich an weitere Informationen gelangen wollte. Und ich wollte ganz bestimmt wissen, was er mit noch einem Beistand gemeint hatte. »Wen habt ihr sonst noch getroffen?«

»Von den Raverranern, die unsere Sache unterstützen? Offen gesagt, Ihr seid die Erste.« Er schob seine Brille hoch, als wollte er mich genauer studieren. »Ich hörte Gabril über unsere raverranischen Verbündeten sprechen, aber ich bin ihnen nie begegnet. Ihr wisst ja, wie er ist: ›unser Freund im Flusspalast‹, ›unser Förderer in Raverra‹. Er hat ein Faible für Geheimnisse.« Mit einem Lächeln lud mich der Mann dazu ein, seine herzliche Geringschätzung zu teilen. »Er gibt ihnen Spitznamen. ›Die Eule‹, ›der Fuchs‹, so etwas. Der Einzige, den er offen beim Namen nennt, ist Prinz Ruven.«

Der *Förderer* in Raverra mochte durchaus Baron Leodra gewesen sein, was in Bezug auf Gabrils Schuldlosigkeit nichts Gutes verhieß. Der *Freund im Flusspalast* bereitete mir Sorgen; das klang eher nach Herzog Astor oder einem Angehörigen seines inneren Kreises als nach einem einfachen Mitglied im Rat der Lords.

Ich rang mir ein Lachen ab. »Wie theatralisch. Denkt Ihr, das Geheimnis ist von Gehalt, oder versucht er nur, seine Verbindungen wichtiger erscheinen zu lassen, als sie tatsächlich sind?«

»Oh, die sind wichtig. Sie haben uns gute Informationen geliefert und dafür gesorgt, dass keine Gardisten oder Soldaten in der Nähe waren, wann immer wir unsere Erklärungen bekannt machten oder ähnliche Aktionen durchführten. Und Prinz Ruven hat sich in finanzieller Hinsicht als recht großzügig erwiesen gegenüber jenen unter uns, die einen Kredit benötigten.« Hollis zuckte mit den Schultern. »Außerdem ist Gabril der Vetter des Herzogs. *Natürlich* unterhält er Verbindungen zum Flusspalast.«

Ich senkte die Stimme. »Was ist mit dem Vorfall mit den Falknern?« Das war hoffentlich vage genug, damit er darin entweder einen Verweis auf die Entführungen oder eine Anspielung auf den Überfall auf den armen Lemi sehen konnte. »Waren seine Verbindungen dabei hilfreich?«

Für einen Moment blinzelte Hollis sichtlich verwirrt, ehe er die Stirn in Falten legte. »Ihr meint … äh … die jüngsten Auseinandersetzungen? Das war eine Überraschung, nicht wahr?« Er schüttelte den Kopf. »Gabril wird das weder leugnen noch bestätigen. Ich habe ihn danach gefragt, aber er gibt sich ziemlich ausweichend. Offen gesagt fürchte ich, einige von uns könnten die Dinge zu weit treiben.«

Eine Frau mit schmalem Gesicht in schwarzer Trauerkleidung schob sich mit einem Weinglas in der Hand neben ihn. »Unsinn, Hollis. Ein ›zu weit‹ gibt es nicht. Diese imperialen Stechschaben haben meine Tochter. Ich werde sie eigenhändig in Stücke reißen, wenn es notwendig ist.«

Alarmiert zog Hollis die Brauen hoch. »Nun, gnädige Frau, findet Ihr nicht, das ist ein bisschen überzogen?«

Die Frau in dem Trauergewand rümpfte die Nase. »Nichts weniger haben die verdient. Solange ich meine Tochter nicht zurückhabe, würde ich jeden Raverraner erdolchen, sobald ich ihn zu Gesicht bekomme.« Mit einem wölfischen Grinsen wandte sie sich mir zu. »Ich glaube, wir wurden einander noch nicht vorgestellt?«

Hollis verzog mitfühlend das Gesicht.

Ich trank einen Schluck Wein, um Zeit zu schinden, doch sie

harrte immer noch erwartungsvoll einer Antwort. »Äh, ich bin, nun …«

»Amalia.« Domenic hatte sich neben mir angeschlichen und verbeugte sich abbittend und mit angespannter Miene. »Tut mir leid zu stören, aber mein Bruder wünscht dich zu sprechen.«

KAPITEL DREIUNDZWANZIG

GABRIL BERGANDONS TEINT war von dem gleichen warmen Braun wie der seines Bruders, er hatte ähnlich tief liegende Augen und ein ebenso gewinnendes Lächeln. Aber er hatte das Haar zu langen, loreicischen Korkenzieherlocken frisiert, und sein gepflegter, kleiner Bart und die zierliche Statur erinnerten mich mehr an seinen Vetter, den Herzog Astor. Er empfing uns allein in seinem Arbeitszimmer, in dem ein einzelnes Regal voller ardentinischer Geschichtsbände stand; das Wappen der Bergandons hing an herausragender Stelle über seinem Stuhl.

»Gabril«, machte Domenic uns bekannt, »dies ist Dama Zaira, der Falke, von dem ich dir erzählt habe. Und darf ich dir außerdem meine Freundin, die Dama Amalia Cornaro vorstellen.«

Für Zaira brachte Gabril wenig Interesse auf, dafür verweilte sein Blick auf mir, als wir es uns in lederbezogenen Sesseln bequem machten. »Wahrlich. Es ist eine Freude, Euch kennenzulernen, Dama Amalia. Euer Cousin wird als Erlauchter Gesandter zu Ardence schmerzlich vermisst. Ich begrüße die Freundschaft, die Eure Familie unserer Stadt auch in diesen unruhigen Zeiten wieder erwiesen hat.«

Seine Stimme hatte einen fesselnden Klang, und er strahlte ein Selbstvertrauen aus, das für solch einen jungen Mann recht ungewöhnlich war. Nun verstand ich, warum die Leute auf ihn hörten. Dennoch blieb abzuwarten, ob er auch wirklich etwas zu sagen hatte.

»Ich bin entzückt, Euch nun doch endlich kennenzulernen«, entgegnete ich.

Domenic beugte sich vor und sprach mit drängender Stimme:

»Wenn dir wirklich an der Freundschaft der Familie Cornaro gelegen ist, dann solltest du begreifen, wie viel wertvoller sie für uns ist als die von Vaskandar.«

Gabrils Lider zuckten verärgert. »Darüber haben wir bereits gesprochen, Bruder. Mir ist bewusst, dass du meine Freundschaft mit Prinz Ruven nicht gutheißt, doch ich bin nicht auf deine Billigung angewiesen.«

»Es geht nicht darum, was ich von Prinz Ruven halte.« Domenics Stimme war hitzig von den Flammen einer alten Auseinandersetzung. »Doch da du das Thema aufgebracht hast, sollte ich vielleicht erwähnen, dass er die pervertierte Ausgeburt einer Stechschabe und einer Kobra ist. Aber mir geht es darum, dass die Freundschaft Vaskandars – selbst wenn sie aufrichtig wäre, was sie nicht ist – lediglich dazu angetan ist, Raverra vor den Kopf zu stoßen und unsere Situation zu verschärfen.«

»Domenic«, murmelte ich. Wenn er jetzt einen Streit mit seinem Bruder anfing, brachte uns das nicht weiter.

Er machte eine Geste in meine Richtung, ohne meine Andeutung aufzugreifen. »Mit Verbündeten wie Amalia müssen wir keine Konfrontation erzwingen. Es ist noch nicht zu spät, um einen anderen Weg einzuschlagen – einen, der nicht zu Blutvergießen führen wird.«

Erschrocken sah ich Domenic an. Das hörte sich an, als wären die Dinge viel weiter fortgeschritten, als ich gehofft hatte.

Gabril verpackte seine Geringschätzung in einem höhnischen Lächeln. »Bist du so darauf erpicht, dem Imperium gefällig zu sein, Bruder? Ich hatte mehr von dir erwartet.«

»Wir sind ein *Teil* des Imperiums, Gabril, mit allen Vor- und Nachteilen.« Mit einer ausholenden Handbewegung erfasste er den ganzen Raum. »Du kannst alles, was du hier aufgebaut hast, nutzen, um dich gegen das Reich zu behaupten, ohne dabei Ardence in Gefahr zu bringen. Du kannst die Magier schützen und dich für unsere Stadt einsetzen. Aber wenn du den Schattenadel benutzt, um aus Ardence die Beute zu machen, wegen derer sich Vaskandar und Raverra bekämpfen, sind *wir* diejenigen, die diese Schlacht verlieren werden. Ändere den Kurs jetzt, ehe du das Schiff gegen die Klippen eines Krieges steuerst, an denen es zerschellen wird.«

Einen endlosen Moment lang starrte Gabril Domenic nur finster an. Eine Uhr auf dem Kaminsims zählte Sekunde um Sekunde und spielte auf der gespannten Saite der Stille im Raum.

Dann jedoch drehte er sich mit einem strahlenden Lächeln zu mir um und neigte den Kopf zur Seite. »Nun, Dama Amalia? Wie denkt Ihr darüber? Hat er recht? Ist es der beste Kurs für uns, eine Konfrontation um jeden Preis zu vermeiden?«

Sein Ton verriet mir, dass er mich auf die Probe stellte. Eine Probe, die ich bestehen musste, wollte ich Informationen gewinnen.

Offenbare ihnen nichts, hatte meine Mutter einst gesagt, *und sie werden die Bedeutungslosigkeit deiner Worte mit genau dem füllen, was sie zu hören wünschen.*

»Wenn Ihr meine Familie kennen würdet«, entgegnete ich, »wüsstet Ihr, wie die Antwort auf diese Frage lautet.«

Langsam breitete sich ein Lächeln auf Gabrils Lippen aus. »Nun gut«, sagte er. »Ich glaube, das tue ich vielleicht.«

Er wandte sich erneut an seinen Bruder. »Ich bitte um Vergebung, Domenic, aber würden du und der Falke mir und der Dama Amalia einen Moment unter vier Augen zugestehen?«

Domenic starrte Gabril an und umklammerte die Armlehnen seines Sessels. Eine Ader an der Schläfe pulsierte erkennbar.

Zaira erhob sich mit einem verächtlichen Schnauben. »Der Falke hat nichts dagegen. Ich langweile mich hier zu Tode. Im Gesellschaftszimmer gibt es wenigstens etwas zu trinken.«

Domenic stand ebenfalls auf, wenn auch nur zögerlich. »Du begehst einen Fehler, Gabril.«

»Indem ich allein mit Dama Amalia spreche?«, fragte der mit Unschuldsmiene. »Das glaube ich nicht.«

»Amalia?« Fragend blickte Domenic mich an, und ich antwortete mit einem kleinen Achselzucken. Ich hatte keine Ahnung, was Gabril mit mir zu besprechen gedachte, war aber recht interessiert daran, es herauszufinden. Zaira war bereits auf dem Weg zur Tür.

Steif nickte er Gabril zu. »Dann werden wir uns später unterhalten.«

»Ich freue mich darauf, Bruder.«

Die Tür schloss sich hinter ihnen, und Gabril lehnte sich feixend in seinem Sessel zurück.

»Nun können wir die Heuchelei hinter uns lassen, gnädige Frau.«

Wenn er das konnte, wunderbar. Mir jedoch war solch ein Luxus nicht vergönnt, also versuchte ich, ihm im Gegenzug ein verständnissinniges Lächeln zu präsentieren.

»Mein Bruder ist ein guter Mensch«, verkündete Gabril seufzend. »Und natürlich außerordentlich talentiert. Aber nicht allzu scharfsinnig. Ihr, jedoch, Ihr seid eine Cornaro; Scharfsinn liegt Euch im Blut.«

Soweit es mich betraf, hätte meine Mutter ihm möglicherweise widersprochen, aber ich hielt den Mund und lächelte, um das Kompliment zu honorieren.

»Armer Domenic.« Gabril schüttelte den Kopf. »Ich habe ihm wieder und wieder erklärt, dass ich eines aus zuverlässiger Quelle weiß: Raverra wird im letzten Moment einlenken, wenn wir nur standhaft bleiben. Aber er hat nicht die Nerven für solch einen kühnen Schachzug, fürchte ich.«

Mein Magen drehte sich um. Ich wusste nicht, was für eine »zuverlässige Quelle« das sein sollte, aber meine Quelle war der Doge persönlich, und ich war absolut sicher, dass er nicht einlenken würde. Ich wusste *genau*, was passieren würde, sollte Ardence eine Konfrontation erzwingen.

Ich war unschlüssig, ob ich versuchen sollte, ihm klarzumachen, wie falsch er lag, oder ob ich mitspielen sollte, um mehr zu erfahren. Dabei half es wenig, dass Gabril durchaus selber der Manipulator sein mochte, der versuchte, einen Krieg zu entfesseln. Ganz abgesehen davon, dass die Entführung der Kinder dem Schattenadel zweifellos zu neuer Stärke verholfen hatte.

Besser, ich sicherte mich nach allen Seiten ab. »Um der Gerechtigkeit willen: Eurem Bruder geht es nur darum, die Sicherheit von Ardence zu gewährleisten. Kühne Schachzüge bergen stets Risiken.«

Gabril gluckste. »Oh, zweifellos. Weshalb ich froh über die Chance bin, mit Euch zu reden, Dama Amalia. Dies ist eine seltene Gelegenheit; der ganze Hof ist in seinem Zorn über die entführten Kinder geeint. Einst haben mir wenige zugehört, wenn ich dazu aufrief, zu den Tagen ardentinischer Größe zurückzukehren, in denen wir eine bedeutsame Macht in Eruvia waren.« Seine Augen funkelten. »Aber wenn ich nun fordere, dass wir uns gegen Raverra behaupten und unseres Stolzes erinnern, schenken mir alle Beachtung.«

»Hmm«, machte ich, und er schien den Laut als Zustimmung zu werten.

»Endlich sind wir vereint, bereit, wieder aufrechte Ardentiner zu sein. Vaskandar unterstützt uns und gibt uns die Macht, die wir benötigen, um uns gegen das Imperium und seine Falken zu behaupten. Der Rat der Lords hat seine Courage wiedergefunden, und sie werden meinem Vetter, dem Herzog, nicht gestatten, sich den Forderungen des Dogen zu beugen.« Vor lauter Begeisterung sprang er auf und fing an, auf und ab zu marschieren. »Unser Tag ist gekommen. Ardence kann wieder so frei und stolz sein, wie es einst war. Ganz, wie es mir versprochen wurde. Doch wie dem auch sei …« Er wirbelte zu mir herum. »… wir müssen uns gegen Raverra erheben, aber wir dürfen die Dinge nicht auf die Spitze treiben, solange das Imperium uns noch vernichten kann. Und da, gnädige Frau, kommt Ihr ins Spiel.«

Ich würde in der Tat »ins Spiel« kommen, sollte Ardence Raverra zu sehr reizen – indem ich Zairas Flammen losließe. Aber ich gab mich verwirrt. »So?«

»Allerdings.« Er nahm wieder Platz. »Domenic sagte mir, Ihr setzt Euch dafür einen, einen Krieg zu vermeiden. Und das ist derzeit erstrebenswert. Prinz Ruven hat mich gewarnt, Vaskandar könne uns zwar einen gewissen Schutz gewähren, uns aber nicht vor der ganzen Macht des Imperiums abschirmen. Wie viel können wir fordern, ehe uns Raverra ernsthaft Einhalt gebietet? Können wir unseren Vorteil dazu nutzen, die raverranischen Handelsprivilegien zu beseitigen, die unseren eigenen ardentinischen Händlern die Kehle zuschnüren? Unsere Magier bei uns behalten, statt sie den Falknern zu überlassen? Wo liegt die Grenze, die wir nicht überschreiten dürfen?«

Gabrils Vorstellungen waren so weit von der Wirklichkeit entfernt, dass ich keine Idee hatte, wie ich diese Frage beantworten sollte. »Wie gewärtig seid Ihr Euch über den derzeitigen Stand der Verhandlungen zwischen Ardence und Raverra?«

»Gewärtiger als die meisten.« Er beugte sich zu mir herüber. »Unser Freund im Flusspalast hat mir berichtet, dass der Doge meinem Vetter eine Frist gesetzt hat und er es nicht wagt, auch nur den Rat der Lords darüber in Kenntnis zu setzen.«

Verblüfft starrte ich ihn an. »Wenn Ihr das wisst …«

»Warum suche ich dann immer noch die Konfrontation?« Er lachte leise. »Weil unser raverranischer Freund mir eröffnet hat, dass das nur ein Täuschungsmanöver ist. Das Imperium wagt es nicht, eine seiner eigenen Städte anzugreifen, besonders nicht, wenn Vaskandar an den Grenzen lauert. Haben wir erst allen vor Augen geführt, dass wir es nur mit leeren Drohungen zu tun haben, können wir damit anfangen, *echte* Verhandlungen zu führen.«

Ich bemühte mich um eine neutrale Miene. Wenn Gabrils raverranischer Freund ihm immer noch Dinge einflüsterte, konnte es sich nicht um Leodra handeln. »Ihr fragt, wie weit Ihr gehen könnt«, sagte ich vorsichtig. »Ich hingegen denke, die wichtigere Frage lautet: *Wann?*«

Er stützte das Kinn auf die Hände. »So?«

»Wenn Ihr vor Ablauf des Ultimatums zu viel verlangt, riskiert Ihr, den Dogen in eine Lage zu bringen, in der er seine Forderungen durchsetzen *muss*.« Ganz abgesehen davon, dass Ardence diese Grenze schon längst überschritten hatte. Trotzdem musste ich Zeit schinden, so gut ich nur konnte. »Wenn Ihr wartet, bis die Frist abgelaufen ist, könnt Ihr herausfinden, wie er reagiert. Das allein sollte Euch eine klare Vorstellung davon liefern, wer an diesem Tisch die Karten in den Händen hält.«

Wäre Gabril Raverraner, hätte er die Warnung in meinen Worten wahrnehmen können. Aber er war Ardentiner. Er nickte mit augenscheinlichem Eifer. »Das klingt vernünftig. Die Grazie der Weisheit hat Eure Familie wahrlich gesegnet, Amalia Cornaro, und ich freue mich, Euch zu meinen Freunden zu zählen.«

Schuldgefühle zwickten mich tief im Inneren. Ich war immer noch nicht sicher, wie die einzelnen Parteien in diesem wirren Widerstreit aussahen, aber ich war ziemlich sicher, dass Gabril und ich nicht der gleichen angehörten.

*

Kaum hatte ich Gabrils Arbeitszimmer verlassen und war zu der Feier zurückgekehrt, da zog mich Domenic zu sich. Zaira lungerte auf der anderen Seite des Raums auf einem Diwan und erzählte irgendeine anzügliche Geschichte, die sämtliche Leute um sie herum zum Lachen reizte.

»Amalia, darf ich dich fragen, worüber ihr gesprochen habt?«

»Du darfst, aber ich glaube nicht, dass er irgendwelche Geheimnisse preisgegeben hat. Er hat lediglich Ansichten zum Ausdruck gebracht, von denen er wusste, dass du ihnen nicht zustimmen würdest. Er scheint es auf eine direkte Konfrontation anzulegen, aber ich fürchte, seine Vorstellungen sind unrealistisch.«

Sorge grub Furchen in Domenics Stirn. »Ich hatte gehofft, ich könnte zu ihm durchdringen. Er erklärt beharrlich, seine geheimen Verbündeten wüssten, was wirklich los ist, und sie hätten einen Plan, der nicht fehlschlagen könne. Ich jedoch zweifele.«

»Das solltest du auch«, entgegnete ich unumwunden. »Entweder seine sogenannten Verbündeten manipulieren ihn, oder sie sind fiktiver Natur. Wenn es sie aber gibt, so haben sie ihm Dinge eingeflüstert, von denen ich weiß, dass sie nicht wahr sind.«

»Hölle des Wahnsinns. Ich habe diesem Idioten gesagt, er darf Ruven nicht trauen. Oder irgendeinem von denen, die sich so schämen, mit ihm befreundet zu sein, dass sie sich namentlich nicht nennen lassen wollen. Zu welchem Zweck benutzen sie ihn?«

»Ich wünschte, ich wüsste es.«

Was immer diese geheimnisvollen Verbündeten mit Gabril und dem Schattenadel vorhatten, sie schienen sich nicht darum zu bemühen, seine Reputation auf lange Sicht zu stärken. Wenn erst, was unausweichlich war, herauskam, dass seine Unterstützer gelogen hatten und Gabrils Beteuerungen gegenüber seinen Anhängern auf falschen Versprechungen beruhten, wäre sein Einfluss bei Hofe dahin. Er würde zum Gegenstand des Gespötts werden. Kaum großjährig wäre seine Karriere bereits vorbei. Ganz offensichtlich war er denjenigen, die ihn benutzten, völlig gleichgültig.

Was ihn natürlich auch entbehrlich machte.

Es wurde schwerer und schwerer, einen Weg zu sehen, an dessen Ende Domenic seinen Bruder würde aufhalten können, ganz gleich, ob ich nun Gabril hinterging oder ob es seine »Freunde« taten. Und was Gabril zu Fall brachte, mochte auch Domenic mitreißen – sofern es nicht schon vorher ganz Ardence verschlang.

*

Es war schon recht spät, als Zaira und ich uns von Domenic verabschiedeten und Gabrils Haus verließen. Die Luft war kühl genug, dass ich froh war, einen bestickten Wollmantel zu tragen, aber Zaira rieb sich die bloßen Arme, als wir eilig den Heimweg antraten. Nur in wenigen Fenstern glomm noch ein Licht.

»Warum hast du Domenic nicht erlaubt, uns nach Hause zu geleiten?«, beklagte sich Zaira. »Er hätte mir seinen Mantel leihen können.«

»Möchtest du meinen haben?«, bot ich ihr an.

Zairas schiefer Blick verriet Fassungslosigkeit. »Du verstehst nicht, warum man sich in erster Linie den Mantel eines Mannes leiht, richtig? Bei den Titten der Grazie der Barmherzigkeit, du bist ein hoffnungsloser Fall.«

Glücklicherweise war es zu dunkel, als dass sie die Röte hätte sehen können, die mir in die Wangen stieg. »Ich habe ihm nicht erlaubt, uns zu begleiten, damit du mir erzählen kannst, was du erfahren hast.«

»Auf dem Fest?« Zaira schnaubte verächtlich. »Da habe ich erfahren, dass Domenic langweilige Freunde hat.«

»Ja, aber gibt es auch irgendetwas von Bedeutung?«

»Ich habe erfahren, dass er seinen langweiligen Freunden nette Dinge über mich erzählt. Das ist doch vielversprechend, meinst du nicht?«

»Und das Komplott, dessen Zweck es ist, einen Krieg auszulösen?«, sagte ich. »Wir waren dort, um den Versuch zu unternehmen, an Informationen zu gelangen, weißt du noch?«

Zaira zuckte mit den Schultern. »*Du* wolltest an Informationen gelangen. Ich war da, um Spaß zu haben.«

»Um der Grazien willen, Zaira …«

Sie blieb stehen und drehte sich mit wirbelnden Röcken zu mir um. »Denkst du wirklich, ich werde dir helfen, eine Gruppe zu hintergehen, die versucht, die Falkner davon abzuhalten, sich alle Menschen mit dem Magiermal zu schnappen?«

»Ich will sie nicht hintergehen! Ich will herausfinden, wer sie manipuliert.«

Zaira kniff die Augen zusammen. »Indem du sie ausspionierst?«

»Zaira, begreifst du eigentlich, was passieren wird, wenn es uns nicht gelingt herauszufinden, wer diese Kinder entführt hat?« Ich schlug mit der Faust in die Handfläche. »Ardence wird brennen, und es wird unsere Schuld sein!«

»Nein, das wird es nicht.« Zaira lächelte. »Denn damit Ardence brennt, müssen du und ich dem beide zustimmen. Und das werden wir nicht, nicht wahr?«

Verzweiflung schnürte mir die Kehle zu, und als Zaira mir in die Augen sah, verblasste ihr Lächeln.

»Du würdest es tun«, flüsterte sie. »Du würdest es wirklich tun, oder nicht?«

»Ich weiß es nicht«, entgegnete ich kläglich. »Zaira, ich bin eine loyale Tochter der Erlauchten Stadt. Wenn der Doge und der Rat der Neun mir einen Befehl erteilen …«

Ihr Gesicht verzerrte sich vor Wut und Widerwillen. »Du bist eine verdammte Memme.«

»So einfach ist das nicht!«

Zaira zog ihren Handschuh aus und schleuderte ihn mir vor die Füße. Dann wedelte sie mit der Faust vor mir herum, und das Geschüh schimmerte an ihrem Handgelenk. »Ich trage dies und treffe immer noch meine eigenen Entscheidungen, um der Grazien willen. Du kannst das auch. Wenn du eine Stadt niederbrennen willst, übernimm die Verantwortung und brenn sie nieder. Aber verschone mich mit diesem jämmerlichen Geseier darüber, dass du doch nur tust, was deine Mamma sagt.«

»Zaira …«

»Nein. Kein Wort mehr. Ich kann es nicht einmal mehr ertragen, dich auch nur anzusehen.«

Damit machte sie auf dem Absatz kehrt und marschierte mit wehenden Röcken davon.

Ich bückte mich, um ihren Handschuh aufzuheben, und atmete tief durch in dem Bemühen, meinen Ärger zu bezähmen. Wer bildete sie sich ein zu sein, dass sie so mit mir sprach?

Sie konnte leicht sagen, sie würde es nicht tun, aber sie war durchaus gewillt gewesen, Raverra niederzubrennen, als man sie bedrohte. Zaira war eine Überlebenskünstlerin. Ob es ihr gefiel oder nicht, ich hegte den Verdacht, sie würde ihr Schadfeuer auch auf Ardence loslassen, sollte ihr Leben davon abhängen. Und wenn der Doge den Befehl dazu erteilte, dann tat es das.

Ich drückte die Schultern durch, den Handschuh in den Fingern, die Worte auf der Zunge wohlgeordnet.

Aber Zaira war verschwunden. Das verklingende Echo ihrer modischen blockförmigen Absätze auf dem Asphalt entfernte sich in einer Seitenstraße, die nicht in die Richtung führte, die wir eigentlich eingeschlagen hatten.

Hölle der Verzweiflung, was war ich doch für eine Falknerin.

Ich hastete hinter ihr her. Plötzlich gelangte ich an eine Straßenkreuzung. Ich schaute in alle Richtungen, konnte sie aber weder sehen noch hören. Ein Hauch von Knoblauch und Wein wollte mich in eine Straße locken, leise Musik in eine andere; die dritte lag still in tiefer Finsternis. Ich zögerte und ließ mich schließlich von meiner Nase geleiten. Zaira war immer hungrig.

Während ich dem Geruch von Wein und Knoblauch zu einem Haus folgte, in dessen Fenstern noch ein paar Kerzen brannten, kam ich an zwei betrunkenen Händlern vorbei, die auf dem Heimweg im Duett sangen, und an einer ziemlich gemein aussehenden Katze. Von Zaira jedoch keine Spur. Allerdings gab es auch genug Querstraßen, die sie hatte nehmen können.

Ich bog um eine Ecke, um im Kreis zurückzugehen, und schaute unterwegs in jede Gasse, an der ich vorbeikam. Meine Schritte hallten dumpf über das Pflaster, und der Schall jagte mir voraus in die Finsternis. Noch eine Straßenecke, und ich wusste nicht mehr, ob ich noch in die richtige Richtung ging. Vor mir ragte der Spitzturm des Tempels der Großzügigkeit auf, der sich als stockdustrer Streifen vor den Sternen abzeichnete – aber sollte der nicht rechts von mir sein?

Panik stieg wie Galle aus meinem Bauch empor. Sie konnte überall sein. Ich hatte meinen Falken in den Straßen der Stadt verloren, und nun war Zaira womöglich auf der Flucht. Ich hätte nicht so vertrauensselig sein dürfen, nur weil ich gehofft hatte, wir wären inzwischen so etwas wie Freundinnen. Was sollte ich nur Marcello sagen?

Abrupt hielt ich inne. Natürlich! Als ich mit Marcello nach Zaira gesucht hatte, war es mir gelungen, ein Gefühl dafür zu entwickeln, wo sie war. Ich versuchte, zur Ruhe zu kommen, die Stimme in meinem Inneren, die mir lautstark vorhielt, wie dumm ich doch war, zum Schweigen zu bringen, und wartete auf das unstete Gefühl, das mich auf ihren Verbleib hinwies.

Da! Richtung Fluss, wenn ich mich nicht ganz verirrt hatte. Nun musste ich nur noch versuchen, ihr auf dem richtigen Weg zu folgen. Zumindest war ich dieses Mal vorausschauend genug gewesen, mein Elixier einzunehmen, ehe ich aufgebrochen war, und hatte mir noch ein Fläschchen in mein Mieder gesteckt, das für einen weiteren Aufschub von drei Stunden reichte.

Ich war schon mehrere Minuten gegangen, ohne eine Spur von ihr zu entdecken, als jemand hinter mir rief: »Dama Amalia Cornaro?«

Mein Herz tat einen hoffnungsfrohen Satz, doch die Stimme gehörte einem Mann und mein ordnungsgemäßer Titel nicht zu der Vielzahl an Namen, mit denen Zaira mich bisher bedacht hatte. Ich drehte mich um und sah eine Gestalt mit umgürtetem Schwert auf der Straße stehen. Es war zu dunkel, um sein Gesicht zu erkennen, als er, ohne zu zögern, in meine Richtung ging.

Plötzlich schienen sämtliche Schatten zum Leben zu erwachen. Sie wirkten wie scharf umrissene Horte der Gefahr.

Wortlos ging ich davon, so schnell ich eben konnte, ohne richtig zu rennen. Dabei berührte ich den Dolch, der in seiner Scheide an meiner Hüfte steckte. Das Letzte, was ich mir wünschte, war ein Kampf, aber sollte es so weit kommen, musste ich die Klinge gleich zur Hand haben, wollte ich auch nur eine kleine Chance gegen ein Schwert haben. Immer vorausgesetzt, das Schwert war alles, was dieser Mann bei sich trug.

Sollte er auch eine Steinschlosspistole haben, so mochte er durchaus gerade jetzt auf meinen Rücken zielen.

Mein Herz flatterte wie ein gefangenes Vögelchen. Die Beine drängten danach zu rennen, aber ich fürchtete, damit einen Angriff zu provozieren. Ich musste eine belebtere Straße finden oder mich irgendwo in Sicherheit bringen. Sogar eine Taverne wäre mir recht.

Das Klappern von Hufen übertönte meine eigenen raschen Schritte. Eine Kutsche rollte vor mir durch eine Querstraße, gezogen von zwei schwarzen Pferden. Der Grazie des Glücks sei Dank – ein Zeuge. Und vielleicht eine Mitfahrgelegenheit, die mich von meinem Verfolger fortbringen würde, sollte es mir gelingen, sie einzuholen.

Zuvorkommend und überraschend zügelte der Kutscher die Pferde mitten auf der Kreuzung. Gerade fünfzig Schritte von mir entfernt kletterte er zusammen mit einem anderen Mann vom Bock.

Ich holte Luft, um sie zu rufen, hielt aber inne. Etwas an dieser Kutsche erschien zugleich vertraut und beunruhigend.

Es war eine Leichenkutsche.

Ich wurde langsamer. Die beiden Männer zogen einen Sarg von der Ladefläche – einen leeren, nach der Art zu schließen, wie sie ihn behandelten – und stellten ihn auf der Straße ab.

Dann drehten sie sich zu mir um.

Oh, Höllen.

»Ergreift sie«, befahl der Mann, der mir gefolgt war.

KAPITEL VIERUNDZWANZIG

Ich wich in einen zurückgesetzten Eingang aus und zog meinen Dolch. Alle drei Männer kamen in einem enger werdenden Halbkreis auf mich zu.

Dies war die beste Chance, die ich kriegen würde. Ich schloss die Augen und klappte mein Leuchtmedaillon auf.

Der intensive Lichtblitz ließ meine Lider rot erglühen, und die drei Männer fluchten vor Schmerz und Schreck. In dem Moment, in dem das Licht erlosch, schlug ich die Augen wieder auf. Meine Angreifer taumelten geblendet blinzelnd umher.

Das würde nur einen Moment vorhalten. Ich zwängte mich zwischen zweien von ihnen hindurch und zielte unterwegs mit dem Messer auf den Bauch von einem der beiden. Mein Dolch schlitzte sein Lederwams auf und prallte nutzlos von einer Rippe ab, aber das war mir egal. Ich war an ihnen vorbei.

Als ich scharf Luft holte, um Hilfe zu rufen, traf ein feuchter Lappen meinen Nacken. Er roch nach Pfefferminz.

Schlafgift. Ich schleuderte ihn fort, doch schon jetzt schwankte die Welt Übelkeit erregend um mich herum. Mein Schrei erstarb auf taub gewordenen Lippen, und die Knie gaben unter mir nach.

Die Fremden fingen mich auf, ehe ich auf das Pflaster prallte. Ich versuchte, sie abzuwehren, doch ich konnte mich nicht rühren; mein Körper war kraftlos und unbrauchbar. Es gelang mir gerade noch, meinen Dolch festzuhalten.

Wenn ich Zaira freiließe, dann würde sie wissen, dass ich Hilfe brauchte, immer vorausgesetzt, sie merkte, dass ihre Kräfte zurückgekehrt waren. Aber angesichts dessen, wie wir auseinandergegangen waren, war durchaus denkbar, dass sie einfach lachend ihren Weg fortsetzte.

»Vorsichtig«, sagte einer meiner Häscher mit einem ardentinischen Oberklassenakzent. »Die Eule will sie unversehrt.«

Auf dem Weg zum Leichenwagen grunzte ein anderer: »Bringen wir sie an denselben Ort wie die Gören?«

»Nein. Die hier bekommt eine Spezialbehandlung.«

Exsolvo, versuchte ich zu sagen, aber heraus kam nur ein leises, gehauchtes »Eeeehhhhhh«.

»Rasch. Wir dürfen nicht gesehen werden.«

Sie packten mich in den Sarg.

Bei dem Gedanken, dass sie den Deckel schließen würden, loderte Schrecken in mir auf wie Schadfeuer und brannte sich durch die dumpfe Wolke des Schlafmittels. Ich schaffte es, wild mit der Messerhand nach den Männern zu schlagen, die sich über mich beugten. Einer von ihnen schrie auf, zuckte zurück und hielt sich das Gesicht.

»Sie ist nicht bewusstlos!« Ein anderer stürzte nach vorn und drückte mich zurück in den Sarg, ehe ich auch nur den Kopf heben konnte. Wut verzerrte das Gesicht um eine von alten Brüchen gekrümmte Nase.

»Schnell, das Elixier!«

Etwas Warmes spritzte mir ins Gesicht, aber es roch nicht nach Pfefferminz.

Der Mann mit der gebrochenen Nase ließ mich los und richtete sich fluchend auf. Ich schaffte es, meinen Kopf gerade noch rechtzeitig zu drehen, um zuzusehen, wie der Schuft, der neben ihm gestanden hatte, mit blutigen Lippen und glasigen Augen zusammenbrach.

Hinter ihm stand Zaira in ihrem Festgewand, ein Messer in der Hand.

»Egghhhsssoffo«, versuchte ich es erneut.

Der Mann mit dem blutigen Gesicht schlug mit seinem Schwert nach Zaira, doch da zerriss helle Glut die Luft vor ihrem magischen Korsett, und die Klinge prallte zurück und fiel ihm aus der Hand.

Noch lauter fluchend wühlte der mit der gebrochenen Nase in einem Lederbeutel.

»Suchst du was?« Zaira hielt eine Glasflasche hoch.

Ich sammelte die verbliebenen Fetzen meiner Kraft und versuchte, mich aus dem Sarg zu stemmen.

Und Zaira trat grinsend den Deckel zu.

In einem Augenblick ungehemmter Panik drückte ich nutzlos gegen den Deckel, war aber noch viel zu geschwächt, um ihn anheben zu können. Der Sarg schien um mich herum zu schrumpfen, mich zu umhüllen, als wäre ich in Stein eingekapselt, und ich konnte in der drückenden Luft kaum atmen.

Dann hörte ich Glas auf dem Deckel zerspringen. Etwas knallte gegen den Sarg und stieß ihn zur Seite. Ein schwacher Pfefferminzgeruch drang zu mir herein. Ich hielt die Luft an.

Zaira riss den Deckel hoch und drückte sich den verbliebenen Handschuh auf Nase und Mund, ehe sie mich mit der freien Hand aus dem Sarg zerrte. Ich versuchte zu helfen, aber meine Glieder hingen wie Sandsäcke an mir herab.

Drei Gestalten lagen lang ausgestreckt auf der Straße. Die nervösen Pferde hatten die Leichenkutsche einige Meter weit weggezogen. Glassplitter funkelten im Mondschein.

Zaira zog meinen Arm über ihre Schultern und half mir davonzustolpern, wobei sie mich mehr oder weniger mitschleppte. Als ich endlich einen Atemzug tun musste, vertrieb die kalte Luft den Dunst aus meinem Kopf, und in meinen Körper kehrte ein wenig mehr Gefühl zurück.

»Du hast mehr Glück, als du verdienst.« Zaira warf den Handschuh weg, nun, da die Luft wieder gefahrlos geatmet werden konnte, wurde aber nicht langsamer. Ich hatte Mühe mitzuhalten. »Und beim blutigen Schwert der Grazie des Triumphes, du bist wirklich zu nichts zu gebrauchen.«

»Danke.« Offenbar hatte ich die Kontrolle über meine Zunge zurückerlangt. Besser, ich machte Gebrauch davon, ehe Zaira wieder verschwinden konnte. »Ich war nicht sicher, ob du zurückkommen würdest.«

Sie maß mich mit einem finsteren Blick. »Das wäre ich auch beinahe nicht, Zimperlein. Ich hatte gerade überlegt, ob ich zu Ignazios Haus zurückkehren oder abhauen sollte, als du an meinem Versteck vorbeigestolpert bist, blind wie ein Bettler für den Straßenräuber, der dir auf den Fersen war. Dann ist mir eingefallen, dass, wenn du stirbst, ich auch sterbe, es sei denn, ich bekomme einen neuen Falkner. Also dachte ich mir, ich sorge besser dafür, dass der Kerl dich nicht umbringt.«

»Tut mir leid, dass ich dich angeblafft habe. Ich sollte dir mehr Anerkennung zollen.«

»Mir tut nichts von dem leid, was ich zu dir gesagt habe«, grunzte Zaira. »Ich habe jedes Wort genau so gemeint.«

»Ich weiß.«

Ein Nachtwächter ging auf der anderen Straßenseite vorbei. Er warf nur einen kurzen Blick auf uns und schüttelte missbilligend den Kopf. Gedemütigt erkannte ich, dass ich aussehen musste, als wäre ich betrunken und müsse mir von Zaira nach Hause helfen lassen.

Noch ein Grund, mich zu schämen. Aber da gab es noch andere Gründe, an denen ich tatsächlich etwas ändern konnte.

»Zaira …« Ich schluckte, um meine Kehle anzufeuchten. »Etwas solltest du wissen. Wenn der Doge dir befiehlt, dein Feuer loszulassen, und du dich weigerst, wird er dich töten lassen. Das hat er mir gegenüber recht deutlich durchblicken lassen.«

Für einen Moment schwieg Zaira. Dann murmelte sie: »Der alte Dreckskerl.«

»Es tut mir leid«, sagte ich. »Das ist nicht gerecht.«

Zaira musterte mich von der Seite. »Bitte sag mir nicht, du glaubst immer noch an Gerechtigkeit. Nicht einmal du kannst so dumm sein.«

»Nun ja, nein. Aber ich wünschte, es gäbe sie.«

»Wünsche sind nutzlos. Damit kannst du dir nicht mal den Arsch abwischen.«

Da war noch mehr, was ich ihr sagen musste. »Da ist noch etwas, Zaira. Domenic mag dich. Er mag dich sehr!«

»Halt den Mund«, grollte sie. »Spar dir die Kraft, um auf deinen eigenen verdammten Füßen zu laufen.«

Doch als ich mich von ihr weg stemmte, um genau das zu tun, hätte ich schwören können, dass sie kurz meine Hand drückte.

*

Als wir Ignazios Stadthaus erreichten, hatte ich mich, von nachklingenden Kopfschmerzen abgesehen, wieder weitgehend erholt. Das Schlafmittel mochte stark gewesen sein, aber seine Wirkung hielt anscheinend nicht lange vor.

Beatrix ließ uns ein. Schatten unter ihren Augen deuteten an, dass sie normalerweise längst zu Bett gegangen wäre. »Gnädige Frauen, ein Herr wartet bereits auf Euch. Ich habe ihm gesagt, dass der Herr des Hauses schon zu Bett gegangen ist, aber er wollte ihn weder wecken lassen noch war er bereit, wieder zu gehen.«

Ehe sie noch etwas sagen konnte, platzte Marcello aus dem vorderen Salon, in dem er offenbar auf uns gewartet hatte, in die Eingangshalle. Mit blassem Antlitz kam er direkt auf mich zu und berührte sanft meine Wange.

»Amalia! Da ist Blut in Ihrem Gesicht. Geht es Ihnen gut?«

Alarmiert hob ich eine Hand hoch. Dunkles Blut blieb an meinen Fingerspitzen zurück.

»Beruhigt euch, es ist nicht ihres.« Zaira zerrte uns in Richtung Salon. »Bring der Dama etwas Starkes«, rief sie Beatrix zu. »Und drei Gläser.«

Das Blut musste von dem Mann stammen, auf den Zaira eingestochen hatte. Ich rieb mir das Gesicht mit dem Ärmel ab. Ich brauchte wirklich etwas Starkes.

»Was ist passiert?«, verlangte Marcello zu erfahren.

»Ein paar Männer haben versucht, mich zu entführen. Ardentiner, ihrer Aussprache nach.«

»Ich habe sie erwischt, als sie sie gerade in einen Sarg steckten.« Zaira hörte sich an, als würde sie die Männer bewundern. »Guter Trick. Niemand fragt, warum man eine Leiche herumschleppt.«

Marcello fluchte. »Geht es Ihnen gut? Haben die Ihnen wehgetan?«

»Nein. Sie haben versucht, mich mit einem Schlafelixier auszuschalten.« Noch immer konnte ich in meinem Haar einen schwachen Pfefferminzgeruch wahrnehmen.

Marcello zog ein Taschentuch aus der Uniform und reichte es mir. Erbittert wischte ich mir das Gesicht ab.

»Ich hätte mit Ihnen gehen sollen.« Schmerz schlug sich auf seinen Tonfall nieder. »Ich hätte …«

»Es war nicht Ihre Schuld. Sie wissen, Sie hätten nicht hingehen können. Und es ist ja alles wieder gut.«

Zaira bleckte die Zähne vor ihm. »Wir mussten nicht einmal jemanden in Brand stecken. Bedauerlicherweise.«

»Den Grazien sei Dank, dass Sie in Sicherheit sind.« Kurz legte er die Arme um meine Schultern und drückte mich an sich. Ich war so überrascht, jeder Muskel in meinem Körper erstarrte und schien auf einmal so zerbrechlich wie Glas, obwohl ich nichts lieber wollte, als mich an seine Brust zu schmiegen und zu vergessen, was an diesem Abend vorgefallen war.

Zaira räusperte sich. »Ich hole ein feuchtes Tuch. Alles, was du erreicht hast, ist, das Blut noch weiter zu verteilen.«

Sie ging hinaus, und mir wurde schmerzlich und sehnsuchtsvoll bewusst, dass wir unter uns waren.

Marcello machte Anstalten, mich loszulassen, aber ich schlang die Arme um seine Mitte und hielt ihn fest. Unendlich vorsichtig, als könnte ich uns beide damit zerbrechen, legte ich den Kopf an seine Schulter.

Es fehlte nicht viel, und ich hätte seinen Hals liebkost. Grazie der Liebe, er roch so gut.

Seine Arme kehrten zurück an ihren Platz und schmiegten sich dieses Mal mit sanfter Wärme an meinen Körper. »Du bist wirklich in Ordnung«, hauchte er.

Ich könnte meinen Mund zu seinem bewegen. Es fehlten nur wenige Zoll. Ich könnte diesen schrecklichen Tag, diese elende Situation mit etwas Gutem und Wunderbarem lindern. Ich könnte mich ausnahmsweise einmal fallen lassen und nicht ganz allein in dem edelsteinbesetzten Käfig meines Lebens hocken.

Marcello streichelte mein Haar, und seine Finger verfingen sich in den Locken, die Beatrix hineinpapillotiert hatte. »Warum haben die Grazien dich nur zu einer Cornaro gemacht?«, flüsterte er.

Die Last meines Namens legte sich über mich wie ein erstickender Pelzumhang. Ich wich zurück, befreite mich nicht ganz aus seinen Armen, brachte aber ein wenig Luft zwischen uns. »Damit wir Ardence retten können.«

Glas klirrte. Wir lösten uns voneinander, als Beatrix ein Tablett mit Getränken auf einem mit goldenen Intarsien verzierten Tisch abstellte, sorgsam darauf bedacht, uns nicht anzusehen. Anschließend machte sie einen raschen Knicks und flüchtete zur Tür hinaus, als Zaira gerade zurückkam.

»Die Zeit ist um, ihr Liebesvögelchen«, rief Zaira und warf mir ohne Vorwarnung einen Lappen zu; kalt und nass klatschte er mir direkt ins Gesicht.

Marcello murmelte in sein Glas, er sei kein Liebesvogel. Ich hockte auf dem Rand eines Diwans und arbeitete daran, das Blut zu entfernen, froh, mein Gesicht für einen Moment hinter dem Lappen verstecken zu können. Zaira nahm sich ein Glas von dem Weintablett und ließ sich kichernd in einen Sessel fallen.

Marcello tat einen tiefen, beruhigenden Atemzug und nahm ebenfalls Platz. »Haben Sie irgendeine Ahnung, wer versucht hat, Sie zu entführen?«

»Die Eule«, fiel mir ein.

»Wer?«, fragte Marcello verständnislos.

»Du hast wohl eine Vorliebe für Vögel«, spottete Zaira. Aber dann setzte sie sich ruckartig auf, als wäre sie von einer Maus gebissen worden. »Moment! Eine Eule! Ich weiß, dass ich eine Eule gesehen habe.«

»Eine Eule?« Ich konnte mich ganz sicher nicht erinnern, eine gesehen zu haben.

Zaira zog einen versiegelten Umschlag aus ihrem Ärmel. »Da! Als der gnädige Herr von Langeweile und Ungeschliffenheit uns hinausgeworfen hat, um sein verschwiegenes kleines Treffen mit dir abzuhalten, habe ich seine Post gestohlen.«

Verdattert starrte ich sie an. »Ich dachte, du wolltest sie nicht ausspionieren, Zaira.«

Sie zuckte mit den Schultern. »Er war mir gegenüber unhöflich. Er hat sich benommen, als ob ich gar nicht existierte.«

»Aber … du hast gesagt, du hättest nichts Neues erfahren.«

»Das war, weil du so lästig warst.«

Ich schluckte etliche Dinge hinunter, die ich hätte sagen können. »Also schön.«

Marcellos Faust lag in seinem Schoß, und die Knöchel zeichneten sich weiß unter der Haut ab. »Was hat das mit einer Eule zu tun?«

Zaira hielt den Brief hoch. »Sieh ihn dir an. Ich kann das hier zwar nicht lesen, aber so viel erkenne auch ich.«

Ich nahm ihn an mich. Das Siegel zeigte den Abdruck einer Münze, weiter nichts. Aber darunter hatte jemand eine simpel ausgeführte Eule mit weit gespreizten Flügeln und stierem Blick gezeichnet.

»Hervorragende Arbeit, Zaira.« Ich faltete den Brief auseinander; das Siegel war bereits gebrochen. Die halbe Seite war von einer eleganten, schwungvollen Handschrift bedeckt.

»Was steht drin?«, fragte Zaira.

»Lieber Gabril«, las ich vor. »Ihr könnt diese Zweifel, die Euch Euer Bruder eingeflüstert hat, beruhigt beiseitelegen. Die Entführung der Kinder war echt, und die Falkner sind dafür verantwortlich. Das hat die offizielle Untersuchung ebenso bestätigt wie unser raverranischer Fuchs. Euer Vetter, der Herzog, versicherte mir, er werde ein derartiges Verbrechen nicht tolerieren, und der Fuchs berichtet, es habe in dieser Angelegenheit Meinungsverschiedenheiten im Rat der Neun gegeben. Bleibt standhaft. Zum Beweis dafür, dass wir die Oberhand gewinnen werden, solltet Ihr schon bald von einem Falkner hören, der daran gehindert wurde, ein weiteres ardentinisches Kind zu entführen. Wenn wir Eure Courage und Eure Leidenschaft mit unseren Informationen und Ressourcen kombinieren, hat Raverra nicht die Macht, Ardence in die Knie zu zwingen. Haltet Euch bereit; die Zeit zu handeln ist beinahe gekommen.« Ich musterte den unteren Rand des Blatts. »Es ist unterschrieben mit ›Die Eule im Flusspalast‹.«

Zaira schnaubte verächtlich. »Gabril ist ein Narr, wenn er all das glaubt.«

Marcello drückte den Rücken durch. »Die Eule im Flusspalast?«

»So steht es hier.« Ich reichte ihm den Brief. »Gabril scheint zu glauben, dass er dort einen gut platzierten Verbündeten hat. Wer immer das ist, weiß vom Ultimatum des Dogen, von dem Herzog Astor nicht einmal seinem Rat der Lords berichtet hat. Entweder der Herzog selbst spielt ein gefährliches Spiel, oder es gibt einen Verräter in seinem inneren Kreis.«

»Und die Männer, die Sie angegriffen haben, waren Ardentiner.« Der Brief zitterte in seiner Hand. »Amalia, der Doge könnte das als einen Angriff auf das Imperium werten.«

Ich starrte ihn an. »Nein. Oh, nein. Wir haben noch zwei Tage Zeit.«

»Wenn der alte Leichenschänder mit den blutigen Händen eine Ausrede sucht, wird ihn das nicht interessieren«, grunzte Zaira.

»Wir dürfen das nicht zulassen.« Ich trank das Weinglas halb leer. Ich konnte eine kleine Stärkung brauchen; für heute Nacht hatte ich genug Schrecken erlebt.

»Vielleicht sieht er ein, dass dies ein Verräter ist, der allein und ohne das Wissen oder die Zustimmung des Herzogs handelt«, sinnierte Marcello zweifelnd.

»Vielleicht. Aber die Folgen, sollte er das nicht tun, sind zu entsetzlich.« Ich atmete tief durch. »Wir dürfen ihm nichts davon erzählen.«

Marcello verlagerte sein Gewicht auf dem Stuhl. »Ich bin ein Leutnant der Falkner. Ich muss meinen Vorgesetzten Bericht erstatten.«

»Sie waren nicht dabei«, wandte ich ein. »Sie haben nichts zu berichten.«

Er schüttelte den Kopf. »Das ist zu wichtig.«

»Ja, das ist es.« Unterdrückte Glut brannte in Zairas Augen. »Wenn du wie ein gutes Schoßhündchen Bericht erstattest und deine Herren und Meister beschließen, dass ein schlechter Apfel in Ardence Grund genug ist, um das ganze Fass in Brand zu stecken, wird es für weitere Überlegungen und Reue zu spät sein. Liegt die Stadt erst in Schutt und Asche, kannst du das Feuer nicht ungeschehen machen.«

Sie wirkte nicht mehr so zuversichtlich wie zuvor, als wir darüber gesprochen hatten, dass sie ihr Feuer unter keinen Umständen auf Ardence loslassen würde. Aber sollte ich diese Selbstsicherheit untergraben haben, so empfand ich deswegen keine Befriedigung – sondern nur Scham und Grauen.

»Sie müssen den Bericht ja nicht sofort anfertigen«, schlug ich vor. »Nehmen Sie sich Zeit, um ihn zu schreiben. Schicken Sie ihn per Post statt über die Kurierlampen. Was immer uns ein bisschen mehr Zeit verschaffen kann.«

»Zeit, wofür?«, fragte Marcello. »Wir können nichts mehr tun. Wir haben es mit einem ardentinischen Verräter zu tun, der immer noch auf freiem Fuß ist und versucht, einen Krieg anzuzetteln – und der dem Erfolg weitaus näher ist als wir daran, ihn zu hindern.«

»Zeit, um sie zu schnappen. Wir haben jetzt mehr Hinweise. Denkt nach.« Ich wickelte eine Haarsträhne, die sich aus meiner Frisur gelöst hatte, um den Finger, ließ sie aber gleich wieder angewidert los, als ich einen Tropfen getrockneten Bluts darin entdeckte. Aber das rief eine Erinnerung wach. »Einer meiner verhinderten Entführer hat etwas über Gören gesagt. Ich glaube, diese Männer haben dabei geholfen, die ardentinischen Kinder zu entführen.«

Marcello runzelte die Stirn. »Also haben die Leute, die die Entführung durch falsche Falkner inszeniert und Lemi überfallen haben, auch versucht, Sie zu entführen. Außerdem wiegeln sie diese … ardentinischen Patrioten … gegen Raverra auf. Und zu diesen Verschwörern gehört vermutlich jemand aus dem inneren Kreis des Herzogs.«

Es juckte mich, aufzustehen und auf und ab zu gehen, aber meine Beine fühlten sich immer noch zittrig an, also zupfte ich stattdessen an der Armlehne des Diwans herum. »Die Kinder zu entführen und Lemi zu überfallen ergibt Sinn, wenn sie darauf aus sind, den Zorn auf beiden Seiten zu schüren und einen Krieg zu provozieren. Gabril zu manipulieren, ist unter diesen Umständen ebenfalls sinnvoll; der Schattenadel wird die Wut auf Raverra umso wirkungsvoller anstacheln, wenn sie glauben, was sie sagen. Aber warum wollten sie mich entführen?«

Zaira zuckte mit den Schultern. »Damit du mich nicht auf sie hetzen kannst. Die würden ihren großen Krieg nicht bekommen, wenn ich einfach hingehe und Ardence niederbrenne, nicht wahr?«

»Mich zu entführen, würde dich nicht bannen«, wandte ich ein. »Ich kann dich aus meilenweiter Entfernung entsiegeln. Unser Verschwörer hat sich eine Menge Gedanken gemacht und sorgfältig geplant, was er tut. Ich glaube nicht, dass die so einen elementaren Fehler begehen würden.«

Marcellos Faust öffnete sich. Verwirrung löste den Ausdruck des Zorns in seinen Zügen ab. »Was *würde* passieren, hätten die Sie entführt?«

»Meine Mutter würde sie umbringen.« Das wusste ich aus Erfahrung.

»Nun, da habt ihr es doch.« Zaira wedelte mit der Hand. »Sie entführen ein paar ardentinische Adelsgören, um Ardence in den Krieg zu treiben. Sie entführen dich, um Raverra in den Krieg zu treiben. Alle spielen verrückt und bringen einander um, damit sie ihre Kinder zurückbekommen. Und der Kriegstreiber lebt glücklich und zufrieden weiter. Ende der Geschichte.«

»Die Grazien mögen uns beschützen, du hast recht.« Ich sackte regelrecht unter der Last der Erkenntnis zusammen. Das musste Baron Leodra gemeint haben, als er mir gesagt hatte, ich sei in Gefahr, ginge ich nach Ardence: Er hatte gewusst, dass sie vorhatten, mich zu entführen.

»Und Vaskandar nutzt den Vorzug, dass wir abgelenkt sind, um unsere Flanken anzugreifen und die dortigen Gebiete zu erobern, während die Aufmerksamkeit unseres Militärs in Ardence gebunden und die Unterstützung durch unsere Klientelstaaten fraglich ist.« Marcello schüttelte den Kopf. »Ich wünschte, ich könnte behaupten, das wäre ein schlechter Plan.«

»Wäre es ein schlechter Plan, hätten wir sie inzwischen längst aufgehalten.«

Marcello breitete die Hände aus. »Wie *sollen* wir sie aufhalten? Was können wir noch tun, abgesehen davon, die Kinder zu suchen und Sie zu beschützen?«

Ich atmete tief durch. »Wir müssen Herzog Astor warnen.«

*

Früh am nächsten Morgen erwachte ich, als sich das graue Licht gerade mit den noch graueren Schatten verbündete, um mein Zimmer mit einer ganzen Palette der Unsicherheiten zu überziehen. Die Tatsache, dass das Ultimatum des Dogen morgen ablief, saß wie eine Kröte in meinem Magen.

In der Erwartung, dass außer den Dienstboten und mir niemand wach sein dürfte, ging ich hinunter, um zu frühstücken. Doch als ich die Treppe hinabstieg, warf ich durch das Empfangszimmer einen ersten Blick in den Speiseraum und sah, dass Zaira bereits dort war, die Ellbogen auf den Tisch gestützt, eine Tasse Kaffee in Händen. Ihr gegenüber fläzte sich ein unerwarteter Gast auf seinem Stuhl und zupfte mit grimmiger Bestimmtheit das weiße Innere aus einem Brötchen: Jerith Antelles. Ich konnte nicht hören, was er zu ihr sagte, aber seine Miene war so ernst, wie ich es noch nie gesehen hatte, und er sprach mit leiser, drängender Stimme.

Am Fuß der Treppe zögerte ich und trat einen Schritt zur Seite, um nicht gesehen zu werden. Was immer sie an diesem Morgen, kurz bevor Zaira vielleicht den Befehl erhielt, Ardence niederzubrennen, zu besprechen hatten – ich nahm an, es war eine Sache zwischen Hexenmeistern und meine Gegenwart nicht erwünscht.

»Ich hoffe, der frühe Besuch stört Sie nicht.«

Ich drehte mich um und sah Balos hinter mir stehen und die breiten Schultern zu einer entschuldigenden Verbeugung senken.

»Ganz und gar nicht. Ich bin hocherfreut. Was machen Sie hier?« Der letzte Satz war vielleicht nicht so höflich herausgekommen, wie er beabsichtigt war, aber ich konnte mir einfach nicht vorstellen, wie oder warum die beiden in Ignazios Haus gelandet sein mochten. Das Letzte, was ich gehört hatte, war, dass sie in den Stallungen waren.

Balos lachte leise. »Wir sind unterwegs zu einem Geburtstagsbesuch bei Jeriths Mutter. Ardence liegt auf dem Weg, also haben wir gestern in der Garnison übernachtet und dachten, wir schauen vor der Weiterreise vorbei, um Hallo zu sagen.«

Mein Blick huschte zum Speiseraum. »Nur um Hallo zu sagen?«

Er seufzte und senkte die Stimme, bis nur noch ein grollendes Flüstern zu hören war. »Wir haben von dem Ultimatum gehört, das morgen abläuft. Jerith wollte mit ihr reden.«

»Hat er je …« Ich fummelte an dem Spitzenbesatz meines Kragens herum. »Musste Jerith je, äh …«

»Keine Stadt, nein.« Ein sanfter Ausdruck spiegelte sich in den düsteren, braunen Pfuhlen seiner Augen. »Aber wir haben unseren Anteil an Schlachten erlebt. Unser vermutlich schlimmster Einsatz liegt ein paar Jahre zurück. Damals hatte eine große Schar Piraten den Handel an der ostischen Küste gefährdet. Sie hatten ihre eigene kleine Marine – ein paar Dutzend Schiffe. Als das Erlauchte Imperium die Bucht gefunden hatte, die ihnen als Stützpunkt diente, haben sie uns geschickt, um sie alle auszumerzen.« Er schüttelte den Kopf. »Sturmhexer kommen nicht so schnell in Schwung wie Feuerhexer, aber ein Küstenlager wie jenes ist am Ende dennoch genauso zerstört. Er hat einen Wirbelsturm entfacht. Etliche Piraten sind landeinwärts geflohen, als sie erkannt haben, was los war, aber viele blieben und sind gestorben. Als Jerith fertig war, war kein Brett mehr mit einem anderen verbunden.«

Ich schluckte. »Und was haben *Sie* getan?«

Er sah mir in die Augen. »Ich habe meine Aufgabe erfüllt.«

»Ihre Aufgabe.« Ich dachte darüber nach. »Falkner zu sein ist nicht meine Aufgabe, Balos.«

»Ich weiß, Dama Amalia.« Er bedachte mich mit einem eigenartigen, traurigen Lächeln. »Wissen Sie, was Ihre Aufgabe ist?«

Das war eine gute Frage. Ich war die Erbin meiner Mutter; man könnte behaupten, ich hätte derzeit überhaupt keine Aufgabe im Leben. Noch vor einem Monat hätte ich vielleicht genau das auch gesagt.

Aber ich wusste es besser. Ich war eine Cornaro, und ich hatte eine Aufgabe.

»Die Dinge in Ordnung zu bringen«, sagte ich. »Dieses Schlamassel in Ordnung zu bringen.«

Balos erhob mit bedachtsamem Ernst die Hand zu einem Salut. »Dann tun Sie das.«

Ich nickte, und mein Herz schlug schneller, als rechnete es mit einem Kampf. »Das werde ich.«

*

»Es tut mir leid, gnädige Frau.« Der Lakai in dem Vorzimmer im Flusspalast wirkte ehrlich zerknirscht und rieb die Finger aneinander, als könnte die Reibung das Problem lösen. »Seine Gnaden bespricht sich bis zum Abendessen mit seinen Aristokraten, und mir wurde aufgetragen, sie nicht zu stören. Aber vielleicht morgen Vormittag?«

Ich stützte mich auf den Schreibtisch des Mannes. »Die Nachricht, wegen der ich hier vor Ihnen stehe, ist dringlich. Sie kann nicht so lange warten. Schlimm genug, dass ich sie erst an diesem Morgen überbringen kann.« Noch eineinhalb Tage. Und selbst diese kleine Gnade wäre verloren, sollten die Ardentiner angreifen.

Neben mir bürstete Zaira ihr Haar zurück, und das Geschüh an ihrem Handgelenk blitzte auf. Der Lakai erbleichte, als ihm aufging, wen er da vor sich haben musste, und er fing an, unzusammenhängend zu stammeln.

Ehe ich bei dem Versuch, seinem Gerede einen Sinn abzuringen, verzweifeln konnte, schlüpfte Dama Savony mit einem Bündel Papieren auf den Armen zur Tür herein. »Rinald, die muss der Herzog unterschreiben, sobald er aus seinen Besprechungen zurück ist. Dama Amalia.« Sie zog die Brauen hoch. »Stimmt etwas nicht?«

Den Grazien sei Dank. Wenn jemand dafür sorgen konnte, dass ich zum Herzog vorgelassen wurde, dann sie. »Wir haben gestern Abend etwas herausgefunden, das Auswirkungen auf Ardences Sicherheit hat. Um unser beider Städte willen: Ich muss mit Herzog Bergandon sprechen.«

Sie setzte die Brille auf und musterte mich durch die Gläser aus zusammengekniffenen Augen. Dann nickte sie und ließ ihre Papiere auf den Tisch des Schreibers fallen. »Nun gut, ich glaube Euch. Kommt mit mir. Ich werde seine Gnaden überzeugen, seinen Terminplan zu berichtigen.«

*

Dama Savony brachte uns in die Halle des Triumphs und bat uns, dort zu warten. Dieses Mal stand keine Auswahl an Gebäck bereit, was wirklich schade war, denn Zaira wäre ihr gewiss gerecht geworden.

Ungefähr zehn Minuten später stolzierte Herzog Astor Bergandon herein und warf sich uns gegenüber in einen Sessel, den Bart gereizt vorgereckt. Dama Savony folgte ihm auf dem Fuße, schloss die Tür und bezog mit Notizbuch und Feder in Händen hinter ihm Position.

»Das ist hoffentlich gerechtfertigt, Savony«, murrte der Herzog, bevor er sich an mich wandte. »Ihr habt fünf Minuten, ehe ich zu Lord Ulmric zurück muss. Bitte.«

Also direkt zum Punkt. Ich verwarf den zurückhaltenden Vortrag, auf den ich mich mental vorbereitet hatte. »Euer Hoheit, es gibt einen Verräter in diesem Palast. Einer Eurer eigenen Leute hat die Kinder entführt und in der letzten Nacht versucht, auch mich zu entführen. Sie hetzen Raverra und Ardence gegeneinander auf in dem Bemühen, einen Krieg auszulösen.«

Dama Savony sah aus, als wäre sie drauf und dran, jemanden mit ihrer Feder aufzuspießen. »Wer?«

Im gleichen Moment fragte Herzog Bergandon gebieterisch: »Habt Ihr Beweise für Eure Behauptung?«

»Wir haben genug Beweise.« Ich musste vorsichtig sein; auch der Herzog selbst konnte immer noch in die Sache verwickelt sein, und Dama Savony war ebenfalls eine der Verdächtigen. Ich konnte ihnen nicht sagen, was ich wusste, solange ich nicht sicher war, dass sie unschuldig waren. »Ich weiß noch nicht, um wen es sich handelt, aber wir haben Hinweise, denen wir nachgehen können. Doch es ist jemand aus dem Flusspalast. Ihr solltet in Eurem innersten Kreis nach einem Verräter suchen, Euer Gnaden.«

Seine Hände spannten sich um die Armlehnen seines Sessels, bis die Knöchel weiß hervortraten. »Wenn das ein Versuch von Euch raverranischen Muränen ist, mich dazu zu treiben, meinen eigenen Leuten zu misstrauen …«

Zaira stieß ein bellendes Gelächter aus. »Warum sollte es Raverra kümmern, wem Ihr vertraut?«

Zum ersten Mal fiel der Blick des Herzogs auf Zaira, und ein vages Stirnrunzeln zeigte sich. Dann entdeckte er das Geschüh.

Sofort sprang er auf. »Ihr bringt *sie* hierher? Ist das eine Drohung? Wie könnt Ihr es wagen!«

Zaira wackelte mit den Fingern vor ihm und lachte, als er zurückzuckte.

»Euer Gnaden! Beruhigt Euch!« Ich hielt die Hände im Schoß gefaltet, die Finger fest ineinander verhakt. »Zaira ist bei mir, weil wir keine Zeit hatten, andere Vorkehrungen zu treffen, und ich mich nicht über das Gesetz des Erlauchten Imperiums hinwegsetze. Bitte, setzt Euch.«

Er musste sich erkennbar zusammenreißen, hörte aber nicht auf, Zaira mit stechendem Blick zu mustern. »Ihr tretet mit einer Kriegswaffe vor den Herzog.«

Zaira schnaubte verächtlich. »Wenn Ihr denkt, ich wäre auf Eure Gegenwart angewiesen, um Euch zu töten, so unterliegt ihr einem bedauerlichen Irrtum.«

Ehe der Herzog vor Wut in die Luft gehen konnte, erhob ich meine Stimme, um diesem Thema ein Ende zu machen. »Unsere Zeit ist knapp, Euer Gnaden, und wir müssen uns auf das Wesentliche konzentrieren. Ich bin gekommen, um Euch vor dem Verräter zu warnen und um Euch darüber in Kenntnis zu setzen, dass unbekannte Kräfte an Eurem eigenen Hof Euch und die verschwundenen Kinder und uns *alle*, Euer Gnaden, benutzen, um einen Krieg auszulösen.«

»Und dennoch …«, fing der Herzog an.

»Dama Amalia hat keinen Grund, uns zu belügen, Euer Gnaden«, fiel ihm Dama Savony geschmeidig ins Wort. »Was sie sagt, ergibt Sinn. Ich schlage vor, Ihr hört auf, in Raverra und Vaskandar nach Feinden zu suchen, und seht Euch mehr in der Nähe um. Ihr habt Gegner bei Hofe; dies könnte ebenso gut ein Versuch sein, Euch zu stürzen.«

Den Grazien sei Dank. Sie unterstützt mich. »In der Tat, Dama Savony. Wunderbar zusammengefasst.«

»Und wenn Ihr mir vergeben wollt, Dama Amalia, Eure fünf Minuten sind mehr als verbraucht.« Entschuldigend verbeugte sich Dama Savony, und ihre Brille beschrieb einen schwungvollen Bogen an der goldenen Kette. »Euer Gnaden, wenn ich auch der Ansicht bin, dass dies wichtiger ist, wird Lord Ulmric doch recht zornig werden, wenn wir ihn noch länger warten lassen.«

Herzog Astor maß sie mit einem finsteren Blick. »Seid Euch Eures Standes bewusst, Statthalterin. Es steht Euch nicht zu, an meiner Stelle zu sprechen.«

Dama Savony erstarrte und klappte ihr Notizbuch zu.

»Ungeachtet ihres eigenmächtigen Eingreifens, hat meine Statthalterin recht.« Der Herzog erhob sich. Zaira und ich folgten seinem Beispiel. »Ich muss mich wieder Lord Ulmric widmen. Wir sollten dieses Gespräch morgen fortsetzen. Inzwischen werde ich darüber nachdenken und eigene Ermittlungen anstellen. Der Gedanke, es könnte einen Verräter an meinem Hof geben, gefällt mir nicht, aber ich stimme zu, dass das manches erklären könnte. Ich danke Euch, dass Ihr mich darauf aufmerksam gemacht habt.«

Ich knickste vor ihm. »Ich strebe allein nach der Wahrheit, Euer Gnaden.«

»Das hoffe ich. Wir sehen uns morgen, Dama Amalia.«

Dama Savony folgte ihm, als er hinausging, und bedachte uns unterwegs mit einem höchstenfalls nachlässigen Knicks. Angesichts des Umstands, dass sie erbittert das Kinn vorgereckt hielt, ging ich davon aus, dass ihr die Konsequenzen dieser Neuigkeit vollauf bewusst waren und dass sie mich ernst nahm.

Und da das Ultimatum des Dogen schon morgen ablief, konnte ich nur hoffen, dass der Herzog das auch tat.

*

Als wir auf dem Weg hinaus durch die Halle der Schönheit kamen, entdeckte ich Prinz Ruven auf der anderen Seite, wo er sich mit einem aufgewühlten Gabril Bergandon austauschte. Der Prinz wirkte ganz entspannt, und ein amüsiertes Lächeln umspielte seine Lippen; Gabrils Brust jedoch war angeschwollen, als stünde ein Ausbruch gleich dem des Enthalus kurz bevor.

»Wir sollten vielleicht in Erfahrung bringen, was da vor sich geht«, sagte ich.

Es war nicht schwer, in Hörweite zu gelangen. Gabril brüllte beinahe, und wir waren nicht die einzigen Personen im Saal, die innegehalten hatten, um zuzuhören.

»Das ist ein Affront gegen die Würde Eures hohen Hauses und die herzlichen Beziehungen, die Ardence von jeher mit Vaskandar zu unterhalten behauptet!« Gabril breitete die Arme aus, wie um seinem Publikum eine Vorstellung zu liefern. »Dass das Imperium es tatsächlich wagt, Eure Räumlichkeiten zu durchsuchen, als wärt Ihr ein gewöhnlicher Verbrecher! Wenn sie königlichen Hoheiten so wenig Respekt erweisen, wie sollen wir ihnen dann glauben, dass sie die eigenen Leute respektieren? Wir dürfen das nicht hinnehmen!«

Ruven tätschelte Gabrils Schulter, als wäre er nur ein altkluges Kind. »Sehr schön. Und ich wünsche Euch Glück, mein Freund. Aber mir bedeutet das wenig.«

»Wie könnt Ihr so ruhig dastehen, während die Lakaien des Imperiums mit ihren Schmutzfingern in Eurem Besitz wühlen?«, verlangte Gabril zu erfahren.

»Weil sie nichts finden werden, das sie falsch handhaben könnten.« Auf Ruvens Lippen zeichnete sich ein Lächeln ab, doch er kniff die Augen zusammen wie eine Katze, wenn die Sahne längst verspeist ist. »Ich wollte Euch, lieber Freund, nur berichten, dass ich Ardence und folglich auch das Imperium verlasse. Der Besuch war angenehm, aber ich fürchte, ich habe die Gastfreundschaft nun schon übermäßig lang strapaziert.« Über die Menge im Saal vagabundierte sein Blick zu mir, und das Magiermal blitzte violett auf. »Ich mag nicht alles bekommen haben, was ich mir wünsche, aber ich habe alles, was mich hierher führte.«

»Ihr werdet doch nicht gerade jetzt abreisen wollen«, protestierte Gabril. »Nicht zu diesem kritischen Zeitpunkt, wenn Ardence Eure Unterstützung benötigt, um dem Imperium die Stirn zu bieten.«

»Ich bin überzeugt, unsere Wege werden sich wieder kreuzen.« Ruven verbeugte sich geschmeidig. »Wenn Ihr mich nun entschuldigen würdet, meine Kutsche ist gepackt und unterwegs hierher. Einen guten Tag, Lord Gabril.«

Damit machte er kehrt und bahnte sich einen Weg durch die murmelnde Menge. Gabril blieb zurück und starrte ihm nach wie ein ausgesetzter Hund.

»Komm mit.« Zaira zupfte an meinem Arm. »Mir gefällt gar nicht, wie sich das anhört.«

Mir gefiel es auch nicht. *Ich habe, was mich hergeführt hat*, hatte Ruven gesagt.

»Schnell.« Ich wirbelte in die andere Richtung herum. »Wir müssen die Bibliothek kontrollieren.«

»Die *Bibliothek?* Hast du den *Verstand* verloren?«

Ich verzichtete auf eine Antwort und rannte zur Halle der Weisheit. Zaira folgte mir fluchend. Gemeinsam drängten wir uns zwischen den versammelten Höflingen hindurch, die immer noch voll und ganz mit Gabrils Zorn und Ruvens Abreise beschäftigt waren.

In dem vergoldeten Bogengang zur Bibliothek kam uns Venasha mit einem Buch unter dem Arm und dunklen Ringen unter den Augen entgegen.

»Amalia!« Ihre Miene hellte sich auf. »Ich war gerade auf dem Weg zurück zu Aleki. Was …«

»Interaktionen der Magie«, fiel ich ihr ins Wort. »Ist es noch da?«

Venasha blinzelte verwundert. »Das nehme ich an.«

»Kannst du nachsehen? Schnell?« Ich hüpfte beinahe in die Bibliothek. Ruven hatte gesagt, seine Kutsche sei unterwegs; uns blieb nicht viel Zeit.

Sie nickte energisch. »Natürlich. Warte hier.«

»Warum«, fragte Zaira in scharfem Ton, »rennst du hinter einem *Buch* her? Ausgerechnet *jetzt?*«

»Weil Prinz Ruven, wenn er dieses Buch nach Vaskandar mitnimmt, womöglich imstande ist, alle Vulkane im Hexenmauergebirge zum Ausbruch zu bringen und die Grenze in eine Ödnis aus Feuer und Asche zu verwandeln.«

»Oh.« Für einen Moment klappte Zairas Mund zu. »Dann nur zu.«

Bald darauf kam Venasha mit blassem Gesicht zurück. Bei ihrem Anblick sackte mein Herz einige Stockwerke tiefer. »Venasha, bitte sag mir nicht …«

»Wie es scheint, hat Prinz Ruven eine Vorliebe für erotische Dichtung.« Mit bitterer Miene schüttelte sie den Kopf. »Es ist weg.«

KAPITEL FÜNFUNDZWANZIG

ICH FLUCHTE.

»Komm schon.« Zaira wirbelte zum Ausgang herum. »Es ist noch nicht lange her. Wir können ihn immer noch erwischen und ihm seinen blasierten Kiefer brechen.«

»Danke, Venasha.« Ich machte kehrt und ging forschen Schrittes mit Zaira zu den Palasttoren. »Er hat gesagt, seine Kutsche sei unterwegs. Wenn er wirklich vorhat, die Stadt zu verlassen, könnte das Buch bereits in der Kutsche sein, sofern er es schon früher geholt hat – und der erste Band befindet sich höchstwahrscheinlich in seinem Gepäck.«

»Dann musst du ihn ablenken«, entgegnete Zaira. »Halte ihn so lange du kannst von der Kutsche fern. Ich hole das Buch.«

Wir traten hinaus in den strahlenden Sonnenschein, der den Platz der sechs Brunnen flutete. Auf der anderen Seite wartete eine Reihe von Kutschen darauf, Besucher des Palasts in Empfang zu nehmen. Eine schwarze Kutsche, ausgeführt in eleganten, asymmetrischen Wölbungen, stand unter ihnen wie eine Krähe inmitten von Tauben. Auf der Seite prangte der gekrönte Baum von Vaskandar.

Prinz Ruven hatte den Platz auf dem Weg zu seiner Kutsche bereits halb überquert, die Schritte von Zielstrebigkeit gekennzeichnet, und etwas steckte unter seinem Arm.

Ich wartete nicht erst ab, was Zaira tun würde, sondern hastete mit raschelnden Unterröcken hinter ihm her, um ihn aufzuhalten. Warum bloß musste ich Ruven immer dann begegnen, wenn ich gerade in ein völlig ungeeignetes Kleid geschnürt war?

»Prinz Ruven!«, rief ich.

Er blieb stehen und drehte sich um. Das Lächeln, das sich über seine Züge ausbreitete, strotzte nur so vor Tücke.

»Dama Amalia«, begrüßte er mich. »Welch eine Freude, Euch hier zu treffen. Ich fürchtete schon, ich bekäme keine Gelegenheit mehr, mich von Euch zu verabschieden.«

Inzwischen hatte ich ihn eingeholt, aber erst jetzt ging mir auf, dass ich mir noch gar nicht überlegt hatte, was ich sagen sollte, um ihn abzulenken. Und dass ich keine Ahnung hatte, wie viel Zeit Zaira brauchen würde. »Ihr scheint auf dem Sprung, uns zu verlassen. Ist das ein schon länger geplanter Aufbruch?«

»Meine Abreise?« Bescheiden breitete er die Arme aus. »Ich bin kein aufopferungsvoller Held, Dama Amalia. Ich kann den Wind gut genug einordnen, um zu wissen, in welche Richtung er die Flammen blasen wird. Ich hege nicht den Wunsch, in Ardence zu sein, wenn es bis auf die Grundmauern niederbrennt.«

Ich starrte ihn an. Seine Geste hatte offenbart, welchen Gegenstand er bei sich hatte; er hatte nicht einmal den Versuch unternommen, ihn zu verbergen: *Interaktionen der Magie, Band zwei*.

»Ihr habt das Buch gestohlen«, beschuldigte ich ihn.

»Das?« Er betrachtete es mit einem übertriebenen Ausdruck der Überraschung, ganz so, als sähe er es gerade zum ersten Mal. »Ich hatte ganz vergessen, dass ich es bei mir habe.«

Ich schraubte mich in die Höhe. »Dieses Buch gehört der Herzoglichen Bibliothek. Sofern Ihr Euer königliches Blut nicht mit der Schande eines Diebstahls beflecken wollt, Prinz Ruven, erweist Euch als Ehrenmann und gebt es zurück.«

Ich streckte die Hand aus. Er neigte den Kopf zur Seite und beäugte mich, als wäre ich eine sonderbare Kreatur in einer Menagerie. Schließlich seufzte er mit gespieltem Pathos. »Es schmerzt mich, dass Ihr mir so wenig Wertschätzung entgegenbringt, Dama Amalia. Aber sei's drum.« Zu meiner tiefen Betroffenheit hielt er mir das Buch hin. »Wenn dies mein Ansehen in Euren Augen instandzusetzen vermag, dann nehmt es, bitte.«

Ich griff danach. Meine Finger krallten sich in den Ledereinband, so weit wie möglich von seinen entfernt.

Und dort blieben sie. Ich konnte das Buch so wenig loslassen, wie ich ein Loch in die Pflastersteine des Platzes stampfen konnte.

Ruven gluckste. »Leder ist ebenfalls Haut, gnädige Frau. Es ermöglicht eine exzellente Verbindung von einem Körper zum anderen, findet Ihr nicht?«

Kribbelnd schwärmte seine Magie durch meine Hand über den Unterarm und lähmte mich bis zum Ellbogen.

»Was«, presste ich zwischen den Zähnen hindurch, »erwartet Ihr, damit zu erreichen?«

»Ich hatte gehofft, wir könnten Verbündete sein, Dama Amalia. Und vielleicht mehr. Aber nun erkenne ich, dass es dazu nicht kommen wird.« Scheinbar bedauernd schüttelte er den Kopf. »Trotz meiner großen Achtung für Euch haben uns die Umstände zu Feinden gemacht. Warum sollte ich Euch nicht auf der Stelle töten?«

Eine Ameisenstraße schien sich über jede Ader in meinem Arm zum Herzen zu ziehen, und ich konnte das Buch noch immer nicht loslassen.

Macht erkannte er an, also durfte ich keine Furcht zeigen. »Weil Ihr, wenn Ihr mich tötet, einen Krieg beginnen würdet.«

Ruvens Lächeln wurde breiter und drückte pures Vergnügen aus. »Mit diesem Buch sind wir bereit für einen Krieg.«

»Wir befinden uns am helllichtem Tag mitten auf dem Platz. Um uns herum gibt es hundert Zeugen.«

Ruven zuckte mit den Schultern. »Keiner von denen ist uns nah genug, um mich aufzuhalten oder auch nur zu bemerken, dass etwas nicht stimmt. Ich bin bereits dabei, das Imperium zu verlassen. Außerdem würde es mir gefallen, wüsste das Reich, dass ich töten kann.«

»Ich könnte meine Feuerhexe loslassen.« In dem Moment, in dem ich die Worte aussprach, bedauerte ich sie schon. Er sollte gar nicht darüber nachdenken, wo Zaira war.

Aber er schien völlig unbesorgt. »Gut! Vielleicht brennt sie die halbe Stadt nieder, und jemand bringt sie zu Fall. Wenn Vaskandar keinen Feuerhexer haben kann, dann kann es auch nicht unser Wunsch sein, dass Raverra einen hat.«

Hitze wallte im Inneren meines Arms auf, als hätte jemand Scherben aus heißem Metall in mein Handgelenk getrieben. Ich biss die Zähne zusammen.

»Ich kann Eure Knochen zum Schmelzen bringen, wisst Ihr, und zugleich Sorge dafür tragen, dass Ihr die ganze Zeit still und stumm stehen bleibt«, sagte Ruven im Plauderton. »Ich kann Euch von innen nach außen verfaulen lassen, und niemand wird wissen, dass wir nicht nur ein entzückendes Gespräch über dieses Buch geführt haben. Oder ich halte ganz einfach Euren Herzschlag an.« Er tätschelte meine Hand dort, wo sie auf dem Einband ruhte. »Ihr seht also, dass Ihr am Ende trotz des großen und Furcht einflößenden Namens Cornaro doch nur eine Frau seid. Ihr seid mir, der ich das Magiermal trage und Macht über alles habe, was Euch ausmacht, nicht gewachsen.«

Er war fertig mit dem Geplauder, das hörte ich an seinem Ton. Nur noch ein Moment, und er würde mich töten.

Ich sollte Furcht empfinden. Aber seine Worte hatten etwas tief in meinem Geist wachgerufen.

Er lag *falsch*. Ich wusste es so sicher, wie ich es gewusst hatte, als einer meiner Professoren eine fehlerhafte Berechnung auf die Schiefertafel geschrieben hatte.

»Nein«, sagte ich. »Ich bin nicht nur eine Frau.«

Ruven behielt für sich, welch endgültiges Wort er auch gerade hatte äußern wollen, und neigte mit einem Ausdruck milder Neugier den Kopf zur Seite. »So?«

Ich lächelte ihn an, und dieses Lächeln war mörderisch. »Ich bin das Imperium.«

Ich hatte mich immer gefragt, woran es lag, dass meine Mutter von einer derart augenfälligen Macht umgeben war. Woran es lag, dass sie in einen Raum stolzieren konnte, in dem sich hundert Personen aufhielten, die sofort in Schweigen verfielen, ohne dass sie auch nur ein Wort sagen musste. Woran es lag, dass sie unverwundbar erschien, so unangreifbar wie die Grazien selbst, sodass ihre Feinde in ihrer Verzweiflung versuchten, mir ein Leid anzutun, weil sie wussten, dass sie sie nicht antasten konnten.

Nun spürte ich, dass dasselbe in mir heraufstieg wie das Wasser in der Lagune bei hoher Flut. *Erlauchtheit.*

»In meinen Schritten hallen die Tritte von Legionen nach.« Ich hielt seinen Blick mit dem meinen fest. »Mein Atem ist der Wind, der die Segel ganzer Armaden füllt.«

Die kribbelnde Hitze in meinem Arm breitete sich nicht weiter aus, und das frohgemute Lächeln in Ruvens Gesicht verblasste.

»Das Geflüster von tausend Spionen füllt meine Ohren mit all Euren trivialen Plänen. Und meine Augen tragen die Magiermale Hunderter Falken.« Ich trat auf ihn zu. »Ihr steht in meinem Herrschaftsgebiet. Selbst wenn Ihr mich tötet, wird das nichts ändern. Ihr könnt meinen Kurierlampen nicht davonlaufen. Viele meiner Meilen liegen zwischen Euch und der Grenze und Dutzende meiner Festungen. Ich bin das Imperium, und ich werde Euch vernichten.«

Ruven wich einen halben Schritt zurück, hatte sich aber gleich wieder im Griff. Einen endlosen Moment lang musterte er mich schweigend, abwägend.

Dann lachte er. »Nun gut, sei's drum!«

Er ließ das Buch los. Plötzlich lag es schwer in meiner Hand; beinahe hätte ich es fallen lassen. Mein Arm gehörte wieder mir.

»Ich habe durch dieses Ding genug gelernt.« Er gestikulierte geringschätzig in Richtung des Buches. »Ich brauche es nicht länger. Und ich nehme an, Ihr seid ausreichend interessant, um noch eine Weile zu leben.«

Er drehte sich zu seiner Kutsche um. »Achtet auf Eure Grenzen, o hohe Herrin des Reiches«, rief er mir über die Schulter zu. »Ihr könntet herausfinden, dass Legionen und Armaden und Falken nicht genug sind.«

Ich starrte ihm hinterher. Das Gefühl der Macht, das mich erfüllt hatte, war wieder versickert, und ich blieb leer und erschüttert zurück. Ich fragte mich, ob Zaira sich auch so fühlte, wenn das Schadfeuer sie verließ.

Zaira. Nach allem, was ich wusste, war sie immer noch in dieser Kutsche. Ich machte mich auf, dem Prinzen zu folgen, wenngleich mir das Herz bis zum Hals schlug.

Aber Ruvens Lakai hatte ihm bereits hineingeholfen, und die Tür mit dem vaskandrischen Wappen schloss sich hörbar. Der Kutscher schnippte die Zügel, und die Pferde setzten sich in Bewegung.

Von Zaira war keine Spur zu sehen, als die Kutsche davonfuhr.

Ich ging zu der Stelle, an der sie gestanden hatte, und starrte töricht das leere Pflaster an. Eine andere Kutsche fuhr heran, um den Platz einzunehmen, und eine junge Hofdame, die ihr Haar im loreicischen Stil mit Früchten und Blumen durchwirkt hoch aufgetürmt trug, stieg aus.

»Hier drüben«, rief Zaira.

Ich machte kehrt und sah sie am Rande eines der sechs Brunnen hocken. Die Grazie der Großzügigkeit tanzte hinter meinem Falken mit ihren nackten Bronzekindern, Wasser strömte aus den Krügen in ihren Händen. Die Röcke des höfischen Kleides hatte Zaira weit um sich herum ausgebreitet, ganz so, als sei sie zu einem Picknick aufgebrochen, nicht zu einem Diebstahl.

Vage besorgt ging ich zu ihr. Die Hände, mit denen sie sich am Rand des Brunnens abstützte, waren leer.

»Hast du das Buch?«, fragte ich sie.

Zaira zuckte mit den Schultern. »Nun, ich kann nicht lesen, also weiß ich es nicht.«

Die Ungeduld zappelte in meiner Brust wie ein Drachen, der seinen Schnüren entfliehen wollte. Ich seufzte. »Hast du *irgendein* Buch?«

»Nein, irgendein Buch habe ich nicht.« Zaira grinste und lüftete ihre Röcke, unter denen eine Truhe zum Vorschein kam. »Zur Sicherheit habe ich mir *alle* geschnappt.«

Ich konnte mich nicht zurückhalten, ich packte ihre knochigen Schultern und zog sie in meine Arme. »Du bist brillant.«

»Uh, was bist du, ein Hund? Finger weg von mir.« Aber sie lächelte, als sie mich zurückstieß. »Und ich weiß, dass ich brillant bin. Aber du hast ganz schön lange gebraucht, um das zu merken.«

*

Wieder in Ignazios Haus, öffnete ich die Truhe, nahm ein Buch nach dem anderen heraus und legte es auf den Esstisch. Marcello, der sich auf seinem Rückweg zur Garnison nach einem Treffen mit Dama Terringer zu uns gesellt hatte, sortierte sie nach den augenscheinlichen Eigentümern. Einige trugen Bibliotheksmarkierungen oder die Exlibris privater Sammlungen; andere mochte er ehrlich erstanden haben. Aber sie alle hatten eines gemeinsam.

»*Schlachtenmagie im antiken Osta … Fortschritte der Marine-Artefaktion* … und hier ist Domenics Buch.« Ich legte *Interaktionen der Magie, Band eins* etwas abseits der anderen auf den Tisch, um es ihm zurückzugeben. »In all diesen Büchern geht es um Kriegsmagie. Rezepte für Tod und Verderben.«

Zaira stieß einen Pfiff aus. »Dann war es wohl gut, dass ich sie mir alle geschnappt habe, nicht wahr?«

Marcello drehte ein Buch um und musterte den Titel. »*Burgen, Festungen und Wehrbanne.* Einige von denen könnten ihm Ideen liefern, wie sich die Schutzmaßnahmen des Imperiums überwinden ließen.«

»Also geht es nicht nur um den Vulkan.« Zaira stupste eines der Bücher an, als fürchtete sie, es könne beißen. »Dein vaskandrischer Freund hat einen literarischen Einkaufsbummel unternommen, um sich weiterzubilden. Damit er einen Krieg gegen ein Imperium voller Falken führen kann.«

»Einige dieser Kenntnisse sind gefährlich.« Marcello ergriff eine Ausgabe von *Todesmagie: Letale Alchemie und tödliche Artefaktion.* »Wie viel davon hat er wohl in seinem Gedächtnis abgelegt? Sollten wir …« Er schluckte. »Können wir ihn diese Erinnerungen guten Gewissens über die Grenze tragen lassen?«

»Sie denken an ein Attentat«, sagte ich rundheraus.

»Ich melde mich freiwillig.« Zaira reckte eine Hand hoch. »Wenn es je eine Fratze gab, die ich gern in Brand stecken wollte, dann ist es seine.«

Da machte es wohl auch nichts mehr aus, dass ich ihr nicht erzählt hatte, dass er zugegeben hatte, Orthys angeheuert zu haben. »Es ist nicht unsere Aufgabe, Leute zu meucheln. Wir können dem

Dogen und dem Rat berichten, was vorgefallen ist, und wenn die beschließen, dass sie ihn töten wollen, ehe er die Grenze erreicht, dann werden sie das tun.«

Marcello ließ sich seufzend auf einen Stuhl sinken. »Ich kann mir lebhaft vorstellen, wie er es sich gerade bequem macht und uns noch mehr Ärger bereitet. Wie sehr mir die Idee auch persönlich missfällt, ich glaube, der Oberst würde sagen, dies ist unsere Chance, dafür zu sorgen, dass er in Zukunft kein Problem mehr darstellt.«

»Ich bin nicht überzeugt, dass meine Mutter dem zustimmen würde.« Ich musterte den Haufen gefährlicher Bücher. »Ich bezweifle auch nicht, dass wir noch von Ruven hören werden. Aber ihn zu töten, hätte ebenfalls Konsequenzen. Sein Vater wäre nicht erfreut. Und Ruven ist wenigstens eine bekannte Größe. Ich glaube, ich verstehe ihn jetzt. Aber wenn er stirbt, wissen wir nicht, wer seinen Platz einnehmen wird.«

»Niemand jedenfalls, der uns zusagen dürfte.« Marcello rieb sich die Schläfen. »Und Grazien bewahret, sollte der Versuch fehlschlagen, dann entkommt er mit einem Kopf voller Giftschlangen, die nach Rache dürsten.«

»Also lasst ihr ihn einfach laufen.« Erschöpfung und Widerwille offenbarten sich in Zairas Haltung, als sie auf ihrem Stuhl zusammensackte.

»Natürlich. Wir sind keine Mörder«, sagte ich. »Ob der Rat der Neun ihn laufen lässt, ist eine andere Frage.«

»Das ist *definitiv* ein Haufen Mörder.« Zairas Miene hellte sich erkennbar auf. »Vielleicht stecken sie seinen Kopf auf eine Pike, als Warnung für andere. Dann könnte ich sein Gesicht immer noch in Brand stecken.«

»Du magst ihn nicht besonders, was?«

»Igitt, nein.« Sie schauderte. »Außerdem war er gemein zu Aleki.«

»Ich zumindest würde mich besser fühlen, wäre er nicht mehr im Spiel.« Marcello fing an, die Bücher säuberlich aufeinanderzustapeln. »Keine vaskandrische Einmischung mehr. Nur noch unser einheimischer ardentinischer Verrat.«

»Oh, ich bin überzeugt, er hat immer noch eine Menge seiner Finger im ardentinischen Spiel.« Ich ließ mich auf den Stuhl neben Marcello fallen. »Zu schade, dass du das Geschüh nicht in der Kutsche gefunden hast, Zaira.«

»Es war nicht dort. Ich habe nachgesehen.«

»Wenn er es nicht genommen hat, müssen wir herausfinden, wer es hat, und zwar schnell. Aber wir haben nicht mehr viele Hinweise übrig. Abgesehen von …« Ich richtete mich auf, als mir etwas einfiel. »Dama Savony hat mir eine Liste von Leuten gegeben, die Informationen haben könnten. Ich habe immer noch nicht mit jedem gesprochen.«

Ich fischte den zusammengefalteten Zettel aus der Scheide meines Dolchs und breitete ihn auf dem Tisch aus. Die Liste der Namen starrte mir in eleganter, schwungvoller Handschrift entgegen.

Etwas an der Schrift kam mir vertraut vor. Die Schlaufe des *L*, die Punkte auf den i, die wie ein Schrägstrich aussahen … »Haben Sie diesen Brief noch, Marcello? Den von der Eule?«

Marcello blinzelte. »Ich glaube, der könnte noch in meinem Mantel sein.« Er wühlte einen Moment in seiner Tasche und zog ihn hervor. »Tut mir leid, er ist ein bisschen zerknittert.«

Ich legte ihn auf dem Tisch neben Savonys Namensliste. Die Ähnlichkeit war unverkennbar.

»Alle Höllen«, entfuhr es mir. »Das ist Savonys Handschrift.«

KAPITEL SECHSUNDZWANZIG

Natürlich. Dama Savony kam an den Herzog heran und hatte sowohl die Ressourcen als auch die notwendigen Kenntnisse über Ardence, um solch ein Komplott durchzuführen. Sie besaß ausreichende organisatorische Fähigkeiten, Intelligenz, Zielstrebigkeit und auch die Tatkraft, um dahinterzustecken. Damals, in der ardentinischen Botschaft zu Raverra, hatte ich sie mit Baron Leodra reden gesehen. Wie sie auf die Idee kam, diese Geschichte könnte für Ardence gut enden, konnte ich mir zwar nicht vorstellen – aber das bedeutete nur, dass ihr Plan mehr beinhaltete, als wir bisher wussten.

Dieses Komplott ist nicht, wofür Ihr es haltet, hatte Leodra gesagt.

Marcello beugte sich über den Brief. »Grazie der Barmherzigkeit. Sind Sie sicher?«

»Ich kann es nicht beschwören.« Ich musterte die zerknitterten Blätter. »Aber es sieht eindeutig so aus.«

Zaira legte die Füße auf einen anderen Stuhl und streckte sich, die Hände hinter dem Kopf verschränkt, bequem aus. »Dann sag doch dem Herzog, dass seine loyale Schlampe eine Verräterin ist.«

»Würde er Ihnen glauben?«, fragte Marcello mit zweifelnder Miene.

»Vermutlich nicht«, gab ich zu. »Selbst wenn ich ihm den Brief zeige. Wem wird er eher vertrauen: der Frau, die all diese Jahre seine Stimme und seine rechte Hand war, oder den Feinden, die seine Stadt niederbrennen wollen? Wir könnten ein unterschriebenes Geständnis von ihr haben, und er würde vermutlich immer noch eher auf sie als auf uns hören.«

»Wir können das aber nicht einfach ignorieren.« Marcello fing an, ruhelos auf und ab zu gehen.

»Vielleicht hätten wir eine Chance, wenn wir sie mit den vermissten Kindern in Verbindung bringen könnten.« Ich fixierte eine raue Stelle an meiner Armlehne. »Die Kinder zu finden ist immer noch der Schlüssel, nicht nur zu ihrer Rettung, sondern auch dazu, den ardentinischen Hof zu überzeugen.«

»Dann folgt ihr«, schlug Zaira achselzuckend vor.

»Wir sollen Dama Savony folgen?«

»Nein, dem Küchenmädchen.« Zaira verdrehte die Augen. »Natürlich habe ich die graue Hyäne gemeint. Sie weiß doch, dass ihr auf der richtigen Spur seid, nicht wahr? Aber du hast ihr nicht erzählt, dass du weißt, dass sie dahintersteckt.«

»Aber nur, weil ich es da noch nicht gewusst habe.«

»Ja, wenn es um Täuschung geht, bist du ein dermaßen hoffnungsloser Fall, dass du Unterricht bei einer Feuerhexe nehmen musst, die nicht einmal lesen und schreiben kann. Aber der Punkt ist: Wenn jemand fürchtet, er könnte erwischt werden, wird er immer zuerst die Punkte überprüfen, an denen er angreifbar sein könnte.« Mit den Fingern parodierte sie auf der Handfläche ein wildes Gerenne. »Sobald der Herzog sie aus dem Palast rauslässt, saust sie los, um sich mit all ihren Leuten zu treffen. Sie wird vor unseren Bestatterfreunden von gestern Abend die Peitsche schwingen und dann nach den verschwundenen Gören sehen, darauf kannst du dein verdammtes Leben wetten. Sie wird sich komplett abschotten wollen.«

Marcello kratzte sich am Kinn. »Das ist keine schlechte Idee. Ich werde ein paar Soldaten …«

»Nein«, fiel ihm Zaira ins Wort. »Gütige Grazien, nicht noch mehr von deinen erbärmlich unübersehbaren Soldaten. Die wird sie garantiert entdecken. Ich übernehme das.«

»Du kannst nicht allein in die Stadt gehen.«

»Ich nehme sie mit.« Mit dem Daumen zeigte Zaira auf mich. »Wenn es sein muss. Aber sonst niemanden. Wenn wir da als Parade aufmarschieren, wird sie das merken.«

Marcello schüttelte den Kopf. »Das würde Dama Amalia in Gefahr bringen.«

Ich drückte die Schultern durch. »Leutnant Verdi, Sie haben viele bewundernswerte Qualitäten, aber Ihre übertriebene Fürsorge gehört nicht dazu.«

Er blinzelte, als hätte ich ihm eine Ohrfeige versetzt. »Aber … es sind Entführer hinter Ihnen her.«

»Und Zaira hat sich als fähig erwiesen, mit ihnen fertig zu werden.« Ich wünschte, ich könnte das Gleiche über mich sagen. Meine Wangen glühten, aber ich machte weiter. »Ich werde mich in dieser Stadt nicht einsperren lassen wie … wie …«

»… einen Vogel in einer Stallung?« Ein harter Glanz schimmerte in Zairas Augen.

»Nun ja. Was noch wichtiger ist, Zaira ist die Einzige, die über die notwendigen Fähigkeiten verfügt, und wenn sie geht, muss ich mit ihr gehen.«

»Das gefällt mir nicht.« Marcello ließ die Schultern hängen. »Aber ihr habt recht. Es muss etwas passieren.«

Ich nahm seine Hand und drückte sie. »Ich passe auf.«

Mit sorgenumwölkter Miene strich er mit dem Daumen über meine Finger, und meine Hand heizte sich auf wie ein Solarzirkel.

Wenn wir nach Raverra zurückkehrten, würde ich ihn wieder auf Distanz halten müssen, und dieses Wissen zerfetzte mir die Eingeweide, als hätte ich Tonscherben geschluckt.

Ehe ich irgendeine Dummheit machen konnte, drehte ich mich zu Zaira um. »Also, wie folgen wir ihr, ohne aufzufallen?«

Zaira seufzte. »Grazien, erbarmt euch. Ich werde es dir beibringen. Immerhin bin ich eine Taschendiebin.«

*

Das Erste, was ich darüber lernte, jemandem zu folgen, war, dass es furchtbar öde war, wenn derjenige nirgends hinging.

»Es muss doch eine bessere Möglichkeit geben«, platzte ich

schließlich heraus, nachdem wir bereits drei ganze Stunden damit verbracht hatten, Ausflüchte dafür zu finden, dass ich mit Zaira meine Zeit auf dem Platz der sechs Brunnen vertrödelte. Noch immer war von Dama Savony nichts zu sehen. Oder wir könnten sie verpasst haben, falls sie den Palast durch einen anderen Ausgang verlassen oder die Menge auf dem Platz sie vor unseren Augen verborgen hatte.

Zaira wühlte in dem riesigen Sack, den sie mitgenommen hatte. »Auf jeden Fall. Geh und sag deiner Mamma, sie soll uns ein Dutzend Spione leihen, damit die das für uns erledigen.«

»Das zu arrangieren würde Tage dauern. Und wir wissen sowieso nicht, wem wir vertrauen können.«

»Tja, dann wirst du zur Abwechslung mal ein Tagewerk selber durchstehen müssen.«

Zairas Einwänden zum Trotz wünschte ich, Marcello wäre bei uns. Doch er war in die Garnison zurückgekehrt, um dem Dogen mithilfe der Kurierlampen eine Nachricht zukommen zu lassen und ihn über unsere Entdeckungen in Kenntnis zu setzen. Er hatte beschlossen, sich vorerst auf die Fakten zu konzentrieren und alle Spekulationen zu unterschlagen, solange wir nicht mehr Informationen hatten.

Endlich sah Zaira, wie Dama Savony nordwärts in Richtung Fluss über den Platz der sechs Brunnen stolzierte.

»Hier, nimm das.« Zaira drückte mir den Sack in die Arme. Er war nicht schwer – tatsächlich war er weich und leicht, als wäre er mit Stoff gefüllt –, aber er war mir unangenehm.

»Warum ich? Und was ist da überhaupt drin?«, fragte ich, als wir hinter unserer Zielperson hereilten.

»Weil deine Bewegungen und deine Haltung deine mangelnde Raffinesse andernfalls lauthals hinausbrüllen. So sagen sie nur: *Ich trage etwas.*« Ihr schiefer Blick lachte mich aus. »Vergleich es damit, dass man einem Kind Konfekt in den Mund stopft, damit es nichts Dummes sagen kann.«

»Wie ich sehe, hast du an alles gedacht«, grummelte ich. Aber sie hatte recht; ich konnte mir gar nicht zu viele Gedanken darüber machen, wie ich mich leger gab, weil ich viel zu viel damit zu tun hatte, den unhandlichen Sack nicht fallen zu lassen.

Zaira hatte diese Sache erstaunlich gut geplant, bedachte man, dass sie gerade eine Stunde Zeit gehabt hatte, sich darauf vorzubereiten. Nachdem wir Dama Savony einige Minuten lang in einer ordentlichen Entfernung gefolgt waren, zog sie ein paar Hüte aus dem Sack und wies mich an, mir einen über die Schulter zu hängen.

»Um die Silhouette zu verändern«, erklärte sie. »Falls sie uns gesehen hat.«

Der erste Ort, den Dama Savony aufsuchte, war Gabrils Stadthaus. Ich nahm an, das sollte mich nicht überraschen. Glücklicherweise gab es auf der anderen Straßenseite eine kleine Taverne, also setzten Zaira und ich uns an einen Tisch am Fenster, tranken Wein und aßen Fleischpastete, während Dama Savony bei Gabril zu Besuch weilte.

Zaira blickte auf die Straße hinaus und grunzte: »Ich hatte beinahe befürchtet, Leutnant Galan würde versuchen, uns zu folgen, aber es sieht aus, als hätten wir unsere Ruhe vor ihm.«

»Das würde er nicht tun. Er vertraut uns.«

»Du meinst, er vertraut *dir*.«

»Nein. Na ja, schon. Aber er vertraut sicher nicht darauf, dass ich es schaffe, mich von Schwierigkeiten fernzuhalten. Er vertraut darauf, dass *du* mich beschützt.«

»Puh.« Zaira lehnte sich auf ihrem Stuhl zurück und dachte darüber nach. »Vor einigen Wochen hätte er noch angenommen, ich würde dir die Kehle aufschlitzen und dich in den Arden werfen. Vielleicht hat er sich ja doch endlich die Pike aus dem Arsch gezogen.«

Das mochte durchaus das Schmeichelhafteste sein, was sie je über Marcello gesagt hatte. Mir fehlten die Worte, also beobachtete ich für einen Moment nur schweigend die Tür zu Gabrils Haus. Immer noch keine Spur von Dama Savony.

»Wir können von Glück reden, dass sie keine Kutsche genommen hat«, bemerkte ich.

»Eine Kutsche?«, schnaubte Zaira. »So dumm ist sie nicht. Der Fahrer würde alle Orte kennen, zu denen sie sich fahren lässt, und sie würde viel zu sehr auffallen. Außerdem würde ich darauf wetten, dass sie einige Straßen aufsuchen wird, die zu schmal für eine Kutsche sind, ehe der Tag zu Ende geht.«

»Ich frage mich, was sie wohl mit Gabril bespricht.«

Zaira schluckte nicht, ehe sie antwortete, also durfte ich den Anblick halb zerkauter Fleischpastete genießen. »Tja, was würdest du tun, wenn dein Plan in Gefahr gerät?«

»Den nächsten Schritt vorziehen. Ich würde die Dinge vorantreiben, bis es zu spät ist, um noch etwas dagegen zu tun.« Ich starrte die kunstvollen Schnitzereien über Gabrils Tür an, als könnten sie mir Antworten liefern. »Vermutlich vergewissert sie sich gerade, dass die Ardentiner ausreichend aufgestachelt sind. Danach muss sie nur noch irgendetwas tun, das Raverra zwingt, die Grenze zum Krieg zu überschreiten.«

Das war der Teil, den ich immer noch nicht verstand: Warum wollte sie einen Krieg? Glaubte sie wirklich, Vaskandar würde Ardence dabei helfen, seine Unabhängigkeit zu erstreiten? War das ein Machtspiel, um den Thron zurückzuerobern, den ihre Ahnen verloren hatten? Leodras Warnung raste wie eine kreiselnde Münze durch meinen Kopf; doch ich konnte einfach nicht erkennen, auf welcher Seite sie landen würde. Dabei mochte das Schicksal des Reiches davon abhängen, dass ich diese Wette gewann.

Zaira stach mich mit ihrer Gabel, um meine Aufmerksamkeit zurück auf sie zu lenken. »Wie sie Raverra in den Krieg treiben will, wissen wir schon.«

»So?«

»Durch deine Entführung.«

Plötzlich lag mir die Fleischpastete schwer im Magen. Sie hatte recht.

Und wenn ich nicht vorsichtig war, könnte ich Dama Savony, während ich ihr folgte, direkt in die Arme laufen.

*

Als Dama Savony Gabrils Stadthaus verließ, hatte sie eine entschlossene Miene aufgesetzt, und als wir die Taverne verließen, trugen wir dank Zairas Sack andere Jacken.

Die Straßen, durch die wir liefen, wurden schmaler und schmutziger, während wir Dama Savony in die weniger ansprechenden Viertel der Stadt folgten. Bald wirkte sie recht fehl am Platz mit ihrem edlen, grauen Gewand und der goldenen Brille; die Leute, die an uns vorbeikamen, maßen sie denn auch mit bedenklich berechnenden Blicken. Zaira und ich hatten zu dieser Gelegenheit Kaufmannskleidung angelegt und fielen, zumindest für mein ungeübtes Auge, nicht sonderlich auf.

»Werd den Sack los«, murmelte Zaira irgendwann und sah sich misstrauisch um.

»Was? Aber da ist unsere Verkleidung drin.«

»Das ist keine *Verkleidung*. Und ich will nicht, dass jemand denkt, wir hätten da etwas drin, das sich zu stehlen lohnt.«

Sie nahm mir den Sack ab und warf ihn bei der nächsten Gelegenheit in eine nach Müll stinkende Gasse. Ich nahm an, jemand würde ihn finden und die Kleidung als Glücksfall betrachten.

Als Dama Savony einen düsteren Alchemieladen betrat und Zaira geradewegs vorbeihastete, blieb mir nichts anderes übrig, als ihr zu folgen.

»Sie ist in den Laden gegangen.« Beinahe hätte ich mit dem Finger darauf gezeigt, konnte mich aber gerade noch zurückhalten.

»Ich weiß. Aber da hinein können wir ihr schlecht folgen, Dummerchen.«

Zaira lotste mich um eine Ecke und wartete einen Moment, ehe sie mit mir den Rückweg antrat und erneut an dem Laden vorbeischlenderte. Ein gutes Stück dahinter lehnte sie sich an eine Wand, zog ihren Stiefel aus und untersuchte ihn überaus gründlich nach Steinchen. Während sie in ihrem Schuhwerk herumstocherte, überlegte ich, ob dieser Alchemist wohl der Lieferant des Pfefferminzelixiers war.

»Um der Grazien Liebe willen, hör auf, den Laden anzustarren«, brummte Zaira.

Dama Savony verweilte nicht lange. Kurz nachdem sie wieder herausgekommen war, verließen zwei gemein aussehende Männer den Laden in die entgegengesetzte Richtung – unsere Richtung –, darunter einer mit einer mir vertrauten gebrochenen Nase.

»Halt den Kopf unten«, zischte Zaira mir zu. Mit pochendem Herzen bückte ich mich, um die Sohle *meines* Stiefels zu begutachten, weil mir nichts Besseres einfiel. Ich wagte nicht zu atmen, bis die beiden uns passiert hatten.

»Ich kann mir vorstellen, wo *die* hingehen«, murmelte Zaira. »An deiner Stelle würde ich, wenn du heute nach Hause gehst, auf dunkle Gassen achten. Komm, ehe wir die Schlampe noch aus den Augen verlieren.«

Bald bewegten wir uns wieder durch Straßen von weniger dubiosem Charakter. Die Abendessenszeit war beinahe gekommen, wie mir mein Magen meldete; Händler und Handwerker füllten die Straßen auf ihrem Weg nach Hause oder zum bevorzugten Wirtshaus. Sie verbargen uns vor Dama Savony, machten es wiederum uns aber auch schwerer, sie im Blick zu behalten.

Die Straßen lagen bereits in tiefem Schatten, als Dama Savony an der schlichten Holztür eines gemauerten Lagerhauses innehielt. Sie entriegelte die Tür und ging hinein wie eine gewöhnliche Händlerin, die ihre Waren zu inspizieren beabsichtigte.

Kaum war die Tür hinter ihr zugefallen, blieb Zaira stehen. Das Lagerhaus hatte auf der Straßenseite keine Fenster, also mussten wir nicht befürchten, entdeckt zu werden.

»Was meinst du, tut sie da drin?«, fragte ich und trat von einem Fuß auf den anderen. Während der Himmel dunkler wurde, regten sich bei mir Zweifel, dass es wirklich so klug war, durch die Stadt zu laufen, solange bewaffnete Schurken auf der Jagd nach mir waren. Zaira war zwar eine enorme Hilfe, wenn sie nur wollte, aber die hatten auch Zeit gehabt, sich zu überlegen, wie sie mit ihr fertig werden konnten.

Stirnrunzelnd musterte Zaira die Tür des Lagerhauses. »Ich weiß es nicht. Wenn sie rauskommt, sollten wir reingehen und es herausfinden.«

»Aber wie kommen wir da rein? Es ist abgeschlossen.«

Zaira zog eine Braue hoch und gab mir, ohne auch nur ein Wort zu verlieren, deutlich zu verstehen, dass meine Naivität sie zwar schon lange nicht mehr überraschen konnte, ich aber immer noch neue Möglichkeiten fand, sie zu enttäuschen.

Mein Gesicht fing an zu glühen. »Also schön, du kannst uns da reinbringen. Aber was, wenn da schon jemand drin ist?«

»Dann versuchen wir, nicht gesehen zu werden. Und wenn wir gesehen werden, hältst du deine Klappe und lässt mich reden. Jetzt komm, wir wollen nicht, dass sie uns sieht, wenn sie herauskommt.«

Zaira führte uns in eine Gasse, die auf der anderen Straßenseite abzweigte. Ich hoffte, mein Freund mit der gebrochenen Nase hatte es sich nicht gegenüber von Ignazios Haus ebenso gemütlich gemacht; ich würde so oder so schon spät dran sein für mein Elixier. Sollten wir noch lange unterwegs sein, musste ich meine Drei-Stunden-Dosis nehmen.

»Wenn wir hier fertig sind, muss ich zurück nach Hause«, murmelte ich Zaira zu.

»Wir werden sie so oder so verlieren, wenn wir uns das Lagerhaus ansehen.« Sie seufzte. »Ich hoffe, uns entgeht nichts Wichtiges. Aber zumindest haben wir nun die Bestätigung, dass sie die Eule ist.«

Zaira ließ die Tür auf der gegenüberliegenden Straßenseite nicht aus den Augen, und die funkelten vor Aufregung und Lebendigkeit über geröteten Wangen. Sie sah gesünder aus als damals, als ich sie kennengelernt hatte – nicht mehr so schrecklich abgemagert, auch wenn sie immer noch dünn war –, und ihr Haar hatte einen wundervollen Glanz bekommen.

Es wäre einfach, mir zu sagen, ich hätte das Richtige getan, als ich ihr das Geschüh angelegt hatte. Aber sie hatte nie eine Wahl gehabt.

»Übrigens: Danke«, sagte ich leise. »Dass du mir hierbei hilfst.«

»Macht mehr Spaß, als den ganzen Tag in irgendeinem langweiligen Reiche-Leute-Haus herumzuhocken«, entgegnete sie achselzuckend.

»Bist du also zufrieden?«

Überraschung tat sich in der Wölbung ihrer Brauen kund, als sie mich ansah. »Zufrieden? Was ist das denn für eine Frage?«

»Na ja … Ich möchte, dass du zufrieden bist.« Ich hasste die steife Unbeholfenheit, die meinen Ton kennzeichnete, aber ich hielt ihrem Blick stand und wünschte mir, sie möge erkennen, dass es mir ernst war.

Nach einem Moment entfloh ein verwirrtes Gelächter ihren Lippen. »Nur Idioten und Hunde sind je *zufrieden*. Aber ich amüsiere mich.«

Sie widmete sich wieder der Beobachtung der Tür. Ich wusste nicht, was ich dazu sagen sollte, also folgte ich ihrem Beispiel.

Als Dama Savony herauskam, spiegelte sich Abscheu in ihrer gerunzelten Stirn. Kopfschüttelnd eilte sie durch die düstere Straße in Richtung Flusspalast davon. Auch als sie bereits außer Sicht war, warteten wir noch einige Minuten, ehe wir zur Tür des Lagerhauses schlenderten.

Zaira musterte das Schloss. »Stell dich so hin, dass man nicht sieht, was ich tue, falls jemand die Straße herunterkommt. Und wenn du jemanden siehst, dann spring nicht rum wie ein Trottel. Sag's mir nur leise.«

Sie hob die Hand und zog Nadeln aus ihrem Haar. Aber das waren keine normalen Haarnadeln, sondern welche mit Haken an den Enden. Ich positionierte mich, so gut ich konnte, während sie sich hinkauerte und an die Arbeit machte.

»Ach, das ist so einfach. Ardence sollte ein bisschen mehr Stolz haben.« Es dauerte keine halbe Minute, bis Zaira sich aufrichtete und die Nadeln wieder in ihr Haar steckte.

»Ist es offen?«

»Natürlich ist es offen.« Sie senkte die Stimme. »Also, beweg dich da drin so leise, wie du kannst, ohne auf Zehenspitzen zu gehen. Wenn dich jemand herumschleichen sieht, ist das viel schlimmer, als wenn es aussieht, als würdest du dorthin gehören.«

Einen Moment presste sie das Ohr an die Tür. Dann öffnete sie und trat ein.

Ich folgte ihr in einen dunklen, kahlen Korridor. An der linken Wand brannten ein paar Öllampen; runde Spiegel auf der rechten Seite warfen das Licht zurück. Zaira zog leise die Tür hinter uns zu und ging geräuschlosen Schrittes los.

Etwas an den Spiegeln beunruhigte mich. Rund, wie Augen …

»Warte«, zischte ich und packte eine Handvoll von Zairas Haaren.

Sie wirbelte herum und starrte mich finster an, aber ich zeigte auf die Spiegel. Sie waren von Runen umgeben, die man in die hölzernen Rahmen geschnitzt hatte. Artefaktionsrunen.

Kopfschüttelnd kehrte Zaira zurück an meine Seite. »Ich weiß gar nichts über magische Schutzvorkehrungen«, flüsterte sie. »In den Unschlitten war niemand reich genug, um sich so etwas leisten zu können.«

Aus zusammengekniffenen Augen studierte ich die Runen. Es war dunkel genug, dass ich sie nur schwer ausmachen konnte. »Wir dürfen das Licht nicht blockieren. Wenn wir den Weg des Lichts unterbrechen, sodass es nicht mehr auf den Spiegel fällt, lösen wir eine Falle aus.«

»Was passiert dann?«

»Ich weiß es nicht. Lass es uns nicht herausfinden.« Ich kauerte mich zusammen, tief genug, um deutlich unter den Spiegeln zu bleiben, und bahnte mir einen Weg durch den Korridor. Zaira folgte mir.

Die Tür am anderen Ende war neu, das Holz roh und nicht lackiert, abgesehen von einem weiteren, in schwarzer Farbe ausgeführten Runenkreis.

»Was hat das zu bedeuten?«, fragte Zaira nervös.

Ich betrachtete die Runen. »Die Tür wird sich nicht öffnen, wenn man nicht den Schlüssel in den Runenkreis drückt.«

Zaira seufzte. »Verdammt. Darum war das Schloss so einfach.«

Ich nagte an meiner Lippe, ging im Geiste die Linien des Kreises durch und sprach tonlos die Runen mit.

»Kannst du irgendetwas tun?«, fragte Zaira. »Gibt es da einen Trick, so wie bei den Spiegeln?«

»Vielleicht.«

Zum Öffnen brauchst du den Schlüssel, sagten die Runen. Aber der Bann war in aller Eile und unüberlegt auf die Tür geklatscht worden. Ich vermutete, der Urheber war ein ungeschulter Artefaktor, der nicht genug Macht hatte, um ein Magiermal auszubilden. Der Kreis war zu groß; die Runen verteilten sich unregelmäßig drum herum. Solch eine schludrige Arbeit hätten meine Lehrer niemals durchgehen lassen.

Bei einem Artefaktionskreis diktierten die Runen die Magie, genau wie der perlenbesetzte Golddraht an Zairas Handgelenk die Gesetze des Banns bestimmte, der uns miteinander verband. Aber bei einem so schwachen und schlampigen Kreis konnten die Runen umgeschrieben werden.

»Hast du Tinte oder Kohle dabei?«, fragte ich Zaira.

»Warum sollte ich so etwas mitschleppen?«

»Weil es nützlich ist.« Ich sah mich in dem Korridor um, konnte aber nichts entdecken, womit ich hätte schreiben können. »Ich fürchte, wir werden Blut nehmen müssen.«

»Was?!« Zaira schrak zurück, als könnte ich ihres fordern.

Ich zog meinen Dolch aus der Scheide und stach mir in eine Fingerspitze. Vorsichtig und erheblich präziser als das Gekritzel des Artefaktors zeichnete ich neue Runen in eine der großen, nachlässigen Lücken in dem Kreis. Ein paarmal musste ich auf meinen Finger drücken, um weitere rote Tropfen herauszupressen.

Zum Öffnen brauchst du den Schlüssel nicht.

Ganz einfach. Lächelnd zog ich mein Taschentuch hervor, wischte Dolch und Finger ab und steckte Ersteren wieder in die Scheide. »Das sollte reichen.«

»Was hast du gemacht?«

»Magie«, sagte ich.

Ich öffnete die Tür.

Der Raum dahinter war hoch und leer. Schwaches, graues Licht sickerte durch schmale Fenster, zwanzig Fuß über dem Boden, herein und erleuchtete den staubigen Ort. Der Lagerraum war groß genug für einen Reitplatz, doch derzeit beanspruchten ihn nur ein paar in einer Ecke aufgestapelte Kisten. Wasserflecken auf dem Steinboden zogen sich bis zu einem runden Abfluss in der Mitte des Lagers und deuteten auf ein undichtes Dach oder vielleicht eine ehemalige Tuchfärberwerkstatt hin.

»Niemand da«, flüsterte Zaira und ging mit langsamen, vorsichtigen Schritten auf die Kisten zu.

Etwas bewegte sich in dem Abfluss. Würmer. Weiße Würmer, die sich aufrichteten und herumzappelten. Ich unterdrückte einen Schrei.

Nein. Keine Würmer. Finger.

Kleine, blasse Finger griffen durch den Abflussrost, krümmten sich um die metallenen Gitterstäbe.

KAPITEL SIEBENUNDZWANZIG

»Zaira«, keuchte ich. »Oh, Grazien! Schau!«

Sie tat es und fluchte.

»Hallo?« Eine Kinderstimme rief uns aus dem Abfluss. »Ist da jemand?«

Rasch ging ich zu dem runden Gitter. Zwei Sätze kleiner Finger zerrten nun an den Stäben. Große Augen starrten mich aus abgehärmten Gesichtern an. Mir drehte es den Magen um.

»Ihr seid nicht die, die uns Essen gibt.« Hoffnung schlich sich in die hohe Stimme des kleinen Mädchens, das die Gitterstäbe umklammerte. Sie konnte nicht älter als acht sein. Ein Junge mit schmutzigem Gesicht, der sogar noch jünger war, zwängte sich neben sie, und um sie herum drängten sich andere, deren Gesichter im Schatten blieben. Ich konnte nicht erkennen, wie viele es waren.

»Seid Ihr hier, um uns zu retten?«, fragte der Junge. »Ist die Zeit gekommen?«

»Wie bekomme ich euch da raus?«, hauchte ich.

»Hier unten ist ein Keller.« Das Mädchen deutete an den anderen vorbei. »Da war eine Tür, durch die haben sie uns reingebracht, aber dann haben sie sie zugemauert. Jetzt geben sie uns Essen in kleinen Stückchen durch dies Gitter.«

»Zaira«, rief ich leise. »Kannst du das öffnen?«

Sie antwortete nicht. Ich drehte mich um. Sie stand da, beide Fäuste an den Mund gepresst, die Augen vor Entsetzen weit aufgerissen.

»Zaira!«

Sie schüttelte sich wie ein Hund und kam näher.

»Ohne Werkzeuge kann ich das nicht öffnen«, sagte sie mit erstickter Stimme. »Wir werden noch einmal herkommen müssen.«

»Sie hat gesagt, ein *Mann* würde uns retten«, sagte der kleine Junge mit zitternder Stimme. »Aber Ihr seid beide Mädchen.«

»Wer hat das gesagt?«, fragte ich. »Die Frau, die gerade hier war?«

»Ja, die mit der grauen Maske.«

Eine Maske des Schattenadels. Vielleicht bewahrte sie die ja in den Kisten auf.

Getrappel hallte aus dem Abfluss.

»Hör auf zu drängeln!«

»Ich will auch was sehen!«

»Lasst Ihr uns raus? Ist die Zeit gekommen?«

Ich versuchte, durch den Rost zu greifen, bekam aber nicht mehr als meine Finger hindurch. Zarte Hände zuckten eine nach der anderen hoch, um sie zu berühren; eine kleine Faust schloss sich um meinen Daumen. Meine Augen brannten, und ich musste schlucken, ehe ich wieder sprechen konnte.

»Die Frau mit der Maske hat euch gesagt, ein Mann würde euch retten?«

Schmale Kinderkörper drängten sich nun dicht um das kleine Mädchen, und ein halbes Dutzend Augenpaare starrte zu mir empor, aber das Kind in der Mitte gab seinen Platz nicht auf. »Ja. Sie hat gesagt, dass bald, wenn die Zeit gekommen ist, ein Mann kommt, um uns zu retten und zu unseren Eltern zurückzubringen. Wir sollten nur auf ihn warten.«

»Was für ein Mann?«

»Das hat sie nicht gesagt.«

»Hat sie euch sonst noch etwas erzählt?«

Nicken brachte die Schatten unter mir zum Tanzen. »Ja«, sagte ein Junge. »Einen Namen.«

»Sie hat uns immer wieder den Namen von dem genannt, der uns entführt hat«, bestätigte das Mädchen.

»Ich hab's satt«, schrie eine dünne, aber kräftige Stimme aus dem Hintergrund. »Der Name ist mir egal. Ich will nach Hause.«

»Du bist bald wieder zu Hause«, versprach ich. »Wir haben nicht die notwendigen Werkzeuge, um das Gitter jetzt aufzumachen, aber ich schwöre, wir kommen wieder. Wir holen euch da raus.«

Mehr Finger berührten die meinen, hielten sie fest. Lächeln breitete sich auf blassen Gesichtern aus. Ich konnte die Hoffnung kaum ertragen, mit der ihre Augen aufleuchteten.

»Wie lautet der Name, den ihr euch merken solltet?«, fragte ich.

»Gabril Bergandon«, riefen sie im Chor, als wären sie in der Schule.

Ich starrte in den Abfluss. Die Schatten wurden tiefer, als das letzte graue Tageslicht vom Himmel verschwand, und es wurde immer schwerer, ihre Gesichter zu sehen. »Gabril?«

»Sie hat uns den Namen hundert Mal genannt«, beklagte sich das Kind im Hintergrund. »Ich hasse ihn.«

»Ich glaube, sie lügt«, erklärte das Mädchen.

»Du bist ein kluges Mädchen«, entgegnete ich. »Denn das tut sie.«

Das also hatte Dama Savony mit Gabril und dem Schattenadel vor. Sie sollten dafür sorgen, dass Ardence gegen Raverra rebellierte, und anschließend als Prügelknaben dienen.

»Wir müssen gehen.« Zaira packte meinen Arm. »Jeder weitere Moment, den wir hier zubringen, ist ein Moment mehr, in dem wir erwischt werden können, und dann wird niemand diese Gören retten. Wir müssen hier verschwinden, uns deinen Soldatenfreund und etwas Werkzeug schnappen und zurückkommen, um dieser Sache ein Ende zu machen.«

»Wie heißt du?«, fragte ich das kleine Mädchen.

»Jaslyn.«

»Ich bin Padric!«, rief der Junge.

»Ich heiße Mirelle!«, rief ein anderes Kind. Immer schneller fielen die Namen, bis ich sie mir nicht mehr merken konnte. Mehr als ein Dutzend.

»Ich bin Amalia«, sagte ich. »Ich schwöre euch bei meinem Leben, wir kommen so schnell wie möglich zurück, um euch hier rauszuholen.«

»Geht nicht fort!«, rief eine Stimme aus dem Abfluss. Sie bohrte sich wie eine Nadel in mein Herz.

»Sie muss«, flüsterte Jaslyn. »Du hast es doch gehört. Sie holen Werkzeug und kommen dann zurück, um uns zu befreien.«

»Ja. Ich verspreche, wir kommen gleich zurück.«

»Wenn dieses Maskenweib hier auftaucht oder die Laus, die euch Essen bringt, sagt ihnen auf keinen Fall, dass wir hier waren«, befahl Zaira. »Tut so, als wäre nichts Besonderes passiert. Sonst verstecken sie euch woanders, sodass wir euch nicht mehr wiederfinden. Kapiert, Bälger?«

In der Dunkelheit unter mir nickten verschwommen fahle Gesichter.

»Wir denken daran.«

»Macht schnell!«

»Ich will nach Hause!«

»Bald«; versprach ich.

Die Hand von den zugreifenden Fingern wegzuziehen, war schmerzhafter, als sie ins Feuer zu halten. Ich stand auf und machte kehrt und hasste jede Bewegung, die mich von den Kindern entfernte. Ich hasste mich selbst, weil ich sie zurückließ.

»Jetzt komm«, grollte Zaira. »Lass uns die Kinder rausholen. Und danach will ich, dass du mich entsiegelst, damit ich diesen Kasten niederbrennen kann.«

Ich brachte es nicht über mich, ihr zu widersprechen.

*

»Wir erzählen es zuerst Herzog Astor«, sagte ich, als wir Richtung Flusspalast eilten. »Das ist schon viel zu weit gegangen.«

Leuchten glommen an den Türen der Reichen, erwachten mit dem Dahinscheiden der Sonne; Kerzen und Laternen flackerten golden in den Fenstern der Mittelklasse. All die lebhaften Geräusche des Abends erhoben sich in die Lüfte: Gespräche und Gelächter von Menschen beim Abendessen, trällernde Musik aus einer geöffneten Taverne. Der Geruch von mit Wein und Kräutern gekochtem Fleisch brachte meinen Magen zum Knurren. Aber nichts von all diesem Leben und Licht konnte den Kreis der Finsternis um mein Herz vertreiben, aus dem große Augen hoffnungsvoll wartend emporstarrten.

»Besser, wir gehen zum Herzog, bevor dies Eulenweib es tut«, stimmte mir Zaira zu. »Und die Chancen, dass du es zum Haus deines Onkels schaffst, stehen sowieso nur fünfzig zu fünfzig. Unsere pfefferminzbewehrten Freunde warten da bestimmt schon auf dich.«

»Vielleicht lässt der Herzog uns seine Kurierlampen benutzen, dann können wir dem Dogen eine Nachricht schicken, solange wir im Palast sind.« Allerdings durfte ich nicht mehr allzu viel Zeit vergeuden. Noch ging es mir gut, aber mein Elixier konnte nicht die ganze Nacht an der Rückwand meines Kleiderschranks warten.

»Bist du sicher, dass Seine spitzbärtige Gnaden die Finger nicht auch mit im Spiel hat? Wenn er das hat, wäre es ein großer Fehler, zum Palast zu gehen.«

»Ich glaube nicht, dass er etwas damit zu tun hat.« Wir hasteten auf einer alten Steinbrücke über den Arden und vorbei an zur Nacht geschlossenen Läden. »Dafür ist er offen gesagt nicht raffiniert genug. Und wenn das sein Plan gewesen wäre, dann hätte Dama Savony den Flusspalast heute schon früher verlassen können und wir nicht so lange draußen warten müssen.«

»Ich nehme an, wenn der Herzog Krieg will, muss er auch nicht erst Leute aufhetzen und manipulieren wie eine kupplerische Großmutter«, räumte Zaira ein. »Er könnte ihn einfach selbst anfangen. Trotzdem, sollten wir uns den Weg hinaus freibrennen müssen, bin ich bereit.«

Ungläubig zog ich die Brauen hoch. »Ja genau, eine Feuerhexe, die im Flusspalast randaliert, ist genau das, was in so einer heiklen Lage gebraucht wird.«

Zaira grinste auf eine Weise, die ich ganz und gar nicht beruhigend fand.

*

Die Wachen an den Palasttoren ließen uns umgehend ein, als sie den Namen Cornaro hörten. Wir passierten die Halle der Schönheit und stiegen die Prunktreppe zu den Räumlichkeiten des Herzogs mit so unerbittlicher Zielstrebigkeit hinauf, dass trotz unserer Kaufmannskleidung kein Dienstbote oder Amtsträger es auch nur wagte, uns anzusprechen.

Am Kopf der Treppe erwartete uns ein Vorzimmer voller Gardisten und Lakaien. Der kopfscheue Schreiber, den ich schon von meinem letzten Besuch kannte, starrte mit zitternden Händen und erschrockener Miene Zaira an.

»Ich muss auf der Stelle den Herzog sprechen«, informierte ich ihn. »Wo ist er?«

»Äh, Seine Gnaden hat sich in seine Gemächer zurückgezogen, gnädige Frau.«

Ich schraubte mich in die Höhe, bereit, wieder auf die erlauchte Zuversicht zurückzugreifen, mit der ich mich zuvor schon Ruven gestellt hatte. »Die Angelegenheit ist dringend. Das Schicksal von Ardence könnte von der Nachricht abhängen, die ich zu überbringen habe. Ich muss den Herzog sofort sprechen.«

Nun hatte ich die Aufmerksamkeit des ganzen Raums. Die Gardisten, eher schmuck als einsatzbereit in ihren goldenen Uniformen, nahmen Haltung an, und die Amtsträger hielten die Hände vor den Mund und flüsterten untereinander.

Der Lakai schluckte und verbeugte sich dann. »Nun gut, gnädige Frau. Einen Moment. Ich werde mich erkundigen, ob er Euch empfangen kann.«

Er ging durch die Tür, die zu den herzoglichen Gemächern führte, nicht ohne sich ein letztes Mal nervös über die Schulter umzuschauen. Ich hielt still, unterdrückte mit großer Mühe den Drang, vor lauter nervöser Energie herumzuhüpfen. Die Gardisten beobachteten uns; nicht einmal misstrauisch, eher so, wie eine Katze einem Blatt folgen würde, das vor dem Fenster vorbeiflatterte.

Die Stille im Vorzimmer zog sich dahin. Ich hatte das Gefühl, mindestens einige der Lakaien waren eigentlich im Begriff gewesen, irgendwo ein Abendessen zu sich zu nehmen, glaubten aber nun, nicht gehen zu können, ehe wir wieder fort waren. Schließlich richtete sich einer von ihnen auf, als hätte er sich gerade an eine unerlässliche Besorgung erinnert, und schritt mit übertriebener Zielstrebigkeit hinaus; ein anderer starrte ihm sehnsüchtig hinterher.

Endlich kehrte der Bedienstete zurück und verbeugte sich tief vor uns.

»Seine Gnaden empfängt Euch in der Halle des Triumphs, gnädige Frau.« Ein Lakai öffnete mir die Tür, die zur Halle der Großzügigkeit führte, dem ersten von vielen Audienzsälen der herzoglichen Gemächer.

Leuchten glommen an Wänden und Decke der Halle der Großzügigkeit, erhellten die prächtigen Schnitzereien und Fresken und verliehen den Gesichtern auf den düsteren Ölgemälden, die in goldenen Rahmen an den Wänden hingen, eine Seele. Aber der Raum selbst war still und verlassen. Der Lakai schloss die Tür hinter uns, und wir waren allein. Ich zögerte, aber Zaira ging direkt zu der Tür auf der anderen Seite, und ihre Schritte hallten über den Marmorboden. »Welche ist die Halle des Triumphs? Die nächste?«

»Die letzte«, erwiderte ich.

Durch die Halle der Großzügigkeit kamen wir zur Halle der Majestäten, in welcher der Ruhm der Bergandons in dem barocken Putz ihres vergoldeten Thronsaals eingefangen war. Porträts der großen Herzöge aus den Reihen der Bergandons starrten von schattigen Wänden auf uns herab, und in ihren Mienen spiegelte sich das Missfallen darüber, dass das neureiche Raverra die Oberherrschaft über ihre Stadt errungen hatte.

Eine letzte Tür mussten wir noch durchqueren, um in die Halle des Triumphes zu gelangen. Ich stieß sie selbst auf.

Der Herzog erwartete uns, gewissermaßen. Aber sprechen würde er mit niemandem mehr. Und er war nicht allein.

Dama Savony stand mitten im Raum und hielt einen Dolch in der Hand.

Herzog Astor Bergandon lag ausgestreckt zu ihren Füßen. Frisches Blut befleckte sein goldenes Wams.

KAPITEL ACHTUNDZWANZIG

»Ihr habt mich in Zugzwang gebracht, Amalia Cornaro.« Dama Savony warf mir den Dolch vor die Füße. Er schlitterte über den Marmorboden und kam an meinem Stiefel zur Ruhe. »Mörderin.«

»Ihr habt ihn getötet.« Die fassungslosen Worte erzwangen sich einen Weg durch meine Kehle. Ich hörte mich an wie ein Einfaltspinsel, aber ich konnte nichts daran ändern. So wenig, wie ich den Blick von dem armen Astor Bergandon abwenden konnte, der in verdrehter Haltung auf dem Boden lag und mit toten Augen zu dem Deckenfresko der Grazie des Triumphes emporstarrte.

»Das geschah nur Euretwegen. Ihr hättet mich als Verräterin gebrandmarkt. Und das ist inakzeptabel. Also stirbt er nun als Märtyrer, gemeuchelt von einem Falkner Raverras.«

»Machen wir doch einen ganzen Satz daraus.« Zaira zog ihren Dolch. »*Ihr* könnt durch die Hand eines Falken sterben.«

Ehe ich den Schock überwunden hatte, stürzte sich Zaira mit aufblitzender Klinge auf die Statthalterin. Sie prallte auf die größere Frau, und beide stolperten gegen einen Marmortisch.

»Lass mich frei!«, schrie Zaira. »Lass mich sie verbrennen!«

Ich zog meinen eigenen Dolch. »Nein. Das würde nur unsere Schuld besiegeln.«

Dama Savony schrie auf, als Zairas Messer ihren Arm erwischte. Blut breitete sich auf dem Ärmel aus. Mit erstaunlicher Kraft stieß sie Zaira fort; die landete in einem Haufen Stühle und riss zwei davon mit sich zu Boden.

»Hervorragend.« Dama Savony betrachtete ihren blutenden Arm. »Das wird mir zusätzliche Glaubwürdigkeit verleihen.«

Damit rannte sie los, flüchtete sich in die Halle der Majestäten und rief: »Wachen! Wachen! Mord!«

Zaira rappelte sich fluchend auf. »Lauf! Ehe der ganze Palast hinter uns her ist.«

Sie flitzte durch die Tür auf der anderen Seite hinaus. Ich folgte ihr. Panik trieb meine Schritte an. Wir rannten durch einen weiteren, opulenten Raum und bogen dann nach rechts in einen Saal voller Schreiberpulte und Papiere ab. Zaira riss ein Fenster auf, das hinaus zu den ausgedehnten Gärten führte.

»Wir müssen springen.« Kalte Nachtluft trieb durch das Fenster herein, als sie sich hinauslehnte. »Es ist nicht so tief. Komm schon.«

Zaira schwang die Beine über den Sims und ließ sich fallen. Ein lautes Rascheln von unten verriet, dass sie in einem Gestrüpp gelandet war.

Gewaltiger Lärm hallte durch den Palast, näherte sich wie eine brechende Welle, getragen von zornigem Geschrei und knallenden Türen. Der Aufruhr konnte inzwischen nicht weiter als ein paar Räume von mir entfernt sein. Ich holte tief Luft und sprang hinter Zaira her.

Ich krachte in eine Hecke, die mir Arme und Beine zerstach und verkratzte. Ich rollte hinaus und sah, dass Zaira schon durch die Gartenanlage davonlief. Hastig rannte ich hinterher; meine Größe erlaubte mir längere Schritte, aber sie war schnell. Für einen Moment glaubte ich, ich wäre nicht imstande, zu ihr aufzuschließen, und würde zurückbleiben und jeden Moment von wütenden Gardisten zu Fall gebracht werden wie ein Reh auf der Flucht vor der Hundemeute. Aber als sie eine Baumgruppe erreicht hatte, wandte sich Zaira der Straße zu, die vor dem Flusspalast vorbeiführte, und wurde langsamer.

Als ich sie endlich erreicht hatte, zitterten mir die Beine, und mein Atem ging pfeifend und stoßweise, obwohl wir nur eine kurze Strecke gelaufen waren. »Was hast du vor? Du rennst direkt auf die offene Straße zu!«

Sie zog ihre Jacke aus und warf sie unter ein Gebüsch. Ich begriff und folgte ihrem Beispiel. »Die Straße bietet uns mehr Schutz als der Garten«, sagte sie abgehackt. »Niemand dort weiß, dass wir gesucht werden.«

In einem weiten Bogen führte sie uns zur Straße, ohne auf die Rufe und die panischen Schreie zu achten, die immer noch aus dem Palast zu vernehmen waren. Kaum hatten wir die Straße erreicht, verfiel sie in einen raschen, aber gleichmäßigen Schritt. Nur die Anspannung in ihren Schultern verriet, dass etwas nicht in Ordnung war.

»Hör auf, so zu keuchen«, murmelte sie mir zu. »Wir rennen nicht mehr.«

Ich kämpfte darum, meinen Atem unter Kontrolle zu bekommen. Doch das war nicht einfach; ich musste mich auf jeden einzelnen Atemzug konzentrieren, was mir umso schwerer fiel, da mir inzwischen schwindelig wurde und mein Sehfeld an den Rändern verschwamm.

Die Wirkung des Elixiers ließ nach. Ich hatte meine nächste Dosis nicht rechtzeitig eingenommen.

Aber ich konnte es mir nicht leisten, gerade jetzt weiche Knie zu bekommen und umzukippen. Ich wartete, bis Zairas Aufmerksamkeit von einer Gruppe trunkener Zecher gefesselt wurde, die, die Arme um die Schultern ihres jeweiligen Nachbarn gelegt, singend näher kamen, und fischte mein Notfallfläschchen aus meinem Mieder. Das kleine Metallgefäß fühlte sich kühl an in meiner Handfläche.

Zaira schaute sich um. »Niemand folgt uns. Noch.«

Ich öffnete den Wachsverschluss mit dem Daumen, setzte den süßen Anisgeruch frei und kippte das Elixier in einem Schluck hinunter, ehe Zaira es sehen konnte.

»Wir müssen zurück zu Ignazios Haus«, sagte ich. Ich benötigte die nächste volle Dosis des Elixiers, ehe auch dieser Drei-Stunden-Aufschub verbraucht war. Zwar würde es eine ganze Weile dauern, ehe ich durch das Gift in ernsthafte Gefahr geriet, aber ich konnte es mir nicht leisten, diese Nacht damit zuzubringen, mich zu erholen. Nicht, wo schon morgen das Ultimatum des Dogen ablief.

»Bist du irre?« Zaira lächelte einer Frau auf der anderen Straßenseite zu, der ein kleiner Hund hinterherrannte, doch in ihrem Flüstern lag pures Gift. »Genau da werden sie uns zuerst suchen.«

»Ich bin keine Mörderin, und ich werde mich nicht wie eine verhalten.« Ich fühlte mich allerdings wie eine. Furcht und Entsetzen strömten im pulsierenden Rhythmus des Blutes durch meine Adern. Lampen über Türen gaben mich mit ihrem goldenen Lichtschein den Blicken meiner Feinde preis; aber die Schatten waren nicht besser, bedrohten sie mich doch mit unbekannten Gefahren.

»Soweit es derzeit Ardence betrifft, *sind* wir Mörderinnen. Die werden Soldaten hinter uns herschicken. Und du weißt, wie die Anweisung des Herzogs aussieht, wenn sie das tun.«

Das wusste ich, und es drehte mir den Magen um. »Aber wenn wir dein Schadfeuer entfesseln, bekommt Dama Savony ihren Krieg.«

»Wenn wir es nicht tun, wird sie dafür sorgen, dass wir in dem Handgemenge den Tod finden, und dann bekommt sie ihren Krieg sowieso. Unsere einzige Chance besteht darin, uns nicht erwischen zu lassen. Darum kann ich mich kümmern. Ich bin gut darin, nicht erwischt zu werden. *Du* denkst so lange darüber nach, was wir als Nächstes tun werden.«

Ich versuchte, meine Gedanken zu ordnen. »Wir können uns nicht einfach verstecken. Wir müssen Kontakt zu Dama Terringer und der Garnison aufnehmen. Das Erlauchte Imperium ist auf unserer Seite.«

»Das Imperium mag auf unserer Seite sein, aber unser Feind beherrscht ganz Ardence. Und du weißt, dass sie Leute hat, die nur darauf warten, über dich herzufallen, sobald du nach Hause gehst.«

Ich zögerte. Mutter hatte mir wieder und wieder eingeschärft, dass das Elixier ein Geheimnis bleiben müsse, damit unsere Feinde nichts von meinem wunden Punkt erfuhren. Aber es wäre ziemlich schwer, um Hilfe zu bitten, wenn niemand wusste, was los war.

»Ich brauche etwas aus Ignazios Haus«, sagte ich schließlich. »Es ist wichtig.«

Zaira riss die Hände in die Luft. »Schön. Aber ich werde mich deinetwegen nicht umbringen lassen. Wenn wir angegriffen werden, dann musst du mich dieses Mal entsiegeln.«

»Kannst du uns zum Stadthaus bringen, ohne dass uns jemand bemerkt?«

Sie seufzte. »Vielleicht. Ich werd's versuchen.«

*

Zaira brachte mich dazu, einem loreicischen Händlerpaar eine horrende Summe für zwei auffällige Hüte mit Federschmuck und zwei weite, lange Umhänge hinzublättern. Als wir einen Block von Ignazios Stadthaus entfernt waren, hielt sie inne, schaufelte etwas schmutzige Asche von der Straße und griff nach meinem Gesicht.

»Was tust du?« Ich wich vor ihr zurück.

»Sie suchen eine Frau«, sagte sie. »Steh still und nimm deinen Schnurrbart wie ein Mann.«

Ich stand wie erstarrt da während der demütigenden Behandlung, im Zuge derer sie mir schwarzen Dreck auf das Gesicht schmierte, um einen Schnurrbart und einen kleinen Spitzbart nachzuahmen.

»Na, also«, sagte sie. »Nun bist du ein halbwegs ordentlicher loreicischer Mann von Stand.«

Ich berührte die von meinem Hut herabhängenden Federn. »Ich komme mir eher vor wie ein Idiot.«

»Du siehst ja auch wie einer aus. Aber es ist dunkel, also könnte es funktionieren. Versuch einfach, ein bisschen herumzustolzieren, ja?«

Meine Art des Stolzierens sah eher nach dem Torkeln eines Betrunkenen aus, aber vielleicht war das für unsere Tarnung genauso geeignet, denn wir schafften es unbehelligt bis zur Tür. Beatrix keuchte auf, kaum dass sie geöffnet hatte, und wollte uns die Tür gleich wieder vor der Nase zuschlagen, aber Zaira trat vor und wedelte mit dem Geschüh vor ihrem Gesicht herum.

»Ich bin's, du Dummkopf. Und das ist Dama Amalia«, zischte sie. »Lass uns rein. Schnell!«

Mit einem Übermaß an Entschuldigungen, weil sie uns nicht erkannt hatte, trat Beatrix zur Seite und verbeugte sich, ehe sie die Tür hinter uns schloss und auf Zairas Drängen hin auch noch verrammelte.

»Ist Ignazio zu Hause?«, verlangte ich zu erfahren.

»In seinem Arbeitszimmer, gnädige Frau.«

»Und Leutnant Verdi? Ist er schon eingetroffen?« Er hatte herkommen sollen, sobald er seine Pflichten in der Garnison erledigt hatte.

»Ich bin hier«, rief Marcello in der Tür zur Wohnstube. »Sind Sie …« Er brach ab und starrte uns an.

Meine Hand glitt zu meinem rußbeschmutzten, bärtigen Gesicht. Hitze stieg mir vom Nacken bis in die Stirn.

»Ist sie nicht hübsch?« Zaira lachte gackernd.

»Ich bin froh, dass Ihnen nichts zugestoßen ist.« Mit einem warmen Ausdruck der Erleichterung kam er auf mich zu. Ich reckte eine Hand hoch – Beatrix beobachtete uns – und wir verschränkten nur für einen Moment die Finger miteinander, ehe wir wieder auseinandergingen.

»Etwas zu trinken vielleicht, Beatrix?«, schlug ich vor.

Sie knickste, und ich sah etwas wie Unbehagen in ihren Augen aufblitzen, ehe sie ging. Schuldgefühle? Gute Grazien, es würde zu Mutter passen, eine Spionin im Haus ihres Vetters zu platzieren. Sie könnte jeden Blick melden, den Marcello und ich wechselten. Mir krampfte sich der Magen zusammen. Hatte ich gerade seine Versetzung an die vaskandrische Grenze besiegelt?

Aber ich hatte keine Zeit, mir darüber ausgerechnet jetzt den Kopf zu zerbrechen.

»Wir haben die Kinder gefunden«, beschied ich Marcello. »Und Dama Savony hat den Herzog ermordet.«

»Was?«

»Sie hat es unserer Hochwohlgeborenen hier angehängt«, fügte Zaira hilfreich hinzu. »Vermutlich taucht bald jemand hier auf, um uns gefangen zu nehmen; was, wie ich glaube, der Moment ist, für den meine Anweisung lautet, sie in Brand zu stecken.«

Marcello tastete hinter sich herum, als suche er einen Stuhl, fand aber nur die Wand des Empfangszimmers. Er lehnte sich dagegen und Verzweiflung grub sich in die Linien seines verdatterten Gesichts. »Dann haben wir verloren. Wenn Ardence Soldaten auf einen Falken und die Cornaro-Erbin hetzt, wird es Krieg geben. Nun können wir es nicht mehr aufhalten.«

»Das darf nicht wahr sein!« Ich reckte das Kinn hoch. »*Ardence* hat nichts dergleichen getan. Dama Savony ist eine Verräterin und eine Mörderin. Wir können nicht die ganze Stadt für ihre Taten zur Verantwortung ziehen.«

Zaira schnaubte verächtlich. »Du tust so, als ginge es in der Welt gerecht zu. Denkst du, das wird den Dogen interessieren?«

Marcello strich sich das Haar zurück und drückte die Hände an die Stirn, als könne er so klügere Gedanken hineinpressen. »Ich muss das melden. Wir müssen uns in die Garnison zurückziehen und Botschaften über die Kurierlampen an den Dogen und die Erlauchte Gesandte schicken – aber Dama Terringer ist krank, wer weiß, ob sie die Nachricht überhaupt erhält …«

»Moment.« Ich berührte seinen Arm, um ihn zu unterbrechen. »Was war das über Dama Terringer?«

Mit vor Verzweiflung stumpfen Augen blickte er mich an. »Während Sie unterwegs waren, erhielten wir eine Nachricht. Sie ist anscheinend ernsthaft erkrankt. Ich kenne keine Details, aber anscheinend war sie nicht einmal imstande, die Nachricht selbst zu schreiben.«

Ich nagte an meiner Lippe. »Heute Morgen hat niemand erwähnt, dass sie krank ist.«

»Es scheint ganz plötzlich gekommen zu sein«, sagte Marcello.

Zaira verschränkte die Arme vor der Brust. »Wenn es je eine offensichtliche Vergiftung gegeben hat, dann ist es ja wohl diese ›Erkrankung‹.«

»Der Zeitpunkt ist mehr als nur ein bisschen verdächtig«, stimmte ich zu. »Vielleicht kann Ignazio ihr helfen. Aber es hört sich an, als könnten wir von der Erlauchten Gesandten für eine Weile keine Hilfe erwarten.«

Mit grimmiger Entschlossenheit richtete Marcello sich auf. »Die Lage ist katastrophal, aber meine Pflicht ist klar. Ich muss Sie beide in die Garnison in Sicherheit bringen und Raverra informieren. Der Doge und der Rat der Neun mögen entscheiden, was als Nächstes zu tun ist.«

»Schwachsinn.« Zaira bedachte ihn mit einem zornigen Blick. »Du weißt verdammt genau, was die entscheiden werden.«

»Der Doge und der Rat sind keine blutrünstigen Kriegstreiber«, fühlte ich mich zu betonen verpflichtet. »Vielleicht reagieren sie nicht auf diesen Überfall. Aber selbst wenn sie es nicht tun, hätte Savony immer noch das Sagen über die Stadt. Dazu kommt der Zorn der Bürger über den Mord an ihrem Herzog, der ihr alle Pläne und Mittel zur Verfügung stellen wird. Wir wären außerhalb der Stadt, würden uns verkriechen wie Flüchtige und so schuldig aussehen, wie sie es von uns behauptet. Dann haben wir gar keine Möglichkeit mehr, sie aufzuhalten.«

Marcello breitete die Hände aus. »Hier können wir nicht bleiben. Diese Stadt ist nicht gerade dafür erbaut worden, einer Belagerung standzuhalten. Wenn wir nicht so bald wie möglich zur Garnison aufbrechen, wird sie Sie gefangen nehmen oder töten, und dann bekommt sie ihren Krieg garantiert.«

Zaira grinste, doch in ihrem Zähneblecken lag keine Spur von Humor. »Oh, wir könnten sie für eine Weile abwehren. Wenn sie auf einen Kampf aus ist, dann gebe ich dem Miststück genau das, was es will.«

Marcello schüttelte den Kopf. »Wir müssen uns in die Garnison zurückziehen. Mir gefällt das auch nicht, aber wir haben keine Wahl. Ich schicke eine Botschaft an den Dogen … und sorge dafür, dass Istrella ihre Kanonen fertig macht.«

Die Verzweiflung, die sich in seiner Haltung niederschlug, traf mich wie ein Schlag ins Gesicht. Zaira sah wenigstens kampfbereit aus, aber der Schimmer in ihren Augen erinnerte an ein in die Enge getriebenes Tier, das nichts mehr zu verlieren hat. Beider Vorrat an Ideen war ebenso erschöpft wie ihre Hoffnung.

Ich nahm an, damit lag es nun an mir.

Ruven hatte ich erklärt, ich sei das Imperium, und für einen Moment hatte ich jene enorme Macht gespürt, über die ich eines Tages gebieten würde. Aber dieser Strom floss in beide Richtungen. In diesem kritischen Moment, an diesem heiklen Ort, an diesem Wendepunkt, kurz vor dem Absturz in einen feurigen Abgrund, waren nun wir die einzigen Augen und Hände des Imperiums.

Wir konnten nicht einfach weggehen. Ardence brauchte uns. Vaskandar beobachtete das Geschehen, wartete ab, bereit zuzuschlagen. Raverra verließ sich darauf, dass wir die letzten Fäden der Erlauchtheit des Imperiums beisammenhielten.

Und es gab noch jemanden anderen, der uns brauchte.

»Nein«, sagte ich.

Marcello legte die Stirn in Falten und sah aus, als wolle er widersprechen.

Ich hob eine Hand, um ihm Einhalt zu gebieten. »Nein. Wir haben immer noch Zeit.« Ich drehte mich zu Zaira um. »Jaslyn und Padric und die anderen warten auf uns. Wir können die Kinder nicht im Stich lassen.«

Sie nickte heftig und mit glänzenden Augen.

»Das ist übel, aber es ist noch nicht vorbei. Savony ist in Panik geraten und improvisiert.« Ein sonderbares Gefühl der Stärke flutete meinen Brustkorb, wärmer als die kalte Macht des Imperiums. Wenn ich zwei Leute hätte auswählen müssen, die mir helfen sollten, Ardence zu retten, hätte ich weit schlechter liegen können. »Solange wir einen klaren Kopf behalten, sind wir ihr gegenüber im Vorteil. Wir können es schaffen.«

»Wie?« Marcello wirkte nicht überzeugt.

»Zuerst rede ich mit Ignazio. Er kann zum Gesandtenpalast gehen und die Kurierlampen benutzen, um den Dogen zu informieren, und anschließend seine politischen Verbindungen in Ardence aktivieren. Mit ihrer Hilfe kann er die Wahrheit über Dama Savony und den Mord am Herzog verbreiten und für Ruhe sorgen.«

»Sag ihm das schnell, und dann befreien wir die Gören aus diesem Loch.« Zaira maß mich mit einem aufgebrachten Blick. »Wir lassen sie nicht warten, nur weil du schnatternd um einen geistesschwachen Höfling herumtänzeln musst.«

»Ja«, stimmte ich zu. »Wir gehen direkt zu dem Lagerhaus und befreien die Kinder. Das sollte auch den ardentinischen Edelleuten einen Grund liefern, uns zu glauben.« Ich atmete tief durch. »Dann erzählen wir Domenic alles. Er ist der Vetter des Herzogs und hoch angesehen. Außerdem steht er in dem Ruf, politisch neutral zu sein. Möglicherweise hat er genug Einfluss, um Savony persönlich dingfest zu machen, sodass Raverra die Stadt nicht gewaltsam wieder übernehmen muss. *Danach* können wir in die Garnison gehen.«

Marcellos Brauen näherten sich einander an. »Sie kennen meine Befehle für solch eine Lage, Amalia: Rückzug aus der Stadt, Benachrichtigung des Dogen und die Anwendung von Gewalt, falls notwendig.«

»Der Mord am Herzog war in Ihre Befehle nicht einkalkuliert.«

»Das ist trotzdem nicht das, was der Oberst von mir erwartet.« Seine Stimme baute eine Mauer auf, aber sie war aus Sand, nicht aus Stein, und seine Augen leuchteten grün unter der steigenden Flut in seinem Inneren.

»Der Oberst ist nicht hier.« Ich wusste, was ich zu sagen hatte, auch wenn sich die Worte fremd und schwierig anfühlten. Ich schluckte. »Ich übernehme als Erbin meiner Mutter die volle Verantwortung. Wenn es aufgrund dieser Entscheidung zu irgendwelchen Konsequenzen kommen sollte, sollen sie auf mir lasten.«

Marcello salutierte und wirkte plötzlich viel kraftvoller als noch einen Moment zuvor. »Gewiss, gnädige Frau.« Das alte, sehnsuchtsvolle Lächeln breitete sich in seinem Gesicht aus. »Immerhin unterstehen Sie nicht meinem Kommando. Doch wenn Sie gegen meinen Rat diesen irrwitzigen Rettungsversuch unternehmen wollen, ist es meine Pflicht, Sie zu schützen.«

»Und ich muss sie begleiten«, fügte Zaira grinsend hinzu. »Sie mag ein Dummkopf sein, aber sie ist auch meine Falknerin.«

»Hervorragend.« Ich strahlte die beiden an.

Beatrix kam mit einem Tablett mit Wein zu uns, verhuscht und blass angesichts des nächtlichen Aufstands. Erfolglos sah sie sich im Empfangszimmer nach einem Platz um, an dem sie es abstellen konnte.

»Ich gehe hinauf und informiere Ignazio«, sagte ich. »Zaira, wie wäre es, wenn ihr beide mit dem Wein in die Wohnstube geht und du Marcello über die Einzelheiten des Abenteuers aufklärst, das wir bei der Verfolgung von Savony erlebt haben? Ich dürfte nur ein paar Minuten brauchen, dann können wir gehen.«

»Vielleicht solltest du dir das Gesicht waschen, ehe du mit Ignazio sprichst«, bemerkte Zaira trocken.

Meine Ohren brannten so heiß, dass ich fürchtete, sie könnten mir vom Kopf platzen. »Das werde ich gleich tun.«

Ohne auf eine Antwort zu warten, flüchtete ich durch das Empfangszimmer zur Treppe und hielt mir die Hand vors Gesicht. Mein Bedürfnis, mich zu waschen, mochte echt sein, aber ich musste auch mein Elixier nehmen. Sollten die ruhig denken, Verlegenheit allein wäre, was mich in mein Zimmer trieb.

Ich sprang die Stufen hinauf, und das Marmorgeländer flog unter meiner Hand dahin. Auf halbem Wege hörte ich, wie Marcello einen Wutschrei von sich gab. Da musste Zaira wohl zu der Stelle gekommen sein, an der wir die Kinder in dem Abfluss gefunden hatten.

Der Gedanke an diese schmalen Gesichter und die suchenden fahlen Fingerchen schnürte mir den Atem ab. Wir mussten sie dort noch heute Nacht herausholen.

Rasch ging ich ins Bad und wischte mir den schlimmsten Schmutz mit einem Tuch aus dem Gesicht. Die sanfte Wärme des artefaktisch erhitzten Wassers fühlte sich gut an auf der Haut.

Ich konnte das schaffen. Alles würde wieder gut werden. Zuerst mein Elixier, dann Ignazio, dann die Kinder. Wenn wir sie befreiten, hatten wir immer noch eine Chance, Savonys Krieg zu vereiteln. Domenic konnte uns helfen, die Lage im Flusspalast unter Kontrolle zu bekommen, und wenn Gabril erst wusste, dass Savony ihn hintergangen hatte, würde der Schattenadel vielleicht zu unserem Verbündeten werden, statt uns feindlich gegenüberzutreten. Ein paar Stunden blieben uns, um Dama Savony die entscheidenden Puzzlestücke aus den Händen zu nehmen, und dann könnten wir dem Dogen einen weitaus besseren Bericht liefern. Einen, der nicht ausgerechnet Schadfeuer als einfachsten Ausweg nahelegte.

Nun, nachdem ich wieder ein wenig Mut geschöpft hatte, durchquerte ich den Korridor und stieß die Tür zu meinem Zimmer auf. Ich rannte zu dem Schrank, in dem ich meine Flaschen mit dem Elixier versteckt hatte.

Erstickend starker Anisgeruch schlug mir ins Gesicht.

Die Schubladen meines Schreibtischs, meine Truhe und der Schrank standen offen. Jemand hatte mein Zimmer durchsucht.

Übelkeit breitete sich in meinem Bauch aus, und ich hastete zum Schrank. Funkelnde Glasscherben verteilten sich über den Teppich, umgeben von einem frischen, nassen Fleck.

Grazie der Barmherzigkeit!

Ich fiel auf die Knie und betastete den feuchten Teppich. Dann führte ich meine Finger zur Nase. Der vertraute Geruch von Anis überlagerte alles andere.

Da war zu viel Glas am Boden. Das musste mehr als eine Flasche gewesen sein, und ich hatte nur zwei mitgebracht.

Hektisch schob ich die Kleidung im Schrank beiseite, doch von den Flaschen war nichts zu sehen. Die lagen allzu offensichtlich in Scherben auf dem Boden, und der Teppich hatte jeden Tropfen meines Elixiers aufgesogen. Es war nichts mehr übrig.

KAPITEL NEUNUNDZWANZIG

JEMAND KANNTE meinen wunden Punkt. Und versuchte, mich umzubringen.

Ohne Sinn und Zweck sammelte ich Glasscherben vom Teppich und ließ sie mir durch die Finger gleiten. Eine schlitzte mir die Hand auf und hinterließ einen dünnen Streifen Blut, aber das war mir egal.

Mir bleiben keine drei Stunden mehr, ehe das Gift seine tödliche Arbeit wieder aufnehmen würde, der Ignazio vor Jahren Einhalt geboten hatte.

Onkel Ignazio. Erleichterung wogte in mir hoch. Er war daheim; er konnte mehr von dem Elixier herstellen. Es mochte ihn ein wenig Zeit kosten, und ich hatte vielleicht keine angenehme Nacht vor mir; aber ich würde nicht sterben. Immerhin hatte er es damals, als ich vor zehn Jahren vergiftet worden war, auch geschafft, das Elixier noch rechtzeitig zusammenzubrauen.

Eilends rannte ich zu seinem Arbeitszimmer. Unterwegs strich ich mit der Hand über die Wand, um etwas Solides zu spüren, während die Welt um mich herum so unsicher erschien wie ein schwankendes Boot, das im Sinken begriffen war. Das schwindende Licht der Leuchten füllte den Korridor mit gespenstischen Schatten. Ich versuchte, nicht an die diversen Notlagen zu denken, die mir wie Dämonen im Nacken saßen – die Kinder, der Mord, das Elixier –, und mich auf die schlichte Aufgabe zu konzentrieren, Ignazios Tür zu erreichen.

Ich konnte die Anspannung nicht unterdrücken, als ich lauter als beabsichtigt an die Tür hämmerte. »Onkel Ignazio? Bist du da drin?«

Er öffnete selbst. Besorgnis spiegelte sich in seinen Augen. »Amalia! Komm herein! Geht es dir gut?«

Sein warm erleuchtetes Arbeitszimmer, gesäumt von Büchern und dem einen oder anderen Kräuterglas, empfing mich mit einem befreienden Gefühl. Während meine Knie noch von dem Schock zitterten, sank ich, ohne auf eine Einladung zu warten, auf einen Stuhl.

»Onkel Ignazio, jemand ist in mein Zimmer eingedrungen und hat meine Elixierflaschen zerbrochen.«

Sorge breitete sich in seinem Gesicht aus. Er schloss die Tür und zog einen Stuhl dicht an meinen heran. »Haben sie alles erwischt?«

»Ja.« Ich faltete krampfhaft die Hände im Schoss, um sie ruhig zu halten. »Da war kein Tropfen mehr übrig, und meine Zusatzdosis habe ich schon eingenommen. Ich bin spät dran für die heutige Abendration.«

»Ach, ja, die kleinen Notfallfläschchen. Wie viel Zeit kannst du damit schinden?«

»Drei Stunden von dem Moment an, in dem ich es nehme. Dann beginnt das Gift wieder zu wirken.« So ungefähr hatte meine Mutter es mir erklärt. Ich war bisher nie mehr als ein paar Stunden zu spät dran gewesen mit dem Elixier. Die Erinnerung an die quälenden Krämpfe und die entsetzlichen Halluzinationen hatte mich stets dazu getrieben, den Zeitplan einzuhalten.

»Also bleiben uns vielleicht neun oder zehn Stunden, ehe es dich umbringt. Gut.« Er stand auf, verschränkte die Hände hinter dem Rücken und ging auf und ab. »Dann haben wir noch Zeit.«

»Kannst du mehr Elixier machen?«

Er blieb stehen und schaute mich mit undurchdringlicher Miene an. »Das, Amalia, hängt ganz von dir ab.«

»Bitte …?« Das musste ich falsch verstanden haben.

»Ich hatte gehofft, dieses Gespräch müsste ich noch eine Weile nicht mit dir führen, aber es ist zu viel schiefgegangen.«

Ich starrte ihn an. Seine Worte ergaben keinen Sinn. Und sein Verhalten war gänzlich falsch. Ich war kurz davor zu sterben, und er bedachte mich mit einem ebenso gestrengen wie bedauernden

Blick, als wäre er ein Professor, dem ich eine schlampige Arbeit eingereicht hätte.

Zu spät fügten sich die einzelnen Teile auf grausige Art in meinem Kopf zusammen.

Unser raverranischer Freund … Es gab einen Raverraner, der mit Dama Savony zusammenarbeitete. Und Gabril hatte mir sofort vertraut, als er den Namen Cornaro vernommen hatte.

Ignazio. Verflucht soll er sein. Zur Hölle der Korruption soll er fahren. Ich hatte ihm vertraut. Ich hatte ihn *geliebt*. Er gehörte zur Familie.

»Du hast die Flaschen zerbrochen«, flüsterte ich. »Du bist einer derjenigen, die einen Krieg entfesseln wollen.«

»Oh, nein.« Ignazio sah überrascht aus. »Warum sollte ich das wollen? Ich habe die Flaschen zerbrochen, richtig. Aber ich will keinen Krieg anzetteln. Ich will einen beenden.«

Meine Hände ballten sich im Schoß zu Fäusten. »Es gibt keinen Krieg zu beenden. Es sei denn, du fängst vorher einen an.«

»Hör mir zu, Amalia. Wir haben nicht viel Zeit, und ich zöge es ehrlich vor, wenn dir nichts geschieht.« Er lehnte sich auf seinem Stuhl zurück und streckte mir eine Hand entgegen, als wolle er mich trösten. Angewidert zuckte ich zurück. »Es tut mir leid wegen der Flaschen, aber ich benötige in dieser Sache deine Kooperation.«

»Bei dem Verrat an Ardence *und* Raverra? Dabei, Kinder in dunkle Keller zu sperren und Herzöge zu ermorden?« Die Worte zerrissen mir förmlich die schmerzende Kehle. Dies war der Mann, der mir mein erstes Astrolabium gegeben und mich gelehrt hatte, alchemische Symbole zu lesen.

»All das war notwendig, um die Herrschaft in dieser Stadt jemandem zu übergeben, der sie vor sich selbst retten kann. Unter Herzog Astor Bergandon wäre Ardence in Ruinen versunken und vermutlich am Ende Vaskandar in die Hände gefallen. Dama Terringer konnte die Stadt nicht retten. Das musste ich tun.«

»Du wirst gar nichts tun.« Ich achtete darauf, in einem kalten, harten Ton zu sprechen. »Der Doge und der Rat werden dir weniger Gnade gönnen als Baron Leodra.«

»Leodra.« Er seufzte. »Schade um ihn. Er hatte begriffen, was diese Stadt braucht, und er wäre ein unschätzbar wertvoller Verbündeter gewesen, hätte er sich besser darauf verstanden, auch in einer Krise einen kühlen Kopf zu wahren. Aber was den Dogen und den Rat angeht, irrst du dich.«

»Das glaube ich nicht. Denkst du wirklich, meine Mutter würde sich deiner erbarmen, nur weil du ihr Vetter bist? Wenn sie von diesem Verrat erfahren …«

»Das werden sie nicht.« Seine Stimme war ruhig, seine Miene gelassen. »Denn du wirst ihnen nichts davon erzählen. Ich weiß, das ist schwer zu akzeptieren, Amalia, aber du musst tun, was ich sage, ganz so, wie Ardence tun muss, was Raverra befiehlt. All diese Jahre hast du nur überlebt, um mir zu dienen. Du hast es nur bis jetzt nicht begriffen.«

Eine Woge des Zorns brodelte in meinem Inneren, und ich schlug ihm ins Gesicht.

Mit blitzenden Augen sprang Ignazio auf. »Denkst du, du bekommst dein kostbares Elixier woanders her?«, blaffte er mich an. »Gründlichkeit liegt mir im Blut, Amalia. Ehe ich damals, vor zehn Jahren, auch nur die Dämonentränen erworben habe, hatte ich längst angefangen, jede Kopie der Formel für das Heilmittel einzusammeln. Mehr als eine Dekade habe ich der Suche nach schriftlichen Aufzeichnungen des Rezepts gewidmet und jede einzelne zerstört. Die Formel für das Elixier, das dich am Leben erhält, existiert nur in meinem Geist, mein Kind.«

Also war er derjenige, der mich damals vergiftet hatte.

Das war zu viel. Wütende, hoffnungslose Tränen brannten in meinen Augen, Trauer um jenen Onkel Ignazio, an den ich mich so liebevoll erinnerte. Um die Lüge, die ich geglaubt hatte. Um den Mann, der er nie gewesen war. »Ich habe dich geliebt, Onkel Ignazio. Um der Grazien willen, du bist ein Teil meiner Familie.«

»Ich liebe dich auch, Amalia. Aber ich bin zu oft übergangen worden.« Verbitterung verzerrte seine Stimme. »Als Alchemist nicht machtvoll genug, um ein Magiermal auszubilden. Die Erblinie nicht ganz ausreichend, um im Rat der Neun zu sitzen. Und dann nicht einmal mehr gut genug, um als Erlauchter Gesandter in Ardence zu bleiben. Nun, das hat ein Ende.« Er ging erneut auf und ab. »Ich mag niemals einen Sitz im Rat der Neun bekommen, aber du wirst ihn an meiner Stelle einnehmen und dort mit meiner Stimme sprechen. Und wenn ich nicht der Erlauchte Gesandte sein kann, dann werde ich der Imperiale Gouverneur und anstelle des verstorbenen Herzogs herrschen. Wenn diese Stadt zur Hölle des Wahnsinns fährt und ich der Einzige bin, der ihre Probleme lösen und den Krieg beenden kann, dann wird dem Dogen keine andere Wahl bleiben.«

»Die Kinder sagten, ein Mann käme sie retten«, stellte ich fest. »Ich dachte, sie meinten vielleicht Ruven, aber tatsächlich ging es um dich.«

»Natürlich. Ich werde die Kinder retten, das Geschüh finden und die Verräter aus dem Schattenadel, die für das Verschwinden beider verantwortlich sind, der Gerechtigkeit überantworten. Ich werde meine eigene entführte Nichte retten und sie gerade rechtzeitig befreien, um die Stadt vor dem Schadfeuer zu bewahren, das sie von Weitem in ihrer Panik entfesselte, als sie gefangen gehalten wurde. Ich werde die Unterstützung der Ardentiner bis hin zur rechten Hand des verstorbenen Herzogs genießen. Und was den Rat der Neun betrifft: Wenn Lissandra dort erst einmal die Oberhand hat, warum sollte sie dann nicht ihren eigenen Vetter fördern, nachdem der ihre geliebte Tochter gerettet hat?«

Nun seufzte er, und seine Schultern sackten herab. »Das war der Plan. Nun, da du alles durcheinandergebracht hast, wird es schwieriger werden. Aber wenn du mir hilfst, können wir das immer noch in Ordnung bringen.«

»Ich habe genug gehört. Mehr als genug.« Ich erhob mich von meinem Stuhl. »Ich werde dir nicht helfen. Ich werde dich aufhalten.«

Und dann schrie ich, so laut ich nur konnte: »Marcello! Zaira!«

Laut und klar erklang meine Stimme, doch mir antwortete nur Stille.

Ignazio lächelte. »Sie dürften inzwischen schlafen.«

»Schlafen?«

»Jeder Dienstbote in diesem Stadthaus ist natürlich auf meiner Seite. Ich habe Beatrix angewiesen, ihnen Getränke zu servieren, die mit einem gewissen Schlafmittel versetzt waren, dessen Bekanntschaft du, wie ich glaube, auch bereits gemacht hast.« Er holte eine Flasche vom Regal und schüttelte sie neckend vor meinem Gesicht. Ich musste nicht erst Pfefferminz riechen, um mir denken zu können, worum es sich handelte.

»Was hast du mit ihnen vor?«, verlangte ich zu erfahren.

»Zaira ist immer noch nützlich für mich, sofern sie bereit ist zu kooperieren – und ich habe hart daran gearbeitet, das zu gewährleisten. Leutnant Verdi weiß zu viel.« Er runzelte die Stirn. »Genau wie diese Kinder. Ich wollte sie retten, aber wenn sie mit dir über unseren Plan gesprochen haben … die Geschichte wird vielleicht sogar ergreifender ausfallen, wenn ich ihre Mörder zur Rechenschaft ziehe.«

»Das glaube ich nicht.«

Ich holte tief Luft, schnappte mir einen Kerzenständer von Ignazios Schreibtisch und donnerte ihn, nein, nicht auf seinen Kopf, so verlockend der Gedanke auch war, sondern auf die Flasche in seiner Hand.

Erschrocken keuchte er auf, als die Flasche zersprang; der kurze Atemzug, den er dabei tat, reichte voll und ganz. Er kippte um wie ein Stein, und das Schlafmittel bespritzte ihn von Kopf bis Fuß.

Immer noch mit angehaltenem Atem rannte ich aus dem Zimmer und knallte die Tür hinter mir zu. Ich wusste nicht, wie lange er bewusstlos bleiben würde. Jeder Dienstbote in diesem Haus war mir feindlich gesonnen, und in wenigen Stunden würde ich nicht mehr in der Lage sein, noch irgendjemanden zu retten. Ich musste schnell handeln, wollte ich auch nur die kleinste Hoffnung haben, die Kinder retten und einen Krieg verhindern zu können.

Ich bemühte mich, nicht daran zu denken, wie gering die Chance war, dass ich auch noch mich selbst retten konnte.

Ohne einem Dienstboten zu begegnen, erreichte ich die Wohnstube. Vielleicht wollten die gar nicht wissen, was in dieser Nacht im Haus vor sich ging. Zaira lag ausgebreitet auf dem Boden, Marcello zusammengesunken in seinem Sessel; ein Weinglas war unter seiner herabbaumelnden Hand auf den Teppich gefallen.

Zu ihm ging ich zuerst. Ein Instinkt, über den der Verstand keine Macht hatte, zog mich zu ihm. Ich schnappte mir seine Uniformaufschläge und rüttelte ihn durch.

»Marcello!«, flüsterte ich dabei drängend. »Marcello, wach auf!«

Sein Kopf rollte haltlos nach hinten, und ich ging dazu über, ihm Ohrfeigen zu versetzen. »Marcello!«

Nichts. Ich holte aus und schlug fester zu.

Langsam verzog er das Gesicht. »Amalia, waaaa…«

»Wach auf«, zischte ich. »Wir müssen hier raus, oder wir sind bald alle tot.«

Damit hatte ich seine Aufmerksamkeit errungen, und er stemmte sich hoch. Seine Lider klappten immer wieder herab, aber er blieb bei sich.

Gut. Das Gift wirkte nicht allzu lange. Aber das bedeutete auch, dass nicht viel Zeit blieb, ehe Ignazio wieder erwachte.

»Was'n passiert?«, lallte Marcello.

»Ignazio ist ein Verräter«, sagte ich. »Er hat euch Drogen verabreicht. Ich erkläre es unterwegs.«

Zairas Lider flatterten schon, als ich sie nur schüttelte. Das Mädchen verbrannte das Schlafmittel genauso schnell wie Nahrung.

»Diese dreckige Ratte«, geiferte sie. »Drogen! Ich bringe ihn eigenhändig um!«

»Wir müssen hier verschwinden«, sagte ich. »Wir müssen die Kinder retten. Wenn wir uns nicht beeilen, werden die sie töten.«

Zaira fluchte. Gemeinsam zerrten wir Marcello auf die Beine, auch wenn sie mit ihrer zierlichen Gestalt und den immer noch wackeligen Knien nicht viel von seinem Gewicht tragen konnte.

»Vergiss nicht, wir brauchen Werkzeug, um das Gitter zu öffnen«, erinnerte sie mich.

»Richtig. Einen Moment.« Ich rannte die Treppe hinauf, um mir eine Artefaktionsausrüstung zu holen. Dabei spitzte ich die

Ohren, um auf Anzeichen dafür zu lauschen, dass Ignazio wieder zu sich kam. Aber es blieb still im Haus, während ich die Stufen wieder hinunterdonnerte und Zaira darum kämpfte, Marcello auf den Beinen zu halten, ehe er unausweichlich zu Boden rutschen konnte. Wir gaben schon ein seltsames Grüppchen ab, als wir durch das Empfangszimmer zur Haustür stolperten.

Plötzlich stand Beatrix vor uns, einen Dolch in der zitternden Hand.

»Halt«, kreischte sie. »Ihr habt zu bleiben. Anweisung des Herrn.«

»Wir haben keine Zeit für so was«, giftete Zaira. »Entsiegel mich, dann brenne ich sie nieder.«

Beatrix ließ das Messer los, das klappernd auf dem Boden landete, und gab Fersengeld. Wir humpelten zur Tür und stießen sie auf.

Draußen auf der Straße warteten mein Freund mit der gebrochenen Nase und ein übertrieben muskulöser Kumpan auf uns. Beide hatten Schwerter gezogen.

»Immer noch keine Zeit!«, brüllte Zaira empört. »Sprich's aus, Cornaro!«

Ein lauter Knall erschütterte mich bis ins Mark, und ein Blitz vor meiner Nase blendete mich beinahe. Nasenbruch sackte mit einem gurgelnden Aufschrei und einem blutigen Loch in der Brust zu Boden. Marcello schwankte; Rauch stieg von der Mündung seiner Steinschlosspistole auf.

Der andere Schurke ließ schreiend sein Schwert fallen und rannte davon.

Gemeinsam stolperten wir hinaus in die Kälte der fortschreitenden Nacht.

Die frische Luft schien Marcello und Zaira zu helfen, sich etwas schneller zu erholen, und bald kamen wir recht flott voran. Dies war die Stunde, in der man bei den Resten eines Mahls mit Käse und Wein zu sitzen pflegte, also waren die Straßen vergleichsweise leer. Nur dann und wann begegnete uns ein Händler, der spät nach Hause ging, oder ein junger Adliger, der von einer abendlichen

Verabredung zur nächsten flitzte, und natürlich wurden die geschnitzten Grazien, die mit leeren Augen von dem Fries am Tempel herabblickten, Zeugen unseres Marschs.

Es mussten beinahe zwei Stunden vergangen sein, seit ich meine Notfalldosis eingenommen hatte. Das bedeutete, mir blieb noch eine Stunde – vielleicht auch drei oder vier, sofern ich noch weitermachen konnte, wenn die ersten Symptome der Vergiftung auflebten –, um die Kinder zu retten, Savony bloßzustellen und einen Krieg abzuwenden. Danach … daran konnte ich nicht denken. Ich war gerade so lebendig, da durfte der Tod einfach nicht so nahe sein. Und so real.

Ein scharfer Befehl erklang hinter der nächsten Ecke, zusammen mit dem Getrampel von stiefelbewehrten Füßen. Zaira fluchte. »Die kommen, um uns gefangen zu nehmen.«

»Dazu sind sie nicht berechtigt«, wandte Marcello ein.

»Meinst du, das wird sie aufhalten?« Zaira zerrte uns in einen tief in den Schatten liegenden Bogengang, der zu einem abgesperrten Stadthausgarten führte. Angespannt warteten wir, während ein Dutzend Soldaten, bewaffnet mit Steinschlossgewehren und Säbeln, an unserem Versteck vorbeizogen.

»Sieht aus, als sollten wir uns besser beeilen«, sagte ich, kaum dass sie weg waren. »Ehe diese Soldaten zurückkommen.«

Ehe mir die Zeit ausging.

Nun, da alle Läden und Werkstätten zur Nacht geschlossen waren, lag die Straße in tiefschwarzer Dunkelheit. Ich wäre an Savonys Lagerhaus vorbeigelaufen, aber Zaira erkannte es auf Anhieb. Minuten später hatte sie das Schloss geöffnet, und wir krochen unter den runden Spiegelaugen und den flackernden Leuchten durch den Korridor. Das Klirren von Marcellos Rapier-und-Pistolen-Gurten klang in der drückenden Stille so laut wie ein Schrei.

Meine blutige Rune prangte noch immer in dem artefaktischen Kreis an der inneren Tür. Ich stieß sie auf, fühlte das rohe Holz unter den Fingern. Ignazio konnte auf keinen Fall vor uns hergelangt sein, dennoch fürchtete ich mich vor dem, was uns erwarten mochte.

Vor uns erstreckte sich der Lagerraum, dessen Größe spürbar war, obwohl nur eine graue Spur von Sternenlicht durch die hohen Fenster hereindrang. Das goldene Rechteck, das der Lampenschein aus dem Korridor auf den Boden zeichnete, reichte nicht weit. Diese armen Kinder mussten jede Nacht in totaler Finsternis verbracht haben. Ich schauderte.

»Jaslyn?«, rief ich.

Ein Rascheln und ein leises »Hallo?« erhoben sich aus der Tiefe, hohl und verunsichert.

»Grazie der Barmherzigkeit«, hauchte Marcello. »Sie sind wirklich unter dem Boden.«

Ich konnte den Abfluss in dem körnigen Schatten nicht ausmachen, aber wir gingen einfach bis zur Mitte des Raums, und unsere Schritte hallten erschreckend laut von den Wänden wider.

»Ich bin es, Amalia. Wir sind hier, um euch zu befreien.«

»Sie sind zurückgekommen!« Die Hoffnung ließ Jaslyns Stimme heller erklingen.

Endlich fand ich den Abfluss, und ich schob die Finger zwischen die Metallstreben. Kleine, kalte Hände berührten meine Haut, und in dem Keller drängelten sich flüsternd die Kinder auf das Gitter zu.

»Sie sind wieder da!«

»Sie holen uns hier raus!«

»Gib mir das Werkzeug«, kommandierte Zaira mit harter, entschlossener Stimme.

Ich reichte ihr den Beutel. Ein paarmal hörte ich ein Klimpern in der Dunkelheit, dann ein frustriertes Grunzen.

»Ich kann nichts sehen. Haben wir irgendwas an Licht?«

»Warte.« Ein sanfter Schein erwachte in Marcellos Hand, als er eine Taschenleuchte schüttelte. »Das wird nicht lange halten«, warnte er.

»Lange genug.« Zaira beugte sich über den Abfluss, blockierte mir die Sicht auf die dunklen, stieren Augen und die blassen Gesichter unter ihr.

»Schnell!«, bettelte ein Junge.

»Ich arbeite daran, Gör. Hört auf, an den Gitterstäben rumzufingern, sonst kriege ich das nie auf!«

Marcello hielt die Leuchte hoch und schüttelte sie noch einmal, um das Verblassen des Lichtfunkens noch ein wenig hinauszuzögern. Ich glitt neben ihn, bis sich unsere Schultern und Hüften berührten, und sein freier Arm legte sich um meine Taille. Ich trank seine Wärme förmlich, wohl wissend, dass dies meine letzte Chance dazu sein mochte.

Grazien helft, ich sollte es ihnen sagen. Wenn ich in ein paar Stunden tot war, wäre diese Information durchaus relevant.

»Hört mal …«, fing ich an.

»Hab's!«, krähte Zaira und warf den Rost mit lautem Radau zur Seite.

Hände streckten sich ihr aus dem Loch entgegen, Finger wackelten wie Seegras, und ein aufgeregtes Geplapper drang aus dem Keller empor.

»Es ist offen! Wir sind frei!«

»Hör auf zu schubsen, Padric!«

»Ich komme nicht an den Rand. Lasst mich hier raus!«

Marcellos Arm spannte sich in einem kurzen Anfall des Mitgefühls oder des Schmerzes um meinen Leib. Dann schritt er zu dem Abfluss, ohne sich noch einmal umzuschauen. Er streckte beide Arme in das Loch und zog ein Kind hervor, schneller, als ein Zauberer es hätte herausbeschwören können. Der Junge kreischte und zappelte, aber kaum berührten seine Füße den Boden, da rannte er los und fing an, im Kreis zu laufen.

»Ich komme nach Hause! Ich komme nach Hause!«

Meine Augen brannten. Ganz gleich, was in den nächsten Stunden auch geschehen mochte, in diesem Moment taten wir genau das Richtige.

»So viel zum Thema Heimlichkeit«, grummelte Zaira.

Marcello zog noch ein Kind heraus, ein Mädchen, nicht älter als vier. Als er es absetzte, warf es sich mir mit dem Kopf voran gegen den Bauch und schlang die Arme um meine Taille, dass mir die Luft wegblieb. Ich streichelte das Haar des schluchzenden Kindes.

»Es wird alles wieder gut. Ihr seid frei.«

Mit angespannter Schulterpartie zog Marcello noch ein Kind aus dem Keller und dann noch eines. Als er müde wurde, übernahm ich für ihn. Ein paar der Kinder fingen voller Energie und Freude an zu lachen; andere klammerten sich müde und ängstlich an uns oder aneinander fest. Bald zog ein ganzer Haufen von ihnen kreischend und spielend durch das leere Lager wie Hunde, die nach einem Regentag endlich wieder raus durften. Ihre Widerstandsfähigkeit war bewundernswert.

Als wir vierzehn Kinder herausgeholt hatten, beugte ich mich über das Loch und sah endlich nichts anderes als tiefen Schatten unter mir.

»Sind das alle?«

»Ich glaube schon«, ertönte Jaslyns dünne Stimme. Laut zählte sie die anderen, rief ihre Namen. Sie musste ein paarmal von vorn anfangen.

Marcello kauerte neben mir und lugte ebenfalls in die Tiefe, um sich zu vergewissern. Ich lehnte die Stirn an seine. So verharrten wir einige Herzschläge lang. Ich schloss die Augen und wünschte, ich könnte in diesem Moment verweilen, in diesem winzigen Fragment des Friedens.

»Wir müssen diesen Zirkus aus der Stadt schaffen«, sagte Zaira.

»Wo sollen wir sie hinbringen?« Marcello erhob sich. Ein kleiner Junge ergriff meine Hand, und ein Mädchen klammerte sich an meinem Umhang fest. »In die Garnison?«

»Nein. Wir müssen sie ihren Familien zurückbringen.«

»Wir haben nicht die Zeit, um diese Gören überall in der Stadt an den Haustüren abzuliefern«, wandte Zaira ein.

Ich nagte an meiner Lippe. Die Garnison war keine gute Idee; dann würde es aussehen, als wären sie unsere Gefangenen. Und der Flusspalast war derzeit gewiss kein sicherer Ort.

»Domenic«, beschloss ich. »Sein Haus ist nicht weit von hier, und wir müssen sowieso mit ihm reden. Er hat genug Einfluss, um die anderen Adligen des Rates der Lords gegen Savony aufzubringen, wenn sie erst die Wahrheit erfahren haben. Und das ardentinische Militär wird auch auf ihn hören. Wenn wir ihm die Kinder bringen, kann er uns helfen, den Krieg aufzuhalten.«

»Richtig.« Zaira gab mir meinen Beutel zurück. »Lasst uns die kleinen Gauner zusammentreiben und gehen.«

Kostbare Zeit ging verloren, als wir die Kinder in der Dunkelheit einsammelten und ihnen erklärten, wie wichtig es war, dass sie dicht bei uns blieben, still waren und sich unter den Spiegeln im Korridor duckten. Zweimal musste ich Padric wieder einfangen, weil er immer wieder zur Tür rennen wollte. Er war ein robuster Bursche von vielleicht sechs Jahren, der sehr viel mehr Energie besaß, als irgendjemand haben sollte, den man zwei Wochen lang in einem Keller eingesperrt hatte. Die Anstrengung ließ mich atemlos zurück, aber schließlich hatten wir sie in einer Reihe zwischen mir und Marcello aufgestellt.

Zaira ging voran und sah nach, ob der Weg frei war. Ehe sie in den Korridor trat, hielt sie inne, und ihre wilden Locken zeichneten sich vor dem Lampenschein im Hintergrund ab.

»Also gut, Gören. Und nicht vergessen – Kopf runter!«

Sie kauerte sich tief herab und bahnte sich ihren Weg durch den verspiegelten Korridor. Die Lampen glommen weiter, und die Spiegel starrten sie ungerührt an. Am anderen Ende richtete sie sich auf, öffnete die Tür einen Spalt weit und lugte hinaus. Das Kind hinter mir wollte loslaufen, aber ich streckte einen Arm aus, um es aufzuhalten.

»Noch nicht«, murmelte ich. Der Puls raste in meinen Adern. Wenn Savonys Raufbolde da draußen auf uns warten sollten, würden wir kämpfen müssen.

Nach einem endlosen Moment ging Zaira hinaus und sah sich um. Dann winkte sie uns aus der finstren Nacht durch die offene Tür zu. Wir konnten unbehelligt ins Freie.

»Unten bleiben«, wies ich die Kinder an, die hinter mir aufgereiht waren. Große Augen blickten mir entgegen, und alle Köpfe nickten feierlich.

Ich beugte mich herab und fing an, den Gang hinunterzugehen. Bei jeder Gewichtsverlagerung wogte ein Schwindelgefühl in mir hoch. *Nicht jetzt.* Um mich auszubalancieren, strich ich mit einer Hand über die Mauer.

Die Kinder folgten mir. Marcello bildete den Abschluss und stellte sicher, dass niemand zurückblieb. Zaira wartete auf der Schwelle. Kerzenschein wärmte ihren Rücken, während sie in die tiefe Nacht dort draußen starrte, angespannt und mit der Haltung einer Möwe, die im Begriff war davonzufliegen. Ich passierte den letzten Spiegel, der mich von ihr trennte, und richtete mich auf.

Plötzlich ertönte hinter mir ein Rascheln und Flüstern. »Padric, nein!«, rief Jaslyn.

Ich wirbelte herum, hob den Finger an die Lippen, doch es war zu spät. Der Junge stand schon auf den Zehenspitzen und versuchte, in einen Spiegel zu schauen, während Jaslin und ein paar andere Kinder sich auf ihn stürzten, um ihn runterzuziehen.

Die Runen, die sich kreisförmig um den Spiegel zogen, flammten in einem blauen Licht auf.

Ein schauerliches Quietschen erfüllte die Luft, und etwas Dunkles und Schweres krachte von der Decke herab.

Kreischend tat ich einen Satz zurück. Das schwere, eiserne Fallgatter verfehlte nur knapp meine Nase und prallte mit einem grässlichen Klirren auf den Boden. Seine dicken Stäbe umrahmten die blassen, schockierten Gesichter der Kinder, die nun dahinter in der Falle saßen. Marcello stand mit geweiteten Augen bei ihnen, und seine Hand sank kraftlos vom Heft seines Rapiers herab.

KAPITEL DREISSIG

ZAIRA FLUCHTE. »Wir waren so nah dran. *So verdammt nah.*«

Ich umfasste die Gitterstäbe, versuchte, das Gatter hochzustemmen. Mehr blaues Licht flackerte um den eisernen Rahmen auf. Es saß fest, verriegelt durch die Kunst eines Artefaktors, der erheblich kompetenter war als der, von dem der schludrige Kreis an der Tür stammte.

Mein Atem ging zu schnell, und ich konnte nicht so tun, als läge das nur an der Aufregung. Nein, wieder einmal ging einfach alles den Bach runter.

Eines der Kinder schlug Padric auf die Schulter. »Doofi! Guck, was du gemacht hast!«

Ich brachte es nicht über mich, ihm zu widersprechen, nicht einmal dann, als Padric in Tränen ausbrach.

Marcello zog eine Grimasse, die auf tröstliche Art leugnete, wie schlimm die Lage geworden war. »Und was jetzt?«

Zaira packte meinen Arm. »Kannst du hier auch etwas tun, so wie bei diesem Kreis an der Tür?«

Ich schüttelte den Kopf. Das war eine echte Katastrophe. Marcello und die Kinder saßen in der Falle, und Ignazio war zweifellos längst unterwegs, hatte vielleicht schon seine Gefolgsleute vorausgeschickt. Alle starrten mich erwartungsvoll an, hoffnungsvoll. Aber alles, was ich hatte, um dieses gelungene Handwerk zu besiegen, war ein Beutel mit Artefaktionsausrüstung und ein vollständiger Mangel an magischer Begabung.

Ich holte tief Luft. »Ich weiß es nicht. Lasst mich nachdenken.«

Die Spiegel erkannten Eindringlinge, aber ihre Runen sagten nichts darüber aus, wie die Falle ausgelöst wurde. Auf dem Fallgatter selbst gab es keine Runen und auch keinen artefaktischen Draht oder Perlen. Ich hatte keine Idee, was die Bedingungen des Bannes bestimmte.

Ich schob eine Hand über eine der rauen Eisenstangen, um mich festzuhalten, und blickte hinauf. Das obere Ende des Fallgatters verschwand in dem verborgenen Schacht, aus dem es herabgefallen war. Die armdicke Lücke war zu düster, um zu erkennen, was sich dort oben befand.

»Es muss über uns noch einen Raum geben, von dem aus das magische Siegel gelöst und die Falle wieder scharfgemacht werden kann. Wahrscheinlich mithilfe einer gewöhnlichen Winde.« Ich musste eine Pause einlegen, um wieder zu Atem zu kommen. »Das Fallgatter fällt jedes Mal herunter, wenn eine der Lampen blockiert wird, also dürfte es ziemlich häufig vorkommen, dass sie es wieder hochziehen müssen.«

»Ich habe auf der Seite des Gebäudes noch eine andere Tür gesehen«, konstatierte Zaira. »Gehen wir.«

Ich verlagerte mein Gewicht wieder zurück auf meine Beine, die prompt nachzugeben drohten. Für einen Moment konnte ich das Gatter nicht loslassen. Die Kinder drängelten sich hinter den Eisenstangen, griffen hindurch, zupften mit ihren kleinen Händen an meinen Kleidern. Ich hätte sie zu gern getröstet, aber ich musste mich gänzlich darauf konzentrieren, das Gleichgewicht wiederzufinden.

Marcello drängte sich mit besorgter Miene an ihnen vorbei zum Gitter.

»Amalia? Geht es dir gut?«

»Tut mir leid.« Meine Stimme klang schwach und zittrig. »Ich weiß, wir haben keine Zeit. Ich gehe schon.«

Ich richtete mich auf und kämpfte die Woge der Benommenheit nieder. Aber Marcello streckte die Hand durch das Gitter und packte meinen Ellbogen.

»Was ist los? Dir geht es doch nicht gut.«

Am Morgen würde ich tot sein. Aber daran durfte ich jetzt nicht denken. »Ich komme zurecht.«

»Komm schon«, drängte Zaira. »Wenn die uns so antreffen, sterbe ich vor Scham, ehe sie mich erschießen können.«

Marcellos Griff um meinen Arm spannte sich. »Du gehst nirgends hin, ehe du mir gesagt hast, was los ist. Du bist krank. Oder verletzt. Brauchst du einen Arzt?«

»Ich brauche einen Alchemisten«, gestand ich. »Aber erst müssen wir die Kinder in Sicherheit bringen.«

»Einen Alchemisten! Hat Ignazio dich vergiftet?«

Ich lachte erbittert. »Ja, das hat er tatsächlich getan. Vor langer Zeit. Aber er hat mich auch am Leben gehalten, jedenfalls bis jetzt.« Es hatte keinen Sinn mehr, ein Geheimnis daraus zu machen. »Dämonentränen. Er hat die Flaschen mit meinem Elixier zerbrochen, und die Wirkung der letzten Dosis lässt nach.«

Marcello fluchte und zog mich zu sich, streckte beide Arme durch das Gitter. Für einen Moment lehnte ich mich an das Fallgatter, und meine Hände suchten die Wärme seiner Brust durch die Stäbe des kalten Eisengitters, das uns unnachgiebig trennte.

»Wir müssen dir irgendwie mehr Elixier beschaffen.« Seine Stimme klang angespannt vor Gram. »In der Garnison gibt es keine Alchemisten, aber vielleicht finden wir einen in der Stadt.«

»Vielleicht«, stimmte ich müde zu. Ich brachte es nicht übers Herz, ihm zu erzählen, was Ignazio mir gesagt hatte. »Darüber können wir reden, sobald wir die Kinder in Sicherheit gebracht und die Stadt vor einem Krieg bewahrt haben. Ich muss jetzt gehen.«

Sein Adamsapfel hüpfte auf und nieder. »Versprich mir, dass du so lange durchhältst.«

Mir blieben die Worte im Halse stecken. Meine Mutter hatte mir eingeschärft, niemals ein Versprechen abzulegen, von dem ich nicht wusste, ob ich es würde halten können.

Stattdessen griff ich durch das Gitter nach seinem Nacken und zog seinen Mund zu meinem. Bei allen Grazien, sollte ich morgen früh tot sein, dann wollte ich ihn wenigstens einmal geküsst haben.

Seine Lippen waren angespannt vor Schrecken, doch dann verschmolzen sie mit meinen, fühlten sich zwischen den harten

Metallstäben, die sich an meine Wangenknochen drückten, warm und zart an. Für einen Moment verweilten wir so, und die Nacht war sicher und schön und frei von jeglichen Schrecken. Doch bald musste ich wieder Luft holen, und mein Atem ging rau und flach.

Die Kinder lachten, quiekten und stupsten sich gegenseitig an, doch nun schaffte ich es, nicht zu erröten.

»Achte gut auf sie«, sagte ich. »Ich werde dieses Tor öffnen.«

Er drückte meine Hand so fest, dass es wehtat. Dann ließ er los und nickte. »Ich weiß, du schaffst es.«

Ich folgte Zaira hinaus in die kalte Nachtluft. Zweimal stolperte ich auf dem Weg zur Seite des Gebäudes, so schwach waren meine zitternden Knie. *Nicht jetzt.* Ich schlug mir ins Gesicht, um meinen Geist wach und konzentriert zu halten.

Das Schloss an der Nebentür kostete Zaira mehr Zeit als das am Vordereingang, was mir die Hoffnung verlieh, dass es nicht durch irgendwelche magischen Banne verstärkt wurde. Ein- oder zweimal hörte ich sie leise fluchen, und ich musste mir auf die Lippe beißen, um nicht zu fordern, sie solle sich beeilen. Ständig blickte ich mich um, aber die Straße war und blieb verlassen.

Endlich richtete sie sich auf, und die Tür öffnete sich und gab den Blick auf eine Flucht hölzerner Treppenstufen frei.

»Das haben wir.« Zaira trat zur Seite, um mir den Vortritt zu lassen. »Genau, wie du gesagt hast. Vielleicht bist du doch nicht immer ein Dummkopf.«

»Danke.« Ich trat durch die Tür in das düstere Treppenhaus. Ruß verdunkelte das Innere noch weiter und ließ nichts als ein hoffnungsloses Kohlrabenschwarz zurück. Trotz der Wand, an die ich mich stützen konnte, tanzten, als ich endlich oben war, goldene Funken an den Rändern meines Blickfelds.

Ein kurzer Gang führte uns zu einer weiteren verriegelten Tür, die Zaira jedoch schnell geöffnet hatte. Es gab keine Fenster, durch die Licht hätte hereinfallen können, dennoch konnte ich vage das sperrige Rechteck eines Schreibtischs ausmachen, außerdem ein paar Regale und Kisten – und, an einer Wand, den Großteil einer

Winde sowie die obere Kante des Fallgatters, das aus dem Boden ragte.

Ich eilte zu der Winde, konnte jedoch kaum die Taue ausmachen, die von ihr fortführten; umso weniger konnte ich erkennen, ob sie mit irgendwelchen Runen oder Drahtgeflechten verziert war.

»Ich brauche Licht«, sagte ich zu Zaira. »Kannst du nachsehen, ob Marcello noch so eine Taschenleuchte hat? Oder, noch besser, hol mir eine der Öllampen.«

»In Ordnung. Aber glaub nur nicht, dass ich weitere Botengänge für dich mache, wenn wir dies erst hinter uns haben.«

Ich sah ihr nicht nach, als sie hinaushastete, sondern widmete mich trotz der Dunkelheit wieder dem Fallgatter. Als sich meine Augen an die Lichtverhältnisse gewöhnt hatten, entdeckte ich etwas Rundes an der Wand dahinter – noch ein Spiegel? Und war das magischer Draht, der von ihm zu dem Gatter führte?

Meine Fingerspitzen berührten ihn in der Dunkelheit. Ja, und eine weitere Litze führte zu der Winde. Die Spiegel unten mussten mit diesem Draht verbunden sein. Wurde die Falle ausgelöst, erhielt auch der Spiegel hier oben ein Signal, löste das Fallgatter aus und aktivierte dadurch das Siegel.

Schwere Stiefelschritte donnerten die Treppe hinauf. Das war nicht Zaira, es sei denn, sie hatte sich etliche neue Beine wachsen lassen und ein paar hundert Pfund zugenommen. Flackernder Lichtschein raste die Stufen empor und warf wilde Schatten in den Korridor.

Verdammt. Ich hatte noch nicht herausgefunden, wie ich das Siegel öffnen konnte. In der Hoffnung, meine Absichten zu verbergen, schob ich meinen Beutel hinter eine Kiste, zog meinen Dolch und baute mich mit heftig pochendem Herzen vor der Tür auf.

Vier bewaffnete Männer erklommen die Stufen und näherten sich der Tür. Der vorderste trug eine Laterne, in deren rötlichem Lichtschein ich Schwerter und Steinschlosspistolen schimmern sehen konnte. Auf der Brust der Männer prangte das Bergandon-Wappen, aber ihre schlecht geschnittenen Uniformen passten nicht ins Bild.

Unter keinen Umständen würde jemand, der so auf die äußerliche Erscheinung bedacht war wie Herzog Bergandon, diesem zerlumpten Haufen gestatten, in seiner Garde zu dienen. Dem berechnenden Ausdruck in ihren Augen konnte ich entnehmen, dass sie nicht überrascht waren, mich hier anzutreffen. Meine Chancen, mittels Täuschung einen Ausweg zu finden, schienen arg klein zu sein, aber ich schraubte mich dennoch in die Höhe.

»Dies ist eure letzte Chance, nicht zu Verrätern zu werden«, warnte ich. Wie sehr ich mich auch bemühte, so selbstsicher und unerschrocken zu klingen, als hätte ich ein ganzes Heer hinter mir – meine Stimme klang viel zu dünn und angestrengt. »Wenn ihr euch jetzt ergebt, könnt ihr immer noch euer Leben und eure Ehre retten.«

Die Männer wechselten kurze Blicke. Narben kennzeichneten unrasierte Gesichter. Der Mann ganz vorn stellte die Laterne diesseits der Tür auf den Boden und zog seine Steinschlosspistole.

»Trank«, grunzte einer einem anderen zu.

Scharf atmete ich ein und hielt die Luft an. Ein Mann im Hintergrund fummelte an seiner Tasche herum, aber ich wartete nicht auf ihn, sondern stürzte mich auf den vorderen Schurken und rammte ihm die Klinge in die Hand. Schreiend ließ er die Steinschlosspistole fallen. Sogleich hob der breitschultrige Wüstling neben ihm das Schwert, aber ein anderer Mann mit vernarbtem Kinn hielt seinen Arm fest.

»Vorsicht! Lebendig, weißt du noch?«

Oh, das machte die Sache einfacher. Ich wagte einen Atemzug, tat einen Schritt vorwärts und stach nach ihren Augen. Meine Gegner schienen nicht recht zu wissen, was sie mit ihren Waffen anfangen sollten, und stolperten in einem disziplinlosen Haufen rücklings zur Tür hinaus.

»Genug!«, rief Narbenkinn. Der Mann ganz hinten warf etwas nach mir. Glas zerschellte zu meinen Füßen. Flüssigkeit bespritzte meine Beine. Sollte ich nun einatmen, würde ich sicherlich Pfefferminz riechen.

Die falschen Soldaten knallten die Tür von außen zu.

Das Schlafmittel tränkte meine Strümpfe. Ich eilte zu der Winde, verzweifelt bemüht, nicht zu atmen und Marcello zu befreien, ehe ich das Bewusstsein verlor. Aber die Benommenheit trieb mich auf die Knie, bevor ich auch nur den Raum durchquert hatte, und ich schnappte und sog die pfefferminzgeschwängerte Luft ein.

Die Welt drehte sich und stürzte meinen Geist in tiefe Finsternis, noch ehe ich auf dem Boden aufprallte.

KAPITEL EINUNDDREISSIG

Als ich wieder erwachte, fühlte ich mich trocken und leer wie ein Blatt aus dem Herbst des letzten Jahres. Licht öffnete kitzelnd meine Lider. Ich lag, wo ich gefallen war, zwischen Winde und Tür. Die Laterne brannte immer noch, fing sich in dem goldenen magischen Draht, der die Winde und das Fallgatter mit dem Spiegel an der Wand verband. Ein Schreibtisch, der mit Papieren übersät war, stand an einer Wand neben Regalen, auf denen stapelweise Falkneruniformen und ein Haufen ardentinischer Militärabzeichen mit dem Wappen der Bergandons lagerten. Auf anderen Regalen befanden sich Gläser mit artefaktischen Farben, geschliffener Obsidian und ein Haufen grauer Dominomasken. Ein leerer Sarg stand in der Ecke; bei dem Anblick bekam ich ein flaues Gefühl im Magen.

Ich schien mich in einem ernst zu nehmenden Lager für Verräterausrüstung zu befinden.

Angesichts dessen, wie schwach sich meine Glieder anfühlten und wie sehr mein Herz raste, musste einige Zeit vergangen sein, auch wenn das Gift noch nicht genug Wirkung zeigte, um die Krämpfe auszulösen. Stattdessen bohrte sich die Angst um Marcello und die Kinder mit Widerhaken in meine Eingeweide.

Zu schnell stemmte ich mich in eine sitzende Position. Alles um mich herum verschwamm und geriet irgendwie in Schieflage. Ich sackte zurück auf den Boden und starrte keuchend zur Decke hinauf.

Die Tür wurde geöffnet.

»Hallo, Amalia«, sagte Ignazio.

Für einen Moment zog ich es in Erwägung, ihm an den Hals

zu gehen, aber der Mann mit dem vernarbten Kinn und sein viehischer Kumpan warteten hinter meinem Onkel im Flur. Besser, ich verleitete ihn dazu, mich zu unterschätzen. Erneut versuchte ich, mich aufzusetzen, damit er sehen konnte, wie ich mich quälte, doch dieses Mal blieb ich sitzen.

»Hallo, Verräter.«

Er winkte seinen Gefolgsleuten zu, sich zurückzuziehen, und schloss die Tür, sodass wir unter uns waren. »Ist das eine Art, seinen Onkel anzusprechen?«

Finster musterte ich ihn. Meine Kehle war zu trocken, noch mehr Worte an ihn zu verschwenden.

Er seufzte. »Nun gut, ist das eine Art, den Mann anzusprechen, der dir das Leben retten kann?«

Er zog eine Flasche aus seinem Mantel. Gegen meinen Willen frohlockte mein Herz, doch als er den Raum durchquerte und sie mir darbot, konnte ich keinen Anisgeruch wahrnehmen.

»Das ist Wein«, sagte er. »Du musst etwas trinken. Nimm ihn.«

»Woher weiß ich, dass er nicht mit Drogen versetzt ist?«

Er zog eine Braue hoch. »Welchen Grund hätte ich, dich zu vergiften?«

Ich nahm die Flasche. Es war ein dünner, unkultivierter Rotwein, aber der enorme Durst trieb mich dazu, ihn dennoch zu trinken. Außerdem konnte ich so Zeit zum Nachdenken schinden. Ich musste herausfinden, was aus Marcello und den Kindern geworden war.

»Die Krämpfe haben noch nicht angefangen, nehme ich an?«, fragte er.

Ohne die Flasche abzusetzen, schüttelte ich den Kopf.

»Sie werden bald einsetzen.« Eingehend studierte er meine Mimik. »Und danach folgt ein qualvoller Abstieg in Halluzinationen, Bewusstlosigkeit und Tod.«

Er stand zu weit entfernt, um ihn zu schlagen. Ich stellte die Flasche ab. »Bist du nur gekommen, um mich zu verhöhnen? Ich kann den Gedanken kaum ertragen, dass ein Cornaro so tief hat sinken können.«

»Nein. Ich bin gekommen, um dir noch eine Chance zu geben. Bitte, Amalia. Ich möchte nicht, dass du stirbst. Es ist immer noch genug Zeit, das Elixier anzurühren, wenn du zustimmst, mit mir zusammenzuarbeiten.«

Hoffnung bäumte sich in meiner Brust auf. Wenn er meine Hilfe wollte, dann hatten sich Marcello und die Kinder vielleicht irgendwie befreien können. »Warum sollte ich mit dir zusammenarbeiten?«

Er zog eine Braue hoch. »Mir scheint, dir bleiben nicht viele andere Möglichkeiten, nicht wahr?« Er schaute an mir vorüber zu der Winde des Fallgatters. »Hast du gehofft, du könntest Leutnant Verdi befreien? Ohne dies hier hätte das sowieso nicht geklappt.« Aus seinem Wams zog er eine goldene Kette hervor, an der mit Runen gekennzeichnete Steine hingen, und ließ sie vor meiner Nase pendeln, als wollte er eine Katze necken.

Ehe ich sie mir richtig ansehen konnte, flog die Tür auf, und Dama Savony stolzierte herein. Dabei erhaschte ich einen Blick auf ein brandneues artefaktisches Siegel, das auf einem an die Tür genagelten Stück Leinwand prangte. *Hölle der Verzweiflung*. Das erschwerte die Sache zusätzlich.

»Versucht Ihr immer noch, sie zu überzeugen?« Eisige Abscheu kühlte Savonys Stimme. »Wir sollten sie töten und es hinter uns bringen. Denkt Ihr wirklich, es wäre wohlmeinender, sie langsam sterben zu lassen?«

Ignazio steckte die Kette zurück in sein Wams und sah sich über die Schulter zu ihr um. »Ihr habt zugestimmt, Euch meinem Kommando zu beugen. In dieser Sache und in allen anderen Dingen.«

»Weil Ihr die Weitsicht, den Reichtum und den Einfluss besitzt, die nötig sind, um Ardence zu retten. Und weil Astor die Stadt mit seinen Exzessen vernichtet hätte, sofern er sie nicht schon vorher Vaskandar ausgeliefert hätte. Ich werde nicht zulassen, dass meine Stadt untergeht …« Sie schüttelte den Kopf. »… aber ich habe auch keine Geduld für Sentimentalitäten. Fangt nicht an zu zaudern, wie Leodra es wegen der Kinder getan hat.«

»Ich habe bereits zugegeben, dass es ein Fehler war, ihn hinzuzuziehen. Doch fürchtet Euch nicht – ich bin aus einem härteren Holz geschnitzt.« Ruckartig deutete Ignazio mit dem Kinn auf die Tür und die Stadt hinter ihr. »Wie stehen die Dinge?«

»Der Flusspalast ist hinlänglich entrüstet, und die Lords sind vorbereitet. Es dürfte ein Leichtes sein, den Palast vollständig unter meine Kontrolle zu bringen. Dama Terringer ist bewusstlos infolge des Gifts, das Ihr ihr untergejubelt habt. Vielleicht überlebt sie, aber das ist kaum von Bedeutung; sie ist uns jetzt nicht mehr im Weg, und meine Leute haben ihre Kurierlampen sabotiert. Bettlägerig und nicht in der Lage, Kontakt zum Dogen oder zur Garnison aufzunehmen, ist sie kaltgestellt. Der Schattenadel wird die Schuld auf sich nehmen müssen, und die Kinder und Leutnant Verdi bleiben unten eingesperrt.«

Ich zwang meine Augen, nicht ständig zu der Winde zu schauen. Solange sie noch am Leben waren, hatte ich auch eine Chance, sie rauszuholen.

»Die letzten offenen Punkte sind also unser Falke und seine Falknerin«, konstatierte Ignazio.

»Ja. Und Ihr habt mir versichert, Ihr hättet sie im Griff.« Jedes ihrer Worte klang wie abgebissen. »Damit wir die Stadt mit Schadfeuer bedrohen und dann retten können. Aber alles fährt in die neun Höllen, sollte das Imperium stattdessen *tatsächlich* anfangen, die Stadt mit diesen artefaktierten Kanonen zu vernichten.«

»Ich fürchte, ich habe den mangelnden Selbsterhaltungstrieb meiner Nichte nicht vorhergesehen.« Ignazio warf einen enttäuschten Blick in meine Richtung. »Aber ich bin etwas zuversichtlicher, dass Zaira dennoch bereit sein wird, mit uns zusammenzuarbeiten. Nur keine Angst.«

»Davon abgesehen sind dies nicht die letzten offenen Punkte.« Dama Savony fummelte an der Brille herum, die an ihrem Hals baumelte. »Was ist mit den Kindern?«

Seufzend erhob sich Ignazio. »Ich werde Sorge dafür tragen, dass man sich um sie kümmert. Aber ich werde eine sorgfältige Auswahl treffen müssen. Wir brauchen Leute, die nicht zurückscheuen und absolut verschwiegen sind.«

»Was hast du vor?« Die Worte platzten einfach aus mir heraus.

Er antwortete nicht. Dama Savony betrachtete mich so desinteressiert, als wäre ich nur ein Insekt, ehe beide zur Tür gingen.

»Ignazio! So schlecht bist du nicht!«, rief ich. »Wenn du diesen Kindern etwas zuleide tust, wirst du aus eigener Schuld auf ewig verdammt sein. Hast du diese Grenze einmal überschritten, gibt es kein Zurück mehr.«

Dama Savony verließ den Raum, ohne im Schritt innezuhalten, aber Ignazio blieb an der Tür stehen, die Hand an den Rahmen gelegt.

»Es ist zu spät«, sagte er leise. »Mit der Verdammnis habe ich meinen Frieden an dem Tag geschlossen, an dem ich dich vergiftete.«

Die Tür fiel hinter den beiden zu, und das Schloss wurde mit einem leisen Klicken verriegelt. Ein schmaler Streifen Licht blitzte kurz rund um die Tür auf, als das artefaktische Siegel aktiviert wurde.

Dieser Mistkerl! Meine Hände verkrampften sich in meinem Schoß. Er verdiente es nicht, den Namen Cornaro zu tragen. Unsere Familie mochte pragmatisch und bisweilen auch manipulativ sein, aber selbst die rücksichtslosesten unter uns hatten sich nie dazu herabgelassen, Kinder zu ermorden.

Während ihre Schritte durch den Flur und die Treppe hinunter verhallten, blieb ich noch einige Momente still sitzen. Als ich sicher war, dass sie fort waren, kam ich taumelnd auf die Beine, schnappte mir die Laterne und trug sie zu dem Fallgatter. Als ich den Spiegel untersuchte, befiel mich ein Zittern, dass auch die Laterne erbeben ließ, aber meine Aufmerksamkeit geriet nicht ins Schwanken. Ich musste Marcello befreien, mit oder ohne Ignazios Preziosen.

Ein Gewebe aus perlenbesetztem Artefaktionsdraht löste den Befehl aus dem Spiegel an die Winde aus, das Fallgatter abzulassen. Ein anderes führte direkt zu dem Gatter und aktivierte das magische Siegel, das die Falle an Ort und Stelle fixierte. Fünf leere Nischen im Rahmen des Spiegels warteten zweifellos darauf, mit Ignazios Runensteinen gefüllt zu werden, die als Schlüssel dienten, um das Siegel zu öffnen.

Das war ein Problem. Aber Ignazio wusste nicht viel über Artefaktion. Anders als in der Alchemie konnten deren Regeln bisweilen mithilfe von geschickten Fingern und einem geschulten Geist umgeschrieben werden.

Ich hielt die Laterne dicht an den Golddraht, der, um einen Eisenring auf dem Fallgatter geschlungen, das Siegel definierte. Fünf blaue Perlen bildeten in dem zarten Flechtwerk aus Draht ein den Schlüsselsteinen im Spiegel entsprechendes Muster. Wenn ich sie nur in den komplizierten Wicklungen in die richtige Flucht bringen konnte, beinahe wie das Sperrwerk in einem Schloss, würden sie die Energie freisetzen, um das Signal zur Öffnung des Siegels zu erteilen.

Ich konnte es schaffen.

Mein Atem fegte rauer und schneller über meine Lippen, aber ich bekam immer noch nicht genug Luft. Mit zitternden Händen schob ich vorsichtig die Perlen über das Drahtgeflecht. Ich musste aufmerksam und konzentriert arbeiten, ganz gleich, wie sehr der Körper um meinen Geist herum an Kraft verlor.

Mit tauben, plumpen Fingern schob ich die Perlen immer wieder zu weit oder drehte sie auf dem Draht, bis ich beinahe vor Enttäuschung geweint hätte. Ich kniete neben dem Fallgatter, das Öl in der Lampe ging zur Neige und mein Blickfeld schrumpfte mehr und mehr zusammen. Diese winzigen Perlen wurden zu meiner ganzen Welt, während ich sie quälend langsam an ihren Platz rückte.

Endlich, endlich raste mir ein Energiestoß durch die Fingerspitzen. Ich hatte sie korrekt angeordnet. Das Siegel war offen.

Ich lugte hinab in die tiefe Aussparung in dem Steinboden, wo sich der Lampenschein in den Gitterstäben unter mir fing. Meine gespitzten Ohren erhaschten die Melodie kindlicher Stimmen in der Tiefe. Ich konnte keine Worte ausmachen, aber der niedergeschlagene Tonfall tat mir im Herzen weh.

»Marcello«, rief ich. »Kannst du mich hören?«

Die Stimmen verstummten. Ein Gesicht, von dem durch die Aussparung nur ein schmaler Streifen erkennbar war, presste sich an das Gatter. Ich erblickte ein rundes, geweitetes Auge, das aus einem Kindergesicht zu mir heraufstarrte. Dann verschwand es wieder.

»Da oben ist jemand!«, rief das Mädchen. »Jemand ist in der Decke!«

Rascheln und Schweigen fordernde Laute. Dann lehnte sich ein anderes Gesicht an das Gatter, dieses so vertraut wie erschrocken.

»Amalia? Bist du das?« Marcellos Stimme erwärmte mein Inneres wie erhitzter Wein.

»Ja! Tut mir leid, dass es so lange gedauert hat. Es gab … Komplikationen.«

»Wo ist Zaira? Ist sie auch dort oben?«

»Nein.« Ich stützte die Hände auf den Boden, als ich mich des Grausens erwehrte, das sich über mich legte. »Ist sie nicht gekommen, um dich um eine Lampe zu bitten?«

»Nein.«

Dieses eine grauenvolle Wort lag mir schwer und unverdaulich im Magen. Aber ob sie geflohen oder geschnappt worden war, ob sie uns verraten oder den Tod gefunden hatte, es änderte nichts an der vor mir liegenden Aufgabe. Eins nach dem anderen.

»Ich habe das Fallgatter entsiegelt«, erklärte ich ihm. »Ich werde jetzt versuchen, es hochzuwinden. Lass auf keinen Fall zu, dass die Kinder es noch einmal auslösen.«

»Du bist unglaublich.« Für einen Moment sah ich weiße Zähne durch die schmale Ritze aufblitzen. »Danke. Sehen wir uns draußen?«

Ich seufzte, ließ einen langen, kostbaren Atemhauch frei, auf dass er seinen Weg hinab zu ihm fand.

»Marcello, ich werde dir jetzt etwas Schlimmes erzählen, und du musst es hinnehmen.«

Ein Stirnrunzeln gab dem Teil seiner Braue, den ich sehen konnte, eine neue Gestalt. »Ich höre.«

»Ich werde nicht mit dir gehen.«

»Amalia …«

»Selbst wenn ich das artefaktierte Schloss zu diesem Raum

knacken könnte, dürfte ich dennoch nicht mit dir gehen.« Ich schluckte, doch auch das linderte das raue Gefühl in meiner Kehle nicht. »Ich würde euch zu sehr aufhalten. Ignazio ist gerade dabei, gedungene Mörder zu rufen, um euch zu töten. Du musst diese Kinder in Sicherheit bringen, und du kannst nicht auf mich warten.«

»Ich werde dich nicht hier zurücklassen.« Tiefe Qual zerrte an seiner Stimme.

»Du bist alles, was diese Kinder haben, Marcello. Wenn du sie im Stich lässt, werden sie sterben.« Ich fand in mir den scharfen Ton, den meine Mutter zu nutzen pflegte, wenn ich mich töricht verhalten hatte und sie mich wieder zu Verstand bringen wollte. »Geh. Bring sie da raus.«

Langes Schweigen. Schließlich richtete er sich auf und sein Kopf entfernte sich von der Aussparung, sodass ich Marcello nicht mehr sehen konnte – abgesehen von seinen Händen, die die Stäbe so fest umklammerten, dass sich die Knöchel weiß unter der Haut abzeichneten.

»Sobald sie in Sicherheit sind, komme ich zurück, um dich zu holen.«

»Schön. Jetzt geht. Schnell!«

»Du bist eine tapfere, wunderbare Frau, Amalia Cornaro.« Die starken, schwieligen Hände spannten sich noch einmal und ließen dann los. »Ich glaube, ich könnte dich lieben.«

Ich kniff die Augen zu. Ich konnte es mir nicht leisten, Tränen zu vergießen, durfte mich nicht dem bitteren Schmerz darüber hingeben, dass die Chance, bei ihm zu sein, verloren war. Und ihm gegenüber wäre es nicht anständig, meine Pein gerade jetzt zu äußern.

»Ich werde jetzt versuchen, das Ding hochzuziehen.« Jedes einzelne Wort zwang ich mühsam über meinen starren Kiefer. »Du musst von unten helfen.« Ich drehte die Winde, halb blind vor unvergossenen Tränen, und wäre beinahe über dem Griff zusammengebrochen.

Das Gift schwächte mich so sehr, dass ich das Gitter nicht weit emporwinden konnte, aber Marcello und die Kinder brauchten nur einen Fuß oder zwei, um darunter hindurchzuschlüpfen. Als ich die Winde endlich feststellen konnte, ließ ich mich vor Erschöpfung keuchend und zitternd an die Wand sinken.

»Wir sind draußen«, rief Marcello von unten zu mir herauf, nachdem ich eine Weile nur die Laute aufgeregt krabbelnder Kinder vernommen hatte. »Ich komme zurück, sobald ich die Kinder in Sicherheit gebracht habe. Warte auf mich.«

»Ich werde nirgendwohin gehen.« Die Worte fielen so tonlos, ich bezweifelte, dass er sie hatte hören können.

Und dann waren sie fort. Steinerne Mauern verschluckten die letzten Geräusche der sich entfernenden Kinder, die sich vergeblich darum bemühten, leise zu sein.

Ich war allein. Nur der Tod war mir geblieben, der ganz in der Nähe geduldig wartete und mich langsam unter seine stillen Fittiche nahm.

»Ich glaube, ich könnte dich auch lieben, Marcello«, wisperte ich.

Kälte sickerte aus der Steinmauer in meinen Rücken. Mit geschlossenen Augen fiel es mir leichter, mich darauf zu konzentrieren, zu atmen und das Zittern in meinen Gliedern ein bisschen zu besänftigen. Aber selbst jetzt, da das Gift seine volle Wirkung entfaltete, überschlugen sich die Gedanken in meinem Kopf, so rasend wie ein Hund, dessen Rute in Flammen steht.

Ich musste daran glauben, dass Marcello die Kinder sicher zu Domenic brachte und dass Domenic den ardentinischen Hof von Raverras Schuldlosigkeit überzeugen und Dama Savony die Macht über den Flusspalast entreißen konnte. Aber das würde Zeit brauchen – Stunden, in denen Savony nach Gutdünken über die Stadt gebot. Und ich hatte keine Ahnung, was mit Zaira geschehen war, abgesehen davon, dass Ignazio offenbar ziemlich überzeugt war, er könne sich ihre Kooperation sichern.

Es gab noch immer zu vieles, was schiefgehen konnte. Ignazios gedungene Mörder könnten Marcello und die Kinder erwischen. Zaira könnte die Stadt niederbrennen, umso mehr, wenn sie durch meinen Tod überraschend entsiegelt wurde. Der Doge könnte zu dem Schluss kommen, dass Ardence zu weit gegangen war. Oder er befand, dass das alles bedeutungslos war, solange das Geschüh nicht wieder auftauchte, und würde die Stadt trotz all unserer Bemühungen angreifen. Dama Savony könnte Domenic hinmeucheln lassen. Ich durfte jetzt nicht sterben – nicht, solange es noch so viel zu tun gab.

Wie zum Hohn erblühte in meiner Leibesmitte der Schmerz wie eine sich öffnende Blüte; ein scharfes, stechendes Gefühl, das mit erschreckender Geschwindigkeit stärker wurde, bis ich mich zusammenkrümmte.

Die Krämpfe hatten begonnen.

Nun erst begriff ich wirklich, dass ich nur noch ein paar Stunden zu leben hatte. Jetzt war es sogar zu spät, Ignazio um Gnade anzuflehen; er war fort. Niemand überlebte Dämonentränen ohne das Elixier, das allein die Wirkung aufheben konnte, und die nächste Flasche war hundertfünfzig Meilen entfernt in meinem Schlafzimmer in Raverra.

Ein Gefühl wogte mit gemächlicher Erhabenheit in mir hoch, wuchs mit dem nächsten Krampf immer weiter an. Ich rechnete mit Furcht, doch das, was sich da durch den Schmerz hindurch kundtat, war Wut. Auf Ignazio, auf Dama Savony – und auf mich selbst, weil ich hier auf dem Boden hockte und auf den Tod wartete, wo ich doch Arbeit zu erledigen hatte.

Der Zorn gab mir genug Kraft, um stolpernd auf die Beine zu kommen und mich an der Wand abzustützen. Mir waren die Ideen ebenso ausgegangen wie die Zeit, aber ich wollte verdammt sein, wenn ich aufhörte, es wenigstens zu versuchen.

Da wurde die Tür brutal aufgestoßen.

Ignazio und Dama Savony stürmten herein, gefolgt von einer Handvoll bewaffneter Männer.

Ihnen folgte, die Augen zusammengekniffen über einem Lächeln, das mich an eine zufriedene Katze erinnerte, mein Falke.

»Wo sind sie?«, herrschte mich Savony an und wedelte mit der Hand in der Luft vor den Rohlingen mit den harten Gesichtszügen. Ich griff nach meiner leeren Dolchscheide, aber ich war nicht in der Verfassung, Widerstand zu leisten. Zwei der Männer drehten mir die Arme auf den Rücken, und ein dritter hielt mir ein Messer an die Kehle.

Ich lachte. Mich mit dem Tod zu bedrohen, das war inzwischen sinnlos. »Ich habe keine Ahnung.«

Zaira zuckte mit den Schultern. »Ich habe Euch gezeigt, in welche Richtung sie die Gören geführt haben«, sagte sie zu Savony. »Es ist nicht meine Schuld, dass Ihr zu langsam wart, um sie einzuholen.«

Mich sah sie gar nicht erst an. Doch mir fiel auf, dass Zaira von den Raufbolden weder bewacht noch bedroht wurde. Sie war keine Gefangene; sie war aus freien Stücken bei ihnen.

Ignazio wirbelte zu ihr herum. »Kannst du das ganze Gebiet niederbrennen, in dem sie sich aufhalten?«

»Wenn ich ausreichend motiviert bin.« Nun warf sie mir einen geringschätzigen Blick zu. »Aber nur, wenn das Weibsstück mich vorher entsiegelt.«

»Zaira …«, hauchte ich. Ein weiterer Krampf schlug zu, ehe ich mehr herausbrachte. Ich wollte mich zusammenkrümmen, aber der schmerzhafte Griff an meinen Armen hielt mich aufrecht.

»*Wir* können dich ebenso leicht entsiegeln.« Savony nickte den Männern zu, die mich festhielten, und sie schleuderten mich zu Boden; meine Hüfte und Schulter schlugen auf dem Stein auf. Ehe ich auch nur versuchen konnte, gegen die Übelkeit und die Benommenheit, die mich überwältigen wollten, anzukämpfen, bohrte mir einer von ihnen die Spitze seines Schwerts in die Seite.

»Warte.« Stirnrunzelnd reckte Ignazio eine Hand hoch. »Das Gift wird sie so oder so töten. Lange wird es nicht mehr dauern.«

»Wir haben keine Zeit«, widersprach Dama Savony. »Wenn Ihr nicht mit anschauen könnt, wie das Blut Eurer Nichte vergossen wird, dann schließt jetzt die Augen.«

Ich wünschte, meine Zunge wäre mit Obszönitäten so flink zur Stelle wie Zairas, doch da raubte mir sowieso ein weiterer Krampf den Atem, den ich zum Sprechen gebraucht hätte.

Zaira stemmte die Hände in die Hüften. »Wenn sie stirbt, sterbe ich auch, es sei denn, ich bekomme innerhalb von ein paar Tagen einen neuen Falkner. Darin kann ich keinen Nutzen sehen.«

»Du willst wissen, was für dich drin ist?«, fragte Ignazio.

»Verdammt richtig, das will ich. Ich helfe euch nicht aus purer Nächstenliebe.«

Er lächelte ein angespanntes, blasiertes Lächeln. »Wie wäre es mit Freiheit?«

Zaira sah ihn ruhig an. »Ich höre.«

Grazie der Barmherzigkeit, ich hoffte, sie täuschte sie nur, aber Freiheit war, was sie mehr anstrebte als alles andere.

Und Ignazio wusste das. Entspannt und seiner Sache sicher zuckte er mit den Schultern. »Du hast recht. Wenn Amalia stirbt, lässt dir das Geschüh nur wenige Tage Zeit, um einen neuen Falkner zu finden. Gelingt das nicht, fordert es dein Leben. Das ist eine einfache Vorsichtsmaßnahme, um zu verhindern, dass genau diese Situation je eintritt: dass eine rivalisierende Macht einen Falken befreit und in ihre Dienste stellt, indem sie den Falkner tötet. Aber ich kann dir einen Ausweg bieten.«

»Kannst du mich von dem blöden Geschüh befreien?« Pure Gier färbte Zairas Tonfall.

Ich lag ganz still da, während meine Hand langsam zu meinem Leuchtmedaillon glitt. Ich wusste nicht, ob ich noch einmal aufstehen konnte, aber ich musste darauf vorbereitet sein, mich zu bewegen. Irgendwie.

Ignazio schüttelte den Kopf. »Bedauerlicherweise nicht. Aber ich kann dir ein neues verschaffen.« Er griff in seinen Mantel und zog ein glänzendes Goldgeflecht hervor: das gestohlene Geschüh. »Dies wird das alte Geschüh davon abhalten, dich zu töten.«

Zaira schnaubte verächtlich. »Was nützt mir eine neue Kette?«

»Ich werde das Wort der Entsiegelung einmal sprechen und dich gehen lassen.« Er breitete die Hände aus und ließ das Geschüh herabbaumeln. »Du weißt viel zu viel, als dass ich dich dem Imperium überlassen könnte, und darin, dich als meine eigene geheime Feuerhexe zu behalten, sehe ich keinen Vorteil, aber enorme Risiken.«

Das klang vernünftig. Und aus dem Interesse, das ich in Zairas Augen aufflackern sah, schloss ich, dass sie ihm glaubte.

Ignazio erkannte es auch. Ein zynisches Lächeln umspielte seine Lippen. »Im Austausch für deine Kooperation heute Nacht und dein Schweigen in der Zukunft halte ich mich aus deinem Leben heraus. Es wird allein dir überlassen sein, deine Macht zu zügeln oder zu entfesseln, solange du meine Geheimnisse wahrst. Du wirst frei sein.«

»Frei von den Falknern«, ächzte ich. »Aber nicht frei von dir, Ignazio.«

Zaira maß mich mit einem bösen Blick. »Die Falkner haben mir nie eine Wahl gelassen. Nun habe ich eine.«

»Dann triff sie«, keifte Dama Savony. »Wir haben keine Zeit für dein Zaudern.«

Zaira nickte Savony kurz zu, ihr Blick jedoch ruhte noch immer unverwandt auf meinen Augen. Leider konnte ich ihre Miene nicht entschlüsseln.

»Dann los. Entsiegele mich.«

Dama Savony deutete mit dem Kinn auf einen der Gardisten. Er hob sein Schwert. Ich bezweifelte, dass ich mich wegrollen konnte. Vom Kämpfen ganz zu schweigen.

Aber Zairas Worte waren ein zweischneidiges Schwert. Die Frage war, welche Hand das Heft hielt, und ich kannte die Antwort. Genau das hatte ich dem Dogen vor einer Ewigkeit gesagt.

Niemand kontrollierte Zaira. Sie war ihr eigener Herr.

Ich erwiderte ihren Blick. »Ich vertraue dir«, flüsterte ich. *»Exsolvo.«*

KAPITEL ZWEIUNDDREISSIG

ZAIRA LACHTE AUF.

Jubelnd streckte sie die Hand zu der niedrigen Decke aus. Blaue Flammen zitterten über ihre Arme; Schadfeuer zündete in ihren Augen. Die Raufbolde wichen zurück, und Dama Savony erschrak. Ich hätte mich selbst zurückgezogen, wäre ich denn dazu in der Lage gewesen.

Ignazio streckte unsicher eine Hand aus, das Gesicht in blauen Lichtschein gebadet. »Zaira …?«

Dama Savony kniff die Augen zusammen.

»Mach der Falknerin ein Ende«, wies sie den Mann an, der mit gezogener Klinge über mir stand.

Er nickte und spannte die Schultern zum Schlag.

Zaira bewegte die Hand in seine Richtung, als wollte sie ihm einen Luftkuss zuwerfen. Bogenförmig ergoss sich Feuer durch die Luft zwischen ihnen, plätscherte über seine Brust und streckte glühende Finger über den Hals nach seinem Haar aus. Er schrie auf, brach zusammen und wand sich am Boden. Der Gestank verbrannten Fleisches war entsetzlich.

»Tötet sie!«, schrie Dama Savony. »Schnell, ehe sie uns alle verbrennt!« Und sie stürzte sich mit ihrem Dolch auf Zaira.

Eine Woge blauer Flammen umhüllte die Frau, ehe sie auch nur nahe genug war, dass die Stäbe in Zairas magischem Korsett sie hätten schützen müssen. Dama Savony sackte zu einem reglos brennenden Häufchen zusammen; das Schadfeuer hatte ihr Leben verschlungen wie ein hungriger Wolf.

»Das ist für die Kinder, du herzloses Monster.« Die kalte Note in Zairas Stimme rief tiefen Schrecken in meinem Geist hervor.

Einer der verbliebenen Schurken zog eine Steinschlosspistole und schoss auf sie. Die Kugel flackerte kurz auf, prallte ab und traf sein eigenes Bein. Heulend fiel er auf ein Knie.

Die Tür wurde aufgerissen. Ich konnte gerade noch Ignazios bestickten Ärmel aufblitzen sehen, als er die Tür hinter sich zuwarf. Zorn flackerte in mir auf, so mächtig wie Zairas Feuer. Wie konnte er es wagen, die Flucht zu ergreifen? Aber ich war viel zu schwach, um aufzustehen und die Verfolgung aufzunehmen.

Zaira indes hatte für uns beide genug Vergeltung zu bieten. Fahle, bösartige Flammen entströmten ihr in Wellen, erfassten die beiden übrigen Söldner, als sie zur Tür fliehen wollten. Ihre Schreie zerrissen mir die Ohren, bis ich gezwungen war, sie zuzuhalten. Dann fraß das Schadfeuer die Tür selbst, glitt hinaus in den Korridor. Wie eine aufziehende Flut folgte es Ignazio.

Aber es breitete sich auch um Zairas Füße herum aus, leckte über den Boden und kam auf mich zu. Und es stillte seinen Hunger um den brennenden Türrahmen herum, fraß sich mit flackernden blauen Zungen an den Steinwänden entlang.

»Zaira.« Ich stemmte mich auf den Händen hoch; der Raum um mich herum schwankte, und ein Krampf schickte mich wieder zu Boden. »Zaira«, keuchte ich. »Kannst du mich hören?«

Sie reagierte nicht. Feuer raste über ihrem Haar auf und ab. Wie eine Schlafwandlerin tat sie einen graziösen, fließenden Schritt in Richtung Tür. Und dann noch einen.

Grazie der Barmherzigkeit, sie hatte sich an ihr Schadfeuer verloren.

»Zaira! Du musst aufhören!«

Wieder keine Reaktion. Und die blauen Flammen glitten auf dem Steinboden immer näher an mich heran.

»Revincio«, flüsterte ich.

Der Raum stürzte in beinahe vollständige Dunkelheit, als die Flammen erloschen. Zaira schwankte und stürzte mit ihnen in sich zusammen.

Stille senkte sich über uns, durchbrochen nur von meinem schwachen Husten, während ich mit der aschehaltigen Luft kämpfte. Mir kam in den Sinn, dass ich gerade den Rauch einatmete, der von den vier verbrannten Leichen aufstieg, die sich in dem kleinen Raum verteilten; klägliche, düstere Überreste ihres Lebens. Ich würgte.

Ich wollte saubere Luft und Wasser. Ich wollte hier raus, ehe ich starb. Ich wollte Marcello. Ich wollte Mutter. Tränen lösten sich aus meinen Augenwinkeln, und ich versuchte erneut, mich aufzusetzen, während sich der Raum um mich drehte.

Licht erglühte auf den Stufen, und dann hörte ich das Donnern herannahender Stiefel. Mein Herz strebte zu der zerstörten Tür, hoffte auf ein Wunder.

Doch es war Ignazio mit zwei weiteren Schergen. Verunsichert hielten sie an der Tür inne. Dann erblickte Ignazio Zairas bewusstlose Gestalt, und er seufzte sichtbar erleichtert auf.

»Tötet sie beide«, befahl er seinen Männern.

Stattdessen brach der zu seiner Linken plötzlich hustend zusammen. Blut ergoss sich vor ihm über den Boden.

Der andere zog eine Steinschlosspistole, aber nicht schnell genug. Eine schmale, geschmeidige Gestalt zog das Messer aus seinem Kameraden, wirbelte herum und schlitzte ihm in der gleichen Bewegung die Kehle auf.

Hastig wich Ignazio vor ihr zurück und zog seinen Dolch. »Du!«, brüllte er.

Ciardha trat über die Leichen seiner Handlanger hinweg. Nicht ein Haar hatte sich aus ihrer perfekten Frisur gelöst.

»La Contessa lässt Ihren Vetter grüßen«, sagte sie.

Hinter ihr platzte Marcello zur Tür herein und zielte mit seiner Pistole auf Ignazios Brust. Der warf seinen Dolch weg und fiel auf die Knie, die Hände wie zum Gebet erhoben.

»Ich ergebe mich! Bitte, tötet mich nicht. Ich ergebe mich!«

»Dann werden wir Euch zum Rat der Neun bringen, auf dass der über Euch richte.« Ciardha glitt immer noch auf ihn zu, geschmeidig und todbringend wie eine Tigerin. »La Contessa wird über Euer Schicksal befinden.«

Ignazio wurde so blass wie das Gespenst eines Ertrunkenen. Er wusste, was meine Mutter mit Leuten anstellte, die ihre Tochter in Gefahr brachten.

Das musste eine Halluzination sein. Aber ich konnte mir kein schöneres und tröstlicheres Trugbild vorstellen, um meinen Weg in den Tod zu ebnen, als Marcello, der an meine Seite eilte, meinen Namen rief und mich an seine Brust drückte.

Ich schloss die Augen. »Ich weiß, du bist nicht real, aber küss mich trotzdem«, murmelte ich.

Die Schatten hinter meinen Lidern wurden schwerer, als er sich über mich beugte, und sein Atem kitzelte mein Gesicht. Doch ich war schon in tiefe Schwärze abgerutscht, bevor unsere Lippen sich trafen.

*

Ciardha rief meinen Namen. Gewiss wünschte Mutter meine Anwesenheit beim Frühstück, aber ich wollte nur weiterschlafen. Das daunengefüllte Kissen umschmeichelte meinen Kopf so wundervoll weich, und mein Körper schmerzte vor Erschöpfung. Warmer Lichtschein drang durch meine geschlossenen Lider, was wohl bedeutete, dass die Sonne bereits über den Häusern auf der anderen Seite des Kanals stand. Ich wünschte, ich hätte am Vorabend daran gedacht, die Bettvorhänge zu schließen. Warum war ich überhaupt so lange wach gewesen? Ich konnte mich nicht erinnern.

»Dama Amalia, Ihr müsst aufwachen. Es ist Zeit für Euer morgendliches Elixier.«

Also darum hatte meine Mutter Ciardha aufgetragen, mich zu wecken. Behandelte mich wieder wie ein Kind, als könnte ich nicht selbst auf mich aufpassen.

Aber irgendetwas stimmte nicht. Irgendetwas mit dem Elixier.

Blinzelnd öffnete ich die Augen. Ein unbekanntes Schlafgemach nahm vor mir Gestalt an, fahlblau, statt golden, ohne Bücher oder Artefaktionsprojekte. Dafür lag ich in einem fremden Bett. Ciardha saß in einer Haltung, so perfekt wie eh und je, an seinem Rand und hielt mir ein Glas hin. Meine Welt kippte plötzlich, drehte sich und fügte sich in eine neue Position; fast wie ein Puzzlestück, das ich auf die falsche Weise einzupassen versuchte. Ich war nicht zu Hause. Ich war immer noch in Ardence. Und es war Morgen.

»Ich bin nicht tot?«, fragte ich ungläubig.

»Natürlich nicht, gnädige Frau. La Contessa hat unmissverständlich zu verstehen gegeben, dass Ihr lebend zurückzukehren habt.«

Die Erinnerung fuhr ihre Krallen aus. Ich versuchte, mich aufzusetzen, scheiterte aber. »Die Kinder! Geht es allen gut? Sind wir im Krieg?«

»Die Lage ist vorerst unter Kontrolle, auch wenn noch nicht alle Arbeit getan ist. Bitte, nehmt Euer Elixier, gnädige Frau.« Ciardhas Ton ließ keinen Widerspruch zu, während sie mir das Glas vor die Nase hielt.

Es schien ausgeschlossen, dass das tatsächlich mein Elixier war, doch da kitzelte schon der Geruch von Anis meine Nase. Ich hob den Kopf, und sie schob mir ein weiteres Kissen in den Nacken, um mich zu stützen, während ich trank. Nie war mir der vertraute Geschmack so willkommen gewesen.

»Ciardha, ich dachte ja immer, dass du in allem gut bist, aber dieses Mal hast du ein Wunder vollbracht.«

»Ganz und gar nicht, gnädige Frau.« Ciardha nahm mir das leere Glas ab. »La Contessa sind vor ein paar Tagen einige Geheimdienstberichte aus Ardence zu Gehör gekommen, die sie mit Sorge erfüllten. Sie hat mich hergeschickt, um nachzusehen, ob Ihr bei der Einholung heikler Informationen Unterstützung benötigt. Auf La Contessas Ersuchen habe ich zur Vorsicht eine zusätzliche Flasche Eures Elixiers mitgenommen.«

»›Einholung heikler …‹ Bist du eine Spionin, Ciardha?«

»Ich bin mit vielen Fähigkeiten gesegnet, gnädige Frau.«

Ein Klopfen ertönte an der Tür. Ciardha erhob sich, um nachzusehen, und mir fiel auf, dass sie einen Dolch zur Hand nahm, ehe sie öffnete.

»Ah, Leutnant Verdi.« Fragend schaute sich Ciardha zu mir um.

Ich trug immer noch das rußbeschmutzte Hemd und die Kniehose aus der vergangenen Nacht, aber Marcello zu sehen war mir wichtiger, als von ihm nicht so gesehen zu werden. »Lass ihn bitte rein.«

Sie machte einen Schritt zur Seite, und Marcello trat ein. Bartstoppeln beschatteten sein Gesicht; seine Augen waren blutunterlaufen und die schwarzen Locken ungekämmt. Sollte er geschlafen haben, dann anscheinend nicht sehr erholsam.

Gut. Ich war selbst in einem furchtbaren Zustand. Wäre er gebadet und frisch rasiert gewesen, ich wäre wohl vor Verlegenheit gestorben. Aber so wie wir beide von den Auswirkungen und dem Schmutz unserer grauenvollen Nacht gezeichnet waren, empfand ich keine Scham.

»Amalia! Du bist wach!« Er durchquerte den Raum, eilte an mein Bett, ergriff meine Hand und presste sie an seine Wange. Ich strich mit dem Finger über seine Bartstoppeln, fasziniert von dem rauen Gefühl.

Ciardha räusperte sich, und Marcello ließ meine Hand fallen.

»Ich fühle mich recht gut«, versicherte ich. Zwar kam ich mir vor wie ein Krebs, den eine Seemöwe einige Male aus großer Höhe auf einen Felsen hatte fallen lassen, um seine Schale aufzubrechen, aber selbst das war eine ermutigende Verbesserung. »Sind die Kinder in Sicherheit?«

Er nickte. »Sie sind bei ihren Eltern. Ihr Freund Domenic hat sie nach Hause gebracht.«

Ich sank zurück auf mein Kissen. »Den Grazien sei Dank.«

»Ich begegnete Leutnant Verdi in Vicomte Bergandons Haus«, berichtete Ciardha ergänzend. »Als ich in Ardence eintraf und mir das Personal der Erlauchten Gesandten erzählte, dass Ihr als Mörderin des Herzogs gesucht werdet, dachte ich, Ihr könntet vielleicht zu Eurem alten Studienfreund gegangen sein. Hätte ich Leutnant Verdi dort nicht getroffen, und wäre er ohne meine Unterstützung oder das Elixier zurückgelaufen, dann, so fürchte ich, hätte ich La Contessa einen enttäuschenden Bericht übermitteln müssen.«

Marcello zog den Kopf ein. »Ich schulde Euch Dank, Dama Ciardha.«

»Bitte, Leutnant, ich bin nur ein bescheidenes Faktotum.«

Ich unterdrückte ein gänzlich undamenhaftes Schnauben. »Wie ist die Lage am ardentinischen Hof?«

Marcello verzog das Gesicht. »Chaos. Ich kenne keine Details. Dama Terringer ist immer noch krank …«

»Vergiftet«, murmelte Ciardha.

»Also repräsentiert derzeit niemand das Erlauchte Imperium.« Marcello kratzte sich mit einer Hand am Schopf. »Ich nehme an, da gibt es eine Menge Unordnung und Geschrei.«

Ciardha verbeugte sich höflich. »Wenn ich ein paar Einzelheiten hinzufügen dürfte, gnädige Frau?«

Meine Lippen zuckten. Marcello kannte Ciardha nicht gut genug, um zu begreifen, dass er gerade eine beißende Kritik für mangelnde Fähigkeiten hinsichtlich der Übermittlung von Informationen kassiert hatte. »Bitte.«

»Heute läuft die Frist des Dogen ab, und ich habe mich bei La Contessa über die Kurierlampen vergewissert, dass er sie nicht zu verlängern gedenkt. Zwar haben wir das Geschüh zurückerlangt, doch Ardence muss sich bis Sonnenuntergang wieder zu den Erlauchten Verträgen bekennen, oder er wird Befehl geben, die Stadt zu zerstören.«

»Grazien, helft uns.« Ich mühte mich erneut, mich aufzusetzen, und dieses Mal schaffte ich es. »Gibt es einen neuen Herzog? Gibt es *überhaupt* jemanden, der diese Entscheidung treffen kann?«

Mit ernstem Blick schüttelte Ciardha den Kopf. »Nein, gnädige Frau. Herzog Astor Bergandon hat keinen direkten Nachkommen, und die Erbfolge ist unklar. Der ardentinische Hof ist durch einen inneren Konflikt gespalten. Domenic Bergandon ist der Anführer der Seite, die eine Aussöhnung mit Raverra anstrebt. Sein Bruder Gabril drängt die Gegenseite, Raverra zurückzuweisen und sich darauf zu verlassen, dass Vaskandar die Stadt vor Konsequenzen beschützen wird; er wird von etlichen Lords des Rates unterstützt, ganz besonders von Lord Ulmric. Ein guter Teil des Hofes macht noch immer Euch für den Tod von Herzog Astor verantwortlich. Gabril und seine Verbündeten schieben zudem die Schuld am Tode Dama Savonys und an der Entführung der Kinder den Falken in die Schuhe.«

»Nun, das ist in Teilen korrekt«, sagte ich. »Zaira hat Savony getötet. Aber Savony war die Verräterin an Ardence und dem Imperium.«

Ciardha nickte. »In der Tat, gnädige Frau. Aber die Adligen des ardentinischen Rats der Lords haben in dieser Frage nur Euer Wort. Alles, was sie wissen, ist, dass Dama Savony behauptet hat, Euch bei der Ermordung des Herzogs beobachtet zu haben. Und ihr haben hier alle vertraut. Nur Stunden später ist sie dann dem Schadfeuer Eures Falken zum Opfer gefallen.«

Ich verdrillte meine Decke. »Ich muss gestehen, das sieht böse aus.«

»Dama Terringers Stab tut, was er kann, gnädige Frau. Aber ohne ihren Einfluss und ihre Anleitung läuft die Gesandtschaft am ardentinischen Hof gegen Mauern aus Feindseligkeit. Die Lage ist schwierig, um es vorsichtig auszudrücken.«

»Alle Höllen. Beide Seiten sind führungslos.« Ich barg das Gesicht in Händen und dachte nach. »Grazie der Weisheit, hilf uns. Was für ein Durcheinander.«

Marcello schüttelte den Kopf. »Jeder, der genug Einfluss oder Verbindungen hatte, um Raverra zu repräsentieren und Ardence vorsichtig zurück ins Glied zu manövrieren, ist tot, außer Gefecht gesetzt oder mehr als einen Tagesritt entfernt. Und die Ardentiner sind zu zerstritten, um das allein zu schaffen. Wir müssen den Dogen um mehr Zeit bitten, eine andere Möglichkeit gibt es nicht.«

»Mit Bitten erreicht man wenig bei Niro da Morante.« Ich atmete tief durch. »Aber das stimmt nicht ganz.«

»So?« Marcello zog die Brauen hoch.

»Ich kann für das Erlauchte Imperium sprechen.«

Sorge umwölkte Marcellos Züge. »Sie hatte ich als außer Gefecht eingestuft.«

Ohne auf seine Worte einzugehen, drehte ich mich zu Ciardha um. »Vereinbare Besprechungen mit Domenic, dem Stab von Dama Terringer und sämtlichen einflussreichen Lords von Ardence, deren Kinder unter den Entführten waren. Und warum nicht auch mit Gabril Bergandon?«

Ciardhas Augen leuchteten auf. »Gewiss, gnädige Frau. Wo?«

»Hier. Im Gesandtenpalast. Im Blauen Saal, genau dort, wo Ignazio solche Zusammenkünfte abzuhalten pflegte.«

Ciardha verbeugte sich. »Sofort, gnädige Frau. Und ich werde La Contessa mithilfe der Kurierlampen unterrichten, dass Ihr Euch der Lage annehmt.«

Zu meiner Überraschung fingen mir die Augen an zu brennen. »Das ist ein hohes Lob.«

»Ganz und gar nicht, gnädige Frau. Das ist lediglich eine Beobachtung.« Sie durchbohrte Marcello mit einem düsteren Blick. »Leutnant Verdi, kann ich Euch, während ich die Arrangements treffe, Leben *und* Ehre von Dama Amalia anvertrauen?«

»Bei meinem eigenen Leben und meiner Ehre, das könnt Ihr.«

»Dann werde ich in Kürze zurück sein.« Sie verbeugte sich erneut und ging hinaus, nicht ohne uns noch einen warnenden Blick zuzuwerfen.

»Tötet sie mich, wenn ich deine Hand halte?«, flüsterte Marcello, kaum dass sie fort war.

»Finden wir es doch heraus.« Ich legte meine Hand in seine. Ihre wundervolle, feste Wärme verankerte mich in einer Welt, die sich um mich herum immer noch sehr zerbrechlich anfühlte, ganz so, als könnte sie sich jeden Moment in Qual und Schrecken auflösen.

»Das Leben ist in dein Gesicht zurückgekehrt«, hauchte Marcello.

»Es tut mir leid, dass ich dir Sorgen bereitet habe.«

Er bedachte mich mit einem sonderbaren Blick, und der Moment zog sich dahin.

»Was?«, fragte ich schließlich nervös.

»Mir ist etwas bewusst geworden. Als ich dich beinahe verloren hätte.« Seine Stimme klang plötzlich rau.

»So?«

»Ich möchte nicht wieder so tun, als würdest du mir nichts bedeuten, Amalia. Ich weiß nicht, ob ich das kann.«

In meiner Kehle bildete sich ein Kloß, der sich anfühlte wie ein heißer Stein. »Grazie der Liebe, vergib mir. Ich hätte dich nicht küssen dürfen.«

»Nein.« Er drückte meine Hand. »Ich bin froh, dass du das getan hast. Den Grazien sei Dank, dass du das endlich getan hast.«

Ich schüttelte den Kopf. »Das ist derzeit so leicht gesagt, aber wenn du erst in irgendeiner zugigen Festung im Hexenmauergebirge vor Kälte zitterst, siehst du das vielleicht ganz anders.« Ich presste den Ballen meiner freien Hand an das Auge, das drohte, zu feucht zu werden. »Und selbst wenn meine Mutter uns ein paar Freiheiten einräumt, weil ich beinahe gestorben bin – selbst wenn sie dich nicht wegschickt –, ändert das nichts an der grundlegenden Wahrheit, Marcello. Es steht mir nicht frei zu wählen, mit wem ich mich verbinde. Jedenfalls nicht so, wie ich es will.«

»Aber wir haben gemeinsam so viel durchgestanden.« Marcellos Augen glänzten verdächtig. *Grazie der Barmherzigkeit, bitte weine nicht.* »Da muss deine Mutter doch …«

»Das ist nicht ihre Entscheidung.« Ich streckte die Hand aus und legte ihm einen zitternden Finger an die Lippen, um alle Worte aufzuhalten, die meine Entschlossenheit womöglich erlahmen lassen könnten. Die Wärme seines Mundes jagte ein Kribbeln durch meinen Arm, intensiver als Ruvens Magie es vermocht hatte. »Es ist meine. Ich bin eine Tochter der Erlauchten Stadt, Marcello. Ich kann in diesem Punkt nicht eigennützig handeln.« Der Schmerz in seinen Augen schnürte mir die Kehle zu, und ich konnte mir nicht verkneifen zu flüstern: »Wie sehr ich es mir auch wünsche.«

Seine Lippen bewegten sich an meinen Fingern. »Willst du damit sagen, wir können nie …«

»Nie ist eine lange Zeit.« Ich rang mir ein Lächeln ab, als etwas in meinem Inneren durchbrach wie ein Sonnenstrahl, und plötzlich war es gar nicht mehr erzwungen. »Wir sind beide am Leben. Das ist ein guter Anfang. Und wie du schon gesagt hast, wir haben viel zusammen durchgestanden. Vielleicht stellt sich ja noch heraus, dass du ein geheimer Prinz des verlorenen Celantis bist. Oder womöglich enterbt Mutter mich.«

Er schenkte mir ein schwaches Echo meines Lächelns. »Ich habe gelernt, deine Gaben nicht zu unterschätzen, gnädige Frau, also vertraue ich darauf, dass du eine weniger dramatische Lösung finden wirst.«

Tritte näherten sich, roher als die lautlosen Schritte Ciardhas, und die Tür wurde aufgestoßen. Marcello richtete seine Steinschlosspistole auf den Eindringling.

»Ach, steck die Pistole wieder in die Hose«, sagte Zaira mit einem spöttischen Lächeln. »Hätte ich ihren Tod gewollt, wäre sie tot.«

Mit einem erleichterten Seufzer sank Marcello zurück auf seinen Stuhl.

»Danke«, sagte ich. »Dass du mir das Leben gerettet hast.«

»Lass es dir nicht zu Kopf steigen.« Zairas Lächeln verblasste, und sie ließ sich auf einen Stuhl neben dem Bett fallen. »Tut mir leid wegen Ignazio.«

Etwas verdrehte sich in meinen Eingeweiden. Trotz allem, was er getan hatte, gehörte er zur Familie. »Ist er tot?«

»Noch nicht. Jedenfalls nicht, dass ich wüsste. Nein, ich meinte, es ist schade, dass er sich als intriganter Arsch erwiesen hat.«

»Dafür kannst du ja nichts.«

»Er wird vorerst in der Garnison festgehalten«, berichtete Marcello. »Sie werden ihn nach Raverra zurückbringen, wo der Rat der Neun über ihn zu Gericht sitzen wird.«

Ich fragte mich, ob das für meine Mutter schwer würde. Oder ob sie die Schwächen, die ihn dazu getrieben hatten, Raverra zu verraten, früher als jeder andere gesehen und ihn von seiner Position als Gesandter abgezogen hatte, um ihm noch eine Chance zu geben, den Fallstricken des eigenen Charakters zu entgehen.

»Er hatte recht«, sagte ich leise. »Für ihn war es schon lange zu spät.«

Marcello drückte meine Schulter.

»Was ist mit Ardence?« Zaira lümmelte auf ihrem Stuhl, als würde sie das nicht im Mindesten interessieren, aber ihr Ton verriet sie. »Ist es für die Stadt auch zu spät? Ich werde ein reichhaltiges Abendessen brauchen, wenn du möchtest, dass ich genug Energie habe, um heute Nacht alles in Brand zu stecken.«

»Das kommt unglücklicherweise ganz auf mich an.« Ich knirschte mit den Zähnen. »Wenn ihr zwei also so nett wärt, mir aus dem Bett zu helfen, sollte ich nun ein Bad nehmen. Das wird ein langer Tag werden.«

*

Mit Domenic fing ich an, denn ich wusste, er würde es mir nachsehen, sollte ich etwas falsch machen.

Ciardha half mir, mich so in einem Sessel in dem einerseits opulenten, andererseits auch recht intimen Blauen Raum einzurichten, dass ich mich weiter erholen konnte, ohne meine Gäste durch eine unangemessen ungezwungene Haltung vor den Kopf zu stoßen. Trotzdem wollte ich am liebsten nur schlafen und litt unter pochenden Kopfschmerzen infolge der Vergiftungssymptome. Ignazio hätte mir vermutlich etwas anmischen können, um den Schmerz zu lindern.

Ich versuchte, nicht darüber nachzudenken, dass er wohl keine Motivation verspüren dürfte, mir je wieder irgendetwas Hilfreiches anzumischen. Außer vielleicht, um meine Mutter davon abzuhalten, seine Exekution zu befehlen.

Bei seinem Eintreffen vermittelte Domenic den zerfahrenen Eindruck eines Mannes, der gerade in dem Bemühen gestört worden war, ein Feuer zu löschen. Aber er hörte zu, während ich ihm alles erzählte, was ich über die Verschwörung von Dama Savony und Ignazio wusste, und verzog nur von Zeit zu Zeit das Gesicht. Am Ende sprang er auf und ging trotz seiner unverkennbaren Erschöpfung auf und ab.

»Die sollen doch zur Hölle der Korruption verdammt sein. Sie haben unseren Schmerz und unseren Zorn die ganze Zeit missbraucht. Das hatte nie etwas mit Gerechtigkeit zu tun. Die haben uns ausgelacht!«

»Wir müssen den Rat der Lords und den ardentinischen Hof dazu bringen, die Wahrheit zu erkennen.« Ich rieb mir die Schläfe, bemüht, die Kopfschmerzen zu besänftigen. »Solange einige von denen Savonys Lügen glauben, wird es schwer werden, Frieden zwischen Ardence und Raverra zu stiften.«

Domenic schüttelte den Kopf. »Dama Savony. Ich hätte nie gedacht, dass ausgerechnet sie Ardence verraten könnte.«

»Aus ihrer Sicht«, entgegnete ich, »hat sie das, wie ich vermute, auch nicht getan.«

Domenics Brauen kletterten die Stirn hinauf. »Ich weiß nicht, wie man es sonst nennen soll, den eigenen Herzog zu ermorden und die Stadt an den Rand eines Krieges zu treiben, der sie vollständig vernichten würde.«

»Aber sie hatte nie vor, es wirklich dazu kommen zu lassen. Und in ihren Augen war Herzog Astor die eigentliche Gefahr für Ardence. Er und die anderen dekadenten Edelleute des Hofes.« Sie mochte sogar richtig gelegen haben mit ihrer Befürchtung, er könne die Stadt in den Ruin treiben, aber das würde ich seinem Vetter gegenüber jetzt nicht erwähnen. »Hätte er einen vielversprechenden Erben gehabt, hätte sie sich vielleicht einfach mit dem begnügt. Aber ohne einen starken ardentinischen Anführer als Nachfolger des Herzogs, musste sie eine Krise inszenieren, die schlimm genug war, dass sich das Imperium gezwungen sah, dazwischenzugehen und einen imperialen Gouverneur zu ernennen. Und Ignazio, die logische Wahl für den Posten, war mehr als bereit, diese Rolle zu übernehmen.«

»Alle Höllen! Ich weiß, ich habe der Herrschaft der Stadt auch nicht viel Respekt entgegengebracht, aber das geht zu weit.« Gedankenverloren verfiel Domenic in Schweigen.

Ich wünschte, ich könnte ihm die Zeit geben, all das, was in der Stadt geschehen war, in Ruhe zu verarbeiten, aber mir blieben nur noch Stunden, ehe er gar keine Stadt mehr haben würde.

»Domenic.« Ich lenkte seinen Blick auf mich. Sorgen lasteten auf seiner sonst so lebendigen Mimik. »Sag mir: Glaubst du, dass die Zukunft von Ardence an das Erlauchte Imperium geknüpft ist?«

»Das tue ich.« Domenic seufzte. »Was ich in Hinblick auf das Imperium empfinde, ist nicht von Bedeutung. Es ist da, und wir sind ein Teil davon. Die Tage, in denen Ardence und Raverra beides noch unabhängige Stadtstaaten waren, sind längst vorbei.« Er setzte sich wieder. »Das ist auch der Grund, warum mir Gabrils Gerede über Rebellion nie gefallen hat. Es ergibt keinen Sinn. Wir können das Imperium reformieren und besser machen. Manchmal werden wir uns ihm auch entgegenstellen müssen. Aber es ist nun einmal eine Tatsache, dass wir ein Teil davon sind. Das ist die Wahrheit, mit der wir umzugehen haben.«

Das musste mir reichen. »Ich muss dich um etwas bitten, Domenic.«

Er schwang den Arm in einer höfischen Geste. »Bitte, und es sei dein.«

»Es wird dir nicht gefallen.«

Er zog eine Braue hoch. »Na schön. Dann bitte, und ich denke darüber nach.«

»Du musst der neue Herzog von Ardence werden.«

Der verdatterte Ausdruck, der in sein Gesicht trat, war außerordentlich befriedigend. Nach einem endlosen Moment schluckte er. »Es gibt andere, die einen Anspruch auf den herzoglichen Thron erheben und ihn dringender zu besetzen wünschen als ich.«

»Ich weiß. Es tut mir leid.« Ich verzog das Gesicht. »Ich mache es wieder gut. Du kannst sogar meinen Muscati haben.«

Sofort leuchteten seine Augen. »Wirklich?«

»Na ja, wenn ich mit ihm fertig bin.«

Domenic lehnte sich in seinem Sessel zurück und atmete tief durch. »Ich bin nicht sicher, ob ein Muscati genug ist. Ich bin ein Wissenschaftler, Amalia. Ein Reisender, ein Possenreißer und ein Pfuscher. Ein Herzog aber bin ich nicht. Und du *weißt*, wie sehr ich Politik verschmähe.«

»In der Tat.« Ich schenkte mir einen Kelch mit Wein aus der Flasche voll, die Ciardha mir gegeben hatte. »Glaub mir, ich weiß es. Aber ein Herzog, der die Politik verabscheut, ist vielleicht genau das, was Ardence jetzt braucht. Ich zähle darauf, dass du dieses Opfer bringst. Um des Friedens willen.«

»Das ist ein Tiefschlag.« Er nahm den Kelch und trank ein Drittel in wenigen, tiefen Zügen.

»Ja.« Ich lächelte bekümmert. »Ich habe viel von meiner Mutter gelernt.«

»Dir ist aber bewusst«, sagte er, »dass ich, wenn ich das wirklich tue, nicht jedes Mal springen werde, wenn Raverra mit den Fingern schnippt. Sollte ich der Ansicht sein, das Imperium schadet dem Volk, werde ich mich zu Wort melden. Und ich werde auch nicht zu dem Unrecht schweigen, Kinder zu zwingen, sich den Falken anzuschließen.«

Ich nickte. »Das weiß ich auch.«

»Ich kann mir nicht vorstellen, dass das dem Dogen gefallen wird.«

»Bleib anständig und halte dich an die Erlauchten Verträge, und er wird es irgendwie bewältigen.« Ich erhob mein Glas vor ihm. »Was mich betrifft, ich würde es sowieso nicht anders haben wollen.«

*

Die Eltern der entführten Kinder forderten mir eine Reihe deutlich komplizierterer Unterredungen ab, angefüllt mit wechselnden Gefühlen und schmerzlichen Themen. Aber eine schlichte Tatsache blieb bestehen: Ihre Kinder wussten, wer sie gerettet hatte. Nacheinander fanden wir, nachdem wir den dornigen Zaun aus Zorn und Ablehnung überwunden hatten, einen Weg zu den sonnigen Weiden der Dankbarkeit. Sie gehörten für immer mir, weil ich ihnen ihre Söhne und Töchter lebendig zurückgebracht hatte. Alle sicherten mir ihre Unterstützung zu, wenn auch manche widerstrebender als andere.

Gabril war problematischer. Dies war das Gespräch, das ich am meisten fürchtete. Ich hatte daran gedacht, Domenic zu bitten, mir bei seinem Bruder zur Seite zu stehen, dann aber beschlossen, dass es am Ende besser war, ihn nicht an dieser Besprechung zu beteiligen.

Überaus misstrauisch setzte sich Gabril auf seinen Stuhl und wies den Wein zurück, den ich ihm anbot.

»Von Raverra nehme ich nichts an.« Er verschränkte die Arme vor der Brust und starrte mich wütend an. »Ich dachte, Ihr wärt eine Freundin von Ardence. Ich habe Euch wegen Eurer familiären Bande vertraut. Aber Ihr habt meinen Vetter, den Herzog, ermordet, und Dama Savony ebenso. Ich werde mir anhören, was Ihr zu sagen habt, aber bildet Euch nicht ein, dieser Besuch sei ein freundschaftlicher.«

Nun ja. Das machte die Dinge einfacher. Lieber stellte ich mich einem ehrlichen Gegner, als mich in einer unangenehmen Konversation mit jemandem wiederzufinden, der mich für einen Freund hielt.

»Gabril Bergandon, allein dank Raverras Eingreifen sind die Kinder, die schützen zu wollen Euer Schattenadel für sich beansprucht, sicher wieder bei ihren Familien gelandet. Es war Dama Savony, die ihre Entführung eingefädelt und den Herzog ermordet hat. Warum haltet Ihr also immer noch an dem bitteren Groll gegenüber dem Imperium fest?«

Gabril schnaubte aufgebracht. »Ich glaube erst, dass Colanthe Savony den Herzog getötet hat, wenn sein Geist es mir erzählt. Mein Bruder mag Eure Lügen schlucken, aber ich bin nicht so leichtgläubig. Wenn Ihr hier seid, um mich zu beschwatzen, in der Hoffnung, einen guten, kleinen imperialen Stiefellecker aus mir zu machen, vergeudet Ihr nur Eure Zeit.«

Ich seufzte. »Gabril. Lasst mich Euch von meinem Problem erzählen.«

Wieder verschränkte er die Arme und starrte mich schweigend und misstrauisch an.

»Domenic ist ein guter Freund. Ich möchte ihn nicht verletzen.« Ich schenkte mir ein Glas Wein ein. »Das bedeutet, ich muss, sofern es in meiner Macht steht, verhindern, dass Ihr wegen

Hochverrats exekutiert werdet. Aber Ihr macht mir das furchtbar schwer.«

Gabril schluckte. »Exekutiert wegen Hochverrats?«

»Bedenkt, wie sich die Geschichte dem Dogen darstellen dürfte.« Ich hielt mein Glas hoch und musterte es, als wäre der Wein Gabrils Seele. »Es ist bekannt, dass Ihr Prinz Ruven nahesteht, der aus Ardence geflohen ist, nachdem er seltene Bücher gestohlen und geplant hat, eine verheerende Magie gegen das Imperium einzusetzen.«

»Das würde Ruven nicht tun«, protestierte Gabril.

»Vergebt mir, Gabril, aber Eure Menschenkenntnis ist miserabel.« Ich nippte an meinem Wein. »Um die Sache noch schlimmer zu machen, wird der Schattenadel infolge von Dama Savonys Bemühungen sowohl mit der Entführung der ardentinischen Kinder als auch mit dem unprovozierten Angriff auf einen Falkner und dem Raub eines Geschühs in Verbindung gebracht.«

Panik erblühte in Gabrils Gesicht. »Mit all dem hatten wir nichts zu tun!«

»Ich weiß das.« Ich lehnte mich in meinem Sessel zurück, fest entschlossen, mir die Erschöpfung nicht anmerken zu lassen. »Aber es wird sehr viel schwerer für mich, den Dogen von Eurer Unschuld zu überzeugen, wenn Ihr Euch nach wie vor verhaltet wie ein Komplize von Ignazio und Savony und all deren Lügen wiederholt. Oberflächlich betrachtet sieht es derzeit ganz so aus, als hättet Ihr euch mit denen und Vaskandar verschworen, um in Ardence Chaos zu stiften und einen Krieg zu provozieren. Wäre ich an Eurer Stelle, ich wäre darauf bedacht – *sehr* darauf bedacht –, dem Rat der Neun keine weiteren Gründe zu liefern, Euch der Verschwörung gegen das Erlauchte Imperium zu beschuldigen.«

Gabril ließ die Schultern hängen, und seine Augen bekamen einen glasigen Schimmer. Endlich griff er zu seinem Wein.

Ich lächelte. »Denkt darüber nach, Gabril Bergandon, und ich sehe Euch dann heute Abend.«

*

Als die Schatten länger wurden und der Tag sich einem Sonnenuntergang zuneigte, der sich immer noch als Ardences letzter erweisen mochte, lag eine herbstliche Frische in der Luft. Ich war froh, dass Ciardha keine Einwände erhob, als ich um Jacke und Kniehose bat, und mir stattdessen half, dazu einen raverranischen königsblauen Mantel auszuwählen, dessen Stoff und Stickereien kostbar genug waren, um den ardentinischen Hof zu beeindrucken, dessen Schnitt jedoch ausreichend streng war, um meine Gesprächspartner daran zu erinnern, dass ich es ernst meinte.

Den Weg zum Flusspalast trat ich nicht allein an. Zaira begleitete mich, weil das Gesetz es verlangte. Marcello kam in seiner Eigenschaft als Leutnant mit, um die Sicherheit seines Falken und dessen Falknerin zu gewährleisten. Und Ciardha schloss sich wortlos an. Was immer sie im Palast zu tun haben mochte, ich war überzeugt, es würde mit geschmeidiger Präzision erledigt werden, was mir einerseits eine Ermutigung war und andererseits an meinen Nerven zehrte.

Palastwachen, auf deren Wämsern das Wappen der Bergandons prangte, nahmen uns am Eingang in Empfang. Zwei von ihnen eskortierten uns. Auf dem Weg durch die barocke Pracht der Halle der Schönheit zur Halle der Majestäten, in der uns die Aristokraten des Rats der Lords erwarteten, rückten sie näher an uns heran, als es Marcello und Ciardha zusagen dürfte.

Vielleicht vierzig mit Brokat und Juwelen überhäufte Männer und Frauen hatten sich in einem Saal voller dumpfer Echos um einen gewaltigen, glänzenden Eichentisch versammelt. Alle waren gezeichnet vom typisch zerknitterten, rastlosen Aussehen von Leuten, die schon sehr lange warten. Ein thronähnlicher Stuhl stand ungenutzt am Kopf der Tafel, Domenic am Fuß desselben. Er stützte sich mit den Fäusten auf den Tisch und sah aus, als hätte er einen Moment zuvor noch jemanden angebrüllt. Gabril saß mit vor der Brust verschränkten Armen einige Stühle von ihm entfernt und starrte zürnend in seinen Schoß.

Als wir eintraten, richteten sich sämtliche Augen im Saal auf uns. Einige der Edelleute nickten mir grüßend zu; andere wandten sich ab, die einen anscheinend furchtsam, einige angewidert. Hier und da wurden Lippen zornig geschürzt.

»Dama Amalia Cornaro«, begrüßte mich Domenic. »Bitte, nehmt Platz. Ihr müsst erschöpft sein.« Sein Blick schweifte schon zu Zaira, ehe er seine Begrüßung beendet hatte; ich hatte Schwierigkeiten, ein Lächeln zu unterdrücken.

Ehe ich seinen Gruß erwidern konnte, erschütterte das Kreischen von Stuhlbeinen auf dem Boden die Stille im Raum. Ulmric, der bärtige Lord, der Zaira bei Ignazios Fest belästigt hatte, erhob sich. »Wenn die Mörderin Astor Bergandons an dieser Tafel sitzt, werde ich es nicht tun.«

Gemurmel raste um den Tisch, und ein paar andere Adlige erhoben sich ebenfalls.

»Dann könnt Ihr getrost wieder Platz nehmen«, sagte ich mit ruhiger, klarer Stimme. Nach allem, was in den letzten Tagen passiert war, ängstigte ich mich nicht vor einem Raum voller alter Leute. »Dama Savony hat den Herzog gemeuchelt. Ich habe es mit eigenen Augen gesehen.«

»Colanthe Savony war die rechte Hand des Herzogs«, wandte eine korpulente Frau ein. »Sie hat Ardence mehr geliebt als ihr eigenes Leben. Warum sollten wir irgendeinem raverranischen Mädchen mehr Glauben schenken als der ehrbaren Dame, die so viele Jahre geholfen hat, diese Stadt zu regieren?«

Ich hatte nicht damit gerechnet, schon so schnell des Mordes beschuldigt zu werden, aber das hätte ich vielleicht tun sollen. Ich nahm an, allein das Chaos innerhalb des Rats der Lords hatte mich davor bewahrt, schon in dem Moment, in dem ich die Tore des Palasts passiert hatte, gefangen genommen zu werden.

Dank sei der Grazie der Weisheit, dass ich nicht mit einem leeren Köcher zurückfeuern musste. Ich nickte einem Lord mit Schnurrbart zu, der noch am Tisch saß, welcher im Gegenzug einem Dienstboten hinter ihm zunickte, der umgehend den Saal verließ.

»Ich verstehe, warum Ihr mir nicht trauen wollt«, sagte ich. »Das Vertrauen von Ardence wurde in diesen schweren Tagen mehr als nur einmal enttäuscht. Aber vielleicht werdet Ihr mir glauben, wenn jemand für mich bürgt, der mit Dama Savonys Verrat nur allzu vertraut ist.« Ich schaute mich zur Tür um.

Schritte näherten sich der Halle der Majestäten, darunter ein leichtes Trippeln, ganz anders als der behäbige und gemessene Tritt eines Erwachsenen. Eine schlaksige Frau mit Brille betrat den Saal mit einem kleinen Mädchen an der Hand.

Beinahe hätte ich sie – gewaschen und in einem gelben Seidenkleid – nicht wiedererkannt. Aber dann trafen sich unsere Blicke, und ich tat es doch.

Das Mädchen aus dem Abfluss. Jaslyn.

Sie musste mich auch erkannt haben, denn auf ihrem Antlitz breitete sich ein Lächeln aus, als würde ein Sonnenstrahl durch die gemalten Wolken in dem Deckenfresko brechen und sich in einer heiligen Flut direkt auf ihr Gesicht ergießen.

»Ihr seid es!«, rief sie, ließ die Hand ihrer Mutter los, rannte zu mir und schlang mir die dürren Arme fest um den Leib.

Mit Tränen in den Augen erwiderte ich die Umarmung. »Ich bin so froh, dass du in Sicherheit bist.«

»Kennst du diese Frau, Jaslyn?«, fragte die korpulente Frau verdutzt.

»Ja, Tante!« Aufgeregt drehte sich Jaslyn zu ihr um. »Das ist die Dame, die uns gerettet hat.«

Die meisten der stehenden Adligen sanken perplex zurück auf ihre Sitzplätze. Aber Lord Ulmric starrte mich unvermindert böse an. »Ihr habt sie also befreit. Dennoch seid Ihr eine Lügnerin. Colanthe Savony würde Ardence niemals verraten.«

»Nein, das würde sie nicht.« Ich umfasste die Lehne meines Stuhls, um mich abzustützen, während ich den Blick um den Tisch schweifen ließ. »Aber für Ardence würde sie ihren Herzog verraten. Für Ardence würde sie Euch verraten und sogar Eure Kinder. Was sie retten wollte, das war die Stadt selbst, auch auf Kosten ihrer einzelnen Bewohner.«

Aufgeregtes Flüstern erfüllte den Raum wie das Rauschen von Flügeln. Sie waren noch nicht überzeugt.

Der Lord mit dem Schnurrbart, Jaslyns Vater, rief sie zu sich und legte ihr sanft eine Hand auf die Schulter. »Jaslyn«, sagte er mit weicher, aber tragender Stimme, »erzähl den Leuten von der Frau, die euch gefangen gehalten hat.«

»Sie hat eine graue Maske getragen«, sagte Jaslyn.

Gabril zuckte erschrocken zusammen.

»Fällt dir sonst noch etwas über sie ein?«, fragte Jaslyns Vater.

Jaslyn kniff die Augen zu. »Sie war ganz dünn und hatte lange Arme, bei denen man die Knochen sehen konnte.« Womit ich es schon einmal nicht sein konnte. Einige der Adligen wechselten kurze Blicke. »Sie hatte ihr Haar hochgesteckt – es war dunkel und ein bisschen grau.« Jaslyn deutete vage rund um ihren Kopf.

»Das war gut, Jaslyn«, lobte ihr Vater.

Jaslyn riss die Augen auf. »Oh! Da war noch etwas. Sie hatte eine kleine goldene Brille an einer Kette um ihren Hals.«

Gemurmel raste erneut in der Geschwindigkeit sich ausbreitenden Schadfeuers um den Tisch.

Domenic schlug mit der flachen Hand auf die Tischplatte. »Ihr alle wisst so gut wie ich, wen sie beschrieben hat. Colanthe Savony! Wir wurden hintergangen, meine Herrschaften.«

Dieses Mal widersprach niemand. Erbitterte Stille senkte sich über den Raum. Gabril stützte das Gesicht in seine Hände.

»Dama Amalia ist unschuldig.« Domenic warf die Aussage auf den Tisch wie eine blanke Klinge. »Herzog Astor Bergandon und seine Mörderin sind beide tot. Wir müssen eine neue Seite aufschlagen, Ihr hohen Herren und Damen von Ardence. Und das Erlauchte Imperium schaut zu, während wir schreiben. Wir müssen unsere Worte sorgfältig wählen.«

»Das Erlauchte Imperium kann …«, fing Lord Ulmric an, aber Gabril, der neben ihm saß, ergriff seinen Arm. Er stemmte sich ein wenig von seinem Stuhl hoch, flüsterte Ulmric etwas ins Ohr und ließ sich wieder zurückfallen, ohne jemandem in die Augen zu blicken.

Lord Ulmric schluckte. Er sah Gabril an und leckte sich die Lippen. »Kann, äh, zu weit gehen. Ja. Bisweilen geht das Imperium übertrieben weit, um seinen Standpunkt zu vertreten. Das ist alles.« Er nahm Platz, das Gesicht gerötet vor Zorn und Scham.

Der Lord mit dem Schnurrbart räusperte sich und legte den Arm um Jaslyn. »Ich schulde Dama Amalia das Leben meiner Tochter. Es bekümmert mich, dass eine der Unseren den Rat hintergangen hat, aber ich muss akzeptieren, dass das die Wahrheit ist.«

Zustimmendes Brummen wanderte durch den Raum, und ein Teil der Spannung schwand aus der Luft. Jaslyns Mutter brachte sie wieder hinaus; sie winkte erst ihrem Vater zu, dann ihrer Tante und dann mir. Meine Kehle war wie zugeschnürt, als ich zurückwinkte.

»Nun, bitte, Dama Amalia, nehmt Platz.« Domenic winkte mich zu einem freien Stuhl.

»Habt Dank. Aber der Platz, den ich bei dieser Versammlung einzunehmen habe, ist der des Erlauchten Gesandten.« Ich ging hinüber und baute mich hinter dem Stuhl zur Linken des leeren Herzogsthrons auf, um den Leuten ein wenig Zeit zu geben, meine letzten Worte zu verdauen. »Ich vertrete Dama Terringer, bis sie ihre Gesundheit wiedererlangt hat.«

Mehr Gemurmel und ein wenig Gegrummel waren um den Tisch herum zu vernehmen. Ich achtete nicht darauf, sondern setzte mich, befreite endlich meine zitternden Knie von der Last meines Gewichts. Zaira ließ sich, ohne um Erlaubnis zu fragen, auf den Stuhl daneben fallen; Marcello bezog hinter mir Position, und Ciardha hielt sich im Schatten bei den Schreibern.

Na also. Ardence hatte die Erlauchte Gesandte wieder in seinem Rat empfangen. Zumindest so weit, um die Stadt davor zu retten, heute Nacht in Flammen aufzugehen.

Die Stille hielt vor. Alle starrten mich an. Zu spät ging mir auf, dass ich, indem ich mich auf diesen Stuhl im Zentrum der Macht gesetzt hatte, auch die Herrschaft über den Saal übernommen hatte.

Nun gut. Ich faltete die Hände vor mir auf dem Tisch. »Die erste Angelegenheit, über die zu befinden ich Euch vorschlagen möchte, ist die Nachfolge. Ein leerer Thron führt nur zu Dissens.

Das Erlauchte Imperium freut sich darauf, Eure neue Herzogin oder Euren neuen Herzog willkommen zu heißen.«

Sofort überschlugen sich unzählige Stimmen wie brechende Wellen. Ich lehnte mich auf meinem Stuhl zurück und überließ sie sich selbst.

*

Es war nicht schwer gewesen, die Eltern der ehedem verschwundenen Kinder zu überzeugen, Domenic als Nachfolger zu stützen. Immerhin hatte er ihre Kinder zu ihnen gebracht; für sie war sein Name pures Gold. Mit diesem geeinten Block in seinem Rücken nebst seiner allgemeinen Beliebtheit musste Domenic nicht mehr viel tun. Binnen weniger Stunden war der Rat der Lords sich einig, dass sein Anspruch auf den Thron trotz der Abdankung seines Vaters die höchste Berechtigung hätte.

Domenic ging, wenn auch ein wenig beklommen, zu dem leeren Thron neben mir. Der Blick, den er mir zuwarf, besagte halb *Hilf mir* und halb *Das zahle ich dir heim.*

Ich schenkte ihm das ermutigendste Lächeln, das ich zustande brachte, und formte mit den Lippen das Wort *Muscati*. Seufzend nickte er, ehe er sich erkennbar für die Strapazen wappnete, die nun vor ihm lagen.

Ich blieb weiter stumm, während der Rat Dinge wie die Übertragung der Herrschaftswürde, die Krönung und das Protokoll besprach. Langsam verlagerte sich im ganzen Raum der Sog der Macht, und alle Augen richteten sich auf Domenic, sämtliche Phrasen bettelten um seine Zustimmung. Ich konnte Spuren von Panik in seinem Blick erkennen, und schon jetzt bildete sich auf seiner Stirn eine ganz neue Falte aus. Zaira hatte sich inzwischen so sehr gelangweilt, dass sie den Kopf auf dem Tisch auf ihre Arme gebettet hatte und, bei den Grazien, anscheinend tatsächlich eingeschlafen war.

Ich hielt es nicht mehr aus, also versetzte ich Domenics Fußgelenk einen Tritt.

Er erschrak, sah meinen absichtsvoll milden Blick und räusperte sich. »Es gibt einige wichtige Angelegenheiten, die wir beilegen müssen. Angelegenheiten, die für den Frieden in Ardence und dem Erlauchten Imperium entscheidend sind.«

Ich bemühte mich nach Kräften darum, ruhig und aufmerksam zu erscheinen und so gar nicht wie jemand, dem gerade der kalte Schweiß ausbrach. Der Tag war beinahe vorbei. Alles hing nun davon ab, dass Domenic die Sache durchpeitschte, damit wir dem Dogen vor Sonnenuntergang die gute Neuigkeit über die Kurierlampen zukommen lassen konnten.

»Mein verstorbener Vetter, unser verehrter Herzog Astor Bergandon, war zu Recht besorgt wegen der wirtschaftlichen Lage unserer großen Stadt Ardence. Er hat Schritte unternommen, die dazu beitragen sollten, die Belastungen zu lindern, denen wir durch die Veränderungen im Handelsverkehr auf dem Arden unterworfen wurden.« Domenic nippte an seinem Wein, befeuchtete seine Kehle unter der Last der ihn fixierenden Blicke. Ich konnte an seinem steifen Ton hören, dass er diese Ansprache geübt hatte. »Auch ich beabsichtige, diesem Problem große Aufmerksamkeit und meinen ganzen Einsatz zu widmen. Aber um dauerhaft erfolgreich zu sein, muss die Stadt selbst die Lösung finden, und zwar mithilfe der Intelligenz, der Kreativität und in dem Geist, der unsere große Stadt über Jahrhunderte ausgemacht hat. Dafür aber müssen wir uns von Taktiken abwenden, die dazu führen, dass Ardence in der Schuld anderer steht und folglich dem Einfluss einer fremden Macht ausgeliefert ist …« Sein Blick wanderte zu Gabril. »… oder den Versuch beinhalten, die Verantwortung für unsere Schwierigkeiten dem Imperium, dem wir angehören, vor die Füße zu werfen.«

Gabril seufzte und nickte dann widerwillig. »Mein Bruder spricht die Wahrheit. Prinz Ruven hat uns die Freundschaft Vaskandars angeboten, ist aber dann als Dieb aus der Stadt geflohen, statt in der Stunde der Not an unserer Seite zu stehen. Und Raverra hat …« Er schluckte, als wären ihm die Worte in der Kehle stecken geblieben. »Raverra hat uns geholfen, den Verrat aufzudecken und unsere verschwundenen Erben zurückzubekommen.«

Stirnrunzeln und Lächeln vermischten sich rund um den Tisch herum. Einige der Lords flüsterten untereinander. Domenic wandte sich an mich: »Dama Amalia, in Eurer Eigenschaft als stellvertretende Erlauchte Gesandte bitte ich Euch zu bezeugen, dass ich in diesem Moment anordne, alle Steuern für raverranische Händler aus- und alle raverranischen Handelsprivilegien wieder einzusetzen. Außerdem heiße ich die Erlauchte Gesandte offiziell wieder an meinem Hof und in diesem Rat willkommen. Nun, da Dama Savonys Verrat ans Licht gebracht wurde, haben wir mehr Grund denn je, unsere Freundschaft mit Raverra zu erneuern. Ardence ist bereit, abermals die Erlauchten Verträge zu befolgen.«

Keinerlei Aufschrei begegnete seinen Worten. Es war, als hätten die Grazien mir eine schwere Last vom Rücken genommen. »Danke. Im Namen des Imperiums und auf persönlicher Ebene freue ich mich, das zu hören.«

Zaira hob kurz den Kopf von den Armen und zwinkerte Domenic zu. Beinahe hätte er zurückgezwinkert. Doch er konnte sich gerade noch beherrschen.

»Ich werde jedoch zugleich das Imperium um Unterstützung in Hinblick auf die Schwierigkeiten bitten, denen wir uns zu stellen haben.« Domenics Miene hellte sich auf. »Vielleicht könnten zum Beispiel die Artefaktoren unter den Falken eine Möglichkeit ausarbeiten, um den Verlauf des Arden zu korrigieren. Möglicherweise habe auch ich selbst eine Idee zu einer Reihe von artefaktischen Schleusen, um in problematischen Bereichen des Flusslaufs für eine ausreichende Wassertiefe zu sorgen.«

Ich sehnte mich nach Stift und Papier, um zusammen mit ihm ein Konzept zu entwerfen. Dann dachte ich an Istrella und musste lächeln. »Ich kenne eine Artefaktorin, die eine solche Herausforderung vermutlich sehr schätzen würde. Ich werde die Anfrage an das Imperium und die Falken weiterleiten und sie bitten, Ardence in dieser Sache entgegenzukommen.«

Ein Aristokrat wollte wissen, was aus den Schulden werden sollte, die die Stadt bei Prinz Ruven hatte, da nunmehr bestenfalls zweifelhaft war, ob dieser im Erlauchten Imperium noch willkommen sei. Damit glitt das Gespräch in eine Diskussion über die Frage ab, ob das Imperium unter den gegebenen Umständen vielleicht bereit wäre, die Schulden abzulösen. Niemand jedoch verwandte sich gegen Domenics Dekret, demzufolge Ardence sich den Erlauchten Verträgen wieder beugen würde. Es war geschafft.

Zaira versetzte mir einen Stoß in die Rippen. »Schätze, ich darf heute doch nichts in Brand stecken.«

»Es hört sich ganz so an«, flüsterte ich zurück.

Sie gähnte. »Erinnere mich noch mal, warum bin ich gleich in dieser langweiligen Versammlung?«

Mein Blick huschte zu Domenic. »Um einem Vicomte schöne Augen zu machen. Oder, um genau zu sein, einem Herzog.«

»Ach, richtig.« Grinsend verschränkte sie die Hände hinter dem Kopf, lehnte sich zurück und tat genau das.

*

Und so bereiteten wir uns zwei Tage nach dem Zusammentreten des Rats der Lords auf die Abreise vor. Mir ging es gut genug, die Reise durchzustehen, und unsere Arbeit hier war getan. Dama Terringer hatte sich von Ignazios Gift erholt und ihre Pflichten als Erlauchte Gesandte wieder aufgenommen. Im Flusspalast herrschte hektische Aktivität angesichts eines herzoglichen Begräbnisses und einer herzoglichen Krönungszeremonie, und wir wurden weder für das eine noch für das andere gebraucht.

Trotz der hohen Anforderungen seines Amtes als neuer Herzog fand Domenic die Zeit, uns auf Wiedersehen zu sagen. Sein Abschied von mir war kurz, aber warmherzig, begleitet von Versprechungen, einander zu besuchen und über die faszinierende Idee der Kanalschleusen zu korrespondieren. Was er aber zu Zaira sagen sollte, schien er schlicht nicht zu wissen. Er starrte sie an, als hätte er die Sprache gänzlich verloren.

Natürlich musste Zaira mit mir zurück nach Raverra reisen und Domenic hierbleiben und seine Stadt regieren. Das war ein

Schicksal, das es, wie ich rein zufällig wusste, nicht leichter machte, den eigenen romantischen Neigungen nachzugehen. Ein unbehagliches Mitgefühl lastete auf meiner Brust.

Ich erfand eine Ausrede, um die beiden in der Wohnstube allein zu lassen. Kaum aber war die Tür hinter mir ins Schloss gefallen, suchte ich nicht etwa wie angekündigt das Bad auf, sondern lehnte mich an die Wand und schloss die Augen.

Armer Domenic. Er hatte nie eine Chance gehabt. Selbst wenn es ihr freistünde zu tun, wonach ihr der Sinn stand, und zu leben, wo sie wollte, und selbst wenn es die geringste Chance gäbe, dass der Doge ihr gestattete, um einen ardentinischen Edelmann zu werben, bezweifelte ich, dass Zaira die Gemahlin eines Herzogs sein wollte – wiewohl es sicher reizvoll wäre, dabei zuzusehen, wie sie den ardentinischen Hof auf den Kopf stellte. Außerdem wartete Terika in den Stallungen auf sie; sie mochten noch kein Paar sein, aber ich hatte gesehen, wie die beiden einander anblickten.

Was hinter geschlossenen Türen geschah, ging mich nichts an. Aber eines wusste ich sicher: Wenn sie es wirklich wollten, dann waren weder Domenic noch Zaira die Art Mensch, die sich durch Standesunterschiede oder die Gesetze des Imperiums davon abhalten lassen würden, einander ihre Gunst zu schenken.

Ich dachte an Marcellos Gesicht, an die klaren Züge, das sehnsuchtsvolle Lächeln und das treue Herz. Ich schuldete ihm nicht weniger. Aber ich war nicht Domenic oder Zaira. Ich war die Cornaro-Erbin.

Ich schlug die Augen wieder auf.

Ich war nicht mehr allein im Korridor des Palasts.

Eine Gestalt in einem Samtumhang mit einer gewaltigen Kapuze stand zwischen mir und der nächsten Leuchte. Vor dem Gegenlicht konnte ich kein Gesicht ausmachen.

Meine Hand huschte zum Dolch, und ein *»Exsolvo«* kitzelte mich tief in der Kehle.

»Gute Reaktion, aber beim nächsten Mal solltest du vielleicht etwas raffinierter vorgehen.« Mutter schob die Kapuze zurück und befreite ihren prachtvollen Schopf kastanienbrauner Haare. »Es gibt auch Leute, die du damit kränkst, würdest du den Dolch vor ihnen ziehen.«

»Mamma?« Meine Gedanken verknoteten sich angesichts der schlichten Unmöglichkeit ihrer Gegenwart. »Wie … warum bist du hier?«

»Hast du ernsthaft geglaubt, ich würde in Raverra herumsitzen und abwarten, was passiert, nachdem wir über die Kurierlampen darüber unterrichtet wurden, dass du des Mordes an Herzog Bergandon bezichtigt wirst?« Sie kam auf mich zu und strich mir eine verirrte Haarlocke aus dem Gesicht. »Ich bin sofort hergekommen. Und bei jeder Rast begegneten mir die unfassbarsten Neuigkeiten. Beinahe einem Gift erlegen … Amt der Erlauchten Gesandten übernommen … Du warst recht fleißig, Amalia.«

Ich verzog das Gesicht. »Es war nicht meine Idee. Nun ja, abgesehen von der Sache mit der Erlauchten Gesandten.«

»Dennoch traf ich in Ardence ein und durfte feststellen, dass du meiner Hilfe nicht bedurftest.« Ein sonderbarer Ton machte sich in der Stimme meiner Mutter bemerkbar: Stolz. »Du hattest die Verräter bereits entlarvt, deinen Namen reingewaschen, den Frieden wieder hergestellt und einen neuen Herzog in sein Amt eingeführt.«

Ein Lob, frei von Ironie, aus Mutters Mund. Ich wartete darauf, dass sich der Boden unter meinen Füßen auftat, denn dies konnte nur das Ende aller Tage bedeuten. »Mit dem neuen Herzog hatte ich wirklich nicht viel zu tun. Und bei allem anderen haben mir Zaira und Marcello geholfen.«

Sie zog eine Braue hoch. »Widersprich niemals jemandem, der dir Anerkennung zollt, Amalia. Ein bescheidener Einwand ist akzeptabel, aber streite dich nie mit jemandem über Einzelheiten.«

Ich lachte. »Nun gut. Ja, ich bin die Heldin von Ardence. Und von Raverra auch. Man sollte eine Parade zu meinen Ehren aufführen.«

»Das ist vielleicht ein bisschen zu viel.« Sogar in diesem düsteren Korridor konnte ich ihre Augen funkeln sehen. »Aber du hast dich gut geschlagen. Ich war stets besorgt, als welche Art Erbin du dich erweisen würdest, während du dich mit Büchern in deinem Zimmer verkrochen und alles, was um dich herum geschah, ignoriert hast. Nun bin ich nicht mehr besorgt.«

»Danke, Mamma.« Ihre Worte pressten mir einen Kloß in den Hals. »Aber … ich bin nicht sicher, dass ich deine Erbin sein kann.«

»So?« Eine gefährliche Schärfe hielt Einzug in ihren Tonfall. »Warum nicht?«

»Ich habe nur noch ein paar Flaschen von dem Elixier.« Die Wahrheit, die ich niemandem erzählt hatte, platzte aus mir heraus. »Ich weiß nicht, was du mit Onkel Ignazio vorhast, aber er hat gesagt, er hätte alle Niederschriften der Formel vernichtet. Selbst wenn du ihn zwingst, mehr Elixier anzufertigen, ist schwer vorstellbar, dass wir darauf vertrauen können, dass er kein Gift untermischt oder Schlimmeres.«

»Das ist alles?« La Contessa warf den Kopf zurück und lachte schallend.

»Ich meine es ernst. Er hat gesagt, die Formel existiere allein in seinem Kopf.«

»Ach, Kind.« Zärtlich lächelte sie mich an. »Denkst du wirklich, ich würde zulassen, dass das Leben meiner Tochter allein von *einem* Mann abhängt? Was, wenn er in den Kanal gefallen und ertrunken wäre? Ich habe schon vor Jahren einen Alchemisten unter den Falken beauftragt, das Elixier in einer Musterflasche zu analysieren und die Formel zu rekonstruieren. Ich habe es nur geheim gehalten, um Ignazio nicht zu kränken. Du wirst noch lange leben.«

Erleichtert sackte ich an die Wand. »Den Grazien sei Dank!«

»Was Ignazio angeht, das ist allerdings eine andere Geschichte.« Ihre Züge wurden härter. »Zumindest wird er den Rest seiner Tage im Gefängnis verbringen. Ob er mit dem Leben bezahlen muss, ist eine Frage, über die ich – und der Rest des Rates – noch befinden muss.«

»Mamma …« Trotz allem brannten meine Augen. »Ich würde mich furchtbar fühlen, sollte er meinetwegen den Tod finden. Auch wenn er mich um seiner schrecklichen Pläne willen hätte sterben lassen, gehört er dennoch zur Familie.«

»Wenn er stirbt, dann nicht deinetwegen. Er ist ein Verräter an der Erlauchten Stadt.« Sie drückte meine Schulter. »Es ist nicht an dir, über sein Schicksal zu entschieden. Überlass das dem Rat der Neun.«

»Was das betrifft …«, sagte ich. »Ich mache mir Sorgen. Prinz Ruven hat deutlich gemacht, dass sich Vaskandar auf einen Krieg vorbereitet. Wir haben ihn daran gehindert, mit Orthys' Hilfe Magier zu entführen und die Grenze mit den Werkzeugen und Kenntnissen zu überqueren, die es ermöglichen, einen Vulkanausbruch herbeizuführen. Aber ich bin überzeugt, Vaskandar hat noch andere Pläne in der Hinterhand, von denen wir nichts wissen.«

»Zweifellos. Ich versichere dir, ich beabsichtige, die Bemühungen unseres Geheimdienstes in diese Richtung zu lenken.«

»Ich möchte helfen.« Als ich das sagte, kam ich mir wieder wie ein Kind vor. Und das war gewiss exakt das, was sie in mir sah: Ein Kind, das auf einem Balkon im Obergeschoss schlummerte und dem besänftigenden Auf und Ab der Stimmen in der Tiefe lauschte, die das Schicksal Eruvias bestimmten. »Ich bin Prinz Ruven begegnet; ich kenne ihn, und ich will dazu beitragen, ihn aufzuhalten.«

»Nun gut«, entgegnete La Contessa mit einem Funkeln in den Augen.

Die Akzeptanz, die in diesen Worten lag, senkte sich über mich wie ein schwerer Mantel. Sie öffneten die Tür zu einem Raum, in dem Worte töten konnten; in dem ein Nicken oder eine Geste Schiffe vom Stapel lassen, Heere in Marsch setzen, Assassinen aussenden oder Städte in Flammen aufgehen lassen konnte.

Aber diese Schwelle hatte ich schon lange überquert. Ich selbst hatte mir diesen Mantel über die Schultern gelegt und hatte nun genug davon, mich in meinem Zimmer zu verkriechen.

»Noch etwas.« Ich holte tief Luft und sammelte all meine Courage. Schließlich konnte das kaum schlimmer sein, als allein auf dem Boden eines Lagerhauses zu sterben. »Mamma … ich glaube, du irrst dich in Bezug auf Leutnant Verdi.«

Sie wirkte nicht überrascht; andererseits musste Ciardha ihr bereits ausführlich Bericht erstattet haben. Sie musterte mich vage skeptisch. »Verdi, wieder einmal. Kannst du mir jetzt sagen, welchen Vorzug er für Raverra oder das Haus Cornaro hätte, dass ich dir gestatten soll, ihn als möglichen Bewerber in Betracht zu ziehen?«

Dies war ein heikler Moment. Ich könnte ihr sagen, dass es mir egal war, welchen Vorteil er für Raverra hätte, und dass Liebe wichtiger sei. Ich könnte sie daran erinnern, dass sie gewollt hatte, dass ich mich behaupte und dass ich mich eben nun in dieser Sache gegen sie behaupten würde.

Aber Gefühle waren das Letzte, was La Contessa überzeugen würde. Außerdem war ich nicht sicher, ob das alles wahr war.

»Du missverstehst. Ich bitte nicht darum, mit Marcello poussieren zu dürfen. Ich stimme zu, dass ich, zumindest vorerst, aus politischen Gründen ungebunden bleiben sollte.« Das Geständnis versetzte mir einen Stich in die Brust, aber ich fuhr fort: »Dennoch denke ich, du unterschätzt, wie wertvoll er in Zukunft werden könnte. Marcello ist ein begabter Offizier aus gutem Hause, der einen schnellen Aufstieg in den Rängen der Falkner bewältigt hat. Mit unserer Unterstützung hat er eine gute Chance, Oberst Vasantes Posten zu übernehmen, wenn sie sich in den Ruhestand zurückzieht.« Ich zog eine Braue hoch, ein Zug, den ich von meiner Mutter gelernt hatte. »Du wolltest, dass ich dem Haus Cornaro einen Falken verschaffe. Nun, Marcello kann dem Haus Cornaro *alle* Falken verschaffen.«

»Er würde sie nie zum Nutzen unserer Familie einsetzen.«

»Noch sollte er das tun.« Ich zuckte mit den Schultern. »Aber das könnte unter uns und dem Dogen bleiben. Die übrigen Familien der Versammlung müssen nichts davon erfahren.«

Mutter lächelte breiter. »Du lernst dazu, mein Kind. Du hast immer noch einen weiten Weg vor dir, aber du hast endlich angefangen, etwas zu lernen.«

*

Mutter mochte die Drohung, Marcello ins Hexenmauergebirge zu entsenden, ruhen lassen, dennoch hielt ich es für klüger, keine seidenbezogene Bank mit ihm zu teilen, als unser Boot sich einen Weg durch den Verkehr auf dem Reichskanal bahnte. Mir blieb noch viel Zeit, um zu entscheiden, was ich wegen Leutnant Verdi tun sollte. Inzwischen jedoch war es wirklich schön, ihn anlächeln zu dürfen, ohne fürchten zu müssen, ich könnte ihn damit zu einem finsteren Schicksal an der Grenze zu Vaskandar verdammen.

Zaira saß neben mir auf der Bank und gab pointierte Kommentare über die diversen ästhetischen Defizite anderer Adliger in den uns umgebenden Booten ab. Istrella hockte an der Seite ihres Bruders, summte vor sich hin und musterte eine Symphoniemuschel, die sie während einer Pause in Palova erworben hatte. Unser Ruderer erging sich in gemurmelten Flüchen über einen Kurier in einem geschmeidigen kleinen Boot, der es gewagt hatte, uns den Weg abzuschneiden, und auf einem Balkon an einem der Stadthäuser gab über uns ein Mann mit beginnender Glatze spontan und mit einem wunderbar vollen Tenor eine Ballade zum Besten.

Es war gut, wieder zu Hause zu sein. Der erste Anblick der Erlauchten Stadt, die wie im Traum in der Lagune trieb, hatte mein Herz mit einer Mischung aus Ehrfurcht und Erleichterung erfüllt. Trotz all dem, was ich in Ardence getan hatte, hegte ich in diesem Moment keinen Zweifel daran, dass ich eine Tochter Raverras war.

Bald glitten wir in die offene Lagune und machten uns auf die kurze Überfahrt zur Greifvogelinsel. Die Stallungen ragten grau und Furcht einflößend über dem Wasser auf. Mein Blick huschte zu Zaira, die mit undurchschaubarer Miene zu der näher kommenden Festung hinüberstarrte.

Als wir ausstiegen, verweilte ich für einen Moment mit Marcello auf dem Steg, während Zaira Schuft begrüßte, der voll ungezügelter Begeisterung über das Wiedersehen um sie herumtanzte. Nicht einmal das Gelächter von Zaira und Istrella angesichts des Hundes, der wild mit dem Schwanz wedelnd durch die Gegend sprang, konnte mich von der Wärme ablenken, die das bisschen Luft zwischen uns erfüllte.

»Ich werde jeden Tag in die Stallungen kommen«, versprach ich.

Das Lächeln, das er mir zur Antwort schenkte, war voller Wehmut. »Wirst du dafür Zeit haben bei all den neuen Pflichten, die du übernehmen willst?«

»Ich werde mir die Zeit nehmen. Ich bin eine Cornaro. Sogar die Zeit selbst hat sich meinen Wünschen zu fügen.«

Er lachte und belohnte mich mit dem Anblick seiner aufblitzenden Grübchen. »Also gut, Amalia. Zaira und ich werden dich täglich hier erwarten. Wen schert schon die Zeit?«

»Außerdem muss ich mit deiner Schwester an dem Kanalschleusenentwurf arbeiten. Und ich will Venasha und Foss helfen, sich zusammen mit Aleki einzugewöhnen, wenn sie erst hier sind.«

»Dann werde ich dich vermutlich nicht so häufig sehen, wie ich es gehofft hatte.« Aber die Grübchen waren immer noch da, also wusste ich, dass er das nicht ernst meinte.

Niemand achtete auf uns, also drückte ich kurz seine Hand. Er erwiderte die Geste, und seine Finger verweilten auf meinen.

Zaira schien im Begriff zu sein, mit Schuft in den Stallungen zu verschwinden, und ich hatte noch etwas mit ihr zur besprechen. »Wenn es dir nichts ausmacht«, sagte ich zu Marcello, »würde ich gern kurz allein mit Zaira reden, ehe ich gehe.«

»Gewiss.« Er bedachte mich mit einem Blick, der mich den Rest des Tages warmhalten würde, bevor er kehrtmachte und Istrellas Arm ergriff.

Ich holte Zaira ein, ehe sie die Stallungen betreten konnte. »Kann ich dich sprechen?«

Sie zog eine Braue hoch. »Als ich das letzte Mal versucht habe, dich vom Reden abzuhalten, ist mir das gründlich misslungen.« Doch sie pfiff Schuft herbei und spazierte mit mir am Kai entlang. Bald hatten wir das Ende erreicht und waren abgesehen von den ruhelosen Möwen unter uns.

»Danke«, sagte ich leise. »Für alles, was du in Ardence getan hast.«

Sie zuckte mit den Schultern. »Ich habe es nicht für dich getan.«

»Es tut mir leid, dass du Domenic zurücklassen musstest.«

»Den?« Ein Lächeln zupfte an Zairas Lippen. »Oh, er ist schon nett. Ich werde ihn vermissen, bis wir uns wiedersehen. Aber es schwimmen noch so viele andere Fische im Meer.«

Ich suchte verzweifelt nach den passenden Worten. »Trotzdem. Es fühlt sich nicht richtig an, dich wieder hergebracht zu haben. Du wolltest nie ein Falke sein.«

Sie starrte auf die verschwiegenen Wasser der Lagune hinaus. »Als du mich hergebracht hast, hatte ich keine Wahl. Aber in Ardence hatte ich die. Und da habe ich meine Wahl getroffen.«

»Was, die Wahl, vor die dich Ignazio gestellt hat?« Ich schüttelte den Kopf. »Sein Falke zu sein statt der Raverras? Das zählt nicht.«

Zaira prustete. »Hältst du mich für blöd? Nein, um sein dummes Angebot geht es doch gar nicht.«

»Worum dann?«

»Ich hätte in diesem Raum alle verbrennen, das Geschüh nehmen und irgendein dahergelaufenes Gör bezahlen können, damit sie mir das Ding anlegt und ›*Exsolvo*‹ sagt. Ich hätte dort als freie Frau hinausspazieren können.«

Entgeistert starrte ich sie an. »Das hätte … funktioniert.«

»Ja, das hätte es.« Zaira grinste. »Ich schmiede gute Pläne, nicht wahr?«

Gut war ein relativer Begriff. »Aber du hast es nicht getan.«

»Nein. Und nun *bin* ich aufgrund meiner eigenen Entscheidung hier.« Zaira drehte sich mit herausforderndem Blick zu den Stallungen um. »Das ist alles andere als perfekt, aber es ist besser als die meisten verfügbaren Alternativen, nehme ich an. Und die Gesellschaft ist nicht sooo schlecht. Ich verspreche dir nicht, dass ich meine Meinung nicht wieder ändere, aber vorerst bleibe ich eine Weile hier.«

»Das freut mich. Und nicht nur, weil ich andernfalls hätte sterben müssen.« Ich streckte die Hand aus. »Du bist eine gute Partnerin und eine wunderbare Freundin. Ich kann viel von dir lernen.«

Grinsend ergriff sie meine Hand. »Wird auch Zeit, dass du das begreifst.«

Seite an Seite gingen wir in die Stallungen.

DANKSAGUNG

Ich möchte meiner wunderbaren Lektorin Lindsey Hall danken, nicht nur für ihre punktgenauen Rückmeldungen, sondern auch, weil sie meinem Falken Flügel verliehen hat. Zutiefst dankbar bin ich dem ganzen Team von Orbit für die harte Arbeit an diesem Buch und meiner britischen Lektorin Emily Byron, die mir geholfen hat, es über den Teich zu befördern. Ein großes Dankeschön geht auch an meine großartige Agentin Naomi Davis, meine Vorkämpferin und Mitverschwörerin, die viel dazu beigetragen hat, meinen Traum wahr werden zu lassen.

Meinem Dad danke ich dafür, dass er mir schon in der vierten Klasse meine erste Ausgabe des *Writer's Market* gekauft und jede furchtbare Geschichte, die ich in der Middle School geschrieben habe, durchlitten hat. Und meiner Mom – einer Macht, mit der zu rechnen ist –, weil sie nicht den kleinsten Zweifel daran gelassen hat, dass Frauen starke Führungspersönlichkeiten sind. Ein himmlischer Ozean des Danks geht an meinen Mann Jesse King für seine unermüdliche Unterstützung und die ebenso chaotische wie verrückte Unterhaltung während einer langen Autofahrt, aus der die Idee zu diesem Buch entstanden ist. Und ich danke meinen fabelhaften Töchtern Maya und Kyra für ihre Geduld und ihr Verständnis in der Zeit, in der ich es geschrieben habe.

Großer Respekt gebührt meinen Betalesern: Silvia Park, Lauren Austrian-Parke, Constantine Haghighi, John Mango, Beth Sanford, Paul Saldarriaga, Nicole Evans, J. P. Orminati und Amberleigh Orminati. Und ein ganz besonderer Dank geht an Deva Fagan und Natsuko Toyofuku, die mir Manuskript um Manuskript, vom ersten Entwurf an und bei jeder Überarbeitung, zur Seite gestanden haben. Eure Weisheit, euer Verständnis und eure Begeisterung sind mehr wert als alles Gold der Cornaros.

Und schließlich danke ich *Ihnen*, dass Sie dieses Buch gelesen haben, denn es wird erst dann zu einer Geschichte, wenn jemand es liest. Erst Sie haben es vollendet.

INTERVIEW MIT DER AUTORIN

Wann haben Sie mit dem Schreiben angefangen?

Ich habe mein erstes Buch »geschrieben«, als ich ungefähr vier Jahre alt war. Ich habe Bilder gemalt und meinem großen Bruder die Worte diktiert. Im Grunde war es ein Bestimmungsbuch für diverse Drachenarten mit beschreibenden Texten wie »Gargor isst Leute!«. (Das habe ich immer noch.) Seitdem habe ich nicht mehr aufgehört zu schreiben.

Wer hat Sie am meisten beeinflusst?

Es gibt so viele Fantasy-Autoren, die ich wirklich bewundere und die meine Art des Schreibens in den prägenden Jahren beeinflusst haben. Besonders neidisch war ich auf die zackigen Dialoge und das herausragende Plotting von Steven Brust. Und ich habe davon geträumt, einmal etwas mit einer Heldin zu schreiben, die so großartig ist wie Aerin aus Robin McKinleys *Die Heldenkrone*. Außerdem bin ich ein großer Fan von Hiromu Arakawa und habe viel von ihrer großartigen Mangaserie *Fullmetal Alchemist* gelernt. Die Serie ist in vielfacher Weise enorm gelungen – besonders in Bezug auf die wunderbaren Beziehungen der Charaktere untereinander, den fantastischen Aufbau der Welt und das bemerkenswerte Tempo in einem Medium, in dem das stets eine ganz eigene Herausforderung darstellt.

Woher stammt die Idee zu »Flammenflug«?

Das war während einer langen Autofahrt mit meinem Mann, der Video-Game-Designer ist, was dazu führt, dass wir all diese wunderbaren, verrückten, kreativen Unterhaltungen führen. Wir haben über den Aufbau von Fantasy-Welten gesprochen, und er fragte, wie es denn wäre, wenn zufallsabhängig Leute mit großem magischem Potenzial geboren würden, sie aber keine realistische Chance hätten, an die Macht zu gelangen. Und ich habe gesagt: »Klar. Angenommen, dass die Regierung sie schon in der Kindheit aussondert und auf irgendeine Art ihre Magie unter Kontrolle bringt.« Und dann kam mir die Idee zu dem Falkner-System, und ich habe angefangen, darüber nachzudenken, wie die Beziehung zwischen Falken und Falkner wohl aussehen würde. Schon war die Geschichte im Gang.

Welche Recherchen mussten Sie zur Vorbereitung auf dieses Buch anstellen, sofern das nötig war?

In den ersten Entwürfen hat »Flammenflug« in einem (sehr) alternativen Venedig gespielt. Darum habe ich mich umfassend über die Republik Venedig informiert und ein paar Nachforschungen zum späten 16. Jahrhundert angestellt, was ungefähr der Zeit entspricht, in der die Geschichte spielt. Dann hat sich die Welt aber immer weiter von der Geschichte entfernt und zu einem eigenständigen Rahmen entwickelt, auch wenn einige Überbleibsel erhalten geblieben sind. So habe ich beispielsweise Amalias Nachnamen zu Ehren von Elena Cornaro Piscopia gewählt, der ersten Frau weltweit, die je einen Doktortitel erhalten hat. Und auch nachdem ich die Story an eine fiktive Universität verlegt hatte, habe ich noch einige Dinge nachgeschlagen, wenn ich eine zeitgemäße Atmosphäre schaffen wollte. Mithilfe einer Bildersuche habe ich mir zudem landschaftliche Besonderheiten, Mode oder Architektur, die ich beschreiben wollte, angesehen, um mich inspirieren zu lassen. Irgendwann war ich regelrecht begierig, Nachforschungen zu historischen und regionalen italienischen Speisen anzustellen.

Feuermagie ist so eine coole Fähigkeit. Warum haben Sie diese spezifische Macht als größte Stärke und wichtigste Waffe für Ihre Heldin ausgewählt?

Ich wollte, dass immer, wenn Zaira ihre Magie entfesselt, ein mehr oder weniger leises »Ach, du Scheiße« mitschwingt – ihre Magie sollte einerseits umwerfend wirkungsvoll sein und andererseits gefährlich für jeden in der näheren Umgebung. Feuer schien mir perfekt geeignet als ein Mittel, das instinktiv Angst auslöst und doch auch faszinierend und machtvoll ist, aber eben schnell außer Kontrolle geraten kann.

Der Konflikt zwischen Freiheit und Schutz ist ein Hauptthema in »Flammenflug« – warum haben Sie diesen Akzent gesetzt?

Nachdem mir einmal die Idee mit der Verbindung zwischen Falke und Falkner gekommen war, hat sich das ganz von selbst ergeben. Ich wollte individuelle Charaktere schaffen, die in einer Welt agieren, die ganz grundsätzlich mit dem Problem zu kämpfen hat, wie mit Magiern umgegangen werden sollte. Ich wollte keine einfache Antwort liefern, die alle potenziellen Probleme auf einmal erschlägt. Freiheit versus Schutz ist ein Tauschgeschäft, mit dem wir im realen Leben ständig konfrontiert sind, von der Elternschaft bis hin zur Legislatur, darum denke ich, dass wir alle uns mit diesen Dingen identifizieren können.

Bisweilen scheint eine starke, weibliche Figur automatisch auf eine waffenschwingende Heldin, die ihre Gegner in den Arsch tritt, zu verweisen. Aber in »Flammenflug« gibt es diverse weibliche Charaktere, die alle auf ihre ganz eigene Art stark sind. Was hat Sie zu diesen Figuren inspiriert?

In meinem Leben gibt es so viele starke Frauen. Meine Mom ist eine nicht aufzuhaltende Wucht, und ich habe tolle Freundinnen und Verwandte, die alle auf unterschiedliche Art krass sind. Aber das wirklich Ausschlaggebende ist wahrscheinlich, dass zwei Drittel der Figuren, die mir in den Sinn kommen, von Anfang an weiblich sind. Früher habe ich deswegen ein schlechtes Gewissen gehabt und gedacht: »Oh nein, um fair zu sein, sollte ich mehr von ihnen männlich sein lassen!« Aber dann habe ich mir angesehen, wie häufig man auf große Gruppen cooler Charaktere stößt, unter denen allenfalls ein oder zwei Alibifrauen zu finden sind, also habe ich den Gedanken zu Ende geführt mit: »Weißt du was? Vergiss es!« Und wenn man mehrere weibliche Hauptfiguren in derselben Geschichte hat, dann nimmt die Verschiedenartigkeit ihrer Stärken automatisch zu.

Die Rollenbesetzung in »Flammenflug« ist phänomenal. Wenn Sie eine Lieblingsfigur wählen müssten, wer wäre das? Und welche Figur war am schwersten zu schreiben?

Oh, wow, eine Lieblingsfigur zu nennen ist wirklich schwer. Ich liebe natürlich sowohl Zaira als auch Amalia, aber ich würde wohl in beiden Punkten La Contessa auswählen. Sie war besonders schwer zu entwickeln, weil sie so eine kluge und begabte politische Kraft darstellen soll; jede ihrer Dialogzeilen verlangte nach einer besonderen Klarheit und Schärfe. Sie und Zaira haben mich, wenn auch auf sehr unterschiedliche Art, gezwungen, die Dialoge immer wieder zu überarbeiten, um zu gewährleisten, dass nichts von dem, was sie sagen, fade oder weich klingt. Ich wollte ihren jeweiligen Charakteren zusätzlichen Schwung verleihen.

Gibt es etwas bei »Flammenflug« entweder in der Welt oder unter den Charakteren, das Sie gern noch untergebracht hätten, aber nicht in die Geschichte einfügen konnten?

Ich versuche ständig, Szenen zu schreiben, die in einem Kurierlampenraum spielen, weil ich so ein starkes, stimmungsvolles Gefühl dafür habe, wie sie aussehen würden, wie es sich anfühlen könnte, dort zu sein, während ständig wichtige Nachrichten hin und her geschickt werden. Aber bisher ist es mir nicht gelungen, eine dieser Szenen zu verwenden, denn ganz egal, wie cool die Lampenzimmer in meinem Kopf aussehen, im Grunde geht es nur um Leute, die rumsitzen und sich Nachrichten schicken, und das lässt sich nicht so einfach dynamisch und aufregend beschreiben.

»Flammenflug« ist das erste Buch der »Feuerfalken-Saga«. Was erwartet uns in den nächsten Bänden?

Diejenigen, die »Flammenflug« gelesen haben, wird es vermutlich wenig überraschen, dass wir Prinz Ruven nicht zum letzten Mal gesehen haben und Vaskandar für das Erlauchte Imperium im Allgemeinen und Amalia und Zaira im Besonderen zu einem ernsten Problem wird. Außerdem kommen auf Amalia, nun, da sie antritt, um als Erbin ihrer Mutter mehr Verantwortung zu übernehmen, einige schwere Entscheidungen zu.

Wenn Sie einen Nachmittag mit einem Ihrer Charaktere verbringen könnten, welchen würden Sie auswählen und was würden Sie unternehmen?

Vermutlich Amalia, denn sie könnte ich bitten, mir Raverra zu zeigen, ganz besonders ihre Lieblingsbibliotheken und Speiselokale. Zaira würde ich auch sehr gern mal treffen, aber ich fürchte, sie wird mich als ziemlich langweilig einstufen.

Eine Frage zum Schluss: Wenn Sie eine Superkraft haben könnten, welche wäre das?

Ich wäre gern fähig, die Gestalt eines beliebigen Tiers anzunehmen, denn damit bekäme ich einen ganzen Haufen von übermenschlichen Fähigkeiten zum Preis von einer: Fliegen, Tarnen, Supersinne, Klettern und Springen und was es da sonst noch so gibt. Außerdem glaube ich, es wäre ziemlich spannend, unterschiedliche Gestalten auszuprobieren und herauszufinden, wie es sich darin lebt. Wenn das als Schummelei gilt und ich mir nur ein Tier aussuchen darf, in das ich mich verwandeln kann – na ja, es wird wohl niemanden überraschen, dass ich Falken zufällig ganz cool finde.